BER

Né à Albi, d'une famille originaire de la Montagne Noire, Bernard Mahoux a fait des études de droit et d'histoire avant d'entrer au Ministère de l'Environnement, puis au Parc Naturel Régional du Haut-Languedoc, enfin au Ministère de la Culture, à Toulouse, où il travaille toujours à la protection des monuments historiques et des sites remarquables de la Haute-Garonne. Après diverses monographies il publie un premier roman, *La faussaire de St Sulpice* (éditions du Sémaphore, 2000), puis aux éditions Aubéron *La Malédiction des Trencavel*, une fresque historique en quatre volumes ayant pour cadre le Midi, de Toulouse à la Provence, et la Catalogne, au temps de l'Église cathare.

LA MALÉDICTION DES TRENCAVEL

1.

ADÉLAÏS, COMTESSE DE TOULOUSE

DU MÊME AUTEUR
CHEZ POCKET

LA MALÉDICTION DES TRENCAVEL

1 – ADELAÏS, COMTESSE DE TOULOUSE
2 – LA SAISON DES ORAGES
3 – L'ENFANT DU MIRACLE
4 – L'AGNEAU CATHARE

BERNARD MAHOUX

LA MALÉDICTION DES TRENCAVEL

1.

ADÉLAÏS, COMTESSE DE TOULOUSE

AUBÉRON

ISBN 978-2-266-14383-7

À Leïla.

L'amour se suffit à lui-même.
J'aime parce que j'aime ; j'aime pour aimer.

Bernard de Clairvaux, XIIe siècle.

Un **glossaire** *en fin d'ouvrage définit les termes d'origine médiévale ou occitane qui ne sont pas courants.*

Les termes figurant normalement dans les dictionnaires de langue française sont, pour la plupart, exclus du glossaire.

Pour des raisons de confort de lecture les textes des troubadours en langue occitane du XII*e* *siècle, les textes et les termes en latin ou en langue étrangère sont traduits immédiatement dans un renvoi en bas de page.*

D'autre part une notice historique complète le glossaire. C'est dans ce cadre historique, respecté, que se déroule le roman.

I

Les lueurs du crépuscule embrasaient d'immenses filaments nuageux s'effilochant dans tout le ciel comme sous l'effet d'un gigantesque courant d'air. Roger répondait machinalement au vieil écuyer de son père, sans quitter des yeux le sommet de la butte de Béziers qui conservait encore ses grandes façades hors de la nuit, resplendissantes dans le soleil couchant. Plus bas le piton rocheux plongeait déjà dans l'obscurité bleuâtre du sillon de l'Orb. Le pont Vieux devant lui venait d'y sombrer jusqu'au parapet. Il regarda attentivement cette ombre mal teinte, mêlée de reflets jaunes et de diaprés blanchâtres, jusqu'à ce qu'elle révèle le filigrane des rochers et des cabanes qui couvraient le pied de l'escarpement, ainsi que l'appareillage du pont en pierres soigneusement taillées, œuvrées en multiples arcades.

Il leva les yeux à nouveau et son cœur s'exalta encore. Là-haut dans le ciel saturé les remparts de Béziers éclairés frontalement avaient un aspect formidable. La lumière vive boursouflait les énormes tours qui jointaient les courtines, élargissant l'ombre des chapeaux de tuiles ou de lauze qui dominaient les dentelures des crénelages d'une bonne longueur d'échelle. Il apercevait nettement derrière le glacis des murailles mordorées les pignons arrogants du palais épiscopal et des grands oustals bordant les escoussières, les grandes toitures chinées, les rempants entassés, les cheminées en désordre. À la proue de ce vaisseau d'Apocalypse naviguant dans le ciel assombri s'avançait la cathédrale Saint-Nazaire et son énorme clocher à la masse lourde et sans grâce, percé d'ajours profonds. Derrière ce massif de pierre processionnait une suite de tours et de donjons blêmes qui par comparaison paraissaient chétifs.

Tout le front de la ville se dilata. Roger contempla avec jubilation le puissant visage de pierre de son fief, sachant que dans quelques instants, quelques heures tout au plus il en serait de nouveau le maître. Il se tourna à regret vers le vieil écuyer qui revenait encore et toujours sur ses souvenirs. Mais Roger acceptait volontiers, en cette soirée de novembre froide et claire, de l'écouter avec patience. Il avait besoin de ce témoin dont la complainte récitée sans fin tisonnait son désir de vengeance et remplissait son cœur d'un précieux courroux.

Et pourtant il connaissait parfaitement ces événements de l'année passée, du troisième dimanche d'octobre de l'an 1167 après l'incarnation du Christ, très exactement, quand les bourgeois de Béziers s'étaient retournés mauvaisement contre leur seigneur et l'avaient tué. Leur seigneur qui était son père. Les bourgeois de Béziers avaient tué son père ! Roger laissa le vieil homme, courbé sous le poids de son inutile haubert aux mailles noirâtres et ternes, reprendre encore son récit appuyé sur une longue épée d'arçon dont il se servait comme d'un bâton :

— Ton père allait sur Nîmes secourir ton cousin, qui s'étant mis du côté du roi d'Aragon devait résister aux soldadiers du comte de Toulouse. Il arriva qu'en route un marchand de Béziers enleva un cheval à

Bertran d'Orcas, un chevalier du vicomte ton père ; ce mestre de Béziers ravitaillait l'armée en campagne, et nous amenait les réquisitions de sa cité. Il prétendait qu'on lui devait des chevaux, qu'il avait perdus dans le convoiement. Mais cette rosse qu'il prit à Orcas, à qui était-elle ? On a dit que c'était un dédommagement, prélevé au hasard sur l'ost en campagne ; on a dit que c'était une dette de jeu, ou encore un échange contre une femme, une esclave. On a tout dit, et le plus fort est qu'on n'a jamais su la vérité ! Mais le chevalier est venu se plaindre à notre segnér le vicomte ton père. Il a dit que si on ne lui rendait pas justice de ce méfait il quitterait l'armée avec tous ses compagnons. Or Bertran d'Orcas était le segnér d'Olargues, un chevalier banneret ; il était venu à l'ost avec une bande nombreuse, des jeunes de la montagne, robustes, sans cervelle mais de dure rencontre. Ton père ne pouvait s'en priver. Ce n'était pas le moment de laisser partir d'aussi preux compagnons, qui venaient faire les quarante jours sans solde, qui plus est !

Le vieux Amalric d'Anduze s'interrompit parce qu'un groupe d'ombres s'approchait dans la pénombre, poursuivis par le bruit métallique des éperons sonnant clair sur les cailloux, le cliquetis mat des boucles de harnachement et le choc sourd des bouterolles des fourreaux heurtant les rochers. Tous étaient enveloppés dans une cape noire. Ils s'arrêtèrent sur une seule ligne devant le jeune Roger Trencavel, vicomte d'Albi, Béziers, et Carcassonne. Le plus vieux de ces nouveaux arrivants, dont les joues creuses étaient dévorées par la pousse grimpante d'une grande barbe, déclara avec un fort accent rocailleux d'au-delà des Pyrénées :

— Seigneur vicomte, nous sommes prêts à entrer avec vous dans la ville. Nous sommes à votre commandement.

Roger leur montra du doigt le pied de la cité :

— Espérez-moi là-bas à la porte du Pont. Je vous y rejoindrai bientôt. J'attends que la nuit soit tout à fait tombée.

Il montra l'acropole encore éclairée par les derniers rayons qui s'échappaient d'un puits de jour ouvert dans un bourras de nuages blancs serrés, sortis tout droit de la garniture d'un hoqueton. Les rais formaient un faisceau lumineux qui faisait encore resplendir les donjons, entre la nuit du ciel et l'obscurité de la vallée de l'Orb, et aussi le haut des tours avec les plus hautes toitures. Et le clocher de Saint-Nazaire.

Les capitaines aragonais inclinèrent la tête et retournèrent en cliquetant à qui mieux mieux. Le vieux reprit :

— Alors ton père dit à Bertran d'Orcas : « Segnér Bertran, je comprends ta colère d'avoir été volé d'un cheval. En d'autres temps j'aurais puni sévèrement le coupable, s'il avait été jugé coupable. Mais aujourd'hui je ne peux décimer mes rangs, ni me priver des vivres de Béziers, car une grande bataille nous attend peut-être à Nîmes. Aussi je t'accorde de venger l'affront qui t'a été fait, mais sans meurtrir ni mettre mat l'homme qui t'a enfélonné. Tu en réponds sur ta tête. Et j'espère ne plus entendre parler de cette querelle. » Le segnér d'Olargues s'empressa de faire saisir le marchand de Béziers. Nous n'étions pas encore à Nîmes. On l'amena sur un plan pour que toute l'armée voie bien. Il s'appelait Pons Azémar, si ma mémoire est bonne...

— Tu m'as dit hier qu'il s'appelait Pierre Arénat !

— Ah ? Donc ma mémoire n'est pas bonne... Peu importe. Le mestre de Béziers faisait piteuse mine. Il se demandait ce qui allait lui arriver. Bertran d'Orcas l'inquiéta : « Sais-tu ce qu'on fait aux voleurs, par le sang-Dieu ? On leur coupe la main. Puis on les pend ! » Le gars n'en menait pas large, encore qu'il relevait la crête et ne parlait pas de se soumettre tout de suite. Orcas reprit : « Mais j'ai promis à mon seigneur le vicomte d'épargner ton sang. Aussi ta peine sera, comment dire, à tes armes. L'important est que tu te souviennes que tu me dois respect et obéissance. Tu ne dois jamais oublier que tu ne peux toucher à aucun de mes biens sans ma plaisance. Ce que je te demande, c'est de t'y engager. » Le mestre de Béziers dit un petit oui. « Et moi, reprit Orcas, en contrepartie, je vais te faire un grand honneur : je vais faire de toi mon vassal. Un vassal bien particulier, je te l'accorde ; unique en son genre. Tu vas me rendre hommage, non pas à la façon des chevaliers, car tu ne l'es pas et ne le seras jamais, mais à la façon du culvert crotté, merdeux et puant la sentine que tu es ! Tu comprends bien que je ne supporterais pas que tu baises ma bouche, je vomirais ! Aussi tu vas baiser mon cul ! »

Le vieil Amalric découvrit la ligne bleutée de ses gencives nues, serties de deux ou trois chicots en sursis. Il fut secoué par un rire sec qui fit tintinnabuler son armement sur ses mailles de fer. Il posa sa main sur le bras du jeune homme qui ne quittait pas des yeux les toitures de Béziers. Elles sombraient l'une après l'autre dans le bleu noir de la nuit. Le vieux continua :

— Le bougre ne voulait pas. Il roulait des yeux de cheval fou et poussait des hurlements terribles, comme un condamné marqué au fer rouge. Mais il était bien tenu, tu peux me croire. Le chevalier baissa ses braies, son blanchet, et lui montra ses fesses. Il s'énerva : « Baise mon cul, ou tu vas à la mort, foutre-Dieu ! » « Il est merdeux comme le cul de Bélial ! » répondit le mestre insolent. Alors les hommes d'Orcas l'empoignèrent par les bras, par les jambes et par les cheveux pour lui tenir la tête, sinon il l'aurait mordu. Ils lui mirent le nez entre les fesses, un bon moment. Je peux te dire qu'on rigolait !

Roger l'interrompit :

— On y va !

Il redescendit de son promontoire et s'engagea avec l'écuyer sur ses talons dans un sentier étroit qui amenait à l'entrée du pont Vieux. Là il retrouva le sénéchal d'Albi et celui de Carcassonne, les barons du Bittérois, du Razès et du Carcassès, les grands écuyers et une dizaine de chevaliers bannerets. En tout une quarantaine d'hommes, tous adoubés d'un court haubert de mailles treslies et d'une grande lame. Sous leur coiffure de feutre ou de peau ils portaient une cervelière de fer. Roger le leur avait recommandé. Des capes brunes ou noires rendaient à leur silhouette une apparence inoffensive.

Le visage du vicomte se convulsa dans un sourire grimaçant avant de lancer : « On y va ! » Chacun se rangea derrière lui pour le suivre. Ils s'engagèrent à pied sur le pont. Le vieil Amalric d'Anduze se maintint à côté du jeune vicomte pour poursuivre son récit. Roger ne l'arrêta pas : il était bon, avant d'agir, qu'il revive le meurtre de son père pour se charger de plus de colère, plus de rogne, plus d'indignation. L'écuyer s'empressa de reprendre :

— Nous on rigolait, pardi mais le mestre non. Tu parles, il gueulait pareil qu'un cochon à la saignée. Quand on l'a lâché il a filé comme un lièvre, mais pour aller droit à la tente de ton père, et réclamer justice lui aussi. Ton père était bien ennuyé. Il avait d'autres soucis en tête à l'époque, tu peux me croire. Il lui promit qu'après la campagne il lui ferait justice, une bonne fois pour toutes. Revenus à Béziers, on se mit d'accord pour une réconciliation générale dans l'église de Marie-Madeleine, le troisième dimanche d'octobre.

Le vieux s'arrêta comme saisi par la violence de la scène qu'il allait décrire. La rivière en dessous chantait entre les rochers et clapotait sur les cailloux des plages. Elle formait dans la nuit un ruban noir comme du sang. Le vieux d'Anduze hocha la tête :

— Il faut que tu saches que l'église de la Madeleine est l'église de la populace. C'est là que les consuls et les prud'hommes se réunissent pour discutailler de leurs coutumes et libertés, comme ils disent. C'est l'église des réclamations, des lamentations, des complots, des forfaitures, des trahisons et enfin des émeutes. L'église de la Sainte-Marie-Madeleine, c'est l'église de la Sainte-Rébellion. Aussi avais-je bien mis en garde ton père de s'y rendre. Mais il avait confiance dans la gent de Béziers. Quand on fut dans l'église notre homme, mestre Pierre Arénat, arriva devant nous tout énervé, tout enfélonné, la bouche tordue de colère, un regard de chouette. Il interpella ton père durement : « Segnér vicomte, voici devant toi le malheureux qui a été gravement déshonoré, et qui est las de vivre car il ne peut le faire désormais que dans la honte. Dis-moi maintenant, toi qui as le devoir de faire régner la justice, comment tu comptes réparer le mal incurable qui m'a été fait. » Tout ça débité d'un trait, sans le moindre respect.

Roger suivit la rampe bourrelée de fondrières qui menait après le pont jusqu'à la première porte de la cité. On en distinguait les lumignons dans la nuit. Le vieux compagnon de son père n'interrompit pas son récit, mais son débit devint haché et bruyant comme un râle à cause de la montée :

— Ton père lui dit quelques paroles d'apaisement, le visage grave et bienveillant. Il voulait éviter à tout prix une querelle avec le consulat de Béziers. Ce n'était pas le moment, en pleine guerre contre Toulouse. Mais l'autre se mit à gueuler : « Par ta faute je ne connaîtrai plus de joie. Mon déshonneur ne peut être lavé que dans ton sang ! » Et sortant une dague de sous son manteau il frappa ton père devant moi. Trois fois. Je me jetai sur lui et l'occis dans l'instant. Mais ses compagnons s'étaient déjà rués sur nous, avec des épées, des couteaux, des lames de fauchart. Sous leurs manteaux luisaient des cuirasses, des broignes, des haubergeons. Le coup était bien préparé, tu peux m'en croire ! L'évêque, monseigneur Bernard, se jeta dans la mêlée. Il criait : « Vous êtes fous ! Vous êtes fous ! Au nom du Ciel, arrêtez ! Jetez vos armes ! Vous êtes dans la maison de Dieu ! » Tu parles, la maison de Dieu... Ils s'en moquaient bien, les consuls, de la maison de Dieu.

Le vieux Anduze se tut pour reprendre son souffle, exhalant de sa bouche ouverte une sorte de sifflement rythmé sur le bruit sec des coups d'estoc qu'il portait dans les cailloux, à chaque pas, pour aider sa marche. Derrière eux se tenait à distance le groupe des chevaliers et des officiers de la cour, d'où ne provenait qu'un murmure vague et le cliquetis involontaire des armes. Tout le monde savait ce que racontait le vieux Amalric d'Anduze, et personne ne voulait l'interrompre. Il donnait à bon escient de la méchanceté au jeune vicomte.

Le vieil écuyer s'arrêta pour retrouver son souffle et s'écria :

— Comment peut-on imaginer un pareil crime dans une église, avant la messe, devant le Saint-Sacrement ! On voulait les occire tous, sur le moment, ces mestres de Béziers. Un pareil crime ! Et eux aussi gueulaient :

« Tuez ! Tuez ! À bas la gent arrogante ! À bas la chevalerie ! » C'était clair : ils se battaient contre les nobles, tous les nobles. Ils ne voulaient plus de chevaliers, plus de seigneurs, plus de maîtres des châteaux. Ils voulaient une république de marchands. Ils voulaient faire de la communauté de Béziers une république de Venise... Voilà ce qu'ils voulaient ! Et ça, nous l'avons compris trop tard...

Roger s'avança jusqu'aux chevaux. Il termina pour lui-même le récit : la cour du vicomte, loin de châtier les criminels, dut quitter Béziers précipitamment, assiégée par des milliers de manants. Roger alla trouver le roi d'Aragon pour lui demander de l'aider à reprendre sa ville. Il lui offrit d'être son vassal. Le roi accepta. Il vint avec une petite armée, mais après trois mois de siège la situation restait sans issue. Roger avait alors, contre le gré des compagnons de son père, proposé de négocier.

On se mit d'accord avec les consuls de Béziers sur le principe de ne pas revenir sur le passé, de pardonner. Un gros consul au visage vulgaire déclara au nouveau vicomte, en guise d'apaisement, que la disparition de son père arrangeait finalement tout le monde, même lui. Roger avait immédiatement pensé, sans savoir ce qu'il allait faire, que ce gros marchand s'était de lui-même condamné à la mort.

Une amende annuelle fut âprement discutée pour sauver l'honneur des Trencavel. Elle devait être versée en épices. Et déjà on louait le jeune prince de dix-neuf ans qui était parvenu si rapidement à mettre fin à sa première guerre.

Roger revit mentalement les derniers jours du siège. Il avait supporté comme les autres avec une rage vergogneuse la joie bruyante des Bittérois sur les remparts, quand subitement les machines de siège furent renversées et démontées, les campements militaires effacés de la plaine et des bords de l'Orb, les derniers feux éteints. De longues colonnes de soldadiers hirsutes, suivies de chariots grinçants, s'étaient agrégées de l'autre côté de la rivière et s'en allaient vers l'horizon comme un troupeau de fuyards.

L'entrée officielle du vicomte avait été fixée d'un commun accord : un an et un mois, jour pour jour, après l'assassinat du vicomte Raimon dans le chœur de l'église de Marie-Madeleine. Roger ricana. Comme si le deuil d'un an devait suffire à effacer les violences d'un crime, à pardonner une si odieuse félonie, à contenir son désir bouillonnant de vengeance !

Comment Roger aurait-il pu oublier la mort de son père, alors que sans cesse des chevaliers, des seigneurs de châteaux, et des plus petits, venaient lui rappeler sans précautions inutiles son premier devoir ? Il n'aurait pas oublié, de toute façon, de quelle manière on avait décidé de la mort de son père. L'aurait-il voulu... Il ne le voulait pas. Ces irréductibles Bitterois allaient apprendre que le sang versé dans un meurtre est indélébile, que le meurtre de son suzerain compte double, et que l'entêtement à poursuivre la rébellion contre son prince empêchait définitivement tout espoir d'arrangement.

Il revit le gros consul laissant entendre qu'on pouvait s'arranger sur le corps ensanglanté de son père. Quelle impudence ! Quelle arrogance ! Quelle inconscience ! Il n'y avait que des marchands perdus dans la foi et la loi de l'argent pour imaginer d'aussi odieuses accointances. Un an, dix ans, cent ans, jamais le temps ni l'éternité ne pourraient soustraire les gens de Béziers à l'immanence du châtiment.

Roger demanda encore au vieil écuyer, avant de monter à cheval :

— Celui qui a tué mon père est mort. Qu'il aille en enfer ! Mais tous ceux qui l'accompagnaient, les reconnaîtrais-tu ?

— Mon segnér, tout est là (il montra son front du doigt). Comme si c'était hier. Je te désignerai les coupables, tous les coupables, tous ceux qui tenaient une arme, sans faute.

Roger y comptait bien, même s'il doutait de la mémoire du vieux. Il allait maintenant pénétrer dans la ville en petite compagnie, sans grande cérémonie, se rendre au château Vieux en face de l'évêché. Il allait s'enfermer dans le « bourg du Vicomte », comme on disait, au cœur de la ville. Il rejoindrait plus tard le nouveau palais plus confortable et plus spacieux construit par son père sur les lices du côté de l'orient, mais trop à l'écart pour faire sentir présentement à ses sujets qu'il était bien revenu au milieu d'eux. Avec leur mauvais esprit, pensait Roger, ils pourraient croire que je les crains.

Certes, il jouait avec le feu. Si les choses se passaient mal, il serait prisonnier de la ville. Il serait peut-être tué, lui aussi. Mais il était déterminé. Dieu était de son côté. Il ne pouvait être que de son côté ; Il était obligé. Dieu n'était pas plus libre que lui de décider qu'un crime resterait impuni. Ou alors Il n'était pas Dieu.

Et Dieu ne pouvait ignorer que Roger était doublement tenu de châtier la ville félonne : en tant que fils, et en tant que vicomte. Dieu ne pouvait le détourner de son devoir, ni entraver malicieusement sa mission sous le prétexte qu'il s'agissait d'une affaire de famille, et qu'il ne poursuivait que l'aigre satisfaction d'une vengeance. Et d'ailleurs comment la ville aurait-elle pu se laver elle-même de son abominable souillure, retrouver sa pureté ancienne et se régénérer autrement que dans le feu d'un châtiment de la même importance que la faute commise ? Or la faute était immense. Elle avait le poids d'une ville.

Roger enleva de son majeur une grosse intaille qu'il utilisait quelquefois comme sceau, et passa des gants de peau brodés qui remontaient largement sur les manches. Il remit la bague et monta en selle avec souplesse. Il n'était pas armé, si ce n'est d'une tunique courte de mailles treslies qui brillaient comme une peau d'argent dans les plis fendus de sa cape, et d'une dague ciselée dont le fourreau d'argent niellé était suspendu à sa ceinture par une lanière de cuir rouge. Un armement décoratif, en la circonstance.

Toute sa suite l'imita dans un bruissement d'étoffes robustes et de tintements métalliques. Derrière encore, un convoi de chevaliers et d'hommes d'armes à cheval suivait, vaguement rangés par quatre. Il leva les yeux vers les remparts. L'échancrure des créneaux était surlignée d'un trait de lumière jaune venu des feux entretenus sur le chemin de ronde. Il s'assura que les Aragonais étaient bien là et donna le signal du départ. Les porteurs de torche s'avancèrent à pied sur le large chemin irrégulier et caillouteux montant à la porte du Pont. On distinguait maintenant un peu la tour carrée qui la protégeait. Roger Trencavel pressa son cheval qui s'élança vivement en balançant son encolure avec une farouche détermination, provoquant à sa suite un crépitement dru de sabots ferrés. La porte fut atteinte en un clin d'œil.

Elle était ouverte, éclairée plus qu'à l'accoutumée par des torches nombreuses suspendues aux anneaux ou portées par des sergents de la ville. Roger passa la porte dans un courant d'air froid et arrêta son cheval devant le groupe des consuls venus l'accueillir. Il lança :

— Dieu vous garde, mestres !

Et voyant des femmes il rajouta :

— Dieu vous garde, domnas !

— Dieu vous garde, seigneur vicomte !

Les douze consuls étaient là accompagnés de leurs épouses, tous vêtus comme pour une fête. Roger détailla les femmes qu'il voyait déjà veuves. Il se demanda pour chacune, en évaluant ses charmes, si elle trouverait un nouveau mari.

Le prime consul s'avança, habillé d'un manteau de drap écarlate, coiffé d'un chapeau de feutre noir égayé d'un ruban doré et, tendant le bras pour saisir la bride à boucles d'argent du cheval qui encensait, il commença un petit discours :

— Seigneur vicomte, au nom de tous mes compagnons du consulat, ici présents, et requis par tous les habitants de notre bonne ville de Béziers, qui ne désirent qu'une chose, la paix et rester les fidèles vassaux de votre seigneurie sous le bon et juste gouvernement qui sera le vôtre, éclairé de notre conseil des prud'hommes, je viens le cœur léger et confiant...

Roger se tourna vers le vieil Amalric d'Anduze, qui était de l'autre côté de son cheval, et lui demanda à mi-voix :

— Celui-là, il y était ?

Le vieil écuyer fit non de la tête. Roger lui recommanda de bien regarder, et revenant vers le consul il le laissa finir avant de déclarer simplement qu'il était heureux de rentrer chez lui. Il indiqua au groupe, en repartant, qu'il verrait demain l'évêque Bernard, et qu'il lui proposerait de faire lever l'excommunication qui frappait la ville depuis plus d'un an. Comme les consuls remerciaient il leur cria, car il était déjà loin :

— Vous en aurez besoin !

Roger n'avait pas voulu d'un apparat grandiose pour fêter son retour. Il n'acceptait pas l'idée d'un retour, qui rappelait trop qu'il avait été chassé comme un étranger. Il avait voulu une entrée ordinaire. Il fallait imaginer qu'il revenait dans sa cité au soir d'une journée de chasse.

Il n'avait pas voulu non plus d'une cérémonie de la réconciliation, car il ne pouvait y avoir réconciliation sans que fût accomplie la cérémonie de purification de la ville, et par la voie d'où était venue la faute : celle du sang. Le châtiment qu'il préparait aux coupables devait être appliqué comme une cautérisation terriblement douloureuse, mais aussi terriblement efficace sur une plaie qui suppure et empeste. Après seulement on pourrait parler de guérison.

Il sentit l'impatience le gagner à mesure qu'il se rapprochait du château Vieux. Des têtes nombreuses occultaient les fenêtres, se découpant sur le fond d'or pâle des petits intérieurs pauvrement éclairés, de part et d'autre de la rampe qu'on appelait au château le chemin des Chevaliers. C'était la rue la plus montante de Béziers. Le peuple l'appelait simplement la rue Bombe-Cul. On n'entendait pas un mot des uns ni des autres, et très peu le pas des chevaux que feutrait une épaisse couche de crottin par endroits. Seule ressortait du silence la forte respiration des bêtes, puissante et inquiétante.

Les visages étaient blêmes, tendus dans l'obscurité. On y lisait la peur et la haine, la peur surtout. Roger devinait sans peine, dans les yeux enflammés par le passage des torches, le taraud de la crainte qu'entretenait le cortège derrière lui, vêtu de noir, surgissant de la nuit en arrivant devant les pâles clartés qui tombaient des fenêtres, et révélant d'inquiétantes luisances métalliques. Roger était heureux de voir cette peur, cette haine, cette aversion envers sa personne. Il pourrait sans s'attendrir aller au bout de sa mission purifiante et salvatrice.

Le mur romain apparut et Roger le suivit jusqu'à une porte cochère surmontée d'une fenêtre haute obturée d'une grosse grille à barreaux carrés. Il passa sous la porte en touchant rituellement de sa main gantée la clef sculptée aux armes des Trencavel, s'engagea sous le long passage couvert révélé par la lueur des torches, et déboucha dans la cour du palais. Son palais. Le capitaine châtelain, Raimon de Vilar, l'attendait avec sa famille et toute sa mesnie. Vêtus de soieries et de bijoux scintillants, ils applaudirent le vicomte apparaissant dans la lumière.

La cour était illuminée comme pour une fête. Des torches brillaient jusqu'aux écuries. Raimon de Vilar se hâta de saisir les rênes du cheval du vicomte que toutes ces flammes dansantes agaçaient, et déclara avec une certaine emphase : « Seigneur vicomte, vous êtes notre sauveur ! »

Pour eux c'était vraiment la fête, jusque dans les cœurs. Ils vivaient enfermés dans le château depuis plus d'un an. Roger mit pied à terre avec une lenteur calculée, le temps que les trois filles du châtelain l'entourent et s'inclinent dans une même révérence. Une brune appétissante et rieuse, à la peau de lait et au regard clair, lui sourit sans la moindre retenue avec une naïveté qui lui plut. Son père l'appela Séréna. Les deux autres étaient blondes, le teint rosé, minces et amaigries encore par le volume foisonnant de leur pelisse en martre rousse. Elles l'observaient d'un œil réservé et évaluateur. La plus grande sinon l'aînée s'appelait Almodis, l'autre Agnès. Le châtelain rajouta après les présentations, mais d'une voix moins forte, comme en confidence : « Mon seigneur, mes filles sont à votre service. »

Roger sourit. Il connaissait peu le châtelain de Béziers, Raimon de Vilar, mis en place par son père. Mais il savait que celui-ci était un fidèle, et aussi qu'il ferait tout pour conserver son poste au château Vieux et sa charge de tenant-lieu du vicomte pour la ville de Béziers, qui en découlait. Charge à haut risque mais lucrative. Irait-il jusqu'à donner ses filles à son seigneur pour consolider sa position ? Avec l'espoir qu'il leur ferait de beaux bâtards qui viendraient enrichir son paratge et nouer une vraie parenté ? Roger pensait souvent dans un raccourci vertigineux qu'en additionnant toutes les forteresses du Razès, du Bédérès, du Carcassès, de l'Albigeois, soit des centaines de châteaux et de bourgs fortifiés, c'étaient des centaines de filles qui rêvaient d'épouser le jeune vicomte Roger, ou du moins d'en être aimées et d'en porter le fruit.

Raimon de Vilar ouvrit ses bras et invita d'une voix forte le jeune vicomte et toute sa suite à pénétrer dans le vieux palais, où les attendait un copieux festin.

II

Roger ne connaissait pas Bernard de Lunel, l'évêque de Béziers. Du vivant de son père il ne venait jamais dans cette ville proche de la mer et partageait son temps entre les vicomtés d'Albi et de Carcassonne, passant de l'une à l'autre pour disparaître des semaines entières dans la Montagne Noire, un massif difficilement pénétrable qui séparait les deux cités. Il y chassait le gros gibier et s'y délassait avec ses compagnons dans le labyrinthe des forêts hautes et profondes, couchant dans des forteresses inconfortables et sombres comme jaillies du rocher, habitées de rustres anoblis en récompense de leur zèle à châtier les culverts récalcitrants et à détruire les rebelles, entourés de femmes fortes et impudiques.

À vrai dire Roger n'avait jamais été attiré par la cité de Béziers, qui lui avait toujours paru appartenir à un autre monde, un autre peuple, un autre sang. Peut-être était-ce l'air de la mer qui changeait autant la lumière, et donnait aux collines fanées par le soleil leur étrangeté ? La mer encore qui apportait aux mœurs et au parler des rues cette légèreté inconséquente et ce désordre savant qu'il pensait propre aux gens de Béziers ? Roger ne s'était jamais senti chez lui dans ce pays marin et passager comme un carrefour, insouciant et versatile, où les esprits s'inversaient avec les vents.

Il avait pensé aller de lui-même rendre visite à l'évêque, dont le pouvoir sur la ville égalait hélas ! le sien. Il savait que celui-ci avait exposé sa vie pour arrêter l'ignoble massacre de l'église de Marie-Madeleine. On disait qu'il en avait gardé des séquelles.

Le jeune vicomte s'y rendit à pied en début d'après-midi, accompagné de son châtelain Raimon de Vilar qui le suivait avec un soin de garde-malade, du vieil Amalric d'Anduze, de son sénéchal de la vicomté de Béziers Bernat du Puy, de son notaire Peire Saquet, le seul à savoir lire et écrire couramment, et de trois conseillers qui étaient ses meilleurs amis, les jeunes seigneurs de Laurac, de Saissac et de Roquefort.

Il sortit de l'enceinte du château par une poterne qui donnait sur le plan de la cathédrale. Il n'avait qu'à contourner le cimetière s'étalant en désordre autour du chevet de l'église pour atteindre le palais de l'évêque. Palais épiscopal et château vicomtal se faisaient face dans une austérité martiale et raide, séparés par quelques tombes dont les croix semblaient plantées là pour rappeler le prix de la guerre. Les deux pouvoirs s'observaient et se défiaient depuis un siècle sans que jamais l'un ait pu prendre nettement le pas sur l'autre. Roger pensait que les choses pouvaient changer...

La journée était comme la veille froide et ensoleillée. Il n'y avait personne sur le plan exposé à une bise tranchante. Roger était heureux de fouler sa ville, de reprendre pied au sens propre du terme dans son fief. Il avait conservé son gambison militaire recouvert de cendal safran, surpiqué d'un gros fil rouge, qui portait encore les traces vermiculaires de la cotte de mailles qui le recouvrait habituellement. Il avait aussi remis ses bottes à chevaucher en peau de cerf, épaisses et raides, garnies de ses éperons dorés de chevalier. La dague au côté, les épaules couvertes d'une cape en peau de loup gris, fourrure en dessus, il avait l'allure d'un soldadier, d'un capitaine mercenaire, et le pas lourd de ces seigneurs rustiques de la Montagne Noire dont la trogne sombre mangée par les poils se confondait à la messe avec les plus riches paysans et les chasseurs de sauvagine.

Il pensa que son père lui aurait reproché ce manque de tact vestimentaire, cette inutile ostentation guerrière et au fond ce manque de respect pour l'éminent prélat. L'ancien vicomte recommandait au contraire de laisser croire par sa mine à un esprit lettré. C'était à son idée un avantage diplomatique, car cela suscitait chez les gens d'Église un élan d'amitié. Roger n'avait que faire de l'amitié des gens d'Église. Il ne voyait dans les raisonnements de son père qu'un manque de pugnacité, et pensait que seule la force engendre le respect.

L'évêque les reçut dans une grande salle où brûlait un tronc d'arbre dans la cheminée. Des scènes représentant des saints aux prises avec le diable ou ses suppôts monstrueux décoraient les quatre murs. Au plafond des scènes champêtres et galantes rappelaient le caractère enjoué de son prédécesseur. Depuis l'élection du nouvel évêque l'atmosphère avait changé : les cabrioles sur les tapis de fleurettes avaient passé de saison. Il suffisait pour le comprendre de tourner son regard vers le visage de l'homme d'Église. Il avait eu la mâchoire fracassée dans la bataille de l'église de Marie-Madeleine. Elle était bosselée et raccourcie. Une balafre violette partait de l'œil et descendait jusqu'à l'oreille qui avait perdu une partie de son pavillon.

Il accueillit les visiteurs avec une grimace insistante que Roger interpréta comme un sourire. Le vicomte posa un genou en terre comme l'évêque lui tendait sa bague pastorale. Il la baisa et chacun fit de même. Le vieux Amalric d'Anduze aussi, qui ne parvint pas à se relever, privé de son épée d'arçon que des gardes zélés lui avaient confisquée à l'entrée. Un clerc charpenté vint le prendre sous les aisselles. Monseigneur Bernard alla s'asseoir dans une cathèdre surmontée d'un crucifix d'argent doré, et invita le vicomte à s'installer à côté de lui dans un des sièges de bois qui étaient disposés en demi-cercle, un peu plus bas. Roger passa sur cette différence de niveau.

Des fleurs de lavande, du romarin et des verdures étaient répandus sur le sol carrelé de terre cuite. Les bouffées d'air chaud venant de la cheminée se chargeaient au passage des parfums de la garrigue. Roger entra dans le vif du sujet :

— Monseigneur, vous avez enfin devant vous le seigneur de Béziers, qui a pu, grâce à Dieu, reprendre pied sur son domaine.

L'évêque ouvrit la bouche, comme surpris. Il n'avait plus de dents de devant. Il articula de sa bouche de poisson :

— Mon fils, n'oublie pas que tu partages cet honneur avec moi. J'ai la moitié de la ville, et un peu plus. La ville n'était pas orpheline sans toi...

Roger l'interrompit un peu vivement :

— Certes, mais je suis seul à la défendre toute. Et justement l'occasion se présente de le démontrer. Je sais par mes indicateurs que le comte de Toulouse, qui ne me pardonne pas d'avoir rendu l'hommage au roi d'Aragon après la mort de mon père, est en train de préparer une attaque. D'après mes informateurs il serait déjà en route pour Béziers.

Il observa l'effet de la nouvelle sur le visage de l'évêque, qui resta de marbre. Mais cette face bouleversée pouvait-elle encore exprimer des sentiments ? Roger reprit, sur un ton qu'il voulait calme et sans passion :

— En attendant je veux avant tout châtier ceux qui ont participé au meurtre de mon père. J'ai besoin de vous pour dresser la liste de tous ceux qui étaient présents dans l'église de Marie-Madeleine, le troisième dimanche d'octobre. Je veux le nom de ceux qui nous ont porté des coups, et même de ceux qui se sont abstenus de nous défendre.

Le vieillard ferma les yeux, comme pris de sommeil :

— Mon fils, je ne pourrai pas t'aider à faire cette liste. C'est si loin...

Il rouvrit ses yeux brusquement et vrilla son regard dans celui du vicomte :

— N'y a-t-il pas eu assez de sang versé ? Le sang appelle le sang ; le sang appelle la vengeance qui entraîne la guerre, et la relance indéfiniment avec son cortège d'horreurs, d'injustices, de désordres, de souffrances pour tous.

L'évêque ferma à nouveau ses paupières sur ses yeux révulsés vers le ciel. Il les rouvrit aussitôt et ramena leur éclat bleu sur le vicomte :

— Seigneur Roger, Dieu vous a rendu votre bonne ville de Béziers pour y favoriser l'abondance de biens, le salut des âmes et retrouver l'affection du peuple. En échange il vous demande de pardonner ! Le pardon soulagera votre cœur, et hâtera l'oubli...

— Je ne veux rien oublier !

— Justement mon fils ! Je te vois revenir plein de rage et de haine, le cœur enfiellé, pressé de châtier la ville félonne. Ne proteste pas, je le lis sur ton visage. Mon cher fils, je sais qu'il est dur de renoncer à la vengeance, et bien légitime l'ardent désir de châtier les meurtriers de son père. Mais par Jésus-Christ qui souffrit la mort pour nous rendre la Vie, le salut de notre ville passe par le pardon, non par la potence !

Ses yeux bleus semblèrent quitter les personnages terrestres qu'il avait autour de lui pour contempler un autre monde. Roger se demanda quel âge il pouvait bien avoir. Sa gueule cassée brouillait les pistes. Mais ses cheveux tout blancs qui s'étendaient jusqu'aux épaules en formant une toile de fond légère comme un voile de molequin, perméable à la clarté des lampes, laissaient penser qu'il avait atteint la soixantaine. Roger songea : « Batailleur pour son âge ! Il a foncé dans la mêlée comme un jeune, m'a dit Anduze. Ne nous laissons pas entortiller par ses prêches. Il me prend pour un enfant. Bientôt il va me demander de lui remettre le produit de mes redevances. Mais attention de ne pas le froisser. Je le sens encore plus bataillard que prêchard. »

Monseigneur sortit du songe et reprit :

— Mon cher fils, un danger plus grand que l'attaque du comte de Toulouse, plus grand que l'insoumission du peuple, plus grand que toutes les épidémies, guette notre ville. Tu sembles ignorer que tout le consulat de Béziers est gangrené par l'hérésie. Et beaucoup d'autres gens de Béziers et du Bédérès sont déjà pris dans ses filets. Surtout chez les négociants, et des plus en vue ! Ils en font aujourd'hui la réclame, publiquement, à la sortie de la messe ! Notre ville est en train de devenir un repaire d'hérétiques ! Je ne serais pas surpris qu'il y ait un lien avec la mort de ton père, qui s'employait à combattre cette effrayante dépravation.

Il pointa son doigt sur le vicomte :

— C'est ce combat contre l'hérésie que tu dois mener, avec moi, avec l'Église et sans plus attendre. C'est pour cela que Dieu t'a permis de revenir au milieu de nous, au milieu de ton peuple : c'est pour détruire l'hydre avant qu'elle n'ait multiplié trop de têtes !

Roger resta bouche bée. Il regarda ses compagnons qui lui firent signe qu'ils n'en savaient pas plus que lui. Il dut s'avouer qu'il n'avait jamais pensé à faire le lien entre la révolte des bourgeois et le renforcement de l'hérésie cathare. Existait-il, ce lien ? Rien ne le prouvait. « Gueule Cassée » essayait certainement de le berner : en suggérant que les hérétiques s'étaient employés à faire disparaître son père, il lui désignait un autre coupable que les bourgeois de Béziers, un coupable plus en amont, l'initiateur du meurtre. Et ainsi en le détournant de ses ennemis véritables il l'engageait à courir après ceux de l'Église.

Roger sourit. Il n'était pas question qu'il renonce à sa mission de justice.

Mais il concevait fort bien que l'extension de l'hérésie cathare, l'hérésie qui proclamait qu'il existait deux mondes, le bon et le mauvais, mettait en péril la survie de l'Église romaine. Car les cathares, les « Bonshommes » comme on disait dans le peuple, situaient l'Église romaine sans hésitation dans le monde mauvais. Et beaucoup de gens avec eux.

Roger pensa qu'il venait de découvrir quelque chose de fort intéressant : la crainte qu'avait l'Église de Rome de voir se développer une Église concurrente était devenue prioritaire, plus importante que toutes les querelles de barons. C'est donc que l'Église cathare menaçait réellement les intérêts de l'Église romaine, et qu'il suffisait de favoriser discrètement l'Église des Bonshommes pour affaiblir l'Église romaine... En poussant assez loin les choses, on pourrait à terme sinon se débarrasser de ses arrogants prélats, du moins les contraindre à modérer leur orgueil et à contenir leur avidité. En un mot : à partager.

Roger sourit encore. Il pressentait que la politique pouvait être un jeu amusant, comme les échecs. Il assura toutefois l'évêque de sa vigilance à l'encontre de l'hérésie. Il revint sur la menace toulousaine qui pesait sur la ville. Il insista sur la nécessité d'organiser d'ores et déjà une défense, sans attendre. Il fallait avertir du danger les consuls. L'évêque Bernard promit de s'en occuper.

Satisfait d'avoir mené à bien sa mission, qui n'était autre que de faire courir le bruit d'une menace toulousaine, Roger accepta une coupe de vin grec accompagné de quelques friandises. Des serviteurs nombreux apparurent et remplirent les coupes d'un liquide rouge aux feux sombres, qu'ils distribuèrent avec un onctueux empressement. L'évêque s'abstint de toute boisson et de toute gourmandise.

« Il croit rester au-dessus de la mêlée », pensa Roger qui vida sa coupe d'un trait.

Il plaida la levée de l'excommunication, puis il prit congé.

Le jour déclinait. Longeant la cathédrale, le vicomte se faufila dans le passage maintenu ouvert entre les maisons des chanoines et amena sa suite sur le miral qui surplombait le ravin de l'Orb, au midi et au couchant. Il n'y avait pas de chemin de ronde en cet endroit, mais seulement une muraille crénelée à hauteur d'homme qui bordait la place de la cathédrale au-dessus de l'à-pic. Une bise coupante cisaillait les visages dans le passage. Elle lui fit l'effet d'une médecine salutaire.

Il tenta d'apercevoir sa cité de Carcassonne. On ne pouvait pas la voir, mais il la devina au creux d'une plaine, entre Montagne Noire et Corbières, sous un ciel biffé de curieuses draperies grises. À sa dextre la Montagne Noire repoussait les nuages et virait au bleu sous le soleil. Plus loin les monts de l'Espinouse courbaient l'échine sous le ciel froid. Plus loin encore, franchement vers l'orient, la montagne s'élargissait comme sous les coups d'un marteau de forgeron et formait la table d'une enclume verte et mauve. Raimon de Vilar s'approcha du vicomte et montrant du doigt ce plateau ondulant du Caroux il fit remarquer :

— C'est « la femme couchée ».

Le châtelain précisa :

— C'est ainsi que les marins appellent la montagne du Caroux. Elle leur sert de repère depuis le large. Ils la prennent de Lattes jusqu'à Gruissan.

Roger rechercha l'échancrure par où il se faufilait pour se rendre de Carcassonne à Castres et à Albi. Il se surprit à murmurer, tout à coup empoigné par l'évocation des cathédrales forestières qu'il visitait là-bas au galop de son fidèle Tristan, un robuste cheval noir pyrénéen : « Quand j'aurai châtié Béziers, nous remonterons dans la montagne chasser la bête noire et le cerf. Et Béziers ne sera pas près de me revoir. La félonne ne connaîtra plus que les lourdes caresses avinées de ma garnison, et la brûlante curiosité de mes collecteurs d'impôts ! »

Sans un mot de plus il s'en revint vers le château.

Le souper se passa dans un étrange silence à la table du vicomte. Roger se tendait peu à peu, pareil à un arc. Il était déjà fermé à ses amis comme à ses collaborateurs. C'était le signe qu'on s'approchait d'une tempête. Raimon de Vilar surveillait le service, et paraissait entièrement absorbé par la cuisson des viandes et le parfum des vins de Sauvian. Le sénéchal Bernat du Puy mangeait méthodiquement, reprenant de tout ce qui était sur la table à la portée de ses mains. Et ses bras étaient longs. Grand et osseux, sec comme une verge de trébuchet, on ne comprenait pas où passait la nourriture qu'il enfournait sans pause dans le trou rond s'ouvrant compulsivement au milieu de ses poils gris en broussaille.

Bernat du Puy partageait son gobelet avec le notaire Saquet qui disait de lui : « C'est un canard. Tout ce qu'il mange ne fait que passer ! » Saquet était un érudit aux yeux rouges fatigués par la lecture nocturne à la chandelle. Il était rongé par les nerfs et sa santé était vacillante. Il grappillait comme une souris les morceaux de viande, les blancs-mangers, les pâtés et les pâtisseries, griffant de ses doigts blancs et maigres aux ongles longs des bribes de nourriture qu'il roulait en boulettes avant de les avaler. Il était toujours sur le qui-vive, prêt à répondre savamment à toute interrogation, prêt à enrichir n'importe quelle conversation qui ne parlât pas de chasse ni de femmes.

Cette restriction lui laissait peu d'occasions de faire connaître son immense savoir. Il le regrettait d'autant plus douloureusement que les nombreuses rebuffades que lui infligeaient les chevaliers, quand il se mêlait à leurs bavardages, l'obligeaient à distribuer prudemment ses connaissances. Il amenait habilement ses réflexions lumineuses par petites touches modestes, pour appâter son interlocuteur. Il attendait d'avoir ferré son attention pour lui assener sans prévenir le poids d'une œuvre monumentale, prise dans le corpus des Pères de l'Église comme dans celui des philosophes païens, des médecins grecs ou arabes.

Le seul qui ne refusait pas de croiser le fer de la dispute philosophique avec lui était le sénéchal d'Albi, Peire de Brens, dont la réputation était ternie par un sale penchant pour le brigandage. C'était mieux que rien, d'autant que Peire de Brens n'ignorait rien de l'hérésie cathare. On disait qu'il faisait siennes certaines de ses plus diaboliques affirmations. En particulier le doute qui en taraudait plus d'un sur l'existence réelle du Christ dans les deux espèces de la communion.

Personne ne s'en émouvait. On savait que derrière ses provocations se cachait avant tout l'abomination des prélats et des prêtres, et tout particulièrement de l'évêque d'Albi qui à plusieurs titres gardait la haute main sur la cité. Pour cette raison Roger avait maintenu son sénéchal dans ses fonctions, assuré qu'il ne reculerait pas d'un pas devant la puissance épiscopale.

Bernat de Roquefort, Bertran de Saissac, Aimeri de Laurac, les trois jeunes chevaliers qui ne quittaient guère le vicomte connaissaient trop bien leur ami pour tenter de le tirer de ses pensées. Ils mangeaient en silence, attendant sans trop s'en faire le moment de se retirer. Le vieux seigneur de Dourgne et son fils partageaient leur table et leur prudence.

Les autres barons du Lauragais, du Razès, de la Montagne Noire, des Corbières ou encore de l'Albigeois qui étaient venus fêter le retour du jeune Trencavel sur ses terres bittéroises devisaient à voix basse, entre eux, alignés par pays autour des autres tables, ignorant les servantes, intimidés par le mutisme de leur vicomte et bridés par les recommandations qui leur avaient été répétées de ne faire aucune allusion à ce qui se préparait pour les jours prochains. Il fallait se méfier des serviteurs.

Un couple de jouglars, homme et femme, s'était installé au coin de la grande cheminée, à côté des broches. Personne ne les écoutait vraiment, mais ils étaient heureux de l'absence du brouhaha habituel. Pour une fois ils n'avaient pas à crier pour se faire entendre, ni à se garder des tranchoirs de pain, imbibés de sauce, qui traditionnellement leur étaient réservés en fin de repas.

Aucune femme n'avait été conviée dans la salle ; seulement des guerriers. Personne ne fut surpris de voir le vicomte Roger se lever avant la mi-nuit et quitter seul la salle. Il grimpa directement à l'étage. Le châtelain, comme le voulait la coutume, lui avait laissé la meilleure chambre, la sienne, la seule qui fût pourvue d'une antichambre où il recevait sans faire partager son intimité. Roger s'attarda un moment sur un siège devant la cheminée où flambaient des bûches courtes. Un courant d'air froid le prévint qu'on soulevait la portière. À sa grande surprise apparut la benjamine du châtelain, Séréna, en chemise et pieds nus. Elle vint en sautillant sur le carrelage froid jusqu'à un grand carreau de soie servant tout aussi bien à s'asseoir qu'à se mettre à genoux. La jeune fille le poussa du pied vers la cheminée et s'y assit, ramenant sa chevelure brune et lisse sur ses épaules tout en jetant un coup d'œil en coin au vicomte. « Dieu vous garde, Roger ! » lui lança-t-elle avec naturel. « Dieu te garde, donzelle ! » répondit-il, un peu contrarié que cette ravissante pucelle se soit introduite chez lui sans manières. Elle avait peut-être l'habitude de venir là chaque soir se chauffer auprès de son père, avant de se coucher. Il demanda :

— Tu ne dors pas ?

— Je n'ai pas sommeil. Je vous ai entendu monter et rentrer dans la chambre. Mes sœurs vous trouvent beau mais triste. Je suis venue vous distraire et vous souhaiter la bonne nuit...

Roger hocha la tête, pas du tout convaincu par l'explication. Il demanda encore :

— Et tes sœurs, viendront-elles aussi ?

— Non, elles dorment.

Le châtelain ne semblait pas pressé de marier ses filles. Il était veuf, on pouvait comprendre qu'il hésitait à rester seul. Roger avait toujours été désorienté par les femmes. Elles étaient là quand il ne les attendait pas, elles le fuyaient quand il les réclamait. Il les désirait énormément mais les craignait tout autant.

Il observa Séréna. C'était une fille bien en chair, à la peau blanche soulignée de rosés frais dans les plis et dans les ombres. Sa chemise de lin s'ouvrait sur le devant suffisamment pour qu'il pût apercevoir, de sa position plus élevée, l'attache capiteuse des seins séparés d'un profond sillon. Séréna s'était assise en tailleur sur le coussin, offrant ses cuisses à la chaleur voluptueuse du feu. Ses genoux étaient blancs, saillants.

Elle parla de ses sœurs, de son père, et lui demanda si la guerre était bien finie. Roger rit.

— Nous sommes restés enfermés au château plus d'un an, se justifia-t-elle. Je ne pouvais plus dormir. J'ai besoin de me fatiguer pour bien dormir. Vous aimez la mer ?

Roger ouvrit de grands yeux.

— La mer ?

— Moi, j'aime le bord de mer. J'y suis déjà allée plusieurs fois avec mon père. On galope sur la plage, on baigne les chevaux. On se roule dans les vagues. C'est merveilleux !

— Tu te baignes dans la mer ? Et si elle t'emporte ?

La jeune fille rit en levant son visage rond de poupée vers le vicomte. Elle avait un rire d'enfant, un peu forcé. Un rire de pucelle qui joue à la femme, pensa Roger qui sentait sa fatigue s'envoler. Il se demanda : et si je la prenais dans mon lit ? Nous aurions chaud. J'oublierais un moment ce qui me désespère d'attendre. Oui, mais cette fille a le feu, c'est visible. Insatiable, elle va me vider de mes forces jusqu'à l'impuissance, elle va me désarmer, émousser ma colère, éteindre ma hargne... Demain, sans énergie, sans goût, comment prendrai-je la tête de l'armée de justice ? Les gens de

Béziers auront affaire à un piètre exterminateur. Il me faut la renvoyer, et rapidement...

Séréna babillait, la chemise tendue par ses beaux seins ronds et relevée sur ses genoux entre lesquels pénétrait le souffle chaud du foyer. Sa chevelure coulait dans son dos comme un torrent aux reflets bleus. Elle l'empoignait sans cesse et l'entortillait d'un geste nerveux, toujours le même, révélant l'éclat fugace de sa nuque blanche brouillée de cheveux humides. L'âge ne l'avait pas encore creusée.

Roger tendit la main malgré lui, saisit la nuque qui joua à se laisser prendre. La jeune fille renversa sa tête sur le bras qui l'immobilisait, offrant son visage et sa bouche au jeune homme, les yeux fermés. Roger la contempla encore un instant, un dernier instant. Son autre main partait déjà se saisir d'un sein qu'il entrevoyait presque entier, juste pour savoir s'il était aussi lourd et ferme qu'il paraissait, et en réaction il lui serra le cou comme pour mettre fin à l'entreprise de séduction et dénoncer la manœuvre diabolique. La jeune fille ouvrit grands les yeux, cria.

Roger lâcha son cou, barré d'un anneau rougeâtre, surpris et excité par ce cri qui le portait à aller plus loin. Séréna se leva, incrédule, frictionnant sa nuque, les yeux noirs de reproches : « Vous m'avez fait mal ! » dit-elle en geignant. Il sourit et la poussa vers la portière de drap bleu décoré de rinceaux dorés. Elle se retourna, hésitante, s'arrêta brusquement, tourneboulée. Roger bouscula ses fesses, lui prit la taille et la remit sur le chemin de la sortie. Comme elle résistait encore, il lui glissa à l'oreille, d'une voix qu'il voulait tendre et qu'il entendit étrangement voilée : « Pas ce soir, ma douce. »

Séréna se retourna violemment, échappant aux mains qui la guidaient, et l'embrassa à pleine bouche.

Roger sentit un corps rond et chaud contre sa poitrine, son ventre et ses cuisses. Il s'en écarta lentement, à regret. Sur cette demi-espérance d'une future félicité la jeune fille se glissa sans bruit sous la portière et disparut dans un souffle d'air froid. Le vicomte se déshabilla entièrement et se glissa dans le grand lit sous les couvertures de fourrure, entre les draps de lin qu'une habile servante avait réchauffés avec des braises.

Il s'endormit sur le matin, après s'être longuement livré avec Séréna, dans un demi-sommeil, à un corps à corps débridé et sensuel. Il fut réveillé à l'aube par les coqs de la basse-cour et les premières réclamations d'orge et d'avoine des chevaux. Il était épuisé, furieux contre la pucelle qui avait failli le détourner de sa mission sacrée. Il ne lui restait que la satisfaction d'avoir dominé son désir.

Il pensa que c'était tout de même un bon présage.

III

Quand le vicomte Roger Trencavel apprit que les consuls demandaient une entrevue de toute urgence, il s'écria en frappant dans ses mains : « On a ferré le poisson ! » Il donna rendez-vous aux consuls le plus tard possible, vers midi. Ils vinrent à quatre, comme ils avaient coutume, la mine rechignée, et réclamèrent des précisions détaillées sur les manigances du comte de Toulouse. Roger leur montra un visage amène, manifestant un grand souci de leur sort, et engagea un de ses écuyers à parler. Celui-ci venait justement de Carcassonne.

L'homme raconta ce qu'il avait observé. Roger avait auparavant soigneusement pesé le récit, afin qu'il fasse naître une peur irrépressible dans l'esprit des prud'hommes. L'écuyer décrivit l'armée comtale en marche, farcie de soldadiers, des routiers navarrais et gascons, dont on savait l'âpreté au pillage, le penchant pour les viols des toutes jeunes filles, le goût du sang et des tortures raffinées. Le prime consul s'agita. Il demanda brutalement, coupant la parole au jeune homme : « Combien sont-ils ? » L'écuyer resta évasif. Il n'avait pu les compter. Il dandina la tête :

— En tout cas plus de deux mille !

— Deux mille et plus, et nous-mêmes ?

Roger intervint :

— J'ai cent hommes avec moi, bien armés et prêts à se battre !

Le prime consul joignit ses mains en levant ses gros yeux au ciel :

— Cent hommes ? Mais seigneur vicomte, qu'allez-vous faire avec cent hommes ?

Il s'esclaffa. Pour un peu il lui aurait tiré les oreilles. Roger répliqua :

— Mestre Tavernier, je vous rappelle que nos accords m'interdisent de rentrer dans la ville avec plus de cent hommes...

Le consul se campa en crochetant avec ses pouces l'épaisse ceinture de cuir qui serrait sa tunique en lui façonnant un double ventre. La sueur poissait ses joues. Il fit semblant de réfléchir et confirma, d'un ton radouci :

— C'est exact, seigneur vicomte. Mais il nous faut nous renforcer. Et que pouvons-nous faire, en deux jours ?

Roger fit aussi semblant de réfléchir. Il prit l'air satisfait de celui qui vient d'avoir une illumination :

— Gens de Béziers, vous n'ignorez pas que le comte de Toulouse veut me punir d'avoir renié mon hommage, et d'avoir quitté sa souveraineté pour celle du roi d'Aragon.

— Nous le savons.

— Le roi d'Aragon étant désormais notre suzerain, il doit nous défendre.

Les consuls, un instant réconfortés, retombèrent dans le comble du désespoir. Le prime consul s'emporta :

— Mais seigneur vicomte, les troupes du comte de Toulouse seront là demain pour les vêpres ; au plus tard après-demain pour matines. Le temps d'avertir le roi d'Aragon, qu'il réunisse une armée et qu'elle parvienne à Béziers, nous serons pris. Et tués, vraisemblablement.

— Et pillés ! ajouta un compagnon à dextre.

— Saccagés ! reprit un autre.

— Torturés !

— Et violés !

— Empalés !

— Ruinés de toute façon...

— Chassés de la ville, jusqu'au dernier !

Roger acquiesça :

— Il est vrai que ceux qui viennent n'ont rien de chrétien. Ce sont des monstres à tête humaine, des bêtes sanguinaires... Mieux vaut rencontrer des loups que des soldadiers navarrais...

Un consul laissa échapper un hoquet, un autre un gémissement. Le prime consul s'encoléra à nouveau :

— Nous perdons du temps, il faut décider quelque chose.

Roger répondit modestement :

— J'ai peut-être la solution.

— Ah ? firent les consuls sans conviction, devenus méfiants.

— Je dois d'abord vous rappeler que nous ne sommes pas aussi démunis que vous le pensez. Vous avez une milice...

Ils haussèrent les épaules :

— Elle ne sait pas se battre !

— Elle sait parader en tout cas. J'ai le souvenir enfant d'une fête de Caritats, avec un étrange chameau... des centaines de sergents d'armes ont défilé devant moi, habillés comme des chevaliers bannerets, et fiers comme des paons. Bref, s'ils ne savent pas se battre... n'en parlons plus. Ceux qui arrivent, eux, savent tenir une épée. J'y pense ! Il y a aussi les sergents d'armes de l'évêque...

— Ceux-là, on n'ose même pas leur confier le guet ! Ils ne savent que réclamer la dîme !

— Bon, je reviens à mon idée. Je suis bien placé pour savoir qu'un certain nombre de compagnies du roi d'Aragon n'ont pas repassé les Pyrénées, vers la Catalogne ou vers Saragosse. Elles ont comme destination le comté de Provence, où le frère du roi a besoin d'aide. Ces troupes étaient encore au repos à quelques lieues d'ici jusqu'à hier. On peut les rappeler. À marche forcée, elles seront là dans la nuit, au plus tard demain matin avant prime.

— Combien sont-ils ?

— Je ne sais pas. Demandons cinq cents hommes. Nous devrions tenir. Je suis sûr que le comte de Toulouse n'osera pas s'attaquer ouvertement au roi d'Aragon. C'est un trop gros morceau pour lui.

Les consuls se concertèrent rapidement et donnèrent leur accord.

— Il faut leur envoyer un messager dans l'heure ! ordonna le prime consul en tapant du pied. Cinq cents ! C'est beaucoup, et c'est peu pour la longueur de nos murailles. Quatorze portes ! Nous allons rassembler la milice. Seigneur vicomte, pressez vos courriers. Il faut que les Aragonais arrivent avant les Toulousains, sinon nous serions perdus.

Roger les raccompagna en les rassurant :

— Je parie un genet d'Espagne qu'à la vue des étendards aragonais les Toulousains vont tourner bride...

— Dieu vous entende ! lui répondit le prime consul qui ne voulait pas risquer un cheval.

Dès qu'ils eurent quitté le château Roger appela son sénéchal, Bernat du Puy, qui attendait la fin de l'entretien pour venir dans l'antichambre du vicomte. Il entra en passant son grand corps de biais pour éviter de se cogner au linteau sculpté d'étoiles de la petite porte, et pour échapper ensuite à l'enveloppement du drap de la portière. Roger lui réclama les six Aragonais qui étaient entrés avec eux la veille. Bernat du Puy lui avoua, le regard effaré, qu'ils avaient disparu. Roger entra dans une grande colère :

— Ils ne devaient quitter le château sous aucun prétexte ! Tu en étais garant !

— Certes, seigneur Roger. Mais allez empêcher un Espagnol de boire ! Autant vouloir interdire aux rivières d'aller à la mer.

Il se frappa la poitrine moulée dans une broigne d'écailles de fer revêtue de basane, et rivetée d'argent doré :

— Mais je sais où trouver l'armée d'Aragon ! Il ne me faudra pas plus de deux heures pour être sous la tente de leur chef, le comte Galindo.

— Ce n'est pas ça qui me préoccupe. Les Aragonais de Galindo nous attendent. Mais il ne faudrait pas que ces bougres qui ont filé sous ton nez à la taverne se mettent à parler avant de rouler sous les tables, pleins comme des outres. Prends des chevaliers avec toi et va les chercher. Si tu as l'impression qu'ils ont parlé, ramène tout le monde, patron et servantes, et mets-les au secret jusqu'à demain midi. Allez ! Vite !

Bernat du Puy s'éclipsa à grandes enjambées et revint bientôt. Les Aragonais s'étaient arrêtés dans le premier estaminet qu'ils avaient rencontré dans la rue des Notaires, en sortant. Trois étaient visiblement avinés, et sans utilité ; les autres ne paraissaient pas souffrir des vapeurs du vin. Le sénéchal était accompagné de leur chef, Uc de Mataplana. Le visage buriné et barbu, massif, l'Espagnol était vêtu d'un bliaud de drap mauve serré par une courroie, déformé par les accrocs et maculé de taches brunes qui marquaient le chemin de la table à la bouche. Il salua le vicomte d'un grand sourire. Cette allure détendue et insoucieuse irrita Roger qui l'apostropha violemment :

— Je t'avais dit de ne pas quitter le château. Si l'opération échoue je vous fais tous pendre !

Le vieux soldat ricana. Son rire découvrait des dents blanches, intactes, pareilles à une barre de marbre blanc au milieu d'un fourré hirsute. Il secoua la tête, se gratta, cracha au sol et sembla s'adresser au carrelage de terre cuite en mauvais état retenu dans une résille de bois de chêne. Son pied botté de cuir brun avançait à petits coups comme s'il voulait tester la solidité de l'étage, à moins qu'il ne se soit perdu dans la contemplation du dessin de ses bottes. Il releva la tête :

— Seigneur vicomte, dit-il, ne craignez rien. Mes hommes sont restés muets comme des carpes. Ils ont bu mais un Aragonais ne parle jamais en buvant. Il chante !

— Chevalier, je ne plaisante pas. Je vous ferai tous pendre. En attendant, les consuls ont accepté les renforts du roi d'Aragon. C'est à toi de faire, maintenant. Il me faut mille hommes cette nuit dans la cité. J'en ai déclaré cinq cents. Pour qu'on ne puisse pas les compter, vous entrerez en même temps par les dix portes inscrites sur ce morceau de parchemin. Il y a la porte du Pont, celle de la Tour Venteuse, celle de Grindes, de Corneilhan, celle de Saint-Saturnin, de Saint-Guillaume... Dix portes ! Je les contrôle presque toutes avec l'évêque. Ce sera facile. Tu répartiras les hommes par groupe de cent. Chaque centaine entrera par une de ces portes, et tous ensemble. Les consuls ne pourront pas compter tout le monde à la fois.

Roger alla à la fenêtre qui éclairait faiblement la pièce, une meurtrière à peine élargie donnant sur le palais de l'évêque. Il aspira l'air frais et reprit :

— Donc demain matin il y aura mille soldadiers aragonais dans la cité, et quelques renforts de Carcassonne que j'introduirai dans le château par ailleurs. Nous logerons les soldadiers chez l'habitant. Mes hommes les accueilleront aux portes et les répartiront dans les bourgs de la ville. Deux, trois ou quatre par logis, selon l'importance de la maison. Il faut qu'avant midi tout le monde soit casé. Compris ?

L'Aragonais inclina son corps massif en soufflant :

— Compris, seigneur Roger. Il n'y a aucune difficulté à exécuter cette opération.

Le regard de l'homme était tranquille, et Roger commençait à ressentir de la jalousie pour ce chevalier aragonais qui semblait absorbé par les lanières de ses bottines remontant en se croisant sur ses braies brunes à la mode wisigothique, sans ornements, jusqu'à l'affinement du mollet, pendant qu'on se préparait à massacrer une ville. Comment faisait-il pour conserver un tel détachement ? Était-il assuré de ses capacités ou inconscient des risques de l'opération ? Présomptueux, peut-être, comme il l'avait souvent remarqué chez les Espagnols. L'avenir proche le dirait.

— À midi, quand les cloches de la cathédrale sonneront, tes soldadiers logés chez les bourgeois s'empareront des hommes présents dans chaque maison où ils auront leur quartier, et seulement de ceux-là.

— Vous voulez dire que tous les logeurs ont été choisis pour être punis ?

— Exactement. Vous amènerez vos prisonniers sur la place la plus proche. Vous n'interviendrez pas dans la rue, sauf en cas d'émeute et sur mon ordre. Mais mes hommes seront là pour prévenir toute révolte, et peut-être ceux de l'évêque si j'arrive à le convaincre. Autre chose : aucun incident avant demain midi ! Tiens tes hommes ! Ils ne doivent pas inquiéter les Bittérois.

Tout incident sera puni de la pendaison immédiate. Compris ?

Uc de Mataplana passait un petit bâton entre ses dents. Il ne répondit que par un hochement du chef et un grognement. Mais il avait tout saisi, et dans son esprit chaque étape de l'opération était déjà clairement en place. Il repartit sans manières aussi tranquillement qu'il était venu. Roger suivit des yeux sa tête embroussaillée rappelant une quenouille débordante de laine. Il quitta le château aussitôt, prévoyant de rejoindre les troupes du roi d'Aragon en trois heures tout au plus. Les mercenaires étaient cantonnés entre l'abbaye de Saint-Thibéry et Mèze. On leur avait déjà parlé d'une opportunité de pillage, avec l'aide de Dieu.

L'apparition d'Uc de Mataplana dans le camp aragonais était si attendue qu'elle provoqua une émeute : chaque soldadier voulait en être. Revenir dans la cité de Béziers violer et voler à sa guise n'était pas une picorée de routine. C'était une de ces occasions rares de s'enrichir et d'aller au bout de la vie comme on n'en rencontrait pas une fois l'an. Le chef de l'armée royale, l'adelantado Galindo, dut tirer au sort les heureux élus et, pour ramener le calme, il en rajouta deux centaines, les plus méritants. On trouverait bien une porte pour les passer dans la cité.

Dès la nuit tombée Roger attendait impatiemment les Aragonais. Il était monté en haut de la guette du château Vieux, une tour fine bien plus haute que les murailles. Elle permettait de surveiller un large horizon du côté de Montpellier. Le sénéchal du Puy était avec lui, remuant ses lèvres sèches dans l'étoupe grisonnante de sa barbe sans sortir un mot. Le coup des Aragonais, qui s'étaient éclipsés dans une taverne sans l'en avertir, l'avait vexé.

Les deux hommes observaient la lune qui montait dans le ciel noir en révélant au passage de petits nuages blancs en désordre s'attardant ici ou là. La reine de la nuit était précédée et comme tirée par deux astres brillants, l'un scintillant comme le diamant, l'autre paré des reflets du rubis. Les astres avaient émergé l'un après l'autre d'un linceul blanchâtre qui s'étalait pareil à une toile de lice sur la moitié basse du ciel. Le sénéchal sortit de son silence en montrant du doigt, à l'opposé de la lune, trois étoiles de même force dans un alignement oblique : « Les Rois Mages ! » dit-il. Un peu plus tard se déploya, montant du sol, un harmonieux dessin. Il hocha la tête : « La constellation d'Orion. L'hiver est là. »

Roger grogna pour signifier qu'il avait entendu. Les étoiles n'étaient pas son affaire. Comme la lune accrochait sa lumineuse rotondité à son point culminant, révélant sous une clarté blême et délicate une campagne aux formes douces et sans couleur, aux creux blanchis de brume, on entendit un bruit sourd, régulier, rythmé. Le sénéchal porta ses mains en entonnoir jusqu'à ses grandes oreilles :

— Seigneur Roger, ce sont nos hommes !

Il mima d'un doigt le rythme de la marche qu'entraînaient les tambours.

— Marche forcée ! Ils seront là le temps de dire une messe. Ou de passer chez les fillettes. C'est du pareil au même.

Le fil tendu des flageols se mêla bientôt à la sourde résonance des tambours et apparurent dans la nuit laiteuse, en voletant, les flammes dansantes des torches. Les premiers rangs de péons, bordés par les peaux blanches des tambours, sortirent la tête et les épaules de la brume rendue diaphane par la clarté de plus en plus vive de la lune. À leur suite s'extirpa de l'ouate un long serpent d'hommes noirs, couverts d'écailles grises révélées par leur sombre miroitement. Roger pensa qu'il n'y avait rien de plus beau que le spectacle d'une armée en marche. Les escadrons de chevaux fermaient la colonne, bousculant et déchiquetant des écharpes de brume qui se reformaient derrière eux. Le sénéchal grogna. Il se retourna vers l'entrée de l'escalier et saisissant une torche il disparut dans les ténèbres du colimaçon.

Roger resta seul avec les deux hommes du guet qui ne disaient mot. Il attendit que la troupe fût au pied des murailles, que le spectacle fût accompli pour redescendre. Il avait réparti les rôles et n'avait plus qu'à attendre. Des chevaliers et des miliciens accueillaient les soldadiers aux portes d'entrée de la ville pour répartir les hommes dans chaque rue, dans chaque maison. Le vicomte sortit du palais sans autre escorte que ses amis et alla dans le bourg de Lespignan. Il comptait passer ensuite dans celui de la Salvetat. C'est dans ces quartiers que vivait la plus grande part de la bande d'émeutiers de l'église de la Madeleine. C'est de là que partaient la plupart des désordres, que naissaient les émotions populaires. C'est de là que soufflait le mauvais esprit de Béziers, c'est là qu'il se régénérait. On verrait bien s'il allait renaître de ses cendres, quand serait passé le feu aragonais.

Il était à la porte du Gua. Sous le grand porche protégé par une statue de saint Aphrodise tenant son chameau, et flanqué de deux vieilles tours antiques, des soudards arrivaient en désordre. Leur silence était étrange, anormal, et inquiétant leur regard fouineur et effronté. Bruns de toison, la peau cuite sur les chemins, barbus, les cheveux gras moulés sur le crâne à la forme d'une cervelière ou d'un casque de cuir qu'ils tenaient à la main, enveloppés de penailles sous lesquelles luisait à l'improviste le fer filandreux d'une cotte de mailles, les écailles d'une broigne lustrée par l'usure, le miroir sombre d'une pansière de fer, ils portaient sur l'épaule leur paquet d'affaires, roulé autour de leurs armes ou suspendu à une bandoulière.

Roger repéra le mainadier qui commandait le groupe. Il se distinguait de ses camarades par une certaine prestance. Il portait des braies de cuir en bon état, qui moulaient ses jambes et son sexe, et des sandalettes nouées aux chevilles. Ses semelles avaient acquis sur les cailloux des chemins la minceur d'un parchemin. Une broigne de cuir fauve protégeait son torse, dont les plaques de métal et les rivets dessinaient un échiquier. À la ceinture du baudrier était accrochée une énorme épée. La lame était très large au talon et allégée d'une longue cannelure gravée. Roger repéra immédiatement la longueur de la poignée, pour une prise à deux mains, et la concavité des bords de la lame. Une arme redoutable, faite pour la décapitation. Sur le sol sa cape enveloppait une arbalète, une courte lance et une arme dont on ne voyait que le manche rond. Peut-être une masse. Sur ce tas trônait son heaume à nasal de cuivre rouge, auquel était attaché un camail ou un gorgeret dont les mailles de fer remplissaient le casque à ras bord.

Roger s'approcha du jeune homme et lui tapa sur l'épaule de fer, qui sonna. L'autre se retourna vivement. Le vicomte lui dit :

— Je suis le seigneur de Béziers, comment t'appelles-tu ?

L'Aragonais fronça les sourcils. Visiblement il ne comprenait pas. « Ce n'est pas plus mal qu'ils ne comprennent pas notre langue, pour ce qu'ils ont à faire », marmonna Roger. Il reprit :

— Tu nombre ?

— Peire Aragonès.

— Toi au moins, on sait d'où tu viens. Caballer ?

— Si !

Roger regarda son arbalète. Ce n'était pas une arme de chevalier. Mais un chevalier mercenaire n'a pas à entrer dans ces considérations. C'est un soldadier comme les autres, même si sa tâche est plus noble. Et puis la guerre est la guerre. Elle n'a pas d'autre règle que de tuer et de ne pas se faire tuer.

Il lui tapota encore l'épaulière de fer qui protégeait largement toute l'épaule gauche :

— Buena noche. Duermete bien.

L'homme sourit d'un air entendu et continua à trier sa compagnie. Les chevaliers de la ville et les miliciens emmenaient dans les rues les hommes qu'il désignait. Roger se réjouissait de leur trogne tourmentée, de leur regard carnassier, de leur mufle dur et couenneux, de leur démarche de fauve. Il ricana : « La méchanceté au service de la justice ! » Les choses traînaient un peu car les soudards voulaient choisir leur logement en se fiant à la richesse de la façade ou, quand ils avaient l'occasion d'en juger, à la beauté des femmes. Les hommes discutaient, les chevaliers s'impatientaient, chacun dans sa langue.

Il alla à la porte Saint-Gilles avec ses compagnons. Tout se passait bien. Bernat de Roquefort suggéra de se rendre à l'auberge des Deux Anges, en précisant qu'il serait de bonne ruse de fêter comme il convient le « secours » des Aragonais. Ce serait d'un bon effet sur la population... Roger ricana et lui enfonça son coude dans le ventre. Il leva la tête pour observer la trogne rubiconde de son châtelain de la Montagne Noire, mangée par une barbe noire qui n'avait jamais vu venir de peigne ni de ciseaux, mais seulement les doigts de son maître traquant la vermine. Chacun savait qu'il était un boit-sans-soif impénitent. Tous les prétextes lui étaient bons pour entrer dans une taverne.

Quand ils allèrent se coucher à l'aube, une délicate lueur nacrée rosissait le ciel vers Montpellier derrière des nuages diaphanes. L'armée aragonaise s'était évanouie dans le labyrinthe inextricable des bourgs de la ville de Béziers.

Au matin Roger fit occuper les places par ses hommes, et envoya des rondes dans les rues. Les Aragonais avaient ordre de ne pas quitter leur logis, et surtout de ne pas y créer de désordre. Le vicomte descendit retrouver ses compagnons dans la salle et ils s'en furent prendre les chevaux pour inspecter les murailles. Il n'était pas inutile de laisser croire toujours à une attaque toulousaine. Ils revinrent avant midi. Roger pensa qu'il était temps de mettre au courant « Gueule Cassée », l'évêque, et de lui proposer une dernière fois de participer à son action de justice.

Le messager revint avec un parchemin roulé et fermé d'un lacet de soie verte, cacheté. L'évêque lui répétait qu'il n'était pas nécessaire d'en venir à de telles extrémités, qu'il devait pardonner par amour pour Jésus-Christ. En tout cas il ne pouvait compter sur lui. Il acceptait tout au plus de ne pas se mêler du procès de la ville, mais à quelques conditions :

« Qu'aucun d'entre vous ne soit assez hardi pour s'en prendre à aucun de mes hommes, tant miliciens que gardes, portiers, officiers, clercs, juges et avoués, prêtres et diacres, domestiques et tout homme clerc ou non clerc qui relève de mon autorité.

Qu'aucun d'entre vous ne soit assez hardi pour s'en prendre à aucun homme ni à aucune femme voués à Dieu : moines et moinesses, frères convers, oblats, enfants des écoles et leurs maîtres.

Qu'aucun d'entre vous ne soit assez hardi pour s'en

prendre aux paysans et aux pêcheurs qui nous nourrissent, aux malades sans forces, aux voyageurs et aux marchands... »

La lecture finie, Bernat de Roquefort s'exclama :

— Mais on ne peut plus rien faire !

Roger éclata de rire :

— C'est bien ce qu'il veut, Gueule Cassée. Mais tout ce que je demande, c'est qu'il reste chez lui.

On entendit sonner midi au carillon de Saint-Nazaire. Aussitôt tous les clochers de Béziers se mirent en branle, déversant sur la ville, de l'ombre de leurs ajours, des chapelets de glas noirs et lugubres. À la voix basse des bourdons se mêlèrent bientôt des cris de femmes et de terribles hurlements. Roger tapa dans ses mains et respira un grand coup :

— Nous y sommes ! s'écria-t-il avec une joie rageuse. Chacun à sa place !

Il avait réparti ses plus fidèles compagnons à chacune des places où devait avoir lieu le supplice. Ils montèrent à cheval, aussitôt entourés d'une forte escorte de chevaliers et de sergents, et sortirent dans la rue. Les cris leur arrivèrent en pleine face. Déjà des hommes ébouriffés, en chemise et en braies, étaient extirpés des maisons et emmenés dans une marche houleuse vers le plan aux Herbes, le marché aux légumes. Les soldats du vicomte, qui dirigeaient la rafle, bottaient au passage les prisonniers en criant : « Devine qui t'a frappé ! » C'était un jeu.

Il y en avait un autre. Des femmes et des jeunes filles qui s'accrochaient courageusement à leur mari, à leur père ou à leur frère en demandant de l'aide étaient rapidement ceinturées, emportées par un groupe d'Aragonais et violées sur une charrette, derrière une rangée de comportes, sur le foin au milieu des chevaux. Les plus récalcitrantes ne se relevaient pas.

Des hommes et des femmes qui jaillissaient dans la rue en hurlant pour secourir un parent, un ami, un voisin, venaient mourir sur la lame des épées, des dagues, des grands couteaux que les soldats faisaient jaillir de leur ceinture comme par magie dans un geste vif et résolu. On leur avait dit : vous avez tous les droits.

Roger voyait tout cela et s'appliquait à conserver un regard dur, impénétrable. Il ne s'attarda pas non plus sur la silhouette trapue d'un soldadier tenant au bout de sa pique la tête sanguinolente d'une jeune fille. Il voulait châtier son peuple, et durement. Il ne pouvait être sensible à la pitié, même un bref instant. « Le bras vengeur de Dieu ne peut être sensible à la beauté des femmes, à la fraîcheur d'une pucelle, à la douleur d'une épouse », se répétait-il en entendant les cris déchirants des malheureuses. « Le bras vengeur de Dieu ne connaît pas de faiblesse humaine et ne saurait s'émouvoir de quelques excès inhumains. »

Il arriva au plan aux Herbes. Une centaine d'hommes étaient serrés là, ligotés, encordés les uns aux autres, hirsutes et débraillés. Beaucoup saignaient, roulant des yeux stupéfaits et gémissaient, livides. D'autres pleuraient, tremblant de froid, se lamentant comme des mendiants et quêtant la pitié de leurs tortionnaires aragonais. Ceux-ci, loin de tenter de comprendre une langue étrangère à la plupart d'entre eux, ricanaient et les faisaient crier davantage en les piquant du bout d'une lance. Tout à coup un grand gaillard jaillit du groupe. Indifférent au coup de pique qu'il recevait dans l'aine, il détala en direction de la cathédrale et du palais de l'évêque, les bras ligotés le long du corps. Une flèche blanche apparut presque aussitôt entre ses épaules, fichée profondément dans le dos. L'homme plia les genoux, ses pas raccourcirent et il tomba en avant. Les soldats félicitèrent l'archer, un jeune homme qui s'en alla nonchalamment tenter de récupérer sa flèche.

À la vue du vicomte Trencavel, les prisonniers se mirent à crier et à implorer son pardon tous en même temps. Roger ne manifesta aucune émotion, s'enquérant de l'arrivée de la charrette qui devait servir au supplice. Une échelle avait été posée contre une branche maîtresse du gros tilleul qui ombrageait la place pendant l'été, et des hommes y avaient disposé cinq cordes nouées par un bout au timon d'un tombereau, sur l'arrière, et terminées à l'autre extrémité par un nœud coulant. Des soldats tirèrent une charrette juste en dessous des nœuds.

Trencavel remarqua un homme très corpulent parmi les prisonniers et le désigna aux soldats. Ils l'amenèrent. C'était un marchand de bon vin, connu pour engrosser ses servantes avant de les renvoyer à la rue. Le vicomte le désigna du doigt et l'apostropha du haut de son cheval :

— C'est toi, félon, qui me disais à la mort de mon père que j'avais gagné autant que vous les consuls, de ce crime ?

L'homme baissa les yeux et ne dit rien.

Trencavel reprit :

— Eh bien ! Sache que nous n'avons rien gagné, ni toi ni moi.

Et montrant la charrette :

— Mais toi, tu as tout perdu !

Il fit signe aux soldats de le monter sur l'échafaud improvisé. Ils prirent ensuite quatre autres prisonniers et les placèrent également sur la charrette, sur un rang, la corde au cou. Roger prit de nouveau la parole, sans descendre de son cheval, et s'adressa à la masse des prisonniers :

— Moi, Roger Trencavel, par la grâce de Dieu vicomte d'Albi, Carcassonne et Béziers, seigneur du Razès, du Quercob et autres lieux, fils et héritier du vicomte Raimon, votre seigneur et suzerain que vous avez lâchement et ignominieusement assassiné en l'église de Sainte-Marie-Madeleine, le dimanche 17 octobre de l'an 1167 de l'incarnation du seigneur Christ, alors qu'il venait vous apporter la paix, moi son fils je vous condamne par les pouvoirs que Dieu m'a accordés à être pendus jusqu'à ce que mort s'ensuive, pour effacer à tout jamais de la cité de Béziers la honte et le péché d'un tel crime. Que je sois le bras de la colère divine, et que Dieu pardonne, s'il lui plaît, aux mauvais hommes qui par leur malice se sont séparés de Lui.

Il jeta un regard circulaire sur la foule qui murmurait et, montrant la charrette :

— Allons ! cria-t-il.

Un prêtre de Saint-Jacques, l'église hors les murs où devaient être enterrés les suppliciés, monta visiter les cinq hommes et leur fit réciter, tous ensemble, le Notre-Père. Puis les soldats du vicomte s'attelèrent à la charrette et la tirèrent violemment par les limons. Les hommes crièrent et tombèrent les uns après les autres en se heurtant. On entendit craquer la branche et des os. Le gros homme mourut le premier, le cou brisé. D'autres moins chanceux restèrent cramoisis un moment en ouvrant la bouche comme des poissons, avant de devenir bleus et d'être parcourus de spasmes. Puis ils perdirent leurs liquides.

Une foule de plus en plus épaisse cernait la place, s'approchant à les toucher des chevaliers et des soldadiers aragonais qui entouraient les prisonniers et le lieu de leur supplice. Le murmure né de la première pendaison s'amplifia et se tendit quand montèrent sur la charrette les cinq condamnés suivants. Le cri d'une femme creva la rumeur :

— Je te maudis Trencavel ! Que le sang de ces braves retombe sur tes enfants ! Que ton fils soit étranglé comme tu vas étrangler mon homme ! Le mal attire le mal, la vengeance la vengeance, le malheur le malheur ! Tu périras par la maladie et le chagrin, par la peur et la douleur. Et ton fils payera cher ton orgueil et ta méchanceté, au centuple ! Tu payeras par ton fils, je l'ai dit...

Roger scruta la foule du haut de son cheval. Il découvrit la femme en furie, qui le fixait d'un regard terrible, un regard fou, figé par une haine extrême. Elle leva au ciel des yeux étrangement clairs. Ils avaient l'éclat d'une pierre translucide. Puis ses paupières s'abaissèrent en tremblotant et elle sembla tomber en syncope. Mais, revenant à elle, elle brandit un couteau et ajouta d'une voix de Pythie, comme ivre : « Si j'étais un homme je te tuerais Trencavel, je te ferais disparaître de la surface de la terre comme une engeance maudite ennemie du genre humain... Et ton engeance sera maudite, oubliée de Dieu, effacée de la terre... »

La rumeur monta encore d'un ton et la voix de la femme se perdit. Elle revint encore à la surface : « Tu auras un fils qui mourra par ta faute... » Puis : « À l'arme ! À l'arme ! » et elle disparut à nouveau. Peut-être s'était-elle encore évanouie. Roger frissonna. La voix de cette femme, à la fois glapissante et rauque, son regard de sorcière, ses gestes emportés par une force étrange... Il se sentit pris. Il surveillait aussi la foule de plus en plus agitée, qui vibrait sous les tilleuls d'un inquiétant bourdonnement.

On le vit froncer les sourcils et le nez, signe chez lui d'une grande concentration mais aussi annonciateur d'une violente réaction. La foule s'agitait de plus en plus, créant des remous.

Un homme s'enfonça délibérément dans la rangée de soldadiers et désignant le vicomte lui lança des injures. Trencavel descendit vivement de son cheval et s'approcha de l'homme en écartant ses soldats. L'homme rouge de colère lui cracha au visage, entre les deux yeux. Un coup de maître. Roger tira sa dague et les yeux dans les yeux la lui enfonça en plein cœur. La foule recula.

Après avoir assisté à la seconde vague de pendaisons, Roger quitta le marché aux Herbes de plus en plus bourdonnant et agité, et se fit une tranchée dans la foule avec son escorte, les armes à la main. Il n'était pas très inquiet. Les Aragonais n'espéraient que le désordre pour débrider leur méchanceté et assouvir leur désir de butin. La population le savait et n'irait pas au-delà des injures et des menaces verbales.

Il alla se présenter sur le plan du Marché – le grand marché de la cité à moitié couvert par une halle de bois – où l'attendaient ses vassaux et ses tenants d'offices pour commencer les exécutions. Il répéta sa déclamation d'une voix courroucée, hargneuse, vengeresse, comme s'il voulait répondre au mal lancé par la « sorcière » par un mal plus fort, plus mortel, et se défendre ainsi de la malédiction qui maintenant instillait le doute dans son cœur.

Il assista à deux séries de pendaisons faites aux poutres du couvert. La seconde série fut émaillée d'un incident, cocasse en d'autres circonstances. Une corde cassa et le pendu, retombé droit sur ses jambes, détala. Il se heurta aux soldadiers aragonais qui retenaient la foule. Ceux-ci le refoulèrent du bout de leur pique et de leur épée. L'homme revint sur l'échafaud et, pour échapper aux blessures que lui infligeaient les soldats en s'amusant, il tenta de remonter à la corde.

Roger s'en alla ensuite sur le plan de l'église de Marie-Madeleine, où un grand nombre d'hommes ligotés et tremblant de froid attendaient au pied du mur d'enceinte sa sentence, espérant peut-être qu'il se contenterait de les jeter hors de la cité.

Roger ne les fit pas attendre plus longtemps. Il les envoya tous sur la charrette du supplice, au milieu des cris et des lamentations, des malédictions et des injures. La nuit était tombée et les dernières exécutions se firent à la flamme dansante des torches qui effilaient sur les murailles les ombres grotesques des pendus.

Le soir au château Vieux Trencavel réunit ses chevaliers, ses vassaux, ses lieutenants, et les capitaines aragonais. La salle était pleine de guerriers fêtant déjà bruyamment le succès de l'épuration quand apparurent les filles du châtelain, Séréna, Almodis et Agnès. Elles portaient toutes trois un touret de toile blanche à la bordure godronnée, retenu par un large ruban qui passait sous le menton. Les cheveux de Séréna s'échappaient de la coiffure en un torrent de mèches brunes ; ceux de ses sœurs étaient un ruissellement de fils d'or, jusqu'à la taille.

Roger ressentit de la gêne à la vue de ces silhouettes féminines. Il aurait préféré rester entre hommes, dans un monde tendu et fervêtu, sans parties molles, sans joliesse ni douceur, un monde uni par la violence et la fraternité des armes. Mais quelques chevaliers étaient venus avec leur épouse ou leur amante, leur sœur ou leur fille, bien qu'il y eût peu de domnas prêtes à se risquer dans les rues de Béziers souillées de sang frais. Raimon de Vilar organisa une tablée de femmes, qu'il isola des chevaliers que le vicomte Roger voulait, ce soir, conserver autour de lui dans leur pureté conquérante.

Il avait placé à sa table ses amis proches. Le truculent et herculéen Bernat de Roquefort s'empiffrait comme après chasse, la barbe dégoulinante de graisse qu'il essuyait d'un revers de manche sale. Il racontait les joues gonflées de mangeaille des histoires drôles sur les moines de l'abbaye de Fontcaude. Fondée par sa famille, elle était régulièrement la cible de ses plaisanteries de mauvais goût et de ses exactions, entre deux pillages.

L'austère Bertran de Saissac, sec comme un sarment de vigne, noir de poil et sombre de peau, mangeait en silence mais on voyait à son œil pétillant ombré par les grandes mèches du front qu'il appréciait les facéties anticléricales de son ami. Le beau Aimeri de Laurac, que les femmes prenaient pour un ange quand il faisait irruption dans les villages, devisait avec Lupo de Béziers, un des premiers chevaliers urbains de la ville. Lupo avait pris la suite de son père comme viguier du Bédérès, le pays de Béziers s'étendant immensément depuis Aniane jusqu'à Sigean, et tout là-haut dans la forêt du Somail jusqu'à la Salvetat.

Lupo de Béziers était connu pour ne porter que des chausses rouges, et pour le nombre déraisonnable de ses maîtresses qu'il prenait indistinctement pucelles, veuves ou mariées. Il couvait de son regard de loup (il portait bien son nom, ajoutant au charme trouble de ses yeux aux reflets d'or une longue balafre qui lui étirait la bouche dans un rictus inquiétant) les filles de son hôte Raimon de Vilar, et tout particulièrement la plus jeune, la pulpeuse Séréna.

Séréna n'ignorait rien des envies de Lupo, et son charme sauvage ne la laissait pas indifférente ; mais elle était davantage attirée par Roger. L'un était mince, félin, fébrile, rusé, profiteur, l'autre plus fort, plus déterminé, plus « bélier » avec son front légèrement bombé, son menton volontaire et ses sourcils déliés qu'un pli rejoignait dans une expression attentive et inquiète. Coiffé d'une toison de boucles régulières, Séréna rêvait de passer ses petites mains blanches dans la masse noire moutonnée du vicomte, d'écorcher ses joues blanches à sa barbe courte, et de céder à l'assaut impatient de ses reins. Mais il semblait de son côté l'ignorer, depuis qu'il l'avait éconduite l'autre soir, comme il semblait ignorer ses commensaux.

Qui pouvait se douter que résonnaient encore dans la tête du jeune vicomte les paroles hurlées par la « sorcière », la femme au couteau ? Ces paroles venues du ventre, du ventre de la femme, du ventre de la terre, cette voix frénétique, à peine humaine, ces imprécations haineuses s'étaient incrustées dans sa cervelle comme une écharde, comme le fer d'une sagette. À tout mouvement de la pensée la douleur se réveillait, et l'empêchait de vivre comme les autres.

Il avait reconnu dans cette voix la violence sans bornes propre aux forces invisibles, celles qui se mêlent aux vivants et les cernent insidieusement, attendant le moment de frapper.

Roger tenta de se rassurer. Comment cette sorcière aurait-elle pu jeter un sort sur mon fils, raisonnait-il, alors que celui-ci n'est pas encore né, alors que je n'ai pas encore choisi sa mère, et que je n'ai même pas le plus petit bâtard ?

Une idée lui vint : Séréna s'était offerte l'autre soir ; peut-être reviendrait-elle cette nuit. Il ne la repousserait pas, et lui ferait un petit bâtard bien en chair sur qui retomberait, si les choses devaient se passer ainsi, la malédiction de la « sorcière ». Comme à la chasse, quand on attache du faux gibier pour attirer le vrai, le petit bâtard de Séréna, son premier mâle, servirait de leurre. Il attirerait le malheur sur lui et son véritable héritier serait épargné. Roger sourit d'avoir imaginé ce stratagème, que même le diable n'aurait pas inventé.

Quand l'ambiance devint excessivement fébrile et ingouvernable, Raimon de Vilar ordonna à ses filles de se retirer. Les autres domnas en firent autant, heureuses de quitter l'insupportable odeur de vin et de mangeaille répandus sur les tables. Encore devaient-elles compter sur le chevalier qui les avait emmenées. Mais le châtelain avait tout prévu : des escortes les raccompagneraient à leur domicile, dans le souci de ne pas amoindrir la fraternelle cohésion des combattants, maintenant plongés dans une sainte hébétude.

La beuverie battait son plein. Roger profita de ce remue-ménage pour s'éclipser sur les pas des jeunes châtelaines. Il fit signe à ses serviteurs et à ses écuyers de ne pas le suivre, rattrapa Séréna dans l'escalier et lui serrant le bras il lui glissa :

— Je t'attends.

La jeune fille hocha la tête sans se retourner.

Roger gagna son appartement. Le feu s'endormait dans la cheminée de l'antichambre. Il le raviva et se déshabilla, ne gardant que sa chemise de lin ornée d'une broderie à l'encolure et aux poignets, avec une perle pour fermer la fente du passage de la tête. Il pensa que Séréna viendrait aussi en chemise. Il attendit longtemps, les pieds dans la cheminée, et commençait à somnoler quand il fut réveillé par un trot de souris. La portière se souleva à demi et Séréna apparut dans la pièce dans une haleine froide, enveloppée de la tête aux pieds dans un manteau de fourrure brune. Roger lui sourit, amusé de s'être trompé sur sa vêture, et se leva. Séréna s'approcha sur la pointe des pieds, le dos à la cheminée, et d'un doigt ouvrit le fermail de son manteau. La fourrure sombre se fendit et glissa, découvrant des épaules, une poitrine éclatantes de blancheur. Elle était nue. Sous le feu du regard du vicomte, elle fit saillir à outrance les formes de son corps rebondi en se cambrant vers le foyer, une jambe repliée. Comme Roger restait immobile, indécis, elle fit de ses bras un lien autour de son cou. Il se sentit pris dans une marée de chair odorante, les bras et les épaules battus par la fraîcheur de sa chevelure. Des mains montèrent dans sa nuque et sa bouche fut investie par une langue acérée et volontaire, qui avait un goût de fruit rouge.

Roger se sentit débordé. Il n'aimait pas être débordé. Assiégé par tant de voluptueuses douceurs venues des yeux, des mains, de la bouche, il se baissa un peu pour renverser la jeune fille qui se faisait lourde entre ses bras, offrant ses beaux seins et ses lèvres à son plaisir. Il l'emporta dans la chambre jusqu'à son lit et la déposa sur une fourrure. Une bougie de cire brûlait sur un coffre, plantée dans un bougeoir. La jeune fille rampa jusqu'à elle et la souffla dans une attitude involontairement provocante.

Dans l'obscurité il finit par distinguer à la pâle lueur du feu venant de la porte les formes évanescentes de son corps plein, et la mouvance de ses seins. Roger n'avait jamais touché des seins aussi beaux, aussi pleins, aussi fermes. Il se demanda comment la nature avait pu créer une poitrine aussi parfaite, aussi rassasiante. Il entendit la réponse de son confesseur : « C'est un ouvrage du Malin pour t'empêcher d'accéder au royaume de Dieu ! »

Roger s'irrita de cette intrusion de l'Église dans un pareil moment. Il était sous l'emprise d'un énorme désir. Séréna était revenue sur le dos et se glissant sous lui, elle l'enserra dans ses jambes. Il se pencha sur sa bouche lentement, appuyé sur un coude, tenant dans l'autre main un sein bombé dont il accentua par jeu l'appétissant débordement vers l'aisselle, jouissant sans retenue de ce trop-plein de chair. Séréna passa ses mains sous sa chemise, et l'empoigna avec une avidité qui le choqua. Il grogna. La jeune fille s'empala en poussant un petit cri.

Roger la laissa faire, contrarié et excité par tant d'impatience, décidé plus que jamais à rester précautionneux de ses sentiments. Il y avait trop d'audace chez cette femelle, trop de risques dans sa conduite immodérée qui ne pouvait être que génératrice d'une suite d'ennuis.

Séréna sans la moindre réserve le soulevait comme un fétu de paille, prenant appui sur ses jambes repliées, haletant et babillant, comme agitée dans un sommeil profond et délirant. Elle se tortillait, pressant ses reins tandis qu'il lui rendait coup pour coup. Bientôt il se sentit aspiré par le plaisir, et Séréna cria sur une note qu'elle garda indéfiniment. Quand elle se tut enfin et se détendit, Roger s'effondra sur elle. Il se sentait vidé de ses forces, castré, privé de désir comme un guerrier privé d'aventure, avec l'impression bizarre d'avoir perdu à la fois sa cuirasse pour se protéger et son épée pour combattre. Il était un crustacé sans pinces tiré de sa coquille ! Un ver de terre.

Séréna bougea encore en gémissant. Il pensa tout haut : « Garce ! »

La jeune fille roula sur le côté. Roger se laissa aller sur le dos. Elle revint bientôt en se soulevant sur un coude, laissant venir sur son épaule sa longue chevelure fraîche. Il sentit sa main courir dans la toison de sa poitrine et suivre le chemin duveteux de son ventre. Il arrêta son bras rond : « Laisse ! » Séréna voulut continuer à descendre. Il la rejeta sur le dos : « Putane ! »

lui dit-il sans méchanceté. Elle répondit : « Je t'aime ! » Puis : « Je t'ai toujours aimé. »

Elle se tourna et glissa vers lui ses fesses rebondies. Roger observa la courbe ondoyante de son corps. Il fut tenté de la dessiner du bout des doigts, de la paume de la main, mais il craignit de réveiller les ardeurs de la jeune fille. Il s'allongea et lui dit : « Je suis fatigué. Va rejoindre tes sœurs. »

Séréna se leva, se couvrit de la pelisse et sortit sans un mot. Roger nota avec satisfaction qu'elle était docile. Peut-être s'était-il inquiété pour rien.

Écrasé de fatigue, il plongea dans un sommeil agité.

IV

Béziers était devenue une ville morte, assommée par le malheur, recroquevillée sur une douleur qui ne disparaîtrait pas avec le temps, chacun en était persuadé, mais qui se transmettrait de génération en génération. Les Aragonais logeaient encore dans les maisons qui leur avaient été désignées, abusant des femmes et des servantes, se réservant le butin à emporter, se faisant servir à boire et à manger à toute heure. Les hommes qui avaient échappé au supplice n'osaient aller travailler les vignes, qu'il faudrait bientôt tailler, ni les champs. Les marchands craignaient les exactions et les pillages, les artisans le vol de leurs outils et la destruction de leur atelier. Ils avaient cloué portes et fenêtres. Il n'y avait plus de travail.

Uc de Mataplana s'inquiétait de voir son armée ruiner Béziers devenue cité du royaume d'Aragon. Il pensait très justement qu'une ruine n'a jamais enrichi personne. Il fallait trouver un modus vivendi qui permette la reprise des métiers tout en assurant la sécurité du vicomte et de ses vassaux. Uc vint trouver Roger Trencavel avec ce visage insoucieux et calme qui irritait tant le vicomte. Il entra sans préambule dans le sujet :

— Seigneur vicomte, mes hommes me demandent pourquoi ils ne pourraient pas épouser les veuves de

Béziers, et s'installer ici pour y reprendre un métier. Je n'ai pas su que leur répondre. Qu'en pensez-vous ?

Trencavel éclata de rire :

— Caballer, c'est une excellente idée. Nous aurions ainsi de fidèles sujets dans la cité, des hommes actifs et occupés, et de fameux étalons pour repeupler la ville. Ils nous feraient de solides petits Bittérois tout neufs, parlant aussi bien la langue notre que celle de l'Aragon. Tout bon pour le commerce. Mais le roi Alfonse acceptera-t-il de perdre quelques centaines de bons soldats ?

— Seigneur vicomte, j'en fais mon affaire.

L'accord royal arriva sans tarder. Roger fit crier dans les rues, à tous les carrefours, sur les places et sur les parvis à la sortie de la messe que les femmes veuves et les pucelles, promises ou non, qui épouseraient un sujet aragonais (il avait interdit de dire « soldadier ») ne seraient soumises à aucune amende, à aucune contrainte, et ne subiraient plus aucune violence, ni exaction ni pillage. Ces personnes bien inspirées reviendraient avec toute leur famille dans la confiance du vicomte, et seraient traitées avec l'égard que l'on doit doublement aux vassaux du roi d'Aragon et à ceux du vicomte de Béziers.

Roger voyait là une sorte de magnanimité de sa part, qui allait le grandir et peut-être le réconcilier avec son peuple. Épouser un soldadier espagnol était tout de même plus enviable que de subir le pillage, la ruine et l'exil de la famille, pensait-il. Quand Uc de Mataplana vint lui annoncer qu'il n'y avait pas deux dizaines de candidates, toutes de petite vertu ou d'âge avancé, Roger pâlit de rage. Ces Bittéroises étaient aussi rebelles que leur mari, leur père, leur frère ou leur oncle, tous morts. C'était bien une engeance félonne ! Il savait maintenant pourquoi il s'était toujours tenu à l'écart de Béziers. L'air de la mer rendait les gens de cette contrée enragés, indociles et rétifs à toute autorité. Ils accumulaient comme à plaisir les fautes : meurtriers, rebelles à leur seigneur, et maintenant infidèles à l'Église apostolique et romaine. Il le savait par ses propres indicateurs, Béziers était gangrenée par l'hérésie cathare. Et même si cette faute le dérangeait peu – il l'aurait plutôt encouragée – elle n'en était pas moins dans son principe condamnable, dans le droit-fil de l'esprit bittérois : un esprit toujours rebelle.

Il eut envie d'ordonner le pillage immédiat des maisons des condamnés, et la libre disposition des familles aux soldadiers. Il se retint cependant, en songeant qu'il risquait de mécontenter son nouveau suzerain Alfonse, le roi d'Aragon, ou du moins son conseil, car le jeune roi n'avait que seize ans.

De plus il comptait bien se servir lui-même de Béziers comme d'une vache à lait. On n'abat pas une vache à lait tant qu'elle donne du lait. Or la cité de Béziers était placée idéalement sur les routes du commerce.

Il fallait donc qu'elle se remette au travail, au plus vite. Il exposa son idée au chef aragonais :

— Nous allons réunir toutes les femmes dans l'église de la Madeleine, avec tes soldadiers qui veulent se marier. Les couples se formeront par affinité. Il est normal qu'une femme ait de la répulsion pour l'homme qui a tué son mari ou violé sa fille. Elle aura plus volontiers de l'inclination pour un homme qui ne lui aura rien fait.

— C'est le bon sens, seigneur vicomte, approuva Uc en souriant de toutes ses dents.

— On va donc les enfermer toutes dans l'église et elles ne pourront en sortir qu'au bras d'un homme d'armes qu'elles auront choisi, après être passées devant le prêtre.

— Et celles qui ne voudront toujours pas se soumettre à un mari ?

— Vous les ramènerez à votre camp. Elles vous suivront en Provence. Vous en ferez des putanes ou des lavandières, à votre goût.

Uc de Mataplana s'inclina. Il s'interrogea :

— Et pourquoi pas les deux ?

— Pourquoi pas.

Un petit nombre de femmes refusa encore de dire oui à quoi que ce soit, tant que la proposition viendrait du vicomte Trencavel. Elles furent emmenées par la troupe qui repartit quelques jours après, laissant leurs camarades réjouis s'installer confortablement dans les intérieurs des victimes du châtiment vicomtal.

Roger investit Lupo de Béziers, son viguier, de l'administration du Bédérès, le pays de Béziers. Il savait que Lupo guignait la place du château Vieux, qu'il espérait bien un jour ravir à Raimon de Vilar. Avec une de ses filles en guise de présent du matin. Roger pouvait donc compter sur le zèle de Lupo, et sur celui de son châtelain également qui ne se laisserait pas évincer et risquerait tout pour conserver son pouvoir sur la cité. Il pouvait aussi compter sur le sénéchal du Puy, dont il ne voulait pas se débarrasser car il était un homme d'expérience et bien vu des Aragonais. Ainsi, comme ses lieutenants ne manqueraient pas de se surveiller et de se critiquer, il serait au courant de tout, une fois par l'un, une fois par l'autre. Le risque d'avoir un jour à affronter un complot ourdi par les nobles de Béziers était quasiment écarté.

Toutefois par prudence et pour surveiller les Aragonais le vicomte coiffa sa construction d'un quatrième homme, étranger au Bédérès : Bertran de Saissac. Le jeune seigneur du Cabardès, qui avait grandi avec Roger à la cour de Carcassonne, était aussi opiniâtre que les mèches folles qui se déployaient en ailes de corbeau sur ses tempes et sur son front, assombrissant encore son regard de jais. Bertran était aussi austère et rude que l'éperon rocheux sur lequel son père avait construit sa forteresse à Saissac, dans le Cabardès, et aussi intraitable que ses murailles de roche verte, une roche serpentine équarrie par des bûcherons en blocs énormes.

Bertran restait sans titre, mais de fait les avait tous, et faisait office de lieutenant général du vicomte. Roger avait toute confiance en son ami Bertran. Ils étaient comme frères. Toutes les décisions importantes devaient être approuvées par lui.

Alors que le vicomte s'apprêtait à quitter Béziers devenue aragonaise, le châtelain le prit à part pour lui demander :

— Seigneur vicomte, voulez-vous que ma fille Séréna vous accompagne ?

Roger garda le silence, se demandant tout à coup si Séréna n'était pas venue dans sa chambre en service commandé. Il était pressant de prendre un peu de distance. Il laissa tomber :

— Non, pas encore. Je l'appellerai.

Raimon de Vilar s'inclina sans insister. Roger savait maintenant où était l'échelle par laquelle Raimon de Vilar pensait élever sa famille jusqu'au vicomte. Que serait celle de Lupo ? De l'argent ? Un chantage à la trahison à l'occasion ? Il ricana en montant en selle. Son escorte vint l'entourer et, sans un regard vers les fenêtres géminées du premier étage où, il en était certain, une jolie tête brune l'observait mélancoliquement dans la pénombre des meneaux, il lança le bras pour donner le signal du départ.

Roger retrouva son palais de Carcassonne, bâti au cœur de la cité aux cent tours, avec un immense plaisir. Son arrivée provoqua un raz de marée de visiteurs qui s'empressèrent de venir saluer le vainqueur de Béziers. Les premiers furent les consuls de ses bonnes villes, soucieux de ne pas apparaître solidaires de ceux de Béziers ; puis vinrent ses petits vassaux du Carcassès, du Razès, des Corbières, du Quercob, ses châtelains des pays les plus reculés de la Montagne Noire, tous nobliaux modestes qui lui devaient tout. Ils se présentaient vêtus de drap grossier et de cuir brut, enveloppés dans des hardes bistres grisées par les lavages à la cendre et les chevauchées sous la pluie, la barbe et le cheveu d'une seule venue, habités par la vermine. Le visage luisant et rougeaud, environnés d'un effluve aigre de sueur et d'ail, ils n'avaient qu'une crainte : que leur suzerain les croit riches.

Roger les recevait avec une jovialité forcée, feignant la simplicité distinguée de son père devant leurs manières brusques, leurs réclamations maladroites, afin que revenus dans leur tour sombre et humide ils gardent au cœur l'image d'un patron proche d'eux et chaleureux. Il leur faisait des dons en argent, en bout de terre, rajoutant une vigne ou un droit de passage pour améliorer leur ordinaire, sachant que le coût d'entretien d'un armement et de chevaux de guerre, condition première à tout exercice d'une quelconque autorité, les mettait déjà dans la gêne.

Il participait aussi à l'entretien de leurs châteaux, et payait leur service militaire assez généreusement pour leur permettre de se distinguer un peu des vilains. C'est pourquoi rares étaient ceux qui manquaient à l'appel de l'ost ou de quelque chevauchée punitive ; ils y venaient même volontiers, joyeusement, heureux d'en découdre et de dépenser en chemin ce qu'ils n'avaient pas encore gagné. Roger les aimait bien au fond, ces vassaux rustiques, naïfs et braves, prêts à mourir pour leur suzerain et pour la beauté du geste, pour qu'on en parle. Ils espéraient avec l'aide de Dieu anoblir un peu plus sûrement leur descendance, et donner du lustre à leur nom encore méconnu. Tous rêvaient d'entendre en paradis, longtemps après leur mort, leurs enfants et petits-enfants chanter encore leurs exploits dans une geste glorieuse.

Roger avait aussi retrouvé sa bruyante mesnie, parents à des degrés improuvables, enfants du forestage envoyés par des vassaux soucieux de voir leur fils éduqué, nourri et pour finir armé chez un grand seigneur. Il avait retrouvé ses officiers, plus ou moins satisfaits de leur office, et qui voulaient en parler, ses clercs tonsurés, chastes ou non, honnêtes ou non, et leurs chamailleries de femmes ; ses cuisiniers, ses valets et ses esclaves sarrasins venus d'Espagne. Le palais était plein comme un œuf et ronflait comme une ruche.

Roger avait pareillement retrouvé ses tâches administratives, protocolaires, diplomatiques qui s'étaient accumulées pendant son absence. Il ne tarda pas à s'échapper dans la Montagne Noire, menant à travers landes et forêts épaisses ses chevaliers, ses veneurs et ses meutes de chiens, courant le serf à l'occasion pour rire ou pour châtier quelques rebelles, et pourchassant plus opiniâtrement la bête noire et les brocards qui devaient garnir le soir les tablées de la grande salle du château, où se mêlaient à ses vassaux des nobles aragonais et catalans de plus en plus nombreux, de plus en plus curieux, de plus en plus sans-gêne, venus se dépayser et partager avec leurs domnas aux prunelles noires ses généreux festins.

Il arrivait souvent à Roger, pendant ces soupers festifs, de penser à Séréna. Son corps rebondi lui apparaissait dans de véritables visions provoquées par l'abus du vin et des gibiers. Il se promettait d'envoyer un chevaucheur la chercher dès le lendemain. Mais après une nuit pénible d'insomnie, où les tracas et l'anxiété s'ajoutaient à la lourdeur de la digestion, la pensée d'être le jouet de son père le retenait un jour de plus, une semaine de plus, un mois. Le temps passait et le célibat héroïque qu'il s'imposait l'obligeait à se contenter encore une fois, quand l'envie venait, des filles légères et ambitieuses qu'il hébergeait au château ou dans la cité.

Consignées la journée à l'ouvroir ou à des tâches domestiques pour la plupart, elles éclairaient les grands soupers du vicomte de leur charme trouble, se faisant remarquer par des rires criards, entêtants et contagieux. Ces filles savaient sans que ce fût jamais dit qu'elles devaient répondre, contre une récompense incertaine mais attendue, aux désirs éventuels des hôtes du vicomte. Cette vocation et leur profonde connaissance des cœurs et des corps des résidents du palais leur donnaient un aplomb qui transparaissait dans leur façon d'aborder le vicomte et ses familiers.

Roger avait fatalement recours pour lui-même à ces jeunes femmes ainsi qu'à une jeune captive maure, avec une réticence qui se lisait dans la rapidité brutale de son étreinte, car cette situation l'humiliait.

Elle lui était même devenue insupportable depuis qu'il avait maté la rébellion de Béziers, et que son image d'homme à poigne lui était renvoyée outrancièrement par son entourage.

Comment accepter avec une telle réputation de courage et de volonté, une telle gloire toute neuve, de se voir même de brefs moments entre les bras nus d'une paysanne mal rhabillée ou de s'entendre réclamer comme le premier chevalier venu l'attention d'une cousette sans cervelle ?

Le passage furtif sous le baraquement d'une putane, en campagne militaire, n'était pas pire pour l'honneur. Mais comment d'autre part donner suite aux entreprises de ses vassaux qui cherchaient à avoir prise sur lui en exposant plus ou moins ouvertement leur fille à ses désirs, lors de ses rondes dans ses châteaux de l'arrière-pays, où il amenait sa cour manger en nature ses revenus ? Il devinait derrière les œillades espiègles des donzelles, derrière les sourires charnus des jeunes veuves, et même dans l'œil engageant des mères qui semblaient prêtes à se donner avec leur fille, il devinait sans peine le piège qu'on lui tendait pour le réduire à la merci des désirs féminins et des ambitions masculines.

Tout bien pesé, Roger préférait encore les étreintes serviles et sans conséquence qui ne menaçaient pas son avenir ; mais il enrageait de devoir ravaler ainsi sa dignité, et de se gorger comme un vilain du péché de chair.

Quand advint un chevaucheur de Toulouse, venu le prévenir qu'une ambassade du comte Raimon désirait le rencontrer et demandait un conduit, Roger en oublia ses aigreurs et sentit s'épanouir en lui, comme à Béziers, la fierté inaltérable des Trencavel. Ainsi le comte Raimon V, l'égal des rois, l'ennemi juré de son père, qu'il avait d'ailleurs emprisonné pendant plusieurs mois, prenait l'initiative de venir le solliciter, lui Roger Trencavel le Jeune, tout juste régnant. Les raisons devaient être pressantes.

À moins que le comte de Toulouse, impressionné par son exploit de l'année précédente, ne préférât prendre les devants et faire la paix avec le vainqueur de Béziers avant qu'il ne reprenne la tradition familiale de porter le fer contre lui...

L'ambassade arriva dans les jours suivants, composée d'une trentaine de cavaliers sous le commandement du comte de Comminges, Dodon de Samatan, dont la forte silhouette se parait étrangement d'une tête petite et chauve. Il la protégeait soigneusement du soleil presque estival par un voile qui flottait sur ses épaules, retenu sur le front au moyen d'un galon orfévré ceignant son crâne lustré. Sous le fin tissu son visage baignait dans une clarté rosée et, comble d'excentricité ou de raffinement, il se terminait par une barbe longue divisée en plusieurs mèches entrecroisées et tressées. Il était tenu pour être un sage conseiller du comte Raimon, par ailleurs son beau-frère.

Le comte de Comminges était accompagné d'hommes de loi, de notaires et de clercs, et d'une poignée de chevaliers et de sergents à cheval. Parmi les chevaliers Roger releva avec agacement la silhouette élégante, grande et mince, d'un donzel à la chevelure abondante qu'il retenait d'un ruban de soie brodé. Descendu de cheval avec la grâce féline d'un chat, le jeune homme détacha le ruban et un flot de boucles cuivrées ruissela sur ses épaules, de part et d'autre d'un engin qu'il portait dans son dos. Il était vêtu de soie et chaussé de bottes souples d'un beau jaune safran. Roger pensa que si les chevaliers de Toulouse se mettaient ainsi à coqueter, il n'aurait bientôt plus rien à craindre de son pire ennemi.

Il reçut l'ambassade dans la grande salle du château, au premier étage. Le rez-de-chaussée étant aveugle, cet étage était le seul à recevoir la lumière du jour par des fenêtres si étroites que la courbe massive des linteaux en berceau ne les améliorait que fort peu. Roger s'efforça de donner à cette rencontre un caractère strictement protocolaire. Il s'installa sur son siège d'honneur à cinq côtés, ramené d'Orient par un aïeul au retour de la première croisade. Placé sur une estrade face aux fenêtres de la cour intérieure, le jeune vicomte se découpait ainsi majestueusement devant une fresque colorée et mouvementée qui déroulait sur une grande partie du mur une furieuse bataille à cheval.

Il fit placer autour de lui de nombreux flambeaux et ses plus proches compagnons : Bernat de Roquefort, Aimeri de Laurac, le jeune Isarn de Dourgne, et d'autres mêlés aux clercs et aux notaires sous la direction fiévreuse de Peire Saquet, le notaire vicomtal qui avait comme premier souci de se tenir loin de Roquefort. L'odeur aigre et forte, sauvage, du chevalier de la Montagne Noire l'incommodait terriblement.

Roger avait aussi près de lui son sénéchal pour le Carcassès, un grand ami de son père mais aujourd'hui un vieillard qu'il faudrait bientôt remplacer, et le sénéchal d'Albi dont la mauvaise réputation, en particulier au sein de l'Église et de l'administration du comte de Toulouse, lui faisait l'effet d'un bouclier protecteur.

Le comte de Comminges Dodon apparut au bout de la salle, emmenant ses compagnons. Il claudiquait légèrement. Il avait enlevé son voile ainsi que sa cotte à chevaucher, et apparaissait dans un bliaud d'écarlate côtelé en biais, serré à la taille par une ceinture brodée et orfévrée. Un collier d'or et d'ambre chevauchait les broderies de l'encolure, et des bracelets argentés celles des poignets. Sa démarche brisée entretenait un bruissement léger et musical.

Le jeune homme « efféminé » que Roger avait remarqué depuis une fenêtre le suivait de près, sa chevelure flottant sur les épaules au rythme de ses pas, luisante à la lueur des torches comme des copeaux de vieil or.

Il dépassait le comte de la tête et des épaules. Roger s'attarda sur son visage où apparaissaient maintenant, de plus près, la friche d'une barbe juvénile et des pommettes rosées de jeune fille. Quand il comprit ce qu'il avait dans le dos, le vicomte en resta pantois : le chevalier portait une vièle, protégée dans un sac à chevrons bariolés que retenait une large bandoulière. Le vicomte ricana et dit à mi-voix, à l'adresse de son entourage : « Le comte de Toulouse vient-il me charmer avec quelques chansonnettes, pour me faire accepter ses quatre volontés ? »

Le comte de Comminges Dodon s'arrêta à quelques pas de la chaire et levant les deux bras, les mains ouvertes, sans quitter des yeux son interlocuteur il lança d'une voix ferme :

— Que Dieu qui a créé le monde vous bénisse, seigneur vicomte !

Roger lui rendit son salut dans les mêmes termes. Le comte Dodon poursuivit immédiatement, les mains revenues sur son embonpoint :

— Seigneur Roger, le comte de Toulouse Raimon le Cinquième – que Dieu le protège – assuré que sa démarche fera plaisir à Dieu et à son Église, et soucieux de soulager les populations des pays de langue notre qui n'ont que trop souffert de la guerre, m'a mandé de venir vous apprendre qu'il n'avait qu'un désir : faire la paix avec vous ! Assuré que cette paix serait un bienfait pour nos deux Oustals, et persuadé qu'il n'est plus temps de revenir sur les torts passés, qu'ils soient des uns ou des autres – ce que Dieu seul jugera à la fin des temps – le seigneur comte de Toulouse, mon très cher beau-frère, vous propose une paix pleine, entière et perpétuelle, sans autre condition.

Le comte de Comminges s'interrompit un instant, pour permettre au vicomte de bien prendre la mesure de ce qu'il venait de lui dire. Il dut lire sur son visage que sa proposition ne le cabrait pas car il conclut d'un air amical, presque enjoué, une main sur l'embonpoint tenant la ceinture :

— Seigneur Roger, que vous en semble ?

Roger hocha la tête sans dire un mot, comme si la bouchée à avaler était trop grosse et l'empêchait d'articuler. Il médita un moment et, se levant d'un bond pour se donner une meilleure contenance, il alla au-devant de l'ambassadeur :

— Seigneur comte, je vous sais gré d'être venu me proposer la paix, car elle me plaît, autant qu'elle est nécessaire à la prospérité de nos peuples. Elle est source de joie et de bienfaits, et elle plaît à Dieu. Mais vous savez comme moi que nos deux Oustals ont déjà signé, par le passé, d'autres paix pleines, entières et perpétuelles, qui n'ont pas tenu deux saisons. Qui me dit que celle-ci sera la bonne, et que je n'aurai plus à craindre désormais, m'étant désarmé, une attaque des gens de Toulouse ? Quelles garanties ?

Le comte Dodon prit son temps, montra en clignant des paupières qu'il avait bien compris le sens de la question, et qu'il la trouvait pertinente. Il ferma les yeux, et les rouvrit comme poussé par l'époustouflante annonce qu'il allait faire :

— Seigneur vicomte, le comte de Toulouse vous donne sa fille !

— Sa fille ?

— La princesse Adélaïs, âgée de douze printemps. Vous n'ignorez pas que sa mère est l'illustre reine Constance. Fille de Louis VI, sœur de notre roi bien-aimé Louis VII, elle fut reine d'Angleterre jusqu'à la mort de son époux. La princesse Adélaïs a le consentement de ses parents pour devenir votre femme quand vous en viendra le désir.

Roger allait de surprise en surprise. Il avait besoin de réfléchir. Il demanda pour gagner du temps :

— Et qu'en pense-t-elle, elle ?

Le comte se fit une mine angélique, pleine d'étoiles dans les yeux :

— Ma nièce, dit-il d'une voix mielleuse, obéit en tout à son père ; elle est d'un caractère facile et affectueux, et sa patience n'a d'égale que sa sagesse et sa beauté. Nul doute qu'elle consentira à ce mariage avec un homme jeune et puissant comme vous l'êtes, seigneur Roger. Son père la dotera royalement.

Roger se tourna vers ses conseillers qui ne disaient mot. Ils lui recommandèrent de réfléchir sérieusement à la proposition. Seul Roquefort continua à bougonner dans sa barbe. Il n'était pas homme à se laisser subvertir par une pucelle, fût-elle princesse. L'ambassadeur de Toulouse interpella à nouveau le vicomte :

— Croyez-vous désormais, seigneur Roger, à la bonne foi du comte Raimon de Toulouse ?

Roger acquiesça. La proposition était manifestement très sérieuse. La conversation dura encore un peu et Roger fit venir des coupes, des vins aux aromates, des friandises et des fruits.

Le comte Dodon présenta au vicomte ses chevaliers. Arrivés devant le joueur de vièle, le comte de Comminges renonça à lui mettre la main sur l'épaule, qui était trop haute, et lui prit le bras. Il le désigna :

— Aimeric de Castelnau est notre troubadour. Mais ne vous fiez pas à ses airs de donzelle. Il joue de l'épée aussi bien que de la vièle ou du luth ! En fait il a tous les dons. Et s'il a l'oreille toulousaine, il a d'abord la trempe gasconne.

Dodon rit en bousculant amicalement le jeune homme. Roger ne rit pas et poursuivit son observation minutieuse du court bliaud brodé comme une chasuble de prêtre, des chausses collantes, flattant la jambe, passées dans des bottes de cuir jaune souples et silencieuses. Le cou du donzel était orné d'un collier de perles d'ambre et de branlants d'or qui ne se seraient vus à Carcassonne qu'autour d'une gorge féminine.

Il avait noté qu'il était gascon.

— Chevalier...

— Écuyer, seigneur vicomte, je ne suis qu'écuyer, le coupa Aimeric de Castelnau, aimablement.

— Écuyer, tes parents sont-ils « anglais » ?

— Mon père a été tué par les Anglais ! Je ne les porte pas dans mon cœur.

Roger s'étonna :

— Les Gascons aiment plutôt le roi d'Angleterre que le roi de France, de coutume. Comment se fait-il que ton père les ait combattus ?

— Ce sont des soldadiers de Guyenne qui sont venus au château, une nuit. Mon père n'a pas voulu leur ouvrir. Dans ma famille on ne s'associe pas aux pillards ni aux routiers sans foi ni loi, d'où qu'ils viennent. Alors ils ont pris le château et tué toute ma famille.

— Sauf toi.

— J'étais absent.

Roger railla :

— C'est pour te venger des Anglais que tu es devenu troubadour du comte de Toulouse ?

— J'ai mis mon épée au service du comte de Toulouse parce qu'il est le seul, à ma connaissance, à combattre les Anglais et à les contenir.

Il insista sans aménité :

— Le seul de tout le Midi !

Roger ne releva pas. Il était bien connu que son père s'était souvent associé aux Anglais d'Henri II Plantagenêt contre le comte de Toulouse.

— Tu veux donc en découdre avec les Anglais ?

— Oui, dès que le seigneur comte Raimon, mon suzerain, me le demandera.

— Mais je ne vois sur toi qu'une vièle !

Aimeric répondit sur un ton excédé :

— Seigneur vicomte, j'ai laissé mon épée à la selle de mon cheval. Car nous sommes venus vous proposer sincèrement la paix, et en homme de paix je ne suis pas armé.

Roger hocha la tête, agacé que le jeune homme ne lui manifeste pas de considération particulière. Il lui posa la main sur l'épaule et, regardant le comte Dodon :

— Bon, nous verrons ce que tu vaux à l'épée une autre fois. Pour ce soir tu nous chanteras les futures amours d'Adelaïs de Toulouse et de Roger Trencavel. Car vous êtes tous mes invités !

Le comte sourit. Trencavel commanda aussitôt un grand souper pour fêter les ambassadeurs, et donner toutes ses chances à la paix qui, chacun le sentait, n'était plus une lointaine espérance.

V

Le lendemain de la Saint-Michel revint à Carcassonne Isarn de Dourgne, le fils aîné du vieux seigneur de Dourgne. Il rapportait que son oncle Raimon, abbé de la florissante abbaye de Saint-Pons et grand ami du comte de Toulouse, avait entrepris la construction d'un château fortifié dans la sauveté dont l'abbaye était propriétaire dans les monts du Somail. La nouvelle encoléra si violemment le vicomte Roger qu'il refusa de souper avec ses convives.

La sauveté du Somail n'était encore qu'un simple refuge pour les pèlerins surpris par la nuit et les bûcherons attaqués par les loups quand elle avait été donnée par l'archevêque de Narbonne à son neveu, premier abbé du prestigieux monastère de Saint-Pons. Grâce aux ressources de l'abbaye et aux talents d'administrateur des derniers abbés, ce modeste refuge des errants était devenu la Salvetat, un bourg plein comme un œuf serré sur un piton cerné par l'Agout. Il attirait encore chaque année de nouveaux arrivants, lassés de vivre dans la solitude et le froid des vallées environnantes. Quitte à payer des cens et des taxes.

L'abbé de Saint-Pons Raimon de Dourgne avait déjà tenté d'y construire un château fort du temps du vicomte vieux. Si Roger s'encolérait autant, c'était à l'idée que le vieil abbé avait repris dès la mort de son père les travaux interdits, ignorant l'existence de son fils et successeur qu'il devait juger faible et hésitant. Or aucun de ses aïeux n'avait toléré jusqu'ici que l'Église construise des forteresses propres au sein des possessions des Trencavel.

Roger se jura que ce ne serait pas sous son règne que l'interdit séculaire serait enfreint. Ce vieux fou de Raimon de Dourgne, ruminait-il, compte sur ma jeunesse, mon inexpérience du champ de bataille et le prestige de son abbaye pour tenter un nouveau coup de force ; il va voir combien il se trompe !

Isarn de Dourgne proposa timidement une médiation auprès de son oncle. Par amitié pour le jeune chevalier – il n'avait pas dix-huit ans – Roger y consentit. La mission tourna court. Isarn revint en avouant que l'abbé l'avait renvoyé. Il lui avait déclaré qu'il n'avait pas d'ordre à recevoir de Trencavel le Jeune, qui n'était pas né quand il était déjà abbé de Saint-Pons.

Il ajouta aussi, après quelques hésitations, que l'abbé lui avait ordonné de quitter la cour de Trencavel parce qu'elle était infestée d'hérétiques, et qu'il devait accomplir ce sacrifice pour sauver son âme.

Bernat de Roquefort fulminait :

— Ces carognes d'évêques...

— C'est un abbé...

— Évêque ou abbé, ils sont du même bois. C'est la même engeance du diable ! Tous faux-culs et faux hypocrites ! Ils prêchent la pauvreté et se font construire des palais. Ils prêchent la paix et construisent des forteresses. Ils prêchent la charité et étouffent les manants comme des poulets...

Aimeri de Laurac plaisanta :

— Ils font ce que tu fais, si je comprends bien...

— Moi, je n'ai jamais fait vœu de pauvreté, ni de chasteté, ni de charité.

— Ni de sobriété...

Roger coupa court aux bavardages. Il était ulcéré. Il ne pouvait tolérer une telle désinvolture envers son autorité. C'était une rébellion caractérisée, une félonie, un acte de guerre.

Nul n'ignorait que l'abbaye de Saint-Pons était sur les marges du comté de Toulouse et de la vicomté de Carcassonne, et qu'elle était revendiquée par les deux principautés. L'abbé de Saint-Pons, en ignorant superbement l'existence du nouveau vicomte, pensait revenir à sa plaisance dans la mouvance de Toulouse.

Roger proposa sans discutailler davantage d'aller prendre d'assaut l'abbaye et de la raser. Seul Isarn de Dourgne, inquiet des retombées familiales d'un tel coup de main, fit mine de s'opposer. Mais on n'y prêta aucune attention.

Quelques jours après, autour de la Saint-Martin d'hiver Roger prenait la tête d'une chevauchée de cinquante cavaliers accompagnés de trottiers rapides et légers, secs, nerveux, coureurs infatigables. Roger les avait chaussés de botillons de cuir, les jambes serrées dans des jambières en peau de loup, avec pour toute protection un corset de cuir doublé d'ouate de coton et un casque de cuir bouilli. Ils avaient une sorte de cape roulée dans le dos, qui leur servait à se protéger de la pluie, à dormir dans les bois, à se rendre invisibles la nuit.

Quand on les lançait sur une cible, c'était plaisir de les voir quitter vivement l'entour des chevaux et filer en silence comme une meute de loups. Ils étaient armés de trois javelots et d'un grand couteau. Pour certaines missions on leur donnait un arc. Ils avaient aussi le droit d'avoir une fronde.

Roger avait envoyé un messager à Bertran de Saissac, qui séjournait encore à Béziers, pour qu'il le rejoigne au col des Usclats, sur une lande qu'ils connaissaient bien tous deux en bordure de la hêtraie. Depuis ce camp ils fondraient tous ensemble sur l'abbaye par la vallée du Salesse.

Roger appréciait Bertran qui alliait les qualités rarement réunies chez le même homme de prudence et d'audace, de fermeté et de modération, de clairvoyance et de ténacité. Petit et mince, il compensait son manque de puissance physique par une volonté farouche et hargneuse. Et Roger appréciait par-dessus tout son esprit fort, rebelle à tous les chantages au salut éternel. Il le savait animé d'une haine infrangible envers le clergé de l'Église romaine en son entier, le riche opulent et jouisseur comme le pauvre pataugeant dans l'ignorance et la servilité. Il haïssait sans préférence les prêtres séculiers embourbés dans les mesquineries des redevances comme les moines réguliers terrés derrière les murs protecteurs de leur couvent, se consumant dans des oraisons sans fin et la crainte irraisonnée de Dieu.

On ne connaissait aucun ordre religieux qui ait grâce à ses yeux. Aux turpitudes de l'Église romaine il opposait l'exemple des Bonshommes de la soi-disant hérésie cathare, habités de l'esprit de l'Évangile et cheminant sans un sou de village en village, apportant aux plus modestes la chaleur de leur humanité souriante, aux désespérés le réconfort de leur bonne parole et la promesse du salut éternel, aux malheureux l'assistance de leur travail, à la façon de saint Paul.

En dehors de tout esprit de domination qui l'obligeait à combattre la puissance rivale des évêques, Roger partageait avec son ami Bertran de Saissac le sentiment que l'Église cathare était meilleure, autrement fidèle aux enseignements des Évangiles que l'Église de Rome.

Après une journée de course à travers quelques vignes et le maquis désert du Minervois, à l'abri du vent, la troupe passa une autre journée dans la vallée obscure de l'Argent-Double, remontant pli après pli les premiers contreforts de la Montagne Noire, tour à tour soumis à la chaleur des rochers échauffés par le soleil bas puis, passé un coude, à la bise rageuse de novembre.

Roger retrouva avec satisfaction Bertran de Saissac dans une prairie ensoleillée du col des Usclats, bien abritée car tournée vers Béziers. Plus bas des fumées épaisses bousculées par le vent tourbillonnaient au-dessus des boqueteaux de chênes verts. On pouvait imaginer derrière la barrière de verdure une poignée de cabanes.

Roger pénétrant sur la brande chercha des yeux l'abbaye de Saint-Pons. Des rondeurs boisées fermaient encore l'horizon. Déçu mais nullement découragé il emmena son ami Bertran de Saissac en le tenant par le cou jusqu'au sommet d'une éminence assez proche. Par une échancrure dans le manteau forestier entaillé par un ruisseau il crut apercevoir l'abbaye dans le lointain bleuté, au milieu des lignes brumeuses d'horizons entrecroisés. C'était comme une pincée de pierres pâles se distinguant à peine du pelage bigarré du Somail, encore vêtu pauvrement des teintes rousses de l'automne avant l'éclatant manteau de neige qui l'isolerait du monde jusqu'à la sortie de l'hiver.

Roger pensa tout à coup qu'il n'était jamais venu chasser le loup dans cette contrée. Il était étonnant que les serfs et les manants de l'abbaye ou de la Salvetat, ou encore ceux des hameaux éparpillés sur les replats éclaircis autour des chapelles, au milieu de la forêt, ne se soient jamais plaints. « Encore une manigance de l'abbé pour me tenir éloigné de la région ! » marmonna-t-il.

Levant les yeux, il chercha au-dessus des crêtes dentelées des sapinières sombres, épaisses comme des forteresses, le pioch de la Salvetat avec son donjon en construction et le fort clocher de son église. Mais après les sapinières entourées d'un flot de hêtraies blondes il n'y avait que le ciel.

Revenant au bivouac il envoya les trottiers commander aux vilains qui vivaient dans les environs de descendre le lendemain avec eux jusqu'à l'abbaye, avec des masses et des pics. Il lui fallait de la main-d'œuvre. Les trottiers disparurent dans la lande en sautillant entre les ajoncs épineux et revinrent à la nuit tombante avec une délégation de culverts. Ils étaient quatre ou cinq hommes, tous maigres, habillés de haillons épais, les jambes serrées dans des écorces de bouleau, et coiffés de bonnets en laine écrue ou en feutre verdâtre.

Un grand échalas aux jambières en peau de lapin les menait. Il marmonnait la tête baissée comme s'il parlait au sol. Il s'adressa à Roger sans lever les yeux, et en pliant plusieurs fois le genou :

— Seigneur vicomte, nous ne sommes pas libres de nous-mêmes, répéta-t-il. Nous sommes les serfs de l'abbaye, nous vivons ici sur ses terres... Nous serons punis si nous quittons la grange...

Il montra un bâtiment en contrebas que personne n'avait vu, car sa toiture sombre couverte de mousse était faite de gerbes de genêts serrées sous de longues perches.

Roger ricana :

— Nous vous emmenons à l'abbaye ! Là-bas vous demanderez à l'abbé la permission de travailler pour nous. Je suis sûr qu'il vous l'accordera...

L'homme se renfrogna et se tut. Roger reprit :

— Combien de familles ici ?

— Une main à Moussans, trois doigts à Bardou, une main et un peu plus à Usclats, et ceux de Combeliaubert et de Cavenac. On les voit là-bas...

— Cinq, trois et cinq ou six, et... Combien là-bas ?

L'échalas haussa les épaules :

— Assez nombreux.

— Ça fait combien d'hommes valides, tout ça ?

— ...

— Tu ne sais plus compter ? Combien de mains ? Ou préfères-tu qu'on mette le feu aux granges, et qu'on vous emmène tirés par les chevaux ?

Le culvert fronça les sourcils, hochant la tête, la mâchoire crispée, gesticulant d'impuissance à se faire comprendre.

Les autres hommes discutaient entre eux, parlant si brièvement dans leur barbe qu'ils semblaient s'exprimer dans une langue étrangère. Peut-être ne voulaient-ils pas être compris du vicomte. Ils tendaient les bras vers des hameaux invisibles. Leur chef plia le genou devant le vicomte et son cheval, et confirma :

— Nous serons là demain à l'aube...

Roquefort lui répliqua :

— Et qu'il n'en manque pas un !

Il rit en tapotant l'épaule de son cheval. Et se tournant vers Roger :

— Comme on ne sait pas combien ils sont sous ces genêts...

Roger était déjà ailleurs, imaginant la rencontre avec Raimon de Dourgne, le révérend père abbé de Saint-Pons, le grand abbé choisi pour présider les conciles, le vieil ami du comte de Toulouse qui le sollicitait sans cesse pour un arbitrage, une ambassade, une mission délicate. Il était connu à la cour du roi de France comme à la chancellerie apostolique, à Rome. Cette grande figure de l'Église, que certains vénéraient par anticipation comme un saint, il allait demain le mettre à genoux et l'humilier. Qu'adviendrait-il ensuite ? Dieu seul le savait, et Roger craignait que Dieu ne fût pas de son côté. Il craignait la vengeance de Dieu. Il s'en ouvrit à Bertran de Saissac :

— Bertran, penses-tu que Dieu protège l'abbé de Saint-Pons ?

— Pas du tout !

Bertran l'avait coupé avec l'autorité patristique du confesseur. Il connaissait bien ces doutes qui ravageaient Roger avant l'action, et aussi le remède. Il lui répondit familièrement, dans un vrai cœur à cœur comme il en usait toujours avec Roger, son presque frère :

— Roger, Raimon de Dourgne est un fou furieux qui ne rêve que de répandre le sang des Bonshommes ! Il s'est juré d'extirper ce qu'il appelle l'hérésie. C'est lui qui a mené les discussions au colloque de Lombers. Ton père y était avec le mien. L'abbé a dit à mon père qu'il n'avait pu faire condamner les soi-disant hérétiques qu'en obligeant l'assemblée à voter à main levée. Et l'évêque des Bonshommes, Sicard Cellerier, dont tu connais comme moi la vie exemplaire, n'a pu s'échapper qu'avec la protection des chevaliers de Lombers. Que ce maudit abbé a voulu ensuite excommunier...

Le jeune seigneur de Saissac s'interrompit en laissant filer son regard vers la masse sombre et vaporeuse du Somail qui fermait le lointain. Il revint rapidement poser ses yeux noirs sur Roger :

— Ce qu'il veut, ce fils de putane, c'est commander la Montagne Noire à ta place, et construire des forteresses partout autour de l'abbaye... jusqu'à Carcassonne. Un jour il t'interdira de sortir de la cité ! Mais nous allons lui rabaisser son caquet, à cet enlatiné, ce suppôt de la Babylone romaine. Nous allons le rendre humble, doux comme un agneau, amoureux de la paix. Il ne lui manquera plus que le consolament pour être un Parfait ! Ce que nous faisons, Roger, nous le faisons pour son bien ! Nous allons lui montrer la vraie voie du salut !

Bertran prit les épaules du vicomte en éclatant de rire. Il ajouta : « Dieu ne se venge pas, il n'est pas comme nous, il ne connaît pas la colère ! »

— Il y a autre chose...

— Quoi ?

— Cette femme qui m'a maudit à Béziers, quand je faisais pendre son mari. Elle m'a jeté un sort. J'ai senti que j'étais pris, très fort. Et je sens maintenant qu'elle me rattire ma force.

Il s'en fut sous sa tente, que ses valets d'armes venaient de monter au milieu des genêts. Roger pensa que de toute façon il n'avait pas le choix, et que l'abbé avait lui-même réclamé son châtiment.

Le lendemain matin les serfs arrivèrent au lever du jour pendant que les soldats mangeaient leur soupe matinale. Ils étaient une trentaine. Ils suivirent la troupe docilement, enveloppés dans des capes sales et raides, grisâtres, assez grandes pour ne laisser voir à l'extérieur que les barbes sous les capuchons, et le bas des jambes serrées dans des écorces de bouleau ou des peaux de lapin.

On aperçut enfin au loin l'abbaye, ou plutôt un énorme clocher-tour blême parlant de prime abord comme un donjon. La pensée d'une présence divine sous ses voûtes ne venait pas à l'esprit. Il émergeait sans éclat de la frisure des bois de chêne vert sur un fond roux de châtaigniers. Roger nota immédiatement, pour s'en irriter, qu'une haute muraille crénelée cernait largement l'ensemble du domaine monacal, à l'exemple de la petite ville de Thomières, sur l'autre rive du Jaur. L'abbaye était déjà devenue une forteresse.

Bertran de Saissac, qui connaissait bien ces lieux où son père l'avait un temps oublié pour y apprendre à lire et à écrire, et accéder aux Écritures saintes, prit le commandement des opérations. Il envoya les trottiers occuper par surprise la portanelle, une petite porte des frères convers ouvrant discrètement sur la rivière. Si tout se passait vite, ils auraient investi le palais de l'abbé avant que celui-ci ne puisse réagir. Personne ne savait s'il disposait d'hommes d'armes.

Un trottier revint bientôt, annonçant qu'ils contrôlaient les entrées et qu'ils occupaient le logis de l'abbé. Les chevaliers se regroupèrent et descendirent au galop sur le chemin venant de Castres.

Arrivés derrière l'abbaye ils allèrent à la grande entrée qui donnait sur une cour précédant le cloître. Le moine portier gisait sur le sol dans son scapulaire noir, au milieu d'une flaque de sang. Roger en fut irrité. Il pensait malgré lui que le meurtre d'un moine, même grand pécheur, pouvait porter malheur. Il serait en tout cas difficile à faire oublier au jour du Jugement dernier. Le trottier, sentant une réprobation dans le regard du vicomte, s'excusa :

— Il n'a pas voulu se taire !

La résistance de ce frère était d'autant plus absurde qu'il avait été surpris par l'intérieur de l'abbaye, quand il n'y avait plus rien à sauver. Roger, Bertran de Saissac, Roquefort et quelques autres s'engouffrèrent dans la résidence de l'abbé, après avoir monté quelques marches. Ils n'y trouvèrent que des domestiques et des frères convers en service.

Le capitaine des trottiers vint dire que tous les moines étaient à l'église, chantant la messe matinale. Roger y alla. Tout le monde était là dans le chœur, le prieur mage, le précenteur, le cellérier, le sacristain, l'infirmier, le camérier, l'écolâtre, les enfants de chœur, tous sauf l'abbé. Le prieur mage, qui commandait l'abbaye en son absence, fut tiré de l'église par le capuchon, tandis que les autres, au contraire, y étaient enfermés.

Le prieur révéla que le père abbé Raimon de Dourgne était monté à la Salvetat, justement pour inspecter les travaux.

Roger se décida vite :

— Roquefort !

— Pourquoi moi ?

— Tu ne sais pas encore ce que je vais te dire...

— Je sais trop bien que vous allez me laisser ici et vous, vous allez monter à la Salvetat courir le lièvre avant qu'il nous échappe...

— Tout juste. Mais j'ai besoin ici d'un bon chevalier qui ne se laisse pas attendrir par les gémissements des moines. Tu es le seul dont je sois sûr de la méchanceté envers ces emburés. Aussi vas-tu rester là avec les serfs, la moitié des trottiers et une dizaine de chevaliers, que tu choisiras à ta guise. Vous allez réquisitionner tous les hommes d'en face, à Thomières, et tous les outils disponibles. Et tu attaques ces murailles que je ne supporte pas !

— Toutes les murailles ?

— Tu démolis les merlons, un bon pan de muraille si c'est facile, les tours également, et tu ouvres grand les portes. Très grand. Ça suffira pour un premier avertissement.

— Bien seigneur Roger. Et que faisons-nous des moines ?

— Tu les fais travailler, par Dieu. Ils iront plus vite au Ciel.

Le gros ricana :

— Foutral ! Avec moi ils vont y courir !

— Et laisse-nous du vin pour le retour ! lui lança Aimeri de Laurac qui venait de remonter d'un bond sur son cheval dans la petite cour entre le palais et le cloître.

Roquefort pouffa comme une matrone et, saisissant un antérieur du cheval d'Aimeri, il le souleva et le fit se cabrer. Aimeri de Laurac éclata de rire en pressant sa monture qui fila sous le grand portail. Roquefort sembla réfléchir et confia au vicomte et à Bertran de Saissac :

— Je vais faire ami avec le cellérier. Ça ne m'étonnerait pas qu'il ait une réserve personnellement pour l'évêque...

Roger lui prit le bras :

— Dis, pas de viols ni de pillages dans Thomières ! Tu en réponds.

— Entendu seigneur, promit-il d'un ton pénétré. Et dans le monastère, avec les emburés ?

Roger éclata de rire :

— Dans le monastère, tu fais ce que tu veux.

Quand Roquefort eut choisi ses chevaliers et organisé les opérations, Roger remonta en selle avec sa chevalerie et prit le chemin des monts du Somail. Les trottiers étaient déjà partis devant en éclaireurs. C'étaient des marcheurs infatigables, légers comme l'air. Ils se nourrissaient en marchant, glanant dans les cabanes et les mas rencontrés par hasard le juste nécessaire pour la journée. Roger admirait leur frugalité et leur détachement. La course avec au bout une aventure peut-être mortelle, peut-être brillante, était leur joie de vivre.

Il fallait monter raidement pendant deux lieues à travers la forêt de châtaigniers avant de passer la barre du Somail. Le chemin serpentait ensuite mollement à travers un plateau où des lambeaux de hêtraie et de sapinière disputaient à la lande un sol rare, couvert de bruyère et de callune. Un sol rouge, farineux, si doux qu'il feutrait le pas des chevaux. Il se passa un moment où la troupe trotta sans bruit, hormis le cliquetis des boucles d'armes et le râle de la bise dans le haut des arbres. Roger observa dans le ciel d'un bleu tendre des nuages blancs et lointains qui venaient à contre-courant. Il se demanda s'il devait y voir un présage.

La compagnie arriva au bord du plateau, tenant devant les yeux la Salvetat. Le village tournoyait autour du piton. Les maisons cuirassées de grandes plaques d'ardoise bleutée et couvertes d'un flot de lauzes noires se serraient dans une spirale qui s'achevait devant l'église Saint-Étienne, point culminant de la fausse forteresse. La sauveté semblait à portée de main. Illusion, constata Roger en découvrant l'énorme dévers qui les séparait du lit torrentueux et encombré de l'Agout.

Un chemin en tortillon les amena dans la plaine de galets et de rochers, trouée de marmites dangereuses pour les jambes des chevaux et encombrée d'embâcles embroussaillés. Enfin, passant le lit surcreusé de la rivière ils arrivèrent au pied du piton, déchaussé jusqu'à son os de granit par les flots de printemps.

Roger pensa qu'il n'était plus question d'attaquer par surprise ; on avait eu le temps de les voir venir. Mais ils trouvèrent la portanelle ouverte, contrôlée par quelques trottiers qui s'étaient fait passer pour des pèlerins de Saint-Jacques. Le capitaine leur annonça que l'abbé était là-haut, sur le chantier du château. Sans descendre de cheval ils prirent la rue tournante jusqu'à l'église. Ils arrivèrent ainsi naturellement, un peu avant celle-ci, sur un grand planel bordé à l'orient par la muraille. Contre elle était en construction une belle bâtisse en pierre de taille, cantonnée d'un donjon carré qui prenait déjà son élan au-dessus des autres murs.

Sur une table en plein vent l'abbé et le maître maçon discutaient au-dessus d'un parchemin. L'abbé était trop pris par son sujet pour entendre arriver le vicomte. C'est le maître maçon qui lui montra du doigt le cortège guerrier. L'abbé se retourna vivement et ses yeux lancèrent des éclairs de colère. Roger pensa qu'il s'était encore tassé avec l'âge. Raimon de Dourgne était un homme d'une soixantaine d'années, ratatiné, maigre, petit de taille. Il pesait le poids d'une épée, mais son regard vivait d'une énergie peu commune, et rares étaient ceux qui osaient l'affronter.

Roger amena son cheval près de la table. L'animal flaira le parchemin et tenta de le prendre entre ses grosses lèvres. Le père abbé s'en saisit vivement et le mit à l'abri. Le vicomte cria d'une voix forte :

— L'abbé, qui t'a autorisé à construire ici une forteresse ? As-tu oublié que mon père t'avait défendu d'armer la Salvetat ? As-tu oublié que cette ville a toujours été, de mémoire d'homme, le refuge des pèlerins surpris par la nuit ou pressés par les loups ? Et toi, tu en fais un instrument de guerre ! Croyais-tu que j'allais craintivement détourner mon regard de tes manigances, et comme un enfant me résigner à subir ta volonté ? Croyais-tu que j'allais faire semblant d'ignorer tes machinations, et qu'intimidé par ton âge et la puissance de tes amis j'allais me laisser tondre la laine sur le dos ?

L'abbé toisa l'intrus d'un regard de feu et répliqua, en criant dans le vent :

— Qui t'a permis, chevalier, d'entrer dans cette ville, qui appartient à l'abbaye de Saint-Pons depuis sa donation par l'archevêque de Narbonne, il y a cent ans ? Ne sais-tu pas que tu n'as nul droit sur cette place, qui n'a jamais appartenu à ta famille ?

— Je sais, l'abbé, que cette place ne m'appartient pas, mais j'y ai des droits. Et en premier le droit d'y interdire les armes ! Or je vois là un château très fort en construction, qui trahit tes visées belliqueuses, et pour lequel tu devais me demander la permission, car je suis ton suzerain. Comme tu ne m'as rien demandé, tu vas devoir tout démolir. Et vite !

L'abbé venait de remarquer Bertran de Saissac, qui le saluait d'un sourire sardonique. Le vieil homme s'exclama :

— Je vois que tu es bien accompagné. Tu te fais avec les hérétiques maintenant, toi dont les aïeux ont donné leur vie pour la reconquête du tombeau du Christ ? Je comprends mieux cette haine que je sens dans ton cœur envers moi-même et envers mon abbaye. La diabolique doctrine de Manès fait son chemin, je vois ; elle s'étend dans les cœurs des plus grandes familles.

Il leva les yeux au ciel, et tourna aussi les paumes de ses mains blanches :

— Par Celui qui souffrit la Passion, si vos pères vous voyaient ! Ils n'ont pas mérité cela ! Mais je ne vais pas en rester là. Vous deux (il montra Roger et Bertran de Saissac) je vais envoyer de vos nouvelles au seigneur pape dès mon retour en bas.

Il releva fièrement la tête : « C'est lui notre suzerain à tous, dans le Christ ! »

Roger observa quelques instants le petit homme qui gesticulait, vêtu d'une pèlerine noire fourrée de martre à l'intérieur et passée sur son froc de moine. Il était en outre coiffé d'une toque fourrée de même, et chaussé de bottines épaisses. Ses yeux étaient des lances. Il était prêt à arrêter une armée. Roger comprit qu'il n'obtiendrait rien. Il fit un signe aux trottiers et aux chevaliers qui se répandirent aussitôt sur la construction en cours en grimpant aux échafaudages.

La grue de bois à double poulie qui servait à monter les charges partit en morceaux par-dessus la muraille, pendant que les trottiers s'attaquaient aux perches assemblées entourant l'ouvrage. Ils tranchèrent de leur couteau les liens de chanvre, et les échafaudages tombèrent d'un coup. Du côté de la muraille un plancher en encorbellement fut projeté dans le vide, emportant un aide-maçon qui travaillait en dessous. Ensuite ils mirent à bas tout ce qui n'était pas encore pris dans un mortier trop dur.

Deux chevaliers passèrent une corde aux poignets de l'abbé qui se débattait comme un fauve traqué, et en tendirent l'autre extrémité au vicomte qui la noua à la courroie de l'épée d'arçon. Il pressa son cheval et demanda à l'abbé, en riant, de le suivre. L'abbé résista en criant : « Anathema sit ! Anathema sit[1] ! » mais il fut emporté d'un coup brusque et se mit à courir, tiré par le cheval et poussé par le vent. Quand il comprit qu'il irait ainsi jusqu'à son monastère de Saint-Pons, il se tut.

Il faisait nuit noire quand ils atteignirent de nouveau la barre du Somail. Dans la journée le regard pouvait y surprendre au loin le bleu incandescent de la mer. Mais le soleil était couché.

Toutefois une lueur rouge enflammait encore la vallée, comme un incendie du ciel. La barre passée, l'abbé surprit dans la descente, dans une trouée que le vent ouvrait et fermait à volonté, une lourde fumée rougeoyante qui s'échappait du monastère. Il hurla :

1. « Qu'il soit maudit ! »

« L'abbaye est en feu ! » Puis : « Trencavel, tu es perdu ! Tu seras excommunié, renvoyé de la sainte Église, rayé de la liste des élus. Tu seras un hors-la-loi ; quiconque le voudra pourra te tuer et prendre tes biens... » Il hurlait et le vent qui portait sa voix avec zèle la rendait encore plus tranchante.

Il se mit à réciter le Pater Noster d'une voix forte, implorant Dieu de bien vouloir pardonner à son ennemi, mais aussi de le châtier et de le remettre sur la voie de la raison.

Roger ricanait. Il lui conseilla de prier pour lui-même, qui en avait le plus besoin :

— Les orgueilleux seront rabaissés, les ambitieux seront humiliés. Prépare-toi, l'abbé, à croupir longtemps au purgatoire... si cette nouvelle invention de Rome existe vraiment. C'est moi qui suis la main de Dieu, chargé de faire régner la justice sur terre. Toi, tu n'es que l'espie du comte de Toulouse...

Bertran de Saissac en rajoutait :

— Tu es le suppôt de l'Église diabolique de Rome. Tu sers le diable, tu es l'ami de Satan, tu lui baises le cul tous les matins.

— Toi l'hérétique, répliquait l'abbé à bout de souffle mais les yeux incendiés par le feu des torches, je te ferai brûler avec tes acolytes avant la fin de l'année. Je le jure devant Dieu !

— Ne jure pas, démon ! Le serment est interdit par Dieu. Comment oses-tu impliquer Dieu dans tes manigances, dans tes œuvres maudites. Tu sers le monde mauvais, tu œuvres pour Satan, on le sait tous. Tu te réjouis tous les matins, en disant la messe, de la crucifixion du Christ. Explique-moi comment on peut vénérer les instruments du supplice du Fils de Dieu. Et d'abord, comment oses-tu imaginer que Dieu ait pu envoyer son Fils au supplice sur terre ? Enverrais-tu ton fils à la mort ? Et vénérerais-tu la corde qui aurait servi à le pendre ?

— Je vais écrire au Saint-Père ! J'en ai assez entendu. Il vous fera tous brûler, serpents !

— Il brûlera en enfer avant nous, ce sodomite !

À mesure qu'ils descendaient la lueur de l'incendie était plus intense. Dans les derniers tournants le chemin apparut comme en plein jour. Ils débouchèrent après les premières maisons qui entouraient l'abbaye dans un ronflement infernal qui fit reculer les chevaux. Le feu dévorait la charpente de l'église et celle du palais, révélant déjà le squelette noirci des lourdes fermes à moitié calcinées. Les bois de couverture tombaient en miettes de feu dans la nef, devenue un four enfumé et rougeoyant.

Les portes de l'enceinte avaient été démolies et l'ouverture élargie, mais il était impossible d'entrer pour tenter de sauver quelque chose, ni seulement de lancer des seaux d'eau. Roquefort vint les retrouver. Roger demanda, en hurlant pour se faire entendre car le crépitement des flammes couvrait les voix :

— Qui a fait ça ?

— Excès de zèle !

— Qui ?

— Sais pas. Peut-être une vengeance.

Et, montrant du menton le père abbé dont le visage torturé par la fatigue, la douleur et le désespoir, rappelait une de ces têtes monstrueuses qui ornaient les modillons portant la toiture tout autour de l'église, Roquefort ajouta :

— Les moines étaient durs pour les redevances. Ils ne connaissaient pas la pitié...

Il haussa les épaules :

— Les flammes non plus. Ça fera moins à démolir.

Il alla derrière le cheval de Roger qui piaffait et

chassait sur place, tendu comme un arc, pour observer le père abbé qui peu à peu reprenait son souffle. Le gros Roquefort tira sur la corde et lança à Roger :

— Vous avez levé le lièvre, mais il n'a pas bonne mine.

Roger hésita puis, détachant la corde de sa selle, il la lança au prisonnier en criant :

— C'est un premier avertissement !

Le père abbé s'éloigna en claudiquant, fourbu, crispé, voûté, et alla rejoindre un groupe de moines figés comme des statues loin des murailles. Sur leur visage médusé la danse des flammes faisait passer des ombres de terreur, tandis que leurs lèvres sèches tremblaient en mâchonnant des prières.

Roger fit installer les bivouacs sur les hauteurs de Thomières, sur des terrasses naturelles couvertes de châtaigniers, à l'abri du vent et des fumées. Depuis cet observatoire il suivit le long dépérissement du feu, qui vivait encore quand l'aurore vint révéler dans une douce clarté brumeuse les pauvres ruines fumantes.

Roger laissa Roquefort achever la destruction des murailles et leva le camp sans redescendre à l'abbaye. Il était inutile d'aller dire un mot de plus au père abbé, ni de lui proposer quoi que ce soit. « Les actes portent plus que les paroles », murmura-t-il.

Il craignait aussi d'être subitement vulnérable à la pitié, maintenant qu'il avait assouvi sa vengeance et que sa rage était tombée.

Il s'en retourna assez satisfait de lui-même. Il pensait qu'avec cette chevauchée il avait déjà surpassé en autorité et en réputation la mémoire du vicomte Raimon, son père.

VI

J'aimais ma chambre. Elle donnait vers la Garonne par une fenêtre double que partageait – et que partage encore certainement – une colonnette torse portant une pierre cubique chargée de petits écureuils. Je ne sais pas pourquoi j'aimais tant ces petits écureuils. Ils couraient sur des rameaux de lierre dans une ronde sans fin qui échappait à ma vue en parvenant sur la façade. Je les voyais revenir de l'autre côté, sans faute, et c'était chaque fois une surprise. Je m'assurais qu'aucun n'avait grimpé aux arêtes courbes des fenêtres, accrochant ses petites pattes dans les joints creux des briques, ou aux rinceaux qui décoraient l'encadrement. Le jeu n'avait jamais de fin, et je dus bien souvent faire un effort pour me détacher de cette obsessionnelle contemplation.

Quant à savoir si c'est pour cette raison que je n'ai jamais voulu changer de chambre, je répondrais volontiers que ce n'est pas impossible ; mais cette chambre avait bien d'autres charmes. Et tout d'abord celui d'être trop bien située en haut de la tour du Midi.

Mes soirées se passaient souvent à cette même haute fenêtre, assise sur un coussin de cuir dans l'embrasure pourvue d'un banc de pierre, à suivre à la vesprée les transmutations du ciel virant au mauve quand il prenait au couchant la teinte des murs de Toulouse. Alors

Garonne se mettait à luire entre les îles comme un serpent. De ma place mon regard pouvait sans bouger traverser une autre fenêtre, simple meurtrière longue et étroite qui regardait la ville. Je voyais la cité d'argile flamber jusqu'au ciel au-dessus du rempart qui bordait le château comme une tenture pourpre. Les tours et les clochers, aussi nombreux que les arbres dans une forêt, flamboyaient avec les pignons des palais dans une fête gigantesque. La brique déteignait sur le ciel.

C'était magnifique, mais je préférais ma Garonne, ses rives duveteuses et incertaines cachées par les masses argentées des saules et des vergnes, les frondaisons fébriles des trembles qui recouvraient les ramiers et brouillaient les pistes. Je fréquentais souvent les bords de Garonne, non pas comme mon frère aîné, Raimon, qui allait y cacher ses impérieux désirs de jouvencel désœuvré, mais tout simplement en accompagnant ma garde, Ogive.

Ogive Carcassoune allait y cueillir des plantes médicinales, de l'écorce de bourdaine aux propriétés purgatives qu'elle m'expliquait en hésitant, et une plante au nom changeant qu'Ogive appelait un jour « l'herbe aux femmes battues », quand le vent d'autan lui rendait le caractère acerbe, et à d'autres moments le raisin du diable ou la vigne noire. On déterrait sa racine qui avait la vertu bien connue d'effacer les bleus qui marquent facilement le corps des femmes. Mais au printemps la même plante à la tige volubile se nommait repousse, ripounssous dans le pays d'Ogive entre Montagne Noire et Carcassès. Ce sont ces mêmes repousses qui formaient des touffes luisantes et embrouillées fort peu appétissantes, quoi qu'en disait ma garde qui les mettait dans les omelettes avec des gestes d'apothicaire pour m'intéresser. Les tiges diffusaient une douce amertume qui surprenait le palais.

On cueillait aussi, avec force recommandations, la douce-amère. Ogive me répétait chaque fois d'une voix grave que « dix baies peuvent tuer un enfant ». Je me sentais vraiment en danger, mais domptée par Ogive la plante devenait quelques jours après un remède, comme par miracle. On cueillait aussi de l'aubépine pour faire des marmelades, et pour me préserver des insomnies.

On prenait au sureau noir ses écorces en hiver et sa floraison enivrante au printemps. « Ses vertus sont innombrables », rabâchait ma garde qui pensait surtout à son rôle en cuisine et pour aromatiser les vins. On pelait les branches des saules dans l'espoir de tuer les rhumes et les fièvres de l'hiver, on cueillait dans les prairies d'été la bourrache prise dans le même combat, ainsi que l'herbe de Nostra-Domna, comme appelait Ogive le bouillon-blanc.

On récitait des Je vous salue Marie au retour, en passant devant les vastes massifs blanchâtres de ciguë vireuse répandus dans les trous d'eau et les fossés inondés. Toujours dans son plaisir de m'impressionner, mais aussi de m'inculquer la plus grande prudence vis-à-vis du vaste monde, Ogive ne manquait pas de me rappeler avec une réticence feinte, pour mieux m'accabler de mystère et de crainte, que cette plante pouvait tuer un bœuf, et que sa présence imposait une surveillance constante du bétail. Je ne la quittais pas des yeux.

En revenant vers la ville on parvenait aux moulins bladiers de mon père, les moulins du château comme on disait tous. On quittait le petit bras de Garonne par une rue sombre et humide, au sol rocailleux, qu'Ogive remontait en pressant le pas, déplaçant avec aisance son énorme masse boudinée dans des vêtements devenus naturellement à la mode, très étroits, au fil du temps.

Cette rue côtoyait la rue Comenge, ensoleillée d'une animation constante. Moi je serais bien allée flâner dans la rue Comenge, si proche du château et si familière à mon esprit, car on l'évoquait sans cesse dans les conversations. Mais cette rue m'était interdite, et Ogive ne faillit jamais à l'obligation de la contourner. Les pages du château qui la traversaient de préférence le soir pour mener les chevaux boire dans le petit bras de Garonne racontaient qu'on y entendait dès la nuit tombée des femmes gémir.

Cette rue interdite prit à force une grande importance dans mon esprit. Il me fallait savoir. Un jour j'interrogeai ma femme de corps.

Elle suspendait du millepertuis partout dans ma chambre et dans tout l'étage, dans le but de me protéger des maléfices, comme on l'attend d'une plante cueillie le matin de la Saint-Jean.

Ogive me protégeait mieux des mauvaises influences et des dangers extérieurs, s'il y en avait, que de moi-même. Elle ne savait pas me dire non. Car elle nourrissait sa vie de mes désirs et de mes chagrins, prenant spontanément sa part de mes désespoirs, et doublement chagrinée d'en être la source quand mon tourment venait de ses défenses.

Aussi ne s'opposait-elle jamais longtemps sous la tenace offensive de mes supplications. Nous étions sœurs jumelles dans la souffrance, même si fort heureusement notre ressemblance s'arrêtait là. Au physique elle était vieille, à mes yeux du moins, et grosse, aux yeux de tout le monde.

Je lui demandai donc, à ma petite mère, ce qu'il se passait dans la rue Comenge, le soir, et pourquoi laissait-on maltraiter des femmes à deux pas du château. Ogive resta interloquée, cherchant à deviner jusqu'où j'en savais, puis elle avait ri. Un rire strident, sans joie, trop forcé pour être naturel. C'était moins grave que je ne l'avais pensé, mais je voulais savoir...

Elle finit par me répondre :

— Le mal qu'on leur fait souffrir est bien naturel. C'est un mal qui ne fait pas mal.

— Que veux-tu dire ?

— Ma fille, vous êtes trop jeune pour connaître ce qu'un homme fait à une femme la nuit, dans le lit.

Elle prononçait « lit » avec trois t. Je me suis récriée :

— Mais je suis mariée !

Ogive est restée interloquée une seconde fois. J'ai bien cru qu'elle ne pourrait plus sortir un mot. Elle a fini par dire :

— Votre père, le seigneur comte Raimon – Dieu le garde – vous a mariée tantôt. Mais vous n'avez jamais vu votre époux. Quand vous partagerez sa couche, bientôt si Dieu le veut, vous saurez ce que font les femmes dans la rue Comenge. Elles font avec les hommes qui passent comme les épouses avec leur mari.

— Mais elles ne sont pas mariées ?

Ogive hennit :

— Eh non, pécaïre ! Elles font ça pour de l'argent ! Moun Diou, comment peuvent-elles ? Et dans la rue encore, ça arrive ! Il faudrait que le seigneur comte Raimon – que Dieu le garde – y mette de l'ordre si les consuls ne le font pas ! Nous sommes assiégés par Babylone !

Les révélations d'Ogive Carcassoune me laissèrent rêveuse. Je m'en voulais de m'être vantée d'être mariée en découvrant que je ne l'étais pas même à moitié. J'allais sur mes quatorze ans révolus. Je devais aller vivre chez mon mari, le vicomte de Carcassonne, dans ma quinzième année.

C'était la condition que j'avais imposée pour accepter mon mariage sans faire d'histoires car je voulais qu'on me manifeste un peu de considération. J'étais donc mariée et pucelle, mais je ne trouvais pas cette situation anormale, ni compliquée, beaucoup moins en tout cas que d'avoir deux mères.

Car j'avais deux mères. Une mère de tous les jours, Ogive Carcassoune, native d'un proche village de Carcassonne dans la Montagne Noire, « comme votre futur mari » disait-elle en faisant semblant d'en être fière pour moi. Mais elle ne l'était pas. Elle savait qu'aucun seigneur ne pouvait égaler le faste de Raimon de Toulouse, mon père, cinquième du nom, et pas même la famille de mon mari, les Trencavel, qui tenaient pourtant d'immenses domaines. À force de mariages et de trahisons ils avaient accaparé l'Albigeois, le Vaurais, le Castrais, le Carcassès, le Razès et les Corbières, le Quercob, le pays de Béziers qu'on appelait Bédérès et qui allait jusqu'à la mer, et d'autres encore. C'était un vrai royaume que possédait mon mari, de la montagne d'Auvergne jusqu'à la mer Méditerranée.

Ogive en vérité n'aimait pas les Trencavel ni ses vassaux parce qu'ils avaient un penchant pour l'hérésie cathare. Ce poison de l'esprit, cette dépravation comme disait le premier chapelain avec la grimace douloureuse d'un médecin, lui faisait horreur. Ce qu'elle appréciait le plus chez mon père, le comte Raimon, c'était cette énergie qu'il mettait – qu'il déclarait tout au moins – à combattre la peste hérétique, ce qui à ses yeux rattrapait ses autres défauts.

Et des défauts il en avait. Il faut croire que la sainte Église tenait un semblable marchandage, car elle ne réagit pas sévèrement aux mauvais traitements que le comte faisait subir à ma mère, ma vraie mère selon la chair. On l'appelait encore à Toulouse la reine

Constance. Elle m'avait donné la vie et depuis cet événement elle se cantonnait au rôle de mère des beaux jours, n'apparaissant que de loin en loin, fugace dans ma mémoire mais resplendissante dans mes rêves. Je ne l'avais pas revue depuis longtemps, gardant un souvenir merveilleux de notre dernière rencontre avant son départ pour la Terre sainte.

Après avoir été répudiée par mon père, ma mère s'en était allée à Paris chez son frère le roi de France, Louis le Septième, un oncle que je n'avais encore jamais vu. Quelque temps après elle s'était faite Hospitalière, membre de l'ordre de l'Hôpital de Saint-Jean-de-Jérusalem, et désirait aller soigner les blessés en Palestine. Ce n'était pas courant à l'époque, pour une femme, fût-elle reine, de se vouer à un ordre monastique, militaire et oriental. Mais ma mère était exceptionnelle, en plus d'être une ancienne souveraine. Un jour elle décida de prendre le bateau pour Ascalon.

Avant d'entreprendre ce périlleux voyage elle vint à côté de Castres, à Burlats, un village à peine accessible aux chevaux mais fortifié, qui appartenait à ma belle-famille, les Trencavel. Ainsi n'avait-elle rien à demander au seigneur comte mon père. Sauf d'y réclamer ses enfants.

Mon père nous envoya sans se faire prier dans cette forteresse de Burlats. Nous y découvrîmes avec appréhension une femme grande et charpentée, vêtue d'une robe de drap bleu sans façon, sur laquelle elle avait enfilé aux épaules un pelisson doublé de menu vair. Je la trouvais très âgée. J'avais oublié qu'elle avait beaucoup plus d'années que mon père. Je m'étais toujours représenté ma mère sous les traits charmants et apprêtés des concubines du seigneur comte.

Mais l'austérité de sa tenue ne pouvait la faire confondre avec les femmes du peuple les plus richement parées. Son visage avait conservé le souvenir de très beaux traits, auxquels les rides apportaient de la force sans en effacer la séduction, et quelle noblesse ! La noblesse de son regard et la distinction de ses gestes me marquèrent. Je m'emplis de cette majestueuse simplicité, de cette autorité tranquille, native, je me gavai de son regard bleu sans ombres ni menaces ; je me fortifiai de sa justesse de jugement, qui me laissait quelquefois tremblante car n'y entrait jamais le désordre d'un élan du cœur.

Nous étions d'accord avec mes deux frères pour dire que notre mère était une sainte, relevant déjà du monde céleste, tant nous impressionnait sa force intérieure. Mais sa piété restait discrète, son accueil simple, sans chaleur démonstrative mais sans distance non plus, sans gêne en tout cas. Au contraire des mijaurées de notre père, qui nous faisaient un visage aimable de circonstance, elle n'avait pas la moindre crainte de nous quand nous venions nous ruer sur elle par jeu, avec une gloutonnerie inquiète qui dépassait volontairement la mesure. Et qu'elle comprenait.

Son humeur égale, héroïque peut-être, nous protégeait de sa propre souffrance. Car ma mère, je le sus beaucoup plus tard, avait été traitée par le seigneur comte pis que la dernière des servantes, bien pis. Mais cette douleur n'était pas embarrassante. Ma mère ne la laissait jamais déborder. Elle s'était chargée seule de tout le poids de son ignoble répudiation, comme si les tourments de sa vie ne concernaient pas ses enfants, et ne devaient pas venir troubler notre confiance naïve dans l'avenir.

Quand mes deux frères manifestèrent le désir de rentrer à Toulouse, lassés de la clôture de Burlats, elle ne s'y opposa pas, elle ne s'en offusqua pas. En prenant congé, elle embrassa mon frère aîné Raimon en lui disant :

— Mon fils, un jour vous régnerez sur votre beau comté de Toulouse, un des plus beaux du royaume de France. N'oubliez jamais de faire passer votre devoir avant vos plaisirs, quoi qu'il vous en coûte. Vous trouverez toujours quelqu'un de bon conseil qui vous montrera le chemin. Vous le reconnaîtrez. Mais si le courage vous fuyait, et que vous refusiez l'effort de prendre ce chemin, ou si vous vous obstiniez pour les mêmes raisons à ne pas le reconnaître, vous seriez le dernier comte raimondin de Toulouse. Car de lourdes menaces pèsent sur votre chevance, mon fils, que votre père s'exténue à repousser. Il mourra à la tâche, car il est trop batailleur pour apporter la paix. Après lui, vous serez seul à protéger cette terre contre de nombreux ennemis. Je crains pour vous, car je ne vois pas encore dans votre caractère une nature suffisamment droite et obstinée.

Elle avait caressé le visage de son enfant comme pour le bénir et lui insuffler de cette force intérieure qui manquait visiblement à Raimon et qu'elle avait à profusion ; elle avait embrassé Albéric-Taillefer, son benjamin, sans un mot et s'en était retournée dans sa demeure en me prenant la main.

J'avais souhaité rester. J'étais sous le charme de cette dame grande au teint clair, aux cheveux blonds devenus presque blancs. Sa parole ferme et bien timbrée me captivait. Ce fut elle qui me demanda de partir, quand elle se sentit prête à accomplir son pèlerinage. Elle me dit qu'elle allait dans une maison de Palestine. Je pensai qu'il s'agissait d'un village de l'autre côté de la Montagne Noire.

J'ai remarqué depuis – avec quelle joie ! – que j'ai ses cheveux blonds, sa grande taille, son visage long et fin, son teint de pêche surtout, un éclat blond et duveteux qui s'assombrit joliment sous le coup de l'émotion, souligné de sourcils blonds et d'une chevelure de fils d'or lourde comme un écheveau. J'avais aussi par miracle son cou gracile qui donnait à mon corps jeune un port de tête d'une rare élégance. Un port de reine.

La seule chose qu'elle ne m'a pas transmise est la couleur de ses yeux. Ma mère avait des yeux bleus assez pâles, comme son frère le roi de France. J'ai quant à moi hérité d'une couleur rare, celle de la violette, que j'explique par le mélange (la lutte, j'aurais pu dire) entre les yeux de ma mère et ceux de mon père, qu'il avait sombres. Je m'étais vite aperçue de l'étrange séduction que produisait mon regard, même si je ne pouvais en sentir par moi-même les effets, car on ne disposait dans ma jeunesse que de miroirs d'acier poli, qui rendaient mal la couleur.

Bref, j'étais une donzelle soucieuse de plaire, et déjà attirant les regards, comme m'en avertissait Ogive quand elle me surprenait dans des situations trop libres pour une jeune comtesse. Nous étions d'accord pour dire qu'il était grand temps que je sois initiée aux secrets de l'amour, de ses délices comme de ses dangers. Nous ne différions que sur les méthodes.

La reine Constance avait vite deviné que mon frère Raimon était un bon à rien. Il passait ses journées à se promener ou à préparer des fêtes. Il était toujours flanqué de jeunes donzels bien nés qui attendaient sans s'inquiéter que l'âge leur apporte les éperons de chevalier. Le seul compagnon de mon frère qui méritait une attention, à mon jugement, était un jeune homme grand et mince, à la crinière cuivrée qu'il laissait le plus souvent libre sur ses épaules, à moins qu'il ne l'ait serrée dans un ruban de soie ; il avait la peau claire et vermillonnée sur les pommettes comme les saints sur les peintures des églises. Il était doté d'une voix chantante aux intonations gasconnes. Il portait une fine barbe et une ombre de moustache autour de la bouche. Il se nommait Aimeric de Castelnau.

Il avait toujours avec lui un rebec ou quelque autre instrument en bandoulière, qu'il empoignait à tout moment pour murmurer une chanson des premiers troubadours. Il vénérait les anciens.

Ses yeux verts s'allumaient d'or au moindre rai de lumière. Je ne pouvais l'ignorer car ils s'arrêtaient souvent sur moi. Je les fuyais autant que je pouvais, de peur que les miens n'expriment malgré moi les sentiments qui sourdaient de mon cœur en sa présence.

Il laissait deviner une énergie mal contenue qu'il dépensait dans une agitation légère mais incessante, quand il ne se consacrait pas à la pieuse récitation de ses maîtres troubadours, au soin des chevaux ou au maniement des armes. Ce n'était pas étonnant à son âge. Ce qui l'était davantage, c'était ses propos sur la guerre.

Il prétendait que la seule guerre légitime était celle que l'on faisait pour défendre sa vie, sa terre, sa famille, sa châtellenie. Toute autre guerre qui n'était pas purement défensive n'était que du pillage inspiré par le démon pour nous faire chuter du royaume de Dieu. Tout seigneur qui la menait et y menait son peuple était un orgueilleux qui jouait sa vie et celle des autres avec une légèreté coupable, méprisant l'œuvre de Dieu.

Cette sorte de rébellion me plaisait, à une époque où le seigneur comte, mon père, menait guerre sur guerre sans que personne ne puisse en prévoir la fin car, de son fait ou pas, il n'était entouré que d'ennemis.

J'admirais le courage d'Aimeric qui tenait de tels propos au milieu des chevaliers bataillards, et fiers de l'être, de notre cour. La bataille, la charge à cheval, la lance à bout de bras ou à l'arrêt sous l'aisselle était le seul but de leur vie, au risque d'en avancer le terme.

Mais mon frère le protégeait des bataillards et des jaloux qui sans cela l'auraient provoqué et certainement anéanti. Raimon l'avait pris comme écuyer en déclarant qu'il partageait ses idées, pour des raisons certainement différentes. Car Raimon était d'abord paresseux. Aimeric et mon frère partageaient également l'amour de la soie et des riches tissus aux couleurs vives, des draps d'or et d'argent, des tissus moirés ou damassés venant d'Italie ou de plus loin, d'Orient, d'Arabie, des royaumes de Jérusalem. Comme Aimeric était pauvre, mon frère l'habillait.

La fainéantise de Raimon – il n'y a pas d'autre mot – avait contaminé ses compagnons les plus proches. Alors que les jeunes gens de leur âge ne rêvaient que de batailles et de tournois, de beaux chevaux de guerre et de harnois étincelants, de belles apertises d'armes qui les feraient remarquer des grands seigneurs, mon frère et ses compagnons tournaient en dérision ces jeux violents et ne se mesuraient qu'en des joutes musicales ou poétiques, dans le meilleur des cas. Ils passaient leurs journées à cagnarder, et ne commençaient à s'agiter comme les bêtes sauvages, qu'à la nuit tombée pour disparaître de l'autre côté du rempart au cœur de la cité. De voir s'éclipser à la faveur de la nuit cette bande joyeuse et bruyante était devenu pour moi un supplice.

Avec l'arrivée du mois de mai et ses chaudes senteurs vespérales, je ne supportais plus le long silence qui succédait à leur bruyante sortie du château. Il me fallait sortir aussi. À tout prix. Je voulais connaître tout de la vie nocturne de notre vieille cité de Toulouse. Je voulais savoir ce qu'ils faisaient et qui ils rencontraient une fois passés sous le castelet du château. Je voulais savoir par quel tour de magie la nuit faisait de notre bonne ville, riante et joyeuse le jour, active et craignant Dieu, une nouvelle Babylone aux dires des bonnes gens qui m'entouraient. Un jour j'interpellai mon frère :

— Raimon, je veux que tu m'emmènes avec toi la nuit prochaine !

Il me demanda distraitement :

— Où veux-tu aller, pardieu ?

Je voulus l'épater, lui montrer que je n'étais plus une petite fille qu'on promène de l'ouvroir à la chapelle. Je voulais aussi, dans mon esprit, l'assurer que je ne l'entraverais pas par une attitude craintive ou trop prude. Je répondis du tac au tac :

— Dans la rue Comenge !

Il me regarda avec un air de hibou. Au moins faisait-il attention à moi, pour une fois. Il s'exclama :

— Mais petite sœur, ce n'est pas une rue pour toi ! Que veux-tu aller faire dans la rue Comenge ?

— Je veux savoir ce qu'il s'y passe. J'ai l'âge !

— Je vais te le dire : c'est une rue putanière, la rue des putanes. Elles racolent les hommes et les font triquer – trinquer, je veux dire. Tu comprends ? Il n'est pas question que tu ailles dans cette rue le soir. Père me tuerait s'il apprenait que je t'ai promenée dans la rue des putanes. De toute façon domna Arnaude ne voudra jamais...

Domna Arnaude était ma gouvernante, une femme froide et hautaine originaire de France, et qui en tirait une ridicule fierté. Ayant connu quelque peu la cour royale, elle était censée m'inculquer les connaissances générales du siècle et un minimum de savoir-vivre. Nous ne nous aimions pas, ce qui au moins abrégeait nos entretiens. Ogive la détestait encore plus que moi.

Rien ne pouvait les rapprocher, et j'avoue que je ne négligeais rien pour entretenir cette aversion. Ogive était veuve d'un cordonnier du bourg. Sans ressources et sans enfants, elle avait été recommandée par un consul au viguier, qui lui avait fait attribuer une place au château. Une sympathie réciproque avait fait le reste. Mais Ogive était illettrée, elle ne savait ni lire ni écrire. Tout au plus un peu guérisseuse, un peu sorcière. Elle ne pouvait assumer entièrement mon éducation.

Domna Arnaude était chargée de la partie noble. Elle était aussi garante de ma conduite et de ma moralité. Elle devait rendre compte tous les mois à mon père des menus incidents qui émaillaient ma vie de fillette, et des progrès que j'accomplissais dans tous les domaines où une femme bien née doit sinon briller, du moins être éclairée. Elle s'appliquait à rendre compte de mes dits, faits et gestes avec une sévérité toujours égale, sans rien omettre. Je la soupçonnais de prendre du plaisir à rapporter.

Ogive et moi la considérions comme une espie. Il ne serait pas facile pour moi d'obtenir de sortir le soir, avec pour seule protection mon frère et ses falourdeurs qu'elle tenait déjà – non sans raison – pour des débauchés.

Mais j'aimais les défis. Je répliquai à Raimon :

— Mon frère, si domna Arnaude me donne permission, me promets-tu de m'accompagner où je voudrais ?

Raimon éclata de rire :

— Je t'emmènerai où tu voudras si tu obtiens de ton Cerbère l'autorisation de sortir.

— Promets-le sur la tête de saint Géraud !

— Je le promets sur la tête de saint Géraud et sur la fesse sénestre de domna Arnaude...

Je haussai les épaules. Sa dérision ne me faisait pas rire. J'acquiesçai toutefois :

— D'accord. À très bientôt.

On était en mai. Il y avait tous les soirs à Nostra-Domna la Dalbada un office marial d'une grande beauté au milieu des ramées et des pétales de rose qu'une procession fervente, à un moment, semait tout autour de l'église. J'avais déjà un bon motif de sortie. Je comptais bien préciser, pour endormir la vigilance de ma gouvernante, que je me ferais accompagner d'Ogive Carcassoune et de quelques femmes du château qui désiraient s'y rendre.

Au regard que me jeta domna Arnaude quand je l'abordai, je sentis que tout était perdu. Je n'eus pas le temps d'exposer jusqu'au bout mon pieux désir :

— Par la Vierge Marie arrêtez de mentir, Adélaïs ! me cria-t-elle. Vous savez que j'ai le mensonge en horreur. C'est par le mensonge que les Juifs ont crucifié le Christ. Chaque fois que vous mentez vous appliquez un supplice nouveau dans la chair de Notre-Seigneur...

Elle empoigna son crucifix d'argent doré qu'elle portait en sautoir sur sa tunique, les yeux révulsés, comme saisie par une vision sanglante. Je lui coulai un regard de biche :

— Mais... pourquoi...

Elle revint à elle, salivant du fiel. Elle siffla plus qu'elle n'articula :

— Votre frère est meilleur chrétien que vous, à ce qu'il semble. Il m'a tout dit !

Je fis encore l'innocente, mais le cœur n'y était plus. Je me récriai :

— Mais que vous a-t-il dit, ce badaïre ?

— Il m'a dit où vous vouliez aller. Je ne sais ce que vous avez en tête, mais sachez que votre père sera mis au courant de vos lubies.

J'étais abasourdie. Mon frère était venu tout lui raconter. Je le revoyais riant aux éclats pendant que je le mettais au défi de satisfaire ma requête. Débauché mais aussi traître et sans foi, voilà ce qu'il était. Je ne perdis pas de temps en justifications inutiles ; la situation n'était pas récupérable. Je tournai les talons pour ne pas avoir à supporter le regard triomphant de ma gouvernante, jubilant de m'avoir prise en faute aussi ouvertement, et m'en allai à la recherche du traître.

Le château Narbonnais était une bâtisse passablement compliquée. Reconstruit par mon arrière-grand-père Saint-Gilles avant de partir en croisade d'Orient, il avait de l'extérieur la forme simple d'un rectangle, proche du carré, avec une tour à chaque angle. De l'intérieur c'était un labyrinthe.

Du côté de la ville les tours étaient rondes. Elles encadraient des bâtiments qui servaient à loger l'administration du seigneur comte, avec au milieu un triple porche toujours fermé qui, disait-on, donnait autrefois directement dans la cité. Mais depuis longtemps un chemin et un large fossé séparaient le château du rempart de Toulouse.

Un corps central encombrait la cour, très haut, et sur l'autre côté s'appuyait à la courtine un grand bâtiment irrégulier qui reliait deux tours massives et carrées, coiffées de gigantesques tuiles. Nous occupions, toute la famille et les grands officiers, ce grand bâtiment et les deux tours. La tour Gaillarde contenait les archives, la librairie et nos biens les plus précieux. Dans la tour du Midi, qui donnait vers Garonne, nous avions nos chambres. Au rez-de-chaussée une chapelle nous réunissait pour l'office matinal. Le premier étage donnait accès à la grande salle. Les autres niveaux étaient des logis et des chambres. J'occupais la plus haute. Au-dessus de moi il n'y avait que l'étage du guet, vide en temps de paix.

Mon frère occupait le plancher en dessous du mien. On l'y trouvait facilement car il ne faisait rien au château que dormir, jouer, chanter, plaisanter avec ses amis et préparer aux cuisines des soupers fins qu'il faisait servir chez lui. C'est d'ailleurs aux cuisines que je le trouvai, dans la pénombre fraîche de la vieille salle en sous-sol. D'énormes piliers ronds qui portaient le château l'encombraient et l'assombrissaient encore. Je n'aimais pas cette salle qui semblait s'enfoncer un peu plus chaque hiver dans le sol, écrasée par l'énorme bâtisse.

Raimon et Aimeric de Castelnau étaient à une table couverte de poissons encore vivants venant de Garonne, enrubannés d'herbes sombres. Mon frère préparait une sauce verte, et expliquait à mesure à son ami ce qu'il faisait :

— Tu piles d'abord les épices : gingembre, cannelle, poivre, noix de muscade... avec le persil et la sauge. Tu peux ajouter deux ou trois gousses d'ail, au risque de sentir le vilain. Mais il perdra de sa force à la cuisson... Mouille de vinaigre et de verjus...

Un cuisinier chauve et rondouillard, environné de torchons sales accrochés à sa ceinture, les assistait.

Haussant la voix pour couvrir les heurts des chaudrons, le grincement des broches et le bavardage des femmes autour de la cheminée, j'interrompis la charmante réunion en interpellant mon frère qui ne m'avait pas vue venir :

— Tu m'as trahie, moi, ta sœur, mais tu ne l'emporteras pas au paradis. Premièrement je vais écrire au seigneur comte, et lui révéler que tu n'as pas manié une épée depuis des mois, que tu refuses de participer aux chevauchées du sénéchal, et que tu paies un chevalier pour te remplacer. Et de plus, que tu ne connais pas un mot de latin... Pour commencer...

Il me regarda, surpris, sans cesser de tourner sa cuiller de bois, et éclata de rire. J'avais l'air si furieuse que cuisiniers, femmes et galopins s'écartèrent aux quatre coins de la salle. Raimon fronça les sourcils, comme habité d'une profonde réflexion :

— Tu es mauvaise perdante, m'est avis.

À ses côtés Aimeric de Castelnau ouvrait les poissons d'un coup de couteau, enlevant les viscères avant de les passer dans l'eau d'un baquet et les remplir d'un mélange d'herbes odorantes. J'étais fascinée par son adresse à faire ce travail, comme s'il était né dans une cuisine. Il me salua avec une certaine solennité qui n'était pas dans nos mœurs. Mais notre attirance réciproque nous avait toujours retenus de nous aborder simplement :

— Dieu vous garde, domna. Je connais votre requête. Avec la permission de votre frère je vous fais sortir du château au nez et à la barbe de domna Arnaude quand vous voudrez !

Et se tournant vers mon frère :

— C'est vrai, par Dieu, seigneur Raimon. Il n'y a pas une donzelle à Toulouse qui n'ait le droit de se promener au printemps !

Je le remerciai de mon plus beau sourire. Il me le rendit et nos regards bavardèrent imprudemment. Je me tournai vers mon frère :

— Tu entends ? Ton ami se propose de m'emmener dans la cité, si tu ne t'en sens pas capable...

Raimon me sourit et se tournant vers Aimeric :

— Te souvient-il que ma sœur est mariée ?

— Ce n'est pas un empêchement à se promener, que je sache, répliquai-je la première.

J'avais saisi un poisson sans réfléchir, et je me surpris en train de lui ouvrir furieusement le ventre.

Aimeric très excité fit une sorte de tortillon dans l'air avec son couteau de cuisine et ajouta :

— Parfaitement !

Raimon riait, heureux de me tenir en son pouvoir. Mais je le tenais aussi, d'une certaine façon. Je pouvais lui nuire. Il acquiesça et, me montrant les femmes qui maniaient dans un silence appliqué et attentif leurs ustensiles :

— C'est d'accord. Mais nous en parlerons ailleurs, le moment venu.

Le moment ne tarda pas à venir. Domna Arnaude s'absentait miraculeusement trois jours. Je pouvais espérer une ou deux nuits de liberté et de vagabondage, encore qu'elle n'était pas la seule à me surveiller, et qu'elle avait certainement laissé des consignes. Je me mis d'accord avec mon frère pour le premier soir, un jeudi. Il ne me restait qu'à mettre Ogive Carcassoune dans la confidence, en espérant qu'elle accepterait de couvrir ma fugue. Je l'abordai en ces termes :

— Ogive, ma petite maman, j'ai un projet.

— Bonne idée !

— Je voudrais aller à l'office de Marie à Nostra-Domna la Dalbada, ce soir à complies. C'est si beau, toutes ces fleurs...

— Tout à fait. Je me réjouis de votre affection pour la Vierge Marie, si douce, si secourable. C'est toujours elle que j'invoque dans les moments de grand tourment.

Elle soupira : « Et Dieu sait que j'en ai connu des tourments... plus qu'à mon tour. »

Elle hocha sa tête massive emmaillotée dans une guimpe de batiste qui cachait le cou sous un jeu de plis mouvants assez disgracieux. Je m'empressai de nous sortir de cette ornière des souvenirs malheureux dans laquelle Ogive s'enlisait avec délectation.

— Tu es d'accord pour ce soir ? demandai-je d'une voix de petite fille.

Elle hocha la tête en fermant les yeux avec bonhomie :

— Nous irons...

— C'est que... je me ferai accompagner. Tu n'auras pas besoin de te déranger...

Ogive haussa une de ses larges épaules, en refermant encore les yeux :

— Mais ça ne me pèse point. C'est un plaisir de promener par ces soirées tièdes. Savez-vous ma fille que du bout du pont on voit entièrement dans le ciel le Campus Stellae qui mène droit les pèlerins à monseigneur saint Jacques, en Espagne ?

Je compris qu'on n'en sortirait pas.

— Écoute, ma petite maman, j'ai un secret à te confier.

Ogive rouvrit grands les yeux et me dévisagea avec méfiance. Elle commençait à comprendre.

— Adélaïs, dit-elle en pesant ses mots, vous savez bien que je ne trahirai jamais la confiance qu'a mise en moi le seigneur comte, votre père – que Dieu l'ait en sa sainte garde ! Ne comptez pas sur moi, ma fille, pour vous aider à le tromper.

Elle désignait du doigt sa poitrine. Je ris, en me forçant un peu, je le reconnais :

— Mais ma petite maman, il ne s'agit pas de cela. Je voudrais simplement sortir avec mon frère, le comte Raimon (j'appuyai sur « comte »). Nous serons bien gardés. Je serai revenue avant la mi-nuit, c'est promis.

— Et où irez-vous ?

Je haussai les épaules :

— Dans la cité, ici ou là... Mon frère, le comte Raimon, veut m'emmener dans une auberge où viennent jouer des ménestriers. On se promènera...

Elle me fit les gros yeux. Ogive avait un visage massif que l'âge avait empâté, et que la guimpe serrée rendait joufflu et facilement congestionné. Il impressionnait déjà ceux qui ne la connaissaient pas. En rajoutant les gros yeux, sous des sourcils chenilleux, elle était véritablement effrayante. Mais ses grimaces avaient le don de me faire rire. Ogive avait aussi le don, hélas, de deviner mes pensées. Elle vrilla ses yeux dans les miens :

— Pécaïre ! Vous n'allez pas dans le moulon de Garonne, au moins ? Il est plein de coins menteurs !

Je la rassurai. Comme je l'ai déjà dit, ma garde ne pouvait s'empêcher d'épouser mes désirs, et leur réalisation lui devenait vite aussi impérieuse qu'à moi, car elle ne retrouvait sa quiétude qu'en me voyant réjouie. Elle finit donc par promettre de ne rien dire, jusqu'à la mi-nuit.

— Mais après la mi-nuit, si vous n'êtes pas dans votre lit, Adélaïs, par la Sainte Vierge, je réveille le château et Toulouse. Tant pis pour vous !

Et joignant le geste à la parole, elle sortit de sous sa couche une magnifique trompe de guet en terre cuite, enroulée comme un coquillage, émaillée de bleu et de vert. Elle l'emboucha et pinçant les lèvres elle en fit sortir un son profond et puissant que j'imaginai renversant les remparts de la cité. Elle me regarda d'un air triomphant, rouge et heureuse de la surprise qu'elle lisait sur mon visage. Elle m'expliqua :

— Mon Bernat était le capitaine de la porte Villeneuve, dans le bourg. Il en gardait les clefs. Il était souvent de guet.

Encore me fallait-il sortir sans être reconnue. Or je devais quitter le château, et ensuite pénétrer dans la cité de Toulouse par une des portes du rempart. Deux portes, deux contrôles. Je m'habillai en conséquence et descendis retrouver mon frère à l'étage en dessous. J'avais mis des coussins dans mon lit pour disculper Ogive au cas d'un contrôle inopiné par une espie de domna Arnaude. C'était enfantin mais ma femme de corps, qui dormait entre deux coffres dans un réduit à mon étage, pouvait toujours dire qu'elle ne s'était aperçue de rien.

Je retrouvai mon frère accompagné de trois jeunes chevaliers et d'autant d'écuyers, tous armés. Je n'avais pas vu la promenade sous cet angle, et si j'étais flattée des précautions que l'on prenait pour ma personne, j'étais déjà agacée du ton militaire et protocolaire que prenait notre groupe.

Car je m'étais habillée avec légèreté et élégance, comme pour une fête. Sur une chemise fine plissée au petit fer, et qui descendait jusqu'à couvrir mes bottines en cuir de Cordoue ornementées de perles de verre et de corne, j'avais passé un bliaud de soie au corsage fort moulant, lacé serré par Ogive, avec des manches rapportées s'ouvrant jusqu'à terre, taillées dans un tissu de soie noire en nid-d'abeilles. Une ceinture de cuir rouge finement dorée serrait ma taille en deux boucles successives nouées devant sur mon ventre par une tresse de ganses de soie multicolores descendant à mes pieds. Les lanières étaient lestées de bagues d'argent ciselé, jouant entre elles de façon à accompagner ma marche d'un léger tintement musical.

J'avais fait rajouter une petite traîne, malgré les fulminations de l'Église contre cet artifice sous le prétexte qu'en transformant le corps faussement, on caricaturait l'œuvre de Dieu. Je ne voulais pas me caricaturer, mais simplement que chacun de mes pas transforme ma silhouette en celle d'un ange prenant son envol. Dieu ne pouvait en être mécontent.

Mes cheveux blonds étaient ceints d'un galon de soie broché d'or et d'argent et brodé de petites perles, apporté d'Italie par un banquier de mon père.

C'était peut-être excessif pour une première sortie nocturne clandestine, et même certainement déplacé pour parcourir les rues sales et nauséabondes de la cité de Toulouse. Mais j'étais si jeune !

J'étais à croquer, et c'est l'effet que je recherchais en entrant dans les appartements de mon frère. Car je savais sans le savoir que j'y retrouverais mon beau troubadour. Il y était en effet, avec les quelques bons à rien qui composaient le premier cercle de Raimon. Dès mon apparition ses yeux devenus noirs à la nuit brasillèrent et se plantèrent sur moi pour ne plus me quitter. Je le sentais vibrant comme son rebec qu'il tenait à la main, et qu'il avait l'intention, manifestement, d'emporter. Je tâchai de ne pas montrer mes sentiments, comme il se doit, mais ce regard tourmenté durci par l'admiration et le désir m'enflamma d'une joie brûlante. Je me pris à sourire en constatant qu'il portait une tunique de soie rouge, gansée d'orfroi à l'encolure et aux poignets, que j'avais déjà vue sur mon frère.

J'avais également pris une cape à capuchon pour passer les portes. On ne devait pas me reconnaître. Et il en alla ainsi. Sur l'injonction du « comte » Raimon, futur maître des lieux, personne ne l'oubliait, on nous ouvrit la poterne du château. Deux porteurs de torche s'étaient joints à nous. Nous nous présentâmes joyeusement à la porte de la cité la plus proche, la porte Narbonnaise, car mon frère y était bien connu et donc plus facilement obéi.

On réveilla par la même occasion la recluse qui vivait emmurée dans un pilier de cette porte, et qui passa son bras par le guichet où on lui portait sa nourriture. Ce bras sortant comme une pince m'effraya et je poussai un cri. La recluse reconnut une voix de femme et ricana. Elle me gourmanda de sortir seule la nuit avec des hommes. Elle me demanda de me nommer et, devant mon mutisme, se mit à crier un sermon sur le vagabondage des femmes et la tolérance coupable du comte, qui transformait Toulouse en Sodome et Gomorrhe dès la nuit tombée. Raimon lui demanda de se taire. Elle le reconnut et détourna sa colère vers lui. Il lui mordit le bras. Tandis qu'elle hurlait en prenant les gardes à témoin, je profitai du désordre pour passer sous la porte.

Raimon nous rejoignit et déclara :

— Je lui ai dit qu'au retour, si elle nous sermonne encore, de son bras j'en fais deux !

On rit. On arrivait sur la place de la Mounède. Un de nos chevaliers, Guilhem de Trenis, bâti comme un hercule, demanda : « Où allons-nous, seigneur Raimon ? » Raimon se tourna vers moi :

— Demande à ma petite sœur. Ce soir nous sommes sous ses ordres.

Le chevalier se tourna vers moi. Je citai la rue Comenge. La voix me manqua. Raimon éclata de rire. « Ma sœur veut s'encanailler ! Tu ne vas pas être déçue, ma belle ! »

On était dans la rue Grande. Mon frère me montra une échappée à main gauche qui descendait lentement vers Garonne.

— C'est par là, comtesse, que le peuple toulousain vient vider ses bourses.

Tout le monde rit, pensant que je n'avais pas compris le jeu de mots. Mais j'en savais davantage qu'on ne pensait. La rue Comenge était une ruelle comme les autres, sauf que tous les rez-de-chaussée s'ouvraient sur une taverne, un tripot ou quelque chose de ce genre, révélant par leur clarté toute la longueur de la rue jusqu'à la porte du fond qui ouvrait sur les moulins, et sur Garonne.

En face quelques cabanes alternaient avec des jardins. Des femmes se tenaient devant ces cabanes, une chandelle allumée à côté d'elles. La première à nous accueillir éclata de rire en reconnaissant mon frère :

— Pécaïre, notre Ramounet qui vient nous visiter ! Quelle belle compagnie ! Et qui est cette domna ? Qu'elle est belle !

— Thomassine, cette domna est ma petite sœur. Je lui fais découvrir le val d'amour des Toulousains.

Il se tourna vers moi :

— Thomassine est une putane, mais une des plus honnêtes. Elle aime le travail bien fait.

L'autre faisait le tour du groupe. Elle s'arrêta devant un écuyer :

— Mais il y a le Branchu ! Tu viens visiter ta vieille maman ?

Thomassine avait le double ou le triple de notre âge, ainsi que de l'écuyer dont le sobriquet avait fait rire tout le monde sauf moi. Je n'en avais pas saisi le double sens. Tous étaient en joie, et Raimon précisa :

— Thomassine est notre seconde maman. Elle nous a tous déniaisés.

— Pécaïre ! C'est allé vite ! Vous étiez bien doués pour apprendre. Si vous apprenez aussi vite le latin, vous serez bientôt évêques !

Elle me détailla à nouveau :

— Ne la montre pas à cette ordure d'Hérode. Il serait capable d'y goûter !

Raimon prit un air méchant qui ne trompa personne :

— Le premier qui touche à ma sœur est un homme mort. Tu peux passer le mot.

Nous avancions. Entre deux maisons une obscurité épaisse colmatait une impasse qui paraissait sans fond. Deux souffles désordonnés en venaient, mêlés à un clapotis indéfinissable. Je m'inquiétai. Mon frère se saisit d'une torche et la leva en passant devant ce retrait. Dans la clarté mouvante apparurent au fond deux corps enlacés. Une femme enfourchait un homme, découverte jusqu'à l'arçon. L'arrivée de la lumière accompagnée d'exclamations, et bientôt d'encouragements outranciers, loin de gêner la cavalière l'enflamma tout au contraire. Elle se courba en arrière en agitant sa tête, jouant de sa chevelure comme une jument de sa queue, tandis qu'elle se contorsionnait pareille à une possédée. Ses seins battaient le visage de son compagnon qui les mouillait au passage de son mufle épais et suant, tentant de les arrêter avec sa langue. Un des nôtres dit : « Elle cherche le fond de la selle ! » Un autre : « Elle bat la pierre à feu ! » Le Branchu lança des mots orduriers.

Je trouvai ce spectacle répugnant, sans pouvoir détacher mes yeux du gros derrière qui, avec une agilité prodigieuse, battait le ventre de l'homme. J'y voyais l'étreinte compulsive d'un accouplement d'animaux asservis à leur instinct, ou encore le frétillement convulsif d'un gros poisson au ventre blanc, à peine sorti de Garonne.

Choquée sans vouloir trop le montrer, je tirai le bras de mon frère qui se remit en marche. On passa devant des étuves douteuses, à l'enseigne de la Truie Verte. Un contrevent qui fermait la fenêtre était maintenu soulevé et permettait aux passants de jeter un coup d'œil dans l'établissement. On pouvait constater que les bains dans de grands cuviers de bois étaient mélangés.

Un couple mangeait dans l'un d'eux, accosté d'une table servie copieusement, tandis que dans le fond, dans une vapeur d'enfer, un immense cuvier contenait une bande joyeuse de jeunes gens. Des couples entraient et sortaient nus par la porte du fond. J'étais surprise par la laideur des corps nus, aux chairs molles et pendantes, boursouflées, déformées par les excès de ripaille. Je remerciai Dieu d'avoir obligé les hommes à se vêtir.

On finit par entrer dans une des tavernes. Il me déplaisait de constater qu'on connaissait Raimon dans tous ces établissements. Le patron, un rouquin gras au teint violacé, nous salua à peine et nous proposa du vin, du cidre de pomme et de poire, de l'hypocras, avec des pâtés et des petits rôtis. J'avais le cœur soulevé et je refusai tout en bloc.

Des hommes attablés jouaient aux dés. D'autres semblaient dormir, la mine hébétée, accoudés au-dessus de leur gobelet comme des gargouilles. La salle était sombre, éclairée chichement par quelques lampes à huile posées dans des niches ou accrochées au mur, et des tronçons de chandelle qui brûlaient en se répandant sur les tables. Au fond un couple se tenait enlacé et se tâtonnait sans retenue. Raimon me précisa : « Celle-là au fond, c'est la grosse Margot. C'est l'ancienne femme du carillonneur de Saint-Quentin. »

D'autres couples, autour des tables, se tenaient plus ou moins bien. Une odeur de vin et de vomi viciait l'air, se mélangeant à la lourde moiteur des fritures venue d'une arrière-cuisine.

Tout le monde nous regardait, surtout moi, ce qui n'était pas pour me mettre à l'aise. J'avais fait asseoir Aimeric à ma gauche, car sa présence me rassurait, non pas physiquement mais, comment dire, moralement. Je sentais ce garçon sain de corps et d'esprit, le plus sain de tous les compagnons de mon frère. Notre intrusion avait réveillé la salle qui se mit à caqueter comme une volière.

Une blonde aguichante aux yeux charbonneux, envoyée par le patron, vint nous parler et proposa ses services aux donzels qui ricanèrent. Je pense que s'ils n'avaient pas été « de garde », certains l'auraient suivie. Mais ils restèrent assis en se moquant d'elle avec arrogance. Excédée et à bout d'arguments, la blonde pulpeuse ouvrit l'encolure de sa cotte sur le devant et se pencha pour leur montrer sa poitrine volumineuse. L'exclamation admirative qui s'ensuivit lui coula sur le corps comme du miel. Un sourire édenté mais sincère éclaira son visage gras. Elle avait été peut-être jolie.

Son initiative suscita une compétition entre ces domnas. La grosse Margot s'était levée du fond de la salle avec difficulté, son compagnon accroché à elle comme un enfançon. Interpellant notre hôtesse elle dégagea une énorme mamelle que son compère rattrapa entre ses mains et tenta de remettre vainement dans le corsage.

Un homme aviné s'approcha en chantant, droit sur moi, une chanson malhonnête : « Ouvrez votre huis Guillemette... » Arrêté dans sa marche chaloupée par un de mes chevaliers, il nous insulta. Le patron l'injuria et le renvoya au fond de la salle. Raimon tentait de calmer tout le monde, désolé que la soirée ne soit pas plus conviviale. On décida de lever le camp. J'eus encore droit aux facéties d'un bougre qui, braies baissées et blouse relevée, me montra ses fesses et les battit avec ses mains en cadence pour accompagner notre sortie.

J'étais bien revenue de mon désir d'escapade. Je me retournai contre mon frère :

— Mais Raimon, comment peux-tu fréquenter cette lie ?

Il me répondit, comme à son habitude, par une pirouette et me proposa d'aller dans une auberge beaucoup mieux tenue, où nous pourrions boire et chanter à notre aise en honnête compagnie. J'acquiesçai. Je voulais à tout prix conserver à mon frère mon estime. Je voulais surtout garder de ma soirée de bons souvenirs.

Nous reprîmes nos porteurs de torche qui faisaient bavette avec les domnas de la rue, et Raimon nous emmena à la lumière de sa torche à travers ruelles et jardins, contournant habilement des tas d'immondices et de fumier, jusqu'à un établissement de la rue des Auberges du Pont. Cette rue menait au pont Vieux. L'établissement en question portait l'enseigne peu attrayante de la Chair Salée. Ce n'était pas de très bon augure.

Nous passâmes sous un porche pour entrer dans une cour pavée de galets de Garonne. De grandes arcades ajouraient le pied du logis, formant un couvert sur tout un côté de la cour. Dans la grande salle, deux pèlerins occupaient chacun le bout d'une table, figés dans l'immobilité parfaite d'une statuaire. On s'installa.

— Ici, me dit Raimon, on voit surtout des marchands d'Espagne et des pèlerins allant visiter monseigneur saint Jacques, à Compostelle. Le patron est un Aragonais. Il a une fille qui chante admirablement. Il a aussi une femme très belle.

— Laquelle préfères-tu ?

— Je préfère... les deux.

— Et laquelle chevauches-tu ?

Raimon éclata de rire :

— Comment tu parles, ma petite sœur !

— Je parle comme toi. Alors laquelle ?

Il chantonna ce vers célèbre de Guillaume d'Aquitaine : « J'ai deux chevaux pour ma selle... »

— Tu es ignoble.

Il éclata d'un rire plus fort, et ses amis en écho. Je ne sais s'il me disait la vérité, mais je pensai qu'il était temps que notre père rentre de ses guerres, et qu'il le remette dans le droit chemin.

Le tenancier vint nous servir et Raimon lui demanda d'envoyer sa fille. Une jolie brune assez grande et mince arriva sans bruit, nous salua de sa voix grave et nous sourit timidement. Raimon tapa sur l'épaule d'Aimeric, qui était à ma gauche, et celui-ci sortit son rebec du sac de cuir qu'il portait en bandoulière. C'était un instrument d'une seule pièce, un peu plus grand que d'habitude. Aimeric le posa droit sur son genou, appliqua soigneusement son archet et attendit que la fille commence à chanter. Elle nous avertit qu'elle débutait par une chanson aragonaise.

Elle sourit à Aimeric et j'en ressentis une pointe de jalousie. Elle avait une voix chaude et forte, très colorée, qui attirait irrésistiblement l'attention. Aimeric tirait de son instrument des sons pauvres, plaintifs et acides, lancinants, qui soutenaient la voix de la fille en révélant sa splendeur, comme les épices renforcent et exaltent les saveurs. Sans connaître la langue d'Aragon j'en avais des frissons.

Je notai aussi qu'ils jouaient et chantaient ensemble dans un accord presque parfait, sans préparation. Ils devaient avoir une certaine habitude. Agacée je me levai presque malgré moi et sortis dans la cour.

Je renvoyai mes « gardes » qui s'apprêtaient à me suivre. Je voulais être seule. Aimeric avait pris la suite et chantait maintenant de sa voix alerte, claire comme une trompette, une chanson de Guillaume d'Aquitaine. La voix de la fille brune vint s'y mêler par intermittence. Je distinguais sans peine les deux voix qui couraient sous le couvert, venant dans la cour de toutes parts, et j'eus une nouvelle pointe de jalousie. Je me mêlai alors à eux et fredonnai :

Qu'ara m'en irai en eisil
En gran paor, en gran péril
En guerra laissarai mon fil,
E faran li mal siei vezi [1]...

Déployant mes bras et tournoyant jusqu'à m'étourdir sur le sol bosselé de galets de Garonne, offrant à la brise la bannière de ma tunique et de ma chevelure, je laissai mon corps se dilater d'une joie vitale, animale, et mon esprit se troubler de l'air tiède et parfumé. J'entendais sous les arcades débuter un nouveau vers, un vers du Gascon Marcabru porté par le Gascon Aimeric de Castelnau.

Il chantait seul :

Amors vai coma la beluja
Que cova al foc en la suja
Art lo fust et la festuja
Escoutatz !
Et non sap vas qual part fuja
Cel qui del foc es gastatz [2]...

Mon Dieu quelle belle nuit ! Je levai les yeux vers le ciel semé d'étoiles tout en virevoltant, et quand je

1. « Maintenant je m'en irai en exil / En grande peur en grand péril / En guerre, je laisserai mon fils / Et lui feront du mal ses voisins... »

2. « L'amour va comme l'étincelle / Qui couve au feu dans la suie / Brûle le bois et le brin d'herbe / Écoutez ! / Et ne sait vers où s'enfuir / Celui qui du feu est meurtri... »

les rabaissai j'étais parvenue devant la dernière arcade avant le retour des écuries. Elle s'ouvrait sur une salle basse éclairée de la lumière jaune et fumeuse de deux chandelles piquées sur un chandelier, sur une petite table. Les chandelles éclairaient un plat, un couteau, des gobelets, et dans le plat les os d'un repas.

Je crus saisir une ombre bougeant dans le fond de la pièce, devant une montagne de tonneaux qui dessinaient une tapisserie au décor d'ocelles. Je distinguai alors, revenant vers la lumière, un homme corpulent habillé de sombre et coiffé d'un bonnet de feutre noir. Il tenait à la main une carafe de vin.

J'entendis de nouveau la voix d'Aimeric accompagnée du murmure de la fille brune qui, bouche fermée, déchantait la mélodie. J'étais agacée. « Elle ne le lâche pas ! » pensai-je.

Dirai vos d'amor com sinha
De sai garda de lai guinha
Sai baiz
a de lai rechinha
– Escoutatz ! –
Plus sera drecha que linha
Quant en serai sos privatz[1]...

L'homme me vit et s'avança en me montrant le pichet de terre vernissée qu'il tenait à la main, et qui brillait de reflets turquoise. Il me lança :

— Viens boire avec moi, viens, pucelle.

L'homme me montra les tonneaux :

— Il est tout frais. Il vient d'être mis en perce.

1. « Je vous dirai de l'amour comme il signe / D'ici il surveille, de là il guigne / Ici il baise, là il rechigne / Écoutez ! / Il sera plus droit qu'une ligne / Quand je serai dans son intimité... »

Il me montra le pichet :

— Il est souple, charnu, nerveux.

Je lui répondis que je n'avais pas soif. Mais il s'avança vers moi et de la main me fit signe :

— Viens, approche !

Il mit un doigt dans la carafe :

— Vois comme il brasille !

Lui aussi avait le regard brasillant. Il me fit une grimace qui pouvait être un clin d'œil. Manifestement il se trompait sur la personne. Je restai interdite d'une invitation aussi insolite. L'homme se lécha les doigts avant d'essuyer sa bouche luisante de graisse à sa manche déjà passablement lustrée. Il paraissait énorme, une montagne de chair. Il sortit et me prit le bras, tout à coup soucieux :

— Qui es-tu, toi ?

Il cherchait à distinguer mes traits. Son haleine vineuse me révulsa et je m'échappai pour revenir vers la salle. Il me cria sur un ton autoritaire :

— Attends ! Viens là !

Je rentrai et m'assis autour de la table à côté de mon frère, sans dire un mot. Le duo se terminait :

Marcabrus filhs Marcabruna
Fo engenratz en tal luna
Qu'el sap d'amor cum degruna
– Escoutatz ! –
Quez anc non amèt neguna,
Ni d'autre non fo amatz [1].

1. « Marcabru fils de Marcabrune / Fut engendré sous telle lune / Qu'il sait comment l'amour s'égrappe / Écoutez ! / Qu'il n'en aima aucune / Ni d'aucune ne fut aimé. »

Je sentis se répandre l'odeur avinée de l'homme au moment où il m'agrippait l'épaule. Je criai. Mon frère s'écarta. Aimeric bondit sur ses pieds et repoussa l'intrus en criant :

— Laisse-la !

L'homme qui m'avait suivi parut indécis, comme s'il découvrait tout à coup mon entourage, mais sa main restait lourde sur mon épaule, peut-être pour garder son équilibre. Je me tournai vers Aimeric. Je vis son rebec, qu'il tenait à bout de bras, décrire une courbe parfaite, comme un coup d'épée, avant de se fracasser sur la tempe du malotru en produisant une belle sonorité. L'homme s'écroula.

La fille brune alla chercher son père, tandis qu'Aimeric inventoriait les morceaux de son instrument. Des esquilles s'étaient éparpillées autour de nous. Le patron de l'auberge arriva en hâte, et voyant le corps étendu sur le sol, le reconnut sans peine. Il hocha la tête avec accablement :

— Seigneurs, dit-il d'une voix sombre, vous avez assommé un consul... et pas des moindres : Peiron Alon.

— Que fait-il ici ? demanda mon frère, espérant peut-être trouver une raison de le prendre en faute.

— Mestre Alon est un marchand de drap qui vient souvent rencontrer mes clients. Je reçois ici toutes les Espagnes, vous savez.

Mon frère fit entendre un bruit de bouche qui exprimait de la contrariété. Nous savions tous combien les relations de notre père, le seigneur comte, avec les consuls, les capitouls comme on les appelait, étaient conflictuelles. On pouvait craindre que les capitouls, fidèles à une tactique qui leur avait toujours réussi, ne fomentent une émotion populaire en répandant la nouvelle d'une agression du « château » contre un des leurs. Bon prétexte à négocier de nouveaux arrangements, c'est-à-dire des suppressions de taxes. Notre père ne serait pas content, c'était sûr.

Raimon réfléchit un moment et dit au tenancier :

— Monte-le dans une chambre avant qu'il ne se réveille. Demain tu lui diras qu'il avait trop bu et qu'il s'est cogné la tête. Je parie qu'il ne se souviendra de rien.

Les écuyers aidèrent le tenancier à monter le consul qui grognait dans une chambre, et nous partîmes pour le château. Mon cœur n'était plus à la gaieté, mais non plus à la tristesse. Je revoyais devant mes yeux le geste fulgurant de mon troubadour. Je frissonnais de cette force terrible dont il avait animé le rebec, une force instinctive, jaillie sans la moindre hésitation. Venue droit du cœur !

Aimeric avait repris les morceaux de son instrument dans son sac. Il ne disait rien, attendant peut-être une remarque de mon frère, un reproche qui ne vint pas. Je me mis à sa hauteur et lui pris le bras. Je le mettais sous ma protection. À moins que ce ne soit moi qui me mette sous la sienne. Il me sourit et ralentit son pas pour l'accorder au mien. Je remis ma capuche pour repasser les portes, toujours au bras du beau Gascon. La recluse devait dormir, ou se méfier : on ne vit personne, on n'entendit aucun bruit dans le pilier.

Autant notre groupe était gai et volubile à l'aller, autant le retour fut sage et silencieux. Mais je cachais à grand'peine la joie torrentielle, étrange et merveilleuse, qui me submergeait.

Je découvrais avec un délicieux effroi que j'étais follement amoureuse.

VII

Je finis par tout raconter à Ogive. Elle l'avait bien mérité. Elle se régala de mes confidences et s'y voyait tout à fait. Elle en tira des conclusions inattendues :

— Voyez, ma fille, me dit-elle après un temps de rêverie, parfois je me dis que nous, les femmes, sommes trop prudes. Nous manquons d'audace. Nous pourrions mieux profiter de la vie.

Qu'imaginait-elle pouvoir faire à son âge ? Je la repris :

— Mais enfin, Ogive, à quoi penses-tu ? Tu as plus de cinquante ans !

Elle haussa les épaules, tout à coup dépitée d'être exclue de la fête. Et c'est moi qui lui faisais la morale !

Ce fut autre chose avec la chapelle. Notre chapelle était desservie par plusieurs prêtres et diacres, et par des moines bénédictins de Nostra-Domna la Daurada. Venait également, pour n'oublier personne, un chanoine de la cathédrale Saint-Étienne. En fait chacun avait son favori, qui venait au château réciter les offices, chanter la messe, confesser ou bavarder benoîtement avec ses ouailles en buvant du vin coupé d'eau. Le premier chapelain était censé mettre de l'ordre dans ces allées et venues, au moins concernant l'utilisation de la chapelle qui était très fréquentée en raison de sa situation dans la cour du château. Elle s'ouvrait au rez-de-chaussée de la tour du Midi.

J'avais comme confesseur un vieux prêtre d'une grande bonté, qui me laissait entendre beaucoup de bien de ma mère. En raison de son âge il était dispensé de suivre le seigneur comte dans ses États de Provence et dans ses guerres. Il exerçait une sorte de prééminence morale sur la communauté ecclésiastique, surtout en l'absence du premier chapelain.

Pour couper court à toute rumeur je m'empressai de me confesser à lui, et lui racontai mon escapade. Je la lui représentai comme un simple désir de détente, un innocent déduit. Je passai rapidement sur la rue Comenge, comme traversée fortuitement (je pensai trop tard qu'elle ne menait nulle part la nuit, quand les portes de l'enceinte étaient fermées, et que donc on ne pouvait y passer par hasard) et m'arrêtai longuement sur l'agression dont j'avais été victime dans l'auberge de la Chair Salée, pourtant bien fréquentée. Je demandai au saint homme son intercession auprès du seigneur comte, mon père, si les choses devaient s'envenimer.

Il ne me vint pas à l'idée de faire la moindre allusion à mes sentiments pour Aimeric de Castelnau. Mes sentiments de femme pour un homme me paraissaient ressortir à un autre domaine qu'à celui du Ciel. Il s'agissait du monde naturel, simplement terrestre, aussi déterminé que le flux mensuel chez les femmes, aussi intime que ma nudité, si profond en moi que je ne pouvais l'offrir à l'œil inquisiteur de l'Église. J'aurais ressenti l'exhibition forcée de mes sentiments amoureux comme un véritable viol.

Et comment un prêtre aurait-il pu appréhender l'amour charnel, évaluer le caractère irrépressible de sa force, sa légitimité, sa puissance quand il emporte toute raison et toute crainte dans le furieux courant du désir ? Je n'imaginais pas qu'un saint prêtre comme mon confesseur eût pu connaître le désir. Et d'ailleurs un prêtre, qui est un homme, de quelle façon pourrait-il lire dans le cœur d'une femme, aussi étranger à un homme que les pays qui s'expriment dans une autre langue que la nôtre ?

Je ne m'opposais pas, comme mon frère, aux hommes de Dieu par principe, au prétexte qu'ils étaient hypocrites et de mauvaise vie. Ce n'était pas vrai pour tous, loin de là. Mon confesseur Guillaume Clergue était réellement un saint homme, et même Raimon le respectait.

J'étais tout à fait disposée à lui parler de mes relations avec mon mari, quand nous vivrions ensemble, car notre coexistence avait été officialisée – sinon inspirée – par l'Église. C'est sous son égide que j'étais la femme de Roger Trencavel, vicomte d'Albi, Béziers et Carcassonne. J'avais donc des comptes à lui rendre, comme elle avait à me protéger. Mais je n'étais redevable à personne de mon penchant involontaire, irrépressible, sans préméditation, sans calcul et donc sans faute pour un autre homme. Cet amour était le fruit naturel de l'humaine nature.

Je n'étais pas davantage responsable de mon amour pour Aimeric que de la course du soleil, ou de la chute d'un fruit mûr vers la terre. Je ne pouvais infléchir davantage l'un ou l'autre. Et quel péché pouvait-il y avoir dans un sentiment sincère et pur ? Dans l'amour ? Il ne peut y avoir péché dans la sincérité et dans l'amour.

C'est ainsi que je voyais les choses. Sans reprendre les provocations de Raimon – répondant aux culs-bénits qui critiquaient sa vie dissolue : « Il n'y a pas de mal à se faire du bien ! » – je pensais sincèrement qu'on ne peut commettre le mal par amour, qui est le principe du Bien. Donc je mentais par omission à mon bon confesseur sans le moindre scrupule. J'étais si jeune.

Toutefois le chanoine de Saint-Étienne, qui n'étant pas tenu à la clôture relevait avec délectation toutes les rumeurs qui traînaient dans les rues de la cité, rendit compte de notre sortie à domna Arnaude avec un tel luxe de détails que je me demandai longtemps s'il n'était pas présent dans la rue Comenge le soir de notre passage. Ma gouvernante reconstitua patiemment les épisodes de ma fugue et, comme à l'accoutumée, elle en rendit compte avec rigueur au seigneur comte, notre père. Lequel confirma qu'il rentrait bientôt, et ordonna qu'en attendant je sois étroitement surveillée et contenue dans les murs du château Narbonnais, sauf à être accompagnée de domna Arnaude elle-même. La seule idée de sa présence m'enlevait tout désir de quitter le château.

Que m'importait ! Il ne se passait pas de jour sans que je rencontre mon bien-aimé. Raimon lui avait offert un autre instrument, une vièle à archet magnifique, ayant la forme du chiffre huit en écriture arabe, et de ce fait doublement ornée de deux ouïes et de deux petites rosaces à la margelle marquetée d'ivoire. Assemblée de lames minces et sonores taillées dans un bois précieux, appareillée de cinq cordes tendues par des sillets et des chevilles également en ivoire, Aimeric en tirait avec son grand archet un son ample, riche, proche de la voix humaine, sans comparaison avec les miaulements sauvages de son rebec, creusé comme un sabot de bois dans un tronçon de poirier. Mais je m'étais enivrée de cette âpreté, qui allait si bien à sa voix claire, affûtée, et je la regrettai un peu.

Je retrouvai mon jouglar dans les appartements de Raimon, qui avait assez de culot pour refuser sa porte à ma gouvernante, et qui s'amusait fort de notre idylle. Mon frère voyait naître sous ses yeux avec sympathie, et même avec ses encouragements, une formidable source de désordre et de scandale pour un proche avenir. C'était sa façon de s'opposer à notre père, qu'il admirait malgré lui et qu'il n'aimait pas. Nous étions tous trois comme ces navigateurs pressés qui, voyant un effroyable orage s'accumuler à l'horizon, préfèrent affronter les dangers de la mer que l'ennui de l'attente au mouillage. Le danger nous excitait, et décuplait ma jubilation.

Mon frère Raimon était toutefois excessivement tracassé par l'incident de l'auberge de la Chair Salée. Je l'interrogeai. Il me parla en confidence :

— Ça me soucie d'avoir tapé sur ce bougre. Il ne va pas en rester là.

— Mais que peut-il contre nous ? Après tout ce malotru m'a agressée ! On ne le connaissait pas...

— Moi si...

— Comment cela ?

— Peiron Alon est le mari de Guillemette, la maîtresse de Père.

— Jésus-Marie ! Celle qui se tient si mal à table, et qui montre ses seins à tout bout de champ ?

— Elle-même ! Et ce n'est pas tout !

— Quoi, encore ?

— Je partage ses faveurs depuis que Père a quitté Toulouse...

Je restai sans voix. Ce garçon avait le don d'entretenir un désordre permanent autour de lui. Il ne savait résister à aucune tentation.

— Ça faisait longtemps qu'elle me faisait les yeux doux, se justifia-t-il.

— Elle fait les yeux doux à tout le monde...

— Peut-être... Quand Père est reparti pour Saint-Gilles elle...

— Et son mari est au courant ?

— Je ne sais pas. Mais il connaît sa femme. C'est la plus belle putanelle de Toulouse. Il sait à quoi s'en tenir. Comme on connaît ses seins on les honore... (Il rit, moi pas.) La moindre rumeur médisante sur elle a plus de chance d'être vraie que la déclaration de bonne conduite de dix témoins.

— Et Père sait-il que tu marches sur ses brisées ?

— Certainement pas. C'est ça qui m'inquiète.

— Quel patrouillage !

Mais je me moquais bien des frasques de mon frère. Je savais qu'il s'en tirerait toujours, tant il était habile à glisser entre les doigts de ceux qui voulaient l'attraper. La réaction de la population toulousaine était plus préoccupante, car elle était en train de conquérir une grande liberté derrière ses capitouls, et ses succès lui tournaient la tête. Peiron Alon pouvait aisément tirer vengeance du château. Un doute me vint :

— Raimon, as-tu connu d'autres femmes qui appartiennent à Père ?

— Oui.

— Qui ?

— À peu près toutes.

Je comprenais mieux sa tête de condamné à l'idée du retour du seigneur comte. Il allait falloir régler ça entre hommes. Connaissant le caractère emporté jusqu'à la déraison de mon père, je n'aurais pas aimé être à la place de Raimon.

Mais n'étais-je pas moi-même en train de me perdre dans une aventure aussi scabreuse ? Rien d'irréversible n'avait encore eu lieu, et personne n'aurait pu témoigner m'avoir vue échanger avec Aimeric des gestes probants, au-delà de quelques innocents baisers. Aimeric n'était pas d'un naturel caressant, au contraire de mon frère. Il avait gardé quelque chose de sauvage, presque rétif.

Il était le plus souvent assis dans l'embrasure d'une fenêtre, le buste droit appuyé au mur froid, égrenant des mélodies sonores ou viélant en chantonnant. Qu'il était beau dans la lumière, et quel émoi quand son regard revenait sur moi. Sa bouche mouchetée d'une barbe brillante s'interrompait sur un sourire venu à pas de loup, avant que ma propre joie ne se lise sur son visage hâlé et rosi par les chevauchées. Il révélait alors une denture de carnassier qui me troublait.

Parfois je l'appelais silencieusement, de la main. Je ne pouvais prévoir s'il détournerait la tête avec l'indifférence d'un chat, ou bien s'il allait d'un bond quitter la fenêtre et descendre jusqu'à moi, pivotant pour s'asseoir entre mes jambes en me tournant le dos. Dans ses bons moments il m'abandonnait sa tête et je pouvais enfin plonger mes doigts dans les boucles cuivrées de sa chevelure, que l'ombre ternissait comme le soleil les faisait flamber. Je saisissais son crâne rond dans les paumes de mes mains et, fil à fil, je lissais ses cheveux entre mes doigts pour en défiler d'éventuels parasites.

Cet épouillage aussi long qu'inutile était la seule volupté que nous nous autorisions, du moins encore. Il me restait le poids de son torse entre mes cuisses, sa tête sur ma poitrine, et la poigne bouleversante de ses mains me saisissant les chevilles, remontant par jeu en s'évasant autour de mes mollets. Ces caresses me faisaient l'effet d'un prélude à l'accomplissement d'un vœu que je m'étais juré de réaliser avant mon enfermement conjugal : donner d'abord mon trésor de virginité à l'homme que j'aimerais d'amour. À Trencavel rien de ma prime nature, rien de mon innocence, rien de pur, rien de moi ; c'était une condition secrète à l'acceptation de mon mariage, si secrète que j'étais la seule à la connaître.

Je retrouvais Aimeric encore en bas dans la cour, là où il aimait s'asseoir à l'ombre d'un arbre, entre le gros bâtiment du milieu, massif comme un donjon, si haut qu'on le repérait à des lieues à la ronde, et notre logement. La reine Constance avait réussi à faire aménager en cet endroit un jardin, au-dessus des sarcophages blancs qui encombraient le sol et que les jardiniers devaient déterrer d'abord quand ils voulaient planter un arbre. Ce courtil contenait un préau dont les banquettes étaient tapissées de gazon que, du temps de ma mère, des valets allaient prélever dans les prairies voisines pour qu'elles soient toujours vertes.

Depuis le départ de la reine Constance le jardin allait à vau-l'eau. On ne distinguait nettement, autour de cette parcelle de paradis terrestre, que les berceaux de feuillage qui en marquaient les limites, répandant en mai un suave parfum de chèvrefeuille et de rose, à m'en rendre folle. Ces roses souveraines qui boursouflaient les tonnelles d'amas de pompons roses et blancs étaient appelées roses de Damas, rapportées disait-on par les survivants de la première croisade en Orient, celle que commandait mon aïeul le preux Raimon de Saint-Gilles. Cette roseraie devait certainement au souvenir de l'ancien comte le respect qu'on lui portait encore, et le droit de survivre à tous les événements.

Notre groupe avait accaparé ce théâtre avec autorité, chassant sans ménagement les domestiques qui venaient s'y reposer ou bavarder, et les clercs qui sous le couvert des tonnelles et de saintes lectures y somnolaient.

Nous chantions, nous excitions nos instruments et même nous dansions, la tête couronnée de roses, sous le regard rechigné de domna Arnaude qui, depuis une fenêtre bien placée, ne me quittait pas des yeux. Elle ne manquait pas d'occupation. Notre groupe attirait à Toulouse, au château du comte et tout autant en son absence, des musiciens, des ménétriers, des acrobates, de jeunes jouglars qui aspiraient à devenir troubadours et qui un jour s'étaient élancés sur les pas des anciens, recherchant comme le Graal la source qui inspira les plus grands : Guillaume d'Aquitaine, Marcabru, Cercamon, Jaufré Rudel et Bernat Marti.

J'ai connu sous ces tonnelles Peire Roger. Il venait d'abandonner son état de chanoine de Clermont pour faire le jouglar. Il gardait de son ancienne chanoinie une majestueuse rotondité. Je me souviens qu'il nous fit entendre à l'essai une chanson qu'il avait composée en chemin : « Douce amie je n'en puis plus ! » Sa mine lunaire, véritablement déconfite et épuisée, nous avait fait éclater de rire. D'un autre genre était Giraut de Borneil. Il était flasque, avec une voix grêle qui l'obligeait à donner à chanter ses propres chansons. Son ami Raimbaut d'Orange s'en chargeait le plus souvent. Raimbaut était vieux, il était d'une autre génération, mais il chantait très bien. Les deux amis se répondaient souvent en s'envoyant à l'improviste des couplets à la figure, avec une facilité qui, à mon sens, venait d'une longue habitude d'être ensemble.

Un soir à la tombée de la nuit nous arriva Bernat de Ventadour, juste avant la fermeture des portes. Il était si misérable que les gardes le prenant non sans raison pour un mendiant refusèrent de le laisser entrer. Mais son nom était déjà connu. Mon frère le logea dans ses appartements. Il donnait à chanter ses vers à Aimeric, à moins que ce ne soit Aimeric qui lui ait réclamé ses chansons pour me déclarer à couvert son amour.

Ainsi vinrent nous présenter leurs œuvres, avec plus ou moins de talent, des troubadours aujourd'hui réputés et surtout Peire Vidal. Peire était fils d'un pelletier bien connu de Toulouse ; il était là tous les jours. Comme il était déjà à moitié fou, on ne le prenait pas au sérieux car il n'avait pas encore la moitié du talent ni de la célébrité qu'on lui reconnaîtra plus tard, et qui lui est accordée par tous maintenant. Je me souviens qu'il se prenait déjà pour l'élu de Dieu, ou de Satan, selon les jours. Il fréquentait les hérétiques avec mon frère Raimon, attirés davantage l'un et l'autre, certainement, par les mystères et la vie clandestine des Bonshommes que par leur doctrine. Mais cela ajoutait encore malheureusement de la confusion dans leur esprit.

Le plus drôle était Peire d'Auvergne, qui se régalait d'écrire du mal sur ses confrères. Il les imitait à la perfection. C'était à mourir de rire.

À tous Aimeric prêtait sa voix mais n'écrivait pas lui-même. Il disait qu'il n'avait pas accès à son cœur. Mais aucun troubadour n'aurait pu trouver un meilleur interprète. Il aimait chanter debout, bien campé sur ses longues jambes bottées, une main posée à plat dans le creux de l'estomac, à moitié enfouie dans les plis de sa chemise qui retombait en vagues souples, désordonnées, sur ses braies surchargées de broderies et de branlants dorés.

C'est ainsi que sa voix tendue, claire et légère, comme posée sur sa main, était capable de la plus infime nuance. Je m'emplissais de sa voix comme d'une nourriture savoureuse.

Il chantait avec la même générosité qu'il accomplissait tous les gestes de la vie. On sentait une telle énergie, une telle force retenue dans ses yeux étincelants, dans le rictus qui déformait sa bouche sous la violence des imprécations, dans le sourire trop grand qui retroussait ses babines et dénudait jusqu'à la racine ses dents de loup, que je ne pouvais m'empêcher de l'imaginer devenant un magnifique chevalier, redouté pour ses coups de lance et ses coups d'épée. Et, Dieu me pardonne, je ne le désirais que davantage.

Je pensais que son attachement à Raimon ne durerait pas ; je le sentais trop exigeant. Il ne supporterait pas éternellement le regard ironique et destructeur que mon frère portait sur tout. Il découvrirait un jour que les déclarations pacifiques et l'ostentation à la tolérance que Raimon affichait, de préférence à l'encontre des décisions du seigneur comte, n'étaient que de façade et prétexte à paresser, à éviter tout effort.

Le retour du seigneur comte, mon père, dont l'échéance se rapprochait, pesait déjà sur nos esprits assez pour nous donner la rage de profiter des derniers moments de liberté qui nous restaient. La musique constituait un bon paravent à nos ébats. Le comte n'aurait pas toléré que des musiciens ou des chanteurs soient mal accueillis au château. Il tenait beaucoup à sa réputation de courtoisie. Elle était l'écrin qui faisait flamber le feu de sa renommée guerrière. « Sans elle, disait-il à ses chevaliers les plus sanguinaires, vous ne pouvez espérer être des chevaliers accomplis, et avoir de l'honneur. »

Quand un premier messager arriva pour dire à mon oncle, le comte de Comminges Dodon, commandant le château et la cité en l'absence de Père, que le seigneur comte s'était mis en marche vers Toulouse avec sa suite et son armée, mon cœur se serra. Je pensai : « Nous y sommes ! » J'étais prête à toutes les folies.

Mon désir d'aimer était entre-temps devenu un droit.

VIII

J'étais chez mon frère quand des éclaireurs du seigneur comte se présentèrent devant le castelet du château, portant sur leur cotte d'armes la croix de Saint-Gilles. Tout l'après-midi se passa à guetter les éclaireurs et les pelotons de pionniers armés de pelles, de pioches et de haches. Ils précédaient l'armée afin de recharger et d'élargir les chemins. Le lendemain les fourriers militaires et ceux de la cour commencèrent à arriver à la tombée de la nuit, avec des chariots remplis de meubles, d'armes, de coffres et d'objets hétéroclites. On savait que beaucoup provenaient des pillages. Les chariots étaient nombreux, chargés à bloc, signe que la campagne militaire de mon père contre le roi d'Aragon et ses alliés provençaux avait été glorieuse.

Indifférents à l'issue des combats, nous voyions venir ces cortèges de chars avec désolation. On n'était pas loin de penser qu'ils venaient nous assiéger et envahir la place, notre place. Oui, nous étions des prisonniers. Et j'étais une captive qu'on allait envoyer en exil.

Mon frère Raimon expédia un écuyer glaner des nouvelles. Il revint rapidement en annonçant que le seigneur comte serait là avant deux jours.

Le lendemain, en fin d'après-midi, apparut l'avant-garde de l'armée couronnée d'étendards et de bannières, et d'un mouchetis de flammes et de pennons bariolés qui dansaient au-dessus des colonnes comme un essaim joyeux. La troupe s'installa à portée du regard entre l'Hers et le ruisseau du Sauzat, reprenant les installations de bois abandonnées au printemps dernier, et semant les prairies jaunies par l'automne de pavillons pointus aux teintes délavées, entre les bivouacs de toile sombre.

Des groupes bruyants de soldats vinrent bientôt s'agglutiner aux portes de Toulouse, pressés de prendre du bon temps.

La cour du château était pleine de chevaliers et de chevaux, des vassaux du seigneur comte qui commandaient l'avant-garde et se préparaient à revenir dans leur châtelaine demeure avec leurs chevaliers et les servants d'armes. Soudés par les mois de campagne militaire, ils n'arrivaient pas à se séparer brusquement et formaient des grumeaux métalliques et colorés qui se déplaçaient d'un bord à l'autre de la cour, cliquetants, empêtrés dans des conversations inutiles et déjà les évocations boursouflées de leurs exploits, qu'ils s'envoyaient à la tête orgueilleusement, comme des défis.

Une folle excitation s'était emparée de nous tous, des domestiques comme des officiers de l'Oustal et des clercs. Tout le monde courait.

Je pensai à Aimeric. Dans peu de temps notre fraîche liaison entrerait dans une saison difficile. Peut-être vivions-nous nos dernières heures insouciantes, nos derniers sourires, nos dernières caresses ? Il se pourrait bien que la colère du seigneur comte, aussi soudaine et impétueuse qu'un torrent pyrénéen, nous sépare brutalement et définitivement, à tout jamais. Il me fallait trouver un soulagement à cette peur qui crispait mon corps et troublait mon esprit, me donnant envie de crier,

crier mon aversion des prêtres, des chevaliers, des hommes d'armes, de domna Arnaude, de Trencavel, du seigneur comte, de ses femmes follieuses, de ses féaux douteux et de ses tenants d'office serviles. Tous unis pour maintenir autour de ma personne, impitoyablement, une surveillance froide et soupçonneuse, un carcan d'interdits sous une mine benoîte et avenante, fardée d'un insupportable sourire de commande.

Je me sentais devenir folle. Je brûlais d'être libre, libre d'aimer, d'être aimée, tout en sachant qu'il était trop tard, qu'il ne fallait plus rêver, qu'il ne fallait plus espérer. J'entrai chez Raimon au bord des larmes, pensant tout à coup à la reine Constance, à sa force de caractère, à sa dignité dans le malheur. Aucune perfidie de son époux n'avait pu la désespérer, la réduire. J'étais avide de cette force incroyable. Je me surpris à dire à haute voix en entrant dans l'antichambre peinte de fresques guerrières : « Mère, s'il vous plaît aidez-moi ! »

Dans l'antichambre je ne trouvai personne, ni dans la grande chambre où nous nous réunissions si souvent. C'était d'autant plus étonnant que la robuste porte d'entrée de l'étage n'était pas fermée à clef. Or Raimon ne quittait jamais sa chambre sans avoir poussé un verrou dont la poignée s'encastrait dans un mécanisme compliqué fermé par une clef de fer. Il avait fait faire discrètement cette installation à l'insu du maître de l'Oustal comtal, sur ses propres deniers, par une connaissance d'Ogive, un serrurier ami de son époux.

La salle était transfigurée par le soleil couchant qui coloriait le plancher de deux taches éblouissantes recopiant le dessin arqué des fenêtres géminées. J'allai jusqu'au retrait qui terminait le logement de mon frère. Raimon n'avait disposé dans cette petite pièce orientée vers la cour qu'un lit et un coffre peints. Il s'y retirait seul pour se reposer et dormir. Je soulevai la portière en drap bleu, libérant une pâle clarté jaune, et poussai un cri de souris. Un cri de surprise et de joie. L'homme qui occupait la couche n'était pas Raimon mais Aimeric, une couverture de vair en travers du corps.

Il avait passé un bras sous sa tête. Sa vièle abandonnée sur le plancher disparaissait sous ses vêtements en désordre.

Mon cri l'éveilla. Il fronça les sourcils puis son visage s'éclaira d'un sourire indulgent qui me fit fondre de tendresse. Je demandai bonnement, intimidée :

— Tu dors, Aimeric ?

Il tendit le bras qui reposait sur sa poitrine vers le plafond, en prélude à une explication qui ne vint pas. Renonçant à parler il s'assit, rejetant ses cheveux en arrière. Puis, ayant rassemblé ses esprits, la main sur l'estomac :

— Je ne dors pas, je remplace votre frère.

— Mon frère ? Et pourquoi donc ?

— Il voulait laisser croire qu'il était en son retrait.

Deux chandelles brûlaient en effet devant la fenêtre.

— Et pourquoi donc ?

Il haussa les épaules :

— Il avait rendez-vous avec une domna au bain...

— Qui ?

— Une domna très connue. Et très surveillée.

Voilà encore une histoire qui valait son pesant de scandale, et dont il aurait certainement bientôt à rendre des comptes. Car tous les stratagèmes qu'employait mon frère pour se dissimuler ou brouiller les pistes s'effondraient lamentablement à grand bruit, souvent même avant que l'adversaire ait réagi. Raimon était toujours la victime finale de sa licence mais son état d'aîné, qui le protégeait du pire, lui permettait de récidiver à peu de frais.

En attendant j'étais seule avec Aimeric, pour la dernière fois peut-être, la dernière fois de toute ma vie, et j'étais déterminée. Je pensai immédiatement que le Ciel me faisait ce présent pour récompenser la sincérité de nos sentiments, dans ce monde malfaisant où personne n'osait parler librement selon son cœur.

Je plongeai mon regard dans les yeux admirablement fendus d'Aimeric, pour l'heure de la couleur de la mousse des bois, sans les paillettes d'or qui ne s'allumaient qu'au feu solaire. Il soutint mon regard avec une expression candide et saisit la main que je lui tendais. Ainsi invitée je m'assis sur le bord de la couche. Jouant mon va-tout, j'avançai ma main vers sa poitrine. J'y étais. Je sentis des muscles durs comme du bois, et les caressai dans le sens du fil. Je lui souris malicieusement :

— Il n'est plus temps de dormir...

Il laissa se développer sans la moindre gêne un magnifique bâillement :

— Je profite de tous les moments pour reprendre des forces. Avec votre frère, on ne sait jamais à quelle heure on ira se coucher.

J'acquiesçai d'un pauvre sourire de compassion : « Oh ! Mon frère... »

Mes doigts, que la lumière du crépuscule rendait diaphanes, rampaient tout seuls sur sa peau mate, basanée par le soleil du matin quand il s'offrait à ses rayons pendant les exercices à l'épée. Je le revoyais chevauchant à l'aube son coursier rapide, un étrange cheval doré, vêtu de ses seules braies retenues à la taille par une ceinture de cendal, sans selle, sans étriers, sans bottes. Je caressai enfin le torse long et musculeux du jeune centaure qui se perdait dans la brume à la pointe du jour, et qui me laissait rêvassante jusqu'à son retour. Sa teinte ambrée faisait naître en moi, je ne sais pourquoi, une irrépressible envie de caresse, de pétrissage.

Je pouvais enfin satisfaire ma convoitise. Il frissonna quand j'arrivai à son épaule, qu'il remonta vers sa joue comme un enfant. Je ris. Il accapara ma main et m'attira vers lui. Nous mêlâmes nos bouches dans un baiser charnel interminable. Je sentais mes joues rouges à éclater. J'étais parcourue de frissons, j'étais même agitée de tremblements irrépressibles dont j'avais honte, tant j'étais bouleversée de vivre ce moment longtemps rêvé et attendu, et tant je craignais les suites de ce geste irréversible. Mais je n'aurais pas laissé ma place pour un empire, ni sous une menace de mort !

Je sentis sous ma chemise des gouttes de sueur quitter mes aisselles et rouler jusqu'à ma taille. Aimeric avait le souffle court. Son corps musculeux d'athlète romain, que l'ombre du crépuscule écorchait d'ombres acérées comme le Christ de Saint-Sernin étiré sur sa croix, gonflait sous l'empire d'une sourde et grondante avidité. On devinait cette envie dans la brusquerie de ses gestes. Les battues de son cœur s'accéléraient comme le galop d'un cheval qui s'emballe, à moins que ce ne fussent mes propres battements affolés qui l'entraînaient à me suivre sans frein.

Je voulais de toute façon briser sa réserve, faire éclater le carcan qu'il imposait à sa formidable énergie, libérer son désir et effacer d'un bond, dans une explosion de joie et d'appétit furieux, la distance qui nous séparait encore, et qui retenait le petit écuyer gascon de rejoindre la fille du comte de Toulouse et de la reine Constance. J'étais prête à tout, tremblante de peur et d'impatience, vibrante d'amour et d'une sorte de désespoir joyeux, libérateur. Je mis sa main sur ma poitrine pour qu'il entende l'affolement de mon cœur. Elle y resta, s'emparant de mon petit sein dur comme on cueille un fruit sur l'arbre.

Je descendis le dos de ma main jusqu'au filet de poils châtains qui s'enfuyait sous la couverture et, sautant le pas, j'allai jusqu'à son membre que je touchai du bout des doigts avec la légèreté d'un pas de moineau. Je n'osai pas regarder. Aimeric saisit ma tunique que je lui enlevai des mains pour me déshabiller moi-même, freinée davantage qu'aidée par ses gestes trop grands et trop vifs. J'entrai dans la couche en ramenant la couverture sur nous. Il avait eu le temps de contempler dans la pénombre mon corps faiblement éclairé par les chandelles, et je sentis qu'il lui plaisait. Je m'offris à ses caresses et lui chuchotai à l'oreille : « Viens ! » Je n'avais plus peur.

Aimeric vint sur moi, maladroit et hésitant, craignant de m'abîmer. Je pris son corps à pleines mains, le guidai et un cri sortit de ma bouche. Un coup de griffe qui brûle, et puis un envahissement encombrant et heureux. Aimeric se mit à onduler lentement, encore précautionneux. Je le pressai de mes mains devenues fortes comme celles d'un homme et lui criai à l'oreille : « Viens ! Viens ! Je t'aime ! »

Je pris entre mes dents sa bouche rêche et charnue. Nous luttâmes un moment, rendant coup pour coup, mais sa loi m'était douce, et suave sa brutalité qui atteignit bientôt un paroxysme extrême. Nous pénétrâmes ensemble dans le tourbillon d'une tempête.

Épuisés, heureux, détendus, nous laissâmes la nuit nous effacer de la mémoire des hommes. Comme je restais malgré moi attentive à tous les bruits du palais et, en bas, aux rumeurs étrangères de la cour, je revins encore sur le grand corps de mon bien-aimé, du bout des doigts, comme une aveugle. À sa demande je lui caressai le dos, avec le bonheur de me soumettre. Il me montra sa satisfaction en s'endormant.

Je ne le supportai pas longtemps. M'approchant de son oreille, j'en mordis le lobe sans pitié. Il s'irrita comme un ours. Je lui chuchotai : « Parle-moi. » Sa voix bruissa entre ses lèvres closes, s'amplifia. Il posa sa tête sur ma poitrine qui résonna de la vibration de son souffle, comme il murmurait :

E domna qu'en bon pretz s'enten
Deu ben pausar s'entendenssa
En un prou cavallier valen,
Pois qu'il conois sa valenssa
Que l'aus amar a presenssa[1].

Je repris avec lui :

Que domna, pois am' a presen
Ja pois li pro ni li valen
Non ne dirant mas avinenssa[2]...

Il faisait nuit depuis longtemps quand reparut mon frère Raimon. Nous étions dans la grand-pièce. Aimeric jouait de jolies mélodies sur un luth qu'il avait patiemment réaccordé. Je me tenais derrière lui, mon bras autour de son cou, le menton sur son épaule. Mon frère était seul. Il était furieux. Il s'exclama en nous voyant :

— Père veut me marier ! C'est Dodon qui vient de me le dire.

1. « Une dame qui à la valeur s'entend / Doit bien placer son affection / Dans un preux chevalier vaillant / Dès qu'elle connaît sa vaillance / Elle doit oser l'aimer en présence (des autres). »

2. « Car d'une dame qui aime en présence / Ensuite les preux et les vaillants / N'en diront que des louanges... » (chanson attribuée à la comtesse de Die).

Dodon de Samatan commandait le château Narbonnais et la cité de Toulouse en l'absence de Père. Il tenait certainement cet honneur de son épouse, la sœur du seigneur comte mon père, ma tante Laurence qui avait l'œil sur tout. Dodon passait le plus clair de son temps parmi nous au château Narbonnais, n'allant dans son comté de Comminges que contraint par l'urgence de certaines tâches, ou pour punir les nombreux cas de rébellion qui fleurissaient dans son dos dans les châteaux pyrénéens.

Il ne trouvait aucune satisfaction à cet honneur du Comminges et menaçait sans cesse d'abdiquer la charge comtale entre les mains de son fils aîné, notre cousin Bernard. Nous-mêmes l'encouragions à rejoindre, malgré son âge, notre existence insouciante. Les convenances seules le retenaient, et aussi ma tante Laurence qui aimait le commandement, et ne s'en voulait pas démettre.

Notre oncle était davantage réputé pour son sens de la conciliation et pour le soin sans concession qu'il portait à sa personne. Son élégance toujours étrange et son goût pour les belles œuvres lui valaient même un respect particulier, une sorte de retenue de son entourage qu'on ne rencontrait qu'autour des évêques.

Il était bon et juste avec nous, et nous aimait assez pour nous préparer sagement à tous les bouleversements de notre vie. Si l'oncle Dodon avait parlé de ce mariage à mon frère c'est que la décision de notre père était définitive. Je plaisantai :

— C'est arrivé à d'autres de se marier, et plus tôt qu'à toi...

Il me jeta un œil noir :

— Ne ramène pas tout à ta petite existence, par pitié. Il m'impose une femme qui a trois fois mon âge !

— Tiens ! Tu vas épouser Guillemette ?

Aimeric éclata de rire, mais mon frère ne se dérida pas. J'étais peinée de le voir chagriné, paniqué, après le présent qu'il venait de nous faire (je me demandai, et je me demande encore s'il ne s'était pas absenté simplement pour nous laisser le champ libre). Mais j'étais contente de le savoir enfin obligé de quitter son état de jouvencel insoucieux. Nous étions tout de même avides de connaître le nom de l'heureuse élue. Comme il ne se décidait pas à parler, Aimeric se leva et, lui mettant les deux mains sur les épaules d'un air cérémonieux, il déclama sur un ton ironique :

— Seigneur comte, vous pouvez vous confier à votre beau-frère.

Raimon me regarda et sourit. Il avait compris. Il donna une claque amicale à Aimeric, maigre mais sincère félicitation, et monta s'asseoir sur l'un des bancs de pierre qui bordaient l'embrasure des fenêtres. Il déclara avec une mine de condamné innocent, le regard perdu dans le lointain :

— C'est Ermessinde de Mauguio.

Je ne la connaissais que de nom. Son domaine était en Provence, où le seigneur comte passait le plus clair de son temps. Raimon poursuivit :

— Elle est veuve et orpheline – rien d'étonnant, à quarante ans ! – et elle est riche. En conséquence je serai comte de Mauguio. Ça me fait une jolie jambe !

Je savais que cette décision du seigneur comte en préludait une autre, celle de mon départ chez mon mari. À cette pensée une angoisse terrible m'étreignit, qui me fit pâlir. Aimeric la ressentit avec moi car il me baisa la bouche et me prit dans ses bras. Comme j'aurais été heureuse au château Narbonnais entre mon écuyer favori et le jeune comte Raimon le Sixième, mon frère. Je me serais chargée de toutes les festivités, et de tout ce qui fonde une réputation de courtoisie.

Nous aurions eu la plus belle cour de tout le royaume, la meilleure chanterie, nous aurions attiré les meilleurs troubadours, nous les aurions hébergés sans contrainte, avec leurs jouglars, leurs musiciens, leurs amis. Ils auraient payé de leur art, de leur talent seul, de leur émouvante parole. À travers leurs vers mon frère aurait été célébré dans toutes les cours comme le plus brillant prince de la chrétienté...

Mais il ne servait à rien de rêver sur ce qui ne serait jamais. On m'avait assez rabâché que j'étais née pour servir l'honneur et la puissance des comtes de Toulouse, que mon destin était voué à favoriser la paix avec les peuples voisins pour que je n'aie même pas l'idée de me rebeller, ni de m'enfuir comme l'avaient fait plusieurs troubadouresses bien nées. Mais de là à renoncer à l'amour...

Je m'étais déjà demandé si je n'aurais pas préféré le couvent au château de Carcassonne. Je savais que la demande des vœux monastiques était la seule échappatoire au mariage pour une femme de haut lignage, et que l'Église ne pouvait pas la refuser à une postulante sincère. Mais les vœux étaient perpétuels. Je découvrais avec éblouissement la somptuosité de l'amour, j'en étais affamée. Comment aurais-je pu si vite supporter le jeûne monacal ? Je dus reconnaître que je n'y étais pas prête.

Quand arriva l'aube, depuis longtemps nous n'échangions plus de parole. Nous étions dans un moment hors du temps, à la fois merveilleux et terrible. Le visage pâle et tiré de mes compagnons apparut dans la blême lueur du jour naissant. Je fus la première à revenir dans le monde, et à trouver le courage de nous quitter. Je m'en retournai dans ma chambre.

Domna Arnaude était levée et m'attendait.

Je lui dis que j'avais dormi chez mon frère, après une soirée lettrée qui s'était terminée très tard. Je l'entendis répondre, derrière ma porte que j'avais hâtivement refermée sur son nez :

— Je ne vous crois pas !

Je répondis à travers la cloison :

— C'est sans importance !

Et ça l'était en effet, après le merveilleux événement qui venait de m'advenir. J'étais délicieusement moulue. Je sentais encore sur tout mon corps la poigne puissante d'Aimeric, sa presse maladroite et rude. Aucune main n'était jamais venue sur moi, surtout avec une telle liberté. La main du propriétaire. Oui je lui appartenais désormais, et cette pensée me comblait de joie, une joie mystérieuse et si profonde que j'étais convaincue de sa pureté. Je la laissai s'épanouir sans réserve, comme pour me protéger de la souillure de la copulation conjugale, institutionnelle, en quelque sorte publique à laquelle on me destinait.

J'étais rompue, malaxée, brisée, et heureuse de la douleur sourde qui durcissait mon ventre et qui me rappelait mieux que l'estampille d'un sceau que j'étais femme, la femme d'un homme. Les mesquineries de domna Arnaude ne risquaient pas de m'atteindre.

Je m'étais remise au lit et avais somnolé jusqu'au plein jour sans trouver le véritable sommeil. J'étais trop impatiente de revoir mon bel écuyer, de découvrir à nouveau son visage. Son image s'était déjà effacée à force de l'évoquer, mais mon désir était resté miraculeusement intact, que dis-je, croissant d'heure en heure. J'avais hâte de lire dans ses yeux que mon don le brûlait encore du même joy, j'avais hâte de m'ébrouer dans sa tendresse, d'en rechercher déjà les limites pour m'assurer qu'elles étaient infinies.

Je formulai une prière : « Mon Dieu, faites que je ne vive pas un seul jour sans Aimeric ! »

Je me sentais joyeuse et gaie.

J'allai réveiller les deux jeunes hommes en leur rappelant l'événement de la journée :

— Vous souvenez-vous que Père arrive aujourd'hui, beaux seigneurs ?

Raimon grogna :

— Merdaille ! De toute façon s'il m'attaque je me défends ! Tant pis pour lui.

— Tu veux dire tant pis pour toi. Père t'écraserait comme une mouche.

— Une mouche peut toujours s'échapper par la fenêtre...

C'était bien une réplique de Raimon. Aimeric suggéra d'aller attendre le seigneur comte du côté de Labège, pour faire bonne impression.

— Je ne suis pas pressé de le revoir, lui répondit Raimon sur un ton funèbre.

Aimeric insista :

— Il faut aller au danger sans attendre, le sang chaud. La meilleure défense reste l'attaque, seigneur Raimon. Vous prendrez doublement l'avantage sur votre adversaire en allant à sa rencontre, et en choisissant les conditions de l'affrontement...

Je coupai court à leur délire guerrier :

— Je vous rappelle, jeunes écervelés, que vous parlez du seigneur comte, notre père. Il n'est pas encore véritablement notre ennemi, à ma connaissance...

J'étais confiante. En tout cas la stratégie d'Aimeric était plus chevaleresque que de s'enfuir par la fenêtre. Raimon ricana à mes propos et finit par accepter de se bouger. Je trouvais l'idée d'aller attendre mon père judicieuse et m'inscrivis d'autorité dans le groupe, avant que mon frère ne s'échappe avec ses chevaliers, écuyers et autres servants d'armes. Les valets déjà entraient.

Bien entendu domna Arnaude protesta. Je ne pouvais me présenter devant le seigneur comte seule au milieu des hommes. Je désignai donc pour m'accompagner ma cousine Alis, une jolie blonde gracieuse venue du Comminges, que j'aimais beaucoup et à qui je me confiais souvent, et son amie Douce de Pétavit, plus blonde qu'Alis encore et plus grande, mais moins vive et moins gaie. Et moins intrépide. Elles étaient toutes deux bonnes cavalières, et je sauvais ma réputation.

Mais domna Arnaude n'était pas satisfaite. Elle voulait que je prenne une litière, ou un char comme les vieilles et les impotentes. Je coupai court en lui déclarant sèchement :

— Il appartient désormais à mon père de juger de ma conduite. Vous pouvez aller vous habiller chez les nonnes.

Mon frère rit aux éclats, et ses amis l'imitèrent.

Nous partîmes en début d'après-midi, sachant par le dernier chevaucheur que Père était à deux ou trois lieues de Toulouse, tout au plus. Le ciel d'automne était magnifique, pâlissant sous les coups forcenés de l'autan blanc qui faisait courir à l'horizon des rouleaux de laine blanche. Le vent tiède nous bousculait sans freiner notre allure, les chevaux énervés ne demandant qu'à aller de l'avant.

Nous étions une vingtaine, transformés par le vent en bannières. Aimeric montait son coursier du matin, un étrange cheval à la robe dorée, à la peau fine et au poil ras et soyeux, venu des steppes désertiques par la route de la soie et offert par des Vénitiens au seigneur comte. Il avait vite renoncé à monter ce cheval de feu, et l'avait offert à Raimon qui l'avait offert à celui qui le monterait sans crainte. Aimeric le monta sans crainte, et il n'eut à le disputer à personne. Très délié, bien jointé, nerveux et peureux comme une hermine, il filait comme le vent et seul son cavalier pouvait savoir s'il galopait pour lui faire plaisir ou s'il détalait de peur.

Raimon, tout de soie vêtu, montait un cheval paisible et fort, confortable comme une cathèdre, approprié à sa nonchalance et à son embonpoint naissant. Mon frère ne sortait de sa somnolence que pour inspecter les bagues qu'il portait à chacun de ses doigts, pouce compris, avec une attention excessive qui lui faisait se rapprocher les sourcils. J'avais quant à moi une grande jument espagnole, que j'appelais Nine et dont la taille supportait ma grandeur, car je voulais avoir l'air légère sur ma monture. Nine avait appris l'amble mais connaissait aussi les autres allures. Ma cousine Alis et son amie Douce se tenaient près de moi, sachant que ma jument était sûre et ne risquait pas de les entraîner dans une galopade effrénée.

Nous repérâmes l'armée loin devant nous au nuage de poussière que sa marche massive soulevait, et que le vent emportait dans un bouillonnement confus. L'ost formait trois colonnes qui semblaient se réunir parfois en un large ruban sombre, et puis s'ouvrir à nouveau en plusieurs bandes au gré du relief et des bâtisses rencontrées. Le chemin de Narbonne était un chemin facile, se déroulant dans une plaine plate comme la main, totalement habitée, où les forêts ne couvraient guère que les sommets des coteaux sans jamais s'approcher de la route.

Mais une tolérance coupable et intéressée avait permis l'édification de bâtisses diverses sur le chemin, abritant des péages ou des auberges, souvent les deux, et la masse d'hommes qui descendait vers nous sur un front très large devait les contourner par un côté ou l'autre, formant des bras mouvants comme des tentacules qui se détachaient et puis revenaient dans la masse sans que, de si loin, on puisse toujours en connaître la raison.

Nous croisâmes les premiers cavaliers entre deux rangées de chaumières dont les habitants étaient invisibles, terrés au fond de leur cave. Même l'auberge qui avait attiré les autres maisons était fermée. Ces cavaliers étaient des sergents d'armes qui ouvraient la marche. Ils portaient une arbalète et un bouclier rond. Ils s'écartèrent des façades pour nous laisser passer et nous saluèrent fort respectueusement, avertis par la bannière de Toulouse que Raimon n'omettait jamais de déployer dans ses déplacements. Ensuite arriva la piétaille et le courant s'épaissit rapidement.

Mon frère préféra contourner leurs rangs. Nous nous écartâmes, salués par les chevaliers et les hommes d'armes qui les encadraient, et qui laissaient traîner sur nous les femmes un regard lourd assez détestable.

On devina la présence du seigneur comte à la musique. Deux rangs de tambours à timbres, aux roulements crépitants, rythmaient la marche et soutenaient la musique stridente des galoubets à deux doigts qui les talonnaient. Des sistres, des cymbales, des crotales en rajoutaient encore avec une sorte de rage. Derrière eux, un rang de joueurs de nacaires, à cheval, frappaient dans un rythme particulier leurs baguettes renflées sur les petits tambours accouplés devant eux. Ce vacarme était singulièrement entraînant. Les musiciens totalement asservis à la musique se frottaient les yeux et se grattaient la tête au rythme de la marche.

Raimon nous indiqua de sa main lourdement baguée l'apparition, au milieu d'une marée battante de couleurs vives, du gonfanon d'écarlate frappé de la croix de Saint-Gilles, une croix d'or aux branches pattées et bouletées des douze besants qui rappelaient ceux donnés à mon arrière-grand-père, Raimon de Saint-Gilles, par l'empereur de Byzance. L'or brillait sur le rouge vermeil roulant dans le vent, et flamboyait magnifiquement dans l'azur tendre du ciel, purifié de tout nuage.

J'étais soucieuse de réussir au préalable ma rencontre avec l'entourage du seigneur comte, pensant qu'un bon accueil de l'armée pouvait influencer l'humeur de Père, et servir d'antidote au poison de médisance dont on l'avait abreuvé sur mon sujet pendant toute son absence.

Passèrent encore devant nous quelques rangs de chevaliers bannerets qui sous la couleur de leur château menaient plusieurs lances, puis une poignée de moines qui chantonnaient des hymnes, le scapulaire démonté par le vent, le capuchon battant la tonsure. Je reconnus de justesse le premier chapelain, par ailleurs chancelier du seigneur comte, qui mijotait comme un preux sous un chapeau de fer, une cuirasse d'écailles ferrées et des protections aux jambes. Je ne reconnus pas du tout les deux évêques de Provence sous leur épais gambison et leur cape de drap sombre, les jambes prises dans des heuses épaisses armées d'éperons. Ils étaient suivis de quelques chanoines beaucoup moins martiaux, soucieux de garder sous leurs cuisses les pans de leur froc pour en interdire l'entrée au souffle démoniaque du vent d'autan.

Ces hommes précédaient de peu en principe le seigneur comte et nous fonçâmes sur eux au passage, cherchant à nous immiscer comme un coin dans leurs rangs. Mais les religieux ne voulaient pas laisser leur place honorable à l'approche de Toulouse, et les chevaux commencèrent à se bousculer. Aimeric fit lever le sien qui encensait et l'incita à croupionner, ce qu'il faisait très bien naturellement. En un éclair un large couloir se dégagea devant nous. Il apparut dans toute sa gloire, le seigneur comte.

Une mandorle de casques étincelants et de cottes de mailles brillantes comme des poissons d'argent le cernait d'une auréole éblouissante, dans un écrin de couleurs chatoyantes et de brillances fauves. Au-dessus de sa tête les étendards coulaient à flots. C'était Dieu le Père dans le chœur de Saint-Sernin. Contrairement à ses hommes, et aux prélats, il ne portait aucun vêtement de fer, mais une sorte de hoqueton fourré, revêtu de soie pourpre rayée de bandes horizontales brodées d'or, et bordé aux manches de passementeries de fil d'or. Un capuchon de soie se relevait sur sa nuque avec une amusante impertinence. Sous le hoqueton ouvert brillaient les clous d'argent d'une broigne de cuir assez extraordinaire par le travail de tressage du cuir en lanières torsadées qui s'alignaient sur un treillis losangique. Un présent intéressé des Provençaux, sans doute. Ses jambes n'étaient pas protégées, sinon par des bottes brunes en peau de cerf.

J'avais oublié que ses cheveux, rares sur le dessus, épais sur les tempes, étaient si grisonnants. Ils flottaient librement, harcelés par le vent qui les rabattaient sur son visage sans qu'il en fût agacé. Sa barbe poivre et sel lui dévorait les joues comme une mauvaise herbe, recouvrant opportunément des taches rougeâtres, tandis que son front s'étendait de plus en plus vers le haut. Son nez boursouflé et sanguin était toujours aussi voyant, se taillant une échappée dans le foin de sa moustache jaunissante.

Il avait l'air d'un vieillard, mais son regard terrible dans l'ombre de ses sourcils chenilleux me rappelait encore le Dieu de colère de la Bible. Je n'avais pas vu Père depuis des mois, et c'était chaque fois le même étonnement de découvrir un homme assez trapu, large d'épaules, le visage carré et sanguin sous un front bombé et haut qui dégageait une impression d'entêtement.

Toute sa personne donnait un sentiment de force et d'énergie très rassurante, quand on était de son côté ; mais cette fois, je ne sais pourquoi, j'eus l'impression que la forteresse se ramollissait.

Peut-être avait-il grossi. Son regard autrefois d'airain s'était chargé d'une lassitude un peu larmoyante, qui n'était pas due entièrement à la poussière transportée par les coups de vent. Mon frère le salua en enlevant sa toque de soie et cria, pour surmonter le bruit du vent qui faisait claquer majestueusement étendards et bannières au-dessus de nos têtes : « Père ! Dieu vous bénisse ! » Le seigneur comte hocha la tête et nous fit à tous un signe de la main : « Dieu vous garde, mes enfants ! » Comme nous nous apprêtions à sauter à terre, il leva encore la main vivement et nous lança d'une voix forte et autoritaire : « Non ! Non ! Ne vous arrêtez pas ! Nous nous embrasserons à Toulouse. »

Il était las d'arriver. Le cortège triomphal qu'il menait depuis sa résidence de Saint-Gilles, à petites étapes longuement fêtées, copieusement arrosées, et certainement suivies de nuits trop câlines – car notre père aimait excessivement le plaisir de chair – tout cet apparat qu'il pensait nécessaire à ses devoirs de suzerain l'avait manifestement épuisé. Plus que la guerre.

Nous fîmes retourner nos montures en chassant les religieux devant nous dans une grande confusion, mais le cortège guerrier en avait vu d'autres. Il reprit sans tarder son allure assez vive derrière les tambours qui n'avaient jamais interrompu leur marche lancinante. Raimon tenta de se placer à côté de son père, mais il ne parvint pas à forcer son cheval. Il resta à peu de distance et, observant que le seigneur comte ne lui portait pas de regard méchant, il s'assoupit.

De mon côté je réussis à l'accoster. Je lui tendis la main, il la prit. C'était bon signe. Nous restâmes ainsi pendant une demi-lieue peut-être, la main dans la main. La sienne était épaisse, chaude et forte. J'espérais la garder jusqu'au château Narbonnais mais il se lassa. Il me dit qu'il avait vu mon mari, Roger Trencavel, à Carcassonne, ou plutôt à Pennautier, chez le seigneur Raimon dont la fille, qui se faisait appeler Na Louba, la Louve, était connue pour sa vie dissolue.

Je répondis à mon père, modestement, que je ferais selon son plaisir. Je lus dans son regard radouci et sa mine satisfaite qu'il appréciait ma réponse. J'espérais qu'ayant obtenu satisfaction sur un point qui lui tenait à cœur, il jetterait aux oubliettes toutes les calomnies de domna Arnaude. Elle allait enrager, cette vieille sorcière !

Quand j'aperçus au loin le château Narbonnais, dressant devant les murs de Toulouse sa masse énorme ramassée entre les quatre grosses tours d'angle, et le gros donjon au milieu les dépassant d'une hauteur vertigineuse, coiffé des étendards de Toulouse et Saint-Gilles, j'éprouvai l'humeur de Père. Je lui tendis à nouveau la main avec toute la grâce naturelle dont peut disposer une jeune femme. Il la reprit.

Et c'est ainsi que nous arrivâmes au château comtal, précédés de la musique et de quelques chevaliers après que la soldatesque nous eut quittés pour rejoindre le camp de l'Hers. C'est ainsi que j'entrai dans la cour du château Narbonnais, sous une voûte de vivas et de barrissements assourdissants lancés par les sonneurs de cors, de trompes, de trompettes, de busines, depuis les murailles. Peut-être Ogive sonnait-elle de son instrument, elle aussi ?

Le vacarme était énorme, et couvrait les joueurs de vièle qui s'étaient fleuri les cheveux et nous attendaient rassemblés dans la cour devant le montoir où nous devions descendre de nos chevaux. Comme mû par une force inconnue, mon corps chantait d'un éclat nouveau qui avait séduit Père et qui enthousiasma la foule. Je rayonnais de bonheur et jubilais en pensant que cette grâce, attribuée par le seigneur comte à ma nature, je la devais davantage à l'amour interdit d'un de ses écuyers.

IX

La salle où le seigneur comte se tenait le plus souvent quand il n'était pas retiré dans son privé était une vaste pièce au plafond très haut et peint de couleurs vives. Cette salle avait conservé du temps de ma mère un arrangement familial, avec une grande cheminée dont le manteau bâti entre les deux grosses poutres maîtresses était peint assez maladroitement de musiciens jouant sous les frondaisons. Aimeric m'avait fait remarquer que le joueur de vièle représenté en pleine action n'aurait pu sortir un son de son instrument, le chevalet étant placé sous les cordes trop loin du manche et du chevillage. Il avait aussi remarqué que le ménétrier tenait son instrument sur la mauvaise épaule.

Je repris ces remarques devant mon père, pour me rendre intéressante. Il devint pensif :

— Adélaïs, je me demande si ce goût que vous avez pour les musiciens et les troubadours ne va pas irriter votre mari, qui me semble de ce point de vue assez rustique.

— Père, permettez-moi d'emmener Aimeric de Castelnau, dont vous connaissez le talent de chanteur comme de joueur de vièle, et de beaucoup d'autres instruments. Il m'aidera à former des ménétriers et des chanteurs à la cour de Carcassonne, que j'imagine bien triste...

Le seigneur comte me dévisagea :

— Aimeric de Castelnau ? Est-ce son seul talent de joueur de vièle, ma fille, qui vous attire vers ce donzel de vieille noblesse et sans un sou ? Ou dois-je croire certaines rumeurs malveillantes, mais bien utiles, qu'on me rapporte sur vous et qui m'affirment que vous manifestez pour lui une inclination outrancière ?

Je me sentis rougir jusqu'à la racine des cheveux. Je venais de faire l'amour avec Aimeric pour la seconde fois, dans la chambre de mon frère. Pour cacher ma gêne j'allai précipitamment mettre mon nez à la fenêtre. Je jetai un œil dans la cour, d'où montaient les cris d'une algarade. Je découvris un spectacle stupéfiant.

Le gros consul Peiron Alon et Aimeric se tenaient par les cheveux, à bout de bras, tournoyant comme des jouets de bois, écorchant le sol de la pointe du pied ou du talon dans un nuage de poussière. On sentait qu'une fureur, une haine colossale les opposait et les attachait l'un à l'autre. Je craignis pour Aimeric, si mince face à l'énorme consul bedonnant qui l'obligeait à bondir comme un cabri pour se dégager. Je poussai un cri quand je vis mon écuyer s'accroupir, perdant son équilibre. Peiron Alon se jeta sur lui en hurlant. Mais lançant la jambe au dernier moment avec une vivacité de félin, Aimeric lui bloqua le cou du pied et, se suspendant à sa tunique, il le fit rouler dans la poussière la tête la première, par-dessus son épaule. Il se releva d'un bond et le roua de coups de pied furieux sur tout le corps, en le traitant de « carogne » et de « porc ! ». L'autre hurlait en effet comme un goret.

Je criai dans mes mains. Mon père s'était approché les sourcils levés et jetant un œil rapide en bas prit connaissance de la situation sans réagir. Aimeric continuait à cogner. Je criai en prenant le bras de mon père :

— Père, il faut l'arrêter ! Il va le tuer !

Le seigneur comte ricana doucement, les yeux mi-clos :

— Dieu vous entende, ma fille. Mais cette carogne est solide. Ça fait des années qu'il monte le capitoulat contre moi. Sa disparition serait un magnifique présent...

Sa bouche s'amollit dans une moue dépitée.

— Dieu ne m'aime pas assez. Il ne le fera pas.

Il se pencha à nouveau, se couchant sur l'appui de la fenêtre pour mieux voir. Le gros consul ne bougeait plus. Aimeric menaça ses collègues qui s'écartèrent prudemment, sans aller trop loin pour ne pas avoir l'air d'abandonner leur ami. Quand Peiron Alon, soulevant sa tête, vit son agresseur s'éloigner il entreprit de rouler sur le ventre pour se redresser, et se releva avec l'aisance d'une baleine échouée sur une plage. Mon père fit entendre un autre soupir de dépit :

— Non, je n'aurai pas ce plaisir. En tout cas nous serons tranquilles pour les fêtes. Sa délégation qui venait me présenter ses sempiternelles doléances a tourné court.

Des fêtes somptueuses étaient prévues à Noël pour fêter le retour du seigneur comte. À cette occasion, mon frère devait être adoubé chevalier avec de nombreux compagnons, dont Aimeric. J'étais impatiente de voir mon bien-aimé chausser les éperons d'or. Je craignais toutefois que la querelle avec Peiron Alon ne lui cause du tort. Mon frère me rassura sur ce point : Aimeric serait adoubé avec la centaine de jeunes gens qui pouvaient y prétendre, quoi qu'il arrive. Il me souffla :

— Il pourrait y prétendre pour chacune des qualités qui le distinguent : sa voix juste, son coup d'épée imparable, et son pouvoir de séduction auprès de ma sœur. Il ne lui manque que d'être riche. Mais ça viendra. C'est le plus facile à décrocher.

Après les belles fêtes qui furent données au château Narbonnais, sous la neige, mon frère dut se résigner à partir dans le comté de Mauguio pour s'y marier, en prendre le commandement, recevoir les hommages de ses vassaux et surtout administrer les fruits de son nouveau fief. Il réussit tout de même à se maintenir au château Narbonnais jusqu'au début de l'été, jusqu'à ce que notre père perdît patience. Il partit sans cérémonie mais, pour ne pas risquer de s'ennuyer, il emmena avec lui la moitié du château. Sauf Aimeric. Je m'y étais opposée farouchement.

Je n'allai pas à son mariage, ni Père ni personne de la famille. C'était un mariage en catimini, comme si le fait pour mon frère d'épouser une veuve d'un certain âge, et même d'un âge certain, était honteux. Ça l'était peut-être, quand on savait que cette union avait été arrangée par le seigneur comte dans un seul but : capter l'héritage de la comtesse de Mauguio.

Mon frère parti, je ne pouvais plus tergiverser. Je commençai à remplir mes coffres de tout ce que je voulais emporter, avec l'aide benoîte et attentive d'Ogive Carcassoune, assez contente pour sa part de revenir dans son pays natal. Nous nous faisions des confidences :

— Vois-tu Ogive, lui disais-je, je ne me sens pas du tout mariée. Je n'arrive pas à y croire.

— Ah ma petite, combien de femmes qui n'ont pas connu leur mari avant leur nuit de noces ! Et qui n'ont pas eu trop de leur vie pour s'y accoutumer. Et ce Trencavel qui se fait avec les hérétiques, à ce qu'on dit du moins ! Et ce que je crois...

— Tu crois toujours ceux qui disent du mal de Trencavel.

— Quand je pense qu'il a brûlé l'abbaye de Saint-Pons, ce barbare crotté ! Et qu'il a torturé l'abbé, un saint vieillard ! Il faut être sans cœur et sans foi. Ce Trencavel est le diable. Et c'est lui que vous allez épouser, ma fille, vous qui n'avez jamais connu le mal. Une chevrette qu'on mène au lion...

— N'exagérons rien...

— Et pendant ce temps votre frère, qui a toujours eu deux mains gauches, va se faire couvrir d'honneurs et de richesses...

— N'exagère pas sa bonne fortune non plus. Sa femme pourrait être sa mère. Ce n'est pas si drôle...

— Il sera veuf plus tôt.

— C'est certainement comme cela que l'a vu le seigneur comte. Mais reconnais qu'il est mieux de se marier dans la même génération. Du moins aurai-je comme mari un bel homme, un beau chevalier...

— Un beau chevalier empesté d'hérésie. La beauté ne fait pas tout, ma fille. Il y a des choses plus importantes, comme de respecter Dieu et la sainte Église.

— Peut-être, mais je ne me marie pas avec la sainte Église. Ce n'est pas avec elle que je vais coucher chaque soir... La beauté n'est pas sans importance. Moi, je ne pourrais pas aimer un homme laid, par exemple, je ne le pourrais jamais.

— Ah ! Si vous aviez connu mon Bernat ! Ça c'était un homme !

Je détournai rapidement Ogive du terrain lourd où elle aimait s'enliser avec ses souvenirs. Je l'orientai vers le sujet qui était ma seule préoccupation :

— Ogive, je veux qu'Aimeric me suive à Carcassonne. Donne-moi des idées.

— Le troubadour ? Dieu du Ciel ! Vous voulez emmener votre troubadour ? Mais votre mari sera jaloux ! Ce garçon est beau comme un ange. Il a une voix qui vous retourne, il est lettré ; il va se faire mal voir du vicomte, qui le fera dépecer par ses hommes à la première chasse...

— Vierge souveraine, mais tu me décris Caligula ! De toute façon Aimeric n'a besoin de personne pour se défendre. Moi si. Je serais plus rassurée s'il est à mes côtés.

Ogive se mit à rire, d'un rire outrancier qui fit trembloter les formes gélatineuses de son corps. Elle finit par articuler :

— Et même la nuit ?

— Peu importe, petite mère, ce qu'il adviendra. Mais je veux emmener Aimeric, sinon je mourrai ! Trouve une idée !

Domna Carcassoune haussa les épaules :

— Ma fille, ce n'est pas difficile : qu'il démolisse encore un ou deux capitouls et il sera indésirable à Toulouse.

Cette Ogive, tout de même, quelle précieuse compagne ! Elle était ma petite maman et, comme la Sainte Vierge, toujours prête à me porter secours. Son idée était excellente. Il fallait simplement l'exploiter finement.

— Dis-moi, ma petite maman, ne m'as-tu pas dit souvent que tu connaissais la plupart des consuls de Toulouse, ceux qui se font appeler sans excès de modestie les « capitouls » ?

— Certes, mon enfant. Mon Bernat les rencontrait souvent, l'un ou l'autre, et plus d'un est venu à notre Oustal pour demander un conseil ou un service. Tous bien reçus.

— Je n'en doute pas. Mais y en a-t-il un que tu connaisses, disons... plus intimement ?

Ogive s'offusqua :

— Adélaïs, sachez que je n'ai jamais trompé mon Bernat !

— Bien sûr, Ogive, mais je parle après que ton Bernat a quitté notre monde – que Dieu l'a pris en son bleu paradis – et que tu t'es retrouvée toute seulette. Il me semble qu'un consul t'a recommandée à notre viguier, si ma mémoire est bonne.

Ogive fit la petite mine de celle qui n'a touché à rien :

— Ah ! Bérenger Fumet ? Oui, c'est un grand ami. Je lui dois beaucoup.

— Bon. Est-il influent au conseil des capitouls ?

— S'il est influent ? Il fait la pluie et le beau temps, dit-elle avec fierté.

— Lui aussi ? Bon. Tu vas aller le voir, et lui demander d'amener le consulat à réclamer le départ de Toulouse d'Aimeric de Castelnau, suite à la rixe dont tu as entendu parler.

— Et que j'ai vue de mes yeux vue ! Moun Diou ! Comme il l'a escagassée, cette grosse barrique d'Alon...

— Bon. Les consuls doivent demander au seigneur comte le départ d'Aimeric de Castelnau, ce trublion de la paix publique, cet ennemi du peuple toulousain qui s'en prend à ses représentants les plus distingués, quelque chose dans ce genre. Et si le seigneur comte ne veut pas se débarrasser de lui, c'est la population entière qui viendra le lui demander. Tu vois ? Et moi je prends la suite... As-tu compris ?

— J'ai bien compris. Vous allez proposer au seigneur comte d'emmener Aimeric pour le mettre à l'abri de la vengeance des consuls, et par la même occasion de satisfaire leur revendication à peu de frais... et aussi la vôtre !

Elle se reprit à rire. Je lui souris sournoisement :

— Exactement ! Mais un conseil : enlève cette horrible guimpe et prends tes cheveux dans un joli voile de lin. Fais-toi coquette. Les hommes aiment bien faire plaisir aux femmes coquettes. Ne serait-il pas un peu amoureux de toi, ce Bérenger Fumet qui doit aimer les femmes... épanouies ?

Ogive prit un ton d'évaporée pour laisser tomber :

— Peut-être !

— J'ai l'impression, tout d'un coup, que tu as une double vie. Est-il ton compère ?

Ogive gloussa. Elle ferma les yeux :

— Nous nous voyons...

Elle tâtonna ses mamelles et s'en retourna en faisant danser ses fesses rebondies. Ses hanches épanouies formaient à la taille des marchepieds. C'est peut-être d'elles que dépendait mon sort !

Les choses se passèrent ainsi. Le seigneur comte sous la pression des consuls accepta de laisser partir son nouveau chevalier chez son ennemi Trencavel. Je l'ai soupçonné, et je le soupçonne encore après tant d'années, de l'avoir fait en toute connaissance de mes liens véritables avec Aimeric. Il est probable qu'il ait voulu ainsi se venger par anticipation, en quelque sorte, de son nouvel allié dont il connaissait bien l'atavisme familial, qui le porterait à trahir Toulouse à la première occasion.

Ainsi entouré de mes deux plus fidèles protecteurs, Ogive et Aimeric, auxquels j'avais joint mes donzelles, ma cousine Alis, son amie Douce de Pétavit, Douceline de Digne, Alazaïs Azéma, quelques chevaliers et écuyers, mes femmes de corps, mes valets, je m'engageai un matin d'automne sur le chemin de Carcassonne. Une solide escorte du seigneur comte nous accompagnait. Mon oncle en personne, Dodon de Samatan, comte de Comminges à ses moments perdus, dirigeait le cortège à la demande de son beau-frère. Sa présence me rassurait.

Le ciel était au diapason de mon cœur : gris uni. Je chevauchais au botte à botte avec Aimeric, dans la confusion joyeuse qu'entretenait ma suite, ayant refusé jusqu'au dernier moment de me glisser dans une litière, même dans celle d'Ogive qui m'avait fait remarquer d'un ton acerbe combien il serait plus séant que l'épouse arrivât à l'abri des regards. Et combien cette attitude modeste et de bon ton serait appréciée par mon époux.

Mais je n'avais aucunement l'intention de me soumettre à mon époux. Sa réputation était terrible ; je comptais donc l'affronter sans délai. Je savais qu'avec ce genre d'homme tout désir de conciliation, tout essai d'arrangement, tout effort de paix serait interprété comme un signe de faiblesse, comme un manque de courage. Je n'allais pas me soumettre à mon époux, j'allais me battre ! C'était évidemment la meilleure façon de provoquer un drame. Mais j'étais si jeune...

Quand j'aperçus au loin la forteresse aux cent tours le cœur me manqua. On m'avait tellement parlé de cette cité de Carcassonne, de sa beauté, de son visage guerrier, de ses défenses formidables, de ses tons chauds aussi l'été au milieu des vignes encore verdoyantes ! Tous ceux qui l'avaient côtoyée racontaient combien sous la canicule elle était fiévreuse, tremblante comme un mirage, incertaine comme un tour de sorcellerie.

Je pensais être préparée. Mais le choc fut énorme.

La ville nous apparut dans le jour déclinant sous le ciel bas et épais comme une table de plomb ; la cité semblait porter le ciel à la façon d'un gigantesque pied. De cet amoncellement sinistre de tours rondes et carrées, de toitures grises et rousses enchevêtrées, de clochers courtauds, frangés de créneaux de défense, je ne vis tout d'abord qu'un chaos effrayant contenu dans une muraille sans fin, noircie par les intempéries et les combats, et qui semblait construite pour résister d'abord à l'assaut des faubourgs entassés à ses pieds, envahissants comme le lierre. Mais la cité restait hors d'atteinte, portée par une large butte dans le ciel.

Me souvenant que mon Aimeric était déjà venu, je lui demandai où était le château comtal. Il me désigna de grands bâtiments rassemblés entre une tour ronde et une haute tour carrée qui dominait l'ensemble prodigieusement. Deux façades accolées, très hautes et d'égale largeur quoique inégales en hauteur, nous présentaient un visage peu riant. Elles étaient chichement ouvertes dans les pignons. Les autres bâtiments étaient trop bas pour être aperçus. Leur toiture ne dépassait guère le haut des murailles.

Devant la porte un mur crénelé longeait le rempart sur plus de cent pas, et protégeait l'entrée du château et sa rampe d'accès à la manière d'une barbacane.

— Ma domna, ajouta Aimeric, vous voyez le château comtal dominé par la tour Pinte. Cette très haute tour sert de guette pour toute la ville. Vous pouvez être assurée que le vicomte sait depuis longtemps que nous arrivons. On dit que depuis là-haut Trencavel voit ce qui se passe dans tout le Carcassès. Mais n'oubliez pas surtout qu'ici on appelle la résidence du seigneur vicomte « le palais ». Je pense que votre mari (il prononçait ce mot avec une certaine affectation, comme s'il s'agissait d'un conte) y tient beaucoup.

Je pensai avec irritation que si le vicomte nous avait vus il aurait pu venir à notre rencontre, et nous compagner jusqu'à son « palais ». D'autant qu'il connaissait mon arrivée par les messagers que mon père lui avait envoyés. Manifestement, cette brute était plus à l'aise pour incendier les abbayes que pour accueillir sa domna. Mais j'étais assez heureuse de cette négligence qui éloignait le moment de me mettre à la merci de mon époux.

De toute façon j'étais bien décidée à ne manifester aucun état d'âme. Dans mon désespoir, et pour conserver un sens à mon mariage accepté à contrecœur, je m'étais imaginé que j'étais une ambassadrice de mon père envoyée en mission chez des peuples à demi-barbares. J'étais une missionnaire, une apôtre de la paix ! Cette interprétation de mon rôle d'épouse, qui ne rendait pas nécessaires les sentiments amoureux, me permettait d'avancer sans devenir folle. Combien de mes semblables, envoyées en otage chez l'ennemi, ont agi de la sorte pour donner de l'utilité à un sort cruel ? Et conserver l'estime d'elles-mêmes. Je demandai encore à mon chevalier servant :

— Et la grosse église ? À qui est-elle ?

— L'église à main dextre est la cathédrale Saint-Nazaire. Elle appartient à l'évêque et aux chanoines. Le fort donjon qui la flanque au couchant est aussi son clocher. L'évêque est en très mauvais termes avec Trencavel, et parle de se fortifier encore. Mais le vicomte l'a menacé de démolir son palais épiscopal s'il s'avisait d'égaler avec son clocher la tour Pinte. Après ce qu'il a fait à l'abbaye de Saint-Pons, personne ne met en doute les menaces du vicomte. L'évêque, malgré la pression des chanoines, assez bataillards à Carcassonne, a préféré remettre son projet à plus tard.

On approchait des murailles qui commençaient à se fondre dans l'obscurité. Les éclaireurs nous menèrent à un pont protégé par la Vierge d'une capelette. Il était en bois, solide, et franchissait la rivière Aude entre ses deux rives herbeuses. Après le pont un vague chemin sans bordure et creusé d'ornières menait à la porte du château. Une barrière à main gauche contenait les masures de terre couvertes de branchages qui s'échappaient du faubourg, et qui sans cela auraient fermé totalement la voie. Mais les barrières étaient impuissantes à contenir les chèvres, les porcs et les chiens qui divaguaient au milieu de nous, s'écartant à peine des chevaux pour nous suivre.

Levant les yeux, je vis les fenêtres du palais s'emplir de lueurs d'or pâle. On s'apprêtait pour la nuit. Aimeric reprit :

— Il y a quatre entrées principales dans la ville, sans compter les portanelles qui sont nombreuses, mais murées et réouvertes au gré des circonstances. Les deux portes les plus fréquentées sont la porte Narbonnaise et la porte de Toulouse, devant nous. On l'appelle aussi au château la porte d'Aude, car elle mène à la rivière.

Les bords de l'Aude, au droit du château, alignaient des lavoirs. Vers l'amont un port prenait la suite avec une succession de pontons branlants et de baraques en planches qui disparaissaient dans la nuit. Des barques, des barges, des radeaux se bousculaient à l'attache. Sur l'autre rive, des vachers faisaient boire leurs troupeaux, tandis que des files de chevaux remontaient la prairie sous le château comme des ombres.

— Ce coin me plaît, dis-je à Aimeric. J'espère avoir une fenêtre sur la rivière.

— Je la réclamerai au vicomte ! me répondit-il en riant. Nous nous connaissons bien, il ne pourra pas me refuser.

— C'est vrai ? Vous êtes amis ?

— Pas encore, ma domna. Nous nous sommes disputés au sujet des Anglais. Mais en dehors des Anglais nous étions d'accord sur tout.

— Et de quoi d'autre avez-vous parlé ?

— De rien d'autre.

Je souris à peine. Je n'avais pas le cœur à rire, malgré les efforts d'Aimeric pour rendre ce moment que nous redoutions tous plus léger, plus ordinaire. Je demandai encore, pour lui parler jusqu'à la porte où notre intimité s'achèverait :

— Combien de sorties dans ce château ?

— Deux, une vers la rivière Aude, l'autre vers la ville. Penses-tu déjà à t'enfuir, ma... douce ?

Il avait prononcé ces derniers mots assez bas et avec une telle tendresse dans la voix que j'en eus des frissons. C'était la première fois qu'il me tutoyait, ce que je ne lui avais jamais interdit. J'étais tourneboulée, prête à m'enfuir avec lui au moment où je faisais un effort surhumain pour rassembler mon énergie et affronter le terrible Trencavel.

Je jetai des regards furtifs vers mon chevalier. Que voulait-il ? M'enlever ? Me livrer à l'homme qu'on m'avait désigné, l'exciter pour mieux lui disputer sa femme ? Ou le provoquer en duel d'entrée de jeu ? Je me remémorai la soirée précédente, au château d'Avignonet, une soirée lugubre, pesante. Le châtelain venait de perdre son épouse et n'était pas en mesure de soutenir une brillante animation. Il n'avait pas insisté quand je l'invitai à se retirer, tant son chagrin était sensible, et ma solitude nécessaire. En fait je voulais me retrouver seule avec Aimeric, une dernière fois.

J'avais une furieuse envie de m'unir à lui, comme ces condamnés à mort qui avant le supplice veulent goûter une dernière fois à un plaisir qui est le dernier fil qui les relie à la vie. Mais Aimeric s'y refusa, prétextant la promiscuité de notre suite. Il est vrai qu'il y avait des paillasses dans toutes les pièces, et mes donzelles avec moi, à peine séparées par quelque closet. Mais au vrai j'avais senti qu'il voulait se rassembler comme on dit des chevaux, préserver sa force, sa vigilance, rester lucide pour mieux affronter notre arrivée chez Trencavel.

Eh bien, nous y étions ! Je tendis une main à Aimeric dans la semi-obscurité. Il la serra très fort. Je lui dis d'aller devant avec les chevaliers. Il appela ses compagnons et, pressant leurs chevaux, ils disparurent rapidement derrière le mur qui cachait la rampe d'accès à la porte du château.

Le capitaine de l'escorte se concertait avec mon oncle, qui lui ordonna d'installer ses hommes sur les bords de la rivière. Je leur demandai de ne retourner à Toulouse qu'avec mon accord. Je me disais qu'il n'était plus impossible, si les choses ne prenaient pas une meilleure tournure, que je reparte avec eux.

L'oncle Dodon riait, visiblement peu surpris de cet accueil insolite, et en tout cas résolu à n'en tirer aucune conséquence. L'enjeu était trop important pour s'arrêter à quelques manquements aux règles de la courtoisie.

N'était-ce pas de ma part un prétexte pour repartir avec Aimeric ? Je savais bien pourtant depuis le début que ce mariage n'était qu'un arrangement politique, un échange d'otages garantissant une trêve des armes entre deux grandes principautés, trêve qui ne durerait qu'autant que le chef de chaque Oustal y aurait intérêt, l'un et l'autre, ou plutôt autant que l'un ou l'autre n'aurait pas l'espérance de gagner davantage en reprenant les hostilités. Car les hostilités reprendraient un jour, entre mon père et mon mari. Que deviendrais-je alors ? Et quel camp devrais-je choisir ?

Nous montâmes la double rampe et parvînmes à la porte du château dans un bruit de grêle venu des chevaux sabotant la calade qui armait le sol. Mes chevaliers nous attendaient. Emmenée par mon oncle, je passai sous le porche entre quelques gardes curieux et effrontés avant de suivre un long passage voûté qui traversait les bâtiments et menait dans la haute cour du « palais ». Un orme majestueux au feuillage d'or nous accueillit au centre de cette cour, délimitée par trois bâtisses et, du côté de la ville, par une courtine renforcée de tours et percée d'une porte fortifiée. Je pensai sans surprise que le vicomte se protégeait autant de ses sujets que de ses ennemis du dehors.

Le gros tronc lisse de l'orme était ceinturé d'un banc de pierre en forme d'anneau. Je m'en servis pour descendre de cheval. Personne pour m'accueillir dans la cour sombre, alors que déjà les toitures qui nous cernaient se découpaient en lignes tranchantes sur le ciel du crépuscule. Je réunis autour de moi mes donzelles, mes chevaliers. L'équipage des litières et des chariots, plus lent que nos chevaux, arriverait dans la nuit.

Nous nous mettions en cortège quand apparurent enfin quelques chevaliers portant chacun une torche et sortant du long bâtiment qui devait contenir la grande salle. Leur tenue débraillée était assez remarquable : l'un d'eux portait un bliaud court sans manches, montrant sa chemise aux manches décousues, sans broderies ; il avait une dague, qui était plutôt un couteau de chasse, passée directement dans sa ceinture de cuir, et des jambières de cuirot ; un autre qui était convenablement vêtu d'une robe à l'encolure ornée de passementeries, et d'une espèce de pelisson fourré (je crus reconnaître de la fouine) portait ses cheveux ni taillés ni lavés tombant comme des algues luisantes sur ses épaules et sur ses yeux. Le troisième était une espèce d'hercule, ou de cyclope, au visage masqué par une barbe noire en bas et des cheveux gras en haut. Les deux buissons se rejoignaient sur la ligne des sourcils et sur un œil à demi fermé. Il portait une tunique ample retenue à la taille par une sangle qu'il avait dû voler à son cheval, et ses jambes étaient nues ! Je sus plus tard qu'il était le seigneur de Roquefort.

Le moins qu'on puisse dire est qu'ils n'avaient pas fait beaucoup d'efforts pour me faire fête. Je les comparai à mon Aimeric, vêtu d'une cotte à chevaucher de la couleur du safran, fendue de tous côtés. Les pans se soulevaient joliment dans sa marche, bousculés par le vent ou le souffle de ses bottes de cuir jaune. Il avait enfilé des chausses de sergé fin bleu pastel, bien tirées. Sous la cotte il portait une tunique bleu pastel également, qui se révélait à l'encolure passementée d'or, d'argent et de fil noir, et dont les bras étaient rayés de lignes bleues plus claires. C'était d'un superbe effet, la cotte ayant des manches grandes ouvertes, festonnées et tombantes depuis le coude. Une ceinture de cuir noir, qui s'élargissait dans le dos pour mieux tenir les reins, nouée devant à un anneau d'argent par un nœud de ganse, portait sa dague sur le côté, suspendue à une lanière. Elle se croisait à la taille avec un baudrier à chevrons bariolés qui soutenait le fourreau de son épée.

Un autre de mes chevaliers avait aussi du goût pour les beaux garniements : c'était Guilhem de Saint-Clar, un grand jeune homme de vingt ans aux beaux cheveux roulés autour d'un visage fin et rosé. On se demandait comment ses mains de clerc, longues et blanches, pouvaient tenir sans faiblir une épée. Or elles ne faiblissaient pas, ni l'étreinte de ses jambes serrant un jeune cheval rétif.

Il s'était paré de couleurs vives, comme Aimeric qu'il admirait et qu'il imitait souvent. Il était d'ailleurs aussi grand que lui. Je savais qu'une de mes donzelles, Douceline de Digne, en était follement amoureuse et n'attendait qu'un signe pour se jeter dans ses bras. Nul doute que notre exil lui serait favorable.

Il était clair, à voir la tenue négligée des chevaliers de Trencavel, que le goût pour les belles mises était jugé futile dans ce pays qui m'apparaissait déjà comme une terre d'exil rude et hostile, presque païenne. Mais les chevaliers ne prêtèrent pas davantage cas à notre tenue qu'à la leur, et nous accueillirent sans gêne, souriants et hilares à l'adresse de mes donzelles, même Roquefort quand on avait compris que ce qui ressemblait à une grimace de gargouille était chez lui un sourire ; ils levèrent les mains et s'exclamèrent dans un bel ensemble :

— Dieu vous garde, seigneur comte, Dieu vous bénisse domna comtessa ! Dieu vous garde, seigneurs chevaliers ; Dieu vous protège, nobles domnas !

— Dieu vous donne joie ! répondit Dodon qui semblait s'amuser.

— Nous vous attendions, dit l'un d'eux sans rire, en montrant de la main l'entrée du grand bâtiment. Cette bâtisse avait au premier étage une rangée de petites fenêtres hautes, révélées par la lueur des flambeaux à l'intérieur. La clarté se poursuivait pareillement au-dessus d'un grand passage jusqu'aux deux donjons que j'avais aperçus en arrivant.

Les chevaliers du vicomte ouvrirent le chemin et nous suivîmes, moi au bras de mon oncle chargé de me remettre à mon mari. J'étais devenue un présent, et cette situation originale pour moi me laissait la bouche sèche, le souffle coupé, et les jambes littéralement tremblantes. J'eus du mal à gravir le grand degré d'une vingtaine de marches menant dans la grande salle.

À ma grande surprise la salle était pleine de monde. Dès notre apparition les convives s'écartèrent, faisant silence et formant une sorte d'allée qui allait en se rétrécissant jusqu'à un homme jeune bien campé sur ses jambes fortes gainées de chausses noires, les bras croisés sur sa large poitrine. Il semblait m'attendre de pied ferme. J'eus le temps encore de l'observer en m'avançant jusqu'à lui.

Il avait beau visage, le front dégagé, les yeux bien ouverts et fixes sous des sourcils noirs qui semblaient se rejoindre dans une attention inquiète, le menton volontaire sous une barbe oubliée, une bouche grande et charnue. Je le trouvai bel homme, énergique, peut-être sensible, assez loin de ce que les critiques de mon entourage m'avaient amenée à imaginer ; ce n'était pas physiquement un monstre, et son regard noir avait quelque chose de tourmenté qui m'émut. Il semblait attendre un choc, et s'y préparait avec une attention résolue.

J'entendis dans l'assistance une voix de femme qui s'exclamait : « Oh ! Des yeux de violette ! C'est signe de mauvais temps ! » Une autre lui répondit, sans gêne : « Venant de Toulouse, que veux-tu qu'il nous arrive de bon ? » Le ton était donné.

J'arrivai devant le vicomte et fis une révérence. Mon oncle nous présenta l'un à l'autre. Trencavel lâcha un « Dieu vous garde, domna comtessa » sans conviction, sans bouger un de ses beaux cils qui cernaient ses yeux d'une ligne noire troublante. Derrière lui un vieillard appuyé sur une épée d'arçon me fit un profond salut. Je lui souris et il me lança d'une voix chevrotante, dans un grand geste du bras qui m'ouvrait le palais tout entier :

— Bienvenue à la princesse la plus belle et la plus sage que le segnér Dieu ait jamais envoyée dans notre pays, et qu'il en soit loué. Entrez, domna Adélaïs, dans votre nouvel Oustal...

Roger agacé interrompit nos bonnes manières en faisant mine de s'intéresser à ma suite. Dodon la présenta en suivant :

— Le chevalier Raimon Garcie, le chevalier Jean de Montaigu, le chevalier Guilhem de Saint-Clar, le chevalier Aimeric de Castelnau...

Trencavel leva un sourcil :

— Tiens, tiens ! Revoilà notre troubadour ! Chevalier désormais ?

— Chevalier, seigneur vicomte, par la grâce de Dieu et la volonté de mon suzerain, le comte de Toulouse.

— Je vois que tu as ton épée à la ceinture, cette fois. Une belle épée à deux mains ! Pâques-Dieu ! Tu vas faire fuir tous les Anglais avec cette arme ! Mais ici il n'y a pas d'Anglais...

— Je le sais, seigneur vicomte. Les Anglais sont vos amis...

— Pas toujours...

— Mais cette épée est au service de domna Adélaïs, et d'elle seule.

— Et d'elle seule ! Voyez-moi ça... Et crois-tu que je ne sois pas capable de protéger ma femme ?

Le ton montait. Les deux hommes se défièrent sans ciller, le regard déjà chargé de haine. Je découvrais au même instant ma folie. En emmenant Aimeric chez Trencavel, je l'envoyais au supplice. J'eus le mauvais pressentiment que le vicomte le tuerait un jour.

Dodon intervint :

— Souvenez-vous, seigneur vicomte. Notre charte a prévu que la comtesse Adélaïs pouvait venir avec quatre chevaliers, quatre écuyers, quatre donzelles de bonne noblesse pour sa compagnie, et des femmes à son service. Ce sont nos conventions.

— Je me souviens, seigneur comte Dodon, mais nous n'avons pas parlé de troubadours. Et ce donzel me paraît plus habile à jouer de la vièle que de l'épée.

Tout en parlant Roger palpait la cotte safran d'Aimeric, doublée de satin rouge. Il ricana :

— Sacrédieu ! Mes chevaliers n'ont pas de tenue aussi précieuse pour chevaucher et se battre. Ils n'en sont pas moins preux. L'habit ne fait pas le guerrier. Ne confondrais-tu pas la vêture des chevaliers avec la tenue de cour des jouglars ? Tu dois passer trop de temps à domnejar...

Dodon fit signe à Aimeric de ne pas répondre. Mon bel amant encensait comme un pur-sang, faisant voler sa tignasse cuivrée qui renvoyait des éclats de feu en balayant ses épaules. Les pommettes empourprées, les yeux flamboyants aux lueurs des torches nombreuses qui éclairaient la salle comme en plein jour, sa main triturait le pommeau de son épée, glissant du bout des doigts sur la longue poignée de bois gainée d'un fil d'argent et de délicates frettes perlées. Je le sentais prêt à se battre, à peine entré. C'était prématuré. Je m'avançai vers Roger :

— Mon doux seigneur, voici mes suivantes : ma cousine Alis, Douce de Pétavit, Douceline de Digne, Alazaïs Azéma. Mes femmes arriveront cette nuit avec les litières et les voitures, ainsi que nos écuyers et quelques valets.

Roger hocha la tête :

— Bienvenue à vos donzelles ! Mais fallait-il vider le château Narbonnais pour venir à Carcassonne ? Vous pensiez ne rien trouver de convenable chez moi ? Je vous rassure : vous ne venez pas dans le désert d'Arabie. Nous sommes un peuple civil, aussi courtois et raffiné qu'à Toulouse. Pour les valets vous n'en aurez nul besoin. Vous les renverrez avec l'escorte. Quant aux écuyers, ils ne vous seront pas plus nécessaires que vos chevaliers. Mais je respecterai ce qui a été écrit.

Je sentais le regard lourd des hommes sur nous, jaugeant les attraits les plus saillants de mes compagnes, a priori disponibles, dans une forte odeur de cheval et de sueur. Un ange passa. Dodon ne savait trop que dire, attendant que le vicomte nous présente la suite des événements, ou nous invite à nous installer. Il demanda enfin à son maître de l'Oustal, un petit homme à grosse tête chenue qui se nommait Aribert, de nous conduire dans nos chambres, moi et mes donzelles, avec le comte Dodon.

— Vos chevaliers dormiront dans la salle. On y portera des paillasses après le souper, conclut Trencavel sans plus de commentaires.

On suivit le petit homme à grosse tête qui nous conduisit à pas vifs et sans se retourner vers les deux gros donjons accolés en façade du château. Passant au-dessus de la venelle, je vis qu'elle donnait sur une cour intérieure bordée de communs, derrière le palais. Le maître de l'Oustal entra dans le premier donjon. La première pièce, assez grande, était réservée à mon oncle.

Je demandai à Dodon de bien vouloir prendre mes chevaliers avec lui. Il accéda à ma demande :

— Ça me rappellera les bivouacs avec ton père, me dit-il en riant.

Une séparation en bois délimitait un passage qui pénétrait dans une seconde pièce, plus petite. J'y laissai mes donzelles. Un escalier de bois descendait jusqu'à un entresol obscur où s'installeraient nos servantes.

Une porte basse décorée d'une procession d'étoiles dorées peintes sur un cadre d'azur ouvrait sur le second donjon. Je passai sous la porte en baissant la tête, prudemment, et débouchai dans une vaste pièce éclairée d'une fenêtre double. La rivière Aude se révélait dans la nuit par un miroitement sombre et, devant moi, par le reflet entier de la lune à peine froissée. J'en fus heureuse. Je pensai avec émotion à ma chambre de la tour du Midi donnant sur Garonne, à Toulouse.

— C'est la salle ronde, dit pour toute explication « Grosse Tête », qui m'avait rejointe.

La salle était carrée, les murs entièrement couverts de fresques représentant des chevaliers à la bataille contre les Sarrasins, sur des chevaux de toutes les couleurs. Levant les yeux pour surprendre à la lueur des lampes à huile quelque animation du ciel, je constatai que sa voûte était en berceau, recelant un ciel étoilé courbe, d'un bleu sombre et d'un joli effet. Je montrai la voûte au maître de l'Oustal :

— Voilà où se cache la rondeur de la salle ?

Pour toute réponse il grogna.

Cette pièce allait être mon refuge, mon donjon, mon jardin de la Rose, mon retrait. Il serait un jour l'ombilic où s'originerait un grand élan de courtoisie qui transfigurerait la cour du vicomte. Je rêvais de faire le bien ; j'étais si jeune.

Grosse-Tête compta les lits qu'il devait prévoir, ainsi que les cloisons de bois qu'il faudrait aménager pour conserver une certaine intimité, au moins visuelle, à mes suivantes entre elles. Je pensai qu'il était un peu tard pour se préoccuper de tous ces aménagements. Mes donzelles n'en étaient nullement affectées. Alis et Douce de Pétavit riaient comme des folles. Douceline restait sereine : elle se voyait déjà dans les bras de Guilhem de Saint-Clar, qui dans ce palais étroit ne pourrait pas lui échapper.

Seule la brune Alazaïs Azéma était triste : elle avait laissé à Toulouse son amant, qui n'était qu'un coureur de pucelles effréné. Je la soupçonnais de ne l'aimer que par jalousie. Je tentai de la réconforter cependant, en lui faisant miroiter la vie exubérante que nous allions connaître à la cour de Trencavel, dont la principauté était aussi importante que celle de Toulouse, si on oubliait la Provence qui devait coûter à mon père aussi cher qu'elle lui rapportait.

— Dans une semaine tu auras oublié ton falourdeur, je te le promets. Et maintenant, les pucelles, descendons souper.

À ce mot de « pucelles » toutes rirent. Combien l'étaient encore ?

Le souper fut morne et rapide. Roger n'avait retenu que quelques proches, la plupart sans épouses. L'oncle Dodon accusait la fatigue des deux jours de chevauchée, et Aimeric qui boudait, malgré mes recommandations, refusa de chanter.

Je notai d'autant plus aisément que le service était assuré avec désinvolture. Les serviteurs riaient et se disputaient sans retenue, posant les plats devant nous sans la moindre marque de respect, sans un petit genou. Le vicomte semblait s'en moquer. Moi aussi, prise dans mes pensées maussades.

Malgré tout, je ne sais quelle machine intérieure maintenait mon âme dans un état inexplicable de confiance en mon étoile. C'était comme une force indépendante qui avançait malgré moi dans la certitude que le bonheur un jour ou l'autre me reviendrait, sinon demain du moins après-demain, ou plus tard encore si Dieu le voulait ainsi, mais alors pour l'éternité.

Cette certitude que j'accéderais un jour au bonheur plénier envers et contre tout et tous était ancrée au fond de moi depuis toujours, et grandissait avec moi pareille à une perle qui croît avec son coquillage. C'était une braise tenue à l'abri de la tempête, aussi inaltérable que le diamant serti au cœur de la majesté de Sainte-Foy de Conques. Dieu et la reine Constance m'avaient ainsi faite.

Quelques jours après j'assistai à mon remariage avec Trencavel. Le premier datait de deux ans au moins, et s'était déroulé en mon absence, par procuration. Le plus clair de la cérémonie avait consisté dans une laborieuse rédaction du contrat, une charte qui fixait précisément les conditions dans lesquelles je serais accueillie à la cour de mon mari.

J'y avais fait mentionner expressément la nécessité d'une période de latence, soit deux années de répit avant de rejoindre la couche conjugale. Je n'avais pas prévu toutes les conséquences de cette prolongation, ni qu'en deux années ma vie serait bouleversée. J'étais aujourd'hui au bord du gouffre.

Je savais toutefois que l'Église ne considérerait mon mariage comme accompli qu'après sa consommation. Je pouvais donc encore y renoncer, et faire annuler la première cérémonie qui n'était aux yeux des prêtres qu'une promesse d'union, tant que ne serait pas accomplie la parole de la Genèse : *« De deux ils deviendront une seule chair. »*

Malheureusement rien n'était venu justifier la rupture de notre union, pas même une excommunication qui avait un temps plané au-dessus de la tête du vicomte Roger après la destruction de l'abbaye de Saint-Pons.

D'autre part je ne pouvais ignorer l'importance diplomatique de mon mariage, et l'obéissance que je devais à mon père, pour qui mon mariage avec Trencavel représentait l'espoir de quelques années de paix avec son voisin le plus dangereux et le plus turbulent. En envoyant seule au combat sa fille armée de ses seuls charmes, mon père épargnait son argent et ses guerriers.

En proie à ces réflexions et à beaucoup d'autres aussi amères, je n'avais pas fermé l'œil de la nuit.

J'avais imaginé encore des catastrophes qui auraient pu advenir avant la cérémonie, comme un tremblement de terre, une invasion, la foudre tombant sur la cathédrale, et qui l'auraient rendue impossible. Mais rien de tel n'arriva.

Avec un entêtement inflexible, le destin m'amena au bras de mon oncle sous le porche de la cathédrale Saint-Nazaire, proche du palais. L'évêque Othon, que je ne connaissais pas car il était persona non grata au palais comtal, m'accueillit au milieu de ses chanoines avec une bonhomie paternelle et des airs de chattemite. Il avait un visage couperosé, des sourcils broussailleux et gris, une physionomie de paysan madré qui laissait peser sur lui le soupçon d'une usurpation de sa mitre et de sa chasuble de soie blanche. Mais il avait un parler doux et lent qui me séduisit.

Roger arriva un moment après flanqué de ses plus proches compagnons, Roquefort, paré d'un bliaud propre et drapant et de chausses en laine verte, son frère Guilhem, Bertran de Saissac qui plaisantait effrontément et faisait rire ses compagnons aux frais de l'évêque, lequel faisait le sourd ou l'était peut-être, Aimeri de Laurac, fin et beau comme un ange, le jeune Isarn de Dourgne drapé dans une magnifique cape verte brodée de feuillages et de verdures de soie, les sénéchaux, le notaire Saquet, le vieil Amalric d'Anduze clopinant péniblement sur ses jambes déformées par les chevaux, et quelques autres. Tous avaient ceint leur chevelure pas forcément propre d'un ruban coloré ou d'un tressoir brodé de fil de soie ou de fil d'or pour les plus raffinés.

On se salua les mains jointes. Je n'avais pas revu ces hommes depuis mon arrivée. Confinée dans ma chambre, laissant à Dodon le soin de faire le lien avec mon « mari » et à Ogive, qui était bien arrivée, celui des tâches domestiques, j'avais passé mes premières journées de domna de Carcassonne avec mes donzelles et mes chevaliers, isolée au sein de ma mesnie toulousaine, observant par la fenêtre de ma chambre avec l'œil critique de l'étrangère l'animation qui courait sur chaque rive de la rivière Aude, épiant les rumeurs du port et des lavoirs.

Mon troubadour désennuyait mes suivantes en suscitant de leur part des roucoulements outranciers.

J'avais fait savoir à Aimeric que je le dispensais de la cérémonie. Je ne voulais pas lui faire endurer une scène qui lui serait pénible, et à moi aussi en sa présence. Mais il vint me répondre lui-même avec un sérieux de curé qu'il veillerait à ma sécurité au péril de sa vie et de sa raison, partout et en toutes circonstances. Ses mots enflammèrent douloureusement mon cœur.

Il était là, un peu à l'écart comme pour me laisser le champ libre.

L'évêque étendit les bras pour nous faire approcher, Roger et moi. Il nous demanda si nous étions libres de nous engager, l'un et l'autre. Je dis un petit « oui », et Roger grogna après moi. L'évêque interpella la foule, en fait bien clairsemée, et demanda publiquement si quelqu'un connaissait un empêchement canonique à ce mariage.

Il s'agissait bien sûr, en dehors du cas d'un précédent mariage pour l'un de nous deux, de s'assurer que nous n'étions pas parents. Je souris en pensant que la haine que se portaient nos deux familles supprimait le moindre doute à ce sujet. La « foule » resta silencieuse, écoutant avec amusement les grognements de satisfaction d'un troupeau de cochons divaguant sur la place de la cathédrale.

Dodon prit ma main droite et la mit dans la main droite de mon époux. L'évêque se saisit de ce paquet de doigts qui refusaient de s'entremêler et nous demanda à chacun si nous acceptions l'autre pour conjoint. Je fis de nouveau un petit « oui », Roger émit un autre grognement et monseigneur Othon, levant les yeux au ciel, appela la bénédiction divine sur notre union.

Ensuite le notaire Saquet lut le contrat de mariage. J'avais reçu de mon père une dot de 500 marcs d'argent, qui me paraissait une immense fortune. On ne m'avait pas dit que cette somme représentait ma renonciation totale et définitive au comté de Toulouse et au marquisat de Provence, moi et mes enfants. Il fallait bien protéger mon frère aîné et sa descendance de tout recours adventif des frères et sœurs bien-aimés. Il fallait aussi s'assurer qu'un descendant des Trencavel n'irait pas s'asseoir dans la cathèdre comtale au château Narbonnais.

Mon mariage était donc le meilleur moment pour se débarrasser de ce risque. Je ne m'en préoccupais guère à l'époque, toute à mon souci de mettre en sûreté mes quatre coffres sachant que dans nos provinces il était de coutume que l'époux gère la dot de sa femme, et à son meilleur profit. J'étais bien décidée à rompre la tradition et à défendre mon trésor contre mon mari. Je l'avais tout simplement gardé dans ma chambre, sous mon lit.

Le rappel de cette dot m'irrita car Roger Trencavel n'y avait encore fait aucune allusion, et je me berçais de l'espoir que le sujet resterait en dehors de nos conversations. D'autre part mon époux me donnait en douaire tout le Razès, avec Limoux et Quillan, et en propre le château de Couffoulens, proche de Carcassonne, avec tous ses honneurs et dépendances, vignes, pâtures et forêts.

Les revenus du douaire ne me seraient attribués qu'après la mort de mon mari, en principe. Toutefois le château de Couffoulens, et ses revenus, m'étaient attribués immédiatement pour en jouir dans le présent, et y séjourner à mon gré. Sa proximité de Carcassonne lui donnait beaucoup d'agrément comme résidence d'été, ou comme refuge pour me débarrasser pendant quelque temps des pesanteurs de la cour, de celles de Trencavel et de ses amis, et des charges publiques qui, me répétait-on à tout bout de champ, allaient m'incomber.

La formalité des biens accomplie, Roger présenta à l'officiant un anneau de fer pour qu'il le bénisse. Il le passa à chacun de mes doigts de la main droite avant de l'enfiler finalement au médius en disant : « De cet anneau je vous épouse, de mon corps je vous honore, de mon bien je vous dote ! » Le jonc de fer se bouclait par deux minuscules mains jointes. Il n'était pas prévu que je fasse de même, et j'en fus soulagée.

L'évêque précédé de ses chanoines entra dans l'église en chantant le psaume de la femme féconde, quand le mari est béni par Dieu. La cathédrale était très sombre, mais des buissons de cierges ardents formaient une allée odorante jusqu'à l'autel. Le lourd dallage était jonché de brassées parfumées. Nous nous installâmes chacun dans une chaire, face à face, et l'évêque débuta la messe. À l'Offertoire, on se présenta à l'autel un cierge à la main. Quatre témoins, deux chevaliers du vicomte, deux du comte de Toulouse, tendirent sur nos têtes un voile pourpre pendant la bénédiction liturgique du prêtre.

Entre-temps notre suite s'était installée à son aise sur le dallage du chœur ou de la nef, qui debout, qui assis ou allongé, qui appuyé à un pilier ou à quelque meuble. Certains avaient sorti les dés et les faisaient rouler bruyamment sur le pavage sans la moindre gêne. Les raclements de gorge de Roquefort, suivis du sifflement d'un crachat, nous servirent d'accompagnement chanté, avec les polissonneries des chevaliers du vicomte à l'adresse de mes suivantes, dans un brouhaha général.

À la fin de la messe Roger s'en retourna sans aller chercher le baiser de paix de l'évêque Othon, car il ne voulait pas se réconcilier avec lui. Il ne voulut pas non plus que celui-ci vînt bénir le lit nuptial, comme c'était la coutume.

J'étais néanmoins mariée, pour le meilleur et pour le pire. Certainement pour le pire. Je revins au palais avec les miens, tandis que Trencavel repartait avec sa bande sans un mot. Ils montèrent à cheval et disparurent. Je lançai des coups d'œil inquiets à Aimeric qui s'était enfermé derrière sa figure. Je ne pouvais pas me sortir de l'idée que Roger connaissait notre liaison, et qu'il allait réagir bientôt, ayant obtenu les pleins effets de cette union diplomatique qui faisait de lui, sans beaucoup de frais, le gendre et l'allié de Raimon V le Magnifique.

Restait toutefois à accomplir le commandement de la Genèse : « *De deux ils deviendront une seule chair.* » J'avais souvent pensé à cet ultime moment que je ne pouvais éluder. Je m'efforçais de considérer l'acte de chair, auquel mon mari pouvait m'astreindre à sa volonté, comme une des tâches de ma charge diplomatique sans que j'y fasse participer mon cœur. Mais le pourrais-je ? Je n'en étais plus sûre du tout.

Ogive me prit en main et j'eus au moins le repos de penser que je me préparais à exercer un office, comme le prêtre, sans que j'eusse à manifester le moindre désir. Ogive dans sa grande expérience pensait que nous formerions un très beau couple et que nous aurions de beaux enfants. Pour elle, ce mariage était un don du ciel. Elle pensait qu'après quelques débuts cahotants nous deviendrions un modèle d'entente pour les nouvelles générations. Et le bonheur de nos peuples.

Trencavel revint avec ses compagnons pour le souper. Il me fit présider la table des domnas, et lui resta avec ses chevaliers. Il me parlait comme à une étrangère.

Le repas fut aussi morne et aussi mal servi que les précédents. Aimeric n'y parut pas, ce qui d'une certaine façon me soulagea. Restait ma nuit de noces, dont l'idée me paraissait de plus en plus étrange. Comment avais-je pu songer un seul instant que je m'offrirais à un homme poussée par des raisons diplomatiques, ou l'amour paternel ? Comment peut-on obliger son corps sans son cœur, et son cœur par devoir, fût-il filial ? Comment avais-je pu songer un instant à me partager en deux femmes, l'une amoureuse d'un chevalier et l'autre s'offrant à un inconnu par obéissance à son père et aux nécessités politiques ?

Quand Trencavel arriva dans ma chambre, je n'avais pas résolu mon dilemme, mais tout le monde s'éclipsa. Je savais que mes donzelles et mes femmes n'étaient pas loin, et qu'elles s'empresseraient de témoigner à l'oreille de la réussite ou de l'échec de notre union. Ce n'était pas pour me réchauffer les sens. J'étais extrêmement tendue et accueillis mon époux avec la rigidité d'une virago. Il n'en eut cure. Il m'amena devant le lit, qu'éclairait une lampe à huile suspendue à une applique à mufle de lion, et me demanda de me dévêtir. J'obtempérai. Quand je fus entièrement nue il me fit allonger sur les fourrures, enleva mes mains qui cachaient mon intimité et me contempla avec la curiosité avide d'un maquignon.

Ses sourcils se rapprochèrent, formant une seule barre. J'avais remarqué que c'était chez lui un signe d'intense concentration, et souvent aussi d'intense contrariété. Son regard devint douloureux. Il lâcha à force, la mâchoire serrée, la voix sombre :

— Foutre ! Qu'elle est belle !

Il tourna les talons et disparut.

Belle je l'étais en effet ; je n'avais pas seize ans. Mais je restai longtemps sans comprendre. Je me sentis peu à peu envahie d'une profonde humiliation. Le regard distant et évaluateur du vicomte m'avait violée. Il était clair qu'il était venu jauger d'un coup d'œil le présent que lui offrait son ennemi le comte de Toulouse. Il l'avait déballé et, satisfait de sa valeur, il s'en était retourné à ses occupations, sans rien donner de lui-même, sans faire le moindre pas, sans manifester le moindre respect ni le moindre sentiment.

Mon Dieu, quelle honte pour moi ! Quel affront pour toi mon père, pour ta lignée glorieuse de preux, de princesses et de reines ! Quel défi à notre cité de Toulouse, quel mépris de sa courtoisie, de la beauté de ses manières ! Quelle injure à la bienséance, quelle grossièreté !

Je ne dormis pas de la nuit, tantôt soulagée de n'avoir pas subi l'étreinte sauvage de Trencavel, tantôt irritée d'avoir été traitée comme une de ses esclaves maures. Cette veillée d'armes m'affermit plus encore dans mon désir de protéger ma relation cachée avec l'élu de mon cœur. S'il voulait batailler, ce petit vicomte de rien du tout, sorti d'une famille enrichie par les mariages forcés, les trahisons et les tromperies de toutes sortes, ce petit nobliau issu d'un sous-vicaire pouilleux à qui le comte de Toulouse, ma famille, avait donné par charité l'administration du château d'Ambialet, une crotte dans la haute vallée du Tarn, au pied des montagnes d'Auvergne, eh bien, s'il voulait batailler il allait savoir de quoi était capable une Saint-Gilles, une comtesse de Toulouse et Provence, une raimondine, une princesse fille de reine, petite-fille de roi !

Plus prosaïque, Ogive me récita au matin l'adage : « Au coucher gagne la femme son douaire. »

— Et alors ?

— S'il n'a pas voulu vous laisser gagner quelque chose, ma petite, c'est qu'il ne veut rien vous donner !

Pourquoi pas. Avec ce sauvage, tout était possible.

Mon oncle repartit pour Toulouse. Il reprenait l'escorte, les écuyers, quelques valets et les attelages. Se pliant à la réclamation de Trencavel, il ne me laissait qu'un tout petit entourage, assuré, me dit-il lâchement, que je trouverais à la cour du vicomte tous les serviteurs dont j'aurais besoin.

Depuis ma fenêtre je suivis des yeux Dodon et sa troupe s'en retournant vers Toulouse, les mains crispées sur la pierre froide. Je pleurais.

Comme je me serais ralliée avec plaisir à sa longue barbe tressée, à son bonnet de laine orné de branlants dorés, à sa cape en drap vert de Malines ! J'eus l'impression de perdre pour la seconde fois et définitivement la protection d'un père.

J'étais seule désormais, abandonnée à mon sort. Connaissant les déboires de ma mère, je savais qu'une femme mariée ne pouvait compter sur personne pour la protéger de son mari. Eh bien, par la Vierge Marie qui ne connut aucun homme, je me protégerais moi-même, par sa grâce !

X

Nous étions en marche pour le château de Couffoulens. Le ciel plombé nous menaçait de la neige. Comme je longeai le char où Ogive se tenait impérieusement, régnant sur un bric-à-brac d'objets de cuisine et de couchage, entre autres, elle me lança d'un ton docte, en montrant le ciel d'airain :

— Il va tomber des rabanelles !

Autrement dit des châtaignes grillées. Mais je n'avais pas voulu attendre davantage pour m'échapper du palais de Carcassonne et rejoindre le château de Couffoulens que Trencavel avait mis à ma disposition, à mon usage personnel, sans doute sous l'amicale pression de Dodon, le cher oncle qui prévoyait quelques difficultés dans notre vie commune.

Je n'avais attendu que le temps de préparer les vivres, les couchages, les robes, les tapisseries, les meubles et tous les ustensiles qui seraient nécessaires à notre existence dans une demeure qui, d'habitude, n'était habitée que par un chevalier avec quelques hommes d'armes, et encore peut-être épisodiquement.

J'avais bien l'intention de redonner vie à ce château, et d'y installer une véritable cour à mon image, peu guerrière, courtoise et amoureuse comme j'étais. J'avais autour de moi mes chevaliers, mais aussi quelques hommes d'armes de Trencavel, des chevaliers de la cité et des sergents qui, j'en étais persuadée, lui rendraient compte de mes faits et gestes. Mais je ne pouvais pas les refuser, ni me passer d'une escorte en ces temps troublés.

Mes donzelles m'accompagnaient sur de beaux palefrois provenant des écuries du vicomte. J'avais aussi quelques servantes de sa mesnie qui devaient ordonner et entretenir notre résidence. Parmi elles des esclaves maures, trois femmes aux trois âges de la vie. Nora la plus jeune avait vingt ans. Elle avait un teint cuivré et une magnifique chevelure bouclée, noire comme la suie. Ses traits étaient fins ; elle ravivait ses lèvres charnues d'un colorant mauve, et était vêtue d'amples tuniques qui montraient ses bras minces et musclés et parfois, quand elle s'activait, la naissance de sa gorge qu'elle avait claire et jolie. Sa réticence à me servir et son insolence parfois me laissaient penser que Trencavel l'avait couverte à l'occasion, et qu'elle en avait espéré quelque avantage. Et pourquoi pas un enfant ?

L'autre Sarrasine, qui s'appelait Maria, était entre deux âges. Elle avait un corps épanoui, une poitrine somptueuse qu'on admirait à sa toilette, un tempérament nonchalant et un visage très avenant, éclairé d'un sourire constant et sans réserve. Je sus bientôt que sa beauté un peu grasse était honorée chaque soir par Bernat de Capendu, un des chevaliers de la cité qui nous accompagnaient. Il l'avait fait baptiser sous un nom chrétien afin de la tirer de sa servitude, déshonorante pour lui comme pour elle.

La troisième captive était suffisamment âgée pour être travailleuse et sûre. Aucun homme ne venait la détourner de sa tâche.

Deux esclaves mâles les accompagnaient, qui étaient pour moi plus attachants. Ils étaient jeunes et gais.

Originaires d'un royaume grenadin, au fond de l'Espagne, ils avaient été capturés par les troupes du roi d'Aragon et donnés en présent à Trencavel. Ils avaient tous les talents, jouaient de la musique, dansaient et chantaient sur des mélodies étrangement cousines de celles de nos troubadours. Aimeric les avait repérés au palais et tentait déjà de les associer à ses aubades. Il m'avait conseillé de les emmener pour agrémenter nos soirées d'une couleur nouvelle.

Par ailleurs ils savaient se rendre utiles en s'occupant des chevaux.

Il ne fallut que quelques heures pour couvrir avec notre lourd convoi les quatre lieues qui séparent le château de Couffoulens de la cité de Carcassonne. Nous étions partis assez tard dans la matinée, en direction du midi. Nous atteignîmes les bords de l'Aude comme le jour déjà sombre faiblissait encore, là où la rivière aussi large qu'à Carcassonne fait un coude pour s'emparer de son affluent le Lauquet. Il n'y avait qu'à suivre la rive du Lauquet pour parvenir au château, qui apparut bientôt sur une élévation au milieu d'un paysage étrange, modelé de buttes abruptes, nombreuses mais peu élevées, qui faisaient penser aux vagues désordonnées qu'occasionne un affrontement de courants contraires, ou encore au moutonnement des casques d'une armée rassemblée.

Les flancs de ces buttes étaient couverts d'un manchon de chênes verts, d'oliviers, de buis et de fourrés épais qui paraissaient impénétrables. Mais le sommet était rasé comme une tête de moine. Les vilains avaient planté des jardins et de minuscules vignes sur ces étranges crânes.

Un pont de bois nous attendait pour franchir la rivière et parvenir au pied de l'escarpement que commandait le château, en amont du confluent. Un chemin contournant la hauteur par une taille en biais dans le versant nous amena sur un replat, au bord d'un profond fossé qui protégeait l'accès à la forteresse. On passa sur un pont de bois branlant pour atteindre une sorte de barbacane faite d'un talus de terre planté d'une palissade.

Cet embarras masquait l'entrée. Un pont-levis jeté par-dessus un second fossé, plus étroit mais très profond, permettait d'accéder à la porte fortifiée et à la cour châtelaine. Le chevalier d'estage qui était de garnison nous accueillit avec joie sur le pont, content de voir du monde. Quatre hommes étaient avec lui, qui restèrent sur les courtines comme si notre arrivée pouvait attiser la convoitise des routiers.

Le donjon était une grande bâtisse à l'appareillage soigné. Il s'élevait sur quatre niveaux, avec un rez-de-chaussée aveugle utilisé comme cellier. On ne pouvait pénétrer dans le bâtiment que par la grande salle au premier étage, au moyen d'un escalier extérieur en bois accroché à la façade. Ma chambre était au-dessus, et un troisième niveau découpé en petites loges pouvait contenir ma suite. Sous le toit logeaient des domestiques et les gardes.

Une grande muraille se déroulait autour du donjon. Du côté du confluent elle dégageait un espace assez vaste pour quelques communs, les écuries, le logement des domestiques et des soldats. Les cuisines étaient proches de l'escalier du donjon. Aucune tour ne venait renforcer l'ensemble.

J'organisai rapidement notre installation. Les chevaliers s'arrangèrent avec le dernier étage du donjon. Je gardai mes donzelles avec moi, séparées de ma chambre par des cloisons de bois et des tapisseries. Au-dessus de nous Ogive et mes femmes, et les trois captives, occupaient toutes les logettes. Les autres serviteurs logeaient dans les communs.

J'envoyai chercher du ravitaillement chez les bordiers des alentours et dans le hameau qui réunissait quelques chaumières aux murs de terre, creusées au pied de l'escarpement.

Les fourriers se mirent à l'ouvrage, les cuisiniers, les chambrières, et tous les domestiques qui nous accompagnaient. À la nuit noire, quand on eut accroché aux anneaux les torches portières de la cour, disposé les lampes à huile et les chandelles dans les pièces et les passages, des bougies dans ma chambre, le château sembla revivre. Des bordiers vinrent en voisins m'offrir du vin nouveau.

J'avais transformé ma chambre en nid d'amour, en faisant suspendre à des gros clous des tentures de toile bleue portant des oiseaux de toutes les couleurs. J'avais placé une superbe tapisserie, qui m'était très chère car elle venait de ma mère, sur le côté de mon lit. Elle représentait l'histoire de Tristan et Iseult en vingt-quatre panneaux aux riches couleurs. J'y voyais ma propre aventure. J'étais Iseult, vouée au roi Marc, c'est-à-dire à Trencavel, tandis qu'Aimeric, chargé de m'amener à mon époux, avait succombé à mon charme tout comme Tristan ramenant Iseult à son futur époux.

Quelle triste histoire, et quelle belle histoire d'amour aussi, pensai-je, car je n'aurais pas agi autrement si j'avais été Iseult. Mais à la différence d'Iseult, affligée de sa passion qui la dévorait, je me réjouissais de ma liaison avec Aimeric et surtout d'infliger à mon malotru de mari, ce petit seigneur venu de la montagne et qui se croyait tout permis, une humiliation à la mesure de celle qu'il m'avait fait subir. J'étais prête à tout, et malgré le danger je n'aurais pas laissé ma place pour le royaume de France.

J'aimais Aimeric. Cet amour avait plus de force que les potions les plus enivrantes des romans de la Table ronde.

J'en eus encore la conviction le soir au souper, qui fut très gai, quand Aimeric prit dans ses mains sa vièle magnifique et vint se planter devant moi à la table haute. Campé droit sur ses longues jambes légèrement arquées par les chevauchées, il fit sonner quelques coups d'archet en me souriant, et commença ainsi :

Domna, pos vos ai chausida,
Fatz-me bèl semblant,
Qu'ieu sui a tota ma vida
À vostre comand.
À vostre comand serai
À tots los jorns de ma via,
E ja de vos no me partirei
Per deguna autra que sia.
Qu'Erècs non amèt Enida
Tant ni Isèuts Tristan [1]...

Comme si nous étions seuls, Aimeric s'adressait à moi en me tenant sous son regard tendre. C'était une véritable déclaration d'amour en public, devant tous, ceux qui m'étaient dévoués comme ceux qui l'étaient à Trencavel, ses féaux et ses espies.

C'était jouer avec le feu et je sentis mes joues s'empourprer. Mais je soutenais son regard sans sourciller, buvant avec avidité les mots qui me bouleversaient, pressée d'entendre la fin :

1. « Dame, puisque je vous ai choisie / Faites-moi beau visage / Car je suis pour toute ma vie / À votre commandement. / À votre commandement je serai / À tous les jours de ma vie / Et jamais de vous ne m'éloignerai / Pour aucune autre que ce soit. / Érec n'aima Énide / Autant, ni Iseult Tristan... »

... Com ieu vos, domna grasida
Qu'ieu am ses engan[1].

Comme il est doux à une femme d'entendre son ami lui déclarer l'aimer sans réserve, sans calcul ni arrière-pensée, sans clause de sauvegarde, sans même imaginer le pire. C'est au fond ce don sans prudence qui m'enflammait, davantage encore que son beau regard pailleté d'or dans les lumières vives, son visage d'ange viril auréolé d'une tignasse cuivrée flamboyant comme une auréole à la lueur dansante des torches.

Son corps de dangereux félin cachait une âme suave d'enfant.

Il enchaîna sur une musique syncopée qui fit venir les deux jeunes Maures, l'un frappant des nacaires, l'autre jouant d'une maurache, une sorte de luth à long manche qui permettait, avec trois cordes, de jouer un nombre infini de notes, des plus aiguës aux plus graves. Le joueur de maurache faisait courir sur les cordes la pointe d'une plume, ce qui donnait à son instrument une résonance vive et métallique. Ils vinrent se placer de part et d'autre d'Aimeric, jouant tous ensemble dans une harmonie imparfaite des airs espagnols venus des déserts.

Les deux Morisques étaient frères et se ressemblaient. Ils portaient sur le visage les marques de leur état. Ayant tenté de s'évader peu après leur capture, on leur avait écrit sur chaque joue, au fer rouge, le mot Sclavus. Les lettres formaient comme des rinceaux tracés d'une ligne lustrée sur leur visage sombre et luisant, prolongeant comme fait exprès les passementeries du col de leur chemise. On appelait l'aîné, dont les

1. « Comme moi vous, dame gracieuse / Que j'aime sans faux-semblant. » (Anonyme)

marques étaient les plus voyantes : Sclavus. Le second avait gardé son nom arabe : Adalla.

Ils portaient un turban de couleur safran, une sorte de hoqueton recouvert de soie de la même couleur pour l'un, verte pour l'autre, et des braies flottantes serrées aux chevilles. Ils étaient pieds nus.

Aimeric et les deux Maures se placèrent sur une seule ligne et se mirent à danser dans un bel ensemble, sur des pas très rythmés et assez simples, mais de plus en plus rapides. À la fin ils tournaient sur eux-mêmes en suivant un cercle. Sclavus et Adalla étaient plus petits qu'Aimeric, et leur agilité était prodigieuse.

Elle devint miraculeuse quand ils dansèrent seuls une sorte de danse du poignard. Ils s'élançaient et bondissaient dans les airs, dessinant au-dessus de nos têtes des courbes chatoyantes à la lumière des torches. Je pensai vingt fois qu'ils allaient se blesser. Aimeric les soutenait en jouant des nacaires, ces petits tambours doubles qui viennent des royaumes grenadins. Décidément il savait tout faire.

Après eux mes donzelles acceptèrent de chanter, accompagnées par mon troubadour qui leur imposa son répertoire favori, celui des anciens. Elles lui imposèrent à leur tour des chansons de toile, sentimentales et tristes à souhait, qui nous firent délicieusement briller les yeux. Quand mes donzelles furent lasses de chanter, et tous de boire et de manger, je me levai et montai dans ma chambre, tandis qu'on enlevait à grand bruit les tables pour installer dans la salle le couchage des hommes qui n'avaient pu trouver place ailleurs.

Je profitai de ce brouhaha pour glisser à Aimeric :

— Je t'attends.

Il me répondit d'un petit rire. Cette connivence interdite, cet échange secret à la barbe des amis et des affidés de Trencavel m'excitait prodigieusement. Pourquoi se sent-on vivre plus intensément contre la volonté des autres ? Je ne sais. Mais j'étais prête à risquer la mort plutôt que d'étouffer mon désir.

Aimeric arriva un moment après, conduit par la brune Alazaïs qui minaudait outrancièrement en le guidant jusqu'à ma chambre. Mes domnas étaient au courant de ma liaison, bien sûr, car je n'aurais pu cacher longtemps à leur curiosité de pie l'identité de l'élu de mes nuits.

Ma chambre n'était éclairée que par une bougie de cire, et une petite lampe à huile qui chauffait une cupule de cuivre contenant une gomme arabique. Les deux parfums de la cire et de la gomme se mélangeaient dans une douceur indéfinissable.

La flamme révélait sur les murs sombres les brillances dorées de la tapisserie de Tristan, et celles des plumages d'or et d'argent parant des oiseaux figurés sur les tentures. Nous étions dans un autre monde.

Sans attendre que tout se fût calmé autour de nous je pris les mains d'Aimeric pour les poser sur mon cou, sur mes joues empourprées, sur ma nuque. Il m'attira à lui. Je me plaquai contre sa poitrine, comme pour entrer en lui la première. Je sentis qu'il me désirait, et cette pensée m'enflamma. Je défis sa ceinture de cuir rouge pour enlever sa tunique, sa chemise prise dans les braies et les cordonnets de ses chausses. Quand je tins enfin son dos et ses reins saillants sous mes mains, il se cambra comme un jeune cheval.

— J'ai faim de toi ! lui murmurai-je à l'épaule.

Il finit d'enlever ses vêtements. Enhardie par le vin peut-être, je me jetai sur son torse pour le palper et le mordre. Sa sueur avait un goût salé et une odeur épicée qui me rendaient folle. D'un geste décidé je fis glisser son blanchet et son membre m'effleura le visage. Je poussai un cri. Aimeric rit et prit ma bouche, me forçant avec sa langue. J'étais comme ivre. Je capturai son membre comme on prend dans ses mains un oiseau. Mon troubadour se raidit, et me poussa sur le lit à la renverse. Je m'offris dans l'instant sans manières, sans pudeur, sans honneur, sans grâce non plus, comme une vilaine, comme une bordière, la chemise relevée jusqu'au ventre, pressée d'être prise et d'étouffer sous son corps.

Je le reçus en moi avec une telle jouissance que je crus mourir, m'accrochant à lui des bras et des jambes. À mes gémissements répondirent les rires étouffés de mes compagnes. Mais qu'avais-je à faire des autres, quand j'étais moi-même au comble de la félicité. J'étais une naufragée consentante, priant pour que jamais la tempête ne s'apaise. Je laissai Aimeric s'ébrouer jusqu'à ce que je pressentisse l'arrivée d'une lame de fond gigantesque, qui allait nous emporter sans retour possible. Je criai : « Viens ! »

Et la lame nous emporta, nous roula, nous aspira dans une vague de plaisir qui n'en finit pas, chacun la relançant involontairement en croyant la calmer.

Longtemps après, quand j'eus repris mes esprits et que le froid m'eut dégrisée, malgré le souffle tiède du brasero qui brasillait dans la nuit à côté du lit, je me plaquai contre le dos d'Aimeric et je lui dis à l'oreille :

— Je t'aime trop. Épouse-moi !

Aimeric se tourna, chercha ma main en suivant le bras, et murmura :

— Je suis contre le mariage.

Je n'en croyais pas mes oreilles.

— Vierge souveraine ! Et pourquoi ?

— Je suis contre la copulation vespérale imposée au son de la cloche ; contre le devoir conjugal. Je suis contre l'accouplement coutumier dans le but de faire des enfants. Je suis contre tout ça.

J'étais stupéfaite. Je n'aurais jamais imaginé qu'il pensait des choses pareilles. Mais ces propos ne m'étaient pas totalement étranges. Je les avais déjà entendus ici ou là. Où exactement ? Et tout à coup je compris :

— Toi, tu as fréquenté les Bonshommes, par Dieu !

— Parfaitement, mon amour. Et je n'accorde pas aux réalités terrestres plus qu'elles ne méritent. Le mariage n'est pas une bonne chose.

— Mais pourquoi donc ?

— Parce qu'il nous impose de faire des enfants, et de maintenir sur terre des âmes innocentes en les enfermant dans un cachot de chair. Je ne veux pas avoir d'enfants.

— Pas d'enfants ? Et moi, tu me veux ?

— Toi seule, oui.

— Et si je voulais un enfant de toi ?

— Demande d'abord à Trencavel... s'il y consent.

Je n'avais pas imaginé un instant Aimeric sous la bure des hérétiques. Je n'ignorais pas que mon frère Raimon les fréquentait, mais je savais qu'ils avaient peu de chances d'avoir prise sur Raimon, qui ne cherchait en tout que son plaisir. Apparemment ils n'avaient pas perdu leur temps avec Aimeric. Je lui murmurai :

— Aimeric, crois-tu que Dieu nous pardonnera nos péchés ?

Il soupira :

— Où vois-tu un péché ? Le royaume de Dieu n'est pas dans ce monde. Il n'a que faire de nos péchés. Dieu est amour. Il ne châtie pas. Il appelle à lui ceux qui sont dignes de son amour et prêts à entrer dans le royaume des Cieux.

— Et les autres ?

Il rit :

— Ils tournent parmi nous en attendant d'être appelés.

— Il n'y a donc pas de châtiment ?

— Non. L'enfer est vide. Le seul châtiment est pour notre âme, qui restera plus longtemps sur cette terre.

Je l'empoignai par les épaules :

— Mais si je reste avec toi ce n'est pas un châtiment ! La punition serait que tu me quittes !

— Le châtiment viendra plus tard, quand tu mourras. Ton âme sera obligée de se réincarner dans un autre être vivant, jusqu'à la sainteté.

Je ris à mon tour :

— Donc c'est fichu pour cette fois. Profitons-en ! Prends-moi dans tes bras !

Aimeric se tourna et passant ses mains autour de ma taille il me tapota les fesses.

— C'est vrai que tu m'éloignes du royaume des Cieux. Mais tant pis, je ne rencontrerai pas deux fois une femme aussi belle ! Moi aussi j'ai envie d'en profiter ; j'attendrai le prochain tour pour le paradis.

— C'est moi ton paradis. Tu m'aimes ?

— Assez pour oublier les Bonshommes quand je suis avec toi.

Et en riant nous nous étreignîmes encore. Une étreinte douce, mesurée, tendre, les corps relâchés pour une exploration curieuse et confiante de nos continents luxuriants et mal connus. La fatigue étirait mes impressions dans une ivresse légère. Mes seins devenaient de petits nuages blancs dans le ciel, mon ventre un doux vallonnement creusé par la rivière, mes cuisses longues et rondes les colonnes du temple, mes hanches étaient les dunes au tendre modelé du royaume de Saba, mes orteils une rose des vents, mes épaules le rivage nacré de la mer océane, ma nuque moite une digue de sable armée de fils d'or, mon nez droit – le nez de ma mère –

et mon front un château de cristal. Mes yeux étaient des fontaines d'eau limpide, ma bouche une couronne de roses, mes bras le long ruban blanc de Garonne, et mes aisselles des nids pépiant d'oiseaux.

Quand revint la menace d'une jouissance sans mesure, je plantai mes griffes dans le dos d'Aimeric en mordant son bras jusqu'au sang pour ne pas crier. À ses coups se mêlaient ceux de mon cœur devenu fou, battant mes tempes.

L'aube vint juste après, découpant autour du contrevent qui obturait la baie étroite une ligne claire opalescente. J'attendis un peu avant de réveiller Aimeric qui s'était endormi, pour lui demander de rejoindre ses compagnons. Je ne me sentais pas encore capable de provoquer un énorme scandale.

Le lendemain nous allâmes à cheval jusqu'à Limoux, une bourgade qui enjambait la rivière Aude en amont, et qui faisait partie de mon douaire. J'y allai accompagnée de mes donzelles, Alis, Douce, Douceline et Alazaïs, de mes chevaliers Raimon Garcie, Jean de Montaigu, Guilhem de Saint-Clar et Aimeric. Mon favori avait une petite mine. J'étais de mon côté dans un état de bien-être inimaginable, malgré le froid vif et en dépit du ciel gris impitoyable qui ne laissa jamais passer un rayon de soleil.

Les chevaliers de la cité nous accompagnaient, mais pas le chevalier d'estage Pons de Castillon, qui avait la forteresse en garde et que la plus belle fille du monde (moi en l'occurrence) n'aurait pu – et ne put – faire sortir de sa tanière. Or il était relevé de son service à la fin de la semaine. Que craignait-il ?

On revint de la cité de Limoux à la nuit tombante, harassés, étourdis par le grand air froid qui sentait la neige. Je frissonnai de joie en apercevant dans la grande salle le feu de gros bois crépitant dans la cheminée unique du donjon. Je venais de rencontrer, en montant l'escalier en façade, des odeurs appétissantes de froment et de viandes rôties venues de la cuisine proche. J'aurais avalé un bœuf.

Autant que je remonte dans ma mémoire, je n'ai pas le souvenir d'avoir connu dans un autre moment de mon existence l'état d'exaltation, de jubilation pétillante qui m'habita durant cette semaine à Couffoulens. Je connaissais enfin le joy.

C'était comme une ivresse, une force inconnue qui me dévorait d'une rage amoureuse, à moins que cette rage ne fût venue de l'exaspération de ne pas être libre de mon destin.

Nous n'avions pas d'heure. Il n'y avait dans les alentours aucun couvent, aucune église pour sonner les heures des offices, et seul mon bon plaisir ou celui de mes compagnes guidait nos occupations ; seule la lassitude nous les faisait suspendre. Les domestiques suivaient les heures du jour de loin en loin en comptant les largeurs de main entre le soleil et l'horizon.

Les nuits étaient courtes. La quatrième qui suivit notre arrivée le fut plus encore. Nous avions chanté et dansé bien après la minuit. C'était la pleine lune. La reine de la nuit était si resplendissante que je distinguais depuis ma chambre, à travers la lucarne étroite tournée vers le confluent, le serpent luisant de la rivière du Lauquet allant rejoindre dans le lointain embrumé la rivière Aude. Et, depuis une autre ouverture encore plus réduite, on distinguait sans peine la compagnie de buttes qui nous encerclait comme une armée de géants. Rien ne bougeait, aucun bruit.

Aussi quand avant prime, dans notre premier sommeil, résonna dans ma tête le lugubre mugissement des trompes du guet, accompagné de cris affolés : « À l'arme !

À l'arme ! » je mis un moment à sortir du brouillard de mes rêves et à comprendre que nous étions assiégés. Aimeric s'était déjà levé et fila sans bruit en s'habillant. Il me dit d'un ton assuré :

— On nous attaque, certainement des routiers. Je rejoins les autres.

— Fais attention à toi !

Il rit et sortit dans l'obscurité. À sa voix nette et décidée, à son pas alerte, je le sentais joyeux d'aller se battre, comme si cet événement dangereux le réveillait d'un rêve écrasant. Des cris d'homme fusaient de toutes parts, des pas lourds et précipités faisaient résonner le bois des planchers et des escaliers à chaque étage. Bientôt des tintements métalliques retentirent au-dessus de la cour et me firent courir à la fenêtre.

Des ombres circulaient sur les coursières et se heurtaient aux hommes du guet. Des sergents mettaient des échelles en place pour monter sur le rempart, car il n'y avait pour toute l'enceinte que deux escaliers de pierre, étroits, de part et d'autre de la porte. Les hommes sortaient en courant du donjon et des communs avec des torches et des lampes à huile, qui avec une épée, qui avec un arc ou une arbalète à la main. Des valets s'étaient armés d'une faux, d'un grand couteau de cuisine, les palefreniers d'une fourche. Pons de Castillon, le chevalier d'estage, réclamait d'autres torches au milieu de la cour et lançait des ordres. Il fit occuper par des archers les flanquements de la porte fortifiée, deux retours modestes munis de meurtrières étroites et renfermant les logements des treuils du pont-levis...

Il envoya aussi des hommes sur le toit du donjon. Je vis Aimeric courir à une échelle comme apparaissait entre deux merlons la tête casquée d'un inconnu. Le soldadier enjamba le parapet avec l'agilité d'un fauve et s'engagea sur la coursière. C'était un grand diable couvert d'une broigne et d'épaulières de fer. Il brandissait une épée et une hache. Il avait passé Aimeric quand celui-ci sortit de l'ombre en accédant à son tour à la coursière. Quand il le vit le routier revint sur lui, tandis qu'un de ses compagnons apparaissait à son tour entre les merlons. Aimeric n'eut que le temps de parer le premier coup avec son épée tenue à deux mains. L'autre recula d'un pas et fonça de nouveau en piquant. Aimeric dévia la lame encore une fois et, chacun reprenant ses appuis, ils se portèrent de rudes coups sans effet.

Je n'avais jamais été réellement en danger. Je n'avais jamais assisté à un combat à mort. Je sentis couler du plomb dans ma poitrine, et mon ventre se noua de terreur. Je fondis en larmes en constatant qu'Aimeric n'avait d'autre protection que sa tunique.

Mais je n'avais pas fini de trembler. Le second routier enjamba prestement le couronnement de la muraille et vint prêter main-forte à son compagnon. Aimeric se trouvait entre les deux. Quand l'autre leva sa masse d'armes pour le frapper dans son dos, mon troubadour se rua comme un fou sur son premier adversaire, détournant sa lame et, d'un coup de rein désespéré, l'envoya en bas. Puis, s'accroupissant pour amortir son élan et éviter de suivre son adversaire dans le vide, il laissa sa lourde épée descendre à bout de bras le long du mur avant de se relever dans le mouvement tournant d'un faucheur de foin, faisant décrire à sa lame un cercle ascendant parfait. D'une impulsion des reins il donna comme un coup de fouet à son bras et l'homme qui le suivait ne put se garder. Son bras armé de la masse d'armes, tranché net, tomba dans la cour.

Le chevalier d'estage cria aux femmes qui apparaissaient sur l'escalier du donjon :

— Domnas, restez dans le donjon ! Pomas, Barrau, allez avec elles ! Et gardez bien la porte !

Un autre soldadier apparaissait sur le merlon. Je vis alors les deux palefreniers armés d'une fourche se précipiter sur lui et l'enfourcher. L'homme tenta de se retenir à la muraille mais il bascula. Appuyant leurs outils contre l'échelle chargée d'attaquants, les palefreniers s'arc-boutèrent en criant et, pas à pas, ils déplacèrent l'échelle qui glissa et finit par tomber. On entendit des cris par-delà la muraille. Les jeunes valets hurlèrent de joie et allèrent se porter plus loin.

Plusieurs routiers avaient encore accédé à la coursière, que les nôtres tentaient de repousser. Fort heureusement, la muraille était à l'aplomb de l'escarpement sur deux côtés, vers le confluent et vers le couchant ; elle ne pouvait être échellée par ces côtés qui n'avaient pas à être défendus. Aussi nos hommes purent-ils se concentrer sur les autres courtines et contenir un moment les routiers.

Mes chevaliers faisaient merveille. Jean de Montaigu tenait en respect deux hommes qui, ne pouvant se mettre de front, se gênaient mutuellement et portaient des attaques retenues. Un carreau d'arbalète vint traverser la gorge du premier, et un autre la poitrine du second. Le tir venait du toit du donjon, un toit rentrant déversant l'eau des tuiles dans un caniveau qui se vidait dans une citerne. L'exhaussement des murs assurait la même protection qu'un crénelage et le donjon étant plus haut que les murailles, il les commandait sans peine.

C'est ce que comprirent les routiers rapidement. Ceux qui s'étaient avancés témérairement sur la coursière revinrent vers les échelles et disparurent. Deux ou trois encore basculèrent dans le vide, traversés par une flèche ou un vireton.

Les hommes poussèrent des « hari ! » de victoire. Le chevalier d'estage nous autorisa, nous les femmes, à descendre dans la cour. Des hommes restèrent aux créneaux, qui dénombrèrent dans le jour naissant une centaine de routiers. Ils cernaient le château, hors de la portée des flèches.

Revenu dans ma chambre je vis de ma fenêtre qu'ils installaient leur camp dans le confluent, sous le château. Pons de Castillon vint me voir pour me rappeler qu'il était normalement relevé en fin de semaine. Il suffisait de prévenir d'assez loin son successeur à l'estage pour qu'il aille chercher du secours.

— Et quel jour doit-il venir ?

— Dimanche, assez tôt pour que je sois revenu à Carcassonne avant la nuit.

— Peut-il arriver plus tôt ?

Pons de Castillon ricana :

— Qui connaît la brillante vie de garnison du château de Couffoulens, et pour trois mois, ne fait pas une heure de trop.

— Donc il est certain qu'il viendra dimanche.

— Certain.

— Et sera-t-il accompagné ?

— Par quatre sergents. Quelquefois il y a des femmes...

— Et comment pensez-vous l'avertir ?

— Nous ferons sonner les trompes de l'aube au coucher du soleil, toutes les heures. Ça va l'intriguer. Pour le reste, nous ne pouvons que prier.

Je lui souris :

— Nous prierons. Pensez-vous que les routiers nous attaqueront à nouveau ?

— De jour ils n'oseront pas. Mais la nuit prochaine...

Il lut ma peur malgré moi sur mon visage. Il me sourit de ses yeux gris, confiants :

— Domna comtessa, sachez que vous ne risquez plus rien. Pensez que nous avons onze chevaliers, des écuyers, des sergents, et une dizaine d'hommes capables de porter les armes. Tous courageux, ils vous l'ont montré il y a un instant. Les routiers ne pourront pas entrer s'ils n'ont pas de renforts, ou des engins pour démolir la muraille. Mais ces gens-là n'ont jamais d'engins de siège.

— Et qu'attendent-ils de nous ?

— De vous faire prisonnière, et de demander une rançon.

— Une grosse rançon ?

— Énorme !

— À mon mari ?

Pons de Castillon secoua sa tête grisonnante à la chevelure encore épaisse :

— Votre mari ne paiera pas. Ils le savent, comme ils savent que si Trencavel les prend il les pendra. Non, ils préféreront s'adresser à votre père.

— Et ne peut-on négocier de leur donner de l'argent, et qu'ils s'en aillent ?

Le chevalier rit de bon cœur :

— C'est moi que Trencavel pendrait. De toute façon nous sommes en position de force. Nous n'avons rien d'autre à faire qu'à espérer les secours. Et, en attendant, empêcher les routiers d'entrer.

— Le pourrons-nous vraiment ?

— Nous sommes vendredi. Nous devons tenir deux nuits et un jour. Ce n'est rien.

La journée se traîna comme un jour sans pain. Je ne quittai pas ma chambre, surveillant l'horizon et le camp des routiers, d'où montaient de nombreuses fumées bleutées et de bruyantes interpellations. Ces gens-là ne savaient parler qu'en criant. J'étais surtout agacée de penser que nos nuits amoureuses, par la faute de ces soldadiers, étaient définitivement gâchées.

J'aperçus dans la cour une étrange silhouette, massive, décidée, qui entreprit de monter à une échelle. Pons de Castillon l'interpella :

— Où vas-tu ?

Le personnage se retourna et lança :

— Que t'importe !

Je reconnus la voix d'Ogive. Je descendis en vitesse la rejoindre. Le chevalier d'estage se demandait encore s'il avait à faire à un homme ou à une femme. Ogive portait un casque à large nasal. Elle avait remplacé sa guimpe par un capuchon de mailles qui lui meurtrissait les joues et qui se prolongeait par un camail épais sur les épaules et la poitrine. Son torse était pris dans une broigne trop juste pour son abondante poitrine. Son bliaud épais ne reprenait son ampleur confortable qu'aux hanches, s'évasant comme une cloche. Elle tenait fermement d'une main une pique au fer tranchant, et de l'autre un cor d'appel.

Avec son visage congestionné barré de deux sourcils hirsutes, sa cuirasse étroite qui retenait ses gestes, ses jupes bouffantes, elle était véritablement monstrueuse. Le chevalier tentait de la dissuader de monter sur l'étroite coursière. Mais elle s'entêtait :

— Sachez, chevalier, que j'ai déjà repoussé les assauts de deux rois !

— Ah ? Jambe-Dieu ! Je suis émerveillé que des rois aient tenté de vous forcer. Il y a longtemps, foutral. Aujourd'hui vous ne portez pas à l'amusement !

— Il ne s'agit pas de ça ! J'étais sur les remparts de Toulouse, avec mon époux, quand le roi de France, Louis le Septième, vint prendre Toulouse, mal conseillé, cet innocent, par sa femme, l'Aliénor d'Aquitaine.

J'avais vingt ans, du courage à revendre. D'ailleurs toutes les femmes de Toulouse étaient sur les remparts avec moi. C'est ce qui a fait retourner le roi de France sans une bataille. Et j'étais encore sur les remparts de Toulouse vingt ans après quand le roi d'Angleterre, Henri Plantagenêt, vint nous attaquer, lui aussi poussé par cette putanelle d'Aliénor, qu'elle me fait dire. Il n'est pas entré non plus. Alors voyez, chevalier, que la garde des remparts, ça me connaît !

Le chevalier me jeta un coup d'œil interrogatif. Je lui fis signe de la laisser aller. Il s'en retourna en lui lançant : « Attention aux croisements là-haut ! Rentrez les mamelles ! » Ogive haussa les épaules et oubliant l'impertinent elle s'appliqua à monter à l'échelle branlante sans lâcher la pique ni le cor. Quand elle parvint au dernier barreau, au bout d'une longue reptation, un sergent goguenard lui tendit la main. D'un geste vif, comme on chasse une mouche, elle lui ordonna de passer son chemin et termina son escalade à quatre pattes. Elle se releva lourdement et prit la mesure de l'ennemi.

C'était bête, mais je me sentais protégée.

La nuit fut une veillée d'armes. Les hommes montaient à tour de rôle sur la muraille en emportant des gerbes de paille qu'ils enflammaient au pot-à-feu et couraient faire choir au pied du rempart au moindre bruit suspect. Mais il n'y avait jamais personne. Les routiers ne voulaient pas risquer leur vie. Ils préféraient aller picorer dans les hameaux environnants, vidés de leurs habitants qui s'étaient enfuis dans les bois.

Aimeric vint me visiter au cœur de la nuit. Il était tout armé, chargé de froid, bruissant du treillis d'acier de son haubert, cliquetant de toutes ses boucles et de ses armes. Il coucha sa tête sur mon ventre, où s'imprima durablement le dessin vermiculé de sa coiffe de mailles. J'étais heureuse de ce moment de tendresse, rassurée de tenir dans mes bras mon protecteur. Comme nos cœurs étaient proches, solidaires dans le danger. Nous nous endormîmes ainsi jusqu'à l'aube, je crois.

Au matin Ogive me demanda d'un air faussement distrait :

— Aimeric était sur la muraille cette nuit ?

Je souris d'une seule joue :

— J'imagine. As-tu vu comment il a arrêté le premier assaut, hier matin ?

— J'ai vu, j'ai vu. Ce garçon vaut de l'or.

Elle me regarda droit dans les yeux :

— Adélaïs, si vous ne le faites pas périr, votre père lui trouvera une femme d'une grande noblesse et bien dotée. Il en fera un preux chevalier et un grand baron. Le plus tôt sera le mieux. Pour tout le monde...

J'avais envie de répliquer : « Et moi, Ogive, ne suis-je pas de grande noblesse et bien dotée ? Pourquoi une autre ? Pourquoi toujours les autres ? Et moi, n'ai-je pas le droit d'être heureuse ? » Mais il me fallait me taire.

Les trompes appelaient à chaque heure, et ne se turent qu'après la nuit tombée. La seconde veillée d'armes commença. Aimeric avait pris le premier guet jusqu'à la mi-nuit. Un vent froid rendait la guette sur la coursière très pénible. Des valets montaient distribuer des soupes chaudes, et recharger les pots-à-feu qui donnaient un peu de chaleur. Quand j'entendis le tintement espéré s'approcher de ma chambre, j'eus un grand désir de récompenser mon guerrier.

Aimeric s'assit sur mon lit et je saisis sa bouche glacée entre mes lèvres chaudes pour réchauffer son souffle. Je voulus quitter ses mitaines de mailles, mais elles tenaient aux manches. Je pris ses mains de fer et les promenai sur mon corps nu. Malgré le cuir de la paume, des griffes m'écorchaient la peau. Je sentis son souffle s'accélérer. Une de ses mains vint entre mes jambes. Je lui soufflai : « Déshabille-toi ! » Il me répondit : « Je ne peux pas ! »

— Pourquoi ?

— J'ai mon haubert complet. Je ne pourrai pas le remettre en cas d'alerte.

Il portait un haubert de mailles treslies, offert par mon frère, d'une grande finesse et d'une grande résistance. Il était d'une seule pièce depuis le capuchon qui enserrait la tête et le cou, sur une peau souple, jusqu'aux braies.

Désespérée, je l'attirai sur moi. Il vint sur les coudes pour ne pas me meurtrir. Mais je voulais être meurtrie ! Je voulais garder longtemps dans ma chair, écrit avec mon sang, le souvenir indicible de cette dernière nuit de liberté.

Je baissai sans fausse honte le pont de ses braies de fer, me battis avec son gambison et ses camisoles épaisses qui le protégeaient des coups, glissai mes mains jusqu'à sa nudité soyeuse. Je le reçus comme la cire reçoit le sceau en fermant les vides par où s'enfuit la chaleur, m'étalant mollement au bon plaisir de sa ciselure. Chaque coup marquait ma chair.

Le poids inhabituel de son corps étrangement bruissant m'écrasait douloureusement, mais mon consentement était si entier, mon désir si fort que la douleur devenait plaisir, le poids étouffant une infrangible étreinte, et les coups qui meurtrissaient mes cuisses l'écriture vive de serments immortels. Mes mains avides cherchèrent en vain un carré de peau à caresser, à palper, et se réfugièrent en désespoir de cause dans sa nuque, sous la tintante capuche de mailles.

Quand je sentis que le plaisir l'aspirait, je pressai ses hanches pour que la crainte de me blesser ne le retienne pas. Je voulais lui donner tant de plaisir ! Je ne pensai pas au mien qui vint sans prévenir et je crus devenir folle. Nous étions face contre face, dents contre dents, respirant nos souffles. Je mordis ses lèvres jusqu'au sang.

Nous nous endormîmes jusqu'à l'aube. Je l'entendis à peine quitter ma couche et s'en aller. Son sillage bruissant de tintements argentés perdura dans mon oreille jusqu'à mon réveil. Il faisait grand jour. Les trompes avaient repris leur mugissement lugubre, obstiné, salvateur. Je pensai : c'est dimanche. Aujourd'hui nous serons délivrés. Délivrés ? Quelle dérision ! J'étais la femme d'Aimeric, oui sa femme, et je voulais le rester. À Carcassonne je ne le serai plus. Où était la délivrance ?

Dans le milieu de l'après-midi on observa un changement dans le camp des routiers, une agitation qui faisait penser à une ruche dérangée. Bientôt les tentes tombèrent et disparurent dans les chariots avec le bric-à-brac qui entourait les feux de camp. Le mouvement s'accéléra encore et la troupe repassa le pont sur le Lauquet en courant avant de prendre la direction du midi.

Nous étions tous dans la grande salle pour profiter de la cheminée où flambaient d'épais rondins. On entendit peu après un grondement sourd qui s'amplifia et s'étala comme une avalanche. Bientôt apparut, flottant devant les cimes des arbres qui couronnaient la crête du chemin, la bannière de Trencavel. Elle devançait un conroi de cavaliers qui vint vers nous à plein galop. Ils étaient une soixantaine, la lance à demi couchée provoquant le frétillement claquetant des pennons, prélude à une tuerie toute prochaine. Ils passèrent sous la muraille sans ralentir et disparurent bientôt derrière les buttes.

On rit de la sottise des routiers qui avaient trop tardé avant de décamper, alourdis de leur butin. À vouloir tout sauver ils allaient tout perdre. Certains énonçaient les couleurs qu'ils avaient reconnues : celles des frères Roquefort en tête, celle d'Aimeri de Laurac, celles des frères de Cabaret, d'Isarn de Dourgne, de Peire de Brens, le sénéchal d'Albi et Carcassonne, et d'autres.

Les chevaliers revinrent quelque temps après, tirant au bout d'une corde une vingtaine de routiers soigneusement ligotés et couverts de sang. Pons de Castillon fit ouvrir les deux battants de la porte et baisser le pont-levis. L'escadron entra dans la cour, tirant les prisonniers qui gémissaient de leurs blessures fraîches. Ils laissèrent aux valets leurs montures et les lances ensanglantées, et allèrent lier les brigands aux anneaux d'attache des chevaux. Peire de Brens et tous les seigneurs montèrent nous saluer dans la grande salle, emmenés par le chevalier d'estage qui venait remplacer Pons de Castillon.

Je leur fis à tous bonne figure, mais mon cœur était triste. Je ne voyais pas venir des secours mais des geôliers.

Leur jactance triomphante me fut bientôt insupportable. Ils entreprirent pour moi la relation détaillée des combats, avec un souci de l'exactitude dans la cruauté qui m'était odieuse. Le plus bavard était le sénéchal d'Albi, Peire de Brens. Son visage mat rappelait celui des Sarrasins. Il était déformé par une blessure à l'œil gauche, qu'il tenait presque fermé, et qui entraînait tout le visage de ce côté. Il n'en avait pas moins un regard noir et brillant, un regard de rapace.

Il m'assura que les routiers prisonniers n'auraient pas un meilleur sort que les autres, ceux qu'ils avaient transpercés dans leur fuite et cloués au sol. Ils seraient pendus à Carcassonne devant la cathédrale, pour l'exemple et le bon gouvernement du peuple. Il me demanda, en vrillant sur moi son regard boiteux :

— Domna comtessa, voulez-vous leur infliger un châtiment plus cruel encore, avant qu'ils soient pendus ?

Comme je ne savais que répondre, il m'aida à choisir :

— Voulez-vous qu'on les écorche ? Qu'on leur brise les membres ? Qu'on les émascule ?

Devant mon mutisme qui n'était qu'une lutte silencieuse contre la nausée, Peire de Brens montra un visage chagrin, sincèrement désolé de ne pas trouver une torture assez raffinée qui m'agrée. Il me consola :

— Domna comtessa, de toute façon les hommes sont fragiles. Ils ne résistent pas longtemps à ces tortures. Ah ! Sauf les yeux crevés. On y survit assez bien... Si cela vous faisait plaisir, nous leur crèverions les yeux sur l'heure...

Je hurlai, le cœur au bord des lèvres :

— Seigneur sénéchal, je ne vous demande rien. Faites-leur justice, sans haine et sans cruauté. S'ils méritent la mort, qu'elle leur soit donnée humainement ! Ce sont tout de même des créatures de Dieu... Alors par pitié, ne rajoutez pas à plaisir des souffrances inutiles. Qu'on les empêche de nuire à nouveau. C'est suffisant.

Peire de Brens ricana, la bouche déviée :

— On est bien raffiné à Toulouse. Savez-vous qui sont ces soldadiers, domna comtessa ? Des hommes du roi Alfonse d'Aragon ! Des Aragonais, des alliés ! Ils ont doublement trahi, et leur roi, et son vassal le vicomte de Carcassonne en attaquant son épouse (je faillis hurler : « je ne suis pas son épouse ! »). C'est pourquoi ils méritent la mort plutôt deux fois qu'une...

— Une seule suffira. Vous vous en contenterez.

La troupe s'installa et je compris qu'ils avaient l'intention de passer la nuit au château. Il est vrai que le soleil était couché, et que le retour de nuit à Carcassonne ne s'imposait pas. Je recommandai aux cuisiniers de préparer un copieux repas, et de ne pas lésiner sur les mets, ni sur le vin, sachant que nous repartirions tous le lendemain.

Le souper fut pénible, lourd, ennuyeux, bruyant de tous ces hommes d'armes exaltés par le vin et les mets, s'emportant dans de grosses joies larmoyantes à la pensée d'être encore vivants après le combat. Les blessés étaient là, et les deux morts de notre côté, des sergents à cheval, pour rappeler à tous combien la vie reste fragile et sujette à fortune.

La nuit fut lourde d'angoisse. J'avais pris des dispositions pour que les femmes ne soient pas importunées et quelques pièces leur étaient réservées. Les hommes s'étaient installés partout ailleurs, se promenant sans cesse, montant sur la muraille pour tenir compagnie aux guetteurs et bavarder en attendant l'aube. Les prisonniers geignaient dans la cour devenue à la lumière des torches une fosse à ours, tremblants de froid ; mais personne n'y prêtait attention. J'eus plusieurs fois l'envie d'aller leur porter quelque chose de chaud, et de leur faire mettre sur les épaules au moins une couverture à chevaux. Mes donzelles m'en dissuadèrent. Ils n'étaient pas nos prisonniers.

Le lendemain matin la troupe évacua le château en un tournemain, emmenant leur gibier ligoté et encordé aux selles des chevaux. Ceux qui dans la nuit avaient perdu leur force et leur sang furent placés en travers de quelques mules dont les traces s'ornèrent de filets sanguinolents.

Je quittai Couffoulens avec ma suite en début d'après-midi, sous le commandement de Pons de Castillon doublement heureux d'avoir protégé avec succès l'épouse de son suzerain et de retrouver la sienne à Carcassonne. Les trompes nous accompagnèrent un moment à travers l'air gris, fêtant notre partance de mugissements plaintifs, lugubres, obstinés. Mes pensées étaient à l'unisson : funèbres.

XI

Roger quitta le palais discrètement et, traversant le marché aux Grains, il contourna le Grand Puits pour s'engager dans une rue légèrement descendante, la rue des Tisseyres, où l'on entendait de loin claquer les métiers à tisser. Il marchait d'un bon pas, comme à son habitude, mais son esprit était ailleurs. Des rumeurs sur la jeune comtesse laissaient entendre qu'elle s'était quasiment affichée avec son amant au château de Couffoulens, et que le chevalier la rejoignait dans son lit chaque soir, comme font les époux. Ces racontars, il allait bientôt savoir quel crédit leur accorder. Et si c'était vrai...

On le saluait respectueusement au passage, mais il ne voyait personne. Si c'était vrai... il y mettrait fin sans délai.

À un autre moment il se serait arrêté et serait entré dans les ateliers sans manières, il se serait faufilé avec un entrain complaisant entre les deux ou trois métiers qui occupaient la pièce de devant, saluant avec une amabilité un peu forcée les hommes et les femmes qui les servaient. Il aurait caressé d'une main suzeraine les fraîches jeunes filles qui aidaient à l'ourdissage et cardaient la laine. Il aurait bu un verre de vin coupé d'eau.

Roger s'intéressait de près au travail de tissage. Il lui rapportait gros. Il voyait avec satisfaction disparaître les métiers dressés à pesons, de petite muison, remplacés par les métiers à plat plus vastes et plus rapides, moins nombreux mais produisant un drap beaucoup plus long et de meilleure qualité. Roger répétait souvent, sur la foi de gros négociants, que le tissage de sa cité de Carcassonne était en avance sur celui de l'Aragon, et même sur Barcelone.

Souvent, une femme en noir assise sur un tabouret de paille parlait ou lisait à haute voix, le visage sévère. Les métiers se taisaient et tous l'écoutaient. C'était une « Bonne Domna », une Parfaite que l'évêché tenait pour une diabolique hérétique, plus dangereuse qu'une lépreuse. Elle lisait les Évangiles en langue d'oc et captivait l'attention de son auditoire, heureux d'interrompre un travail réputé pénible.

Quand un important personnage de la nouvelle religion était présent dans le quartier, Roger le repérait à la foule qui se pressait jusque dans la rue. C'était un Parfait connu, un diacre souvent quand ce n'était pas « l'évêque » lui-même. Le vicomte ne se faisait pas prier pour aller le saluer, sans jamais s'abaisser à la triple génuflexion rituelle. Il recevait la bénédiction du religieux et partageait de l'eau fraîche et du pain. Il lui arrivait souvent de s'attarder pour écouter les prédications.

Les imprécations violentes contre l'Église de Rome le réjouissaient. Il en retenait les formules à l'emporte-pièce qui entraient dans les cerveaux comme des flèches : « Il n'y a pas la moitié du peuple qui assiste à leur prône et qui comprenne quelque chose à ce qu'ils disent » ; ou encore : « Les loups de l'Église romaine qui viennent réclamer les dîmes, ce ne sont pas eux qui travaillent. Pourquoi le fruit de votre travail irait-il à ceux qui ne font rien ? » « L'Église catholique n'a pas le pouvoir d'absoudre les péchés, car elle est elle-même maquerelle et putain. » Et aussi : « Nous, nous envoyons chaque jour des âmes au paradis. »

Roger était maintenant convaincu que la meilleure arme contre la cupidité et l'arrogance de l'Église romaine était dans le renforcement de l'hérésie cathare. Aussi manifestait-il publiquement sa sympathie aux « pauvres du Christ » à toute occasion, car son attitude avait un puissant effet sur le peuple.

Les gens menus se sentant encouragés à écouter pieusement la parole des Bonshommes et des Bonnes Domnas, comme ils les appelaient, inclinaient de plus en plus à les croire.

Mais cet après-midi-là Roger arriva d'une traite au pied de la tour d'Avar. Cette tour était le fief de Bernat de Capendu. Roger avait attribué une tour de la grande enceinte de la cité à chacun de ses plus vaillants chevaliers, pour qu'il l'entretienne, l'arme et la défende le cas échéant. À ce fief, qui coûtait plus qu'il ne rapportait, Roger avait associé des terres dans la plaine, et souvent un château perché sur les flancs de la Montagne Noire, avec ses honneurs et ses dépendances. Mais Bernat n'avait pas de famille, il n'était pas marié. Le château de Capendu étant déjà occupé par son frère aîné, il avait préféré jouir d'une maison dans la cité, où il résidait habituellement.

La tour d'Avar était en quelque sorte pour Bernat de Capendu son local de service. Il y recevait ses vassaux, il y organisait ses tours de garde sur l'enceinte de la cité forte, il y inspectait ses hommes d'armes. Il y signait ses contrats et ses reconnaissances de dette, d'une croix car il avait toujours reculé devant l'effort d'apprendre à lire et à écrire ; il y jouait et il y buvait entre compagnons d'armes. Il y recevait les filles de joie pour lui et pour ses amis, dans des réunions fraternelles, bruyantes et bien arrosées.

Mais depuis qu'il connaissait Maria, la Sarrasine, il avait mis fin de lui-même à ces excès. Il couchait souvent avec elle à la tour, au second étage, sur un plancher de hêtre épais. Il avait aménagé une vraie chambre, car il était devenu aussi dépendant du corps somptueux de la captive qu'un ivrogne de son tonnelet de vin. Et les caresses sublimes de la Mauresque rendaient désormais les crépuscules plus pressants que les aubes. Bernat avait fait peindre le mur circulaire de la pièce par un peintre italien se rendant sur le tombeau de monseigneur saint Jacques, à Compostelle. Il avait représenté en plusieurs panneaux la confrontation des croisés et des Sarrasins en Palestine, à l'ombre du tombeau du Christ. C'était une façon d'attendre la prochaine croisade, à laquelle il pensait bien participer pour expier ses péchés de chair.

En attendant il répétait presque chaque soir un semblant de la bataille des murs sur la paillasse de seigle qu'il avait étendue sur un tapis épais. Là il luttait à mains nues avec Maria, dans un corps à corps exaltant, enivrant, capiteux, amenant la Sarrasine après un simulacre de combat à se rendre par une attitude de soumission totale, qui l'émouvait jusqu'au plus profond de lui-même. Ensuite il se rendait à son tour, rassuré et quémandeur.

Roger savait tout cela, puisqu'il prêtait son esclave. Il avait trouvé commode cette sorte de retrait hors du château, hors de la vue de sa mesnie, qui lui permettait enfin de satisfaire l'impérieux commandement de ses sens sans avoir à s'humilier publiquement dans les simagrées d'une approche amoureuse. C'est ici qu'il rencontrait l'autre esclave sarrasine, Nora, quand il lui prenait l'envie de forniquer sans conséquence.

Il y rencontrait aussi d'autres gens, si la réunion devait rester secrète, car la tour d'Avar commandait l'entrée d'un passage souterrain qui débouchait de l'autre côté de la muraille dans le quartier Saint-Vincent. Les visiteurs ne souhaitant pas ou ne devant pas être vus à Carcassonne pouvaient s'introduire dans la tour sans se montrer en ville.

Roger avait appelé Nora sous le prétexte de savoir ce qui s'était réellement passé au château de Couffoulens. Il monta les quelques marches scellées dans la façade ronde et poussa le lourd panneau de bois ferré. Il entra dans une pièce sombre, dallée, sans ouverture sauf au centre de la voûte de pierre, où un trou carré servait d'appui à une échelle de bois. Il monta.

Le premier étage était éclairé par trois baies tournées vers la campagne dans trois directions différentes. La moitié basse des ouvertures était occultée par des volets de bois, et la moitié haute était fermée au vent et à la pluie par du parchemin huilé tendu sur un cadre de bois peint. C'était une attention de Capendu, qui se faisait un point d'honneur de bien recevoir. Un brasero occupait un côté de la pièce, répandant un air tiède, avec une potence en bois peint destinée à supporter des habits et des armements. Au sol divers objets encombraient le reste du plancher.

Il entendit du bruit au-dessus de sa tête et prit l'étroite échelle de meunier qui menait au troisième niveau, le dernier, en épousant vaguement la forte courbure du mur. Nora était étendue sur la couche. Elle s'assit et lui sourit en étirant ses lèvres violines, mais il ne distinguait de son sourire que la blancheur de ses dents. Il s'agenouilla et comme elle commençait à se déshabiller il l'arrêta :

— Attends ! J'ai d'abord quelques questions à te poser.

Elle attendit. La chambre était plongée dans la pénombre. Cette pièce pouvait s'éclairer par une série d'ouvertures proches du toit, mais toutes étaient fermées par des volets. Les yeux de Nora paraissaient immenses, immensément noirs, comme ses cheveux qui croulaient sur ses épaules. Roger la trouva très désirable. Mais chaque chose en son temps.

D'ailleurs il aimait ce moment d'attente avant l'amour, quand il n'avait qu'à tendre la main pour saisir sa proie. Il le prolongeait à plaisir. Il lui prit les épaules :

— Dis-moi ce qui s'est passé entre la jeune comtesse et le troubadour. Ont-ils couché ensemble ?

— Oui.

— Tu les as vus ?

— Oui.

— Ne mens pas. Comment as-tu pu les voir ?

— J'étais au-dessus de la chambre de la comtesse Adélaïs. On entendait tout... (Elle sourit, et ses dents blanches réapparurent sur son visage sombre.) À côté de moi, il y avait dans le plancher un trou. Je les ai vus faire l'amour.

— Il y avait donc de la lumière ?

— Un peu.

— Il est venu tous les soirs ?

— Tous les soirs, même quand les routiers nous assiégeaient. Il est venu et il est monté sur elle avec sa cotte de mailles.

Elle rit franchement.

— Ne ris pas. Ce que tu me dis est grave. Si tu mens, tu seras punie.

Nora secoua sa chevelure dans un geste plein de sensualité :

— Je dis la vérité, je le jure devant Dieu !

— Tu n'es pas chrétienne...

— On a tous un Dieu.

— D'autres les ont vus ?

— Je ne sais pas.

— Alors garde ça pour toi.

Roger se leva, tourna dans la pièce fébrilement en faisant résonner le plancher. Ne sachant où aller, il se rassit sur la couche. Nora s'agenouilla derrière lui et le força à s'allonger sur le dos. Il ferma les yeux. Des caresses de papillon vinrent voleter dans sa chevelure aux boucles serrées de mouton noir, dans son cou et sur son visage. Des mains passèrent sous la chemise. Il entendit un bruissement d'étoffe et pensa que Nora se déshabillait.

Quand il ouvrit les yeux elle se penchait au-dessus de lui, ses beaux seins pointus comme des pis jaillissant de son torse mince, modelé d'ombres fines. Il les cueillit et l'attira. Un rideau frais tomba sur son visage, le plongeant dans le noir, tandis qu'une bouche pulpeuse et sucrée, au goût de mélisse, le bâillonnait. Il sentit venir une petite langue pointue et volontaire qu'il laissa pénétrer pour mieux la mordre. Nora gémit sans se retirer. C'était un jeu rituel. Il descendit ses mains et la saisit par les hanches. Elle était totalement nue. Il caressa sa peau grenue et, prenant son élan, il la fit basculer pour la mettre sur le dos.

Roger n'aimait pas être dominé, même par le plaisir. Et puis il ne voulait pas prolonger indéfiniment les ébats. Il ne voulait surtout pas amener Nora à un état de surexcitation tel qu'elle deviendrait insatiable et follieuse. Et pour finir désagréable.

Il n'était que de passage, elle devait garder ça à l'esprit.

Il savait déjà qu'il regretterait tout à l'heure sa faiblesse envers une esclave, et qu'il reviendrait chez les tisserands quêter la parole d'un Bonhomme en noir de la nouvelle Église, s'il s'en trouvait, pour l'entendre évoquer un monde sans souillure.

XII

Aimeric n'était pas à l'aise sur le cheval noir comme le diable que lui avait donné le vicomte. C'était une bête robuste, certes, mais très indisciplinée, rebelle même. Elle tentait d'échapper à la main, étirant le cou furieusement pour donner du mou aux rênes et se libérer de la tension du mors dans la bouche ; ou bien elle pliait l'encolure, la tête en biais, pour obtenir le même résultat et rendre son cavalier aussi impuissant à la diriger que s'il la montait sans embouchure.

Le cheval avait encore d'autres tours : il trottinait pour éviter de se fatiguer en allongeant le pas, au détriment des reins de son cavalier ; ou encore il se traversait en marchant comme les crabes, pour éviter de se porter en avant. Parfois il se traînait mollement dans une allure cahotante, obligeant le chevalier à le porter dans ses jambes, et à entreprendre d'épuisants efforts pour le rendre plus uni et plus ramassé. C'était encore une façon de décourager quiconque à rester sur son dos.

Il avait aussi ses moments de folie. Il prenait un pas vif sans la moindre raison et s'encapuchonnait comme un mâle allant à la bataille, l'œil dilaté, l'encolure ronde. Ses compagnons d'écurie, inquiets, par précaution prenaient le trot. Mis en joie du désordre qu'il provoquait, il passait devant tout le monde en levant la tête au-dessus de la main pour, une fois encore, se mettre à l'abri du frein et de la main du cavalier.

Le vicomte et ses compagnons avaient vite relevé qu'Aimeric ne contrôlait pas sa monture. Ils en riaient. Roquefort était le plus moqueur :

— Eh ! troubadour, tu ne vas pas me dire que tu n'as monté que des juments !

Aimeric prenait le parti d'en rire, et tentait de s'éloigner en éperonnant sa monture capricieuse qui répondait par quelques croupades insolentes, et de dangereux sauts de mouton. Les rires bruyants des compagnons du vicomte semblaient être compris du cheval noir et l'inciter à cabrioler. Il y avait autour de Trencavel les frères Roquefort, Aimeri de Laurac, Jourdain de Cabaret, Bertran de Saissac, Bernat de Capendu qui avait déserté la cité, sa tour d'Avar et ses amours sarrasines avec d'autres chevaliers de la citadelle, le seigneur de Barbairan, celui d'Aigues-Vives, et d'autres auxquels se mêlaient encore des chevaliers aragonais et catalans. En tout une trentaine de chevaliers joyeux, diserts, avides d'aventures et d'exploits en tout genre, mais surtout de distractions et de plaisirs.

Roger avait réuni ses vassaux pour aller en grand équipage chasser le loup. On aurait plutôt dit un cortège pour une fête. Les chevaux étaient magnifiquement harnachés de cuierie colorée, décorée de branlants brillants et sonores. Certains étaient houssés comme pour un tournoi, et portaient leurs armes peintes sur le tissu. Le prétexte en était qu'il fallait effrayer le loup pour le faire sortir de sa cachette.

Il était bon d'être le plus bruyant et le plus voyant possible.

Aimeric se distinguait par sa monture – à qui Trencavel avait donné le nom de l'évêque de Carcassonne, Othon – et par son élégance. Il avait chaussé des housseaux de cuir rouge, moins épais et plus souples que ceux de ses compagnons, et qui remontaient jusqu'en haut des cuisses, maintenus ajustés par un laçage serré pour empêcher tout risque d'accrochage ou de déchirure dans les halliers. Il portait sur sa tunique une cotte bleue de gros drap cordelat, fendue en quatre, serrée à la taille par un ceinturon de cuir rouge. Le ceinturon portait une escarcelle de même couleur, elle-même traversée au-dessus de l'ouverture par une dague fine au pommeau décoré de perles. Aimeric portait aussi dans le dos un couteau de chasse dans un étui en cuir repoussé, et un baudrier peint, large, suspendu à l'épaule et retenant le fourreau bariolé de son épée. Par-dessus le tout, pour se protéger du froid comme de la pluie, il avait enfilé une espèce de dalmatique ample en drap noir, fourrée de martre.

À l'opposé Bernat de Roquefort veillait à sa réputation de chevalier le plus rebutant de la Montagne Noire. Il portait une peau d'ours nouée par les pattes autour du cou, qu'il tournait du côté du vent et des intempéries. Par-dessous il s'était corseté dans un gambison de cuir puant le sanglier, garni encore de ses poils. Il abritait ses jambes dans des housseaux de cuir si raides et si épais qu'il aurait pu les quitter sans les enlever des étriers. Son aspect était si inquiétant qu'il n'avait guère de compagnie, d'autant que ces grandes réunions le rendaient fanfaron et chicanier. Il lui prenait souvent l'envie de défier le premier venu. Aimeric était le seul à prendre plaisir à le provoquer. Il venait lui dire :

— Tu n'as pas peur que les ours te prennent pour un des leurs ?

Roquefort riait. Il ne répondait pas mais, retenant son cheval, il passait derrière Othon et lui flanquait un grand coup de trique sur la croupe. Othon détalait au galop en envoyant les fers. Aimeric le reprenait au milieu des vignes, dans les oliviers et revenait sur Roquefort :

— En tout cas ne t'éloigne pas de nous. Si nous rencontrons d'autres chasseurs, qu'on puisse témoigner que tu es bien un homme !

— Foutral, je suis plus homme que toi !

— Tu penses ?

— Toi tu es plus près des femmes...

Aimeric tapotait sa poignée d'épée de la main dextre :

— Je te prouve que tu te trompes, quand tu veux...

Roquefort riait comme les autres souffrent, la figure congestionnée et un œil fermé, la bouche déformée dans un ricanement grinçant. Il n'était jamais vraiment belliqueux envers Aimeric, peut-être parce qu'il le croyait réellement efféminé, et donc sans valeur comme adversaire. Aimeric le relançait :

— Je me demande si ton odeur ne fait pas fuir le gibier...

Roquefort, contre toute attente, s'esclaffait.

Roger ne disait rien, mais il ne perdait pas de vue le jeune chevalier toulousain, tout en faisant semblant de l'ignorer.

Othon avait encore une marotte : il avait peur des chiens. Quand l'un d'eux venait dans ses jambes il tendait le cou pour l'observer de plus près, soufflant des naseaux avec ostentation et simulant une crainte vive pour la créature qui lui tournait autour et qu'il avait vue cent fois, il perdait ses esprits et faisait un spectaculaire écart. Aimeric pensait que sans la selle profonde aux bâtes très relevées qui lui prenaient les hanches il serait déjà tombé.

Roquefort ricanait :

— Il t'amuse, Othon ! Il ne te prend pas au sérieux. Il te prend pour une domna...

Aimeric avait compris que Trencavel s'était moqué de lui en lui donnant un cheval encore plus imprévisible et plus sournois que l'évêque dont il portait le nom. Mais il ne voulait pas lui faire le plaisir d'apparaître en difficulté. Aussi restait-il vigilant, bien posé sur ses étriers très en avant, assis au fond de la selle et ne faisant qu'un avec le corps arrondi de sa monture.

Il veillait à l'écarter le plus possible de tout ce qui pouvait lui servir de prétexte à simuler l'affolement, et à répandre le désordre. Il se méfiait en particulier des chiens.

Ce n'était pas facile, car des chiens il y en avait partout, de toutes les races, et des chiens sans race. Les cavaliers étaient escortés des grandes meutes du vicomte, qui réunissaient dans un assemblage unique dans tout le Midi des grands saintongeais et des chiens courants tachetés du Poitou envoyés par Henri d'Angleterre avec des dogues à la tête grosse et courte, au corps massif habillé de blanc et une ou deux taches noires.

Des lévriers dont la silhouette s'effilait dans la course comme un fer de lance et des mâtins épais, plus habitués à garder les troupeaux qu'à courir les bêtes sauvages, étaient associés à des pièces plus rares qui faisaient la fierté de Trencavel et de ses veneurs : des mâtins croisés de dogues, aux énormes lèvres pendantes, et des lévriers croisés de mâtins, destinés au loup.

C'est dans un vacarme épouvantable qu'ils cheminaient en direction des châteaux de Cabaret.

Les chiens restaient accouplés et voyageaient par petits groupes de même race, servis par un valet lourdement chaussé. Quelques bâtards venus de l'entourage des chevaliers ou des valets suivaient la troupe en s'amusant. Ils étaient libres et tournaient autour des chevaux, puis allaient se distraire dans la campagne, visitant les hameaux et les écarts, les grands mas et les granges des abbayes. Ils rejoignaient l'équipage tout essoufflés, poursuivis par une meute hurlante de créatures poilues de toute taille, crottées et éclopées.

Après Conques les chevaliers descendirent dans les gorges argentées de l'Orbiel, tapissées d'oliviers. Le cers glacial qui balayait le plateau ne pouvait plus les atteindre. Un chemin longeait la rivière, imitant fidèlement les courbes et les serpentements des rives sablonneuses et rouges. Il n'était pas prévu de halte jusqu'aux châteaux de Cabaret.

Aimeric remarqua un enfant pâle, aux grandes oreilles, qui tenait au trait un limier blanc aussi gros que lui. Il avait du mal à marcher. C'est le chien qui l'entraînait en avant.

Aimeric freina Othon, et laissa venir le page à sa hauteur. Comme le cheval encensait il lui envoya sa main fermée dans les ganaches. Othon fit un écart, pour la forme, puis se tint tranquille, sentant bien que le temps de la tolérance était passé. Le chevalier interpella le garçon :

— Ça ne va pas ?

L'enfant secoua la tête affirmativement.

— Malade ?

L'enfant secoua la tête négativement.

Aimeric observa le page. Il avait l'air très jeune. C'était peut-être l'effet de ses grandes oreilles qui amincissaient son visage et renvoyaient sur les tempes deux bandeaux noirs.

— Quel âge as-tu ?

— Douze ans, peut-être treize.

— Tu as l'air fatigué.

— Oui seigneur. Je n'ai pas dormi.

— Pourquoi ?

Il montra son chien :

— J'ai soigné Blanquet. Il avait l'onglée à l'œil gauche. Ça peut le rendre borgne. Depuis six jours je lui mets un jus d'herbes, trois fois par jour, et trois fois par nuit. Et je dois l'empêcher de se gratter... Et je dois le faire manger, car il refuse de manger avec les autres.

Il montra à nouveau le chien qui gardait le nez au sol et expliqua en hochant la tête :

— C'est le limier préféré du seigneur vicomte...

— Ah ! Je comprends. Tu es son page ?

— Oui seigneur. Le seigneur vicomte m'a dit que si son limier devenait borgne, il me rendrait borgne aussi.

— Je comprends que tu l'aies bien soigné. Il est en meilleure santé que toi.

Aimeric ouvrit son escarcelle de cuir et en retira une poignée de figues sèches, des amandes et des noisettes. Il tendit le tout à l'enfant :

— Tiens ! Mange ça. Ça va te remonter.

Il versa les fruits secs dans les mains du page qui en mit dans sa bouche et dans sa besace. Il rectifia ses penailles et le remercia d'un maigre sourire.

— Comment t'appelles-tu ?

— On m'appelle Garrèl. Parce que je boite... un peu.

— Je ne l'avais pas remarqué. Et ton nom de baptême ?

— Garin.

— Bon courage, Garin Garrèl !

Il pressa Othon qui accéléra sans se faire prier. L'air était froid dans la vallée, et transformait le souffle des chevaux en panaches de buée blanche. On ne voyait au-dessus de la tête, entre les feuillages argentés brassés par le vent, qu'un ciel gris et noir.

La vallée était encombrée de roselières sèches qui formaient des massifs dorés, hirsutes. Othon y voyait autant de cachettes où se tapissaient des monstres avides de sa chair. Il s'éloignait le plus possible de ces massifs, jusqu'à remonter sur les versants, et prenait subitement le galop pour les passer plus vite. C'était pénible pour Aimeric de Castelnau, mais un bon dérivatif pour les chevaliers que les facéties du cheval maintenaient de bonne humeur.

Le cortège arriva en vue des châteaux de la montagne de Cabaret dans l'après-midi. Les hommes mouraient de faim, les oreilles gelées et assourdies par les aboiements joyeusement combatifs des meutes. Un ruisseau barrait le chemin qui se perdait dans la plage de galets. Aimeric découvrit dans l'échancrure du confluent avec l'Orbiel les deux premières forteresses de Cabaret, comme en équilibre sur la lame d'un long éperon rocheux incurvé à la manière d'une faux. Les deux châteaux étaient isolés par des falaises vertigineuses.

L'arête rocheuse avait été usée par l'Orbiel torrentueux et le ruisseau du Grésilhou qui se déversait à leurs pieds, étalant au milieu des galets une eau blanche et pure. Aimeric pensa que l'éperon ainsi armé, environné de précipices de tous côtés, était imprenable.

Les chevaux passèrent le Grésilhou à gué et suivirent sa berge intérieure avant de prendre un chemin abrupt, caillouteux, qui serpentait jusqu'au pied d'une église. Les deux autres forteresses apparurent. Il devina que la plus grande, la plus massive, la plus étendue aussi, était le château de Cabaret proprement dit, protégé par une haute tour chemisée. À côté de la tour de Cabaret une seconde grande forteresse occupait un autre sommet, plus haut encore, qu'un chevalier nomma Surdespine. Le château qui était apparu en premier, volant dans le ciel au-dessus de leur tête, était Quertinheux.

Les chiens restaient dans la vallée, donnant de la voix à qui mieux mieux, excités par l'écho de leurs aboiements dans la montagne. Ils avaient fait apparaître, comme des vers sortant d'un fruit, des silhouettes nombreuses qui peu à peu couvrirent tout le versant. Aimeric découvrit avec stupéfaction que la montagne en dessous des châteaux était couverte de cabanes et de maisons, en partie creusées et en partie bâties avec des blocs de rocher roux, et des plaquettes de pierre olivine sur les toitures.

Il distingua aussi la ligne souple et discontinue d'une muraille de défense à mi-versant, sous laquelle des cabanes avaient encore proliféré jusqu'au ruisseau. Les chevaliers atteignirent sans descendre de cheval la haute cour de Cabaret, après avoir franchi une série de passes compliquées qui obligeaient à présenter alternativement un côté et l'autre de l'armement. La cour était occupée largement par un grand donjon polygonal, dont seules les parties hautes étaient percées de baies géminées taillées dans du marbre blanc. Des têtes brunes et blondes s'encadrèrent dans les frises et les feuillages sculptés, attirées par le bruit de grêle des pas des chevaux dans la cour. Jourdain de Cabaret, qui occupait lui-même ce château depuis la mort de son père, descendit de cheval et invita la compagnie à le suivre. Il disparut sous une porte basse en plein cintre, sous laquelle Aimeric comme Roquefort durent baisser la tête pour passer sans heurt.

Dans la grande salle les familiers et les domestiques de la mesnie de Jourdain attendaient le maître et ses invités. Jourdain fit avancer son épouse, une femme habillée de rouge, jolie, plutôt petite et comme écrasée par sa chevelure blonde tirant sur le roux, une chevelure buissonnante qui s'échappait des rubans et des peignes de nacre que la châtelaine avait disposés ici et là pour la contenir. Elle donna à chaque chevalier, en commençant par le vicomte Roger, un baiser de paix, sur la bouche, après avoir attendu le rituel : « Dieu vous protège, Na Louba ! »

Quand arriva le tour d'Aimeric, un des derniers, Na Louba éclata de rire en se dressant vainement sur la pointe des pieds, tandis que le chevalier se penchait pour rapprocher sa bouche. Na Louba se suspendit à son cou en pouffant, et lui baisa les lèvres en disant de sa voix grave, charnelle : « Dieu te protège, beau chevalier ! » Aimeric sentit une certaine gêne dans l'assistance qui égalait la sienne, d'autant que Na Louba lui avait baisé la bouche en laissant pointer le bout de sa langue, suffisamment pour que le chevalier l'ait bien sentie.

Jourdain invita les chevaliers à s'installer aux tables qui faisaient le tour de la salle, et le service commença immédiatement. Na Louba et Jourdain partageaient la haute table avec le vicomte Roger, Bertran de Saissac, Peire-Roger, le frère de Jourdain qui tenait la forteresse de Quertinheux, et le châtelain de Surdespine. Ils étaient venus avec leurs épouses couvertes de fourrures. Les autres chevaliers s'étaient installés sans préséance. Le repas dura jusqu'à la nuit. On amena sans cérémonie des pâtés de chapon, aromatisés au miel d'acacia et aux raisins secs, des venaisons rôties ou en ragoût, des écrevisses, des lapereaux en gelée et des cochons de lait, puis des issues de table, gaufres, gâteaux aux épices de cannelle, gingembre, réglisse, et des noix, et encore des pâtés de poisson en galantine, des tartelettes au fromage, des pommes cuites et des fruits secs.

Les Cabaret avaient mis les petits plats dans les grands pour régaler leur suzerain. De temps en temps, entre les services, entrait un jouglar pour chanter et jouer, un contorsionniste ou un bateleur chargé de petits animaux.

L'hypocras, bien chaud et parfumé à la cannelle, au gingembre et au poivre, chauffait les esprits et rougissait les trognes quand apparut Raimon de Miraval avec un compagnon. À la vue de Raimon de Miraval Na Louba se leva en criant, le visage échauffé, applaudissant des deux mains. Elle alla en courant accueillir le nouveau venu, les mains dans les cheveux pour les ramener sous les peignes.

Aimeric découvrit un tout jeune homme au visage ingrat d'adolescent, à l'allure massive de paysan robuste, vêtu d'une cape droite rustique et d'un bliaud fané. Il portait des bottines rouges prolongées par des courroies qui se croisaient le long de ses jambes, empaquetant ses braies jusqu'après les genoux à la mode « franque ».

Raimon de Miraval venait en voisin. Son père tenait le château de Miraval pour le compte de Trencavel en amont de Cabaret, sur l'Orbiel.

Le jeune homme salua longuement le vicomte et les invités de la table haute, donna le baiser de paix à Na Louba qui le lui réclamait avec une ostentation trop voyante pour être honnête (Aimeric se demanda si elle lui avait fait le coup de la langue, à lui aussi) et accepta quelques coupes de vin parfumé avec des friandises. Il prit enfin son instrument et commença à chanter sans quitter des yeux la belle Na Louba qui, le rouge aux joues, les yeux brillants, les épaules rejetées en arrière, l'observait en souriant :

De la bella don sui cochos
Desir la tener e la baizar
Et ella jazer et la plus conquistar
Et après mangas e cordos
E del plus que ilh clames merces
Que jamai non serai conques
Per joia ni per entre-senh
Si so qu'eu plus volh non atenh[1]...

Na Louba souriait de ses lèvres sanguines aux propositions concrètes du troubadour. Elle applaudit la fin de la chanson et le donzel enchaîna sans attendre :

Aro ab la forsa del freis
Quan totz lo mons tremble e brui
Val maï solatz e domneis
Et cant ab tot bèl desdui
Qu'el tems quan folha e flors naïs[2]...

Puis il demanda à l'assistance : « Qui sait jouer ? » On désigna Aimeric. Miraval lui lança sa vièle en ordonnant : « Fais-nous danser ! » Et se précipitant à grandes enjambées vers la haute table en frappant dans ses mains il s'empara de la main blanche ombrée de rose de Na louba et l'entraîna dans une ronde en proclamant : « Après la panse la danse ! »

1. « De la belle dont je suis épris / J'ai le désir de la tenir et la baiser / Et la coucher et la plus conquérir / Et après les manches et les cordons / Du plus que je lui réclame merci ! / Car jamais je ne serai conquis / Par joie ni par échange de signes / Si ce que moi je veux le plus je ne l'atteins... »

2. « C'est maintenant sous la force du froid / Quand tout le monde tremble et bruit / Qu'il vaut mieux se divertir et courtiser / Et chanter avec tous beaux amusements / Qu'au temps où les feuilles et les fleurs naissent... »

Na Louba riait, la tête levée. Repoussant d'un sursaut sa crinière fauve derrière ses épaules elle imita le pas et le rythme du troubadour, les genoux légèrement ployés, et entra dans la danse en se déhanchant.

Les autres domnas suivirent et entraînèrent autour des tables des chevaliers. Seul Trencavel ne bougea pas, ni son hôte Jourdain qui, peut-être, n'osait abandonner son suzerain.

D'autres chevaliers s'étaient mis à jouer, des jouglars et des serviteurs. Bientôt Bertran de Saissac sortit de la ronde et, passant à côté d'Aimeric, il le frappa sur l'épaule et lui dit de le suivre. Aimeric laissa son instrument et se leva.

Bertran sortit du château et s'engagea sans un mot dans un sentier qui descendait sous la forteresse. Ils allèrent jusqu'à un groupe d'habitations. Il s'agissait de cabanes et de petites maisons bien bâties, mais aux intérieurs bosselés comme des cavernes par les saillies du rocher dont on avait utilisé au mieux les excavations. Derrière les entrées on apercevait encore, à la lueur du foyer ou de quelque lampe à huile, des silhouettes serrées autour du feu, des paillasses dans un coin, souvent un petit métier à tisser dans la pénombre avec un ouvrage en cours.

Aimeric fut surpris de découvrir un tel fourmillement. Il comprit vite qui demeurait là et attirait une telle population : des Bonshommes, des Parfaits. L'un d'eux prêchait dans une des plus grandes maisons. Petit, pâle, le visage parcheminé, les cheveux longs et la barbe sur la poitrine, il s'exprimait d'une voix forte et régulière qui n'était pas en rapport avec sa physionomie. Aimeric ne put entrer à cause du monde, mais il entendit quelques bribes du prêche : « ... des richesses que donnera Satan, jamais vous ne serez satisfait, quelle que soit la quantité que vous en possédiez. Celui qui possède désire posséder toujours davantage. Et vous n'aurez pas de pause, ni de fin ; or ce bas monde n'est pas du domaine de l'éternité ; et tout ce que produit Satan ne fait que passer et se détruire... »

Bertran de Saissac rangea vers l'oreille sa mèche noire qui lui ombrait toujours les yeux et se penchant vers Aimeric il lui montra du doigt l'orateur qui se tenait debout sur un baquet renversé :

— C'est Guiraud Mercier, dit-il, l'évêque de Carcassonne.

— L'évêque ?

— L'évêque de la nouvelle foi, le chef des Bonshommes, si tu préfères. Il est leur guide.

Aimeric fronça les sourcils :

— Il a l'air bien malade. Ou peut-être épuisé ?

Bertran secoua la tête en ramenant sa mèche dans le même mouvement :

— Ni l'un ni l'autre. Il est en route vers la sainteté et le royaume des Cieux. Il ne touche plus guère aux fruits de la terre. Il ne mange pas de viande, pas de lait, pas d'œufs, rien qui soit le produit d'une copulation. Il n'accepte que du pain et de l'eau. Un peu de vin parfois, pour fêter un baptême en Esprit, et des lentilles.

Il mit la main devant la bouche pour lui annoncer :

— Il ne touche ni à l'argent ni aux femmes. Il ne possède rien et ne veut rien posséder.

Bertran s'extasia dans un sourire illuminé :

— Il vit comme les apôtres.

Aimeric observa encore la face blafarde qui prenait dans son regard terrible chacun des assistants, un à un à tour de rôle, sans ciller, la main en avant, le doigt levé dans l'attitude du Christ enseignant les foules. Sans se presser, comme un bon forgeron des âmes, le saint homme continuait à marteler des vérités premières : « Celui qui vivra par l'épée mourra par l'épée, celui qui vivra pour l'argent mourra prisonnier de son argent, car il serait plus facile à un chameau de passer par le chas d'une aiguille qu'à un homme riche d'entrer dans le royaume de Dieu... »

— Saint Matthieu ! commenta Aimeric, Jésus et le jeune homme riche...

Bertran de Saissac l'observa, étonné, et l'interpella en souriant :

— Tu as lu les Évangiles ? En latin ? En langue notre ?

— En langue notre.

— Il n'y a que les Bonshommes qui possèdent les Évangiles en langue notre. L'Église de Rome a interdit la lecture de la Bible sans la tonsure. Ne serais-tu pas de la nouvelle foi, toi aussi ?

Aimeric ne répondit pas, ne sachant pas à qui il devait renvoyer ce « aussi », à l'évêque ou à Bertran lui-même ? En conséquence il préféra ne pas avouer, pas encore, qu'à Toulouse il fréquentait les hérétiques cathares avec le jeune comte, qu'il avait été aussitôt attiré par la simplicité de leur doctrine et la sincérité de leurs prêtres, et subjugué par leur austérité souriante. Depuis il enviait leur endurance, leur mépris de la souffrance physique comme du plaisir.

Il avait aussi été séduit par la démonstration lumineuse de l'origine du mal.

Il concentra à nouveau son attention sur l'orateur, « l'évêque » Guiraud Mercier qui poursuivait son martelage : « Ne confondez pas le mauvais Dieu de la Genèse et le bon Dieu de l'Évangile, ne confondez pas celui qui a fait le monde d'ici-bas, le monde de la misère et de la souffrance, et celui qui a fait le monde d'en haut. »

Il attendit, les mains levées, couvrant lentement la foule de son regard de braise, laissant à chacun le temps de digérer ses paroles, et continua en tapant du pied : « Le bon arbre ne peut porter de mauvais fruits, ni le mauvais arbre de bons fruits. De la même façon que le Dieu de bonté, le Dieu de lumière, le Dieu de sagesse, de justice et de sainteté ne peut avoir créé le monde de l'injustice, le monde de la cruauté, celui de la cupidité, de la souffrance et de la vengeance. »

Guiraud Mercier tapa de son poing fermé sur sa main gauche ouverte : « Le monde d'ici-bas est à Satan, créé par Satan après avoir été chassé du royaume des Cieux... »

Il parla encore longtemps : « Rien dans les choses visibles n'est bon... Celui qui vivra dans le monde de Satan mourra au monde de Dieu, et restera à Satan... »

« Mes frères, mes sœurs, mes amis, ne retardez pas l'heure de revenir dans le royaume de Dieu. Quittez dès aujourd'hui le monde de Satan, dépouillez-vous de cette tunique de chair qui vous retient prisonniers et vous empêche de voir Dieu. Rendez-la à Satan, à qui elle appartient, jetez-la-lui en lui criant : "Prince du Mal, garde tes penailles vouées à la putréfaction"... »

À la fin du sermon l'assistance s'agenouilla et fit trois révérences en implorant : « Bénissez-nous, Seigneur, et priez pour nous ! » À la troisième fois le Parfait compatit et, ouvrant les mains lentement, les yeux levés comme s'il était à portée de voix de Dieu, il articula clairement : « Dieu vous bénisse ! »

Ensuite les premiers croyants allèrent recevoir le baiser de paix et revinrent le faire circuler dans l'assistance.

Bertran et Aimeric remontèrent au château. Aimeric préféra changer de sujet et confia au seigneur de Saissac qu'il avait eu des difficultés à tenir son cheval

Othon, qui n'en avait fait qu'à sa tête toute la journée. Saissac rit.

— Pourriez-vous me donner un mors plus sévère, seigneur Bertran, un mors à palette, pour demain ? lui demanda-t-il.

Bertran de Saissac se moqua :

— Chevalier, à l'inverse d'un évêque, on obtient plus d'un cheval par la douceur que par la force. Rassure ton cheval, sois ferme mais généreux, et le cheval t'en saura gré. Fais-t'en un ami, et il t'emmènera au bout du monde...

Aimeric n'en demandait pas tant, mais seulement qu'il l'emmène demain chasser le loup dans les profondeurs de la Montagne Noire. Il n'était pas persuadé que ce cheval saurait tenir sa ligne.

Au château Aimeric trouva la grande salle transformée en dortoir. Toutes les tables avaient été enlevées et remplacées par des couches gonflées de paille de seigle et de fougères. Des chevaliers et des écuyers, et aussi quelques vieux maîtres veneurs, tous ceux qui ne dormaient pas avec les bêtes mais qui n'avaient pas non plus les honneurs d'une chambre dans un des châteaux de Cabaret, s'y déshabillaient avant de s'enrouler dans d'épaisses flassèles de laine, la tête reposant sur leurs affaires. Aimeric s'installa à côté des autres, un peu à l'écart. Quand la dernière torche fut enlevée les peintures de la salle s'effacèrent et le sommeil vint agréablement se répandre dans son esprit et dans ses membres. Il s'y abandonna sans retenue.

Une main sur son épaule le réveilla. Il ne s'étonna pas de cette main mais d'un parfum d'ambre. L'éclat de la lune à travers l'écartement d'un volet mal rabattu révéla au chevalier une forme blanche accroupie à côté de lui. Bientôt la forme bougea et un visage se dessina dans l'obscurité, s'extirpant d'une buissonnante crinière. Aimeric reconnut Na Louba. Elle lui chuchota :

— Troubadour, suis-moi ! Je t'ai préparé un lit bien chaud. Ne reste pas ici. Tu vas geler. Viens avec moi !

Aimeric se leva sur les coudes. Il distinguait mieux maintenant le visage de son hôtesse, ombré de taches de rousseur comme une pâte bien cuite, ses yeux bleus aux paupières lourdes, sa bouche charnue et sombre. Il secoua la tête :

— Domna, merci bien mais je reste ici avec mes compagnons. Je n'ai pas froid.

Na Louba éclata de rire :

— Idiot, il n'y a pas que le froid aux pieds qui dérange, la nuit. Il y a aussi le froid là.

Et prenant sa main elle la posa sur son cœur. Aimeric sentit peser dans sa paume, sous la chemise, un sein ferme et lourd. Retenant sa main sur sa poitrine, Na Louba glissa la sienne dans l'échancrure de la chemise du chevalier, et alla jusqu'à son cœur.

— Tu me comprends, troubadour ?

— Je m'appelle Aimeric de Castelnau.

— Gentil Aimeric, qui va faire plaisir à sa domna...

Et, tout en parlant, elle fit glisser sa main jusqu'à son blanchet qu'il avait gardé avec sa chemise. Aimeric arrêta son bras comme elle s'immisçait en force sous le cordon du caleçon. La situation resta bloquée un instant et, devant son insistance, il la repoussa brutalement. Na Louba tomba à la renverse et s'assit sur un dormeur qui grogna. Elle n'eut que le temps de se relever avant que l'homme ne l'empoigne. Il attrapa dans le noir une cheville et la châtelaine se dégagea en sautillant et en gloussant de rire. Elle s'enfuit, poursuivie par les protestations des dormeurs à moitié réveillés.

Aimeric avait passé le premier sommeil. Il maudit la châtelaine, et pensa à Adélaïs qui devait l'attendre sagement dans son lit. Il eut envie d'elle. Sa pensée retourna à Couffoulens ; il laissa son imagination dérouler comme une fresque les nuits mouvementées dans la forteresse. Puis il rêva qu'il prenait l'habit noir des Parfaits, se réfugiant comme un reclus dans l'ascétisme âpre des Bonshommes, échappant avec une satisfaction rogneuse aux persécutions des femmes comme à celles de son propre désir.

Il se rendormait quand le vacarme des chiens le réveilla, tandis que les maîtres veneurs se levaient en silence et disparaissaient dans le grand escalier. Il faisait encore nuit au départ des limiers. Aimeric se demanda si le jeune Garrèl menait en quête son limier blanc. Il était un peu jeune pour chasser le loup. Mais il fallait bien qu'il apprenne.

Bientôt entrèrent des serviteurs avec des bassines d'eau chaude, des touailles, des soupes et du pain. On distribua dans des poêlons de fer des œufs frits avec du lard. Il était temps de se lever. Aimeric alla à une fenêtre, souleva le volet. Le jour n'avait pas encore point mais déjà la montagne s'animait. Des feux vacillaient devant les cabanes et des voix s'interpellaient dans l'obscurité. Le chevalier ressentit un grand soulagement à l'idée de quitter Cabaret et sa succube à l'infernale chevelure.

Il trouva le vicomte dans la cour, discutant avec ses maîtres veneurs qui rendaient compte des observations de la nuit. Il entendit qu'une grande meute de loups avait été appâtée durant la nuit dans un grand hallier, avec des quartiers de bœuf et des moutons vivants. Aux dires des valets postés aux alentours, au moins une partie de la meute était venue car les loups avaient glapi et chanté toute la nuit.

Il s'agissait maintenant d'investir le hallier de tous côtés à la fois en plusieurs groupes.

Aimeric s'associa spontanément avec Bertran de Saissac, qu'il avait en sympathie. L'assemblée se fit à une demi-lieue du fort aux loups. Là, les valets en poste vinrent confirmer que la meute était toujours dans le hallier. On distribua les limiers, les chiens courants et les mâtins, et l'assemblée se sépara en petits groupes, chacun sous la conduite d'un des valets qui avaient veillé les loups toute la nuit.

Deux compagnies, dont celle de Bertran de Saissac et d'Aimeric, partirent en premier pour contourner largement le fort aux loups et se poster sur la route des tanières. Rien ne pouvait être entrepris avant de couper la retraite aux fugitifs qui chercheraient à remonter en premier dans la montagne, là-haut vers le septentrion, dans la sombre forêt de la Loubatière.

Le vieux avait insisté pour les plus jeunes :

— Il vous faut leur faire prendre une autre direction que celle des tanières. Ensuite chaque compagnie choisira sa bête, parmi les plus affolées. Choisissez un animal jeune. Il fuira droit devant. Un vieux a plus d'un tour dans son sac, comme moi, et il épargnera ses forces. Rappelez-vous que le loup peut courir une journée et une nuit sans s'arrêter ; on le manque souvent, parce que les chevaux ne veulent plus suivre.

Aimeric se mit à la suite de Bertran, attentif à maintenir son cheval dans les pas de celui du seigneur de Saissac. Il sentait Othon de plus en plus nerveux à mesure qu'ils montaient vers le hallier. Le cheval surveillait avec inquiétude les feux qui avaient été allumés de ce côté de la forêt, où de temps en temps une haute flambée fumeuse lançait des éclats orangés à travers l'enchevêtrement des taillis. Des serfs les entretenaient, parlant à voix haute. Ces feux avaient empêché les loups de remonter chez eux avant l'aube.

Aimeric rit en se demandant ce que ferait Othon si un loup lui filait entre les jambes. Les chevaliers s'étaient écartés les uns des autres pour mieux apercevoir les éventuels fuyards. Chacun était accompagné d'un couple de chiens ou deux, sans compter les limiers dont le véritable travail n'avait pas commencé.

Tout à coup un froissement dans les fourrés fit réagir Othon qui s'écarta. Les buissons les plus proches s'agitèrent avec insistance et le cheval se leva droit en ronflant. Aimeric saisit sa crinière et lui planta les éperons dans les flancs pour le remettre en avant. Au même moment il vit une forme grise s'enfuir devant eux, filer et disparaître en un éclair. C'était un loup. Aimeric appela : « Tahou ! Tahou ! Au loup ! Au loup ! »

Le maître veneur à cheval de leur compagnie accourut. Les valets de chien survinrent derrière lui en huant et, sur les indications du chevalier, firent sentir la trace aux chiens. Quand ils l'eurent bien prise, les valets découplèrent les chiens et les lâchèrent. Les bêtes partirent comme des diables dans les fourrés, la queue dressée, dans un concert d'aboiements forcenés. Les valets des limiers se mirent sur la trace en suivant, entraînés par leur bête qui gardait le nez au sol. La chasse était bien lancée.

Aimeric fut rejoint par Bertran de Saissac. Il le laissa passer et remit Othon dans les pas du petit cheval vif du seigneur de Saissac. Ils allèrent au trot un moment, tenant un estortoire devant eux dans la main pour se protéger des branches et des buissons.

Ils s'orientaient sans difficulté aux aboiements enragés des chiens. Mais le loup allait vite. Ils durent bientôt prendre le galop pour rester dans la compagnie des lévriers, et foncer dans les taillis. Les branches leur giflaient le visage malgré le bâton, et les chiens encore s'éloignaient. Bertran se retourna :

— Il va trop vite, c'est un louvard, un jeune !

— Ah ?

— Oui, un vieux loup ne se fatiguerait pas ainsi. Il économiserait ses forces et tenterait de nous perdre. On peut ralentir. Celui-là est déjà condamné.

Et en effet, quelque temps après, au petit trot, les cavaliers tombèrent sur la meute des chiens qui avait cerné le jeune loup exténué, et l'acculait contre un énorme chêne. La bête avait un pelage d'un beau gris tirant vers le blanc, ombré de roux et hérissé de la tête à la queue. Ses babines retroussées, encore rougies du festin de la nuit, et ses grondements tenaient à distance ses adversaires qui devaient savoir ce qui les attendait s'ils s'approchaient, car aucun ne venait à portée des dents. Bertran descendit, prit le coude d'Aimeric et lui dit :

— À toi Castelnau ! Montre-nous ton coup d'épée !

Aimeric décrocha son épée d'arçon qu'il avait failli perdre dans les fourrés et s'approcha lentement de la bête sous les hurlements forcenés des chiens. Il amena lentement la pointe de son épée jusqu'au flanc du fauve. Le loup qui l'observait détourna ses yeux rouges de fureur et parut se résigner. Son œil repassa au jaune puis perdit son éclat. Sa pupille remonta sous la paupière, son pelage redevint lisse, gris et blanc chiné avec du roux. Ses oreilles velues se couchèrent. Il ne bougea plus.

D'un coup d'estoc, le chevalier le transperça vivement à l'endroit du cœur. Le loup fit un bond dérisoire, ouvrit la gueule sans une plainte et s'affala. Il était mort. Les chiens se jetèrent sur lui.

Aimeric reprit son épée et la nettoya au feuillage. Il se sentit triste. Était-ce pour ce que disaient les Parfaits, que les âmes des morts ne méritant pas encore le royaume des Cieux se réincarnaient parfois dans un animal ? Mais pas dans un loup. Le loup est l'animal de Satan, disaient-ils encore. Ils ne s'en servaient que pour nommer le clergé de Rome.

Alors quoi ? La compassion ? Oui, la compassion, la pitié non pas devant la mort, mais devant la résignation inattendue du fauve.

Il songea que sans sa présence le loup aurait déchiré dix chiens avant d'être égorgé par l'un d'eux. Or il s'était soumis à la volonté du chevalier sans la moindre résistance, sans une plainte, comme s'il l'avait laissé accomplir un geste prédestiné. Aimeric pensa tout haut : « Drôle de bête ! »

Bertran se méprit et rajouta :

— Sales bêtes ! C'est le fléau des troupeaux.

Bertran de Saissac proposa au chevalier de prendre la dépouille sur sa monture. S'imaginant l'effet du sang et de l'odeur forte du loup sur l'humeur fantasque d'Othon, Aimeric déclina cet honneur. Un autre chevalier se proposa et la troupe s'en revint joyeusement au lieu de l'assemblée.

Ils étaient les premiers. Beaucoup plus tard revinrent les autres compagnies. Chacune avait une dépouille, sauf la compagnie du vicomte qui ne rapportait rien. On en compta donc six. C'était, aux dires des maîtres veneurs, une belle chasse. On retourna en chantant au château de Cabaret, dans le concert cacophonique sans cesse renouvelé des chiens, surexcités par l'odeur du sang, et frustrés de n'avoir rien dévoré, car le loup ne se mange pas.

Au château Aimeric se sentit las. Il songea qu'un bain serait la meilleure des détentes avant le repas, plus profitable que de commencer à boire avec les autres. Il voulait surtout éviter de rencontrer Na Louba en liberté, préférant attendre pour se montrer qu'elle soit déjà prisonnière du protocole à la haute table, sous la surveillance de son époux.

Il s'enquit discrètement d'un baquet d'eau chaude. La servante à qui il avait posé la question, une femme corpulente entre deux âges, alla droit à sa maîtresse. Na Louba lui commanda de remplir le grand cuveau pour deux dans la souillarde, à côté de la cuisine. Ce cuveau de bois servait à la lessive et, de temps en temps, au bain du couple châtelain. Quand tout fut prêt la servante alla chercher Aimeric.

Elle le laissa se déshabiller et plonger dans l'eau chaude parfumée de basilic et de quelques fleurs de lavande. Aimeric sentit dans son dos un nœud du bois racler son échine. Il demanda :

— Vous ne mettez pas de drap ?

— Un drap ? Qué ? Un drap...

— Une toile dans le fond du cuveau, pour me préserver des échardes.

La servante haussa les épaules :

— Qué ! Des échardes ! Oh ! Chevalier ! Vous n'êtes pas à Toulouse, ici. Notre domna ne fait pas tant d'histoires...

— Comment savez-vous que je viens de Toulouse ?

— Mais nous vous connaissons ! Vous êtes le chevalier de la comtesse Adélaïs. On ne parle que de vous et de la comtesse, chez nous...

— Mais elle n'est jamais venue ici.

La servante pouffa :

— Sa réputation y est déjà...

— Quelle réputation ?

Sentant le ton monter, la grosse femme s'assura qu'aucune oreille ne traînait devant la porte et chuchota :

— On sait que le vicomte la dédaigne. Aussi, si elle se console ailleurs, nous disons que ce n'est que justice. Voilà ce que pensent les femmes de Cabaret...

Et, sans qu'il l'ait demandé, elle commença à lui frictionner le dos avec une lavette de chanvre et des herbes savonnières. Aimeric, las du grand air et de la course, encore ému de la mort de son premier loup, la laissa faire et ferma les yeux. La servante avait de la poigne et le massait sans ménagement, provoquant une mousse onctueuse sur ses épaules et autour de ses bras. C'était bon. Quand elle s'arrêta brusquement, le chevalier rouvrit les yeux. Devant lui se tenait Na Louba, qui souriait en enlevant ses vêtements délacés.

Elle fit glisser sa chemise et enjamba le cuveau en montant sur un baquet renversé. Aimeric, muet de saisissement, vit passer devant ses yeux un corps laiteux marqué de deux boutons de roses et d'un triangle flamboyant, glissant dans l'eau silencieusement comme une salamandre. Un genou fin heurta ses côtes. Le niveau de l'eau remonta à ras bord, venant caresser sa nuque. Bientôt des mains se promenèrent sur son corps comme des pinces. Il voulut refermer ses jambes mais il ne le put pas. La châtelaine le regardait fixement, sans un mot, la bouche crispée dans un sourire moqueur, le dévorant des yeux.

Ses cheveux flottaient autour d'elle comme une île embroussaillée.

Sous l'eau leurs mains s'affrontèrent, celles de Na Louba tentant de déjouer la vigilance du chevalier, avec succès souvent. Elle éclatait alors de rire.

Aimeric battit en retraite et se leva. La châtelaine lui ceintura les hanches et le supplia : « Reste ! » Il allait enjamber le cuveau quand apparut dans l'encadrement de la porte la silhouette massive et lourde de Jourdain de Cabaret. Jourdain ne parut pas étonné du spectacle : sa femme ceinturant les hanches d'un jeune homme nu, la joue sur son ventre. Peut-être avait-il été prévenu ?

Aimeric sauta hors du bain en faisant claquer une vague sur le carrelage, ramassa ses affaires et fit face. Jourdain avait déjà saisi sa femme par le bras, et la relevant il lui envoya deux gifles cinglantes. Aimeric s'éclipsa sans explications.

La servante le rejoignit avec une serviette chaude et s'empressa de l'essuyer. Elle s'attarda sur son ventre et ses fesses, le tamponnant avec une certaine insistance. Le regardant par en dessous avec des yeux tendres, elle lui sourit en déclarant :

— Y a des femmes qui ne savent pas se tenir !

Aimeric sentit que l'audace de sa maîtresse l'avait quelque peu échauffée elle aussi. Comme la servante ne s'en retournait pas, il s'éclipsa dans la cuisine, tout à côté, d'où venait un air chaud et lourd chargé d'appétissantes odeurs de viande rôtie et de pâte dorée. Il entra nu dans la cheminée, où tournaient deux rangs de broches chargées d'agneaux et de porcelets. Une matrone qui sommeillait sous sa coiffe en arrosant les viandes de jus luisant se leva d'un bond et sans chercher à comprendre menaça le chevalier de sa louche brûlante, la trogne furibonde.

Aimeric fit mine de tirer son épée et se mit en garde avec son arme imaginaire. Des femmes qui préparaient les plats autour d'une grande table s'aperçurent de la scène et hurlèrent de rire. Elles encouragèrent d'abord leur compagne :

— Allez Basilisse ! Embroche-le avant qu'il ne t'embroche !

— Mais non laisse-le faire ! Tu ne retrouveras pas de sitôt pareille occasion !

— Holà ! Chevalier ! Viens par ici qu'on te réchauffe ! Viens faire le coq !

— Viens voir tes poules !

— Viens nous la montrer ton épée ! Elle ne nous fait pas peur !

Les femmes s'approchaient, provocantes, riant fort. Aimeric sauta sur son blanchet qu'il enfila prestement, soucieux de mettre à l'abri des regards féminins ce qui suscitait la verve des commères, et que la chaleur du feu, le regard appuyé des femmes et leurs rires criards commençaient à émouvoir contre son gré.

Il enfila ses chausses, ses braies, sa chemise, et sortit de la cheminée pour finir de s'habiller dans le couloir. Il repartit sous les plaisanteries de plus en plus crues des femmes, et leur promit de revenir le lendemain leur chanter quelques chansons. Elles lui envoyèrent des baisers.

Il revint dans la souillarde chercher sa cotte et ses housseaux, son baudrier et ses armes. Des gémissements et des halètements de femme en émoi l'arrêtèrent. Il entendit Na Louba murmurer : « Jourdain ! Oh Jourdain ! » L'autre répondait par des grognements d'ours. Aimeric sourit. Il pensa : « Cette diablesse le mène par le bout du nez ! Ou plutôt le fond de ses braies... »

Il remonta pieds nus au premier étage.

Dans la salle mise pour le repas la plupart des chasseurs étaient là. Certains étaient occupés à se laver les mains d'un filet d'eau qu'on leur versait au-dessus d'un bassin de cuivre. D'autres discutaient autour des tables, un gobelet de vin à la main. D'autres enfin s'étaient déjà assis sur leur escabeau et s'étaient endormis dans leur coude, en attendant le premier service. Aimeric se mit avec les Aragonais, dont il entendait le dialecte assez aisément. Il préférait se faire oublier de la haute table.

Le vicomte Roger entra avec Jourdain et Na Louba, apparemment réconciliés, et les services commencèrent. Des dizaines de plats furent déposés au milieu des tables, dans lesquels chacun puisait le morceau de son choix et le plaçait sur une tranche épaisse de pain gris, avant de l'attaquer de tous côtés. Il n'y avait pas de longières pour doubler les nappes, et les hommes s'essuyaient à la nappe ou à leurs vêtements. Roquefort s'essuyait à sa barbe.

Roger et Jourdain parlaient à voix basse. Ils avaient coiffé chacun un chapel de soie. Celui de Roger était un large orfroi rehaussé de perles et de fils d'or, qui faisait gonfler sa chevelure noire. Jourdain avait ceint son front d'un chapel coloré brodé de roses, qui retenait derrière les oreilles ses cheveux blondasses mis en tresses.

Le châtelain se plaignit du jeune chevalier que Roger Trencavel avait amené :

— Seigneur Roger, votre chevalier m'a manqué. Vous devez le renvoyer.

— Manqué ? Qu'a-t-il fait ?

— Il m'a manqué de respect. Je l'ai trouvé dans le cuveau avec ma femme !

Roger éclata de rire en se frappant les mains. Son vassal ne riait pas. Il insista :

— Devant les servantes. J'ai l'air de quoi ?

Roger faillit répondre, mais se retint. Toutefois, connaissant l'oiselle de Cabaret il demanda ironiquement :

— Et qui est allé rejoindre l'autre ? Qui était dans le cuveau en premier ?

Jourdain se rembrunit. Il haussa les épaules, rogneux :

— Peu importe ! Ce chevalier m'a manqué de respect. Je l'ai trouvé avec ma femme. Je ne veux plus le voir. Qu'il parte, ou je devrai le tuer. J'aurais l'air de quoi, moi, sinon ?

Roger laissa échapper, agacé :

— D'un cornu !

Jourdain roula des yeux furibonds. Son teint couperosé, fouetté par le grand air et le vin, fonça jusqu'au rouge brique. Oui, il était cornu, et depuis longtemps. Mais il ne tolérait pas qu'on le dise. Le sujet ne devait pas quitter le domaine des soupçons. Il ne devait pas entrer dans le monde des faits avérés. Et personne ne s'était encore risqué à l'y porter.

Jourdain tourna vers le vicomte sa trogne recuite aux joues luisantes, le fixant de ses yeux brouillés. Il s'épuisait à éviter que sa femme ne se donne en spectacle, et à cacher sous des commentaires entortillés la trop visible exigence de ses sens. Il pensait ce soir encore retourner l'affaire à son avantage en présentant sa femme comme une victime de sa beauté. Mais le vicomte ne voulait pas, visiblement, marcher dans son jeu. Comme il ne pouvait s'en prendre à son suzerain frontalement il grogna, la voix enrouée par la rage :

— Seigneur vicomte, vous ne devriez pas tolérer ce chevalier à votre cour. On raconte que la comtesse Adélaïs...

Le vicomte l'arrêta en lui saisissant le bras :

— Jourdain, cessons ce jeu. J'ai épousé la comtesse pour faire la paix avec son père, et rendre la prospérité à mes États, mis à genoux par la guerre entre nos deux familles. Vous en profitez tous. Mais la comtesse Adélaïs est un cheval de Troie dans ma vicomté. Elle est l'espie du comte de Toulouse chez moi, comprends-tu ? Elle est son œil et son oreille. Aussi ne sera-t-elle jamais vraiment ma femme.

Il fit une pause, picora sur la table, but du vin dans une coupe d'argent, et murmura, comme prisonnier d'une pensée :

— Et je coupe court à la malédiction de la sorcière. Elle ne pourra pas s'en prendre à nos enfants...

Il poursuivit à voix haute :

— Je ne peux pas non plus la renvoyer, ni ses chevaliers qui sont au comte de Toulouse, car ce serait un acte de guerre, comprends-tu ? Or je ne peux pas me permettre de faire la guerre avec Toulouse, parce que le roi d'Aragon me cherche des poux sur la tête. Ses hommes ont dernièrement attaqué mon château de Couffoulens. Il s'en défend, mais je suis persuadé qu'Alfonse cherche un casus belli. Il veut la guerre pour m'obliger à faire ce que je ne veux pas : choisir entre lui et mon beau-père. Une querelle avec le comte de Toulouse ne pourrait pas tomber plus mal.

— J'entends bien, seigneur vicomte. Mais si vous deviez choisir ?

— Je sais que le comte Raimon me soutiendra contre le roi d'Aragon. Il serait trop heureux de se venger du roi, et de venger son propre père du mal que lui a fait le père d'Alfonse. Mais le roi Alfonse ne m'attaquera pas sérieusement sans bonne raison. Donc j'attends.

— Vous attendez, mais jusqu'à quand ?

— Jusqu'à ce que l'un d'eux l'emporte sur l'autre. Tant que chacun pense m'avoir avec lui, aucun ne m'attaquera.

— Mais, seigneur vicomte, vous n'allez pas laisser la comtesse Adélaïs piétiner votre honneur pour faire plaisir à son père !

— Non, je ne vais pas la laisser faire. Il me faut trouver une solution acceptable pour mon beau-père, d'autant... D'autant que je ne romprai jamais les liens qui nous unissent à l'Aragon et à Barcelone. Je n'ai aucune intention de me dresser contre le roi Alfonse. Imagine seulement que nos frontières soient fermées et que nous ne puissions plus envoyer nos draps au-delà des Pyrénées...

— Pardieu ! Ce serait la ruine de la Montagne Noire ! Et la ruine de nous-mêmes !

— Je ne te le fais pas dire. Aussi vaut-il mieux ne pas se fâcher avec Toulouse, pour ne pas avoir à choisir ouvertement ses alliés. Aujourd'hui la situation est idéale : nous n'avons pas d'ennemi déclaré. Il faut que cette situation dure.

Il montra Aimeric du menton :

— Quant à lui, la seule fin possible est qu'il disparaisse par accident.

Jourdain de Cabaret se radoucit. Il se pencha vers le vicomte et lui dit d'une voix faussement calme, trébuchant sur les mots :

— Seigneur vicomte, je veux oublier votre injure. Mais si vous vouliez me faire l'honneur d'une réparation, pour l'amour de ma femme dont je ne peux me guérir, je vous montrerais un passage dans la forêt de la Loubatière, où beaucoup s'y sont rompu les os. Il pourrait bien y laisser la vie, notre donzel.

— Ah ! Voilà une bonne idée !

Jourdain s'échauffa :

— Prenons-le avec nous, demain ou après-demain, et je le mènerai droit en Enfer.

— En es-tu sûr ?

Jourdain écarquilla ses gros yeux comme si les hésitations du vicomte étaient incompréhensibles. Il tapa du poing devant lui, vexé :

— Sûr et certain ! Aussi solide que cette table ! Et ce sera un malheureux accident. Nous n'aurons pas à le toucher, même pas avec le petit doigt.

Roger fixa le petit doigt boudiné, cerclé d'une bague à pierre noire, qu'il lui montrait.

— C'est exactement ce qu'il me faut.

Le vicomte réfléchit un instant et tourna vers son vassal un regard méfiant :

— Que veux-tu en échange ?

— Une vigne à Vuissan, et le château de mon beau-père, à Pennautier.

Roger ricana :

— Pâques-Dieu ! Tu es gourmand !

Il l'observa d'un air moqueur :

— Vous avez toujours réclamé, les Cabaret. Pour le château de Pennautier, tu devras attendre la mort de ton beau-père. À moins que tu ne l'amènes dans la forêt de la Loubatière, lui aussi. Pour la vigne c'est d'accord. Nous verrons les détails plus tard... après la bonne fin de notre affaire.

Jourdain ferma ses paupières alourdies par la bonne chère, bordées de cils roux qui lui donnaient un déplaisant regard porcin ; il rouvrit vivement les yeux pour surprendre le regard de sa femme ; il ne surprit rien du tout et alla se perdre dans l'assistance bruyante et agitée, se cachant derrière un air benoît en passant devant Aimeric de Castelnau. Il pensait qu'il n'avait pas perdu sa soirée.

Au fond, c'était grâce à sa femme. Il avait bien raison de ne pas s'en séparer. Il se demanda tout à coup si Na Louba n'avait pas tenté de séduire le vicomte. Il sentit l'étau de la jalousie se resserrer à nouveau dans sa poitrine.

Il regarda Roger : il était bien plus beau que lui, Jourdain, et plus jeune. Or Na Louba aimait les jeunes, même tout jeunes. Jourdain se demanda ce qu'il ferait si un jour sa femme jetait son dévolu sur le vicomte. Il ne pourrait pas emmener son rival dans les traquenards de la Loubatière.

L'apparition de deux hommes habillés de noir le tira de l'accablement de ses pensées. C'était l'évêque cathare Guiraud Mercier et son coadjuteur, le diacre Carlipa. Ils vinrent à pas vifs et silencieux dans leurs sandales de corde jusqu'à la haute table, et saluèrent le vicomte et son hôte. Roger leur répondit d'une inclinaison de la tête, mais Jourdain se jeta à genoux trois fois en disant :

« Bénissez-moi, seigneur, et priez Dieu qu'il fasse de moi un bon chrétien et qu'il me conduise à bonne fin ! » L'évêque le bénit en étendant ses mains sur sa tête et en lui souhaitant une bonne fin.

Roger les invita à sa table. L'évêque cathare se plaça à la droite du vicomte, le diacre alla à la place qui lui était offerte à côté de Na Louba, mais craignant de côtoyer une femme il se porta plus loin et s'immisça entre deux barons.

Les deux Parfaits acceptèrent du vin ; seul l'évêque but avant de se lever.

Il étendit ses mains pour faire silence et commença à prêcher. On entendit longtemps un murmure réticent. Beaucoup auraient préféré boire et danser. Aimeric nota que Na Louba restait indifférente, comme si le domaine de la religion, avec ceux de la chasse et de la guerre, ne la concernait pas.

Le vieux patriarche regarda chacun jusqu'au fond du cœur avec une lenteur et une insistance gênantes avant de commencer : « Amis, vous êtes sur la terre d'oubli, la terre d'exil, la terre des damnés, et beaucoup d'entre vous ne le savent pas. »

Sa voix montait : « Amis, vous avez un corps de chair fort et musculeux, d'une grande beauté, d'une grande force, d'une grande utilité. Mais ce corps de chair est une tunique de peau qui enferme votre âme aussi bien que le ferait une prison. Car l'homme est par son origine une parcelle divine, que Satan le Malin a incarné dans ce corps magnifique pour la capter, pour la piéger, pour la réduire à l'impuissance et la retenir prisonnière. Amis, ce corps magnifique est en fait bien peu de chose : une enveloppe de chair vouée à toutes les turpitudes. Car comme le dit saint Paul : *"Je vois une autre loi dans mes membres qui lutte contre la loi de mon esprit, et m'enchaîne à la loi du péché qui est dans mes membres."* La loi dans mes membres, mes amis, c'est la loi de Satan, la soumission au désir, la soumission au plaisir, et pour finir la souffrance, la misère et la victoire de la pourriture. La loi de mon esprit, c'est la loi de Dieu, l'espérance du Bien éternel et incommensurable. La loi de Satan règne ici-bas, sur cette terre. Et tout ce qui existe sur cette terre appartient à Satan... »

Aimeric était fasciné par le discours de cet homme, ses mots étranges qu'il distribuait dans l'assistance en les savourant d'une voix forte et posée que tous entendaient parfaitement malgré les bruits qui parvenaient d'en bas, des cuisines et de la cour. Aimeric était séduit aussi par l'évidence des idées, si simples, si limpides. Le corps, créé par Satan, est attiré vers les turpitudes de la bestialité. L'esprit, venu de Dieu, est attiré vers le Bien et vers Dieu son créateur. L'un enchaîne, l'autre libère.

« La terre est le royaume de Satan, rappelait l'évêque cathare. Il n'y a rien de bon à y faire, alors que le ciel est le royaume de Dieu, source d'une éternelle félicité. Il n'y a rien à attendre du monde d'ici-bas, il y a tout à espérer du royaume des Cieux. L'Église catholique prospère dans le monde d'ici-bas, elle est donc une création de Satan. »

Pour Aimeric les choses étaient vraisemblables, donc acceptables.

L'évêque cathare parla longtemps. Personne ne bronchait, à l'exception des chevaliers aragonais qui finirent par quitter la salle, en prétextant la difficulté de la langue.

Aimeric remarqua les sourires complices que lui adressait Na Louba. Il se garda bien de répondre.

Elle jouait distraitement avec ses bagues et ses joyaux, s'agitant de plus en plus sur son tabouret et marmonnant un vague monologue.

Aimeric se demanda ce qu'elle pensait de ces sermons. Si elle avait de la sympathie pour l'Église cathare, ce devait être pour la grande tolérance des Parfaits au péché de chair, tant qu'on n'était pas sur le chemin de la sainteté, à portée du regard du royaume des Cieux.

« Son mari paraît plus avancé en dévotions hérétiques », se dit Aimeric. Il pensa que Jourdain agissait comme beaucoup, qui se faisaient bénir par les deux Églises pour accroître leurs chances de salut et éviter de se tromper sans remède.

Dès que l'évêque se rassit tout le monde partit se coucher. Seuls restèrent ceux qui dormaient dans la grande salle. Ils enlevèrent les tables en un tournemain sans attendre le départ de l'évêque. Sans se formaliser, celui-ci les bénit en plein déménagement et leur souhaita une « sainte nuit ».

Aimeric la souhaitait aussi. Il alla se réfugier au milieu de ses compagnons, entre un Aragonais et un chevalier de la cité, dans l'espoir de dissuader Na Louba de venir le réveiller en pleine nuit. Il se sentait mort de fatigue.

XIII

Le lendemain matin à l'aube le chevalier fut réveillé par le chant des bassines d'eau, des oules à soupes, des poêlons d'œufs frits au lard, des cruches de vin, et le gémissement des panières en osier chargées de gros pains et de pâtés.

Dans la cour, le vicomte Roger guettait Aimeric. Il l'appela :

— Castelnau, viens avec nous. Tu nous porteras chance.

Et, sans plus de commentaires, il monta à cheval. Bertran de Saissac, les cheveux fricheux et les yeux battus, chemina un moment avec le chevalier toulousain. En le quittant il lui conseilla, sans plus de commentaires :

— Par Dieu, prends garde à toi !

Aimeric plaisanta. Il se sentait bien. Il avait dormi comme une masse. Il se voyait galopant tout le jour, exterminant une meute entière de loups. Mais le souvenir de la mise à mort qu'il avait officiée la veille lui revint, et il eut un pincement au cœur. Dans son esprit s'était incrustée l'idée que le loup l'avait reconnu, et avait accepté d'être tué de sa main, uniquement de sa main. Le malaise qu'il avait ressenti la veille revint à la surface.

L'assemblée se faisait à la chapelle Saint-Pierre, après avoir remonté les garrigues ravinées de La Combe Majou, trouées de mines d'or, et juste avant de passer la vallée encaissée de la Dure. Les veneurs avaient choisi une belle prairie sur la hauteur, en face de Cuxac et de Caudebronde. On y prenait la mesure, devant soi, de l'immensité de la montagne, une montagne montagnarde, raide, sombre, invisible sous les bois forts, et dont les hauteurs disparaissaient encore dans la brume. C'est là que les loups avaient leurs refuges, que les louveteaux naissaient sans manières au pied des arbres comme dans les contrées sans hommes. C'est là, dans ce massif de la Loubatière, que les meutes étaient le plus nombreuses.

Le maître veneur parla :

— La chasse, aujourd'hui, sera très différente des autres jours. On chassera à la vue par compagnie, tout le long du versant, en faisant le plus de bruit possible pour faire déguerpir les loups et les mettre à découvert. Ensuite les chiens les poursuivront à vue, si possible, sinon les limiers les reprendront à la trace et les chiens les fatigueront le plus qu'ils pourront. Quand ils seront acculés il vous reviendra alors, nobles seigneurs, de les traverser de votre épieu ou de votre épée.

Le vieux maître veneur laissa le temps à chacun d'assimiler les consignes et reprit :

— Seigneurs, vous devez épargner vos chevaux, car la journée sera dure pour eux. Il n'est pas possible, dans un tel massif, de prévoir des relais. Chacun reviendra ici, au lieu de l'assemblée, avec le cheval du matin.

Déjà Othon, comme s'il comprenait les paroles du maître veneur, faisait des siennes.

Le maître veneur recommanda encore :

— Seigneurs, pensez à vos futures chasses : si vous rencontrez de petits louveteaux – je vous rappelle que les parents ne défendent pas leurs enfants chez cette engeance – si vous en rencontrez au nid rapportez-les vivants ! Ils serviront à l'entraînement des chiens. Car les chiens ne chassent pas facilement les loups qui sont leurs cousins, et qui ont la dent mauvaise. Aussi faut-il les habituer à s'y acharner. Ils s'y mettront plus volontiers avec de jeunes loups.

Il termina en martelant chaque mot avec l'entêtement d'un homme d'expérience :

— Et n'oubliez jamais ceci : c'est le loup qui a appris à l'homme à chasser.

Aimeric alla avec Roger Trencavel, Jourdain de Cabaret, son frère Peire-Roger, Roquefort, Aimeri de Laurac, Bernat de Capendu, tous des proches, et quelques Aragonais. Les chevaux suivirent d'étroits chemins qui sillonnaient la montagne en tous sens, tandis que les cavaliers s'occupaient surtout de détourner avec un estortoire les branches et les buissons qui venaient comme à plaisir s'accrocher à leurs vêtures, à leurs baudriers et aux harnachements des chevaux.

Avant midi ils rencontrèrent des limiers partis tôt le matin qui montaient le nez au sol, retenus par de solides valets. Les valets déclarèrent que les chiens n'avaient encore relevé rien de solide. Puis on entendit au loin le concert d'une meute de grandes gueules, qui éclata en un endroit et se répandit comme une inondation sur tout le versant de la montagne. Quand s'y ajouta le meuglement des cors on sut de partout qu'un équipage avait débuché des loups.

Roger passa au trot, appela Aimeric, et avec lui Jourdain et Roquefort. En passant devant Roquefort Aimeric lui lança :

— Dis donc, Roquefort, tu t'es encore roulé dans une charogne !

L'autre ne releva pas la taquinerie, et fit comme s'il n'avait pas entendu. Aimeric déçu rejoignit le cheval noir de Trencavel. Devant était Jourdain. Les autres suivaient le chevalier. Bientôt Roquefort se laissa distancer, et les suivants derrière lui.

Soudain Jourdain cria, en parlant des loups : « On va les contourner ! » et changeant de direction il pressa son cheval qui se mit au galop. Roger fit de même et Othon suivit spontanément, heureux de ne pas être en première ligne mais soucieux de ne pas se laisser distancer.

Aimeric se fit lourd dans le fond de la selle, bercé par la bascule régulière de sa monture qui, quand elle n'était pas sous la menace d'un prédateur imaginaire, avait une belle allure, assez régulière.

Un nouveau chemin apparut sous les pieds des chevaux, un chemin très étroit bordé de fougères et de bruyères, sous un toit majestueux de chênes et de hêtres.

Bientôt le chemin devint si profond entre les berges formées par le sous-bois qu'on ne voyait plus les jambes des chevaux. D'énormes chênes blancs empiétaient encore sur le passage, obligeant à contourner les troncs d'où partaient de massives branches basses. Certains arbres penchaient dangereusement. Jourdain ne ralentissait pas pour autant, se couchant sur l'encolure de sa monture pour passer sans risques.

Othon serrait le cheval du vicomte comme s'il avait peur de se perdre. Devant le cheval noir de Trencavel Jourdain fonçait à plein galop. Aimeric pensa que l'allure devenait vraiment dangereuse, les branches basses et les troncs sombres étant de plus en plus difficiles à éviter. Il ne pouvait s'en remettre entièrement à l'attention de son cheval fantasque. Il se retourna pour voir comment ses compagnons s'en tiraient derrière lui. Personne. Il n'y avait personne qui suivait.

Aimeric comprit dans l'instant qu'on l'emmenait à la mort.

Il ferma les mains sur les rênes, plusieurs fois, mais son cheval enivré et échauffé par la course à plein galop ne répondit pas. Il tira alors brutalement sur le frein sans souci de la bouche du cheval. En vain. La bouche était devenue dure comme du bois. « Peut-être a-t-il pris le mors aux dents ? » se demanda Aimeric.

Othon galopait résolument, sans se laisser distraire, frappant le sol d'une battue rapide et décidée, l'encolure de plus en plus tendue vers la croupe blanche d'écume du cheval du vicomte, cherchant à le dépasser. L'autre n'en allait que plus vite. Aimeric se prépara à quitter la selle.

À ce moment devant lui les chevaux bondirent l'un après l'autre pour enjamber un tronc d'arbre couché en travers du chemin. Les cavaliers avaient plongé dans le même temps leur tête sur le côté dans l'encolure, jusque sous la crinière. Othon s'éleva après eux de justesse. Aimeric vit venir devant ses yeux une énorme branche maîtresse qui barrait le chemin. Il se baissa vivement, mais il était trop tard. Il distingua clairement les crevasses profondes de l'écorce, le manchon de mousse venant vers lui, et sentit sa tête éclater en mille soleils éblouissants. Puis il plongea dans l'obscurité d'un puits sans fond.

Son corps bascula en arrière et fut repris aux reins par le solide troussequin qui l'enveloppait comme une main.

Son torse revint vers l'avant en tournoyant. Un arbre l'arrêta et il tomba dans un soubresaut au milieu des fougères.

Othon s'effraya de cette gesticulation, et surpris par la liberté de la bouche qui lui advenait subitement il ralentit un instant ; mais voyant les autres chevaux s'éloigner il revint avec légèreté se serrer contre le cheval du vicomte qui leva les fers. S'étant retourné, Roger cria à Jourdain de ralentir. Les trois chevaux se mirent au trot, puis s'arrêtèrent.

Jourdain se précipita pour saisir les rênes du cheval d'Aimeric et l'attacha à une branche. Ils repartirent. Le cheval d'Aimeric tira sur les rênes et hennit.

— Espérons qu'il sera bouffé cette nuit, dit Jourdain en s'assurant qu'il ne les suivait pas.

— Rejoignons la compagnie, répondit le vicomte, un peu pâle.

Au retour ils croisèrent d'autres limiers avec leurs valets. Parmi eux il y avait un page avec de grandes oreilles. Jourdain leur dit qu'il n'y avait rien par là, et qu'ils devaient retourner et passer dans le travers de la Fonde, au septentrion. On y avait déjà trouvé des tanières dans le passé.

Les équipages retournèrent sans commentaire vers les sapinières.

Une légère bruine commença à mouiller les robes des chevaux et les herbes. Chacun des valets commenta à sa façon l'événement :

— Couquin de Diou ! On sera mouillés comme des soupes avant ce soir !

— Et ça ne va pas aider les chiens, cette eau si fine...

— On est là jusqu'à la nuit, macarel de macarel...

Seul Garin Garrèl ne dit rien. Il réfléchissait. Il était persuadé d'avoir aperçu dans une trouée, tout à l'heure, trois cavaliers fonçant à plein galop vers la chênaie du Bouscarel et le ruisseau des Neuf-Fontaines. Deux seulement étaient revenus. Où était le troisième ?

XIV

Quand je vis depuis ma fenêtre la troupe du vicomte revenir, passant en masse désordonnée sur le pont de la rivière Aude, je savais déjà par une sourde prémonition que tous ces chevaliers hirsutes, harassés et sombres apportaient avec eux la pesante absence d'Aimeric.

Le dernier cavalier qui franchit le pont en fermant la marche au long cortège m'enleva le dernier espoir de m'être trompée. Je sentis le sol se dérober sous moi, m'exclamant d'une voix blanche devant mes compagnes muettes : « Ils ont tué Aimeric ! » Le pire que je craignais était arrivé.

J'avais appris entre-temps que le cheval qu'on avait donné à mon chevalier était à moitié fou. Mais pas un instant je n'imaginai qu'Aimeric ait pu être victime de son cheval, et que son absence soit la conséquence d'une chute. Il était un si merveilleux cavalier. Il fallait qu'il se soit passé autre chose. Quoi ? J'envoyai mes chevaliers glaner des renseignements. Ils revinrent me dire qu'Aimeric avait disparu avec son cheval au cours d'une chasse, en effet, et que le vicomte pensait qu'il était revenu à Carcassonne. Personne n'en savait davantage.

Je ne pouvais croire qu'Aimeric avait disparu de sa pleine volonté, et qu'il avait fui la cour du vicomte sans explications. Il savait parfaitement qu'il était en mission diplomatique chez Trencavel, lui aussi comme nous tous, et qu'il ne pouvait lui tourner le dos sans prendre le risque d'envenimer les relations entre les deux Oustals de Toulouse et de Carcassonne, aux torts de Toulouse. Il n'aurait jamais fait cela sans mon ordre.

Le soir Trencavel donnait un banquet pour clore sa belle chasse et honorer tout spécialement les chevaliers aragonais qui s'étaient distingués le dernier jour en tuant trois loups. Il vint lui-même m'inviter à ce repas. Je scrutai intensément le masque impénétrable de son visage, derrière lequel se cachaient tant de pensées mauvaises. Je lus au fond de ses yeux noirs une sorte d'inquiétude qui pouvait être du remords, ou la crainte d'être découvert comme le meurtrier d'un chevalier du seigneur comte de Toulouse.

J'acceptai son invitation sans manifester davantage mes sentiments, mais n'y tenant plus je lui demandai brusquement :

— Seigneur vicomte, où est donc mon chevalier Aimeric de Castelnau, que vous avez emmené à la chasse dans le pays de Cabardès ? Pourquoi n'est-il pas rentré avec vous ?

Le visage impassible de Roger se froissa ; le sillon qui unissait les courbes de ses sourcils se creusa de deux ombres profondes et il battit un instant des paupières. Puis se ressaisissant il braqua sur moi ses yeux étincelants de colère. Sa bouche dessina une moue amère et laissa tomber avec irritation :

— Je croyais le trouver avec vous !

Il tourna les talons et sortit. Ogive entra dans ma chambre. Je fondis en larmes et me jetai dans ses bras en criant :

— Ma petite mère, ils ont tué Aimeric !

Ogive me serra très fort, au risque de m'étouffer, et me tança de lancer des accusations sans preuves.

— Allons, ma fille, ne dites pas des horreurs pareilles. Vous feriez pendre des innocents sans savoir ! Que savez-vous de ce qui s'est passé ? Le vicomte pensait trouver Aimeric ici... Je l'ai entendu !

— Et tu l'as cru ? Mais pauvre femme, c'est un fourbe, ce Trencavel ! Je me demande ce que je fais ici. Comme j'ai envie de retourner à Toulouse !

— Que nenni ma fille ! Vous êtes ici pour garantir la paix entre le comte et le vicomte, et quoi qu'il arrive, vous devez penser d'abord au bonheur de nos deux peuples. Aimeric ne vous aurait pas dit autre chose...

— S'il est mort je n'aurai jamais plus de joie.

— Allons, allons, Adélaïs, rien ne dit qu'il est mort. Ne parlez pas de ce qui n'est pas arrivé. Nous le retrouverons votre Aimeric, vous verrez.

Elle haussa les épaules et regarda vers la fenêtre, vers la montagne :

— Je ne le vois pas mort...

Elle me broya les os encore une fois. Je revins à la fenêtre surveiller la Montagne Noire, dont la masse sombre au fond de l'horizon se mêlait à la nuit tombante. J'attendais contre tout espoir de voir réapparaître mon amant. S'il ne venait pas, c'est qu'il était resté là-bas, perdu dans cette montagne maudite qui remontait l'horizon jusqu'au milieu du ciel.

Si Aimeric était là-bas, dans quel état était-il ? Et où aller le chercher ?

Je pensai tout à coup qu'il avait séjourné au château de Cabaret, dont la châtelaine Na Louba s'était affublée du surnom de « domna la louve » qu'on donne volontiers aux femmes de mauvaise vie, celles qui traînent dans les endroits sans religion, comme dirait Ogive. Ne savait-elle pas qu'on nommait ainsi à Rome les putanes des lupanars ?

Ou bien avait-elle choisi ce sobriquet en toute connaissance de cause ? On disait qu'elle s'en prenait à tout ce qui ressemblait à un homme, jeune de préférence. Elle avait remarqué Aimeric, et lui avait fait du charme, c'était certain. Mais je voulais croire qu'Aimeric, comme je le connaissais, l'avait rabrouée.

N'avait-elle pas cherché à se venger ? Ou son mari ? Et le vicomte n'avait-il pas jeté de l'huile sur le feu pour se débarrasser d'un rival encombrant ?

Toutes ces idées se bousculaient dans ma tête tandis qu'Ogive me coiffait en me sermonnant pour me faire comprendre que je devais faire bonne figure au vicomte durant le banquet, et bien sourire aux convives, surtout aux Aragonais qu'il voulait conserver en amitié pour radoucir le roi Alfonse.

— Songez, ma fille, me disait-elle avec une certaine emphase malvenue, que vous tenez entre vos mains le sort de tout un peuple. Dans l'histoire, les femmes ont beaucoup compté pour maintenir la paix. C'est pour cela que Dieu vous a mise là où vous êtes.

— Et toi, Dieu t'a mise là où tu es pour me sermonner ?

Ogive prit un air pincé :

— Peut-être... Encore que je ne compte pas beaucoup dans les desseins de Dieu, bien certainement. Mais souvenez-vous, ma fille, que j'ai fait retraiter deux rois, celui de France et celui d'Angleterre, quand ils sont venus assiéger Toulouse...

— On le sait ! Et tu penses qu'ils ont eu peur de toi ?

— Quand un seigneur vient prendre une ville et voit toutes les femmes sur les remparts, il sait qu'il devra prendre une à une chaque maison, chaque étage, forcer chaque chambre. S'il est pressé il s'en retourne. C'est ce qui s'est passé.

— Peut-être les as-tu effrayés, au fond... Tu es si laide...

Ogive prit un ton distant :

— Adélaïs, vous devenez méchante.

J'éclatai en sanglots :

— Pardonne-moi, petite mère. Mais j'ai si peur !

— Dieu vous protège, ma fille. Il a pour vous de l'ambition. Quant à votre donzel, je suis persuadée qu'il n'est pas mort. Je le sentirais.

Là-dessus survint Raimon Garcie, qui venait des chenils bâtis sur les bords de l'Aude, en amont de la cité. Il avait interrogé les valets des chiens. Un page qui s'occupait du limier du vicomte lui avait dit qu'il avait vu Aimeric galoper avec Jourdain de Cabaret et le vicomte Roger dans le massif de la Loubatière, sur le versant du Bouscarel, près du ruisseau des Neuf-Fontaines. Un moment après n'étaient revenus que le vicomte et le seigneur de Cabaret.

La nouvelle me glaça. Ainsi c'était bien ça ! L'impensable était bien advenu, il s'agissait d'un meurtre. En proie à la panique, je demandai à Raimon Garcie d'aller chercher le page immédiatement. Raimon s'éclipsa. Comme il ne revenait pas je dus descendre dans la salle où les barons de Trencavel étaient déjà nombreux, certains avec leurs épouses. Je repoussai la servante qui me portait de l'eau dans une aiguière d'argent, et allai rejoindre le vicomte et ses invités qui bavardaient encore debout devant la cheminée. Le vicomte me fit un signe de tête et me sourit d'une seule joue devant ses convives. Je n'eus pas la force de lui répondre et me tournai vers mes compagnes qui prenaient la mesure de la salle, repérant ici et là un chevalier bien tourné, beau de visage, bavardant déjà avec les yeux.

Seule Douceline la blonde était sage, car elle avait son ami Guilhem avec elle. Elle le couvait des yeux.

Le vicomte m'invita à ses côtés. Je plaçai à côté de moi ma cousine Alis, profitant de ce qu'il n'y avait pas d'invité de grande importance à la haute table pour prendre cette liberté. Autour de nous s'étaient assis le sénéchal borgne d'Albi, Peire de Brens, un grand seigneur aragonais, Bertran de Saissac et quelques autres. Dès la fin du premier service entra un cavalier acrobate, qui fit tourner son cheval à reculons autour de la salle, à toute vitesse, en faisant le poirier sur la selle. Puis il fit danser son cheval et enfin lui posa des questions, auxquelles la bête répondait par oui ou par non avec la tête.

Le vicomte avait voulu une soirée divertissante. Cela m'arrangeait bien, car ma décision était prise : j'irais moi-même rechercher Aimeric. Je n'avais que le temps du souper pour tout préparer et quitter la cité de Carcassonne sans être vue. Après le second service (des gelées d'écrevisses, de loches, de lapereaux et de cochons) Raimon Garcie apparut et me fit signe. Je m'éclipsai par le grand escalier qui descendait dans la cour. En bas m'attendait le jeune garçon qui s'occupait du limier du vicomte et qui s'était confié à mon chevalier. Il avait de grandes oreilles qui partageaient sa chevelure en bandeaux noirs et raides. Ses traits étaient tirés, maladifs, mais son regard franc et sérieux m'inspira confiance.

Il me répéta ce qu'il avait dit à Raimon : le vicomte et Jourdain étaient revenus seuls, sans Aimeric.

— Et comment sais-tu que le troisième cavalier était Aimeric de Castelnau ?

— Il m'avait parlé dans la vallée de l'Orbiel. Il m'avait donné ses provisions parce que j'étais fatigué.

Je fus émue de ce détail. Je reconnus là la bonté d'Aimeric.

— Oui, ce devait être lui, confirmai-je.

— Il avait un cheval à moitié fou. Personne ne voulait le laisser approcher.

— Aimeric aurait pu prendre un autre chemin, peut-être ?

— Quand le vicomte et le seigneur de Cabaret nous ont croisés, tous les deux seuls, je me souviens que le vicomte a dit en nous voyant aller dans la forêt : « Il n'y a rien par là ! Revenez sur vos pas et remontez plutôt vers le travers de la Fonde. »

— Et c'est ce que vous avez fait ?

— Oui, domna comtessa. Il n'y avait pas à discuter.

Je réfléchissais. Je n'attendrais pas une nuit de plus pour partir dans la Montagne Noire. Mais qui emmener qui me soit le plus utile ? Je ne pouvais emmener mes chevaliers sans qu'on le remarque, ni mes domnas de compagnie. Je ne pouvais emmener ce jeune garçon sans le mettre en danger. Je ne pouvais emmener Ogive. Qui me restait-il à mettre dans la confidence pour m'accompagner, m'aider et me protéger ? Il n'y avait personne !

Je revins dans la grande salle. Le troisième service avait été distribué sur les tables – carpes, brochets, soles, rougets, saumons, anguilles et fritures de mer – chaque plat accompagné de sa sauce verte, cameline, sarrasine, au verjus et à l'oseille, et chacun se servant selon son goût.

Trencavel aimait régaler ses vassaux et ses alliés. Il avait au moins retenu cette leçon de son père.

Entrèrent des jouglars qui firent des tours d'adresse et des pyramides humaines. Ils marchaient sur les mains et se faisaient enfermer dans des petits coffres.

Je dis à Alis que j'allais retrouver Aimeric. Elle me répondit aussitôt :

— Je viens avec toi !

Je répliquai sans réfléchir :

— Pourquoi pas ?

Elle ajouta :

— Emmenons Adalla. Il est très débrouillard et nous aime bien. Il nous sera très utile pour les chevaux.

— D'accord. Va le prévenir qu'il prenne des manteaux et tienne prêts trois chevaux. Et qu'il trouve un moyen de quitter le château et la cité sans être vu.

— C'est tout ?

Je souris tristement :

— Ma mie, nous serons seules pour nous occuper de tout. Sais-tu où nous allons ?

— Non, mais ça m'excite prodigieusement. Dommage qu'on ne puisse emmener un chevalier du vicomte.

— Lequel ?

— Celui qui lance des tranchoirs de pain, là-bas à côté de Grosse-Tête.

— Je vois. Il n'est pas mal. Il attendra bien notre retour.

Alis sourit, murmura : « Espérons ! » et se leva en agitant sa lourde chevelure blonde à l'adresse du donzel qui lui plaisait. Elle partit en se mêlant aux jouglars qui quittaient la salle dans une dernière contorsion. Entrèrent aussitôt des petits chariots sur lesquels étaient disposés des oiseaux dans leurs plumes. Ils étaient saisissants de vérité. J'avais déjà vu faire l'opération en cuisine. Elle demandait une dextérité admirable, car il fallait décoller la peau de l'oiseau sans la déchirer, en insufflant de l'air avec une paille ou un roseau. Ensuite on le déshabillait de sa peau en prenant garde de ne pas détacher son plumage, on le faisait cuire en protégeant la tête et les pattes, on remettait le plumage attaché à la peau et on servait l'oiseau dans une attitude d'envol. C'était un travail extraordinaire.

Roger avait un cuisinier pisan qui ne s'occupait que de cela. Le premier chariot portait trois cygnes glissant silencieusement sur l'eau, plus vrais que nature, puis des paons dans leur plumage vert et bleu, la tête couronnée d'une aigrette fine et parés de leur immense queue constellée d'ocelles. Venaient ensuite des poules, des perdrix, des hérons, des faisans, tous dans leurs plumes. C'était magnifique, mais je n'avais pas la tête à me réjouir de ces merveilles.

Des ménestrels nombreux entrèrent, hommes et femmes, armés de vièles et de rebecs, de harpes, de flûtes, de tambours, tous vêtus de bliauds barrés comme en portent ceux dont c'est le métier de distraire. Ils chantèrent à tour de rôle, seuls ou à plusieurs. Roger promit une récompense au meilleur. Tous se précipitèrent pour se mettre en avant, viéler et chanter. Je profitai du désordre pour m'éclipser.

Je revins dans ma chambre. Ogive se jeta sur moi :

— Quelle folie avez-vous encore imaginée, Adélaïs ?

— Ma seule folie a été d'épouser Trencavel, ma bonne !

Adalla s'apprêtait à descendre aux écuries prendre les chevaux. Il avait imaginé de les emmener boire sur les bords de la rivière. Je vis qu'il était vêtu légèrement, et de couleurs voyantes. Je lui dis d'attendre. J'allai à un coffre et en sortis une cape mauve taillée dans un drap épais, chaud, rebrodé au fil de soie de motifs floraux. La cape était doublée de cendal écarlate. Je la lui lançai en disant :

— Sais-tu que nous allons en montagne ? Les nuits sont très froides dans le Cabardès.

Ogive s'insurgea :

— Mais ma fille, vous n'y pensez pas. C'est la cape de votre mariage !

— Justement, c'est un mauvais souvenir.

— Et où allez-vous comme ça, sans défense, sans escorte, sans ravitaillement, sans rien !

Je montrai Adalla comme escorte. Je le trouvai tout à coup bien petit, bien léger pour nous défendre. Je rassurai néanmoins Ogive :

— Nous ne serons pas long.

Il n'empêche que la réaction d'Ogive m'avait ramenée un instant sur terre, et que je n'étais pas sans inquiétude. Mais je ne le montrai pas. Alis brandissait une clef :

— C'est la clef de la tour d'Avar. Adalla l'a subtilisée à Nora, qui s'en sert pour faire entrer des gens incognito, à ce qu'elle dit. Elle donne accès au souterrain qui ressort dans le faubourg de Saint-Vincent.

Nous nous enveloppâmes dans de chaudes capes noires, le visage enfoui sous les capuchons, et partîmes sans hésiter. Je tenais à la main une lampe sourde dont la flamme était protégée du vent par des parois de corne. Alis me prit l'autre main. On sortit par la porte de la ville, encore ouverte pour les invités du vicomte. La garde ne nous prêta pas attention. Nous traversâmes le marché aux Grains les jambes tremblantes. Nous fîmes un détour par la rue Crozal, une rue sombre et sinueuse dont l'entrée était marquée d'une croix. Nous nous enfonçâmes dans un couloir puant jonché d'immondices. La lampe sourde éclairait trop peu pour nous permettre de les éviter toutes, mais du moins les fumiers rendaient-ils nos pas silencieux.

Nous revînmes le long des escoussières jusqu'à la tour d'Avar. Alis monta les quelques marches plantées dans la muraille, sortit sa clef et en deux tours caverneux ouvrit la porte qui grinça affreusement. Nous refermâmes rapidement derrière nous. D'après ce qu'avait raconté Nora à Adalla, un jour, l'entrée du souterrain était sous le plancher du rez-de-chaussée. Or nous marchions sur un dallage.

Alis sursauta. Elle me serra le bras en levant ma lampe vers une silhouette qui se devinait derrière nous. Je m'approchai : c'était une cotte de mailles suspendue à une perche, enfilée par les manches. On pouffa.

Il n'y avait rien d'autre de remarquable qu'un coffre de bois contre le mur, dont le couvercle était fermé par de gros verrous. On le souleva. J'avançai la lampe : apparurent les premiers échelons de bois d'une échelle qui s'enfonçait raidement dans les profondeurs de la terre. Je sentis Alis se crisper. Elle articula malaisément :

— Ma pauvre, si je vois un rat je retourne.

Je me forçai à rire. On descendit dans un courant d'air froid vigoureux l'échelle interminable. Elle nous enfila dans un tunnel étroit creusé pour le passage d'un homme, avec une voûte en forme de berceau qui permettait de se tenir presque debout. Le grès dans lequel le passage avait été creusé était friable et blanchit nos épaules et les capuchons de nos manteaux. Bientôt nous nous trouvâmes au pied d'une autre échelle. Il suffisait de remonter. L'échelle nous amena sur un plancher de bois qui sentait fort la vinasse. Élevant ma lampe, je découvris autour de moi une paroi de bois circulaire. Nous étions entrées dans un foudre.

Alis trébucha sur un escabeau. Je montai dessus pour atteindre une poignée de bois qui, au-dessus de nos têtes, commandait la trappe de décuvaison. Je dus laisser la lampe et m'arc-bouter rageusement pour faire céder le plafond de bois. Passant la tête et la lampe, je découvris une cave encombrée de futaille.

Sur la droite un escalier menait à une porte. La trappe était très étroite mais l'une poussant l'autre, l'autre tirant l'une, nous nous extirpâmes du foudre sans nous faire trop de mal et prîmes l'escalier. La porte au bout de l'escalier de pierre ouvrait sur une pièce presque vide, juste occupée par quelques ballots de laine dans un coin, entassés contre un mur hérissé de galets luisant comme du cuivre à la clarté lunaire.

L'astre d'argent s'encadrait parfaitement au centre d'une baie sans volets, et éclairait la pièce d'une lumière froide. Nous enjambâmes cette ouverture. Nous étions dans une rue du faubourg Saint-Vincent qui nous mena à la porte du quartier tournée vers la rivère. La porte étant fermée, sans réveiller le guet nous suivîmes la muraille de terre jusqu'à trouver une brèche barrée de quelques madriers faciles à escalader depuis l'intérieur. Je passai la première de l'autre côté. La hauteur du pan de mur, encore élevée, me fit hésiter.

Je me suspendis par les mains et me laissai aller. Alis descendit à son tour et je la reçus dans mes bras. Nous roulâmes dans la prairie en nous retenant de rire pour ne pas alerter le guet. Fort heureusement les faubourgs n'étaient pas entourés de fossés. On revint en courant silencieusement vers le pont sur l'Aude.

Adalla nous attendait avec les chevaux. Il me tendit les rênes d'une jument gris argenté, et une branche effeuillée pour la conserver dans l'allure. Alis monta sur une jument noire, et Adalla enfourcha un cheval arabe rouan, bien connu à la cour pour sa robe étrangement rouge. Il était très gracieux, fin et nerveux comme une fille à marier. Ce n'était pas le cheval parfait pour ce genre d'aventure, mais je savais qu'Adalla n'aurait pas accepté de monter une jument ni un cheval de chez nous. Il se serait senti déshonoré.

On partit au petit trot sur le chemin du Cabardès, bordé silencieusement de masures et de chaumières. Le clair de lune suffisait à distinguer le ruban blanchâtre de la route. Les chevaux ne montraient aucune crainte. Adalla nous persuada d'éviter la vallée de l'Orbiel, trop fréquentée, et prit la direction la plus courte vers le massif de la Loubatière à travers le plateau de garrigues qui environne Carcassonne.

Là des dizaines de chemins s'entrecroisent en bordure des vignes, derrière des talus et des bosquets de pins.

De nuit, ce n'était pas la solution la plus facile. Mais il était vrai qu'elle nous mettait davantage à l'abri des hommes du vicomte et de ses limiers.

La hauteur de la lune indiquait que nous avions largement passé la mi-nuit.

XV

L'aube arriva de nulle part, révélant un paysage étrange peuplé de rangées noires d'arbres nus et de longues écharpes forestières. Une brume épaisse montait du sol et enveloppait tout, baignant les forêts dans un air gris où elles flottaient sans la moindre attache. J'avais l'impression pénible d'être emprisonnée dans une cloche de verre opaque qui nous cernait alentour, et nous oppressait comme les ventouses d'Ogive. De temps en temps la ligne sombre d'un coteau remontait vers le ciel et semblait le repousser. Nous en étions soulagés.

Alis répétait :

— On ne risque pas d'être vus.

Certes. Mais peu à peu le brouillard s'effilocha, laissant apparaître un fond d'azur ici et là. Puis le soleil pénétra dans notre cocon, nous enlumina de sa clarté dorée, pourchassant les dernières traînées blanchâtres qui emplissaient les combes. Je me désolai de ce jour qui s'annonçait magnifique, alors que je ne pouvais avoir de joie. J'étais bien trop malheureuse, et bien trop lasse.

Les chevaux étaient las aussi. Nous nous arrêtâmes derrière une grange, laissant nos montures à l'herbe. J'entrai dans la grange branlante et m'affalai dans le foin. Je m'endormis. Quand je me réveillai, Adalla était avec les chevaux, mais Alis dormait auprès de moi comme une enfant. Je pensai à Aimeric et je m'en voulus de m'être arrêtée. Je dormais pendant qu'il agonisait sur un chemin en pleine montagne.

Je me mis à sangloter. Alis s'éveilla, m'embrassa et pleura avec moi. Nos pleurs nous soulagèrent et nous remontâmes en selle un peu plus légères. Pour les autres je montrai de l'allant mais intérieurement j'étais en miettes.

Quand le jour commença à décliner nous avions passé le torrent de la Dure qui baigne les pieds de la montagne de la Loubatière, recueillant ses eaux comme un cheneau prend les eaux du toit. Il nous fallait éviter les bourgs pour ne pas renseigner les limiers du vicomte. Dans la combe le coucher du soleil éclaira tout à coup le clocher massif de l'église de Cuxac montant la garde la tête dans les épaules, et des maisons à face grise ravivées de reflets moirés, comme si le village venait de naître d'un arc-en-ciel.

C'était l'heure de la forêt enchanteresse, quand les derniers rayons du soleil jouent dans les sous-bois à la façon d'une harpe. Mais bientôt l'obscurité nous entourerait, nous engloutirait au milieu des dangers, des fauves, des ours et des loups.

Il fallait trouver rapidement un gîte.

Je me retournai une dernière fois vers la plaine que nous dominions superbement, belle dans la lumière du soir. Au milieu d'un échiquier de parcelles en désordre, claires ou sombres, on distinguait la cité de Carcassonne sur son piédestal. Cernée d'une tache lépreuse de barris populeux, la muraille noircie de la cité dessinait une couronne de fer.

Par-derrière, fermant massivement l'horizon après une écharpe de brume, les montagnes des Pyrénées portaient jusqu'au ciel leurs cimes immaculées. Par-dessus encore un amoncellement de nuages blancs joufflus tentaient désespérément d'enjamber la barrière géante. Une pointe s'étirait vers le plein azur avec l'apparence d'un dardier navarrais brandissant un javelot, surligné du côté du couchant d'un liseré étincelant.

Alis s'extasia :

— Comme c'est beau !

Je rétorquai :

— C'est beau et terrible.

Je montrai la cité de Carcassonne dressée en sentinelle devant les Pyrénées, l'anneau de ses murailles hérissé de seize tours comme des pointes de fer :

— On dirait un piège à loup !

C'en était un en effet pour moi, pour ma liberté, pour mon destin.

Je me rembrunis un instant mais, me débarrassant courageusement de toute pensée accablante, je me retournai et poussai ma jument sans hésitation dans la forêt profonde de la Loubatière. C'est là qu'était mon cœur, pour l'heure, dans ces sombres replis de la Montagne Noire.

On monta. Bientôt notre sentier longea une grande clairière qui ressemblait fort à un pâturage. Au fond un amoncellement sombre à la lisière des chênes me parut de bon augure, évoquant le travail des hommes. Je ne comprenais pas pourquoi les chevaux étaient subitement si nerveux, encensant de la tête, piaffant et cherchant à retourner. Adalla fixait avec attention la masse brune, pelucheuse, qui bordait la forêt et d'où s'échappait une vapeur légère. Quand cette masse dans une rumeur confuse sembla se mouvoir par une sorte de magie, nous laissant ébahies, Alis et moi, le Sarrasin cria, levé sur ses étriers pour mieux voir :

— Attention ! Ce sont des taureaux sauvages !

— Des taureaux sauvages ?

— Oui, un troupeau sauvage. Les mâles sont très dangereux. Il faut passer vite.

Malheureusement les chevaux refusaient d'avancer. Ils ne voulaient pas se mettre à découvert devant cette masse sombre, monstrueuse, qui se disloquait lentement et venait vers nous en s'émiettant. Les animaux n'étaient peut-être poussés que par la simple curiosité, mais nos montures cherchaient à se défiler et à retourner d'où nous venions, derrière la montagne. J'étais aussi effrayée que ma jument, et de désespoir je la cinglai sans ménagement avec mon rameau effeuillé. Elle tressaillit et partit au trot, s'arrêta, repartit.

Derrière moi la jument d'Alis nous suivait, mais commençait à lancer des croupades, comme si elle avait déjà un taureau derrière elle. Je vis le visage clair d'Alis envahi par la peur. Elle s'affola et tira sur les rênes tout en envoyant dans les flancs de sa monture des coups de talon rageurs auxquels la jument, obnubilée par la venue du troupeau, semblait ne prêter aucune attention.

Car les animaux s'approchaient toujours, sans trop se presser, jusqu'à ce qu'un énorme taureau sombre sorte du rang en prenant les devants, venant vers nous rapidement. Adalla cria : « Attention ! Au galop ! » et joignant le geste à la parole il pressa son cheval des éperons.

Nous n'avions pas d'éperons, bien sûr. Ma jument sembla se décider à suivre l'étalon, mais la jument d'Alis, complètement affolée, croupionna vivement. Elle cherchait visiblement à se débarrasser de sa cavalière pour prendre la fuite. Alis la cingla rageusement. La jument hennit et se leva droite, au risque de se renverser. Ma cousine tomba en criant. Elle ne lâcha pas les rênes.

Entre-temps le taureau s'était mis au galop, drapé dans ses longues jarres d'hiver qui flottaient comme des guirlandes de laine brune sur les épaules et sur les flancs, à la façon d'une cotte déchiquetée. Il en portait aussi sur le front qui lui cachaient les yeux, assombrissant encore son regard luisant. En arrivant sur nous il accéléra en baissant la tête. Je remarquai alors ses cornes énormes, longues et courbées, blanches à pointe noire, qui lui donnaient un air ancien comme ces aurochs du temps de Noé dont j'avais vu des dessins dans les bibles chez mon père, et dont on disait qu'ils vivaient encore en troupeaux aux royaumes de Pologne et de Russie.

Je remarquai que son œil droit était entouré d'une grande tache d'un blanc rosé. Son mufle noir et luisant frôlait le sol dans une attitude ramassée et combative qui m'épouvanta. Alis était perdue !

Je m'arrêtai de respirer. Je vis alors dans un rêve Adalla passant devant nous sur son cheval roux, le visage serein, sautant dans le pré tout en quittant sa cape qu'il retourna du côté écarlate. La laissant flotter au flanc de sa monture, il passa devant le taureau et courut en direction du troupeau. Le taureau infléchit sa course brusquement et prit en chasse l'arrogant cavalier qui venait menacer sa harde. Adalla ralentit son cheval pour avoir le plaisir d'aveugler le fauve avec sa cape, et lui mettre le panache de la queue de son étalon dans les yeux.

J'étais sidérée, abasourdie, éblouie, exultante de joie devant tant d'adresse et de bravoure. Car le taureau poursuivait toujours le cheval habillé de la cape rouge. Le troupeau, désorienté par la versalité de son chef, s'était arrêté et observait, cherchant à comprendre. Je me tournai vers Alis.

Elle avait passé son bras dans la rêne et se tenait l'épaule en gémissant. Je descendis de ma monture et l'aidai à remonter en selle. Elle pleurait de douleur. Je lui dis : « Vite ! Vite ma belle ! Éloignons-nous ! » Je remontai en selle sans lâcher la rêne de sa jument et la tirai après moi. Alis se tenait à la crinière d'une main, l'autre bras posé sur ses cuisses. Elle était blanche. Je priai la Vierge Marie, si miséricordieuse, de l'aider à rester en selle tant que nous ne serions pas hors de danger.

Je vis du coin de l'œil le troupeau s'éloigner. Les chevaux se calmèrent. Ce n'était pour eux qu'un épisode de plus. Pour nous, c'était une catastrophe. Adalla réapparut plus loin, arrangeant sa cape sur ses épaules, le visage éclairé d'un sourire éclatant.

« Hé ho ! Adalla, c'est merveilleux ce que tu as fait là ! » lui criai-je d'aussi loin que je le vis. Ses fossettes réapparurent au milieu des lettres de son tatouage miroitant de sueur. Il expliqua, comme pour minimiser son exploit :

— Domna, j'ai passé ma jeunesse à élever des taureaux dans al-Andalus. Mon père avait plusieurs troupeaux. On les élevait pour les faire courir pendant les fêtes. On allait aussi chercher des mâles dans les troupeaux sauvages de la Sierra de Montefrio, pour améliorer la race et donner à nos taureaux plus de bravoure. C'est là que j'ai appris à me garder des taureaux.

Il fit la moue et cracha : « Le taureau n'est pas intelligent ! »

Heureusement pour nous. Il fallait désormais s'arrêter dans la première chaumière venue, car Alis était livide et menaçait de tourner de l'œil à chaque instant. Elle gémissait à me fendre le cœur. J'étais au désespoir, car nous venions de pénétrer dans un monde sans hommes. Adalla nous rassura :

— J'ai vu un feu plus loin, brillant dans la montagne. Il y a peut-être un hameau. En suivant le chemin on devrait tomber dessus.

La ménine qui s'était proposée de nous loger moyennant quelques deniers d'argent s'enveloppa de ses penailles sombres et sortit faire cuire un lapin au fourneau commun, installé sur l'aire au milieu des habitations. Il y avait quatre ou cinq maisons, des cabanes de bois plutôt, et une grange branlante couverte de genêts et de mottes de gazon, abritant un troupeau de brebis et son berger qui dormait dans le foin.

On avait étendu Alis sur une paillasse de fougères posée sur un lattis proche du sol. Elle souffrait de plus en plus de l'épaule. Chaque mouvement la faisait gémir. J'avais quant à moi repris espoir : nous étions tous en vie, à l'abri et peut-être proches d'Aimeric. Bien sûr, notre logement pour la nuit était très sommaire : une cabane en branches enduites d'argile, une toiture en bardeaux de hêtre grossièrement taillés, supportée par deux poteaux de bois qui encombraient l'unique pièce. Une porte en planches disjointes était censée nous isoler du froid, mais on aurait eu du mal à la fermer, si quelqu'un y avait pensé. De fait elle n'était là que pour se protéger des loups, à l'occasion.

Il y avait entre les poteaux un petit foyer sur une dalle plate, portant un feu misérable qui néanmoins entretenait une tiédeur douce retenue par un bourras de chanvre suspendu devant la porte, un peu relevé pour laisser s'échapper la fumée. Ce bien-être enfumé fit venir en moi une envie impérieuse de dormir. Il y avait aussi un coffre de bois épais équarri à la hache, sur lequel il était agréable de s'asseoir, deux autres paillasses sur un châlit, des écuelles, de la vaisselle de bois, un chaudron, et même une coupe en verre tout à fait insolite dans cet endroit, luisant au feu sur une étagère comme un Saint-Sacrement.

La vieille était la mère d'un charbonnier qui fabriquait du charbon de bois plus haut dans la montagne et le redescendait vers les villes de la plaine. Il devait revenir le lendemain avec un chargement pour Carcassonne. Peut-être avait-il appris quelque chose concernant un certain chevalier abandonné en forêt dans des circonstances mystérieuses.

Comme il me tardait qu'il arrive ! Mais sa mère ne l'attendait pas avant la tombée de la nuit prochaine. Nous aurions la journée pour nous occuper d'Alis et, si Dieu le voulait, la remettre d'aplomb.

La vieille commère connaissait une rhabilleuse qui habitait dans un hameau voisin, le hameau de Sié, où vivaient des charbonniers également. Elle nous promit de l'envoyer chercher le lendemain à la pointe du jour. En attendant je consolais ma belle cousine comme je pouvais, calant son épaule le mieux possible pour la soulager. Mais il n'y avait guère de remède.

Par la porte ouverte – qui devait le rester toute la nuit à cause de la fumée – j'observai l'activité de notre hôtesse. En un tournemain elle avait pelé le lapin dans l'obscurité, l'avait vidé et préparé avant de l'enfiler sur une perche et le porter au-dessus du feu sous un abri en bois. Une autre femme arriva avec un chaudron qu'elle posa sur une pierre à côté du lapin. Les deux femmes se mirent à parler, assises sur des bancs de bois mal équarris mais polis par l'usage, éclairées par les flammes qui leur donnaient des mines de sorcières. Elles regardaient souvent dans notre direction, et je m'efforçai de croire que nous étions en bonne compagnie.

Des chiens venaient claudiquer autour du foyer, attirés par l'odeur du rôti. J'avais remarqué depuis longtemps qu'ils avaient tous la patte droite coupée. Quand la ménine revint avec la soupe fumante, je lui posai la question qui m'intriguait :

— Ménine, pourquoi les chiens ont-ils la patte droite coupée ?

La vieille haussa les épaules en faisant la grimace, puis s'emporta :

— Vous le demanderez aux vôtres !

— De qui voulez-vous parler ?

— Je parle des seigneurs de Cabaret, vous les connaissez !

— Ce n'est tout de même pas eux qui viennent couper une patte aux chiens ?

— Parfaitement ! Nous ne pouvons avoir de chiens que s'ils ont la patte droite coupée.

— Et pour quelle raison ?

— Pour les empêcher de chasser.

— Et tout le monde le fait ?

— Tout le monde. Sinon on vous coupe le pied.

— Quelle cruauté !

— Je ne vous le fais pas dire !

La vieille nous servit dans des écuelles en bois avec une brusquerie rogneuse. J'avais, semble-t-il, réveillé dans son cœur la haine qui couvait à l'encontre des Cabaret. J'encourageai Alis à manger la soupe chaude :

— Regarde, cousine, comme c'est bon : pois cassés, féveroles, navets, choux, et un beau morceau de lard fumé... hum... c'est bon...

— Je te donne ma part !

— Bois au moins le bouillon. Il faut te réchauffer et reprendre des forces.

— J'ai trop mal. Je n'ai pas le courage de me soulever.

Je la fis boire un peu à l'écuelle, en la grondant. Notre hôtesse nous apporta le lapin, coupé en morceaux, et un pain de seigle à la croûte brûlée et à la farine grossièrement moulue. J'y trouvai un épi entier que j'exhibai en riant. La ménine se laissa prendre à ma gaieté et nous montra ses gencives nues. Puis elle prit sa tête dans ses mains comme pour se faire pardonner de nous mal recevoir.

On eut droit à une cruche d'hydromel. Je n'y goûtai guère, trop habituée que j'étais de boire les meilleurs vins de la vicomté.

Notre hôtesse nous laissa sa paillasse, s'étant invitée chez la voisine. J'attribuai sans hésiter sa couche à Adalla, car elle était luisante de crasse. Je m'enroulai dans ma cape pour la nuit à côté d'Alis, lui tenant la main pour la veiller, et m'endormis tout de suite, brisée par la fatigue et les émotions. C'est Alis qui me veilla.

La guérisseuse arriva d'assez bonne heure, accompagnée d'un enfant qui portait en bandoulière, sur son bliaud de laine écrue, un sac de chanvre. Le petit garçon était pieds nus, avec un pied-bot qui ne l'empêchait nullement de courir. La rhabilleuse, une femme robuste entre deux âges, entra dans la cabane sans un mot et s'agenouilla à côté d'Alis. Elle lui toucha l'épaule. Alis gémit sans attendre. Je pressentais un moment pénible. La matrone lui ordonna sans ménagement :

— Déshabillez-vous !

— Je ne peux pas !

— Je vais vous aider.

Sa voix s'était radoucie. Elle la dégagea de sa cape, délaça le gippon de son bliaud par-derrière, ouvrit l'encolure par-devant, décousit les manches et, avec des gestes précis et délicats fit glisser l'étoffe soyeuse des épaules. Elle fit de même avec la chainse de laine, tout brodé, qu'elle avait dessous et enfin enleva la chemise fine de lin que ma belle cousine, frileuse et prévoyante, avait superposés avant de partir.

Son épaule droite nous apparut curieusement bosselée et bleuie. La douleur s'y inscrivait comme un sceau dans la cire. Alis frissonna quand la rebouteuse la toucha de ses mains d'homme, rugueuses et fortes.

— Domna, vous vous êtes déboîté l'épaule, lui dit-elle d'un ton assuré.

— Que dois-je faire ? lui demanda ma belle cousine d'une voix de petite fille.

— Vous lever et venir avec moi.

Alis s'affola :

— Me lever ?

— O bé ! Vous n'avez pas besoin de votre épaule pour marcher !

La vieille ricana. La matrone ajouta :

— Ne soyez pas si douillette. Si vous y mettez du vôtre, le temps de deux patenôtres et vous serez guérie.

Je voyais que ma jolie cousine était blanche et morte de peur. La femme le comprit aussi et lui sourit d'une grimace édentée et ravinée, épicée de quelques verrues qui envahissaient son visage. Mais il y avait dans ses yeux une telle chaleur humaine que passa sur le visage d'Alis une onde de courage.

Pauvre cousine, elle allait passer un mauvais moment. Je la saisis sous le bras sain et l'aidai à se lever avec des mots affectueux. Elle sortit de la cabane la poitrine nue, ce qui décida les trois hommes qui étaient là, deux jeunes et un vieux, à se rapprocher et à nous suivre. Ils ne se cachaient pas pour guigner ses beaux seins.

La rhabilleuse nous emmena au bout de la cour commune, devant un édicule en retrait que je n'avais pas encore aperçu. C'était un abri en bois avec une toiture en bardeaux grossiers posée sur quatre poteaux, et qui abritait un métier à tisser vertical, dont les montants ne se distinguaient pas de la charpente. Mais il n'y avait aucun doute sur la destination de l'installation : entre la traverse du haut et celle du bas une cascade de fils de laine brune, bien tendus, formaient une chaîne en bas de laquelle une trame déjà remontait, formant un tissu serré.

J'étais de plus en plus intriguée. La rhabilleuse fit monter Alis sur un petit escabeau branlant, évalua la hauteur et, satisfaite, lui dit de passer son bras malade par-dessus le montant du haut. Alis entreprit la manœuvre précautionneusement, en grimaçant, prenant son bras malade avec sa main valide et l'amenant au-dessus de la traverse couverte de laine, avant de le faire passer de l'autre côté de la chaîne. Comme elle perdait l'équilibre la rhabilleuse dit aux jeunes gens, qui suivaient attentivement le spectacle :

— Vous deux, tenez-la !

Ils ne se firent pas prier, et jamais un ordre ne fut exécuté avec autant de zèle. L'un prit la taille et l'autre les hanches, n'osant pas encore toucher sa peau nue. Mais la femme prit les mains du plus jeune et les plaça sur le torse d'Alis, juste sous les seins. Alis couina.

— Tiens-la ici. Tiens-la bien ! répéta la matrone.

Le jeune homme se campa, la rhabilleuse cria encore : « Tenez-la bien ! » et, saisissant fortement la main passée de l'autre côté du métier à tisser, elle enleva d'un coup de pied l'escabeau. Alis se suspendit à son épaule blessée. On entendit « cloc ! » et un hurlement. Elle s'agrippa de l'autre main à la traverse du métier avec la rage d'un chat que l'on cherche à noyer.

Suspendue au montant du métier, les deux garçons l'enlacèrent à bras-le-corps sans plus finasser, la prenant à pleine main, et la redescendirent délicatement sur le sol où elle se posa avec grâce malgré sa douleur. Alis faisait tout avec grâce.

Les hommes la lâchèrent à regret, non sans s'enivrer une dernière fois de son odeur de femme, et de la douceur soyeuse de sa peau.

— Bougez votre bras ! lui commanda la rhabilleuse.

Alis souleva son bras sans gêne apparente et, pleurant et riant à la fois, elle alla embrasser la matrone sur les deux joues. Je ne pus m'empêcher de m'associer à son émotion et c'est dans le scintillement de nos larmes que nous retournâmes à la cabane. La clairière avait pris un air de liesse.

Je notai combien l'air était doux. Le hameau, bien abrité du vent, exposé au midi, connaissait déjà à la fin mars une douceur de printemps. Adalla s'était rendormi sur sa couche, preuve qu'elle était confortable.

L'après-midi se passa agréablement, même si j'étais rongée par l'impatience. Alis, ma belle cousine, avait caché à nouveau ses seins blancs, fermes et délicats, mais exhibait désormais son tendre sourire, auquel peu de gens étaient capables de résister.

Adalla nous parla de sa vie passée. Je lui demandai s'il ne regrettait pas son al-Andalus, comme il appelait son pays. Il me surprit en me répondant qu'il se plaisait chez nous, où le climat était tempéré. Il trouvait beaucoup d'agrément à la cour du vicomte et, s'il était respecté, il ne nous quitterait jamais.

Il ajouta après une hésitation que j'étais une bonne maîtresse, et qu'il me vénérait. Mais il ne connaissait pas très bien le sens des mots.

Le fils de la vieille charbonnière arriva à la tombée du jour, tirant deux mulets lourdement bâtés. Ils semblaient porter leur propre poids sur leur échine. L'homme était solide, barbu jusqu'aux yeux, et plutôt mal embouché. Il n'apprécia pas de voir la cabane de sa mère envahie par des étrangers. Épuisé par sa journée de marche, il rêvait certainement de s'étendre sur sa paillasse sans autre souci que d'avaler une soupe et de s'endormir du sommeil du juste. Mais quand la vieille femme lui eut dit qui nous étions, il sembla se radoucir. Il parla avec sa mère comme à confesse. La vieille vint me voir :

— Domna comtessa, mon fils me dit qu'il a entendu parler d'un chevalier retrouvé dans la forêt. Il sait où il est.

Mon cœur bondit de joie. « Merci Vierge Marie ! » m'écriai-je.

Je l'avais tellement priée. Je criai encore :

— Dis-lui de venir !

L'homme m'entendit et laissant ses mulets il s'en vint du même pas lourd et régulier qui le portait sur les chemins depuis le matin. Je lui criai avec impatience :

— Tu as trouvé un chevalier ?

Il mit la main sur son cœur, tout à coup intimidé par la force débridée de ma voix.

— Moi non, domna comtessa, répondit-il, mais un de mes compagnons charbonniers, qui s'était rendu dans un écart visiter un des siens cousins. Il nous a rapporté qu'on avait trouvé là-bas un chevalier plus mort que vif dans la forêt, du côté du riou des Neuf-Fontaines. Il avait son cheval, pas loin de lui, attaché à un arbre. Le cousin les a ramenés tous deux, l'un portant l'autre, jusqu'à chez lui.

— Est-il très navré ?

— Il est comme mort.

Je criai :

— Il est mort ?

— Non il n'est pas mort. Il respire.

Je soupirai. L'autre tenta d'expliquer :

— Domna comtessa, il n'est pas mort, mais il n'est pas en vie.

— Comment cela ?

— Il n'a pas repris connaissance. Il ne répond pas, il ne bouge pas, il ne mange ni ne boit. Il est comme mort.

Je lui répondis sans hésiter, d'un ton tranchant :

— Nous partons ! Guide-moi jusqu'à lui !

L'homme me regarda avec des yeux lunaires, dont le blanc trouait comiquement sa figure noircie par le charbon et le grand air. Il arrondit aussi la bouche, les épaules, les bras, les jambes. Il était tellement abasourdi qu'il en resta muet. Il finit par laisser passer un filet de voix qu'il voulait douce :

— Domna comtessa, c'est impossible !

— Et pourquoi donc ?

— C'est loin, et il fait nuit !

En effet la nuit tombait. La légère clarté qui vaguait encore dans la clairière ne servait qu'à rappeler la monstrueuse présence de la forêt qui nous entourait, compacte et impénétrable. On se serait cru au centre d'un cirque. C'était de la folie de repartir. Mais que celui qui n'a jamais aimé me jette la première pierre.

Au-dessus des cimes des hêtres les derniers rayons du soleil incendiaient dans le ciel du couchant des aigrettes blanches et des andains duveteux qui se laissaient emporter loin sous la caresse du vent, comme des fleurs de pissenlits. Et dans le coin d'azur devenu sombre le premier troupeau d'étoiles était apparu.

Mais il n'y avait dans le ciel aucune manifestation hostile, aucun présage inquiétant, aucun avertissement solennel écrit en lettres de feu, rien qui me retînt de partir. Et pendant ce temps Aimeric m'attendait, agonisant. Il avait besoin de moi. Moi seule pouvais le sauver.

J'étais persuadée que ma présence le ramènerait à la vie, comme cela s'était souvent constaté depuis la plus haute Antiquité. Deux amants peuvent se rendre la vie par la force de leur désir de voir l'autre vivant, à portée des caresses.

Je fixai le charbonnier dans les yeux :

— Nous partons ! Immédiatement !

— Impossible, domna comtessa !

— Impossible ce soir est impossible !

Il se tourna violemment vers ses mulets :

— J'ai mon charbon à livrer dans la cité, demain.

— Combien vends-tu tes charges ?

— Un sou plein.

Je pris mon aumônière passée dans ma ceinture et lui donnai 12 deniers d'argent. J'en rajoutai un ostensiblement :

— Tiens ! je te paye bien ton charbon. Ne me parle plus de Carcassonne. Nous partons !

Le charbonnier se rebiffa :

— Non !

— Si !

Il se mit à trembler, de peur, de fatigue, de colère :

— Domna comtessa, c'est de la folie !

Son ton devenait suppliant. Mais comment aurais-je pu avoir plus de pitié pour lui que pour mon chevalier ? J'étais déterminée à en mourir. J'allai chercher mon cheval et commençai à le seller avec Adalla sans plus me préoccuper du bonhomme. Je savais qu'il me suivait des yeux. Il devait comprendre que je ne m'arrêterais plus. Il finit par mollir, les bras ballants et dansant d'un pied sur l'autre comme un ours apprivoisé. Il hésitait encore.

Sa mère l'appela et il alla dans la cabane à grands pas donner l'argent à la vieille. Sur la lancée il prit une torche blanche en écorce de bouleau roulée serrée, qu'il enflamma lentement au foyer. Il hésita et en prit une seconde. Nous avions beaucoup de chemin. Il prit un pain et du lapin et se mit en marche. Je le suivis sur ma jument.

Comme il ne desserrait pas les dents, tenant sa flamme assez haut au bout du bras pour bien éclairer le chemin ravagé par les fondrières, je me serrai dans ma cape. Son pas large et régulier et l'allure amblée de ma jument me plongèrent dans une douce somnolence. J'avais l'impression qu'on avançait tout seul. Quand la nuit fut totalement tombée et qu'il n'y eut plus autour de nous que les ombres mouvantes brassées par la flamme de la torche, la forêt sembla se libérer. Elle devint bruissante de vie nocturne, jacassante. Je m'en remis à la Vierge Marie, si miséricordieuse, et la priai jusqu'à m'endormir complètement sur ma monture.

C'est un juron du charbonnier qui me réveilla :

— Macarel de macarel, elles sont déjà là ces carognes !

— Qu'y a-t-il ?

— Les loups, pardi ! Vous les voyez pas là-bas ?

Je me retournai. Dans la pénombre, loin de nous, trois paires d'yeux fendus, brillants, phosphorescents, jaunes comme de l'or fondu, nous fixaient sans bouger. Je sentis un frisson de panique courir de long de mon échine. Ma jument se mit à piaffer et prit le trot. Le charbonnier l'attrapa par le bridon en jurant, et me gronda :

— Tenez-la, votre jument ! Si elle galope vous êtes perdue !

Il garda le bridon à la main tout en marchant, l'autre bras tendu éloignant le flambeau.

Il ne fallait pas se laisser gagner par la peur. Je dis d'un ton léger :

— S'il y a des loups c'est bon signe. Aimeric chassait le loup, il n'est peut-être pas loin.

L'homme s'impatienta :

— Ma pauvre domna, des loups il y en a partout.

Il rajouta :

— Mais c'est ici qu'il y en a le plus, il est vrai !

La peur revint, gagna le ventre, remonta sous la forme de frissons le long du dos. Je commençais à regretter ma folie. Comme le charbonnier n'était pas autrement ému, je lui demandai :

— Que faut-il faire ?

— Tenir votre jument pour qu'elle ne parte pas au galop. Vous seriez comme une proie. Et surtout ne tombez pas, ils se jetteraient sur vous. C'est leur instinct du diable.

Je me retournai à nouveau. Je criai d'une voix paniquée que je ne reconnaissais pas :

— Ils sont six !

— Ils seront bientôt vingt... Espérons que nous arriverons avant qu'ils s'enragent.

J'étais terrorisée. Je demandai d'une voix chevrotante :

— Et s'ils nous attaquent, que ferons-nous ?

— On leur laissera la jument. Avec la selle et le bridon, ça les amusera un bon moment. Vous prendrez l'autre torche et en avant !

Comme si elle avait compris, ma jument pressa le pas. Elle ne demandait qu'à prendre le galop, et si le charbonnier ne l'avait tenue à la bride, nous serions depuis longtemps à galoper dans la nuit. Vers la mort, certainement. J'avais envie de pleurer, mais la pensée d'Aimeric me fut comme un secours et m'obligea à dominer ma peur.

Finalement cet homme rugueux était bien précieux. Il ajouta longtemps après :

— Nous ne devrions pas être loin... Voilà le chemin

de l'écart. Les Oustalous sont au bout du chemin, si je me souviens bien.

Je vis le chemin. Les loups nous suivaient toujours, nous entouraient même car ils remontaient sur les côtés à travers bois pour se porter à notre hauteur. C'était comme une escorte, une escorte de douze paires d'yeux maintenant, jaunes comme l'or liquide. Ils nous suivaient à distance, toujours la même. Quel obstacle invisible les empêchait-il de nous approcher ? Mais ils semblaient avoir posé sur nous un regard éternel, secret, pharaonien.

Ils disparurent d'un coup. Nous arrivâmes seuls dans le hameau. J'oubliai vite les loups, bien trop angoissée de ce que j'allais trouver dans une de ces cabanes.

Le charbonnier se demandait laquelle il devait choisir quand une ménine sortit et vint vers nous, accompagnée d'effluves de pourri. Je lui demandai où était le chevalier. « Chez moi » répondit-elle. Elle me montra sa cabane de la main et je la suivis. Je pris la torche des mains du charbonnier et entrai.

Dans une odeur insupportable de pourriture et d'excréments je vis un grand corps allongé sur un grabat, les mains sur la poitrine. Je ne reconnus pas Aimeric. Je m'agenouillai et rapprochai ma torche du visage de la créature étendue sous une couverture de laine écrue. Le front était énorme, bombé et d'un bleu tirant sur le verdâtre. Ses yeux fermés par des paupières gonflées étaient cernés d'une teinte noirâtre, son nez difforme, croûteux, sa bouche tirée par un rictus qui découvrait les dents. Sa tête reposait sur sa chevelure comme sur un coussin, mais un coussin terreux et englué de sang séché. La vieille me dit :

— Il n'est navré qu'à la tête. Ailleurs il n'a rien.

C'était bien assez. Je l'observai avec attention et petit à petit se formèrent dans mon esprit les détails de son visage, de son vrai visage. C'était bien mon chevalier, galopant à présent dans un monde de souffrance dont nous ne pouvions nous faire une idée. Son corps vibrait par moments ; il lançait une jambe, un bras, poussait un grognement de bête transpercée, une plainte de pauvre blessé, un cri qui pouvait être de la douleur comme la peur d'un mauvais rêve. Peut-être nous entendait-il ?

— Nous entend-il ? demandai-je à la vieille.

— C'est bien possible. C'est très possible. Parlez-lui.

— Aimeric ! Ai-me-ric, murmurai-je, puis de plus en plus fort.

Son visage ne bougea pas. Mais il était en vie, c'était l'essentiel. Je me tournai vers la ménine :

— Vous l'avez soigné ? Vous avez des herbes, des onguents ?

— Donzelle, ici nous avons tout ce qu'il faut, car nous avons des loups. Le loup est souverain pour toutes les maladies.

— Ah bon ?

— Oui ma petite ! Ses intestins desséchés sont bons pour les coliques venteuses ; le cœur du loup mis en poudre combat le mal caduc de Saint-Paul ; le foie du loup pulvérisé est recommandé contre la consomption ; grillé, en poudre et mouillé d'eau il est souverain contre les piqûres venimeuses, et les plaies ulcéreuses ; et le fiel mêlé à la graine de concombre sauvage appliqué sur le nombril guérit de la constipation ; détrempé dans du vin il guérit de la toux ; et sachez que sa chair bouillie dans l'huile soulage de la goutte, comme l'œil droit posé sur le bras gauche fait retomber la fièvre...

Je l'interrompis :

— Eh bien, quand un loup vous tombe entre les mains, il n'en reste pas grand-chose !

— Rien ! Tout est bon dans le loup !

Elle reprit le fil de sa pharmacopée avec une mine gourmande, pressée d'arriver à l'essentiel :

— Et ses crottes, mêlées à du miel, sont un remède souverain contre les coups. C'est ce que je lui ai mis sur le front. Une fois ça, une fois des cataplasmes d'herbes de Nostra-Domna, une fois de l'onguent d'arnica.

Je n'étais pas arrivée au meilleur moment, mais au moins savais-je l'origine de l'épouvantable odeur qui empestait la cabane.

— Voyez-vous, domna, son front a beaucoup diminué. Je ne serais pas autrement surprise s'il ouvrait les yeux avant demain soir. Mais parlez-lui ! Ça lui fera du bien.

Je m'approchai et l'appelai doucement, près de l'oreille :

— Aimeric, mon cœur, je suis venue te chercher. Je suis là, je veillerai sur toi jusqu'à ton réveil, mon amour. Si tu m'entends, lève la main, lève un doigt...

Il ne bougea pas. Je demandai où était passé le charbonnier. La vieille me dit qu'il était parti dormir dans le foin. Elle me dit de dormir aussi. Je m'allongeai sur une paillasse de fougères à côté d'Aimeric, et elle éteignit la torche. J'écoutai la respiration de mon ami. Elle était totalement silencieuse. Je pris sa main avec inquiétude : elle était chaude. Je m'endormis.

Je me réveillai en plein jour. Je tenais la main d'Aimeric. J'avais senti une légère pression de ses doigts, qui pouvait n'être qu'un involontaire réflexe. J'attendis et sentis de nouveau la pression de ses doigts dans ma paume. Peut-être rêvait-il dans son méchief ? Je n'osai le quitter et gardai sa main dans la mienne, dans l'attente d'un véritable signe.

À midi je ne pouvais encore être sûre qu'il reviendrait dans notre monde. La vieille entra pour lui renouveler ses soins et lui enduire le front et le visage de ses onguents fétides. Je n'avais rien à proposer à la place. Et si le loup avait un pouvoir magique ? J'étais prête à le croire, comme j'étais prête à croire à l'esprit des loups et à tout faire pour ne pas les irriter, si cela devait donner à Aimeric une chance supplémentaire de survivre.

Je lui tenais la main quand je sentis à nouveau une pression sur mes doigts, longue et volontaire. J'observai le cœur battant son visage tuméfié, guettant le moment où il ouvrirait les yeux. Mais ses paupières étaient si lourdes, si gonflées !

La vieille ressortit en rejetant le bourras de chanvre qui s'accrocha à une perche, laissant entrer la pleine lumière. Une tache claire, mouvante, éclaira le visage d'Aimeric. Je m'aperçus alors qu'il avait les yeux ouverts, par une fente imperceptible que le jour de la porte rendait lumineuse et dorée. Je l'appelai :

— Aimeric ! Mon amour ! Je suis là avec toi ! Je vais te soigner, te guérir, te protéger !

Il réitéra sa pression de la main. Il me signifiait qu'il avait compris.

Il vivrait.

XVI

Le vieil Amalric d'Anduze arriva au palais en demandant où était Trencavel. On l'envoya dans la chambre du Conseil, une vaste pièce qui jouxtait la salle des réceptions et où le vicomte avait l'habitude de recevoir ses amis et ses conseillers. Une table massive en meublait le centre, qui pouvait contenir parchemins, chartiers, cartulaires et présents aussi bien que tout son harnachement de guerre. Mais elle servait le plus souvent à boire et à manger, pendant que le vicomte soumettait une question épineuse à ses fidèles.

La discussion s'éternisait sur le sujet de la comtesse, associée dans une même ignominie au troubadour. Tout ce qu'on savait au château, c'est qu'Adélaïs avait disparu avec sa cousine. Quant au troubadour, un message de Jourdain de Cabaret faisait savoir au vicomte qu'on n'avait retrouvé ni les restes du chevalier, ni les restes du cheval. Toutes les suppositions étaient possibles.

Roger détestait les suppositions qui étaient autant d'incertitudes. Il détestait de s'en remettre aux caprices du destin, une épée au-dessus de sa tête et la tête dans les épaules. Il attendait de ses amis une bonne idée qui le délivrerait de cette position inconfortable, où le pire pouvait survenir plus souvent que le meilleur.

Dans ce genre de situation Roger préférait attaquer sans délai, agir, crever l'abcès. Roquefort avait dit plusieurs fois, parlant d'Aimeric :

— Avec ses airs de donzelle, ça ne m'étonnerait pas qu'il ait survécu. C'était un sacré gaillard.

C'est bien ce qui inquiétait le vicomte. Le notaire Saquet proposa, de sa voix douce et onctueuse d'homme savant :

— Seigneur vicomte, envoyez quelques trottiers discrètement, de préférence des Aragonais ou des Navarrais qui ne parlent pas la langue notre. Ils ramèneront la comtesse, et feront disparaître le chevalier sans bruit...

Roger comprit qu'on lui proposait enfin, sur un ton badin, un bon remède pour le soulager de l'abcès qui l'enfiellait depuis trop longtemps. Les trottiers, ces soldadiers d'élite qu'on lançait sans difficulté sur du gibier humain, si acharnés à poursuivre leur proie qu'ils préféraient mourir plutôt que de revenir bredouilles, ces fils du vent allaient dans un tourbillon vengeur nettoyer la montagne du scandale que la comtesse de Toulouse y avait répandu dès son entrée dans sa vicomté, dans sa vie.

Purifier. Il allait purifier sa vicomté de Carcassonne de la honte dont la comtesse l'avait souillée, elle et lui, sa vicomté et lui, son lignage et lui, comme toujours avaient fait les gens de Toulouse, cette engeance fourbe née certainement d'une fornication du diable avec une lépreuse. La comtesse Adélaïs, qui maintenant semait l'infamie sur les flancs de la Montagne Noire, qui se gaussait de lui avec l'insolence, l'impudence et aussi l'impudeur propres à son sexe, la comtesse serait purifiée dans le sacrifice de son amant, par le sacrifice de son amant officié sous ses yeux.

Car qui dit purification dit sang versé. « Mes trottiers, pensa Roger dans une bouffée de gratitude, sont des égorgeurs de première. » Il s'exclama avec une joie mauvaise :

— Les trottiers ! Voilà la solution. Où sont-ils ?

Peire de Brens, le sénéchal de l'Albigeois, s'avança :

— Ils sont à Béziers, seigneur Roger. Ils sont restés en renfort.

Roger fronça les sourcils, contrarié :

— N'y en a-t-il aucun ici ?

— Dix ou quinze tout au plus, qui doivent faire le guet ou quelque escorte. S'ils ne sont pas aux écuries à donner un coup de main...

— Quinze ? Cela suffit. Il n'en faut pas plus pour arrêter une drôlesse et achever un mourant. Envoyez-moi leur mainadier, seigneur sénéchal.

Le vieil Amalric d'Anduze venait d'entrer, et profita de la conclusion du chapitre pour s'approcher de Roger. Il le tira par la manche. Roger se tourna et, voyant le vieil écuyer de son père qui le lorgnait par en dessous, il lui demanda, agacé :

— Que veux-tu ?

— Te parler...

— Parle !

— Pas ici. Il te faut venir aux écuries.

La voix ferme et décidée du vieillard lui rappelait son père. Roger se radoucit et, trouvant la distraction finalement bienvenue, il le prit sous le bras comme un fils. Il le supporta sans peine jusqu'au bas de l'escalier. Ils allèrent aux écuries. Le vieil écuyer tira Roger devant une stalle close de planches, où brillait comme du vieil or le cheval d'Aimeric de Castelnau. Se soutenant à l'épaule du vicomte, Amalric d'Anduze montra l'animal de la main :

— Tu connais ce cheval, pardieu.

— C'est celui du troubadour.

— Et sais-tu quelle est sa race ?

— Aucune idée.

— C'est un akhal téké, le cheval des Turcs. Il est né dans les steppes d'Asie. Infatigable, increvable, plus rapide que tout, c'est avec ce cheval que les Turcs ont pris le tombeau du Christ à Jérusalem.

— Et c'est avec les nôtres que nous l'avons repris... et que nous le garderons.

— Je n'en crois rien. Mais sais-tu où j'ai vu pour la première fois ces merveilles ?

— Non.

— À Tripoli, avec ton grand-père.

— Bernard-Aton ?

— Lui-même. J'étais son page, je n'avais pas douze ans. Il avait pris la croix tardivement, remettant d'année en année l'accomplissement de son vœu. Il ne se décida que dans l'année 1101, et pour tout dire sous la menace de l'excommunication.

Le vieil Amalric rit de ses gencives nues, et Roger le suivit par solidarité contre l'Église. Le vieux continua :

— Mon père l'accompagnait. J'accompagnais mon père...

Le vieillard s'oublia un instant dans ses souvenirs, mais en revint assez vite pour dire :

— Je vais te demander un service.

— Dis !

Il montra du menton le cheval doré qui tournait en rond dans sa stalle, incommodé par la présence d'étrangers.

— Donne-le-moi !

— Accordé ! Sans regret. Mais qui le montera ?

— Nous verrons bien. Voudrais-tu me le sortir sous le château, dans la prairie qui longe la rivière Aude, que je le vois à la lumière. Ah ! Roger, tu ne peux pas savoir combien ce cheval me fait galoper l'esprit. Je n'ai jamais, jamais connu de vie plus exaltante qu'à l'époque où tous les jours nous contemplions ces chevaux, dans la lumière du matin toute dorée de Terre sainte. Et tu peux me croire que nous les contemplions de loin ! Car les Turcs qui les montaient savaient se servir d'un arc ! Plus d'un d'entre nous l'aura appris à ses dépens. Et moi le premier...

Il voulut encore une fois montrer une vieille blessure laissée par une flèche turque venue droit dans son épaule, mais Roger le devança :

— Je sais ! Je sais ! Tiens ! Ton cheval !

Roger était entré dans la stalle du cheval doré, le poing fermé tendu vers la croupe pour l'écarter. Le cheval tourna sa tête à l'opposé du vicomte pour se mettre hors de portée du licol. Roger lança la longe et ramena l'encolure vers lui. Il maugréa :

— Et docile avec ça ! S'il me mord je lui casse les reins ! Il ira au boucher.

Le vieil Amalric rit et s'attendrit :

— Ces chevaux sont des êtres très sensibles. Ils ne connaissent que leur maître. Aussi ne peuvent-ils en avoir qu'un seul dans toute leur vie.

Roger réussit à sortir l'étalon déjà luisant de sueur et ronflant de colère. Il l'amena dans la cour à bout de bras. Il appela un jeune écuyer et le lui confia en disant :

— Tiens-le bien ! Amène-le au bord de la rivière. Le vieil Amalric veut le contempler. Tu le feras boire.

Il tapa amicalement sur l'épaule d'Amalric :

— J'ai à faire. Il est à toi. Mais ne te presse pas de le monter.

Le vicomte éclata de rire et s'en retourna. Amalric suivit l'écuyer et son nouveau cheval qui piaffait comme un poulain, la tête haute, le nez dans le vent, la bouche mousseuse, l'œil en coin et mauvais. Amalric secoua la tête, attendri : « Ils étaient toujours comme ça. » Et puis :

— Quand les Turcs arrivaient au galop sur ces chevaux, mon pauvre, c'était la foudre qui nous tombait sur la tête.

Le jeune homme acquiesça poliment :

— Les Turcs !

— Ils filaient comme le vent, nous tournaient autour, lançaient leur flèche et disparaissaient en un éclair.

— Où ça ?

— En Palestine, petit.

— Ah oui ! Là où on fait la soie ?

— Mais non ! C'est en Chine qu'on fait le fil à soie. Moi je te parle de la Terre promise, celle où est né et fut tué Nostre-Segnér Jésus-Christ pour nous sauver.

Il saisit le cheval au licol et montra un visage badin au jeune homme :

— Dis, sois gentil, va me chercher sa selle et son bridon. Je te le tiens.

Le gamin ricana :

— Eh ! Grand-père ! Vous n'allez pas le monter ? Il va vous perdre en chemin...

— Va, petit. Fais-moi plaisir par le Christ Rédempteur. Je veux le voir harnaché. Va...

— Tenez-le bien !

— Dis ! Tu ne vas pas m'apprendre à tenir un cheval, blanc-bec ! Va ! Fais vite !

Le jeune écuyer lâcha la longe et retourna aux écuries. Il revint rapidement, enguirlandé du harnachement du cheval et le sella, le brida, le ressangla.

— Bien, c'est bien mon garçon. Aide-moi à monter...

Le jeune homme éclata de rire :

— Vous n'y pensez pas, grand-père. Même moi je ne le monterais pas !

— Toi, c'est normal. À ton âge on ne sait rien, on s'ébahit de tout. Allez, aide-moi, pour l'amour de Jésus-Christ qui souffrit la Passion ! Je veux juste monter sur ce cheval, pour voir, pour faire revenir les souvenirs de là-bas...

L'écuyer obtempéra en rechignant. Il amena le cheval près d'un monticule, et descendit l'étrier. À peine avait-il remis l'étrier à la bonne hauteur que le vieillard éperonna l'akhal téké jusqu'au sang. Le cheval bondit en avant et partit en martelant le sol d'une grêle de coups. Amalric d'Anduze s'était adossé au troussequin haut relevé, les jambes raides et avancées, les rênes tenues comme deux chandelles dans les mains. Le cheval longea le bord de l'Aude à pleine course.

Le vieil écuyer branlait du buste à chaque battue du galop. Une charrette survint, qui quittait le port, chargée de troncs d'arbres descendus en radeaux depuis le pays de Sault. Amalric referma les mains sur ses rênes, l'akhal téké ralentit sa course mais ne dévia pas. Prenant son appel de quelques battues précipitées il s'enleva au-dessus de la charrette et des bois. Le vieil Amalric avait d'instinct serré les jambes, les arrondissant autour du tronc de la bête comme des tenailles. Ne faisant qu'un avec sa monture, il passa et resta miraculeusement en selle.

Ce faisant il lui avait planté une nouvelle fois les éperons dans le flanc. Le cheval reprit sa course folle et arriva au chenil du vicomte, un entassement de constructions en bois proches de la rivière. Une meute de gros mâtins à la babine tombante et à la voix forte et grave en sortait, tout hurlants et bondissants, pour aller boire, emportant de jeunes pages qui couraient pour ne pas lâcher les traits.

Voyant le cheval arriver sur lui un grand dogue se retourna et bondit. L'enfant qui le tenait tomba. Le cheval prit peur et fit un écart prodigieux. Le vieillard bascula et tomba sur le sol où il rebondit comme un bonhomme de paille. Il ne se releva pas. Le jeune écuyer qui suivait des yeux l'équipée, les mains sur la tête, jura et partit chercher le vicomte.

Roger arriva en courant avec Bertran de Saissac. Les mariniers, les gens de métier et les badauds du port faisaient déjà un cercle autour du corps reposant en désordre sur le tapis jaune de l'herbe d'hiver. Roger le retourna : Amalric d'Anduze souriait. L'akhal téké l'avait emporté au paradis.

Le vicomte ordonna de transporter le corps au château. Bertran de Saissac était allé rechercher le cheval qui broutait un peu plus loin, indifférent au drame qu'il avait provoqué. Il le ramena par la bride. Roger s'emporta :

— Donne-le aux bouchers ! Qu'il finisse au couteau !

Bertran secoua la tête :

— Roger, chez nous on ne tue pas un cheval de chevalier, on ne l'a jamais fait. Si tu ne veux plus le voir, donne-le-moi.

Roger ricana :

— Je sais bien pourquoi tu ne veux pas qu'on l'abatte... Dans ta doctrine, les âmes des morts qui ne vont pas au paradis reviennent dans une nouvelle « prison de chair » (il prononça l'expression consacrée avec une ironique affectation), homme ou animal. Il pourrait bien être habité par un chevalier que tu connaisses...

Roger croisa les bras et fixa Bertran en secouant la tête avec incrédulité :

— Qui pourrait-il être dans ce cheval que tu connaisses ?

— On ne sait jamais. Les chevaux sont les animaux les plus habités par les âmes errantes. Tu le sais parfaitement.

— Mais sais-tu quelle est sa race ? Sais-tu d'où il vient ?

— Non.

— C'est un akhal téké, le cheval des Turcs. Ces chevaux sont élevés dans les steppes d'Asie.

Il ricana à nouveau :

— Qui, bon Dieu, connais-tu dans les déserts d'Asie ?

Bertran rit :

— Et pourquoi pas les enfants de nos pères partis à la croisade et jamais revenus ?

Roger médita et, prenant son ami Saissac par les épaules, il revint vers le château à pas lourds. Bertran l'empoigna à son tour. Il avait vu sur le visage dur du vicomte ruisseler un immense chagrin.

Les trottiers s'étaient engagés dans la vallée de l'Orbiel le cœur léger. Ils aimaient ces courses dans la montagne, en pleine nature, prenant un plaisir physique dans la fatigue de leur corps sec et léger, respirant à pleine gueule un air pur et frais chargé d'effluves essentiels et de parfums fleuris, loin de la puanteur des rues de la cité. Leur mainadier était à cheval. Ils ne l'enviaient pas du tout. Ils auraient vécu comme un embarras la possession d'un cheval.

Soldadiers, mercenaires, ils seraient récompensés à la fin de leur mission. Ce détail n'était pas non plus pour rien dans leur humeur joyeuse.

Le mainadier Bernat de Mollet, un jeune chevalier catalan, soldadier comme ses hommes mais à un autre prix, leur avait transmis la consigne reçue du vicomte en personne. Dans l'ordre : retrouver la comtesse et le troubadour, Aimeric de Castelnau de son vrai nom, chevalier du comte de Toulouse ; ramener la comtesse et sa cousine intactes, sans brutalités ni vexations ; se débarrasser du chevalier et de sa monture qui ne devaient pas laisser de traces. Leur disparition devait rester un mystère total.

Au-dessus de leur tête, le long des versants abrupts, la main lourde du vent faisait courir une onde argentée sur le feuillage des oliviers. De temps en temps l'un des hommes s'approchait de l'eau qui s'écoulait bruyamment vers le bas de la vallée et, s'accroupissant sur le sable rouge, buvait quelques gorgées glacées. Deux ou trois d'entre eux portaient un arc, détendu dans la main gauche, mêlé aux trois javelots réguliers qui constituaient leur principal armement sur le modèle des dardiers navarrais.

Ils avaient aussi droit à un grand couteau ou une dague.

Les archers portaient un carquois fermé et serré par des lacets, qui ne faisait aucun bruit.

Ils arrivèrent à la tombée de la nuit en vue de la montagne de Cabaret, coiffée de ses quatre forteresses, couronnée de sa muraille souple qui épousait les courbes du terrain et, d'année en année, descendait de plus en plus bas sur le versant. Le mainadier Bernat de Mollet désigna à ses hommes, après le passage du gué sur le ruisseau du Grésilhou, et avant d'arriver à l'église-forteresse, une terrasse à peu près plate, abritée du vent, qui ferait un excellent bivouac. Lui-même resta en selle et lança son cheval sur le raidillon qui menait au château principal.

Dans la lumière limpide du couchant il contempla le grouillement du village sous le château. Les habitants s'activaient avant la nuit à préparer le repas du soir, à ramasser le linge étendu sur les rochers et les arbustes, à rentrer les bêtes. Des jeunes filles austères comme des moinesses, en bliaud de laine écrue raidie par les averses, remontaient du ruisseau en se cambrant sous le poids des cruches qu'elles portaient sur la tête, sur un coussinet à franges dansantes qui répondaient aux ondulations de leur marche. Elles suivirent des yeux avec effronterie, sans tourner la tête, le buste raide, le chevalier qui passait. Il leur sourit. Elles ployèrent le genou pour lui faire une révérence, et lui tirant la langue elles s'enfuirent en trottinant.

Le capitaine catalan s'amusa de leurs petits rires cristallins.

Il aimait ces villages de montagne où les filles ne faisaient pas de manières. Elles y étaient avant leur mariage plus libres que dans les cités. Il prit à témoin san Jordi qu'il n'avait aucunement l'intention d'en profiter.

Au château le capitaine Bernat de Mollet alla voir directement Jourdain de Cabaret pour lui exposer sa mission. Jourdain l'accueillit avec satisfaction, mais ne put que répéter ce qu'il avait fait savoir au vicomte : le troubadour avait disparu. Il invita le chevalier catalan à sa table. Na Louba lui donna avec empressement le baiser de paix, et lui présenta dans un sourire charmeur l'aiguière d'eau parfumée et le bassin qu'elle venait d'arracher des mains d'une servante. Le chevalier était un beau jeune homme de vingt-cinq ou vingt-six ans, mince, musclé, fin de visage, le cheveu et le sourcil brun, la barbe courte et serrée, les yeux frangés de cils noirs. Il était sobre dans ses manières et respirait la fermeté et le courage.

Il s'assit avec plaisir à la table seigneuriale. Il mourait de faim. Délaissant le protocole, Na Louba s'était écartée de son époux pour s'asseoir fortuitement en bout de table. De cette façon elle tenait sous son regard le jeune mainadier.

La châtelaine se surprit à rêver qu'elle s'abandonnait dans ses bras. Elle imagina une histoire insensée où le capitaine venait la délivrer de son mari, risquant sa vie pour l'emporter dans son repaire en Catalogne. En récompense elle se donnait à lui, par devoir et par gratitude. La présence de Jourdain, qui déjà s'empiffrait de blanc-manger de poule, ne pouvait qu'épicer sa chimère.

Bernat de Mollet ne fut pas long à comprendre qu'il avait été remarqué par la domna de Cabaret, et moins encore à lui faire savoir, en retour de ses regards appuyés, qu'il la trouvait à son goût. Après ce bavardage silencieux qui semblait réaliser miraculeusement le début de son rêve, Na Louba sentit la joie l'envahir, une joie extravagante qui venait toujours du regard des hommes, et qui la bouleversait quand elle lisait dans leurs yeux le désir âpre de la posséder.

Elle n'aurait pu expliquer pourquoi, mais ce moment précieux suffisait un temps à son bonheur. Peut-être la rassurait-il quant à sa hantise d'être oubliée à Cabaret, et de s'apercevoir un beau jour, dans un éclair d'épouvantable lucidité, qu'elle y était échouée comme une recluse, loin de la vie. Oui, elle avait besoin qu'on lui dise qu'elle n'entretenait pas inutilement sa beauté réputée, et que son beau corps était toujours désirable, propre à donner de la joie d'homme, prêt à servir encore selon sa vocation.

Na Louba vivait dans la hantise de l'âge qui gâte tout.

Le capitaine répondait sans réticence ni conviction à la conversation grogneuse de son époux, hachée de grosses bouchées dégoulinantes et d'acharnements bruyants sur les os. Bernat de Mollet assurait la réplique par politesse, mais toute son éloquence passait dans ses yeux noirs qui parolaient joyeusement et d'abondance avec ceux couleur d'azur de la belle Na Louba.

Il remarqua qu'elle avait des yeux fendus vers les tempes, comme les loups, une bouche charnue, une poitrine de rêve à en juger par l'encolure très arrondie, échancrée encore là où deux perles de verre n'avaient pas été attachées. Mais le plus remarquable était sa chevelure, une crinière léonine, foisonnante, buissonnante, d'un roux châtain dont les reflets flamboyants blanchissaient encore sa peau de lait.

Le brun Bernat de Mollet ne résistait pas aux peaux laiteuses, vierges de toute trace d'un grain de soleil.

Le jeune chevalier se demanda combien de grains de beauté pouvaient avoir envahi ce corps amoureux, et où. Il paria avec lui-même qu'il apporterait à ses hommes le barricot de grenache qu'on avait posé à côté de la table, sur un trépied, s'il ne le savait pas avant demain...

Un jouglar de passage vint payer son repas devant la haute table en débitant quelques chansons dont il nommait les auteurs avec une emphase ridicule. Accompagné d'une harpe mal accordée, il abusait des trémolos et bientôt personne ne lui prêta plus attention.

Le capitaine catalan remarqua que Jourdain buvait beaucoup. Il avait déjà le visage rubicond et trouble. Sa bouche devenait agressive. « Un porc ! » pensa le capitaine de plus en plus captivé par les yeux en amande de sa femme.

Il nota avec plaisir qu'elle s'impatientait au fil du repas, s'agitant et se levant sans cesse sous le prétexte de surveillcr le service ou de parler à quelqu'un. Arrivés aux issues de table, elle s'approcha du chevalier et lui avança des confiseries et une coupe de vin grec. Elle fit glisser la coupe longuement devant lui, pour lui laisser le temps de plonger son regard dans son corsage. Jourdain la rabroua brutalement, et lui reprocha de faire le service comme une servante. La châtelaine rit d'un rire de gorge et revint à sa place en défiant son mari, joyeuse, triomphante, comme ivre.

Le chevalier comprit que le seigneur de Cabaret n'était pas aussi saoul qu'il en avait l'air, ni indifférent aux jeux de sa femme. Il la surveillait. Il se demanda quel stratagème elle inventerait pour le rejoindre, car il était sûr qu'elle chercherait à le rejoindre avant qu'il ne quitte Cabaret.

Il prit congé de son hôte à la mi-nuit. Il ne put saluer Na Louba qui avait disparu. Il reprit son cheval et, le menant par la bride, revint sur le sentier du retour. C'était une nuit de pleine lune ; le piton et les châteaux baignaient dans une clarté magique au milieu des étoiles. Il fut surpris de distinguer encore quelques lueurs chaudes en bas, éclairant des bouts de terrasses près du ruisseau où des feux couvant devant les portes révélaient des cercle d'ombres à l'écoute d'un prêcheur.

Il passa la porte de l'enceinte et sentit une présence derrière lui. Des petits cailloux roulaient sur les côtés du sentier. Il se retourna : Na Louba était là, éclairée par la lune, et lui souriait. Elle lui tendit sa bouche. Le Catalan lui prit la taille et la serra contre lui. Comme sa main s'égarait elle s'en saisit et le tira sur le chemin. Elle coupa par un raccourci qui descendait dans une grande caverne avant l'église. Na Louba le guida dans l'obscurité presque totale, tandis qu'il retenait son cheval dont les sabots ferrés roulaient sur les cailloux. La jeune femme le tira entre deux gros rochers avant de s'engager dans un couloir naturel, une sorte de faille haute et étroite. Le cheval refusa d'avancer. Le mainadier le lâcha.

Une fois passé le coude du couloir rocheux l'ouverture s'éleva encore comme une entaille, révélant le ciel étoilé. Sous leurs pieds, la vallée de l'Orbiel serpentait au fond d'un à-pic, où la lune révélait parfois des traînées d'écume. Devant eux la montagne, et au-dessus un champ d'étoiles serrées comme les fleurs d'un églantier. Na Louba chuchota :

— Le village est de l'autre côté du piton. Ici nous sommes seuls.

Elle se blottit contre le chevalier catalan et se laissa embrasser. Quand il devint entreprenant elle se recula et s'assit sur une table rocheuse. Bernat de Mollet pensa qu'elle connaissait bien le coin. Il n'en ressentit aucun sentiment particulier. Il n'allait pas s'éprendre d'une louve en chaleur.

Na Louba s'était assise sur le rocher, puis avait laissé aller son torse dans une attitude d'abandon. Le jeune homme s'approcha du corps allongé et commença à la caresser. Elle pouffa de rire, se redressa et, le laissant faire, elle s'employa à le déshabiller. Elle délaça ses chausses si habilement qu'il en fit intérieurement la remarque.

Il ouvrit son corsage, délaça son bliaud et la mit nue jusqu'à la taille, dans le froid, embrassant sa chair blanche à pleine bouche à mesure qu'elle apparaissait, la faisant tressaillir de sursauts brusques et enjoués. Il nota avec satisfaction que ses seins tenaient leurs promesses. Il n'aimait pas les femmes sans poitrine, au torse hybride ; il ne connaissait aucun chevalier qui ne pensait pas comme lui.

Na Louba le reçut en soupirant et en riant, emportée par le plaisir. Elle se mit à geindre, puis à sangloter, puis à rire aux éclats et à soupirer. Le chevalier pensa : « Elle est vraiment folle ! Mais comme elle est belle, la garce. » La lune pâlissait son corps et le dilatait dans une rondeur somptueuse.

Après l'étreinte, le chevalier s'appuya à la pierre et Na Louba l'enlaça dans son dos, le menton dans le creux de son épaule, couverte de la cape épaisse du soldadier. Elle respirait à petits coups dans son cou et dans ses cheveux son odeur d'homme. On entendit dans le lointain un chœur d'hurlements mélancoliques.

— Les loups..., murmura Bernat de Mollet.

La châtelaine lui chuchota à l'oreille :

— Ils tiennent leur cour d'amour.

Les hurlements reprirent, mystérieux, pathétiques, beaux, se surajoutant les uns aux autres dans une exaltation collective sans fin. Na Louba ajouta :

— Les femelles choisissent leur mâle.

— Ou le contraire...

— Jamais le contraire !

— Qu'en sais-tu ?

— Je le sais ! Je suis une louve, moi. C'est moi qui t'ai choisi. C'est comme ça chez les loups.

Elle rit. Le chevalier sentit qu'elle s'exaltait, et que ce chœur de hurlements l'agitait curieusement. Le concert reprit, plaintif, triste comme un lamentu catalan après une tempête, quand des marins ne sont pas rentrés au port.

— Entends comme ils se désirent.

Ce n'était pas précisément ce qu'imaginait le chevalier. Mais Na Louba s'était à nouveau serrée contre lui, la main sous sa chemise. Elle écarta ses doigts dans la toison de son torse et descendit lentement sur son ventre. Il eut de nouveau envie d'elle et se retourna. Elle s'offrit sans réticence et se tourna en s'exclamant :

— Je suis une louve !

Elle vint contre lui et cria. Elle se mit à gémir comme un animal blessé, le plaquant contre elle avec une énergie farouche.

Le lamentu de la horde de loups revint emplir le ciel. Le chevalier pensa à sa mère et sentit d'un coup la lassitude tomber sur son cœur. La femme qui se frottait contre son ventre l'insupporta. Son désir tomba. Il s'écarta, se rhabilla à moitié et s'en alla sans un mot. Na Louba, prostrée, entendit le pas du cheval s'éloigner. Elle espéra jusqu'après le silence qu'il reviendrait lui parler.

Les loups reprirent leur concert. Na Louba se mit à gémir à l'unisson. Elle se tourna, se coucha sur le dos, et s'emplit le regard du ciel étoilé. Son désir se perdit dans la vapeur blanche de son souffle, dans la nuit. Elle ferma les yeux et ses paupières en descendant firent déborder de grosses larmes.

Au petit matin les trottiers et leur mainadier reprirent leur progression vers le massif de la Loubatière. Ils passèrent la Dure à Cuxac et commencèrent à interroger les culverts et les hommes des bois qui travaillaient dans la forêt. Personne n'avait vu la comtesse. Ils attaquèrent la montée dans le massif, toujours joyeux, tirant vers le couchant. La comtesse avait dû faire de même.

En fin d'après-midi, la forêt s'épaississant ils s'arrêtèrent dans une clairière. Ils n'espéraient plus trouver de hameau et les archers préparèrent leur arc pour tuer quelque gibier. Ils avaient à peine posé le pied dans la prairie qu'un taureau sortit de la forêt et s'en vint vers eux au trot. Bientôt apparut le troupeau entier, sorti de la forêt comme par enchantement. L'un des hommes s'exclama :

— Taureaux sauvages ! On va s'amuser !

Il courut au-devant du grand taureau de tête et gesticula jusqu'à ce qu'il le charge. Il l'attendit en faisant des petits bonds sur place et quand la bête, tête basse, crut l'empaler sur ses redoutables cornes noires, l'homme s'envola avec facilité au-dessus du fauve dans un saut tourbillonnant. Un compagnon arriva derrière lui et fit de même en s'enlevant avec une perche de hêtre. Un autre suivait, qui se plaqua comme un linge mouillé sur le chanfrein de l'animal furieux, les cornes sous les aisselles. Le taureau tenta de se débarrasser de l'intrus en donnant des coups de tête brusques vers le ciel. L'homme, qui avait passé ses mollets sous la gorge du fauve, le fatigua un moment et puis le lâcha. Il partit dans les airs et retomba en roulant plusieurs fois dans l'herbe.

Tous les hommes riaient. Quand le troupeau menaça de charger en bloc ils se retirèrent et la troupe repartit. Le chevalier était furieux d'avoir perdu un bon emplacement pour le bivouac. Il se consola en pensant qu'ils tomberaient peut-être sur un écart de charbonniers, ou de bûcherons, et qu'ils auraient gracieusement une soupe chaude. Ils savaient la réclamer.

Mais la nuit vint épaissir la forêt sans avoir vu âme qui vive. Ils s'installèrent dans les environs d'une source, et se contentèrent de leurs provisions. L'un d'eux voulut faire du feu en frappant sa pierre à feu contre un flocon d'étoupe, mais l'air humide avait déjà poissé les fils. Il renonça et chacun s'enroula dans sa cape sombre, le capuchon sur les yeux.

Au matin ils reprirent leur marche. Ils trouvèrent des bûcherons qui leur indiquèrent un écart. Ils y allèrent. Il n'y avait pas trace de la comtesse, mais on leur indiqua d'autres hameaux. Ils revinrent un peu sur leurs pas et repartirent en direction de fumées blanches qui se devinaient au loin, sur un autre versant, s'effilochant au-dessus de la hêtraie. La forêt de printemps s'étendait à perte de vue comme une gaze, comme un voile aux reflets mauves. Elle commençait à débourrer.

En approchant du hameau ils entendirent des chevaux hennir. Le cheval du capitaine leur répondit. Le Catalan déclara, satisfait :

— Par san Jordi nous y sommes.

Ils débouchèrent ensemble dans l'aire commune, silencieusement, par toutes les issues à la fois. Ils virent une vieille faisant sa cuisine sur un foyer protégé par une palissade et un toit de genêts et, en face d'elle, de l'autre côté de la cour, une femme blonde assise au soleil sur un tabouret, jouant avec un chiot. Elle était vêtue d'un bliaud brodé de soie. Le chevalier reconnut la cousine de la comtesse. Il l'interpella :

— Domna, je vous reconnais. Vous êtes la cousine de la comtesse de Toulouse.

Alis cria de surprise et l'observa avec inquiétude venant vers elle à grandes enjambées souples et décidées. Elle pâlit à la vue des trottiers qui s'approchaient tous en même temps, le corps déformé par leurs jambières en peau de loup, leur casque en cuir bouilli que la plupart portaient sur la tête, par habitude et pour se protéger du froid, et leur cape roulée dans le dos. Ils étaient tendus et nerveux comme des fauves.

Une intense panique s'empara d'elle, la même qui lui était venue devant le troupeau de taureaux sauvages. Elle tenta, dans un effort désespéré de ne pas paraître émue, de parler la première. Prenant un ton de grande domna elle lança :

— Que voulez-vous, chevalier ?

— Vous ramener au palais. Où est votre cousine, la comtesse Adélaïs ?

— Je ne sais pas.

— Si vous ne savez pas, c'est qu'elle n'est pas loin. Nous allons l'attendre.

Il était midi au soleil. Les trottiers entourèrent le chaudron de soupe de la vieille femme avec des gestes d'affamés. La ménine gardait les yeux ailleurs, comme si rien n'était arrivé, mais quand la soupe fut fin prête un des soldadiers s'empara de son fichu, qui descendait jusqu'au sol, en emmaillota l'anse du chaudron et emporta le tout, suivi par la meute tout à coup criarde et joyeuse.

Le chevalier les excusa :

— Ils ont faim.

La vieille revint vers sa maison sans un mot et disparut sous la porte à demi fermée par le bourras de chanvre. Le chevalier s'approcha de la porte et vit un homme allongé sur sa paillasse.

— Qui est-ce ? demanda-t-il en montrant Adalla.

— Mon esclave sarrasin, répondit Alis.

Il fit signe à Adalla de sortir :

— Viens là toi !

— Oui seigneur.

— Où est la comtesse ?

— Elle est partie dans la montagne, seigneur.

— Il y a longtemps ?

— Deux jours.

— Seule ?

— Avec un charbonnier.

— Ah ! Et ce charbonnier, il est de ce hameau ?

— Oui seigneur.

Le chevalier hocha la tête. Il sourit :

— Nous allons l'attendre.

Il entra dans la cabane, se servit d'une miche de pain noir et retourna vers ses compagnons.

Adalla chuchota à Alis :

— Il faut avertir la comtesse.

— Oui. Mais qui ?

— Je vais demander à la ménine.

Il revint rendre compte :

— Elle va aller chez la rebouteuse, qui enverra son fils. Ils connaissent le hameau des Oustalous dont a parlé le charbonnier. Le gamin y sera avant les soldadiers, en prenant par les travers. Que veut dire « travers » ?

— Raccourcis. Qu'elle y aille.

La vieille femme prit une serpette, un fichu de laine sur la tête et les épaules, et sans le moindre regard aux soldadiers s'engagea dans la forêt. Quand elle fut loin, un trottier quitta le groupe discrètement et la suivit.

La vieille alla droit au hameau de la rhabilleuse, et lui fit part de la raison de sa visite. La rhabilleuse appela son fils, lui expliqua ce qu'il devait faire, et lui donnant un morceau de pain elle lui dit en guise d'encouragement :

— Va vite ! Tu auras une belle pièce de la domna comtessa.

Le petit estropié partit en courant, sous le regard du trottier qui l'attendait en lisière de la forêt. L'homme se mit à sa suite. L'enfant trottinait, cherchant à se retrouver dans tous les sentiers qui se croisaient et qui, pour beaucoup, ramenaient au hameau. Quand, loin de chez lui, il s'aperçut qu'il prenait une mauvaise direction, il revint sur ses pas. Il aperçut assez tôt l'homme casqué qui venait vers lui et se cacha. Il le laissa passer et repartit en courant silencieusement sur ses pieds nus.

Quand le soldadier s'aperçut qu'il avait perdu le gamin, il courut en avant pour le rattraper. Quand il fut certain de ne pas l'avoir devant lui il revint sur ses pas au carrefour marqué d'un tas de pierres. Trois chemins s'ouvraient comme une patte d'oie. Quelle direction prendre ?

— Merdaille ! Ce bâtard m'a couillonné, grommela-t-il.

Il décida d'attendre patiemment le retour du messager. La longueur de l'attente serait déjà un indice précieux sur l'éloignement de la comtesse. Il s'allongea dans le sous-bois et attendit.

Il attendit longtemps. L'enfant ne revint qu'à la nuit. Quand il passa près de lui le trottier lui sauta dessus. L'enfant cria ; il le fit taire d'une gifle. Et, sans lui laisser le temps de reprendre ses esprits il lui cria d'une grosse voix :

— D'où viens-tu ?

L'enfant resta muet.

— Je sais que tu viens de voir la comtesse. Où est-elle ?

Comme l'enfant restait muet, il lui envoya une autre gifle, et une autre, une autre. L'enfant s'effondra en larmes.

— Où elle est, cette putane ? Tu réponds où je te tue !

Joignant le geste à la parole, il sortit son couteau et fit mine de l'égorger. L'enfant hurla. Le soldadier lui postillonna à la figure, la voix rauque :

— Parle, fils de putane !

Le garçon n'ouvrit pas la bouche. Le trottier changea brusquement de tactique. Il se radoucit, rangea son couteau et lui dit d'une voix enjouée :

— Allons, petit, je ne te veux pas de mal. Nous sommes venus chercher la comtesse pour la ramener à son palais. Nous ne lui ferons pas de mal. C'est son mari qui la réclame. Il veut revoir son épouse, c'est bien normal. Alors dis-moi où elle est et je te ramène à la maison.

L'enfant tenait une main fermée. L'homme lui prit le poignet :

— Ouvre ta main !

Il lui ouvrit les doigts un à un. Une belle pièce blanche était nichée au creux de sa paume.

— Un denier toulza ! C'est la comtesse qui te l'a donné ? Dis-moi !

Le garçon ne répondit pas.

— Qu'est-ce qu'il fait ton père ?

— Il est mort. Il a été écrasé par un arbre.

— Ah ! Tu as une langue ! Bon ! Écoute ! Tu me dis où est la comtesse Adélaïs et je te donne ma fronde. Juré !

Il détacha de sa ceinture une fronde de cuir rouge, et la tint par la poche en cuir tressé dans laquelle passaient deux cordelles. Il la montra à l'enfant :

— Tu vois comme elle est belle ?

Il se baissa pour prendre sur le chemin un caillou bien rond. Le gamin fila, avec une rapidité inattendue qui effaçait sa claudication. L'homme jura, passa le caillou dans la fronde, la fit vrombir au bout de son bras et lança la pierre avec une force terrible. Elle atteignit l'enfant derrière le crâne en faisant un bruit sec. Il tomba.

Le soldadier alla le rejoindre en quelques enjambées. Il lui souleva la tête et s'exclama :

— Merdaille, il est mort !

Il prit la pièce d'argent qui était tombée de la main de l'enfant, et partit en hâte rejoindre ses compagnons.

XVII

Quand l'enfant était arrivé sur l'aire et avait crié : « Domna comtessa ! », j'étais sortie en courant. Il était venu en claudiquant et m'avait dit :

— Ma mère vous fait dire que les trottiers du vicomte sont à votre recherche. Vous devez partir vous cacher plus loin.

Je me doutais bien que Roger allait organiser une poursuite. De toute façon il me faudrait bien revenir un jour au palais. Mais pas avant d'avoir mis Aimeric en sûreté. Je contemplai mon amour. Il avait entendu l'enfant et, d'une voix déformée par les blessures, il avait chuchoté :

— Trouve quelqu'un qui m'amène jusqu'à Saissac, j'y serai en sûreté. Bertran est un ami.

— Bertran de Saissac ? Un ami ? m'étonnai-je.

— Il est de la nouvelle foi, et veut m'y engager. Je pense pouvoir m'en remettre à lui. Ainsi tu pourras retourner au palais avec les trottiers.

— Mais que vais-je devenir sans toi ?

Il soupira derrière le masque de sa figure grotesque :

— Ma douce, tu comprends bien que nous ne pourrons plus vivre ensemble comme avant, tant que le vicomte sera en vie. Et comme je n'ai pas l'intention de le tuer, ni le pouvoir de le faire...

— Je ne te quitte pas.

— Tu dois revenir à Carcassonne. Tu es la comtesse de Toulouse, la fille du comte Raimon. Le vicomte ne te touchera pas, ni personne, tant que ton père vivra. Nous nous rencontrerons à Saissac, si tu le veux bien...

J'avais conclu autoritairement :

— Nous irons à Saissac, toi et moi, et je ne consentirai à te quitter qu'en sûreté, pas avant.

J'avais remercié l'enfant, lui avais donné un denier d'argent qui avait éclairé son joli visage. Il m'avait dit, tout à coup exalté :

— Je le donnerai à maman !

— Ta mère sera contente. C'est une très bonne femme.

L'enfant avait souri et s'en était retourné, trottinant dans une légère claudication.

Notre vieille guérisseuse était là, curieuse comme une pie. Ses déplacements libéraient une odeur fétide venue de ses triturations d'entrailles de loup. Je lui avais déclaré sur un ton très vicomtal :

— Ménine, nous allons à Saissac. Il nous faut deux hommes pour mener les chevaux, et des torches, rapidement.

La vieille avait levé les bras au ciel, libérant de nouveaux effluves :

— Domna, vous n'y pensez pas ! Votre ami n'aura pas la force de monter à cheval. Et s'il tombait, il ne se relèverait plus. C'est une folie... Quand je pense à toute ma peine pour le remettre sur pied !

Elle avait secoué la tête pour me marquer son irritation :

— Pétarel de pétarel ! Vous me gâtez mon travail !

Ce n'était pas faux, mais il fallait partir au plus vite. J'avais tenté de l'amadouer :

— Ménine, tu as fait un excellent travail. Un vrai tour de sorcière. Mais nous n'avons pas le choix.

Elle s'était approchée, la main devant sa bouche édentée, et avait chuchoté :

— Je peux vous cacher dans la forêt ; je connais des grottes où personne ne viendra vous chercher, vous pouvez m'en croire. Vous n'y verrez que des saints hommes de la nouvelle foi. Ils sont secourables, ils soigneront bien le chevalier. Et vous n'aurez rien à craindre d'eux.

— Ménine, avec tes histoires de Bonshommes tu ne risques que quelques jours dans les prisons de l'évêque. Ça m'étonnerait qu'ils te gardent longtemps (je pensais à son odeur pestilentielle). Par contre, quand les trottiers du vicomte seront là, ce sera une autre chanson. Ils te feront parler avant deux patenôtres. Ils n'ont pas des manières de chevalier, ceux-là. Aussi pour ta sécurité comme pour la nôtre, je te demande encore une fois de me trouver deux ou trois hommes jeunes qui nous emmèneront à Saissac dès cette nuit. Ils seront bien payés.

La vieille avait marmotté quelques mots, qui étaient peut-être des injures, en se courbant sous le bourras de la porte et s'en était allée en nous abandonnant son odeur flottante de charogne. On ne l'attendit pas longtemps. Elle revint toujours maugréant, mais accompagnée de deux bûcherons, deux solides gaillards jeunes, bruns, à la barbe épaisse. Nul doute que la promesse de quelques pièces d'argent, rares dans cette contrée, avait été prise au sérieux.

Je leur expliquai qu'ils devaient monter Aimeric sur son cheval, et le mener jusqu'à Saissac ; je suivrais avec la jument.

Nous en avions pour la nuit. Les deux hommes prirent Aimeric sous les bras, le levèrent et le portèrent jusqu'au cheval. Comme Othon s'agitait, je lui donnai un morceau de pain sec que je rompis en petits morceaux pour l'occuper plus longtemps, tandis que les deux hommes mettaient en selle mon chevalier. Sa selle était fort heureusement une selle de chasse très enveloppante, avec une large bâte sur le garrot à laquelle Aimeric pouvait s'agripper des deux mains, et une bâte montée en cuiller au troussequin, qui lui prenait les reins comme une main ouverte.

Sa grosse tête bleue et verte, enveloppée dans un linge contenant un emplâtre d'herbes, roulait un peu à droite et à gauche, mais il nous assura que ça irait.

Avant de partir la ménine m'interpella d'une voix glapissante :

— Domna comtessa ! Il reste du loup ! Prenez-le ! Vous l'aurez pour demain.

L'idée me fit venir l'estomac au bord des lèvres. Je ne pus m'empêcher de crier :

— Non ! Plus de loup ! Donne-le à tes Bonshommes !

Aimeric ricana. Il transportait encore l'odeur fétide des onguents que la vieille avait confectionnés ; c'était bien suffisant. Même les chevaux paraissaient incommodés. J'aurais voulu lui laver la tête. Mais qui sait si cette sorcière, avec ses recettes à vomir, ne lui avait pas sauvé la vie ? Dieu seul qui n'a jamais menti aurait pu répondre, en se bouchant le nez.

La nuit tomba rapidement. Les hommes s'étaient munis de torches de résine doublées d'écorce de bouleau pour avoir une flamme bien claire. L'une d'elles était déjà allumée afin d'éviter d'avoir à faire du feu dans l'humidité de la forêt.

L'homme qui menait Othon portait la torche enflammée et ouvrait la marche. Mais le vent forcit en changeant de versant, et Othon manifesta de plus en plus d'inquiétude envers la longue flamme qui se rapprochait de lui. Il sautillait et sans le second bûcheron qui marchait à grandes enjambées à côté d'Aimeric et le retenait par la ceinture, celui-ci serait tombé.

On dut revoir l'ordre de marche. L'homme à la torche s'éloigna seul devant, ouvrant l'obscurité d'une clarté dansante, tandis que le second bûcheron tenait nos deux chevaux en ligne par la bride. C'est moi, chevauchant au botte à botte avec Aimeric, qui assurais sa tenue en selle.

Quand la nuit fut totalement noire, les loups réapparurent comme par enchantement. Ou plutôt leurs yeux, des paires d'yeux incendiés par les flammes de la torche. J'étais persuadée qu'il s'agissait des mêmes loups que ceux qui nous avaient escortés, l'autre nuit, en marchant avec le charbonnier vers les Oustalous. De nouveau je sentis passer une onde de peur dans mon dos à l'idée qu'ils nous avaient attendus, que nous étions au centre de leur attention, de leur regard, comme des agneaux au fond d'un piège. Que nous voulaient-ils ? C'était tout simplement effrayant.

J'avertis le bûcheron qui me dit : « On est assez nombreux pour se défendre ! » L'autre devant avait entendu et me montra le bâton qu'il tenait à la main, dont le bout luisait à la flamme, armé de plusieurs pointes de fer :

— Nous avons de quoi les recevoir, dit-il d'une voix assurée, presque enthousiaste, qui réchauffa mon courage. S'ils s'approchent ils vont tâter de la fourchine.

Aimeric grogna, et me chuchota de sa drôle de voix déformée, rauque, engluée :

— Adélaïs, n'aie pas peur. Ce sont des amis.

J'étais stupéfaite. J'observai Aimeric ; il semblait dormir, les yeux fermés, appuyé sur ses bras qui se crispaient sur le pommeau courbe de la selle.

— Des amis ? dis-je.

— Oui. Ils nous protègent...

Je restai songeuse. J'imaginai qu'Aimeric avait perdu la raison, comme on le voit souvent chez les chevaliers qui ont reçu un coup sur la tête pendant un tournoi ou au cœur d'une bataille.

— Je veux bien..., répondis-je d'une voix neutre pour ne pas relancer la conversation et épargner ses forces.

Il était remarquable que les loups nous encadraient sans quitter le sous-bois. Ils n'avaient rien de menaçant, pas encore. De temps en temps la flamme dansante révélait inopinément une tête entière, de courtes oreilles frichues, un feston de gros favoris aux pointes blanches. Et puis la nuit effaçait tout à nouveau mais restaient avec une insistance éprouvante les étranges regards phosphorescents, deux fentes s'ouvrant sur de l'or en fusion et s'éteignant à tour de rôle derrière les ombres dressées de la forêt.

Les chevaux non plus ne partageaient pas la sérénité d'Aimeric. Ils piaffaient et bondissaient dans un semblant de galop, obligeant Aimeric à se raidir pour tenir sa tête douloureuse. Je l'agrippais par un bras.

Le bûcheron qui tenait les montures, grand et costaud, jurait de sa grosse voix pour calmer les bêtes bridées étroitement à la bouche, mais n'avait pas trop de toute sa force pour les retenir.

Si elles échappaient, mon sentiment était que nous étions perdus.

Nous marchâmes ainsi jusqu'à l'aube, nous arrêtant de temps en temps pour permettre à tous de reprendre des forces. L'un des hommes portait une besace qui contenait du pain, du lard, du fromage de brebis et du vin. Je goûtai à tout, tant cette nuit était angoissante et interminable. Je craignais à tout moment de manquer de forces pour aller au bout de ma tâche.

Enfin le noir de la nuit se dilua dans l'aube naissante, et le ciel prit une teinte perlée. Les loups nous quittèrent aussi mystérieusement qu'ils étaient apparus. Bientôt un merveilleux spectacle se présenta devant nous, au détour du chemin : jaillissant des frondaisons un château vertigineux aux teintes olivines dressait ses murailles quasiment aveugles sur un piton entouré de ravins. Cette vision presque irréelle me rappela les images peintes sur les pages d'un psautier de la librairie de mon père, dans la tour Gaillarde, qui représentait des monastères byzantins construits au milieu du ciel, au sommet de pitons vertigineux.

En nous approchant encore nous vîmes qu'un étroit chemin, tiré comme une langue, reliait le château à une église massive qui arrêtait les dernières maisons d'un bourg dégringolant du versant comme un éboulis. Parvenus au bord du ravin, notre regard se vida entièrement dans un spectacle biblique. Derrière le château, après la robuste église, le bourg s'étageait en rangées de maisons bien alignées depuis le haut jusqu'en bas du versant, formant une conque, une coquille pareille à la coquille des pèlerins.

L'émerveillement redoublait en contemplant la puissance de ces maisons, toutes bâties en pierres bien liées, couvertes de tuiles rouges ou de fines lauzes et présentant des façades de quatre à cinq étages, dont le plus haut était ombré d'une galerie de bois ouverte vers le midi, vers Carcassonne, et dont les plus bas étaient aveugles et se poursuivaient par des terrasses en cascade remplies d'arbres et déjà de fleurs, descendant jusqu'à l'à-pic. On ne voyait pas le fond du ravin, tant il était profond, mais on entendait ses eaux torrentueuses creusant un peu plus chaque jour cet infranchissable fossé.

Nous parvînmes aux portes de la ville pour constater qu'elles étaient encore fermées. Plutôt que d'attendre le premier son de trompe, nous allâmes fureter dans le barri, un faubourg qui s'étalait sous les murailles. Les maisons y étaient en bois, en torchis, en lattis. Elles étaient moins hautes, avec des couvertures de bois ou de bruyère. Mais elles paraissaient solides et confortables.

Les gens s'éveillaient, et déjà les enfants avec les hommes sortaient se soulager à la lisière de la forêt. Ils nous observèrent un moment. Un homme grand et maigre, un peu âgé, s'en vint vers nous d'une démarche tranquille de saint homme. Sa barbe était grise, bien peignée, longue et propre ainsi que ses cheveux qui formaient un voile blanc, soyeux, balayant ses épaules maigres, anguleuses comme un dossier de cathèdre. Il portait un bliaud de laine marron, de la couleur naturelle des brebis de cette contrée, des chausses blanches sans pied avec des chaussures en lanières de cuir fauve. Il nous accosta sans manières, nous baignant dans son regard bleu et des effluves d'ail :

— Dieu vous bénisse, frères et sœurs, avez-vous besoin d'aide ?

On me laissa répondre et je montrai la tête d'Aimeric. Elle dispensait de tout commentaire.

— Auquel cas, reprit le Bonhomme, je vous invite dans une de nos demeures, où vous trouverez repos et réconfort, et la consolation de la parole de Dieu.

Il nous montra une maison, la plus grosse du barri, une grande bâtisse de bois avec un étage, déjà bruissante d'activité. Des femmes en noir entraient et sortaient, portant de l'eau, des panières de linge, des paquets de laine, des paniers de fruits et de légumes, bref tout ce qui est nécessaire à la vie d'une grande maison. Mais il était bien tôt pour entreprendre tous ces ouvrages.

Je précisai au saint homme :

— Nous recherchons une maison tranquille, car nous avons un blessé qui a besoin de repos...

— Domna comtessa, Dieu nous a mis sur votre route pour vous montrer le chemin vers Lui...

— Vous me connaissez ?

Ses yeux sourirent :

— Domna, vous êtes une si grande pécheresse, comment ne serions-nous pas attentifs à votre sort ? Nous avons prié pour votre salut et votre venue sur le chemin de la vraie foi. Et nous avons été entendus...

Je fis entendre un claquement de langue agacé.

— Nous cherchons le seigneur de Saissac. Est-il au château ?

— Nenni, domna Adélaïs. Il n'y a personne au château qui puisse vous secourir. Bertran est à Béziers, ou à Carcassonne.

Il sourit, amusé :

— Vous ne pouvez aller ailleurs que chez nous.

Je montrai du doigt la grande maison :

— Et qu'est-ce exactement votre « chez nous » ?

— Un Oustal chaleureux pour les femmes en marche vers la sainteté et le royaume des Cieux.

— Vierge souveraine ! Vous me voyez déjà en moinesse ?

L'homme tapota l'air devant lui avec ses mains grandes ouvertes. Son visage à la peau diaphane s'illumina d'un sourire :

— Domna comtessa, l'Oustal est ouvert à tous ceux qui ont besoin d'aide. Ils y trouvent les soins du corps, le réconfort du cœur et la consolation de l'âme ; et sans faute tout l'amour que nous avons à offrir à notre prochain, sans aucune contrepartie.

Il prit un ton persuasif :

— Domna, confiez-nous votre chevalier, nous le remettrons sur pied et nous en ferons un Bon Chrétien. Il y gagnera son salut charnel et spirituel. Sans faute.

Je n'avais pas le choix. Je le leur dis, afin qu'aveuglés par leur zèle missionnaire ils ne se méprennent pas sur mes intentions :

— Sachez, ami, que je tiens davantage à sa prison de chair, comme vous dites, qu'à son âme qui n'a nul besoin de vos soins. Elle n'a pas encore connu le mal, à ma connaissance.

— Domna Adélaïs, que savez-vous du mal ? Vous êtes si jeune ! Êtes-vous sûre de le reconnaître partout où il se cache ? Les tours de Satan en ont abusé de plus fines que vous, qui ne croyaient pas mal faire...

— Bref ! Allons...

Les deux bûcherons ne pipaient mot, sans pour autant perdre une miette de la conversation. Je leur demandai de descendre Aimeric, ce qu'ils firent avec la délicatesse de sœurs hospitalières. Ils le portèrent dans la maison des Parfaites.

Elles étaient deux à tenir cet Oustal. La mère, Garsende du Mas, et sa fille Gaillarde, âgée d'une trentaine d'années, régnaient sans difficulté sur une communauté d'une dizaine de femmes et de jeunes filles, certaines très jeunes, qui déjà dans la petite lumière du matin peignaient et filaient de la laine à la quenouille, du lin aussi et une autre matière verdâtre et soyeuse que je ne connaissais pas. On me dit que c'était de l'ortie, traitée comme le lin.

Les femmes nous assurèrent qu'elle donne des drap doux et inusables.

L'homme maigre qui nous avait abordés était un Parfait du nom de Barthélemy Delpech, associé à un autre Parfait, frère de la prieure, Arnaud du Mas avec lequel il courait la montagne de nuit comme de jour pour hérétiquer par le consolament les mourants de Saissac et de toute la châtellenie. C'était, disait-on chez les croyants de la nouvelle religion, la condition nécessaire et suffisante pour permettre à l'âme de monter aux Cieux, sans avoir à se réincarner pour une nouvelle vie de misère. Les demandes étaient nombreuses dans toute la Montagne Noire, et dans le blanc Minervois.

Barthélemy Delpech était diacre cathare, et représentait « l'évêque » dans ces contrées ; avant de le remplacer un jour, peut-être.

Il habitait une étroite maison voisine occupée par plusieurs hommes, qui étaient tous bien sûr de la nouvelle croyance.

Je rencontrais Barthélemy Delpech souvent chez les Parfaites, endoctrinant les enfants, lisant à voix haute des passages de l'Évangile en langue notre au milieu des femmes au travail. Il commentait avec délectation les épîtres de saint Paul. L'apôtre des Gentils semblait tenir la première place dans la communauté hérétique. Il était le modèle du missionnaire infatigable et intrépide que tous et toutes rêvaient d'être.

Il me fallut peu de temps pour comprendre que le village de Saissac était tout entier sous l'emprise de l'Église cathare. Un vrai nid d'hérétiques, aurait dit Ogive horrifiée. Il s'y concentrait cinq Oustals de Parfaits ou de Parfaites. Dans ces Oustals de nombreux croyants vivaient ensemble, s'employant dans la journée au tissage des laines de la montagne. On y distribuait aide et consolament à qui les réclamait. Les enfants y étaient nombreux, placés là par leur famille pour y recevoir une bonne éducation dans la nouvelle foi.

On n'était pas gêné, à cette époque, de vivre dans une communauté hérétique. Les Bonshommes et les Bonnes Domnas étaient d'une tolérance infinie pour les pécheurs que nous étions. Considérant que notre tour viendrait de nous consacrer à la perfection spirituelle en vue de revenir au royaume des Cieux, ils n'étaient pas pressés de nous entendre déclarer notre renoncement au monde de Satan, c'est-à-dire aux plaisirs terrestres. Ils considéraient que la religion cathare s'étendrait un jour ou l'autre sur le monde entier, étouffant peu à peu la vie jusqu'à sa disparition totale. Alors toutes les âmes retourneraient dans le sein de Dieu. Il n'y aurait plus de malheur sur la terre. Il n'y aurait plus de terre.

Les plus inspirés estimaient qu'il faudrait mille ans pour y parvenir. En attendant les Bonnes Domnas soignaient Aimeric avec une attention toute maternelle, et j'en soupçonnais plus d'une de le faire avec beaucoup d'inclination, toutes au plaisir de manipuler un beau corps de chevalier sans pour autant perdre leur tour de paradis.

Aimeric était installé dans une pièce du rez-de-chaussée. On l'avait lavé entièrement. Ses pansements sordides avaient été remplacés par des emplâtres d'herbe d'arnica et de garouille. J'étais soulagée de ne plus supporter cette odeur d'entrailles. Mon chevalier perdit son teint verdâtre de lépreux, et reprit des couleurs carminées sous le frottement doux des touailles que les domnas passaient sur ses plaies avec une force mesurée et une application d'orfèvre. On lui lava ses beaux cheveux, et bientôt vinrent me taquiner l'œil de beaux reflets cuivrés, tandis que les paillettes d'or de ses yeux réapparaissaient dans son regard à nouveau moqueur.

Quand je lui portai pour la première fois, discrètement, de la viande juteuse et grésillante, cuisinée chez une voisine restée dans l'ancienne religion, car les hérétiques ne supportaient pas son odeur qu'ils trouvaient « sauvage », il me dédia un sourire carnassier qui recouvrit comme une onde vive son beau visage d'ange.

Je le voyais se rétablir rapidement. Seule sa blessure au front restait visible, bien refermée toutefois grâce aux compresses de décoction d'écorces de chêne que les saintes domnas lui avaient appliquées nuit et jour avec une admirable patience, persuadées à juste titre de son incomparable pouvoir cicatrisant.

Une ligne rosée, scintillante, mais dont l'éclat variait avec son humeur, s'imposa peu à peu, scindant son beau visage en l'ensauvageant d'une charme nouveau. Je le trouvai encore plus séduisant, mi-ange, mi-démon.

Je profitai du premier vrai beau jour pour l'emmener en lisière des bois sur les pentes proches du village. Nous nous assîmes dans l'herbe derrière un rideau de houx, dans un lieu solitaire où ne parvenait que l'appel lointain de bergers inconnus.

Le bourg se devinait entre les ramées, marqué d'un gribouillis rouge et gris. J'aurais pu oublier qui nous étions, et vivre l'instant comme deux jeunes gens du village amoureux l'un de l'autre, heureux d'être ensemble et d'échapper un instant à la surveillance inquiète de leurs pères et mères, et à la curiosité insatiable du voisinage.

Sous les arbres une colonie de « mire-soleil » me fit revenir le goût de l'enfance. Je cueillis une de ces fleurs d'un jaune étincelant comme l'or, et portai la corolle de larges pétales sous le menton d'Aimeric en lui disant, comme me l'avait appris Ogive : « Voyons voir si tu aimes le beurre ! » Une tache de soleil incendia la fleur qui réfléchit sa lueur métallique sur le teint pâle d'Aimeric, lui donnant tout à coup un air de joyeux lutin. J'éclatai de rire. Aimeric me saisit par le cou et m'attira vers lui. Il but à ma bouche. Je lui donnai ma langue. Il la meurtrit avec ses dents et me lâcha en disant :

— Tu embrasses comme Na Louba !

Une bouffée de colère m'aveugla :

— Quoi ? Tu as embrassé Na Louba ?

— Disons que c'est elle qui m'a embrassé. Elle a une façon bien à elle de donner le baiser de paix...

Je l'observai avec suspicion. J'allais le gifler quand il sourit, et passant la main sur sa cicatrice toute neuve d'un geste déjà familier pour moi, il me chuchota :

— Tu es belle en colère ! Tes yeux de violette s'assombrissent comme le velours.

Je rendis les armes et m'effondrai sur lui. Je murmurai :

— Je t'aime tant ! Je t'aime, je t'aime !

Il me renversa et passa sa jambe entre les miennes. Je tirai sur ma jupe longue et la fis remonter sur mes cuisses. Je sentis les mains d'Aimeric chercher leur chemin et me tâtonner avec un appétit que je ne lui connaissais pas, une fébrilité qui me bouleversa et m'incita à m'offrir davantage. Je l'attirai brutalement sur moi. Il ferma mes paupières en faisant couler du creux de sa main une pluie de pétales d'or, avant de les baiser. Bouche contre bouche, je le sentis venir en moi avec un plaisir indicible.

Nous n'avions pas fait l'amour depuis si longtemps ! Son corps était resté une moitié absente de moi-même. Je me retrouvais enfin.

— Je ne peux pas vivre sans toi, chuchotai-je à son oreille, le nez sur sa cicatrice.

Sa respiration s'accéléra. Je pensai en jubilant : « Il est bien vivant ! »

À sa bonne odeur d'homme troublé se mêlaient les arômes puissants des écorces, les parfums des premières violettes et des petites pervenches, et les senteurs lourdes et sauvages des mousses gorgées d'eau de pluie, et des terres noires.

Quand il partit au galop mon esprit chavira d'émotion.

En revenant vers la maison des Parfaites, Aimeric me ceignit d'un chapel en écorce de bouleau, dans laquelle il avait fortement mordu avec ses dents de devant. Par transparence se révélait une sorte de broderie lumineuse qui formait des fleurs et des cœurs. Je l'ai encore.

Je me mis à rire en pensant que nous n'étions pas encore prêts pour embrasser la nouvelle foi. Cette remarque me soulagea et m'ôta un grand poids. Je compris combien ce séjour forcé chez les Parfaites me pesait, par leur excès de religion et de perfection. J'en étais à regretter la présence des prêtres (aussi discrets que des genettes à Saissac) et dont la médiocrité et l'ignorance rendaient moins coupables nos négligences et nos propres défaites devant la tentation.

Je le dis à Aimeric. Il acquiesça et proposa :

— Allons au château ; nous y attendrons Bertran. Il doit savoir que nous sommes ici, maintenant.

Comme s'il l'avait entendu, Bertran de Saissac accompagné de son épouse Ava, la fille du seigneur des Fenouillèdes, apparut dans le village le lendemain. Il vint nous voir à pied, seul, en toute simplicité, s'annonçant comme un voisin avant de franchir le seuil de pierre de la maison des Parfaites. Il salua les Bonnes Domnas avec respect. Il passa dans la chambre d'Aimeric et rit de nous trouver tous deux dans cette maison, Aimeric allongé sur son lit et moi brodant un chapel de printemps avec Mondine, une fillette d'une dizaine d'années qui nous amusait de sa verve sans malice mais aussi sans retenue. Il nous invita au château.

Nous nous en allâmes le soir même, escortés par domna Gaillarde et des jeunes filles. Nous traversâmes l'enceinte du bourg fortifié de part en part avant de descendre vers la proue rocheuse qui portait le château, passant sous une haute tour carrée, point fort de la cité, puis devant l'église. Sa silhouette trapue n'était pas moins martiale que l'architecture du château, et semblait lui servir de barbacane.

Après l'église le piton rocheux n'avait que la largeur de deux charrettes jusqu'à la forteresse. Le bruit des deux torrents qui s'unissaient en bas sans témoins, sous la toison embroussaillée des chênes verts, donnait déjà le vertige.

La roche devant la porte du château était usée et polie comme un genou de vieille par le passage des convois. Une chicane barrait encore cet accès, et imposait de passer au bord du vide. Il ne fallait pas beaucoup d'efforts aux guetteurs pour précipiter dans l'abîme ceux qui n'étaient pas attendus.

Bertran nous reçut dans sa chambre, une salle étroite dont la voûte ronde, en berceau, et l'unique ouverture fendue comme une meurtrière donnaient l'impression d'être dans un coffre et de regarder par le trou de la serrure. L'ouverture avait beau être tournée vers la plaine lumineuse de Carcassonne, au midi, il régnait dans la pièce une obscurité d'église ; des lampes à huile y brûlaient tout le jour.

Le baron de Saissac m'attribua une chambre construite sur le même modèle. Contrairement à mes espérances, nous n'étions pas pour autant débarrassés des prêches hérétiques, car plusieurs Bonshommes hébergés au château s'empressèrent de venir nous rendre une première visite. On percevait aussi chez les serviteurs, comme dans l'entourage de Bertran, une grande bienveillance pour la nouvelle doctrine, un respect et même une connivence qui n'étaient pas que de façade.

Je m'en plaignis à Aimeric qui me répondit :

— Sache Adélaïs que je suis désormais Bon Chrétien (c'était le nom que se donnaient les simples croyants de la nouvelle foi) et que le jour où j'en aurai le courage, j'entrerai dans la voie de la perfection jusqu'à ma mort.

Je ris :

— Et quand en auras-tu le courage ?

— Quand tu seras vieille et laide.

Je le renversai sur le lit, et me mettant à califourchon sur son ventre je le tins prisonnier de mes baisers. Comme ses mains échappaient à la contention vertueuse de la perfection hérétique, je chuchotai :

— Tu manques de volonté...

Il me répondit à travers le bâillon de ma bouche :

— Adélaïs, tu sais qu'à cette heure n'importe qui peut entrer...

— Allons sous les draps.

Je n'eus pas le temps de défaire ses chausses qu'apparut la petite Mondine. Elle pinça les lèvres et nous dit :

— Domna Gaillarde vous fait dire qu'elle va cueillir des plantes en forêt. Elle aimerait que vous l'accompagniez. Elle veut vous montrer des plantes qui guérissent.

— Mais nous ne sommes pas malades ! répliquai-je franchement agacée.

— Domna Gaillarde veut que vous alliez avec elle.

Aimeric me repoussa et s'adressant à la petite :

— Nous venons !

Il se leva et remit de l'ordre dans ses vêtements. La petite suivait tous ses gestes. Elle commenta :

— Tu dors tout habillé ?

— Nous ne dormions pas...

— Père et mère se mettent tout nus dans le lit, la nuit.

Je lui souris :

— Nous ne sommes pas la nuit.

— Et aussi père avec Géraude, le jour.

— Ah ? Et qui est Géraude ?

— Géraude est ma nounou. Elle aide ma mère à la cuisine et dans les champs. Elle garde aussi les moutons.

— C'est donc une servante ?

— C'est ma nounou.

Nous suivîmes la fillette sans oser poursuivre la conversation. Gaillarde, la fille aînée de « l'abbesse » du couvent de femmes, nous attendait. Nous partîmes joyeusement à la cueillette aux herbes, qui me rappelait mélancoliquement les promenades le long des rives de Garonne sous la conduite savante d'Ogive.

Gaillarde portait mal son nom. Elle était plutôt effacée, d'une grande timidité et se troublait facilement. Légère et nerveuse comme une belette, elle était toujours enveloppée dans de longues capes qu'elle ramenait autour d'elle frileusement, et son regard inquiet semblait préparer sans relâche une possibilité de fuite. Elle n'était sereine et une délicieuse compagne que dans la maison des femmes. Elle avait à charge l'éducation de la petite Mondine, qui ne lui épargnait pas les difficultés.

Mais l'enfant était d'une franchise qui nous régalait. Quand on tomba sur une touffe d'arums tachetés, Mondine s'écria, heureuse d'étaler son savoir :

— Oh ! Une « bito de capelan » !

Domna Gaillarde lui fit les gros yeux :

— Mondine, ne vois-tu pas que tu dis une grossièreté ? Cette plante se nomme « le manteau de la Vierge ». Qu'en penserait ta mère, si elle t'entendait ?

L'enfant la rassura :

— C'est mère qui m'a dit qu'on l'appelait (elle s'approcha de la plante et montra du doigt l'épi floral) « bito de capelan » parce qu'il est tout petit !

Gaillarde rougit violemment, me jetant des regards affolés, et résuma :

— Les gens ici sont d'une impudeur à mourir !

Je lui répondis que c'était sans importance, et que les deux noms étaient aussi faciles à retenir. Je lui demandai les propriétés de la plante. Gaillarde s'efforça de remettre en ordre ses idées et m'indiqua que son tubercule était très nutritif. Il était ici consommé en période de disette. Plus loin on ramassa en terrain découvert des pissenlits, de la laitue sauvage, des laiterons, les premières pousses de la ronce, et de nombreux boutons, comme ceux du genêt et du souci, qui devaient revenir dans du vinaigre.

Gaillarde était très avertie des herbes sauvages. Son visage apaisé avait retrouvé la vie jubilatoire qui l'animait quand elle énumérait les vertus de ses chères plantes, toujours nombreuses pour une même espèce. En peu de temps nous avions récolté dans un grand sac de chanvre de quoi nourrir un troupeau.

Les Parfaites ne se nourrissaient que de ces salades des champs, de baies et de soupes aux herbes, avec les légumes du jardin et les fruits que proposait la saison. C'était un régime qui ne me convenait guère, ni à Aimeric, et j'étais heureuse de voir mon chevalier hésiter à s'imposer, dans ce domaine également, les règles de la religion nouvelle. Fort heureusement, nous mangions désormais au château où, en dehors des Bonshommes de passage, personne ne s'imposait de restriction alimentaire. Il semblait que ce chapitre de la règle cathare était volontairement oublié de ceux qui se prétendaient Croyants et Bons Chrétiens. À moins qu'il n'ait été mis de côté pour plus tard.

Je m'en amusai à la table de Bertran de Saissac :

— Seigneur Bertran, je ne vois personne de votre mesnie qui se contente à table de quelques herbes, de pain et d'un peu de vin. Manqueraient-ils de courage, tous ceux qui se disent Croyants de la nouvelle religion ? Ou attendent-ils le dernier moment pour se mettre à jeûner ?

Bertran rit :

— Domna comtessa, notre beau Carcassès offre tant de bonnes choses que personne ne peut s'en détourner sans la crainte d'y revenir un jour. Aussi plutôt que de trahir leur parole et de devoir faire pénitence, nos gens préfèrent reconnaître humblement leur goût pour le plaisir de la table. Qui est un petit péché.

— Un petit péché dites-vous ? Je vous ai entendu souvent accuser les prêtres et les moines de s'empiffrer scandaleusement, et leur promettre l'enfer pour le péché de gourmandise. Feriez-vous deux poids, deux mesures ?

Bertran se renfrogna :

— Domna comtessa, la vie de nos prêtres, de nos moines et de nos évêques est scandaleuse non seulement à table, mais aussi au lit où ils se couvrent de femmes, aux champs où ils viennent saisir les récoltes de ceux qui travaillent, à l'église où ils n'ont que des paroles de menace et d'intimidation, quand ils ne profanent pas eux-mêmes le lieu saint par une conduite dépravée. Savez-vous qu'on a trouvé l'autre nuit le curé du Mas dormant dans son église avec une de ses paroissiennes ? Il avait monté son lit au milieu du chœur, pensant qu'il y serait plus tranquille ; à moins qu'il n'y ait été poussé par une perversion diabolique. Il faut être aveugle pour ne pas voir dans l'Église romaine la milice de Satan.

Bertran profita du sujet pour me parler de mon chevalier, sur un ton amical et assuré :

— Domna Adélaïs, Aimeric va rester ici au château. Il sera sous ma protection et rien ne lui arrivera de mauvais. Mais vous, vous devez retourner au palais de Carcassonne, car votre place est à côté de votre mari, à sa cour.

— Et qu'allez-vous faire d'Aimeric ?

— Domna comtessa, vous savez qu'Aimeric a de la sympathie pour la nouvelle religion. Or nous avons besoin de chevaliers pour assurer la sécurité de nos Bonshommes, et protéger certains convois. Aimeric nous aidera dans cette tâche. Il restera ici le temps qu'il voudra. Voilà tout.

— Et ensuite ?

Bertran laissa son regard s'échapper vers la porte où disparaissaient les serviteurs :

— Ensuite, il retournera à Carcassonne, ou à Toulouse. À la volonté du vicomte.

Je le prévins :

— Seigneur Bertran, souvenez-vous que jamais je ne vous laisserai m'enlever mon chevalier. Souvenez-vous-en bien.

Et je me retirai dans ma chambre. Aimeric n'y était pas, et semblait avoir ramassé toutes ses affaires. Je partis à sa recherche et le trouvai dans une autre pièce donnant vers la ville. Il me dit que Bertran lui avait attribué cette pièce, et je pensai que c'était pour l'éloigner de moi et le faire endoctriner tout à loisir. Elle était meublée d'une paillasse au sol posée sur un tapis de laine brune, sous lequel d'épaisses brassées de rameaux de ciste assuraient une souple protection contre le froid. C'était sommaire mais douillet, à l'expérience.

Car je restai avec mon chevalier et nous nous aimâmes toute la nuit. Je pensais sans cesse que je devais retourner dans la cité de Carcassonne, et je voulais profiter de nos dernières nuits pour me gaver déraisonnablement de mon amant.

XVIII

Je redescendis de Saissac comme les chênes verts se paraient d'une tunique claire de jeunes feuilles. On prit des chemins serpentins avec dans le regard l'étendue lointaine et brumeuse de la plaine, où s'incrustait l'anneau sombre de la cité de Carcassonne. Ma prison.

Puis tout disparut au milieu des vignes derrière les boqueteaux, les haies de frênes et les peupliers qui bordaient les ruisseaux les pieds dans l'eau, et les racines à découvert. Bertran de Saissac nous mena par des travers connus de lui seul, loin des hommes sinon ceux de quelques chaumières au toit fumeux, et plus tard encore quelques familles dans une poignée de huttes en roseau tournées vers la rivière, pépiantes d'enfants nus.

L'aubépine fleurissait. Je me pris à rêver d'une vie simple et naturelle, au milieu d'un peuple aimable et vaillant dont je serais l'amie et la protectrice.

Pays au visage trompeur qui me mena tout droit sous les tours sinistres de Carcassonne. Je pleurai. Je me détournai pour ne pas être vue de Bertran de Saissac ni de son escorte.

Bertran avait laissé à Saissac son épouse Ava, qui semblait déjà bien nourrie de la nouvelle religion. Malgré ma méfiance, nous avions sympathisé car elle était bonne et douce, sans méchanceté. Elle me faisait penser à Gaillarde, mais avec plus de présence et de la séduction. J'avais quitté le château dans la désagréable appréhension de laisser Aimeric avec cette jolie châtelaine, en pensant que leur âge, leur beauté et leur religion constituaient autant d'occasions de s'apprécier. Bref j'étais jalouse.

Dans la cour du palais de Carcassonne ma belle cousine Alis m'attendait sous l'orme centenaire. Elle m'avait vue traverser la rivière Aude depuis une fenêtre, où elle m'espérait chaque matin.

Quelle joie de la revoir ! Nous nous embrassâmes en pleurant.

Ogive me fit fête. Son visage lourd et fatigué, engoncé dans une horrible guimpe qu'elle portait comme un cilice, s'éclaira en me voyant comme le soleil sortant d'un nuage noir. Elle me serra dans ses bras puissants jusqu'à l'étouffement, répétant « Ah ! ma fille ! Ah ! ma fille ! » secouée de spasmes irrépressibles, marmonnant des actions de grâce, et des geignements vers le Ciel, tout en vrac, jusqu'à ce que je parvienne à me dégager de l'étau de ses membres.

Mes femmes et mes chevaliers vinrent s'agglutiner joyeusement à notre groupe. Non, je n'étais pas seule ; j'avais ma famille, mon clan à moi, ma mesnie qui m'aimait d'un amour véritable et inconditionnel, et qui s'offrait à me protéger au péril de sa vie.

Ogive ne me tint pas pour quitte de ma fugue. Elle m'amena avec mes compagnes devant une petite statue de la Vierge, décorée de buis béni, et nous supplia d'adresser avec elle une prière de reconnaissance à la mère de Jésus, si miséricordieuse. Je m'exécutai sans réticence, heureuse de lui être agréable à si peu de frais, espérant par ailleurs en avoir vite fini.

C'était mal la connaître. Ogive avait mobilisé depuis ma disparition une armée de saints et de puissances occultes qu'il fallait maintenant remercier humblement, tous et toutes, sans oublier personne. Et ne sachant qui avait eu le plus d'influence, on en vint à faire les Rogations avant l'heure, en interpellant une immense liste de personnages. Sur une mélopée plaintive à trois notes Ogive appela : « Sancte Micha-el... sancte Gabri-el... Sancte Rapha-el... Sancte Petre-e... sancte Paule-e... » auxquels nous répondions sur le même mode chanté, en résistant au fou rire : « Orate pro nobis [1]. »

Tout en citant les héros de son armée invisible ma petite mère me jetait des coups d'œil rapides, comme pour s'assurer que j'étais bien là, que c'était bien moi et non pas une vision. Elle fut submergée tout à coup par une vague d'émotion qui déforma sa bouche. Elle se mit à pleurer au milieu de l'armée céleste, sans pour autant arrêter sa marche. « Sancte Ma-thi-a, sancte Barnaba, sancte Luca-a... » et ensuite « Sancte Laurenti, sancte Vincenti, sancte Gregori, sancte Ambrosi... » passèrent (mal) dans un vagissement incompréhensible.

Mes filles quittèrent précipitamment la pièce, secouées d'un fou rire dévastateur. Je restai par amour pour ma petite mère.

Contre toute attente Ogive arriva au bout de son petit office. Enfin détendues, nous partîmes à bavarder de petits riens, des nouvelles du palais, des événements extérieurs et de la recette du pâté de chapon doux-amer. On ne dit pas un mot sur Aimeric de Castelnau, mais je savais que ce soir, après le souper, Ogive m'attendrait dans son lit pour que je lui raconte par le petit bout le détail de mon aventure. Elle s'en délecterait derrière sa mine sévère, et finirait par prendre

1. « Intercède pour nous. »

ma place pour distribuer à chacun des protagonistes de mon histoire le châtiment ou du moins les interpellations bien frappées qu'il méritait.

Je revis Adalla, encore réjoui de son escapade qui n'eut pour lui aucune conséquence, la Sarrasine Nora ayant plaidé son innocence dans l'affaire. Roger avait fait semblant de la croire, et y avait gagné un supplément de plaisir.

L'affection que Nora portait à Adalla m'intriguait. Certes la religion et la race les rapprochaient, mais rien n'obligeait Nora à prendre des risques pour protéger les autres esclaves des fureurs de leur commun maître.

Adalla me donna lui-même l'explication. Nora avait tout intérêt à favoriser ma liaison avec Aimeric pour garder son pouvoir sur le vicomte Roger. Elle savait bien que du jour où je deviendrais véritablement la femme de Trencavel elle redeviendrait une simple esclave, méprisée et corvéable à merci.

L'esclave maure m'apprit que Trencavel n'était pas au château. Je me fis un malin plaisir de présider le soir même le souper à la table haute, sous le regard inquisiteur et effronté des gens du château, car l'habitude était chez les Trencavel, comme d'ailleurs partout dans sa vicomté, de manger avec toute la mesnie, les serviteurs, les domestiques, les brassiers et les gens d'armes. Pour autant la table seigneuriale n'était guère distincte du commun. Je n'avais pas connu cette coutume à Toulouse, au château Narbonnais. Elle n'aurait pas été du goût de mon père.

M'accostaient Bertran de Saissac d'un côté ; et de l'autre une toute jeune fille brune, à la peau de lait, prénommée Béatrix. Elle était la jeune sœur de Trencavel, venue de Béziers pour apprendre au palais de Carcassonne la vie de la cour. Elle allait sur ses quinze ans et son frère voulait la marier.

Profitant du brouhaha, pour ne pas dire du désordre, qui animait la salle et ne retombait jamais, je demandai au seigneur de Saissac, sans détour :

— Seigneur Bertran, quand Aimeric reviendra-t-il à la cour du vicomte ?

Il fit mine de s'étonner de la question, et me répondit sans me regarder :

— Quand Dieu le voudra.

J'ironisai :

— Dieu ou Satan ? Je vous rappelle que nous sommes ici-bas dans le monde de Satan. Dieu ne peut avoir à faire avec nos pauvres sentiments charnels.

Saissac sourit. Je n'arrivais pas à savoir ce qu'il pensait vraiment de la doctrine hérétique. Devais-je prendre en considération sa foi ou son génie de la manigance ? Ce qui était certain, c'est qu'il se servait de l'hérésie pour contenir la puissance de l'Église catholique et romaine, envers laquelle il nourrissait une haine inépuisable et excessive. Mais était-il sincèrement Croyant, Bon Chrétien ? Je ne lui prêtais pas plus de sincérité qu'à son ami et suzerain Trencavel.

Comme il se détournait vers les autres convives je lui pris le bras :

— Seigneur Bertran, on dit que dans votre baronnie vous formez des Bonshommes pour les envoyer en pays toulousain. Est-ce vrai ?

Il revint vers moi sans plaisir, le sourcil froncé, et releva sa grande mèche noire vers l'oreille d'où elle retomba immédiatement. Il sourit comme un chien montre les dents :

— Qui vous a dit ça ?

— Domna Gaillarde, pour ne pas la nommer.

Saissac exprima un petit rire et ne répondit pas. Mais je le sentais contrarié. Je repris :

— Si vous comptez sur Aimeric pour « évangéliser » le pays toulousain, je dois vous dire que vous perdez votre temps.

Saissac revint vers moi, intéressé, tentant vainement d'éteindre l'éclat de ses yeux noirs sous une fausse indifférence :

— Et pourquoi cela ? me demanda-t-il comme distraitement.

— D'abord parce que Aimeric n'est pas bavard, vous l'aurez remarqué...

Bertran rit franchement :

— Domna, ce n'est pas la quantité qui compte, mais la vérité de ce qu'on dit.

— Je suis bien d'accord avec vous. Mais les Bonshommes n'ont comme arme que la parole, et s'en servent bien. Hélas, à tout propos. Aimeric ne parle pas. Il est un homme d'action.

— Il restera un homme d'action. La seconde raison ?

— La seconde raison, c'est que je ne vous laisserai jamais me prendre mon chevalier pour le détourner du monde. Si vous faites cela, sachez que vous aurez à la cour du vicomte votre plus grande ennemie. Pour vous, et pour votre nouvelle Église.

Bertran sourit et me prit le bras à son tour pour me parler en confidence :

— Domna comtessa, qui parle de le retirer du monde, ou d'en faire un Bonhomme, un Parfait, un diacre ou un évêque de la nouvelle Église ? Nous avons besoin de chevaliers amis, un point c'est tout. Aimeric nous sera d'un plus grand secours en restant dans le monde qu'en le quittant.

Il hésita et ajouta :

— Et je sais pouvoir compter sur vous pour le retenir dans le monde terrestre.

Il ricana et me regarda à nouveau. Ses yeux avaient repris leur éclat de jais :

— Sachez que l'Église cathare commence à faire peur à l'Église de Rome. Les paysans, les bergers dans la Montagne Noire comme en pays de Sault refusent les dîmes et les carnelages ; ils commencent à s'en prendre aux collecteurs. L'Église romaine ne va pas supporter longtemps de perdre de l'argent. Elle va réagir, et nous aurons besoin de montrer notre force. C'est pour cela que nous avons besoin de chevaliers comme Aimeric.

Il rajouta : « De bons guerriers qui nous soient fidèles. »

Il appuya son propos d'un hochement de tête.

Ainsi donc une organisation souterraine existait bien, qui déjà travaillait à bâtir l'avenir, et à faire face à la réaction prévisible de l'Église romaine. Connaissant les hommes de nos contrées, tous de dure volonté, et l'avidité des évêques, des abbés, et de la plupart des hommes d'Église, je pressentais que nous allions à la guerre. Mais je ne voulais pas le croire, car j'étais d'une nature heureuse faite pour le bonheur dans la paix et l'amitié. Et l'amour.

Ma cousine Alis était assise après Bertran de Saissac, et plus loin se tenait Douceline de Digne qui faisait triste mine. Je cherchai l'élu de son cœur, que je pensais apercevoir auprès d'elle ou dans les parages immédiats, car elle passait son temps à se frotter contre lui. Mais il n'y était pas. Je le repérai à une table basse, bavardant et riant avec un jeune clerc du nom d'Arnaud de Moure.

Je comprenais mieux la mine rechignée de Douceline, qui n'arrêtait pas de jeter des regards dépités vers les deux jeunes hommes. Je partageais aisément son chagrin. Guilhem de Saint-Clar était un beau jeune homme de bonne noblesse, grand, mince – il avait un peu le corps d'Aimeric, et j'y étais si sensible que pour cela je préférais sa présence à celle des autres chevaliers. Il avait les cheveux blonds et bouclés qu'il laissait longs, torsadés dans son dos comme Aimeric. Il avait un visage remarquablement fin, facilement empourpré, et passait à la cour du vicomte, auprès des rudes montagnards, pour efféminé. Mais de son corps gracile il pouvait tirer des effets meurtriers une épée à la main, et je le savais capable d'héroïsme.

Je ne lui connaissais qu'un défaut, qui rendait Douceline folle d'exaspération : il avait peur des femmes. J'étais si peinée par la solitude de mon amie, une si jolie pucelle, longue et mince comme une liane, blonde comme les blés, un teint d'aubépine, que je me promettais de l'aider à passer ce pas difficile en organisant un véritable enlèvement, s'il le fallait, du beau Saint-Clar, afin qu'elle connaisse enfin la félicité d'un amour accompli.

L'affaire alla vite. Je les mis tous deux de garde dans ma chambre, dans laquelle je ne parus pas de la nuit, laissant le soin à la fine Douceline d'amener son chevalier à la contraindre par la force, la douceur, l'ensorcellement ou la séduction, ou tout autre moyen à sa disposition, ou tous ensemble à son choix, pourvu qu'elle arrive enfin à le soumettre à ses désirs. Et qu'elle nous montrât au matin un visage en joie.

Mais au matin Douceline nous montra des traits chiffonnés et une mine mi-figue mi-raisin. Elle avait bien obtenu ce qu'elle voulait, mais par des détours qu'elle n'aurait pas imaginés, et en ressentait une certaine amertume.

— Nous avons tout fait dans le noir. Il ne sait même pas comment je suis faite !

— Tu es très belle, tout le monde le sait.

— Il a fallu que je le manipule...

— C'est un papouilleur, ton Guilhem.

— Et que je l'embrasse...

— Il aime les baisers, c'est déjà un raffiné...

— Pas comme vous pensez, ma domna.

Douceline soupira :

— Je suis moulue. J'ai l'impression d'avoir livré bataille toute la nuit contre le mauvais sort.

Je passai mon bras autour de ses épaules :

— Ma colombe, tous les hommes ont peur des femmes. On ne leur a appris qu'à se battre ; l'amour est pour eux une menace bien pire que la guerre, car ils ne la connaissent pas. Guilhem a besoin de « s'aguerrir » au monde de l'amour. C'est à toi de lui apprendre à t'aimer, comme on apprend un enfant à marcher. Il finira par ne plus pouvoir se passer de ta présence, ni de tes caresses. Ils sont tous comme ça.

Douceline resta pensive. Son visage de Vierge pudique reflétait le désarroi et la contrariété. Elle n'avait plus confiance dans sa beauté ni dans la joliesse de son corps, et souffrait de ne pouvoir assouvir son désir de complaire à son aimé. Je la sentais démunie. Me revint en mémoire la plainte de la comtesse de Die, qu'on chantait dans les soirées :

A chantar m'er de ço qu'ieu non volria
Tant me rancur de lui cui sui amia
Car ieu l'aim maï que nulha ren que sia ;
Mas lui no'm val mercès ni cortesia
Ni ma beltatz, ni mos prètz ni mos senz[1]...

1. « Je dois chanter ce que moi je ne voudrais / Tant j'ai rancœur de celui dont je suis l'amie / Car je l'aime plus que toute chose qui soit / Mais lui ne me donne merci ni courtoisie / Pour ma beauté ni ma valeur ni mon esprit... »

Je la consolai longtemps, l'embrassant et la cajolant comme une enfant. N'étais-je pas responsable de sa désillusion, pour une part ? Elle finit par sourire et sembla se rétablir. Puis, comme je la guidais vers la fenêtre qui donnait sur la rivière Aude, elle laissa tomber :

— Il est reparti avant l'aube !

Et fondit en sanglots.

Ces chansons de l'aube, belles et poignantes, elles en étaient toutes folles. Il est vrai : quelle tristesse de voir venir le point du jour seule dans son lit. Vraiment, ce Guilhem n'était pas gentil.

La vie reprit au palais de Carcassonne comme si de rien n'était. Trencavel réapparut quelques jours après mon retour et vint me voir dans ma tour. Quelque peu hautain il s'enquit de mon confort et de celui de mes donzelles (à ma stupéfaction), et m'annonça que la cour irait tantôt relever de sa haute présence les fêtes de Caritats, à Béziers, et qu'il était indispensable que j'y sois.

Il ne me dit pas un mot concernant mon escapade. Je pris cette réserve pour une victoire, car j'avais impunément mené à bonne fin le sauvetage de mon amant. Sachant Aimeric en sûreté à Saissac – du moins le pensais-je – j'accueillis avec bonne humeur la nouvelle des fêtes de Béziers, et mes compagnes encore plus que moi car elles avaient toutes le désir de s'y montrer belles et désirables. C'était chez elles une manie incurable, ce besoin d'attirer le regard des chevaliers du vicomte, de les exciter pour les amener à porter beau comme des étalons s'encapuchonnant dans leur encolure.

C'était un jeu amusant et dangereux. Dangereux pour eux quand ces jeunes hommes faisaient leurs exercices à la lance et à l'épée sur les vastes lices le long de la rivière. Voyant aux fenêtres de la tour Pinte, d'où s'échappaient les voiles légers de nos coiffures et les plis soyeux de nos manches, de jolies têtes qui suivaient des yeux leurs ébats guerriers, ils étaient prêts à s'entre-tuer.

Mais le jeu était aussi dangereux pour nous, quand nous étions dans la cour, dans la fraîcheur de l'orme, à broder et à coudre, à bavarder surtout tandis que paradaient à côté de leurs chevaux les fringants compagnons du vicomte. Je dus plus d'une fois faire quitter vivement la cour à mes compagnes, pour leur éviter de subir des situations déshonorantes sous le couvert de l'amusement.

Nous devions ces replis pressés à Alazaïs Azéma la brune. Petite et vive, charpentée, elle était redoutable d'inconséquence. Elle interpellait les chevaliers sans façon, dans un langage cru et coloré acquis dans son village de Verfeil, en pays toulousain. Fille de l'un des cinquante coseigneurs de ce château, tous habitant le bourg les uns sur les autres derrière sa maigre enceinte, elle avait vécu au milieu du menu peuple et à sa manière.

La cité de Verfeil l'avait préservée de devenir prétentieuse, mais lui avait appris la façon de parler aux hommes par-dessus la barrière de pudeur qui sépare naturellement hommes et femmes, sauf peut-être à Verfeil. Je voulus la mettre à l'école de la décence, mais elle fut avec moi une mauvaise élève, oublieuse, à moins que je ne fusse pour elle une mauvaise maîtresse manquant de sévérité. Elle ne changea pas et continua à nous faire mourir de rire et de peur.

Ainsi les jours succédaient aux jours, le plus souvent dans une fadeur apaisante qui me laissait toute à ma rêverie et à ma mélancolie. J'avais peu de nouvelles d'Aimeric, sinon par Bertran de Saissac lui-même qui me racontait ce qu'il voulait. Un incident vint un instant perturber notre tranquille existence, dont je ne pouvais imaginer qu'il aurait de si graves conséquences.

Nora, l'esclave sarrasine qui accordait ses faveurs à Trencavel (je connaissais tous les détails de leurs rencontres par Adalla à qui Nora se confiait avec un plaisir pervers, car elle ne pouvait ignorer que ses confidences me seraient rapportées), Nora fut surprise par Ogive derrière la porte de ma chambre.

C'était un soir à la tombée de la nuit. Nous étions en train de bavarder et de railler, comme à l'accoutumée, le vicomte et sa mesnie. C'était un jeu dont on ne se lassait jamais. Nous entendîmes un éclat de voix :

— Qui t'a appelée ici, vipère ?

Je reconnus la voix prétorienne d'Ogive. Elle entra bruyamment dans ma chambre poussant devant elle, dans l'étau de ses bras puissants, Nora la Sarrasine. Ce n'était pas la première fois que cette esclave jouait les espies du vicomte, et j'avais dû lui interdire radicalement l'accès de notre donjon.

Elle criait et fit du tapage jusqu'à ce qu'elle soit devant moi. Je l'interpellai sans ménagement :

— Je t'avais interdit mon appartement. Que fais-tu là ?

Elle se redressa et me fixa droit dans les yeux avec orgueil :

— Je suis l'esclave du seigneur vicomte. C'est à lui que je rends compte.

— Tu veux dire que tu n'as pas à recevoir d'ordre de moi ?

Elle ricana :

— Domna, vous êtes plus intelligente que je ne pensais.

Je lui envoyai une gifle magistrale. Derrière elle je surpris les yeux exorbités d'Ogive qui se préparait à faire la même chose. Comme je l'avais devancée, ses yeux m'approuvèrent.

— Tu es trop fière et arrogante pour une esclave ; le fait d'être saillie par Trencavel ne te donne pas plus de droits qu'à n'importe quelle putane qu'il chevauche ici ou là. Tu n'as que l'avantage d'être sur place. Et s'il y a une différence, c'est qu'il n'a pas à te payer...

Je vis le visage de Nora blêmir et son teint foncé devenir gris. Sa bouche se tordit dans un accès de souffrance rageuse. Elle s'exclama :

— Domna, ne dites pas ça !

— Quoi ?

— Que je suis une putane. Je serais maudite.

— Eh bien, sois maudite ! Que faisais-tu là ?

— Rien.

Ogive se récria :

— Elle écoutait ! Je l'ai surprise en train d'écouter derrière la portière...

Ma chambre fermait par une porte en bois, gauchie et inutile, doublée d'une portière de drap bleu qui protégeait des regards indiscrets autant que des courants d'air, redoutables dans ce palais.

— Pour qui espionnes-tu ?

— Pour personne.

— Il te paye, Trencavel, pour être son espie ? Ou fais-tu ça aussi pour le plaisir ?

Nora me lança un regard de braise :

— Domna, vous ne devriez pas être si fière, vous qui trompez votre mari...

Ogive intervint en faisant la grosse voix dans son dos :

— Qui te rend si hardie ?

Et lâchant les bras de l'esclave qu'elle serrait encore dans ses grosses pognes, elle lui claqua les joues comme on écrase un moustique. Nora se recroquevilla.

Ses yeux voletèrent, cherchant à prévenir d'autres attaques. Les pognes de fer qui revinrent se poser sur ses bras la rassurèrent.

Je lui répondis :

— Je ne le trompe pas puisqu'il le sait. Et ce n'est pas encore vraiment mon mari, pas plus que je ne suis encore sa femme.

Je vis passer dans le regard de la Mauresque comme un éclair de joie. Il était évident que cette femme était très attachée à Trencavel, et qu'elle en attendait un retour d'affection. Je lui dis :

— File ! Si je te reprends à m'espionner, je t'envoie servir dans l'Oustal du sénéchal d'Albi. On dit qu'il aime les esclaves, et qu'il les partage volontiers avec ses hommes dans les soirées de beuverie. Tu pourras au moins y calmer tes chaleurs.

La Mauresque me lança un regard meurtrier et, Ogive ayant daigné ouvrir ses mains, elle s'en alla sans bruit en courant. Ma petite mère se répandit en lamentations sur l'arrogance des domestiques de nos jours, ajoutée au désordre organisé dans l'Oustal du vicomte. Elle parla d'aller vivre chez une cousine qu'elle avait dans le bourg Saint-Vincent.

Elle exagérait beaucoup, car en dehors de la Sarrasine, qui me haïssait comme une femme peut haïr une autre femme pour un homme, les serviteurs du vicomte étaient assez indifférents à notre présence. Je n'en demandais pas plus.

XIX

Roger écoutait Nora, étendu nu dans la chambre haute de la tour d'Avar, grisé par le mélange des senteurs boisées venues du plancher de hêtre et les effluves épicés de la Mauresque. Agenouillée auprès de lui, elle le massait avec une huile jasminée, chantonnant en arabe une chanson d'amour dont elle refusait obstinément de révéler le sens.

La jeune femme transpirait. Son odeur de femme émue par le désir qu'il affichait sans gêne sous ses yeux se mêlait aux parfums orientaux. Malgré ses efforts il ne pouvait rester attentif à ses paroles.

Quand Nora se cantonna à son ventre et à ses cuisses, l'impatience le gagna. Mais il aimait ce moment d'avant l'orage ; il se garda bien de le troubler. Il observa le visage luisant de l'esclave que révélait la pâle lueur venue d'un liseré de jour autour des lucarnes. L'effort mincissait sa bouche teinte et agrandissait ses yeux qu'un épais trait noir rendait éclatants. Il baissa les paupières et plongea dans un faux sommeil, pensant avec jubilation à son membre arqué vers elle qui réclamait impérieusement sa main. Il savait qu'elle le ferait languir jusqu'à la limite du supportable, indifférente en apparence, comme obsédée par la perfection de son travail.

Quand elle l'empoigna enfin, il ne put s'empêcher de soupirer. Il caressa l'épaule de la jeune femme et, la poussant en avant, il l'incita à s'incliner vers son ventre. Nora s'exécuta avec zèle. Il passa ses doigts sous les boucles drues de sa nuque nerveuse et tendue comme une encolure. Au fond pourquoi se tourmentait-il d'avoir des privautés avec une esclave ? Pourquoi se tourmentait-il d'en être aimé ?

Il sentait toutefois Nora d'une humeur et d'une obligeance tout à fait inhabituelles, à l'opposé de son caractère de plus en plus insupportable et qui lui valait le rejet de toute la domesticité. Elle avait fini par créer un mauvais esprit qui mettait sur les nerfs son intendant Aribert.

Roger se doutait qu'elle allait le solliciter lourdement et s'en inquiéta. Quand la Sarrasine s'allongea près de lui sur la couche et voulut encore le caresser du bout des doigts il la repoussa. Roger avait horreur du mélange des corps suants après l'amour. Le frottement poisseux des épidermes dans la forte odeur des sexes lui répugnait.

Nora le savait mais elle ne pouvait s'empêcher de risquer un attouchement, même infime avec son amant. Elle espérait toujours qu'après le plaisir Roger lui marquerait un bref élan d'affection qui la distinguerait des autres esclaves, et qui ferait d'elle pour un instant une femme, une femme distinguée des autres femmes aussi. Mais le vicomte n'avait qu'une hâte : s'en aller. Elle marqua une légère irritation, et sa voix se fit aiguë :

— Seigneur, j'ai entendu la comtesse dire du mal de vous...

Roger ricana :

— Si tu veux m'apprendre une nouvelle, attends plutôt qu'elle dise du bien de moi. Là je serais étonné.

— Seigneur, elle sera votre ennemie tant qu'elle aura le troubadour dans son cœur. Vous devez vous débarrasser de ce chevalier, pour votre honneur, pour l'avenir de votre mariage et surtout de votre lignage.

Roger se souleva sur un coude, les yeux moqueurs tout à coup intéressé. Il avança l'autre main et la fit glisser le long du bras, puis de l'épaule de la jeune femme, avant de redescendre sur la ligne tendre du sein et remonter vers le cou et la bouche. Il lui sourit :

— Toi, tu as une idée pour m'en débarrasser.

— Oui seigneur, j'ai une bonne idée.

— Laquelle ?

— Dans un mois, il y aura à Béziers les fêtes de Caritats.

— Oui. Et alors ?

— La tradition veut qu'on y fasse venir des taureaux sauvages.

— Quelquefois, quand les consuls payent leur capture. Cette année, ça m'étonnerait qu'ils acceptent de prendre en charge des joutes taurines ; je les ai déjà bien plumés...

— Eh bien, vous les ferez capturer vous-même.

— Et pourquoi le ferais-je ?

— Pour envoyer le troubadour jouter contre les taureaux. Il se fera tuer et vous pourrez profiter de la comtesse.

Roger sourit à nouveau :

— Profiter de la comtesse... Comme je profite de toi, c'est ça ?

— Voilà.

— C'est surprenant que tu sois si pressée de nous réunir, Adélaïs et moi. Je n'arrive pas à le croire.

Nora eut un rire sardonique. Elle cria d'une voix suraiguë :

— Je la hais ! Si vous faites mourir son amant, sa souffrance sera pour moi la plus grande des consolations.

Roger siffla entre ses dents :

— En effet. Et tu ne crains pas que je te délaisse quand j'aurai la comtesse dans mon lit ? Ou qu'elle te renvoie à la cuisine, à la lessive, ou pire encore ?

— Non.

— Pourquoi non ?

— Parce que vous me protégerez.

— Et pourquoi le ferais-je ?

— Parce que je suis complaisante à tous vos désirs. Vous ne trouverez pas une autre femme comme moi : jeune et jolie, docile et ayant de l'expérience. Et...

— Et ?

— Et amoureuse !

Elle porta un baiser jusqu'à sa bouche. Roger rit. Il pensa à Séréna de Béziers. Elle ne manquait pas de complaisance non plus ; sa naïveté et sa fraîcheur apportaient autant de piquant que l'expérience de Nora. Mais il savait bien que Séréna deviendrait vite exigeante, revendicative, et à la fin insupportable. Elle était trop bien née, Séréna. Elle avait des droits. Nora, sous son caractère impossible, était la soumission faite chair.

Roger pensa tout haut :

— Et si le troubadour ne veut pas combattre ?

— Je connais une manière de le décider.

— Je ne peux pas le forcer. J'en ferais un martyr.

— Promettez-lui non seulement la vie sauve, mais en plus qu'il sera autorisé à revenir auprès de la comtesse comme son premier chevalier servant.

— Et s'il tue le taureau ?

— Il ne le tuera pas. Vous savez bien que peu de chevaliers survivraient à ces joutes si on ne les aidait pas à s'échapper quand ils n'ont plus de monture. Eh bien, le troubadour n'aura pas le droit de s'échapper. Il devra tuer ou mourir. Avec ou sans monture.

Roger se rallongea, plaçant un bras sous sa nuque, l'autre sur son front :

— C'est une bonne idée. Mais je n'imaginais pas que tu tiennes tant à la mort de Castelnau.

Nora grimaça :

— Je n'ai rien contre Castelnau. C'est une affaire entre femmes.

Roger tendit le bras et lui prit un sein :

— Mais toi tu n'es pas une femme, tu es une esclave !

Un rictus déforma son visage :

— Croyez-vous, seigneur ? Nous allons voir si je ne suis pas une femme !

Elle roula sur lui. Roger rit et, sans se presser, bouche contre bouche, il la laissa réveiller son désir en ondulant sur sa peau moite avec une calme détermination.

Quand elle commença à geindre il la retourna et la prit doucement, les bras écartés. Il lui murmura à l'oreille :

— Dis-moi ce que veut dire ta chanson arabe...

Nora éclata de rire :

— Jamais !

Et le soulevant sans effort apparent elle le porta rapidement sur une nouvelle vague de plaisir.

Roger quitta seul la tour d'Avar et s'enfonça dans le quartier des Tisseyres. Il se sentait usé, le cœur anxieux, furieux de sa soumission hebdomadaire aux charmes redoutables de son esclave. Une soumission d'autant plus honteuse qu'elle était voulue, attendue avec impatience. De plus en plus attendue dans une impatience de plus en plus grande.

Roger s'inquiéta de l'importance que prenait Nora dans son esprit, et de la force de sa malice. Il n'empêche qu'elle avait trouvé une bonne solution pour se débarrasser du troubadour. Celui-ci avait échappé miraculeusement au premier traquenard, pendant la chasse aux loups ; il avait esquivé de justesse le deuxième, avec les trottiers ; mais s'il entrait dans le troisième piège il n'aurait aucune chance d'en ressortir vivant. Roger en était maintenant persuadé.

Des femmes assises sur des tabourets boiteux triaient des légumes devant les portes, filaient à la quenouille ou peignaient de la laine avec de grands peignes en forme de râteau. Par les arcades ouvertes sur les ateliers, il surprenait la vie chaude et active des familles, le père attelé à son métier, les fils alentour, les filles cardant, peignant, filant, rangeant avec de grands gestes des brassées de fil sur les ourdissoirs. De temps en temps les ouvertures entre les pans de bois vidaient le regard sur un atelier profond de menuisier, de vannier, de fabricant d'ustensiles ; puis se succédaient sans ordre ni raison, dans le tourbillon des enfants qui encombraient la rue, le dépôt d'un négociant d'armes, ou de tissus multicolores, la table d'un changeur, un intérieur encombré d'outils.

Roger aimait surprendre cette vie foisonnante qui croissait d'année en année, débordait dans les barris et menaçait joyeusement d'étouffer sa cité. Mais le vicomte n'avait pas le cœur allègre.

Pourquoi quittait-il toujours sans joie les bras d'une femme ? Pourquoi les femmes lui prenaient-elles sa joie ? En fait, contrairement à ce qu'affirmaient les troubadours avec une fausse naïveté qui ne devait tromper personne, les femmes n'apportaient pas de joie. Elles en prenaient à celui dont elles usaient les forces, et gardaient tout pour elles...

Roger marcha longtemps à la recherche d'un homme en noir dont le discours étrange, volontiers imprécateur, lui eût lavé l'esprit des miasmes de sa fornication. Il n'en trouva pas et rentra rogneux au château. Comme il passait sous les tours de l'entrée il croisa Aribert, son intendant, qui sortait botté et sanglé dans des braies et une broigne de cuir comme s'il allait en bataille. L'intendant vit le vicomte, marqua une hésitation et vint étaler devant lui son obséquiosité. Roger le salua d'un discret mouvement de tête et poursuivit son chemin, souriant à la pensée du surnom que lui avaient donné les Toulousains : Grosse-Tête.

Il n'avait aucune envie de converser avec le gouverneur de son Oustal, qui avait le don de l'agacer avec ses soucis pratiques et ses réclamations financières. C'était bien à lui de les régler.

Grosse-Tête s'inquiéta d'avoir été vu par le vicomte et faillit retourner. Mais il poursuivit son chemin car retourner l'aurait fait davantage remarquer. Il devait au moins arpenter quelques rues de la cité avant de revenir au château, comme un homme qui est allé en visite. Chemin faisant, il se traita de couard et décida de ne rien changer à son but. Il concéda seulement à la voix de la prudence qu'il serait raisonnable de brouiller les pistes en faisant un long détour avant de revenir vers l'enceinte du quartier épiscopal.

Après avoir serpenté dans les petites rues fangeuses de la cité il accéda à la place de la cathédrale par un coin, la traversa rapidement et s'enfila juste après dans l'entrée de l'enclos canonial. On l'appelait par dérision « la porte de Rome ».

Elle était largement ouverte dans la journée, surveillée en principe par le portier ou son fils qui étaient censés contrôler le passage. On ne les voyait jamais, et l'intendant fut heureux de ce manque de zèle. Il traversa la place des Chanoines bordée des maisons canoniales des dignitaires, lesquels n'étant pas astreints au dortoir y vivaient confortablement avec leur famille. Il se dirigea vers l'une d'elles, plus vaste et plus haute que les autres. C'est là que résidait l'archidiacre majeur du chapitre, Raimon de Moure.

Il admira à nouveau le dallage irrégulier mais suffisant de cette place, quand la cité n'avait pas encore une seule rue pavée, et fit la remarque amère que tous ces travaux avaient été commandés et payés avec les redevances de ceux qui travaillent, tout ça pour une vingtaine de chanoines et un évêque. Une voix intérieure lui demanda de rajouter, pour être honnête, les familles des chanoines et quelques parents de monseigneur Othon, les chapelains, les clercs prébendés, cadets bénéficiers des grandes familles, les clergeons et les enfants de l'école épiscopale, les serviteurs et les artisans du quartier canonial avec leur famille, bref une communauté finalement assez nombreuse qui, la nuit tombée, s'enfermait dans l'enclos jusqu'à la messe matinale.

Grosse-Tête frappa à la porte de la grande maison avec le manche de son couteau et se recula pour se faire voir de l'archidiacre. Celui-ci passa la tête à la fenêtre de l'étage et lui dit de monter. Un escalier de bois sonore l'amena aux pieds de son ami qui l'attendait sur le palier. Les deux hommes se saluèrent en se prenant les mains.

L'archidiacre Raimon de Moure et Aribert avaient à peu près le même âge, et se préparaient à achever sans trop de séquelles leur cinquantaine. L'archidiacre paraissait cependant plus jeune malgré sa chevelure poivre et sel, bientôt blanche, qui retombait en ondulant jusqu'à ses épaules. Mais elle encadrait un visage plein et rosé, encore lisse.

Grosse-Tête balaya d'un coup d'œil critique la longue tunique de drap sombre du chanoine, qui ne laissait apparaître que ses souliers à bride de cuir fauve sur des chausses noires. Ses épaules étaient couvertes d'une aumusse, non pas de bure comme les moines mais d'un beau drap lourd et souple qui festonnait depuis les épaules jusqu'à la taille, où une fine ceinture de cuir à boucle cuivrée cerclait la rotondité parfaite du ventre aussi exactement que le cerceau d'un tonneau. La ceinture soutenait sans effort d'un côté un couteau dans sa gaine, et sur l'autre hanche un chapelet d'ambre.

Ses belles mains blanches étaient encombrées de plusieurs bagues, dont une à l'index qui portait une intaille verte au dessin bien connu, car il figurait souvent sur les cachets de cire des actes qu'il signait par délégation de l'évêque. Tout dans sa mise et dans ses gestes évoquait d'ailleurs un évêque, jusqu'à sa coiffure ourlée en rouleaux disciplinés.

Aribert n'ignorait pas que sa position première dans la hiérarchie désignait d'avance l'archidiacre Raimon de Moure comme successeur de monseigneur Othon, à la première défaillance physique de l'évêque, qui avait plus de soixante ans.

L'archidiacre allait plus loin et pensait que le légat du pape devait juger monseigneur Othon sur son énergie à combattre l'hydre de l'hérésie. Dans cette hypothèse, qui dans son esprit était déjà une perspective, il aurait été condamnable de sa part de ne pas prévoir les futures batailles qu'il aurait à mener, cette fois comme chef général du diocèse, si Dieu le voulait. C'est pourquoi il rencontrait de temps en temps le gouverneur du palais de Trencavel. Les deux hommes se connaissaient depuis longtemps et manifestaient les mêmes convictions religieuses, inébranlables en ce qui concernait le rituel de la liturgie romaine. Ils appréciaient et défendaient sa pompe lumineuse et dorée avec la manie inquiète des gourmets.

L'archidiacre trouva son ami fatigué. Grosse-Tête lui expliqua en quelques mots confus qu'il était tous les jours en butte à une foule de jeunes gens, écuyers, chevaliers, serviteurs et galopins, tous plus remuants, arrogants et voleurs les uns que les autres.

Il se plaignait souvent de la lourdeur de sa tâche, qui ne lui donnait que des soucis et des ennemis. Ces jérémiades mettaient l'archidiacre en joie à l'idée qu'il avait, comme toujours, choisi lui le bon chemin. L'escouade de chanoines, clergeons et écoliers qui fréquentaient le paisible enclos canonial et qu'il dirigeait n'avait rien à voir avec la foule à demi païenne qui fréquentait le palais du vicomte.

Il s'étonna de l'accoutrement de cuir ferré de l'intendant et lui en fit la remarque :

— Où allez-vous comme ça, ami, vêtu comme un homme d'armes ?

— Monseigneur (il anticipait un peu, mais l'usage le permettait), je vais sur Béziers préparer les fêtes de Caritats.

— Mon Dieu, vous allez en pays hérétique...

Il examina Aribert comme s'il cherchait à déceler quelque indice.

— Et de chez nous, reprit-il, qu'avez-vous à m'apprendre comme mauvaise nouvelle ? Qui sont les derniers convertis à la nouvelle foi, inspirés par Satan et son engeance ? Allez-vous m'annoncer encore des noms connus ? Des hommes dont le lignage nous met en droit d'attendre qu'ils soient un exemple pour le menu peuple ?

Grosse-Tête tira de sous sa broigne de cuir un parchemin roulé qu'il y avait soigneusement caché. Il le déplia fébrilement et le lui tendit. Des noms étaient écrits sur les deux faces. Le support avait déjà servi, peut-être plusieurs fois, et l'écriture était grasse et pelucheuse. L'archidiacre lut péniblement :

— Aimeric de Castelnau... N'est-ce pas le jeune chevalier de la comtesse de Toulouse ?

— Lui-même. On dit qu'il s'instruit présentement de l'hérésie à Saissac, où le vicomte l'a exilé, après avoir tenté de l'éliminer dans une partie de chasse.

— Jésus-Christ ! Le jeune Trencavel n'est plus à un meurtre près. Mais qu'en est-il des rapports de ce donzel avec la comtesse ? On dit que...

Grosse-Tête hocha la tête :

— Il est l'amant avéré de la comtesse. Trencavel ne peut le tuer ouvertement sans risquer de se brouiller avec son beau-père.

— Aussi l'a-t-il cantonné à Saissac où il reçoit une solide formation en hérésie cathare, avant d'être renvoyé, je présume, dans le Toulousain où il pourra essaimer à son aise la pestilentielle doctrine, et abreuver nos ouailles du poison de l'hérésie.

Grosse-Tête approuva.

— Et chez ces Toulousains, autour de la comtesse, qu'avez-vous encore découvert ?

— La comtesse ne manifeste aucun intérêt pour l'hérésie, et peu pour la vraie foi d'ailleurs. Elle n'est pas d'une grande piété.

— C'est plutôt soieries, broderies d'or et d'argent et cour d'amour, je vois ça d'ici.

— Tout à fait Monseigneur. Son entourage est à son image. Seule la gouvernante, une certaine Ogive Carcassoune – une maîtresse femme – semble très indisposée par les nouvelles croyances et pourrait nous être acquise le moment venu.

L'archidiacre approuva d'un grognement et, posant une main oisive sur son ventre, il reprit la lecture du parchemin :

— Bien, dit-il, quoi d'autre ? Guilhem de Roqueville.

— C'est un écuyer, fils d'un des coseigneurs de Trèbes. Il se prépare au métier des armes. Il est arrivé chez nous tout vermoulu d'hérésie.

— C'est donc que son père l'est aussi, et certainement tout le village. Quand la tête est gangrenée tout le corps est perdu, c'est bien connu. Qui encore ? Guilhem de Périac, Raimon Mercier, Bernat Gaillard... Dites-moi, je ne vois pas de femmes. Seraient-elles épargnées par les maladies de l'âme ? J'en serais très étonné.

— Monseigneur, je ne pense pas que les femmes comptent beaucoup dans cette affaire. Elles ont la religion de leur mari, de leur père ou de leur frère.

Le chef des chanoines lui fit les gros yeux :

— Détrompez-vous, ami Aribert. Croyez le prêtre qui vous parle, qui a supporté pendant plus de trente ans les bien tristes aveux féminins. Vous ne me croiriez pas si je vous répétais tout ce qu'elles ont déversé dans le secret de mon oreille. Non seulement elles se laissent prendre au chant doucereux des Parfaits, mais j'en connais qui prêchent ! Ici même dans la cité ! Et qui ne craignent pas d'accommoder à leur ragoût putride les Saintes Écritures ! Aussi la prochaine fois vous me désignerez autant de femmes que d'hommes. N'oubliez pas que la mère a beaucoup d'influence sur ses enfants, tant qu'ils sont jeunes. Je ne suis pas loin de penser, au contraire de vous, qu'en contenant les femmes nous arrêterions d'elle-même l'extension de l'hérésie. Voyez dans les églises : il n'y a que des femmes ! Ce sont elles le support de la religion, le terreau de notre vigne ;

c'est par elles que nous avons prise sur le cœur des hommes. C'est elles qu'il faut maîtriser.

Il tapa du poing dans sa main :

— Des femmes, il me faut des femmes ! Vous ne vous méfiez pas assez des femmes, mon bon Aribert !

Grosse-Tête baissa la tête comme un enfant pris en faute mais, se rendant compte de son attitude incompatible avec sa tenue de cuir ferré, il se mit à marcher dans la pièce martialement, observant le mobilier massif qui encombrait les murs. À côté de la cheminée éteinte un pupitre portait un gros livre ouvert, décoré de lettrines.

L'archidiacre s'adressa à lui d'une voix douce et amicale :

— Parlez-moi de mon neveu Arnaud. Que devient-il ? En êtes-vous satisfait ?

Le trouble de Grosse-Tête reparut sur son visage et une rougeur déferlante gagna son front chauve. Il resta tourné vers le livre qu'il feuilleta avec prévenance, répondant d'une voix mal assurée :

— Il va bien, Monseigneur, il va bien. Il nous donne toute satisfaction.

Le mot était bien choisi, et l'image du jeune clerc s'imposa dans la plus grande confusion à l'esprit de l'intendant, l'empêchant de poursuivre. Il n'y avait pourtant rien d'inquiétant dans les questions de l'archidiacre au sujet de son neveu. Le jeune Arnaud de Moure avait été formé à l'école épiscopale, et avait vécu chez son oncle l'archidiacre jusqu'à ce qu'il entre au service du vicomte comme clerc de chapelle. Ses qualités l'amenèrent vite à s'employer dans l'administration du palais. Il s'occupait entre autres du chartier et de la petite librairie vicomtale, d'ailleurs fort modeste.

Grosse-Tête avait logé le jeune homme quelque temps, faute de place. Il l'avait accueilli dans son grand lit à plusieurs places, aussi large que long. La première nuit il n'avait pas fermé l'œil, à son grand étonnement. Il avait été ému par le jeune corps nu et glabre dont il pouvait toucher la chair soyeuse et chaude à l'occasion d'un geste involontaire. Les nuits suivantes ne furent pas davantage sereines, et le diable finit par gagner la partie.

Au cœur d'une de ces longues nuits noires, quand il fut assuré que le jeune clerc dormait, il se coucha sur lui et jouit entre ses cuisses. Le lendemain, fou de terreur et de remords, il alla se confesser à un prêtre connu pour sa tolérance, qui l'invita à ne pas accorder trop d'importance à cet acte. « Nous avons tous fait cela un jour ou l'autre », le rassura-t-il avec bonté.

La nuit suivante il recommençait, et la nuit suivante encore, s'installant dans le péché de sodomie avec autant d'empressement que de tourment. Jusqu'au jour où Arnaud fit allusion à ses embrassements nocturnes. Aribert en resta médusé : ainsi il savait, il ne dormait pas vraiment, il avait été témoin de tout !

L'intendant avait senti le sol se dérober sous ses pieds. Un témoin connaissait ses abominables désirs ! De plus, par une sorte de perversion diabolique, il l'avait laissé les manifester ouvertement, sans le moindre fard, depuis des nuits.

Au coucher suivant Grosse-Tête n'osa pas franchir le mitan du lit, devenu un mur de la honte. Arnaud ne manifesta aucun sentiment cette nuit-là, dormit ou fit semblant de dormir, et le lendemain annonça qu'il irait loger dans la chambre d'un de ses condisciples de la chapelle. Ce qu'il fit.

Grosse-Tête avait ressenti un immense soulagement de voir s'éloigner la tentation à laquelle il ne pouvait résister, et aussi une véritable panique de savoir que l'objet de ses désirs débridés se mettait hors de portée. Depuis il tentait de ramener Arnaud chez lui. Il savait que celui-ci se faisait maintenant avec un chevalier de la comtesse, et il en ressentait de la jalousie. Il avait cherché à savoir ce qu'il y avait entre eux mais Arnaud, par un ricanement terrifiant, avait coupé court à l'inquisition.

Grosse-Tête entendit l'archidiacre articuler une question sur un ton impatient qui lui fit comprendre qu'il la répétait. Depuis quand ? Cet Arnaud continuait à lui faire perdre la tête. Il répondit au hasard et alla à la fenêtre. Des hommes en noir traversaient la place pour se rendre à la cathédrale. L'intendant se rendit compte que la cloche des vêpres était en train de sonner. L'archidiacre rangea le parchemin dans un petit coffret de cuir et regarda Aribert avec attention. Il lui dit :

— Il me faut vous laisser, ami. Vous sortirez après moi, quand l'office aura commencé. Inutile qu'on nous voie trop ensemble.

Aribert fut heureux de cette disposition. Il avait aussi pensé à repartir discrètement, prévoyant de se mêler à un groupe pour quitter l'enclos. Il suivit par la fenêtre la lourde silhouette de l'archidiacre revêtue d'un surplis blanc, la tête cachée sous le capuchon de l'aumusse, et quand elle eut disparu dans l'église cathédrale il s'en alla.

Il pensa de nouveau à Arnaud. Ses dénonciations des hérétiques lui seront-elles comptées au jour du Jugement dernier ? Le contrepoids sera-t-il suffisant ? Il en faudrait peut-être davantage, certainement beaucoup plus.

L'intendant se promit d'être plus actif, plus vigilant. Il serait le bon intendant du Seigneur, celui qui n'économise pas sa peine pour arracher l'ivraie et sauver le bon grain, le bon grain qui nourrit le peuple de Dieu.

Il pensa qu'il pourrait mettre Arnaud dans la confidence. « Oui, répliqua-t-il à la voix intérieure qui le soupçonnait de saisir ce prétexte pour se remettre en situation de pécher, oui, le jeune chapelain pourrait m'apporter beaucoup de détails utiles sur les ramifications de l'hérésie. Surtout dans l'entourage du vicomte. »

Il se résolut à lui en parler, et jura qu'il le ferait sans la moindre arrière-pensée...

XX

Toute la cour de Carcassonne s'était déplacée à Béziers aux fêtes de Caritats, connues pour être les plus belles et les plus folles de la vicomté. Je voulais bien le croire, à voir les rues débordant d'une animation incessante.

On parait les façades de ramées de buis, de houx, de genévriers. Des arches de feuillage ou de toile peinte étaient tendues en travers des rues à l'entrée de chaque quartier. Les ouvriers sifflaient et chantaient à tue-tête, s'injuriant pour une broutille avant de se raccommoder, dans un grand éclat de rire, sous un filet de vin frais pris au tonnelet ou à la cruche chez le voisin.

J'étais logée avec ma mesnie et une grande partie de la cour au château Neuf, en bordure de la ville. Roger logeait au château Vieux, au cœur de la vieille cité. Il disait qu'il ne logerait jamais ailleurs qu'au milieu de ses sujets, non pas pour leur faire plaisir mais pour les convaincre qu'ils ne lui faisaient pas peur, et que l'autorité vicomtale n'était pas à Béziers un vain mot. Elle avait un visage, le sien, un bras bien armé et les Bittérois devaient s'en souvenir.

Ces propos menaçants n'étaient pas du meilleur esprit pour lancer la fête, mais les gens de Béziers semblaient naturellement dotés d'une inépuisable joie de vivre. Aucune menace ne pouvait les détourner du jeu, du mime, de la moquerie surtout. Ils prenaient un grand plaisir à tourner en dérision l'autorité de l'évêque comme celle du vicomte. Les sergents de l'évêque n'y prêtaient pas cas ; ceux du vicomte qui étaient en garnison à Béziers depuis longtemps s'y étaient habitués également.

Mais les gens qui étaient avec nous s'étonnaient de tant de liberté, de tant d'impertinence, et certains en prirent ombrage. Trencavel avait prévu ces crispations et interdit toute rixe pendant les festivités. Il ne voulait pas laisser croire, par une susceptibilité pointilleuse, qu'il doutait de sa force.

Dans leur délire festif les Bittérois avaient aussi la plaisanterie gaillarde et volontiers grossière, tandis qu'après boire, par grand vent, ils se laissaient emporter par des paroles prophétiques ou insensées. Ils avaient surtout à la folie le goût du travestissement. Sous les vêtures les plus inattendues ils donnaient libre cours tout à la fois à leur penchant pour la dérision, pour les plaisanteries égrillardes, et pour les discours prophétiques et insensés. Les fêtes de Caritats semblaient n'avoir été créées que pour cela, pour permettre à chacun de se débonder librement selon sa propre pente.

Elles débutèrent par la sortie d'un chameau. Le prétexte en était que cet animal d'Afrique avait amené sur son dos saint Aphrodise depuis l'Égypte jusqu'à Béziers, où le saint déjà centenaire connut le martyre dans les premiers temps de l'Église. Les exploits du chameau avaient, semble-t-il, marqué les esprits autant que les bienfaits de saint Aphrodise, car la mémoire de l'animal ne s'effaça pas. Il était chaque année conduit partout dans la ville pendant une semaine, parcourant chaque jour un ou deux bourgs de la cité qui en comptait huit à l'intérieur des murailles, et deux ou trois à l'extérieur.

Ce chameau était fait de bois et de toile, avec deux grandes bosses, un long cou et une mâchoire articulée qui faisait peur aux enfants. Mais depuis quelques années la ville possédait un chameau vivant, ramené de la croisade par le seigneur de Montagnac et offert à la cité. C'est ainsi que cette année-là je vis pour la première fois un vrai chameau du désert. Quelle bête curieuse ! Toute en ondulations, en courbes, en basculements houleux comme une nef sur la mer ; je fus ébahie par sa marche souple et silencieuse. Celui-là était très indiscipliné, et se jetait dans les jardins et les cimetières sur les carrés d'herbe et les arbustes avec voracité, à la grande joie de l'assistance. Aussi quand les hommes qui le menaient me proposèrent avec malice de monter entre ses bosses, qui portaient bonheur, je m'en gardai bien.

Devant le chameau figurait une procession pieuse, qui n'était que des gens des métiers follement grimés. Ils emmenaient le chameau frapper aux portes des bourgeois les plus riches pour réclamer l'aumône. L'hôte recevait le chameau avec beaucoup de déférence, versait une poignée de pièces dans un coffret et faisait porter à boire. Les faux clercs se battaient autour du tonnelet de vin. L'argent récolté était pour les pauvres.

Chaque bourg avait prévu sur le chemin de la procession la représentation de scènes de la Bible, sur des échafauds ou des chars installés aux carrefours. Le bourg de Maureilhan présenta la Fuite en Égypte. Un angelot joufflu, diminué par une aile cassée, se précipita à notre vue sur Joseph en criant : « Lève-toi, prends l'Enfant et sa mère, et fuis en Égypte ! » Il rajouta un peu après, quand le couple fut bien réveillé :

« Car Hérode va rechercher l'enfant pour le faire périr ! » La Vierge Marie prit l'Enfant Jésus et monta s'asseoir sur un âne que Joseph, un barbu grillé par le soleil, tira brutalement. L'âne se buta et refusa d'avancer. Des hommes montèrent sur la scène pour le pousser jusqu'au pays des Pharaons, représenté par des palmiers dans un coin. L'ange cassa sa deuxième aile, Marie descendit en hâte avec son enfant car l'âne croupionnait, et tout finit dans la confusion. Mais on rit beaucoup des plaisanteries qui jaillissaient ici et là.

Au bourg Nissan Abraham sacrifiait son fils Isaac. L'ange envoyé par Dieu pour arrêter le bras du père tarda, retenu par des farceurs, et l'enfant qui se vit égorgé s'échappa en hurlant.

Le bourg de Lespignan nous fit revivre plaisamment la faute de nos premiers parents, et l'exil du paradis terrestre. Ève était presque nue, très belle, et la procession s'attarda longtemps à regretter l'heureux temps d'avant la faute, quand la nudité n'était pas source de honte. Comme il était de tradition que les acteurs de ces saynettes entrent dans la procession après leur spectacle, Adam et Ève nous suivirent après la confrérie des bourgeois du quartier et le clergé qui y exerçait son ministère.

En fin de journée la procession s'était alourdie d'une foule étrange, Adam et Ève nus, encadrant leur petit arbre chargé de pommes, Abraham cherchant son fils, les prophètes enveloppés dans de grands manteaux aux couleurs vives et leur nom écrit dans le dos, les rois descendus de l'arbre de Jessé avec leur couronne sur la tête, Jessé lui-même appuyé sur un bâton, Jean-Baptiste couvert d'une simple peau de mouton, un agneau dans les bras, un paralytique guéri par Jésus et portant sa civière, David et le géant Goliath, qui s'appuyait amicalement sur l'épaule du jeune berger, et beaucoup d'autres car s'y joignait pour le plaisir qui voulait, pourvu qu'il soit grimé de quelque sorte.

Les rues étroites étaient devenues des galeries de fleurs, de ramures, de tissus chatoyants qui paraient les façades. Les bourgeois faisaient fenêtre avec ce qu'ils avaient de plus beau, de plus éclatant : des draps de soie, de laine pourpre, des tapis colorés, des vaisselles d'argent vermeil qui brillaient au soleil. Des toiles peintes tendues d'une maison à l'autre couvraient d'ombres instables le fond des rues, et nous faisaient des ciels de toutes les couleurs.

Nous suivions la procession à cheval. Je montais ma vieille jument Nine, la jument espagnole aux pieds sûrs que rien ne pouvait surprendre. Mes donzelles m'accompagnaient ainsi que mes chevaliers, à l'exception de Guilhem de Saint-Clar qui avait disparu une fois de plus. Aussi Douceline n'avait qu'une envie : en faire autant pour partir à sa recherche. Mais je m'y opposais fermement, autant pour la préserver d'un rejet brutal de son amoureux que pour ne pas dégarnir mon entourage.

Comme le vicomte se tenait à l'écart de la fête, se réservant pour le dernier jour quand la procession visiterait le bourg vicomtal, il nous avait flanquées de Grosse-Tête avec une escouade. L'intendant était sanglé dans ses bizarres cuirots de soldadier, peut-être pour en imposer à la foule.

Dans le bourg de la Madeleine, au troisième jour, nous assistâmes à la scène de la femme pécheresse chez le pharisien Simon.

Jésus était assis à table avec des hommes riches quand arriva la pécheresse, vêtue d'une tunique de soie moulante, ouverte à la taille, sur les cuisses, aux épaules, partout. Un large décolleté encore fendu au travers des broderies du corsage faisait taire les derniers doutes sur la légèreté de ses mœurs. Elle portait comme une lionne une coiffure de feu. La voyant s'avancer à grands pas en balançant les hanches, Grosse-Tête eut un sursaut et s'exclama :

— Mais c'est Na Louba !

— Que fait-elle ici ? demandai-je.

— Elle a une maison à Béziers, dans le bourg de la Madeleine, qu'elle tient de ses parents. Elle est paroissienne de ce quartier...

Il rit fort :

— Et elle fait la putane ! Car c'en est une sans aucun doute, compléta-t-il en fermant les yeux.

Ainsi c'était elle, la louve de Cabaret, la croqueuse d'hommes et l'inspiratrice trouble des troubadours tourmentés.

Na Louba désigna le Christ qu'elle venait de reconnaître par une sainte intuition et, relevant la jupe étroite de sa cotte comme si elle voulait le chevaucher, elle se jeta à ses pieds et fondit en larmes. Le public n'avait d'yeux que pour sa croupe ronde, parfaite, ses jambes nues et le pigeonnement onctueux de sa poitrine, toute prête à déborder. Na Louba sécha avec les frisettes de sa chevelure les pieds de Jésus, baignés de ses larmes, et les oignit d'une huile parfumée, les baisant et les caressant. Des plaisanteries grasses, attendues, commencèrent à fuser et Na Louba se mit à rire. Son rire se propagea autour de la table jusqu'à Jésus, un barbu grand et mince, doux de visage, qui se laissa emporter par la vague et se tourna vers nous, hilare.

— La Madeleine n'est pas très repentie, constata Alis.

Les clercs de la paroisse de la Madeleine s'offusquèrent bruyamment, tentant de faire taire les plaisantins, et d'arrêter les rires autour de la sainte table. Mais de nouvelles saillies et les gesticulations obscènes d'un travesti derrière Na Louba emportèrent la foule dans un fou rire général. Les clercs se résignèrent, certains hésitant entre bouderie et connivence. Le cortège repartit et Na Louba vint se plonger avec délices dans la foule bruyante, hirsute et colorée, avinée, qui terminait le cortège en dansant et en gesticulant. Une religieuse dans une brouette, encordée par deux diables qui l'emmenaient en enfer, fermait la marche.

Au retour on vint m'avertir que mon chevalier Guilhem avait été arrêté par les sergents de l'évêque avec le jeune clerc Arnaud de Moure. Au château un capitaine du palais épiscopal me demanda une audience confidentielle. Il m'exposa que Guilhem et Arnaud avaient été découverts dans un jardin de la cité à moitié nus, se manipulant et se caressant comme font les sodomites. Le cas était grave et passible de lourdes peines, de la mort peut-être, si les fauteurs étaient jugés par le tribunal épiscopal. Il me demanda ce que j'en pensais.

Je dois avouer que le sujet ne m'avait jamais beaucoup préoccupée, et que je n'en pensais rien. Je répondis sans réfléchir, peut-être pour défendre mon chevalier :

— Les moines le font bien !

Peu de moinillons et de clergeons, disait-on, parvenaient à éviter les fourches caudines de leurs aînés. Mais c'était certainement des racontars.

Ma réaction amusa le capitaine, qui me conseilla de ne pas faire la même réponse à l'évêque. Il me pressa d'intervenir rapidement auprès du prévôt d'armes de l'évêché pour tenter de faire libérer mes lurons avant qu'aucune charge n'ait été rédigée contre eux.

— Domna comtessa, me résuma-t-il, allez les chercher avant qu'ils ne soient entrés dans la cage de la prévôté. Car ils n'en sortiront plus.

J'appelai Grosse-Tête et mon chevalier courtaud Raimon Garcie, dont le cou et les épaules de taureau pouvaient faire impression. Je leur demandai de se rendre sans délai à la prison de l'évêque, dans une tour de son palais, et d'en faire sortir coûte que coûte les deux écervelés. Le vicomte les punirait lui-même.

Ils partirent avec une escorte – toujours le souci de montrer notre force – et revinrent dans la nuit avec les deux prisonniers. J'étais soulagée. Je convoquai Guilhem et le sermonnai. Il me promit de se tenir désormais à l'écart de ces errements contre-nature et contre la volonté de Dieu, et me remercia fort de l'avoir tiré des griffes de la sergenterie épiscopale, qui voulait l'émasculer.

Le soir même Douceline me confia, avec un pauvre sourire de blessée :

— Ça me fait moins mal de savoir qu'il m'a trompée avec un homme...

Je compris que Douceline ne renoncerait pas de si tôt à son Guilhem.

Le dernier jour le chameau visita le bourg vicomtal, terminant sa quête au château Vieux. Puis nous l'escortâmes avec Roger et sa mesnie le long de la rue Droite jusqu'à l'église Saint-Aphrodise, hors les murs. Il devait entrer dans l'église saluer les reliques de son maître vénéré, saint Aphrodise, exposées dans un enfeu à l'entrée du cloître.

L'animal assista également aux vêpres, sans ferveur particulière, jusqu'à la procession autour du cloître et les fameuses danses des chanoines. J'étais très curieuse d'assister à ce spectacle étrange qui valait à l'église Saint-Aphrodise un renom particulier.

Quand le pieux cortège des chanoines, accompagnés des clergeons, des enfants du chœur, des diacres, des chapelains et de tous les officiants, eut terminé le tour du cloître sous le regard hautain du chameau, le doyen du chapitre tapa dans ses mains et lança : « Loin d'ici ce qui est triste ! » On entendit aussitôt venir une forte musique et apparurent vièles et rebecs, une rote, une cornemuse, une flûte de Pan, des flageols et des tambours qui lancèrent sous les voûtes sonores un chant mélodique puissant, à la cadence lente et marquée. Comme une olivette sous la main du vent la haie des chanoines qui processionnaient en marmottant fut prise dans une vague souple et ample qui étira le cortège. Une ronde gracieuse se forma sous la galerie du cloître, défilant alternativement devant et derrière les piliers.

Chacun tenait le suivant par le fond du surplis. La ronde en s'accélérant devint une broderie tournante qui nous enveloppa et nous chavira, tantôt avançant et tantôt reculant, allant et venant comme le flux et le reflux de la mer, disparaissant dans l'ombre et revenant à la lumière au rythme lancinant des flageols et des tambourins. En même temps chacun saluait son voisin par une sorte d'esquive, avec des gestes pleins de grâce et de courtoisie.

Le doyen du chapitre, près de nous, empruntant le ton des pleureuses se mit à cantiller la litanie des saints. La ronde répondit dans un piétinement de plus en plus rapide, psalmodiant : « Kyri-é e-léi-son ! Chris-té-e-léi-son [1] ! » Ce « Kyrié, eléison ! Christe, eléison ! » prit de la force et de la vitesse jusqu'à ressembler à un coup d'éperon qui précipitait les danseurs en avant.

Quand le désordre menaça le mouvement, le doyen lança : « Roi David, danse pour nous et l'amour de Dieu devant l'arche sainte ! » Un jeune chanoine blond au visage d'ange, se coiffant d'une couronne, sortit de la

1. « Kyrié, eléison » : Seigneur, prends pitié ! « Christe, eléison » : Christ, prends pitié !

ronde porté par la musique et s'approcha du tombeau de saint Aphrodise en ondulant dans sa longue tunique violette sur laquelle voletait un surplis léger comme un duvet.

Il se contorsionna devant le tombeau du saint, selon la tradition juive, ouvrit soudain les bras, cognant le sol du talon, puis se coucha, se releva, lança les genoux, bondit et, se saisissant d'un enfant de chœur léger comme une plume, il le lança en l'air plusieurs fois. L'enfant ouvrait ses bras et semblait planer comme un écureuil.

Il fallait comprendre que, tout simplement, le roi David offrait un enfant à Dieu. Il y avait quelque chose de beau et de grotesque à la fois dans ces danses et dans ces gesticulations. Le doyen fit un signe et deux clercs allèrent à une grille à laquelle je n'avais pas encore prêté attention. Ils l'ouvrirent et s'enfoncèrent avec précaution jusqu'au fond de la loge, d'où ils ramenèrent un homme hébété qui leur résistait. C'était un dément qui avait été placé là pendant neuf jours dans l'ombre du tombeau du saint, dans l'espoir d'une guérison.

Le doyen reprit : « Homme insensé, danse pour nous et pour Dieu devant l'arche sainte. Et remercie notre Père de ta guérison. »

L'homme lâché imita spontanément le jeune chanoine et se mit à gesticuler en levant les genoux et en poussant des grognements d'ours. Quand il fut bien échauffé il se jeta dans la presse en hurlant. On le maîtrisa difficilement et on l'emporta.

On pouvait douter de sa guérison. Devant la déception de la foule, le doyen crut bon d'intervenir :

— Frères en Jésus-Christ ! Ignorez-vous que le dément a été choisi par Dieu pour assumer la chute originelle de l'homme ? Oubliez-vous que sa mission sacrée est de remettre inlassablement devant nos yeux la tare de nos origines, cette chute qui nous enchaîne à la glèbe, et de rappeler à nos esprits oublieux et futiles que Dieu seul peut nous en délivrer ?

Il montra du doigt le fou qu'on emportait :

— Dans sa cervelle débarrassée de tout savoir humain, il voit ce que nous ne sommes plus capables de voir, il voit le destin de chacun. Comment pourrait-il supporter de telles visions sans s'effrayer, comment pourrait-il ne pas hurler devant le spectacle des souffrances éternelles qui attendent chaque pécheur obstiné, chacun de vous là et là, vautré dans ses ignobles fautes, qui font pleurer le Christ et la Vierge Marie...

Le reste se perdit dans un chahut monstre. Les travestis étaient entrés dans l'église, entourant un faux évêque barbu, mitré, chapé, ganté, monté à l'envers sur un âne et faisant tournoyer sa crosse sur le dos des vieilles femmes. Autour de lui de faux moines donnaient à boire du vin, lançant des insolences, luttant entre eux et faisant du bruit avec leurs instruments.

Le doyen arrêta son homélie d'un geste de la main devant sa bouche et relança la musique qui repartit de plus belle sur un autre rythme. Les chantres apportèrent des sacs, les ouvrirent et en tirèrent de petites galettes qu'ils lancèrent sur la foule avec des gestes burlesques et des quolibets méchants. Les travestis vinrent en masse s'offrir à cette pluie blonde, portant à bout de bras des tonnelets de vin dont ils remplissaient des gobelets qu'ils distribuaient à la ronde.

Une écœurante odeur de vin remplaça bientôt les parfums d'encens et les exhalaisons de cire chaude. La musique atteignit un paroxysme et des femmes à moitié nues commencèrent à danser devant le tombeau du saint, secouant leur chevelure comme des bannières.

La presse était devenue énorme, suffocante, terrifiante. Le faux évêque chapé de soie rouge, d'or et d'argent, vint près de nous, juché sur son âne, et lança à l'adresse du doyen un psaume de son cru, en latin de cuisine :

In taberna quando sumus
Ad ludum properamus
Cui semper insudamus
Ad virginis nos dedimus
In gaudio exultemus
Et ergo fornicamus [1]...

L'âne crotta. Tous les chanoines avaient disparu au milieu de la foule, poursuivis par des fous à clochette qui leur lançaient des seaux d'eau. C'était peut-être une façon de les aider à gagner le Ciel en s'inspirant du sermon de Jésus sur la montagne : *« Bienheureux serez-vous si on vous outrage, si on vous persécute... »* Je ne voulus pas connaître l'état des chanoines du chapitre de Saint-Aphrodise à la fin de leur veillée et demandai à Roger de nous sortir de là. Ses hommes nous extirpèrent du cloître à coups de bâton à travers la foule déchaînée. J'entendis plusieurs fois crier à mon adresse :

— Dieu nous mette sous la garde du comte, votre père ! Et qu'il vous bénisse !

Roger ne fit pas de commentaires. Nous revînmes tous ensemble au château Vieux, à cheval, car mon époux y offrait le soir même un souper d'apparat. Il ne cessa pas de se moquer des chanoines, s'irritant de

1. « À la taverne quand nous sommes / Au jeu nous nous hâtons / Auquel toujours nous transpirons / Aux vierges nous nous dévouons / Dans la joie nous exultons / Et ainsi nous forniquons... »

ces facéties qu'il trouvait indignes de la part d'hommes d'Église. Je n'avais pas non plus beaucoup goûté le spectacle, même si la musique m'avait transportée.

Mais tout effet musical, quel qu'il soit, avait sur moi un effet bouleversant ! Je ne voulais pas pour autant lui donner raison. Je ris :

— Il est vrai, seigneur Roger, qu'on imagine mal des Parfaits se livrant à ces bacchanales ! De toute façon ils n'en auraient pas la force ; ils ne mangent que des herbes et ne boivent que de l'eau.

— N'en croyez rien, comtesse, me rétorqua-t-il en retenant son cheval fringant. Vous n'imaginez pas la force d'esprit des Bonshommes. Rappelez-vous qu'ils commanderont avant longtemps les terres de langue d'oc, et qu'ils dirigeront ceux qui devraient être leurs chefs. Car trop d'entre nous se plaisent à se soumettre, et se mettront à leur service après avoir été les vassaux de l'Église romaine.

Cette prophétie m'inquiéta à cause d'Aimeric. Je n'eus pas à la retourner longtemps dans mon esprit. Nous venions de passer la porte de l'enceinte pour revenir dans la cité quand des hurlements féminins nous parvinrent.

Ces hurlements venaient d'une cour obscure. J'arrêtai ma jument et tentai de distinguer ce qui se passait. De faux moines immobilisaient une jeune fille qui se débattait comme une diablesse. L'un d'eux finit par la plaquer sur un tas de fumier et s'apprêtait à la violer. Je criai à Roger :

— Seigneur, ils vont forcer une pucelle ! Vous ne laisserez pas faire ça ?

Roger observa la scène et ricana :

— Et qui vous dit comtesse qu'elle est pucelle ?

— En tout cas elle n'y consent pas. Une femme ne se donne pas à trois hommes.

Les cris de la malheureuse, un instant étouffés, reprirent avec une force déchirante. Je lançai à mon chevalier Raimon Garcie :

— Raimon, allez délivrer cette malheureuse. Prenez des hommes avec vous.

Raimon poussa son cheval, passa à côté de moi en disant : « Domna, je n'ai besoin de personne », et partit au trot dans le passage charretier. Les deux hommes qui tenaient la jeune fille, que je ne voyais plus, aperçurent le chevalier et détalèrent dans l'arrière-cour, s'échappant par une brèche dans un mur de terre. L'homme qui martelait la donzelle tourna la tête ; découvrant le chevalier il l'injuria et lui ordonna de passer son chemin. Raimon sortit son épée dans un geste vif, laissa son arme s'envoler dans un orbe parfait et l'abattit du plat de l'acier sur la trogne avinée du faux moine qui partit à la renverse, le visage en sang. Il ne bougea plus.

La jeune femme rabattit ses jupes vivement, se releva en pleurant et cacha son visage sous son bras. Raimon lui lança d'une voix rassurante :

— Donzelle, montez derrière moi, je vous ramènerai chez vos parents.

La fille fit non de la tête mais Raimon Garcie saisit sa main et la soulevant comme une plume il l'installa devant lui sur l'encolure de son cheval. Il revint vers nous en souriant, et me dit sans jeter un regard au vicomte :

— Domna comtessa, me permettez-vous de ramener cette donzelle chez elle ? Elle a bien souffert, et je ne voudrais pas que dans cette cité de fous elle fasse d'autres mauvaises rencontres.

Je lui souris :

— Faites, Raimon, ce que votre cœur vous commande.

Raimon passa devant notre cortège et redescendit vers le bourg de Nissan. La donzelle pleurait dans ses mains.

Je lançai à Roger :

— Quelle joie d'avoir des compagnons de cette trempe.

Roger railla encore :

— Comtesse, que savez-vous de cette délurée, qui se promène seule, sans compagnon, sans père ni frère, au milieu de la ville en folie. Qui vous dit qu'elle ne cherchait pas l'aventure ? Je vous parie mon cheval qu'elle va retenir votre chevalier au cœur pur dans son lit, pour terminer ce qu'il a intempestivement interrompu.

Je lançai au vicomte un regard méprisant :

— Gardez votre cheval, vicomte, et vos plaisanteries graveleuses pour vos soldadiers. Apprenez que Dieu a fait les femmes pudiques, et qu'elles ne se donnent que par amour ! Dans ce cas seulement elles sont capables de tout.

Roger se renfrogna. Il me fixa les sourcils froncés. Un éclat de fureur passa dans ses yeux noirs. Il me dit la bouche mauvaise, salivant du fiel :

— À propos d'amour, j'aurai une bonne nouvelle pour vous tout à l'heure.

Et il poussa son cheval qui depuis longtemps cherchait à passer par-dessus le frein. Alis me prit la main, Douceline me sourit et Douce de Pétavit, qu'un chevalier du vicomte suivait comme une ombre, une espèce de géant roux, vint rajouter à notre groupe la chaleur de son indéfectible amitié.

Mes donzelles étaient le bouclier de mon cœur.

Au palais Vieux beaucoup d'invités restèrent debout, faisant tapisserie et grignotant ce qu'on voulait bien leur donner depuis les tables. Mais l'important pour tous ces petits vassaux naïfs et fiers, agrippés rogneusement à leur fief de trois deniers, était d'en être.

On apportait aussi des plats dans la cour éclairée comme en plein jour par des flambeaux, sans ordre ni préséance. On y donnait l'aumône et la part du pauvre. Des petits seigneurs d'une tour, des chevaliers aventureux, des cadets en quête d'un destin, des aventuriers catalans et aragonais s'y restauraient aux côtés de mendiants haillonneux et de clercs tonsurés aux mains blanches. Des meutes d'écuyers et de palefreniers maigres et joyeux, à l'appétit féroce, bâfraient bruyamment au milieu des chevaux et des charrettes de foin.

Roger m'avait présentée pour l'occasion à son baronnage du Bédérès, et pour commencer à Raimon de Vilar, son châtelain de Béziers, flanqué de ses trois filles. Toutes trois étaient coiffées du même touret de toile blanche festonné, ce qui me fit rire. Les donzelles en furent très vexées et me boudèrent toute la soirée. Elles n'en furent que plus charmantes envers Roger, surtout la brune Séréna qui ne le quittait pas des yeux. Je savais qu'il l'avait séduite, et je compris au regard énamouré de la jeune fille pourquoi mon mari venait loger si volontiers au château Vieux quand il était à Béziers.

Il me présenta aussi un certain Lupo de Béziers, son viguier pour le pays de Béziers, qui me parut prétentieux et sournois, orgueilleux et peut-être lâche, en tout cas zélé et profiteur. À tout coup il s'agissait d'un de ces fils de parvenus enrichis par les trafics et soucieux de passer pour un rameau blasonné de vieille souche.

Lupo me déshabilla d'un regard cru qui me fit frissonner d'indignation. Il dut lire dans mes yeux le bouillonnement de colère qu'il avait provoqué car il passa vite son chemin, et alla survoler les rotondités de la brune Séréna qui venait d'ôter sa capelette mauve pour montrer ses trésors. On découvrit tous ensemble qu'avec sa coiffe sage elle avait laissé ses épaules presque nues et choisi un décolleté profond bordé d'une ravissante broderie. Il permettait aux curieux de notre table d'apprécier la naissance rebondie de ses seins.

Les autres barons qui partageaient la table haute étaient les seigneurs de Saint-Chinian, de Capestang, de Nissan, de Bédarieux, et le trio inévitable : Saissac, Roquefort et Laurac. Il y avait aussi Jourdain de Cabaret, son frère Peire-Roger et la fameuse Na Louba, qui m'avait déjà donné dans la semaine un aperçu de ses talents de mime. Je n'avais pu garder à ma table, de mes donzelles, que ma cousine Alis. Douceline était installée plus loin, droit dans mon regard aux côtés de son ami Guilhem de Saint-Clar à qui j'avais donné l'ordre de ne se séparer de Douceline sous aucun prétexte. Le jeune clerc avec lequel il avait péché était dans une autre salle, car toutes les salles avaient été parées et appareillées pour le banquet.

Roger m'avait mis à sa main sénestre et, par une provocation inimaginable, il avait installé à son autre main « l'évêque » hérétique Guiraud Mercier. Ses barons les plus proches entouraient le Parfait de déférence et de courtoisie, dont Saissac et sa charmante épouse Ava qui avait manifesté de la joie à me revoir. C'étaient tous des amis des Bonshommes, bien sûr. Il y avait aussi à notre table deux catalans, Uc de Mataplana et le comte Galindo, gouverneur du comté de Provence, qui représentaient le roi d'Aragon.

Les religieux de l'Église apostolique et romaine n'étaient qu'au second rang, aux tables voisines. L'évêque de Béziers, peut-être prévenu de la présence de son collègue et irréductible ennemi, avait décliné l'invitation. Restaient les doyens des chapitres, quelques abbés dont celui de Lagrasse, celui de Saint-Papoul, celui de Villemagne, le prieur de Cassan, et peut-être d'autres qui n'avaient pas été prévenus à temps de la présence de l'évêque hérétique, ou qui n'avaient pas renoncé pour autant à cultiver les bonnes grâces du vicomte en attendant des jours meilleurs.

Des chevaliers nombreux, des femmes dont on ne savait si elles étaient là pour leur naissance ou pour satisfaire les désirs des invités, encerclaient la salle et peuplaient les pièces voisines. Dans les dernières pièces s'étaient installés les consuls de Béziers et leurs épouses, les corporations et les bourgeois les plus aisés. Le vieux palais vicomtal de Béziers débordait.

Les fêtes de Caritats avaient généré au cours des ans une des plus grosses foires de la région. Pendant toute la semaine la fièra, comme on disait, s'installait sur la grande place du Marché, sur les autres places aussi et dans la rue Droite. Des centaines de marchands et de négociants en étaient, qui étalaient leur marchandise dans des cahutes de bois. À l'extérieur sur les lices se tenait tous les matins le marché aux bestiaux. Béziers la Follieuse était aussi pendant une semaine une monstrueuse auberge où rien ne manquait, ni le vin ni les filles de joie qui étaient venues par centaines de tous les pays d'oc.

On disait même que beaucoup de femmes de Béziers, avec le consentement de leur mari bien souvent, amélioraient annuellement l'ordinaire de cette façon. Bref les fêtes de Caritats profitaient à tous, aux pauvres comme aux riches. Mais surtout à Trencavel.

Le banquet fut plantureux, lourd et interminable comme je les détestais, surtout en mauvaise compagnie. Il était soigneusement supervisé par Grosse-Tête, qui était partout à la fois et marchait à pas rapides et importants avec une mine de hibou.

Le centre de la salle était dégagé pour les distractions. S'y présentèrent entre chaque service, dans un désordre indescriptible, des contorsionnistes, des ménétriers et des jouglars qui reprenaient des chansons de toile bien connues et quelques chansons de nos anciens troubadours, dans un cadre qui ne s'y prêtait guère. Il y eut aussi des dresseurs d'autours, de merles, les chantres de Saint-Nazaire et une bande de musiciens et de jouglars catalans qui firent un bruit d'enfer avec des instruments arabes.

Et puis vint Raimon de Miraval. Le troubadour m'avait été désigné par Na Louba qui s'était levée exprès pour venir me montrer du doigt un donzel tout jeune mangeant dans le fond de la salle. Sans plus d'explications elle m'avait jeté :

— Là-bas ! Le jeune qui dévore comme un chien, c'est Raimon de Miraval. Il sera le plus grand de tous, vous verrez !

Elle s'en était retournée en dodelinant de la tête, riant aux éclats du geste obscène qu'un chevalier effronté venait de lui montrer.

J'avais observé un moment le jeune homme brun sans savoir de quoi il retournait. Son visage rustique et basané par le grand air ne m'avait pas du tout orientée vers la fin'amor, mais plutôt vers les exploits de chasse ou les armes. Il portait un duvet noir qui ombrait sa lèvre et son menton, creusant ses joues. Il se dégraissait les doigts par habitude à son bliaud alors que Grosse-Tête, mettant les petits plats dans les grands, avait doublé les nappes de larges longières du côté des invités. Mais le futur phénix des troubadours, à en croire Na Louba, n'avait pas encore compris l'usage des longières, trop préoccupé de dévorer tout ce qui était à sa portée sur la table, se levant au besoin pour aller s'emparer d'un morceau de viande appétissant dans un plat qui ne lui était pas destiné.

Quand il se glissa entre les tables pour venir se camper au centre de la salle, un antique luth au bout du bras, je ne le reconnus pas immédiatement. Il n'était plus vautré sur la nappe à fouiller dans les plats, mais se tenait face à nous avec une fierté pleine d'arrogance et de confiance en soi. Na Louba s'était déjà levée. Elle piétina d'exaspération et applaudit comme une folle, criant : « Taisez-vous ! C'est Raimon, Raimon de Miraval ! Raimon de Miraval ! » Son mari l'injuria et la traita méchamment de « vieille truie », mais elle n'y prêta aucune attention.

Le jeune troubadour était charpenté comme un montagnol, avec un visage assez plaisant en vérité qui reflétait une âme forte, et de puissantes épaules. Il était le fils du seigneur de Miraval, un château dans la vallée de l'Orbiel qui, disait-on, se résumait à une tour au-dessus de la rivière. Et encore n'en possédait-il que le quart ! Raimon prit sa plume d'aigle et pinça les cordes d'un geste rageur pour faire venir le silence. Puis il interpella Roger :

— Vicomte Roger, toi dont la puissance égale celle du comte de Toulouse, tellement qu'il t'a offert sa fille en épouse en te suppliant de faire la paix avec lui, eh bien moi ! Raimon de Miraval ! troubadour par la grâce de Dieu, je ne te crains pas ! Car je ne crains qu'une chose au monde, qui peut me rendre fou et faire de moi le plus misérable des hommes : la trahison de ma belle.

Roger sourit sans joie. Na Louba rit bruyamment. Je restai de marbre. Je devinai chez ce donzel une suffisance sans limites, ou plutôt un goût de la provocation et du défi jusqu'à l'abîme qui ne me plut pas. La suite allait malheureusement confirmer mon sentiment.

Il commença par une belle chanson d'amour :

De la bela don sui cochos
Desir la tener e la baizar
E la jaser e la plus conquistar[1]...

Na Louba devait la connaître par cœur, car elle la chanta avec lui, les yeux dans les yeux. Je me demandai s'il était déjà son amant. À voir la tête de son mari, Jourdain de Cabaret, lui n'en doutait pas. Raimon de Miraval chanta encore une chanson d'amour (« Et conosc que fatz que leugiers... ») et puis se tint à l'écoute de la salle.

On lui demanda une chanson nouvelle. Il sourit mystérieusement, glana quelques notes sur son instrument, regarda Guilhem de Saint-Clar et le salua d'une révérence burlesque, cassé en deux et les bras virevoltant comme des ailes de moulin. Puis, installant son pied sur un escabeau, tourné vers mon chevalier comme s'il lui dédiait une aubade, il commença :

Je ne pensais pas chanter,
Car je n'avais aucun sujet
Mais vint un beau chevalier
Qui dans un pré s'est déshabillé
Avec un joli chanoine, bien attifé.

Ah ! Guilhem, Guilhem, Guilhem
Qui aurait cru que tu l'avais conquise
Ta domna tonsurée.

Mais l'évêque s'en est mêlé,
Et ses sergents ont emmené

1. « De la belle dont je suis amoureux / Je désire la tenir et la couvrir de baisers / Et la coucher et la conquérir encore plus... »

Le conquérant et sa conquête,
Ses braies, ses bottes et sa brayette,
Et du chanoine son blanchet.
Ah ! Guilhem, Guilhem, Guilhem,
Qui aurait cru que tu l'avais conquise
Ta domna tonsurée...

J'étais stupéfaite.

Guilhem était rouge comme une pivoine, et son visage angélique s'était défait sous l'effet de la honte et de la colère. Ses yeux doux et inquiets étaient devenus durs, sa bouche mauvaise. Il avait le visage des anges dépités d'avoir été déchus lors de la Création du Monde.

Douceline à ses côtés était pâle, de rage certainement, et ses yeux vrillaient d'une haine meurtrière le jeune troubadour qui ne se démonta pas le moins du monde, chantonnant encore :

Ami Guilhem ami Guilhem
Avec toi je veux bien chanter
Tournoyer et chevaucher,
Faire la guerre et tout le reste
Mais jamais ne me requiers
D'être ton homme pour la sieste...

Guilhem se leva d'un bloc et, sans un mot, sans un regard pour son persécuteur, ni pour moi ni pour l'assistance qui riait, il quitta la salle à grandes enjambées. Douceline avait enfoui son visage dans ses mains et peu après s'enfuit également. Roger se pencha vers moi, railleur :

— Domna, je trouve vos donzels assez surprenants. L'un se vautre dans l'adultère, l'autre dans la sodomie. Ont-ils été élevés dans l'esprit de la chevalerie ? Je n'ose imaginer les exemples qu'ils ont eus sous les yeux à la cour de mon beau-père, pour se comporter de cette façon. Toulouse serait-elle une nouvelle Sodome et Gomorrhe ?

Je répliquai vivement :

— Seigneur vicomte, je préfère que mes chevaliers laissent parler leur cœur plutôt que d'avoir l'occasion de les admirer dans de beaux massacres. Car s'il est juste de répondre à la guerre par la guerre, il est encore plus juste de vivre en paix. Et ce n'est pas ce que j'entends à votre cour, où les fanfarons couvrent de leur voix braillarde les paroles de sagesse, et où vos hommes aussi rustres qu'orgueilleux sont plus dangereux pour les amis que pour les ennemis.

Roger ne me répondit pas car son voisin, le Parfait Mercier, le sollicitait à nouveau. Ils discutèrent un moment, et comme le ton montait je tendis l'oreille. L'évêque cathare voulait prendre la parole et Roger ne voulait pas, avançant qu'on ne pouvait ennuyer les gens avec la religion à l'occasion d'une grande fête. Je souris de cette dispute, qui démontrait clairement que mon époux n'avait pas de véritable conviction hérétique. Il ne favorisait l'hérésie que dans son propre intérêt.

J'avais à ma dextre le seigneur de Servian, qui s'était croisé en Terre sainte comme beaucoup de nos vassaux une année ou l'autre. Il me parlait avec nostalgie de son aventure dont il était revenu vivant par miracle, et m'annonça au détour d'une phrase qu'il avait rencontré là-bas la reine Constance, ma mère ! Elle vivait encore dans une maison forte dans la plaine d'Ascalon, se consacrant aux soins des pèlerins venus de toute l'Europe, et à son salut par la prière. Il ajouta en confidence : « J'ai vu une sainte ! »

Une sainte, c'était bien le souvenir que j'en avais gardé quand j'avais vécu auprès d'elle au château de

Burlats. Ce souvenir se doublait de l'image d'une femme sans peur et sans reproche. Cette vision que j'avais de ma mère me servait à aller de l'avant sans être seule. Qu'aurait-elle pensé de ma liaison avec Aimeric, un simple chevalier du seigneur comte, sous les yeux de mon époux et sans souci de l'humilier ? Elle m'aurait demandé si je le faisais avec mon cœur, dans un don de soi total, sans réserve. Et je savais que je ne la décevrais pas si je pouvais lui dire : « Mère, c'est mon cœur qui l'a décidé, et il ne s'en lasse pas. »

Amusé par ma soif de connaître le lieu où vivait ma mère, le seigneur de Servian prit plaisir à me décrire la plaine d'Ascalon s'étendant vers la mer et la ville ocre aux grandes murailles dorées, disputée âprement. J'imaginai la reine Constance soignant les blessés sans sensiblerie, consolant les cœurs par la fermeté de son regard, insufflant du courage à ceux qui espéraient la mort comme une délivrance, et les renvoyant défendre le tombeau du Christ.

Roger nous interrompit. Peut-être voulait-il échapper à l'insistance de « l'évêque » ; il m'interpella sur un ton familier et confidentiel qui m'inquiéta. Le seigneur de Servian s'étant tu, les yeux au large, Roger m'annonça :

— Domna comtessa, j'ai une bonne nouvelle pour vous.

Je pris l'air étonné :

— Pour moi ? Et laquelle, seigneur Roger ?

— J'ai demandé le retour de votre chevalier, Aimeric de Castelnau.

Je dus rougir d'émotion jusqu'à la racine des cheveux. Roger s'en amusa :

— Je vois que ma nouvelle vous fait du bien, elle vous redonne des couleurs. Il sera là demain pour participer à la fête. Il y donnera d'ailleurs un petit spectacle. C'était ma condition.

— Ah ?

— Oui. Si son spectacle est réussi, il aura gagné mon pardon et le droit de vous servir à nouveau sans restriction.

— Et... quel genre de spectacle ?

J'avais peur de la réponse. Je ne pouvais imaginer Trencavel autorisant le retour d'Aimeric sans mettre sa vie en jeu.

— Une joute. S'il gagne, il vous servira à nouveau.

— S'il perd ?

— Il ne peut pas perdre. C'est d'ailleurs un excellent cavalier, et j'ai le sentiment qu'il a un fameux coup de lance.

— C'est donc un combat à la lance ?

— À un détail près.

— Et quel est ce détail ?

Roger soupira, faisant mine de regretter d'en avoir trop dit. On voyait bien à son faux sourire qu'il jubilait, qu'il jouissait par avance de tout le mal qu'il allait me faire. Il me demanda :

— Savez-vous comment s'achèvent les fêtes de Caritats, par tradition ?

— Non, je l'ignore.

— Par des combats de taureaux sauvages.

— Des combats de taureaux ?

J'avais compris. Je criai :

— Vous n'allez pas faire combattre Aimeric contre des taureaux ! Vous êtes fou ? Jamais je ne vous laisserai faire une chose pareille !

Roger ricana :

— Comtesse, gardez votre calme. Dois-je vous rappeler que ces joutes existent à Béziers de mémoire d'homme ? Ce n'est pas une nouveauté en l'honneur de votre amant. Ce n'est pas non plus pour vous faire plaisir qu'on les arrêtera.

Il montra la salle en ouvrant les bras :

— Dans cette salle, je peux vous citer au moins dix chevaliers qui se sont mesurés à des taureaux dans leur jeunesse ; c'est une des belles coutumes de Béziers.

Il prit un air de chattemite :

— Il y a moins de danger contre un taureau que contre un chevalier bien armé et de dure rencontre sur un champ de bataille. Et si votre ami joute bien, pensez qu'il sera à votre entière disposition demain soir. J'en fais le serment.

— Il a dit oui ?

— Oui, oui ! Il a dit oui.

Je fis face à Trencavel :

— Où est-il ?

— Qui ?

— Aimeric bien sûr, pas le taureau !

Trencavel ricana :

— Il doit être arrivé à Béziers dans la soirée. Mais vous ne le verrez pas, pour son bien. Il doit se préparer sereinement à l'épreuve, rester renfermé sur son combat.

J'étais atterrée. Je connaissais suffisamment la fourberie de Trencavel pour imaginer qu'il allait aggraver les conditions de l'épreuve, et tout faire pour qu'Aimeric n'y survive pas. Il me revint à l'esprit une réflexion de Grosse-Tête.

— J'ai entendu dire que les combats de taureaux n'existaient plus.

Trencavel haussa les épaules :

— Les consuls prétendent qu'ils n'ont plus d'argent, et qu'ils ne peuvent prendre en charge la capture toujours onéreuse des fauves. Il est vrai que depuis les émeutes ils ont été très sollicités par mes collecteurs.

Il fit la moue et se tança :

— Trop, peut-être, au risque de ralentir les affaires... Bref, c'est moi qui prends à ma charge tout le spectacle. J'espère qu'ils m'en sauront gré, pour une fois. Et vous aussi, car je donne à votre chevalier l'occasion de mériter mon pardon et de revenir à ma cour.

Je regardai en face son masque de guerrier arrogant qu'animait un air de jactance exalté par le vin. Je surpris aussi malgré moi dans ses yeux, dans les plis du front, une profonde tristesse qu'il cachait sous une fausse hautaineté et une fréquente moue de dédain.

Bien sûr je l'avais humilié, et Aimeric plus encore. Mais il ne le tuerait pas devant moi.

— C'est pour éliminer Aimeric que vous avez pris en charge ces combats ! lui criai-je. Je le sais maintenant. Vous avez payé la mort d'Aimeric, mais je ne vous laisserai pas faire. Je le retrouverai avant demain et je lui interdirai de se montrer !

J'avais hurlé. Malheureusement tout le monde nous observait depuis un moment et s'était tu. Mes dernières paroles résonnèrent jusqu'au fond des autres salles. Roger avait perdu son sourire arrogant et me regardait mauvaisement.

L'hérétique qui me vrillait de son regard fiévreux profita de l'occasion pour prendre la parole et, levant la main, commença son prêche :

— Domna, je devine à votre emportement combien de passions vous entravent...

Je me levai et le visai à mon tour :

— Oh vous, l'hérétique, ne venez pas vous mêler de ce que vous ne connaissez pas ! Et ne connaîtrez jamais !

Le vieil homme me fit un regard de chouette :

— À quoi pensez-vous ma fille ?

— À l'amour !

Et, rassemblant mes atours, je quittai la salle sous le regard médusé de toute l'assistance. Ma cousine Alis fit de même et me suivit sans trop savoir de quoi il retournait, et puis Douce de Pétavit, Alazaïs qui subissait pourtant sans déplaisir les assauts des compagnons du vicomte, et les deux chevaliers qui me restaient.

Je fus peinée pour le gentil seigneur de Servian, qui avait ma cousine à sa droite, et qui rayonnait de la joie d'être entouré des deux plus jolies femmes de la salle, sans parler de lignage. Il se retrouva seul et fort dépité. Mais son chagrin était peu de chose en comparaison du mien.

Nous revînmes au château Neuf où je me réfugiai dans les bras d'Ogive qui, après m'avoir traitée encore une fois de follieuse, entreprit aussitôt de machiner de diaboliques autant qu'inutiles plans de bataille.

XXI

Les fêtes de Caritats connaissaient le dimanche une sorte d'apothéose dans la folie et dans la grossièreté. Une délégation du château Vieux vint me chercher, emmenée par Roquefort. Le vicomte voulait s'assurer de ma présence pour cette grande journée de fête. Il voulait montrer sa femme aux Bittérois. Surtout, pensais-je, il voulait que j'assiste aux combats taurins et à la mise à mort d'Aimeric. C'est pour cette même raison que j'y allai, car je voulais être présente auprès de mon chevalier pour le soutenir et l'encourager. Je devais être là dans le pire moment de son existence et, quand il irait au-devant de la mort, enflammer son cœur du désir de vivre. Je suppliai Ogive de nous accompagner, mais elle recula devant les excès populaires prévisibles, criant en regardant les amis de Roquefort comme s'ils étaient le modèle le plus proche de ce qui la répugnait :

— Adélaïs, ne me demandez pas de me mêler à cette fripaille ! Je n'ai plus l'âge de tolérer ces malhonnêtetés, indignes d'un pays chrétien ! Même les chiens n'oseront pas sortir aujourd'hui.

Ogive connaissait un peu les fêtes de Caritats. Je pensai qu'elle exagérait beaucoup, et qu'elle voulait s'éviter de la fatigue. Elle resta.

Nous repartîmes pour le château Vieux. Dès que j'apparus, le vicomte, son entourage, son escorte m'englobèrent dans leur compagnie et se mirent en marche, sans faire plus de cérémonie que s'ils avaient attendu un gonfanon. Nous allâmes tous nous mêler à la parade qui nous attendait, venant de l'Oustal des Consuls.

Après le clergé en habit liturgique et les musiciens bariolés, chargés de tambours et de trompettes, de cornes et de cabrettes, de vièles, de flageols, une nef portée par une multitude d'hommes suivait en oscillant, se dressant en tous sens devant nous. Sur cette nef prise sur la mer aux pirates sarrasins, disait-on, des jeunes gens déguisés en Maures, enturbannés et la peau noircie à la noix de galle, lançaient amicalement sur la foule qui obstruait déjà toutes les rues des petits beignets, des oublies, des noix et même quelques amères oranges d'Espagne remplies de dragées ou d'autres friandises. Les Maures qui portaient le bateau sur leurs épaules se heurtaient à des croisés vêtus de blanc et frappés d'une croix rouge. Les croisés tournaient autour de la galère et tentaient à coups de bâton d'en prendre le commandement. Ceux qui étaient dans la nef aidaient leurs compatriotes à pied en empêchant furieusement ceux qui n'étaient pas de leur nation de monter dans la barque.

Après nous la parade se poursuivait par une mascarade bittéroise particulièrement détestable, qui faisait la singularité de ces fêtes de Caritats, sa mauvaise réputation et son succès. Quelques rangs de soldats nous séparaient fort heureusement de la horde enfiévrée des travestis. Sur un tombereau de fumier trônait le faux évêque de Saint-Aphrodise, mitré, chapé et crossé. Le saint homme, avec une méchanceté jubilatoire, bénissait les jolies femmes en leur envoyant une poignée de sa litière puante, occasionnant des cris stridents et des mouvements de foule. On s'emboucha ainsi dans la rue Droite noire de monde.

Comme une vague roulant vers le large, notre passage provoqua dans la foule un reflux, en raison de la bataille autour du bateau et des échanges d'ordures entre l'évêque et les gens aux fenêtres. Mais tout le monde riait, et très fort.

L'évêque s'en prenait aussi aux fesses de son archidiacre, un homme hilare et pansu qui soulevait ses habits de messe pour saluer la foule avec son postérieur. Tout autour du chariot des hommes travestis en femme menaient une sarabande infernale en faisant sonner des ustensiles de cuisine avec des outils de vigneron. Ils étaient masqués, coiffés de longues chevelures formées d'écheveaux de crins noirs, de lin ou de chanvre roux.

De temps en temps une de ces fausses femmes montait sur le tombereau et se livrait avec l'évêque, sur le fumier, à des gestes obscènes qui provoquaient une hilarité générale. On passa à l'homme mitré un vieux soulier brûlant se consumant dans une fumée noire, suspendu au bout d'une ficelle. L'évêque s'en saisit et encensa la foule. Il s'en débarrassa par la fenêtre d'une maison.

Après le char de l'évêque une foule de travestis amusait le peuple par des chants grivois, de la musique et des contorsions déshonnêtes. Certains portaient des masques d'oiseaux, et s'étaient couverts de plumes ; d'autres se cachaient derrière des museaux de gargouilles. Contrefaisant leur voix ils se jetaient sur des femmes qu'ils connaissaient, révélant à haute voix leurs secrets et des curiosités intimes.

Il y avait aussi deux faux chevaliers qui joutaient, montés sur deux ânes. L'un des cavaliers montait à l'envers, et les deux hommes se menaçaient de leurs armes, pour l'un une fourche en guise de lance et un panier d'osier comme écu, pour l'autre un fond de tonneau et un roseau pour la pêche. Sur leur tête ils portaient des sortes de casques à pointe embrochant des saucisses, et sonnaient l'ouverture des combats avec un cornet de gardien de chèvre.

Ils accompagnaient une charrette chargée de tonneaux percés où des vignerons déguisés distribuaient du vin à la ronde. Tout le monde savait qu'il s'agissait d'un vin d'un an qui commençait à aigrir, et dont on débarrassait les caves. Mais la charrette était prise d'assaut et les travestis le buvaient comme de l'eau.

J'étais dégoûtée de tout ce bruit, de ces rires, de cette odeur de vinasse et de fumier, et de cette joie hurlante et mauvaise qui prédisposait le peuple à se repaître bientôt d'un spectacle sanglant. J'en avais le ventre noué. Mes donzelles m'empêchaient de pleurer, m'entourant et me mignotant gentiment, même Douceline qui n'avait plus de nouvelles de son ami Guilhem depuis la veille, et en était fort préoccupée. Mes deux chevaliers restants me couvraient de leur vigilante garde, le massif Raimon Garcie et le taciturne et sec Jean de Montaigu, sans dissiper cette impression affreuse que j'étais une condamnée qu'on menait au supplice.

Sur le plan du Grand Marché, une véritable panique s'empara de moi et provoqua le tremblement irrépressible de mes membres. La place avait été aménagée pour la réjouissance des badauds. Des hourds avaient été montés sur les façades de certaines maisons. Dans un angle une tribune protégée par une barrière accueillait les plus riches familles, celles qui participaient de leur finance à la fête de Caritats. Toutes les rues qui débouchaient sur le plan du Grand Marché, sauf la rue

Droite, avaient été fermées par des charrettes empilées et des barrières, derrière lesquelles on avait élevé des bancs pour la populace.

On me porta dans les hourds qui couronnaient la plus belle façade de la place. Roger avec son entourage s'était installé dans la tribune voisine, d'où il pouvait m'observer sans avoir à manifester d'importune compassion. En face de nous était l'entrée de la rue Droite demeurée libre, car par cette rue devaient arriver les animaux. J'étais au bord de l'évanouissement.

Je savais que les taureaux étaient lâchés dans les rues à une porte de la ville, poursuivis par des jeunes gens qui cherchaient à les disperser dans toute la cité et à les isoler pour les rendre furieux. Aussi des palissades et des barrières judicieusement placées les dirigeaient pour les ramener dans tous les cas sur le plan où nous étions, en fin de course.

On m'avait raconté l'histoire de cet écuyer âgé et fier, encornuté par sa jeune épouse, qui l'année passée avait voulu faire la preuve de sa verdeur en attendant devant chez lui, dans la rue Droite, la horde cornue, l'épée à la main. Les taureaux l'avaient emporté dans le flot furieux de leur charge et mis en charpie.

Le cortège des travestis fit le tour de la place plusieurs fois, mimant des combats de taureaux imaginaires contre les tonneaux qu'ils faisaient rouler en basculant la charrette, cherchant à faire rire à tout prix par des facéties grotesques qui me furent vite insupportables. Les jouteurs montés sur les ânes voulurent combattre eux aussi : ils tentèrent de s'enlever les saucisses qui ornaient le sommet de leur casque. Puis les trompettes sonnèrent l'arrivée des taureaux.

Une première bête, toute noire, s'engouffra sur le plan du Grand Marché, ovationnée par la foule en délire. L'animal trotta lourdement autour du plan, sillonna le sol battu de la halle de son sabot hargneux et tenta de s'esquiver par où il était entré. Mais on venait de tirer une charrette à l'entrée de la rue. Des hommes arrivèrent, sortis de je ne sais où, en chemise et les jambes prises dans des peaux de loup. Je reconnus les trottiers de Trencavel. Ils commencèrent à provoquer le taureau qui fonça sur chacun et sur tous, changeant sans cesse d'ennemi et n'encornant que de l'air. Ces hommes étaient d'une agilité prodigieuse. L'un d'eux bondissait sur le front de l'animal et, profitant du coup de tête, s'enlevait dans les airs à la renverse.

Un autre sautait au-dessus du taureau, un autre lui montait sur le dos, ou s'emparait de ses cornes, se plaquant sur son front comme un linge mouillé, un autre lui tirait la queue. Comme il y avait sur la place quelques enseignes d'auberge scellées dans les façades, ils provoquaient la charge de l'animal et s'esquivaient au dernier moment en se suspendant aux enseignes.

Un autre jeu consistait à agiter devant le taureau des mannequins de paille et, tandis que l'animal s'acharnait furieusement sur ces leurres, ils lui accrochaient à la queue des chiffons enflammés.

La foule cria : « Sainte Véronique ! Sainte Véronique ! » On m'expliqua qu'il s'agissait d'une passe inspirée du geste de la sainte essuyant le visage du Christ avec son fichu. L'un des soldadiers se munit d'un voile écarlate et l'agita à deux mains devant le taureau. Celui-ci fonça dans le voile que l'homme déplaça sur le côté à bout de bras, et ramena derrière lui. Le taureau suivit, oubliant l'homme. La foule applaudissait, délirante.

Le trottier amena ainsi l'animal devant un des piliers de la halle. La foule riait d'avance. Le taureau fonça une fois de trop et cogna lourdement le pilier. Une de ses cornes se brisa. Il resta un moment immobile, étonné ou assommé. Mais déjà des spectateurs envahissaient la place pour en découdre avec le fauve diminué.

Pour finir les trottiers se jettèrent sur le taureau tous à la fois et, lui prenant les cornes, les pattes et la queue, ils le renversèrent et le ligotèrent comme un agneau. Il ne bougea plus. Les gens se ruèrent sur lui pour le piquer, lui tirer la queue, le piétiner et lui tordre la tête. Un homme lui mordit l'oreille et en arracha une bouchée. Puis quelqu'un trancha les liens et l'animal se releva, fou de rage.

Les hommes qui le persécutaient s'égaillèrent. Ils revinrent le harceler qui avec une pique, qui avec une dague, un couteau, un mannequin de paille enflammé. Devant le nombre de ses ennemis le taureau ne savait qui charger. Il finit hélas par viser un jeune homme sec qui s'était enhardi jusqu'à lui saisir le mufle et, le menaçant de sa demi-armure, il le poursuivit avec obstination sans se détourner pour quiconque. Le gringalet ne trouva personne pour le secourir. Chacun s'écartait soigneusement pour le laisser seul dans l'œil noir du fauve. Il fut saisi par la bonne corne et envoyé en l'air.

Un gros matamore, barbu et débraillé, une chausse roulée sur un mollet, l'autre retenue à la ceinture par un crochet de boucher, sortit de sous les charrettes et, traversant la place avec une lance, il transperça le taureau qui s'acharnait furieusement sur le jeune homme. La foule répandue dans les hourds, aux fenêtres, sur les tribunes et les bancs de bois à l'entrée des rues, derrière les barrières, hurla sa haine du taureau et son plaisir de le voir châtié.

L'animal tomba sur les genoux, la lance en travers du corps. Un fanfaron exhibant un grand couteau de boucher s'approcha de lui et lui trancha les jarrets. La bête s'affaissa, tentant vainement d'encorner un de ses agresseurs. Un sergent de l'évêque vint l'achever, conspué par la foule à qui on abrégeait sans raison la suave jouissance.

Cette scène inutilement sanglante me révolta au point de me faire prendre en pitié les taureaux. La dépouille fut encordée et tirée sous une porte charretière pour, certainement, être dépecée. Les sergents ne purent empêcher un homme bondissant de lui couper les génitoires, qu'il emporta derrière les barrières où il provoqua une véritable émeute.

J'étais sur le point de m'en aller quand un second animal déboucha de la rue Droite, chargeant les retardataires. Un jeune homme pris à partie chercha son salut en se suspendant à une enseigne. Mais il s'éleva trop lentement et une corne du fauve le cueillit par les braies. La foule rit. Le taureau le décrocha et le reprit violemment dans le berceau de ses cornes, l'envoya en l'air d'un coup de tête emporté. Le jeune homme s'envola à la renverse, les jambes en l'air, et retomba lourdement sur une corne qui lui transperça la poitrine. La foule exhala un répugnant soupir.

On envoya d'énormes chiens, des molosses dressés qui entourèrent l'animal en cherchant fébrilement une faille dans sa défense. L'un d'eux réussit à lui saisir le mufle et ne le lâcha plus. Les autres bondirent sur son garrot, sur sa croupe, à sa gorge, ils lui déchirèrent le ventre. Des chiens furent blessés, éventrés. Mais ils revenaient au combat sanguinolents, boitant et geignant. Le taureau fut dépecé dans une ambiance de fête.

Mes donzelles se détournèrent avec moi de cette inutile boucherie, qui provoquait les hurlements d'enthousiasme de la foule et la surexcitation des molosses que les valets n'osaient reprendre, de peur de se faire mordre.

Chaque spectacle me rapprochait du moment crucial. Je ne savais si je devais souhaiter encore de nouveaux jeux sanglants pour retarder le moment de voir Aimeric entrer dans le cirque, seul sur son cheval, armé d'une simple lance pour arrêter la charge furieuse d'une bête fauve. Je n'eus pas à me poser la question plus longtemps : mon chevalier était déjà là, sous mes pieds.

Il fit le tour du plan la lance haute, au bout de laquelle une flamme offrait ses couleurs au service du vent. Il était habillé de sa longue cotte de mailles toute d'une pièce sous une cotte d'armes en soie bleue, et de jambières de fer. Coiffé d'un casque à large nasal, auquel une ventaille de mailles s'accrochait en protégeant le cou et le bas du visage, il laissait flotter derrière la nuque un élégant lambrequin à ses armes, comme en portaient les croisés en Palestine.

Je retrouvais là sans joie le souci d'Aimeric de paraître gracieux et chatoyant, même devant la mort. Il vint se placer devant nous et nous salua. Je tentai en vain de distinguer son visage, de m'assurer de la détermination de ses yeux. Le fer aux luisances moirées qui l'enfermait comme dans une coquille gardait ses traits dans l'ombre. Je ne pus lui envoyer qu'un sourire contrit, les yeux débordant de larmes.

Il leva sa lance et mit son cheval au galop pour se mettre en position de recevoir la première charge. Un soleil d'ours, blanc comme une lune gardait sa chaleur derrière un voile nuageux qui cachait le ciel, et baignait le plan d'une lumière fantomatique.

Aimeric montait un cheval noir que je ne connaissais pas, assez fort mais nerveux, instable, écouteux. La bête paniquait déjà des odeurs sauvages et des effluves de sang qui flottaient ici et là. Aimeric l'obligeait à faire face au débouché de la rue Droite. Le cheval cherchait à s'esquiver en chassant de l'arrière-main. J'entendais derrière moi Raimon Garcie qui grognait :

— Ce cheval n'est pas bon ! Il n'a pas un bon cheval !

Je me retournai et lui demandai d'une voix chavirée par l'inquiétude :

— Que doit-il faire ?

Il se pencha vers moi, rassurant :

— Domna, il y a deux manières assez faciles de tuer un taureau à cheval. Soit frontalement en profitant du moment où il baisse la tête ; vous lui portez le coup de lance derrière les cornes, dans le cervelet. Ou bien, et c'est plus sûr, vous le faites courir – le taureau ne court pas vite, ni longtemps – et vous vous rabattez vers lui par une volte au bon moment, pour lui porter un coup de lance à la nuque. Toujours à la nuque. Ce sont les deux lançades possibles. Il y a aussi un coup pour les chanceux, plus difficile...

Je n'eus pas le temps d'en apprendre davantage. Une montagne de muscles, brune et noire, luisante de sueur, dévala bruyamment sur le plan et bondit pour encorner le ciel. Je poussai un cri de surprise : cet animal brun, au cou massif et à la tête noire, drapé dans ses jarres d'hiver, une large tache d'un blanc rosé autour de l'œil droit qui donnait à son regard une cruauté malsaine, c'était à n'en pas douter le taureau qui nous avait attaqués dans la Montagne Noire, et qu'Adalla avait su si bien détourner.

Quel présage attribuer à cette apparition ? Dieu voulait-il m'avertir encore une fois des dangers extrêmes que m'attirait ma vie dissolue ? Voulait-il me ramener de force dans le droit chemin, en supprimant l'objet de mon désir, l'être pour qui j'aurais choisi la damnation pour une nuit ensemble ? Mais savait-il, Dieu le Père, qu'il m'enlevait la vie ? J'eus dès ce moment un très mauvais pressentiment.

Le cheval s'enfuit, et Aimeric le ramena dans un long demi-cercle face au fauve. Il semblait vouloir le recevoir frontalement, la lance courte à l'arrêt contre sa poitrine. Garcie cria :

— Non ! Non ! Tu vas trop vite. Fais-le courir et étudie sa charge !

Le taureau arriva droit sur Aimeric, chargé sur les épaules, la tête basse, ses immenses cornes ivoirines effilées de noir en avant, arquées comme un arc turc.

Mon chevalier visait la nuque du fauve, dirigeant la lance pour que l'animal s'enferre dans son propre élan. Au moment où il arrivait tête baissée, le mufle au ras du sol, le cheval s'écarta et la lance glissa sur le garrot du taureau.

Le fauve se planta sous le poitrail du cheval, le labourant de ses cornes et le soulevant comme on fait avec une fourche. Le cheval qui piaffait eut bientôt le poitrail rougi, malgré la cotte de mailles qui le protégeait. Il chercha à se dégager et se leva. Il y eut un grand soupir dans la foule. Le taureau maintint le cheval debout, arc-bouté sous l'effort dans une danse grotesque et terrible, redoublant ses coups de boutoir avec une force si prodigieuse que la monture d'Aimeric paraissait légère. Et l'irrémédiable se produisit : le cheval se renversa.

Garcie dit simplement : « Il est foutu ! » Le taureau continua à fouailler avec ses cornes le poitrail et le ventre du cheval, déchirant la housse épaisse et le corset de mailles. Le cheval hennit quand les cornes lui entrèrent dans le ventre et se mit à gigoter avec une impuissance pathétique. Mon troubadour avait visiblement une jambe prise sous sa monture et ne pouvait s'enfuir. Je m'aperçus alors qu'il n'y avait personne à l'intérieur des barrières, personne pour l'aider.

Garcie venait de s'en rendre compte également et se leva en criant : « On y va ! » Il empoigna au passage son compagnon en chevalerie Jean de Montaigu et ils se ruèrent tous deux dans l'escalier de la maison où nous avions été reçus. J'avais les yeux captivés par le taureau. Le cœur me tomba quand je le vis se reculer en grattant le sol et revenir à la charge si violemment qu'il bascula par-dessus le cheval et roula sur mon chevalier. Je priai Dieu que, s'il voulait m'enlever mon ami, au moins il ne le fasse pas souffrir. Le fauve se redressa et d'un coup de corne l'arracha à sa selle.

Je cachai mon visage dans les mains. Ce qui se passa ensuite, je ne le vis pas mais je l'entendis, et je l'entends encore après tant d'années. À chaque coup de corne qui projetait mon amant en l'air comme un pantin, le bruit métallique de son armement dispersé aux quatre coins de la place me disait la violence des coups. Je voyais son beau corps se disloquer de la même façon, disséminé à tous les vents jusqu'à revenir à la poussière du néant par la volonté de Dieu.

Mais le plus insupportable, étaient ces soupirs de la foule, comme un halètement admiratif qui accompagnait chacun des formidables coups d'estoc du taureau, comme une plainte de plaisir devant le formidable spectacle que le vicomte leur offrait, et déjà un regret qu'il soit si court.

Nous étions revenus au temps barbare des jeux romains.

Quand il n'y eut plus aucun bruit, et que le fauve fut rassasié de coups, on envoya à nouveau les chiens. Le prolongement du spectacle sanglant ne pouvait que réjouir l'assistance. Pendant ce temps on ramena mon chevalier qui disparut sous la tribune, ainsi que le cheval qui perdait ses entrailles. J'étais incapable de me mettre debout. Je surpris le regard de Trencavel, sur l'autre tribune, qui m'observait. Son visage n'exprimait ni joie ni satisfaction d'aucune sorte, ni peine bien sûr ; il était dur, impénétrable. Le vicomte venait de faire passer impitoyablement sa justice.

Mes donzelles descendirent et Raimon Garcie revint. Il s'approcha de moi et m'enveloppa d'un regard étrange. S'assurant que Trencavel n'écoutait pas, il me dit à voix basse :

— Domna, ce n'est pas Aimeric.

— Quoi ?

Il me prit les épaules, persuasif :

— Ma domna, ce n'est pas Aimeric qui était sur le cheval.

Je ne compris pas tout de suite, et ma tête se vida de toute pensée. J'étais abasourdie, stupéfaite. Je tombai le visage dans mes mains, hébétée, incapable de prendre la moindre part à la nouvelle que je venais d'entendre. Je refusais surtout de comprendre, de participer, de revenir avec ma chair vivante dans ce monde terrible, cruel, ancien, tant que je ne serais pas certaine qu'il était encore habité par Aimeric, que je le retrouverais au bout de cet horrible cauchemar, alors que mon corps avait déjà compris le message et laissait monter sans retenue, à travers mes veines, une joie folle et déplacée. Avant de laisser voir cette jubilation barbare qui m'avait envahie, à moi aussi, et qui tourmentait mon visage d'un sourire compulsif, une question abominable devait être posée. Qui avait payé de sa vie ce bonheur malséant que je tenais en réserve ?

— Qui, demandai-je enfin, qui est mort, Raimon ?

— Guilhem, Guilhem de Saint-Clar.

Je répondis :

— Bien sûr, Guilhem.

Je remarquai alors que Douceline n'était pas remontée. J'aurais dû comprendre. Mon Dieu, quel âpre égoïsme dans mon cœur ! Mon Dieu, faites que je mérite votre sollicitude à mon égard, votre incompréhensible bonté ! Faites que ce bonheur dont vous me laissez profiter encore me serve à la consolation de Douceline, dont j'ai hâté le malheur. Faites qu'elle me pardonne.

Je me levai, et dévalai l'escalier qui à travers la maison donnait accès à la place par une porte charretière. Dans le passage était étendu Guilhem de Saint-Clar, déchiré, disloqué, en désordre, couvert d'une croûte terreuse sanguinolente. Douceline était penchée sur son visage blanc qu'elle avait découvert, l'embrassait et le caressait tendrement, le dégageant avec douceur des souillures qui le défiguraient. Je m'approchai, la pris dans mes bras et la serrai à l'étouffer. Je ne pus m'empêcher de lui murmurer : « C'est de ma faute. »

Douceline fit non de la tête et se laissa aller sur mon épaule. Elle s'accrocha à mon cou comme une noyée à son sauveteur ; le barrage des larmes rompit et nous pleurâmes longtemps, entassées l'une sur l'autre et ne faisant plus qu'une seule femme souffrante, incapables de nous séparer sans tomber, sans hurler, incapables de quitter ce petit îlot de tendresse et d'humanité où nous nous étions réfugiées l'une dans l'autre. Nos compagnes vinrent nous presser à leur tour, nous prirent en charge comme des blessées fragiles derrière le corps de Guilhem, qu'on emmena au château Neuf sur mon ordre.

On passa la nuit à le veiller, à la lumière de quelques cierges.

Je ne revis pas Roger avant le lendemain. Il connaissait bien sûr la nouvelle, mais comme à son habitude il ne me dit rien. Comme à son habitude il ne manifesta aucun sentiment. Je pensais toutefois qu'il devait bouillir intérieurement.

Aimeric ne réapparut pas. Quelques jours après, à Carcassonne, j'interrogeai Bertran de Saissac. Il m'avoua qu'il ne savait rien de cette affaire, et encore moins où se trouvait Aimeric. Il pensait que j'en savais plus que lui.

En fait la personne qui était dans la confidence était bien proche de moi : c'était Raimon Garcie lui-même, qui avait retrouvé Guilhem et l'avait aidé, à sa demande, à prendre la place d'Aimeric. Il m'expliqua qu'Aimeric avait hésité longtemps à laisser sa place. Il ne l'avait fait que par amitié pour Guilhem, afin qu'il puisse reconquérir son honneur, l'éclat de son paratge, et aussi par humilité, car dans l'histoire il perdait le sien. Raimon me dit également qu'Aimeric considérait ce sacrifice de son honneur guerrier comme le premier pas sur la voie de la perfection. Mais il ne savait pas ce que cela voulait dire exactement.

Moi je le savais. Et j'étais bien décidée à maintenir mon beau troubadour sur la voie de l'imperfection, et à le détourner encore une fois de la pureté aride, stérile et vaine dont faisait profession la nouvelle religion.

XXII

« Quelle burle ! » s'exclama Ogive en relaçant encore une fois la portière de cuir de notre litière, assiégée par une bise d'avril ronflante. Nous allions sur Beaucaire à la réunion du roi d'Aragon et du seigneur comte de Toulouse, mon père. Après des années de guerre acharnée pour accaparer toute la Provence, chacun avait compris qu'il serait moins coûteux de partager. Un traité de paix allait être signé sur une île du Rhône, entre royaume de France et Empire, en terrain neutre. Roger y avait été appelé comme témoin et souscripteur de la charte. Je l'accompagnai, non pas à sa demande mais à celle de mon père.

Notre litière était portée par deux chevaux calmes et robustes qui marchaient l'amble dans un léger roulis clapoteux. Le cheval de devant étant plus grand que celui de derrière (toujours cette légèreté dans le service à la cour de Trencavel, où il fallait veiller à tout), notre litière avançait dans le roulis de l'amble associé à un fort tangage dû à la pente de l'attelage. Ogive en était nauséeuse, et d'une humeur rebutante. Elle profitait de cet état qui m'inquiétait pour me faire des leçons de morale. Elle avait du temps devant elle, et la bise m'empêchait de m'esquiver.

— Promettez-moi Adélaïs, me dit-elle la mine rechignée, de ne plus chercher à revoir votre troubadour, ce chevalier de Castelnau sans château, ni neuf ni vieux, sans terre non plus, qui n'est pas du tout de votre condition, et qui vous a déshonorée. Promettez-le-moi !

— Je promets.

— Et promettez-moi de vous montrer bonne épouse devant le roi Alfonse d'Aragon, pour le plaisir de votre mari.

— Je promets.

— Et promettez-moi de vous montrer aimable, avenante et gaie envers le roi Alfonse.

— Je promets d'être aussi aimable, avenante et gaie que toi en ce moment.

Elle ne releva pas la provocation et poursuivit son idée. Ogive pouvait être très butée.

— Souvenez-vous toujours, ma fille, pourquoi votre père vous a demandé de venir. Il compte sur vous pour que le roi d'Aragon reparte de Beaucaire avec le souvenir d'un séjour enchanteur.

Je haussai les épaules :

— Que veut-il au juste ? Que je me prostitue ? Pour un bout de parchemin que chacun trahira aussitôt le dos tourné ?

Ogive me fit les gros yeux. Elle oubliait que ce regard terrible, qui exorbitait ses yeux et dilatait son visage hors de la guimpe en avançant sa forte mâchoire dans un élan carnassier, avait le don de me faire rire. Comme je n'arrivais pas à me retenir Ogive se chercha une contenance et délaça la portière du côté abrité du vent. Elle écarta le cuir et son regard heurta une montagne velue couverte de cuirot et d'une peau d'ours entière. C'était Roquefort.

Il avait été désigné pour commander notre escorte et, prenant sa charge très au sérieux, il ne quittait pas les abords de notre litière.

Ogive, par une bizarrerie de la nature humaine, avait de la considération pour Roquefort, tout puant et mal fagoté qu'il fût dans ses peaux de bêtes brutes d'écorchage. Elle n'entendait pas qu'il jurait comme un charretier, elle ne savait pas qu'il buvait comme un sonneur de cloche et ne voyait pas qu'il bâfrait bruyamment comme un loup affamé. La raison en était qu'il était natif de la Montagne Noire, comme elle, et le rejeton boursouflé et décadent d'une des plus anciennes familles de ce pays.

Toujours est-il qu'au lieu de refermer le volet de cuir elle prit un air cérémonieux, bien inutile, pour s'adresser à l'ours hirsute installé sur un énorme cheval :

— Seigneur de Roquefort, dit-elle d'une voix mielleuse, vous devez souffrir de la morsure du froid sur votre destrier, dans cette tramontane effrénée...

L'ours mal léché répondit en grognant :

— Les corvées sont toujours pour moi !

Ogive n'y trouva pas matière à s'offenser et poursuivit :

— Allons, Bernat, vous assurez notre garde parce que vous êtes le plus redoutable chevalier du vicomte. Une armée battrait en retraite à votre vue...

— Et à votre odeur..., soufflai-je à Ogive en me pinçant le nez.

Elle poursuivit comme si elle n'avait pas entendu :

— C'est ce qui vous vaut l'honneur de nous escorter...

Ogive sourit aimablement, prête à toutes les bassesses pour avoir une attention de Roquefort. Le gros porc ricana :

— Foutral, vous voulez dire l'honneur de me geler le cul ? O bé !

Je refermai la portière sur le malotru.

— Ogive, quand tu auras fini de faire des risettes à ce grossier personnage tu me feras très plaisir... C'est l'exécutant des basses œuvres du vicomte, je t'apprends !

Ogive reprit le dessus :

— Comme je vous le disais, Adélaïs, il est temps que vous teniez votre rôle d'épouse du vicomte Roger ! Vous avez de lourdes charges sur vos épaules. Si vous réussissez à vous attacher le vicomte, nos deux principautés seront en paix pour cent ans. Or, tout ce que vous avez réussi jusqu'à aujourd'hui, c'est de mettre le désordre dans la vicomté, et dans votre couple. Sans parler que vous avez terni la réputation irréprochable des Saint-Gilles.

Je ricanai :

— La réputation irréprochable... Mais tu veux me faire mourir de rire !

Je pensais à Ermessinde de Mauguio, la femme de mon frère Raimon. Je n'eus pas le temps de connaître cette belle-sœur avant qu'elle soit enfermée dans le château de Malaucène où, disait-on, elle se mourait. Ma famille la surveillait, attendant impatiemment de cueillir le comté de Mauguio tombé de ses mains.

Ogive poursuivit son prêche, négligeant mon mauvais esprit :

— Dieu vous le commande Adélaïs ! Il vous a mis entre le seigneur comte et le seigneur vicomte Roger pour les unir l'un à l'autre par vous, chacun à une main. Vous ne devez plus faillir. Quant à votre petit Gascon, laissez-le où il est. Qu'il aille par les routes en chemise, en mangeant des herbes folles et en récitant le Pater à tire-larigot, si ça le chante. Mais de grâce n'y touchez plus.

J'appréciai les formules. Sa description des Parfaits sentait la médisance des gens d'Église. Quant à son commandement, il laissait entendre que j'avais le pouvoir d'aller chercher Aimeric et de le ramener dans ma chambre. Or depuis un an, un an déjà, Aimeric avait totalement disparu. Depuis un an j'étais sevrée de caresses, d'empoignades charnelles, de confidences intimes, d'aveux tendres et de rêves fous. Depuis un an je n'avais plus le droit d'aimer. Et pourtant je ne pensais qu'à cela.

J'avais su par Bertran de Saissac, lequel ne restait jamais longtemps dans l'ignorance des faits notables qui pouvaient survenir au plus profond de la vicomté, qu'Aimeric s'était retiré dans la montagne au-dessus de l'abbaye de Saint-Pons, et qu'il y vivait en ermite sur une lande humide, expiant ses péchés au milieu des loups. Mais il ne put m'indiquer le lieu de son ermitage. Je pense qu'il ne voulait pas me le dire.

Nous n'avions pas reparlé d'Aimeric avec Roger, et lui faisait semblant de l'avoir oublié. Il n'était pas plus tendre pour autant, ni plus attentif à mon sort. Il m'ignorait, et nous n'étions qu'un couple d'apparat. Pour moi c'était bien assez.

Béatrix, la sœur cadette de Roger, nous appela et vint dans notre litière, créant une heureuse diversion.

J'aimais cette pucelle mince, fine, pleine de vie, dotée d'une inaltérable joie de vivre et de beaucoup de cœur.

Béatrix vint s'asseoir à côté de moi, sur les épais coussins qui couvraient le plancher. Ogive en face de nous occupait la banquette basse, et l'occupait entièrement. Le mal de mer semblait lui faire le même effet que le soleil sur une motte de beurre.

Ma petite belle-sœur aimait bien me faire la causette. Avec quelques années de plus et mariée dans sa famille je représentais à ses yeux la femme accomplie. Elle m'admirait surtout pour mon goût de la liberté, mon obstination devant l'adversité et mon terrible refus de me soumettre à mon mari. J'étais pour elle un modèle, un idéal à atteindre peut-être.

C'est bien ce que redoutait Roger, qui lui avait interdit de me fréquenter hors de sa présence. Mais il était si souvent absent !

Nous étions devenues deux sœurs.

Béatrix parlait avec son visage, qu'elle torturait de grimaces expressives plus fortes que les mots. Je la trouvais réfléchie pour son âge.

Quand on arriva en vue de Saint-Gilles je voulus descendre et m'évader de l'ombre pesante de Roquefort pour admirer le palais de mon père qui blanchoyait dans le ciel, dominant la ville en son point culminant. Mais le vent mistral, glacé et tranchant comme une épée, nous fit retourner échevelées dans la litière sans plus nous soucier de l'avalanche de maisons qui dévalait pêle-mêle la colline, contournant l'abbaye pour ne s'arrêter qu'à la barrière des remparts crénelés. J'avais eu le temps toutefois de m'étonner de la force de l'église abbatiale. Son épais clocher rappelait qu'à son ombre martiale vivait le plus grand ennemi de ma famille : l'abbé de Saint-Gilles.

Contemplant le ciel bleu et froid au-dessus de la forteresse j'eus une intuition. Elle s'adressait à ma belle-sœur :

— Béatrix, ma petite Béatrix, j'ai le sentiment que tu vas rencontrer ton futur mari à la réunion de Beaucaire ! Je viens d'y penser, et si fortement que je suis persuadée d'avoir eu une vision.

Béatrix caressa les poils de ma chape doublée de martre rousse, toute rêveuse. Elle aspira bruyamment :

— As-tu vu un roi ou un comte ?

— Un comte, je pense...

— Ton frère Raimon ?

— Mon frère Raimon est marié à Ermessinde de Mauguio. Il est vrai qu'elle est très malade ; mais elle n'est pas morte, que je sache.

Béatrix laissa son regard se perdre dans le cuir peint du plafond, cerclé de bois. Elle conclut tout haut, se rendant à l'évidence avec une résignation réjouie :

— Ce sera donc le roi d'Aragon. Il est bien comte de Barcelone, n'est-ce pas ?

J'éclatai de rire. C'était astucieux. Ogive grommela :

— Ces donzelles, toujours à fouetter la folle du logis. Mais Béatrix, que gagnerait le roi d'Aragon en vous épousant ? Rien ! Il est déjà de fait le suzerain de votre frère, pour son malheur.

— Il pourrait tomber amoureux de moi, suggéra la petite dans une grimace.

Je confirmai d'un hochement de tête. Pourquoi pas ? Ogive haussa les épaules, exaspérée :

— Tomber... tomber... Un roi ne tombe pas. De toute façon aucun roi n'a épousé sa femme par amour !

Béatrix ouvrit de grands yeux :

— Même à vingt ans ?

— Bien sûr ma petite ! Ce n'est pas lui qui choisit son épouse. C'est son conseil. Et dans les conseils il n'y a que des vieilles barbes...

Je sentis Béatrix décontenancée. La litière basculait de plus en plus à mesure que nous remontions la rampe qui menait au château, d'autant plus fortement que le petit cheval était derrière. Je voyais Ogive tanguer dangereusement en face moi, et j'imaginais sa masse m'ensevelissant d'un coup.

Dans la cour du palais un baron de Provence proche du comte de Toulouse, Elzéar de Posquières, vint me chercher comme il était prévu et me guida jusqu'à mon logement. Je demandai à ce que Béatrix soit logée à côté de moi. Roger, qui avait refusé l'hospitalité du comte de Toulouse, ne viendrait pas nous séparer.

C'est dans ce palais de Saint-Gilles, qui avait donné son nom à ma famille, que mon père séjournait le plus souvent en Provence quand il n'était pas dans la grande forteresse de Beaucaire ni à la guerre. C'était une bâtisse vétuste remaniée et agrandie de nombreuses fois, chaque fois dans un style nouveau. Mais la façade donnant sur la campagne du Petit Rhône au-dessus de l'escarpe était belle, riante, ouvragée de broderies de pierre autour des baies de marbre blanc.

Ces fenêtres ouvraient sur le silence des étangs et des roselières, tandis que du côté de la ville, du côté de l'abbaye, le palais avait le visage sévère d'une forteresse ou d'un camp retranché.

Nous étions toutes moulues. Le coucher se fit peu après la nuit tombée dans la rumeur nocturne du port, à la grande déception d'Elzéar de Posquières qui nous avait préparé une brillante soirée. Mais nous n'étions pas encore au bout de notre voyage.

Le lendemain nous repartîmes dans un matin blanc et froid pour Beaucaire. Nous y étions dans l'après-midi, après avoir contourné les miroitements nombreux d'une plaine marécageuse où se posaient lourdement de grands oiseaux.

Comme le palais de Saint-Gilles juché au sommet de la colline, la forteresse de Beaucaire occupait un escarpement difficile à atteindre, dominant la ville qui s'étendait à ses pieds, et le Rhône qui le contournait sur un côté. Je fus remplie d'étonnement, de joie et de fierté en apercevant à travers les fentes de notre litière les amples bannières du château blanc, ondoyant au loin sous la main du vent mistral dans un ciel pur de tout nuage.

— Vierge glorieuse ! m'écriai-je, mon père possède les plus beaux châteaux du royaume !

Ogive m'approuva en fermant les yeux. Elle vénérait les Saint-Gilles.

Pour une raison qui nous échappait la rencontre se faisait en pleine foire, quand la ville était envahie d'une foule énorme. Les marchands avaient dressé partout, dans les rues de la cité et sur les bords du Rhône, de fragiles cabanes de branches tressées, renforcées par des planches, habillées de toiles bariolées pour certaines qui présentaient des articles de luxe, et que le vent transformait en bannières dangereusement instables.

Ces cabanes ouvertes sur un banc d'étalage rendaient la traversée de la ville presque impossible.

Comment fit Roquefort pour rester près de nous et ne jamais s'éloigner de notre litière, dans cette presse ? Je me le demande encore. Je me souviens seulement que notre passage faisait naître un sillage de jurons et d'imprécations, et de terribles craquements.

Nous étions ébahies de l'immensité de ce rassemblement comme de la variété infinie des denrées et des marchandises présentées sur les étals. Je n'en avais jamais vu autant à Toulouse. Sans quitter son air de chouette boudeuse qui lui venait du balancement, Ogive laissa tomber sentencieusement :

— Là où il y a la foule, il y a le marchand !

— Et réciproquement, ajoutai-je pour ne pas lui laisser le dernier mot.

On finit par arriver au château, auquel on accédait par une forte rampe. Je préférai descendre de la litière. Je passai à pied la porte défendue par une barbacane et un pont-levis. La forteresse de Beaucaire était réputée imprenable.

Dans la grande salle du château je retrouvai mon père. Il se tenait auprès d'une immense cheminée, devisant avec son conseil. Il me fit asseoir dans une chaire profonde sans s'éterniser dans les embrassements, qui l'avaient toujours importuné. Comme si j'étais venue là pour la réunion en cours il demanda à l'homme que j'avais interrompu de poursuivre. Celui-ci hésita, me désignant du menton. Il n'osait me nommer, et fixait également Béatrix qui semblait lui être un autre souci. Je l'avais amenée par la main à mon père.

Le seigneur comte s'impatienta et fit signe à son conseiller de poursuivre, ajoutant :

— Qu'importe, ma fille est ma plus fidèle alliée.

— Seigneur comte, si j'ai bien entendu, sa compagne est la propre sœur du vicomte de Carcassonne, Roger Trencavel, dont le sujet nous occupe...

Mon père se leva et tournant le dos à la cheminée dévisagea Béatrix d'un regard outrancier et curieux, l'œil sec, avec une moue de maquignon. La petite ne le supporta pas longtemps et lui fit une grimace. Mon père resta impassible. J'observai son visage. La couperose lui vermillonnait les joues devant le feu, au-dessus d'une barbe grisâtre clairsemée et fricheuse. Son nez gros et boursouflé ne gagnait pas en élégance avec les ans, et ses sourcils chenilleux, qui me rappelaient toujours le Dieu d'Abraham et de Moïse, ombraient davantage encore ses yeux sombres, rentrés au fond des orbites. Il vieillissait avant l'âge.

J'imaginai Aimeric à quarante-cinq ans. Jamais il ne ressemblerait à mon père.

Il fixait toujours Béatrix, campé sur ses jambes courtaudes et arquées par les chevauchées, les pouces crochetant sa ceinture recouverte de soie brodée. Il finit par éclater de rire avec des râles exagérés, les épaules soulevées, le ventre secoué de spasmes séniles, le regard paillard. Il s'exclama :

— Ainsi Seilan cette petite te fait peur ! Tu vois dans cette pucelle belle comme le jour un dangereux ennemi de nos châteaux et de nos États !

Peire Seilan se força à rire :

— Certes non, seigneur comte, je ne crains pas cette donzelle, sinon que sa fraîcheur me ferait volontiers oublier ma propre femme. Mais ce que j'ai à dire sur son frère pourrait lui être rapporté...

Mon père, les yeux toujours posés sur Béatrix, haussa les épaules :

— Eh bien qu'elle rapporte ! Qu'elle rapporte ! Nous n'allons rien dire qui ne nous ramène la paix. N'est-ce pas mes amis ?

Il se tourna vers ses compagnons. Certains m'étaient connus pour accompagner mon père quand il résidait à Toulouse : Bermond d'Uzès, Guilhem de Sabran, son connétable, Guilhem Ibelot. Je ne connaissais pas les autres. Tous approuvèrent bruyamment et joyeusement les paroles du seigneur comte. Mais on devinait chez certains de l'exaspération à supporter les pitreries de leur suzerain et ses plaisanteries oiseuses dont il émaillait les conversations les plus sérieuses sans se soucier de les embrouiller.

Mon père se tourna vers moi, puis vers ses compagnons en me montrant du doigt :

— La voilà notre messagère auprès de l'abbé de Saint-Pons !

Il me fixa à nouveau, les poings sur les hanches :

— Ma fille Adélaïs, nous allons vous confier une mission.

J'étais tout ouïe.

— Une mission auprès de l'abbé de Saint-Pons. Ce saint homme a subi les assauts sauvages de Trencavel avant que je lui fasse l'honneur de le prendre pour gendre. Il est temps qu'il répare.

— Et qu'il paye ! lança un conseiller.

Le seigneur comte leva le bras :

— Il ne paiera pas le bougre ! Aussi c'est moi qui paierai, pour le salut de mon âme.

Il me considéra avec insistance. Il donnait l'impression d'avoir un peu bu. Il poursuivit tourné vers moi, mais à l'adresse de ses conseillers :

— Ce que je demande, c'est qu'il autorise l'abbé à se fortifier, et à recouvrer les redevances du Somail que le vicomte a annexé pour, dit-il, payer son expédition de justice.

— Seigneur comte, on pourrait nous aussi lui faire payer une belle expédition de justice pour lui rappeler que l'abbaye de Saint-Pons a été fondée par un de vos aïeux, et qu'elle est donc en terre comtale, raimondine.

Mon père leva le bras et menaça l'intervenant en battant l'air du poing au-dessus de sa tête, comme s'il voulait la lui rentrer dans les épaules. Le conseiller, Peire Seilan encore, fit mine de goûter le jeu pour pouvoir poursuivre :

— Vous savez, seigneur comte, ce que je pense de cette affaire. La reprise du Somail et de l'abbaye de Saint-Pons nous rendrait la maîtrise de la route de Montpellier et de Nîmes, et donc garantirait l'accès direct depuis Toulouse à vos États de Provence.

— Et dans l'autre sens aussi, non ? ajouta mon père. Puis il éclata de rire.

L'autre resta froid et poursuivit :

— Trencavel n'est qu'un de vos vassaux, après tout. Vous pouvez exiger la reprise de ses fiefs...

Mon père s'énerva, s'exalta :

— La paix, Seilan !

Il reprit d'une voix radoucie qui enfla de nouveau :

— La paix, Seilan, je veux la paix, la paix avec le roi d'Aragon, la paix avec Trencavel, la paix avec le roi d'Angleterre, la paix avec le roi de France, avec le pape, avec l'empereur de Chine, avec tout le monde !

Il ouvrit ses bras devant l'évidence :

— Trencavel veut faire oublier son mauvais geste contre l'abbé de Saint-Pons, il est prêt à autoriser l'abbé à se fortifier, à lever ses dîmes (il comptait sur ses doigts), à prélever ses redevances et son bois, à marquer ses devèzes, et il garantit notre circulation sur la route de Montpellier. Et de plus il veut faire la paix avec moi.

— Et pendant ce temps c'est vous qui paierez ses dégâts...

— Oui, je paierai, je l'ai dit. Pour mon salut.

Il se tourna de nouveau vers moi :

— Donc ma fille je fais de vous mon ambassadrice autant que celle de votre époux auprès de l'abbé de Saint-Pons. Je verrai à ce sujet le vicomte demain, faute de l'avoir chez moi aujourd'hui. Vous savez où il est, bien sûr.

— Je n'en ai pas la moindre idée.

Mon père ricana :

— Il est hébergé à la cour du roi d'Aragon, de l'autre côté du Rhône, en terre d'Empire.

Il se tourna vers ses conseillers :

— Il a craint peut-être que je lui réclame l'hommage, et le baiser de fidélité...

Je pensai à ma mission et immédiatement me vint à l'esprit qu'au-dessus de l'abbaye, dans la montagne, vivait un ermite qui était cher à mon cœur : Aimeric. N'était-ce pas là l'occasion de retrouver sa trace ?

Ainsi mon cœur rangeant dans un petit coin mon importante mission se mit à battre fort en secret, se gorgeant peu à peu d'une joie suave. Nous sommes ainsi faites les femmes.

En sortant du château je vis d'abord le soleil, vers lequel nous allions. Il n'était qu'une lueur vague derrière un voile épais de nuages pressés, crayonnant des biffures changeantes devant le foyer lumineux. N'était-ce pas un mauvais présage ? De nombreux oiseaux habitaient le ciel du côté du Rhône.

L'entrevue entre le roi d'Aragon et le seigneur comte, mon père, se faisait sur l'île de Jarnègues. Cette île vaste et longue, qui s'était bâtie au cours des siècles au milieu du Rhône par l'accumulation d'énormes embâcles, avait une grande utilité : elle supportait le grand pont de bois qui passait le fleuve en deux bonds et menait à Tarascon, en terre d'Empire.

L'île elle-même était couverte de fourrés, de boqueteaux et de cabanes de pêcheurs. On avait défriché un vaste espace au milieu des buissons, que le piétinement avait rendu boueux, et planté des pavillons de toile aux couleurs vives, une centaine de tentes entre lesquelles une foule murmurante et compassée circulait à pas lents et silencieux. Une véritable armée de soldadiers protégeait le camp.

J'étais venue avec mon père, son conseil, sa mesnie, son escorte. Je ne me sentais pas de trop dans ce cortège, car j'étais au fond la plus toulousaine de tous, plus toulousaine que le comte de Toulouse lui-même qui ne passait pas la moitié de l'année dans son comté, et beaucoup plus que son entourage. En effet la majorité de ses fidèles, de ses conseillers, étaient des seigneurs de Provence et ne connaissaient de Toulouse que ses fêtes.

Je vis venir vers nous, à pas lents, le cortège du roi d'Aragon. Le roi était flanqué de mon cher époux qui lui portait sa grande cape. Le roi Alfonse était jeune, très grand, un peu voûté. Il portait une cotte courte à la coupe originale, ni bliaud ni hoqueton, sur des braies brodées de fil d'or et des chausses noires en dessous mal tirées, qui donnaient à ses longues jambes un peu grêles l'aspect de deux vis de pressoir.

Son visage à la peau claire bleuissait sous une barbe courte et drue. Ses yeux sombres, surlignés de sourcils noirs épais, étaient proches du nez, un nez fort, long, très long. Il venait sur sa bouche gourmande et, n'eût été son port de tête princier, hautain, il aurait ombré le menton.

Les deux princes se saluèrent d'une courbette à distance respectable, et s'envoyèrent un présent par porteur. Puis chacun s'avança et Alfonse d'Aragon prit la parole en langue notre, en langue d'oc, avec une facilité qui me stupéfia. Je me souvins alors qu'il se piquait de « trouver » lui aussi, et qu'il passait déjà, du moins dans son entourage, pour un troubadour talentueux. Il avait de l'ambition dans ce domaine, des rêves tout au moins, et savait qu'il ne pouvait prétendre à la gloire qu'en langue notre, comme un clerc ne saurait faire une belle carrière sans latin.

Mon père répondit en quelques mots vite expédiés et me présenta au roi. Je m'avançai et fis une révérence en baissant les yeux. Quand je les relevai, je vis le roi médusé. Ses yeux noirs me dévoraient avec l'immobilité dispose d'un crabe à son festin. Je souris, rosis, surprise, gênée d'une telle fascination affichée sans retenue aucune. Il articula en s'exaltant puissamment :

— Seigneur comte, je n'ai vu de ma vie plus belle créature que votre fille, jamais, je vous le jure par le Dieu qui fit le monde, le ciel et la terre...

— Les montagnes et la mer et tout ce qui s'y trouve, compléta par habitude l'évêque de Saragosse.

Le roi Alfonse se tourna vers son entourage désorienté. Il cherchait des témoins partageant sa ferveur.

Il n'en trouva pas un qui se veuille déclarer et soupira. Il laissa tomber, à court d'idées :

— J'en suis cabané !

Je souris malgré moi sous l'ondoiement louangeur. Le roi resta ferré à mon sourire et mima encore une extase énamourée. Elle n'était qu'une pitrerie d'innocent, et agaça visiblement ses compagnons.

Pour lui changer les idées et dissiper le malaise que nous partagions tous je lui présentai ma belle-sœur Béatrix. Il la balaya d'un regard indifférent. Béatrix me fit une mimique désabusée. Elle n'avait pas plu au roi. Mon père s'impatienta :

— Seigneur roi, lui dit-il, une surprise peut en cacher une autre. Sachez que ma fille est l'épouse du vicomte d'Albi, Carcassonne et Béziers, Roger Trencavel qui est mon gendre et mon vassal, et que je vois à vos côtés comme s'il avait changé de camp.

Roger rit sans joie, le regard brave, provocant. Le roi ferma les yeux en levant les bras pour apaiser la querelle qu'il sentait venir et rester encore un instant sous le charme de mes yeux de violette. Mais le charme s'effilochait inexorablement sous les murmures de nos deux mesnies. Son visage se froissa et il s'exclama sur un ton souffrant, caressant machinalement son gros nez entre deux doigts :

— Paix, paix aux hommes de bonne volonté. Seigneur comte, ne vous méprenez pas sur la présence de Trencavel à mes côtés. L'amitié nous lie en raison de l'âge. Et vous n'ignorez pas les liens de ma famille catalane avec la vicomté de Carcassonne, dans les temps anciens.

Il prit son entourage à témoin :

— Nous avons tout de même des aïeux communs !

Son regard revint sans plaisir vers mon père. Il dit d'une voix doucereuse de chanoine :

— Ne voyez aucune perfidie de ma part ni de quiconque dans la présence du vicomte à mes côtés. Et signons dans la joie de belles chartes de paix pour le bonheur de nos deux peuples !

Il me regarda fixement et claironna :

— Et je tiens à voir la jolie main de votre fille porter son nom – quel nom ?

— Adélaïs.

Pouvait-il l'ignorer ? Il lança à la cantonade :

— Je tiens à conserver sur mon parchemin le joli nom d'Adélaïs écrit en lettres d'or aussi fines que les fils d'or de sa chevelure.

Les lauzengiers de sa cour murmurèrent d'admiration mais Roger s'insurgea :

— Seigneur roi, ma signature emporte celle de ma femme. Elle est donc inutile.

Alfonse tourna vers Roger son corps trop grand et sembla déçu de découvrir qui était le perturbateur. Il ne devait pas bien connaître mon mari. Il laissa venir à ses lèvres un pauvre sourire de blessé :

— Bien, dit-il en soupirant, puisqu'il faut trancher nous ferons selon le désir de votre épouse. Admettez qu'on ne saurait contrarier les envies de Vénus pour un jour aussi mémorable...

On se tourna vers moi. La situation devenait ridicule. Je pensai aux recommandations d'Ogive et, souriant à mon mari d'une joue, je répondis au roi :

— Seigneur roi, je ferai selon le plaisir de mon époux.

— Bienheureux époux ! ajouta le roi en regardant Roger sans aménité.

Le maître du Temple Hugues Gaufred, qui présidait la réunion assisté de Ramon de Moncade, du comte de Montpellier, de la vicomtesse de Narbonne et de Guilhem de Sabran, le connétable de mon père, frappa dans ses mains et nous invita à entrer sous les pavillons. Le roi Alfonse se mit en marche dans la boue à grands pas de héron, et sa cour à sa suite, tandis que mon père, qui ne voulait à aucun prix être distancé, se tenait à sa hauteur à petits pas rapides, nerveux et obstinés. Ils arrivèrent ensemble à l'intérieur d'une vaste tente soutenue par de gros poteaux peints en rouge.

Des tapis étendus au sol entravèrent notre marche. L'archevêque de Saragosse, très âgé, s'étala de tout son long. On le releva sans mal. Deux cathèdres avaient été dressées sur deux échafauds pour les deux princes. Les sièges étaient à la même hauteur (mon père n'aurait jamais accepté d'être assis plus bas que son plus redoutable ennemi), mais la chancellerie royale avait prévu sournoisement pour le séant aragonais un carreau de soie, un coussin vert à liserés rouges.

La différence de taille fit le reste : le roi d'Aragon paraissait bien plus haut que mon père. S'il en fut irrité le seigneur comte ne le montra pas. Des tables avaient été dressées sur lesquelles les parchemins étaient exposés, entourés de notaires, de scribes, de bullateurs.

Je laissai les hommes à leur cérémonie et m'éloignai avec Béatrix pour retrouver Ogive qui souriait encore d'avoir vu un roi, son troisième. Elle guettait l'arrivée de Raimon, mon frère. Père lui avait commandé de venir pour cosigner les actes. Raimon avait envoyé un messager la veille nous avertir qu'il serait là juste pour la cérémonie, en raison d'obscurs empêchements qui cachaient certainement quelque liaison douteuse avec une épouse légère, visitée pendant que son mari faisait la garde d'honneur du comte ou du roi.

Béatrix me dit sa hâte de le voir. Comme j'avais l'air de m'étonner, elle m'expliqua que ma prédiction ne pouvait s'appliquer au roi Alfonse d'Aragon, car elle ne lui avait fait aucun effet. Elle l'avait bien vu tout à l'heure. Il ne lui en avait pas fait non plus d'ailleurs, de son côté. Elle en concluait que le comte dont j'avais parlé ne pouvait être que mon frère. Elle ajouta qu'il ne devait pas être loin car elle le sentait arriver...

J'en étais encore à méditer ses paroles troublantes quand apparut sur le pont du Rhône l'étendard vermeil des Saint-Gilles. Une petite troupe descendit sur l'île par une forte rampe de bois et vint en désordre, au galop, jusqu'à nous.

Raimon était là, souriant et rose, le visage poupin couronné d'une toque de fourrure de marmotte penchée vers l'oreille, sans la moindre ride trahissant une nuit blanche. Il m'embrassa :

— Dieu te bénisse, ma chère sœur ! Tu es de plus en plus belle. Ta beauté croît avec ta réputation de plus en plus scandaleuse... Laquelle devancera l'autre ? Je ne sais, pardieu. Mais ce qui est sûr et certain, c'est que ton mari est un âne, tu le lui diras de ma part. Ça ne m'étonne pas d'un Trencavel. Ce sont des parvenus...

Je me tournai vers Béatrix avant que Raimon ait vidé tout son sac. Je lui montrai mon frère :

— Voilà Raimon, ma douce, mon frère, le futur comte de Toulouse, marquis de Provence, comte de Mauguio par sa femme. Je ne sais pas pourquoi, mais l'idée qu'il régnera un jour m'a toujours effrayée. Le vois-tu en chef de lignage, rempart de la famille, guide éclairé de son peuple, conseiller avisé, fin politique, chevalier sans peur et chrétien exemplaire ?

Béatrix ne savait trop quelle attitude prendre, hésitant entre la familiarité et le respect compassé dû à un futur grand baron du royaume. Elle fit une révérence empressée et s'en tint là. Je la présentai à Raimon :

— Béatrix est la petite sœur de Roger. Elle était

pressée de te connaître. Les astres lui sont favorables, en ce moment.

Béatrix rougit et dévisagea Raimon avec anxiété en se mordant les lèvres. De son côté je constatai que Raimon s'absorbait dans la contemplation de sa peau blanche, de ses cheveux d'un beau châtain doré, de ses yeux vert-brun. Il semblait fasciné par sa bouche charnue et mobile, exprimant dans une mimique expressive la tonalité de ses sentiments. Bref il était séduit par sa fraîcheur, sa spontanéité, et je dus lui rappeler qu'il était attendu pour qu'il se mette en marche vers le pavillon d'honneur.

Raimon entra sous la tente avec ses compagnons comme les princes, couronnés et vêtus d'un manteau pourpre, imposaient leurs mains sur les saints Évangiles, se préparant à jurer de respecter la charte. Raimon s'approcha des princes en levant les bras à la ronde dans un salut général. Son entrée provoqua un murmure chaleureux de satisfaction dans un camp, rêche et réprobateur dans l'autre.

Quand il passa devant l'abbé de Saint-Gilles venu ouvertement avec son allié le roi d'Aragon, comme Trencavel, Raimon lui tira la langue. L'autre broncha et s'exclama assez haut pour être entendu de tous :

— Voilà le futur bourreau de la Provence. Plaise au Ciel qu'il n'apprenne jamais à se lever tôt !

Raimon s'arrêta, revint vers lui et dans un sourire désarmant lui tira les fanons qui tombaient en cascade sur son triple menton. L'abbé s'encoléra et émit un sifflement de serpent en rentrant la tête dans ses épaules.

Raimon éclata de rire, lui tapota le ventre comme on flatte un bon cheval et le laissa à sa stupeur pour aller rejoindre les princes. Sans politesse inutile il étendit ses mains au-dessus des Évangiles comme s'il était devant un bon feu. Mon père semblait rire sous cape et Alfonse, ceint d'une lourde couronne royale qui le statufiait dans une posture hautaine, ne trouva rien à dire. À la suite de l'évêque de Saragosse, à qui son âge donnait une certaine prééminence, les trois princes répétèrent les formules du jurement.

Raimon s'amusa à couvrir la voix du roi Alfonse, qui ne put le supporter et monta le ton. Le jurement s'acheva dans un hurlement de champ de bataille. Aucun témoin n'aurait pu prétendre que des réserves de messe basse avaient corrompu les engagements d'une ou l'autre partie, ou que l'une d'elles n'avait juré que du bout des lèvres. Pour autant, les hommes d'expérience savaient que les engagements pris ce jour à haute et claire voix ne seraient pas respectés très longtemps. Il en était ainsi depuis toujours.

Un banquet devait suivre. Mais le seigneur comte mon père, trop irrité qu'il était de voir Trencavel, son gendre, parader aux côtés du roi d'Aragon, avait décidé de ne pas y participer. Il accepta seulement de faire une libation en buvant une coupe de vin grec parfumé à l'absinthe, après avoir renouvelé son serment. Et les cours se séparèrent.

Le roi Alfonse d'Aragon me salua ostensiblement comme je m'en retournais avec les miens, le visage plein d'une joie forcée et branlant son grand corps de courbettes qui rappelaient le balancement d'un mât sur une mer clapotante. Je lui souris d'un air prometteur, pour m'en débarrasser peut-être, et m'en retournai au bras de mon frère qui bavardait avec Béatrix sans lui laisser le temps de placer un mot. Mais la petite n'avait pas envie de l'interrompre. Je sentis à l'instant qu'ils allaient vers une belle histoire d'amour.

On revint à pied jusqu'au château pour profiter de l'immense foire qui s'étendait sur les berges du Rhône en longues ruelles droites et éphémères. Les cabanes et les pavillons marchands semblaient assiéger l'escarpement du château comme une armée d'invasion.

Raimon lambina devant les parfums des marchands juifs. Je me doutai qu'il traînait quelque idée farfelue derrière lui. Il appela Béatrix sur un ton solennel :

— Belle-sœur de mon cœur, venez ici que je vous mène dans le jardin des Hespérides. Vous savez qu'on appelle la Sicile le jardin des Hespérides ? Non ? Maintenant vous le savez.

Nous étions devant une baraque de parfumeur. Des flacons de verre contenant des eaux essentielles étaient alignés dans un petit coffret sur l'étal. Raimon se saisit d'un flacon bleu décoré de lignes ondulées d'un jaune vif, l'ouvrit et le fit sentir à Béatrix qui tendit le nez timidement. Le marchand commenta :

— Domna, c'est de l'eau de Vénus, extraite des plus belles roses de Damas. Vous avez dans le coffret de l'eau de Chypre, à fragrance d'orange de Sicile, de l'eau de Beauté, de l'eau d'Or, de l'eau d'Argent, de l'eau de Mille Fleurs, de l'eau Divine, et de l'eau de Pucelle, aux fragrances fraîches et épicées.

Raimon ouvrait tous les flacons à mesure que le marchand les désignait. Le juif s'empressait de les refermer derrière lui. Il ajouta :

— Si votre mari vous aime assez pour vous offrir le coffret avant que vous l'en priiez, je baisse le prix !

Béatrix rougit, s'apprêtant à corriger le malentendu, mais Raimon sourit et s'empara du coffret qu'il mit dans les mains de la sœur de Roger. Il lança :

— Je l'aime plus que tout ! Vous devez me le donner pour rien !

Le marchand rit, sembla réfléchir et répliqua :

— Seigneur, donnez-moi juste de quoi vivre le temps de la foire et assez pour retourner chez moi...

— Accordé. Et c'est où, chez toi ?

— En outre-mer, au pays du Cèdre.

Raimon s'exclama :

— Dans le comté de Tripoli ? Mais il te faut une fortune pour rentrer !

Béatrix s'alarma :

— Seigneur Raimon, laissez ces parfums. Je n'en ai nul besoin.

Le vieux juif cherchait un terrain d'entente. Il se saisit d'un petit vase d'albâtre contenant un onguent qu'il fit sentir à Béatrix. Les yeux de ma jeune belle-sœur se fermèrent de volupté. L'homme commenta :

— Cette pommade est fabriquée dans mon pays : essence de cèdre, aloès, ciste de Crète, baume, onyx, ambre gris et quelques aromates assez puissants pour vous faire revivre chaque soir votre nuit de noces. Mais je ne puis les révéler sans risquer la mort à mon retour.

Il se tourna vers Béatrix en lissant sa barbe blanche :

— Domna, cette pommade vous rendra irrésistible. Elle vous attachera votre mari et rendra fidèle votre amant. De plus elle soigne cent maladies, y compris le mal caduc...

Comme Béatrix faisait non de la tête, de plus en plus paniquée, le juif montra Raimon de ses yeux de jais :

— Si votre mari – votre amant aurait déjà dit oui – si votre mari est trop regardant à la dépense, ne lui demandez que cet onguent. Vous achetez de la joie pour l'année.

Raimon prit l'onguent des mains du vieux marchand, le fourra dans le coffret au milieu des flacons de verre, et laissa une bourse sur l'étal. Le coffret sous le bras, il prit la main de Béatrix et la tira en lançant au marchand :

— Vieux prophète, je t'ai laissé l'argent de mes chevaux de guerre. Puisse Dieu se souvenir de mon sacrifice et me laisser en paix.

Il rit et se lassant de la foire il nous fit couper tout droit dans le bois qui cernait l'escarpe du château. Mal inspiré fut-il car cet endroit était devenu avec la foule un lieu d'aisances d'une grande puanteur. Sans se démonter Raimon ouvrit son coffret et nous mit à chacune un flacon sous les narines.

Béatrix riait. Elle commençait à trouver mon frère très amusant.

XXIII

J'allai à l'abbaye de Saint-Pons dans la première semaine de juin, pressée d'assister mon père dans l'administration de ses États et de lui démontrer que je savais mener une affaire. Je comptais lui apporter la joie d'une bonne paix au bénéfice de son ami, l'abbé Raimon de Dourgne. Car Raimon de Dourgne était un vieil ami de mon père, un confident, un confesseur autrefois.

Dans mon zèle, et pour ne pas perdre de temps, j'avançais à mon père les deux cents sous d'or qu'il devait donner à l'abbaye pour accélérer ses travaux, et pour son propre salut. Je dois à la vérité d'ajouter que je ne les revis jamais.

Roger avait ironisé sur mon rôle d'arbitre dans cette dispute, mais ne s'y était pas opposé. Il était assez heureux, je crois, qu'un accord soit trouvé avec l'abbaye de Saint-Pons, non pas qu'il fût autrement désireux de faire la paix avec son ennemi, religieux de surcroît, mais parce qu'il n'aimait pas savoir qu'au cœur de sa principauté prospérait un adversaire déclaré qui s'empresserait de le trahir au premier jour d'une nouvelle guerre. Il souhaitait signer une vraie paix avec l'abbaye de Saint-Pons comme il l'avait fait avec mon père, pour se donner le temps et les moyens de renforcer sa vicomté. Roger aspirait à l'indépendance des princes.

Une fois encore, on m'envoyait comme la blanche colombe chercher le rameau d'olivier au milieu des guerriers.

Mais avec cette méfiance inquiète qui le caractérisait Roger m'avait flanquée de deux corbeaux aussi charognards que ceux qui précédèrent la colombe à la fin du Déluge. Trencavel m'avait imposé une escorte menée par les deux frères Roquefort, Bernat le démolisseur du monastère et Guilhem, dont la réputation n'était pas meilleure dans les lieux saints. Ils commandaient une quinzaine de chevaliers joyeux, inutiles et insouciants, venus se promener et taquiner mes compagnes en profitant de l'albergue que devait l'abbaye au vicomte. Ils comptaient ainsi ripailler aux frais du monastère pendant quelques jours.

J'avais quant à moi toutes mes donzelles, Alis ma belle cousine, l'indolente Douce de Pétavit flanquée de son grand chevalier roux, la truculente Alazaïs aux yeux de braise et au verbe impudique, et ma tendre amie Douceline de Digne, qui se croyait veuve. Je montais ma jument ambleuse, ma Nine aux pieds sûrs, et tout le monde chevauchait avec moi sous la garde rapprochée des deux chevaliers qui me restaient. Quelques domestiques nous accompagnaient.

Ogive, mon bouclier d'airain, était absente. Je n'avais pu la décider à quitter la cité ensoleillée de Carcassonne, et à renoncer aux parlotes chagrines et vaines qu'elle entretenait tous les après-midi avec sa cousine, à l'ombre des rues étroites du faubourg Saint-Vincent.

Elle rechignait de plus en plus à se lancer sur les chemins, et parlait avec délectation de se retirer dans le faubourg pour y vivre comme une veuve, sans d'autre espérance que le Ciel. Mais je la connaissais assez pour savoir que cet état n'était pas dans sa vocation, et qu'elle mourrait à mon service. Ogive était une forte charpente à qui il fallait du poids sur les épaules ; comme la plante qui ne survit pas loin de l'eau nécessaire à sa régénération, Ogive qui n'avait peur de rien se régénérait dans l'agitation et les combats, et les turbulences de mon existence.

J'étais heureuse de servir mon père mais je n'oubliais pas non plus, caché dans un petit recoin de mon joli crâne, que Saissac avait évoqué devant moi Aimeric vivant en ermite au-dessus de l'abbaye, dans le Somail ou dans l'Espinouse. Je pensais bien que ce voyage m'apporterait de nouvelles nouvelles de mon bien-aimé, s'il était toujours dans cette contrée. Car Aimeric était trop imprévisible, pour pouvoir affirmer un jour qu'il serait encore là le lendemain.

Nous arrivâmes à la porte du monastère en fin d'après-midi, après deux jours de chevauchée sur des chemins tourmentés ouverts dans des forêts de buis. Dix ans après l'attaque du vicomte, l'église abbatiale avait été reconstruite entièrement, plus haute, plus grande, plus belle. C'est dire si l'abbaye était riche.

En témoignait le village de Thomières qui s'était agglutiné de l'autre côté du Jaur, au bout du pont, populeux et actif. L'abbaye donnait du travail à de nombreuses familles. Elles avaient fini par accrocher leurs masures sur les versants couverts de châtaigniers, aménagés en terrasses jardinées. Et le grand chemin qui traversait Thomières, venant de Castres et allant sur Montpellier, était toujours encombré de mules et de charrettes, de pèlerins et de marchands, de soldadiers et d'errants qui tous laissaient en passant au moins quelques pièces.

Le portier, un vieux moine à moitié sourd qui attendait les pèlerins et les vagabonds depuis sa couche, dans une loge couverte de planches moussues, alla chercher le prieur et ne revint que longtemps après, accompagné d'un homme aux yeux rougis.

Le prieur nous salua bien bas, appelant sur nous la miséricorde du Christ, ce qui fit ricaner dans le même élan les deux frères Roquefort qui lui rétorquèrent qu'il semblait en avoir plus besoin qu'eux. Il nous mena au quartier des Ostes, entre l'abbaye et la montagne. Le bâtiment où nous avions nos chambres, au premier étage pour les femmes, était convenable. La grande salle du rez-de-chaussée servait de réfectoire et la nuit de dortoir. Elle était dallée de marbre rose. Le frère hospitalier nous expliqua pour se faire pardonner ce luxe que le marbre était du pays, tout près et abondant.

Sans me laisser le temps de me délasser ni de me rafraîchir avec mes donzelles le prieur me conduisit à l'abbé, seule. En principe les femmes ne pouvaient franchir la grande clôture, et je devais à mon rang cette faveur extraordinaire. Le prieur me fit remarquer que le mur de clôture ne dépassait pas une hauteur d'homme, et que le père abbé en signe d'humilité n'avait pas reconstruit l'ancienne muraille fortifiée. J'en pris bonne note.

Dans le passage charretier que le prieur appelait pompeusement le parloir, des moines bavardaient à mi-voix. Ils avaient les yeux rouges comme le prieur, la figure luisante et chiffonnée. Je demandai à mon guide quel malheur venait d'arriver. Il me répondit en souriant que j'advenais en plein office du Don des Larmes. Comme je lui demandai ce qu'était cet office si particulier, il m'invita à le suivre dans l'église.

L'église était obscure sauf du côté du chœur, coiffé d'une sorte de coupole posée sur des murs très ajourés.

Une fosse creusée dans le chœur contenait le tombeau de saint Pons. Des gémissements et des lamentations en provenaient. Le prieur me fit signe de me pencher. Sous nos pieds le tombeau du saint – en fait un reliquaire – était entouré d'une couronne de crânes rasés de frais et luisants à la lueur des gros cierges. Les moines pleuraient dans leurs mains et se tordaient de désespoir dans un geste lent et plein d'élégance.

De temps en temps l'un d'eux cantillait un psaume d'une voix de pleureuse, que tous reprenaient comme une consolation. Le prieur me murmura :

— Nos frères ravivent dans leur esprit les souffrances du martyre de saint Pons, qui sont celles du Christ sur la croix.

Il leva le doigt vers la coupole, et je vis qu'elle était peinte d'une crucifixion particulièrement pathétique qui se découpait sur un ciel rouge.

J'étais stupéfaite. Je demandai au prieur, qui semblait apprécier la scène en connaisseur, jusqu'à quand devait durer cette épreuve. Il me répondit :

— Jusqu'à vêpres les frères peuvent s'abandonner à leur douleur.

Je m'en retournai sans plus attendre, rebutée par cette piété trop exubérante. Le prieur me suivit et me fit visiter le monastère. Nous traversâmes le cloître. Sa galerie courait sur les quatre côtés, soutenue entre les massifs piliers d'angle par des colonnettes de marbre rose disposées en quinconce.

On en voyait peu de chose, car des vêtements de moines, du linge de corps, des draps étaient étendus partout, mis à sécher sur le pavage, la margelle du puits, les arcades du lavabo, les murs bas et massifs de la galerie et tout ce qui pouvait servir de séchoir. On aurait dit que le couvent perdait par lambeaux son pelage d'hiver. Le prieur s'excusa :

— Domna comtessa, nous sommes en pleine lessive de printemps. Le mauvais temps nous a retardés, c'est pourquoi nous n'avons pu enlever ces bures et ces draps avant votre arrivée.

Cet étendage ne mettait pas en valeur la beauté du cloître qui se laissait deviner entre les coules sombres, les tuniques de laine, les frocs frangés et haillonneux, les capes raidies par les lavages et les battages sans précautions. Mais quel autre lieu aurait été plus apte à capter la lumière et conserver la chaleur que cette pièce mi-close, ouverte sur le ciel ?

Nous allâmes dans la salle des moines. C'est là, m'exposa le prieur, que se copiaient les livres précieux venus de toute la chrétienté, et particulièrement des comtés de Provence et de Catalogne, où l'abbaye de Saint-Pons essaimait de nouveaux monastères. Le prieur me désigna une feuille de parchemin en cours d'enluminure :

— Les copies sont parfois plus belles que les originaux. Elles resteront à l'abbaye qui se doit d'avoir une belle librairie pour l'enseignement des novices et l'élévation des moines.

C'est dans cette grande salle, présentement déserte, que nous rejoignit le père abbé. J'avais été prévenue que l'abbé était vieux, et que ses forces déclinaient. Mais je ne m'attendais pas à voir un infirme squelettique recroquevillé au fond d'une chaire de bois haute et massive, munie de courts brancards qu'empoignaient des moines porteurs. Je pensai : « C'est un mort-vivant ! »

Son visage émacié se pencha avec une attention douloureuse sur un parchemin étalé sur un pupitre, en passant ; il le tapota et se tourna vers moi. Son visage crispé se détendit et se brisa en éclats de joie radieuse.

Ses yeux noirs flamboyèrent et, comme je m'agenouillais devant ce corps desséché, rabougri, je me sentis ondoyée d'un regard de feu qui m'irradia de la tête aux pieds. Il me prit les mains en me disant d'une voix feutrée, étrangement sourde :

— Chère Adélaïs, en vous voyant je comprends la fierté de votre père, qui ne peut parler de vous sans exagération.

Il m'observa de son regard fiévreux et je le vis lire dans mon cœur. Je me sentis transpercée. Il sourit encore douloureusement et ferma les yeux comme s'il en avait assez vu :

— Ma fille, avez-vous fait un bon voyage ? Êtes-vous bien installée ? Vos compagnes aussi ?

Un moine vint lui parler et j'en profitai pour observer les lieux. La salle des moines où nous étions sentait encore le mortier tendre. Sa voûte était soutenue par de curieux piliers évasés vers le ciel comme des champignons, lançant dans toutes les directions des nervures de pierre qui s'entrecroisaient. Entre ces piliers élancés des écritoires portaient des feuillets de parchemin et des volumes ouverts. Des cornes de bœuf plantées dans les pupitres contenaient des encres ou de la peinture, avec des lampes à huile et des chandelles grises à la graisse de mouton, à en juger par l'odeur exaspérante qui baignait la pièce.

J'observais encore les étranges voûtes quand le père m'interpella, me tirant de ma contemplation :

— Vous admirez nos piliers en palmier, domna Adélaïs ? Vous avez tout à fait raison. Voyez leur minceur. Les architectes guidés par la grâce du Saint-Esprit ont fait des merveilles. Ces nervures permettent l'allégement et l'exhaussement des voûtes dans des proportions inimaginables. C'est ainsi que la lumière pénètre à flots dans la salle, facilitant le travail minutieux des copistes.

L'abbé me tint sous son regard, les yeux rieurs :

— Je ne remercierai jamais assez votre époux d'avoir si volontiers brûlé et ruiné notre monastère ! Sans lui, nous serions encore dans nos vieux bâtiments sombres, humides comme des cachots. Comme quoi, mon enfant, d'un grand mal peut sortir un grand bien.

Je souris à mon tour et répondis sur le même ton :

— Révérend père, je ne manquerai pas de transmettre vos mots de gratitude à mon époux, qui sera très heureux de vous avoir rendu tout naturellement ce service.

L'abbé Raimon se prêta au jeu et continua en souriant :

— Et dites-lui aussi toute ma reconnaissance pour le travail qu'il a fourni pendant dix ans aux brassiers, aux vagabonds et aux malheureux de notre contrée qui, sans ce chantier, seraient pour beaucoup morts de misère.

— Révérend père, je n'y manquerai pas. Mais ne craignez-vous pas qu'à trop le féliciter l'envie de recommencer ne lui revienne, pour vous être trop agréable ?

L'abbé rit franchement et me prit les mains :

— Oui ! Oui ! Vous avez raison. Ne lui dites pas tout le bonheur qu'il nous a fait, il pourrait vouloir nous en donner encore plus.

Nous rîmes aux éclats, et bientôt le prieur et les moines porteurs s'ébaudirent avec nous, tout réjouis du contentement de leur abbé.

Celui-ci réintégra brusquement son aspect de momie vivante, sans éteindre l'éclat de ses yeux, quand je lui parlai de mon père qui m'envoyait lui porter son aumône. « Il est si soucieux d'aider l'abbaye à finir ses travaux... », commençai-je. Le père abbé m'arrêta de sa main blanche, squelettique :

— Ma fille, nous parlerons de tout cela tout à l'heure à ma table. J'ai quelques obligations auparavant, mais avant toute chose allons rendre grâce à Dieu et à la Vierge Marie de vous avoir menée à bon port, et chargée de bonnes nouvelles de paix.

Nous revînmes dans l'église par un autre passage à l'entrée duquel était peinte une image de la Vierge portant dans son giron Jésus. Le prieur qui était devant la baisa au passage, et les moines porteurs. Je m'abstins. L'abbé nous mena devant un autel dédié à la Mère du Bon-Secours. On récita quelques prières et quelques psaumes suivis d'un temps de silence assez long. L'abbé nous laissa, emporté dans sa chaise, en me conviant à nouveau à son souper qui lui serait servi dans son propre logis.

Je revins dans le quartier des Ostes, au pied de la montagne. L'air était doux et parfumé, chargé d'effluves du jardin qui reprenait haleine après la chaleur du jour. Il était aussi traversé par les senteurs fortes des sous-bois humides qui descendaient des versants. Tout autour de nous, dans ce quartier extérieur à la clôture du couvent, après notre logis s'activait une population laborieuse. Des frères convers achevaient leurs tâches jardinières et soignaient les animaux, des artisans terminaient leur ouvrage, et les serfs de l'abbaye rejoignaient plus loin leur famille dans des huttes de branchages et des masures de boue et de roches entassées, au milieu des volailles, des chiens et des enfants.

J'en profitai pour aller me promener au milieu d'eux et interroger les uns et les autres sur l'existence d'un ermite qui, au-dessus de nous, aurait vécu seul dans la montagne après avoir quitté son état de chevalier et les cours de Toulouse et de Carcassonne. Mais personne n'avait entendu parler de ce personnage.

Un moine vint me chercher dans le jardin avant la tombée du jour pour aller partager le repas de l'abbé Raimon de Dourgne. Je m'étonnai qu'on mange avant la nuit. Il me répondit :

— Notre règle nous impose de prendre les repas à la lumière du jour, par respect pour la nourriture qui est un don de la lumière divine.

Pourquoi pas. Il me mena dans le logis abbatial où je retrouvai le vieil abbé au premier étage, toujours serré au fond de sa chaire à brancards. À ma vue son visage se brisa de mille rides. Cet élan d'affection me poignit.

Derrière lui une fresque au dessin maladroit et très coloré représentait une scène où le Christ à table, venant de rompre le pain, en élevait les deux morceaux vers son Père. Le père abbé s'emparant de ma curiosité commenta :

— C'est la scène des pèlerins d'Emmaüs ; vous vous souvenez : après la mort du Christ deux de ses disciples découragés et tristes quittent Jérusalem et en chemin sont rejoints par un homme qui loge avec eux à Emmaüs. Ils passent à table et l'inconnu bénit et rompt le pain. Les deux disciples reconnaissent enfin le Christ ressuscité. Comprenez-vous la leçon ?

J'avouai mon ignorance.

— Ma fille, cette scène répète la scène du Cénacle où le Christ institua l'Eucharistie à la veille de sa mort, en partageant le pain et le vin avec ses apôtres et en disant : « ceci est mon corps... ceci est mon sang... ». Ce sont là les preuves irréfutables que le Christ a voulu être présent en chacun de nous quand nous communions. C'est la preuve de sa présence réelle dans l'Eucharistie, quand le pain et le vin sont transformés en corps et en sang de notre seigneur Jésus bien-aimé. Le croyez-vous ?

Sa voix devenait dure, grondante. J'aurais aimé lui dire que ce sujet ne me paraissait pas d'une importance vitale en ce moment, qu'il m'importait assez peu d'absorber dans la communion la présence réelle ou une simple figuration du Christ, pourvu qu'il me conserve dans son amitié et qu'il soit un juge bienveillant au jour du Jugement dernier. Mais le père abbé avait un regard si terrible que je n'hésitai pas :

— Je le crois de toutes mes forces, mon révérend père.

— Et pensez-vous que votre mari le croit, lui aussi, de toutes ses forces ?

— Je dois vous avouer, mon père, que nous n'avons jamais de conversation sur ce sujet, et guère sur les autres d'ailleurs. Vous n'ignorez pas, certainement, que mon époux me tient hors de sa compagnie...

— Je ne l'ignore pas. Et je n'ignore pas non plus sa bienveillance pour la nouvelle peste hérétique, dont la doctrine nie justement, entre beaucoup d'autres vérités avérées, la présence réelle du Christ dans l'Eucharistie et dans la communion, comme elle nie la double nature du Christ, humaine et divine.

Il s'emportait. J'avais devant moi, à l'évidence, un grand théologien et le plus intraitable ennemi de la nouvelle religion. Par je ne sais quelle intuition qui me serra le cœur je compris que cet homme à peine vivant était capable, dans sa sainte colère, de faire descendre sur nous, sur Trencavel, sur la vicomté, sur notre peuple, tous les fléaux de l'Apocalypse. Il me l'aurait d'ailleurs déclaré que je l'aurais cru, tant il émanait de cet homme, de ce reste d'homme desséché, recroquevillé, déformé, une force tranchante qui ne pouvait avoir qu'une origine divine.

L'abbé se calma et dans un sourire à nouveau sans réserve il m'invita à m'asseoir sur une chaire disposée en face lui, de l'autre côté de la table qui n'était qu'une planche mal planée sur deux tréteaux. Elle était recouverte d'une nappe de chanvre écru.

Mais des cierges odorants disposés sur la table, sur l'écritoire aussi, et des lampes dans les niches répandaient un suave parfum de cire chaude et d'huile parfumée, baignant la pièce dans une douce lumière. Elle n'adoucissait pas pour autant les traits osseux du père abbé.

Disons tout de suite que le repas fut frugal, servi en une fois, mais je n'y prêtai pas plus d'attention que l'abbé lui-même, tant nous avions de choses à nous dire. Il me raconta avec amusement, mais en s'agitant dans sa chaire comme un fauve, l'attaque de Trencavel, que je ne connaissais que par les échos déformés qui nous étaient parvenus au château Narbonnais, à Toulouse. Il comprenait cependant la crainte de mon époux en voyant l'abbaye fortifier la Salvetat, alors que mon père, le seigneur comte, venait de construire une bastide forte à Rouairous, à deux lieues en amont de l'abbaye, dans la vallée du Thoré qui descendait vers Castres.

Il m'assura que les fortifications de la Salvetat n'avaient pas d'autre but que de protéger les populations de la montagne du brigandage, ainsi que les négociants et les pèlerins. Quant au château de Rouairous, il marquait désormais la limite orientale du comté de Toulouse et contrôlait la route de Montpellier. Il n'y avait là rien d'anormal. L'abbé me répéta alors :

— Domna comtessa, la vraie raison de ma dispute avec votre mari, la vraie raison n'est pas du domaine militaire, elle n'est pas du domaine de la finance, elle est du domaine de la foi ! Votre père le preux comte de Toulouse et moi-même sommes depuis toujours le bouclier de la foi romaine dans le Midi. Tandis que votre époux, par ruse davantage que par conviction d'ailleurs, je suppose, laisse se répandre dans sa principauté le poison de l'hérésie manichéenne.

Il sembla rêver un instant et reprit :

— Il pense ainsi affaiblir l'Église et, le moment venu, en tirer un bénéfice en nous dépouillant. Il se trompe ! Oh qu'il se trompe !

Le regard de l'abbé Raimon lança à nouveau des flammes. Il s'était relevé du fond de son siège et se dressait comme un animal prêt au combat, déployant le tas de chiffons sombres qui l'ensevelissaient pour leur redonner la forme canonique d'une tunique et d'une coule. Il en était effrayant de force et de violence.

J'avais bien compris la situation. Mon rôle était justement de calmer les jouteurs afin que le combat n'eût pas lieu.

Je repris :

— Mon révérend père, je suis venue vous apporter de la part de mon époux l'autorisation d'achever les fortifications de l'abbaye et du château de la Salvetat. D'autre part je dois vous soumettre une charte dans laquelle Roger Trencavel prend l'abbaye de Saint-Pons sous sa sauvegarde, interdisant à quiconque de vous faire du tort sous peine d'être châtié par mon mari comme si le tort avait été fait à lui-même. Vous voyez bien qu'il veut faire la paix !

L'abbé sourit, ferma les yeux en signe d'affectueuse approbation, ouvrant ses serres vers moi pour me faire comprendre qu'il refusait d'avance de se battre. Il me fixa en grignotant des amandes :

— Ma chère enfant, je ne doute pas de votre désir de paix. Je ne me déroberai pas à la main tendue de Trencavel, bien que je sache qu'elle n'est ni franche ni totalement désarmée. Trencavel garde toujours un poignard dans sa manche, c'est son habitude. Mais passons !

Son regard alla vers le plafond barré de fortes poutres :

— Pourquoi prend-il l'abbaye sous sa sauvegarde ? continua-t-il. Et après l'avoir détruite une première fois ? Je vais vous le dire : parce que l'abbaye de Saint-Pons est dans le comté de Toulouse ! La preuve en est qu'elle a été fondée par un de vos ancêtres, le comte Raimon Pons. Votre époux nous prend sous sa sauvegarde pour se substituer au comte de Toulouse, notre véritable suzerain et, par Dieu qui jamais ne mentit, notre véritable ami. Quant au bourg de la Salvetat, il a compris que cette place n'avait pas une grande valeur militaire, là-haut sur la montagne, loin de tout, et qu'il valait mieux en tirer quelques redevances pour payer le droit de nous protéger.

— Je ne connais pas la Salvetat.

— Nous vous y conduirons.

Son regard se perdit dans la lueur d'une flamme et il sembla penser tout haut :

— Roger était jeune à l'époque, il venait de perdre son père. Il était soucieux de manifester son autorité, de l'éprouver. Je le comprends. J'ai moi-même été maladroit, orgueilleux. Roger a voulu prouver au monde qu'il y avait un nouveau maître sur les terres des Trencavel. Mais voyons cette charte...

— Révérend père, je ne l'ai pas ici. Je vous la ferai porter demain matin, avant de partir pour la Salvetat, afin que vous puissiez l'étudier jusqu'à mon retour. Vous me direz alors ce que vous en pensez.

Il acquiesça :

— J'en dirai du bien, soyez-en assurée, pour vous être agréable. Nous autres les moines sommes épris de paix avant tout.

Je repris :

— Je dois aussi vous transmettre les sentiments affectueux de mon père, le seigneur comte, et vous remettre deux cents sous d'or pour vous permettre d'achever vos travaux rapidement.

Raimon de Dourgne mima un grand effet de surprise pour la somme que j'annonçais, et qu'il connaissait sûrement. Il me recommanda de remercier chaleureusement le seigneur comte, m'assurant que toute la communauté prierait pour lui et, ajouta-t-il comme on remercie un enfant, pour moi également. Sans le lui dire je pensai qu'il était bien normal que les moines prient pour moi puisque c'était mon argent que j'avais avancé à mon père.

Nous aurions droit à la dédicace d'une messe par jour. J'imaginai la joie de mon père d'être ainsi secouru, lui qui vivait constamment dans le péché de chair d'une façon si scandaleuse qu'elle avait obligé ma mère, pour sauver son honneur et sa dignité, à s'enfuir. Il ne manifestait d'ailleurs aucun remords ni aucun désir de s'amender avec l'âge, bien qu'il craigne Dieu et le Jugement dernier par-dessus tout. Mais dans ce domaine, comme beaucoup de ses compagnons, il manquait du plus simple bon sens en pensant que les moines de Saint-Pons, parce qu'ils étaient davantage à portée de voix du Seigneur Christ, pouvaient contre de l'argent lui faire remettre ses péchés. Et qu'ainsi lavé de sa tache peccamineuse il pouvait sans danger revenir dans le lit de ses coquettes.

L'abbé me retint longtemps, bien après qu'eurent sonné les trois cloches de complies. Il me fit porter du vin de dessert aromatisé au miel et à l'absinthe, avec des fruits secs et de la réglisse. Euphorique et quelque peu assoupie je pensais me retirer quand il me posa une question stupéfiante.

— Adélaïs, m'appela-t-il avec douceur, savez-vous ce qu'est devenu votre amant, le jeune chevalier du comte de Toulouse Aimeric de Castelnau ?

Je restai sans voix. Comme je le regardai fixement en tâchant d'évaluer ce qu'il savait vraiment, il ajouta :

— Sachez ma fille que je n'ignore rien de ce qui se passe à la cour de Trencavel. Comme je n'ignore rien de ce qui se passe dans votre cœur, ni dans votre tête en ce moment. Et ce que vous pensez, c'est que vous aimeriez bien savoir si moi je sais où se trouve votre bel ange, n'est-ce pas ?

Son regard se fit ironique :

— Vous avez même interrogé tout à l'heure les serfs et les convers du couvent, ce qui me prouve que ce beau chevalier habite toujours vos pensées.

Je devais ouvrir des yeux ronds car il haussa les épaules et ajouta sur le ton de la connivence :

— Vous êtes jeune et emportée par la passion comme l'ont été tous les saints avant leur conversion. Car la sainteté ne vient que dans les âmes fortes et les caractères bien trempés, qui rendent la tête folle du désir d'aimer. Et vous êtes folle d'amour. D'amour charnel. Mais votre vie, ma chère fille, sera pénible et âpre. Vous aurez à faire des choix graves, difficiles. Chaque époque a ses malheurs, mais je vois la vôtre courir vers des malheurs plus grands encore que tout ce que nous avons connu. Et Dieu sait si j'en ai connu, de grands malheurs. Mais ce qui se prépare sera bien pire : la peste hérétique a déjà désuni les familles, dressé le mari contre sa femme, le père contre le fils, la belle-mère contre sa bru. Même ceux qui sont revêtus du sacerdoce sont corrompus par son infection. Les plus antiques églises tombent en ruine ; on refuse partout le baptême ; l'eucharistie est déjà en exécration dans nos diocèses ; on ne veut plus s'acquitter des dîmes ni des redevances qui permettent à l'Église d'assurer le service divin et de secourir les malades et les pauvres. Voyez-vous, comtesse, vers quels combats doivent aller vos pas ?

Je n'étais plus en état de faire une réponse sincère. Il n'en attendait pas et poursuivit :

— Je vous connais assez pour espérer que vous ne serez pas de celles dont parle saint Jérôme, dont *« la pensée changeante et flottante glisse aisément au pire »*. Je vois en vous une autre reine Constance. Vous avez du courage, et il vous en faudra car vous aurez à choisir entre le parti de votre père, fidèle à notre Église, et le parti de votre mari, qui a choisi de trahir sa propre mère, la sainte Église apostolique et romaine, soutenu par la plus grande part de ses vassaux. Votre destin, quel qu'il soit, ne sera pas agréable. Aussi n'est-il pas trop tôt pour vous entraîner à obéir à votre conscience, sans hésiter, comme un bon chevalier accourt à l'appel de son suzerain, plutôt que de vous laisser emmener par la passion...

Je rétorquai dans un souffle :

— Mais je l'aime d'amour vrai. Dieu ne peut être contre cela.

Il sourit :

— Vous l'aimez ! Que savez-vous de l'amour ?

Je ne me laissai pas distraire :

— Vous savez donc où il est, seigneur abbé ?

Raimon de Dourgne hocha imperceptiblement la tête, et ses yeux prirent une teinte moqueuse :

— Je le sais, et je vais vous le dire.

Je me méfiai :

— Pourquoi faites-vous cela ?

— Pour sevrer votre imagination, et tremper vos sentiments dans l'aridité cendreuse de l'amour quotidien. Quand vous aurez retrouvé votre compagnon, et que vous vous serez heurtée aux limites étroites de la passion humaine, à l'étrangeté d'un autre que vous-même, à sa pensée indéchiffrable, et à l'âpre égoïsme de vos sens toujours réclamant car jamais satisfaits, vous revendiquerez un nouvel horizon, une nouvelle terre. Vous rechercherez un monde plus grand, plus vaste, illimité où tourner votre regard. Vous serez alors prête à vous tourner vers Dieu et son amour infini.

Ses yeux s'agrandirent dans un regard fascinateur :

— Obéir à ses commandements sera pour vous une source de joie pure, une source bien plus abondante que celle que vous pourriez espérer de votre amant, car intarissable.

Il me sourit affectueusement :

— Aussi je vous dis : rejoignez votre amant, exposez-vous sans réserve au gril du désir, abreuvez-vous goulûment à son courant, jusqu'à la nausée.

Il pointa son doigt déformé vers moi :

— Épuisez la joie que vous donne cet amour, brûlez jusqu'aux os de l'ardente passion qui vous dévore, et quand tout sera consommé, consumé, anéanti, qu'un goût de cendre vous mènera dans l'antichambre de la mort, que votre cœur désespéré portera un nouveau désert, revenez ! Je vous attendrai et vous montrerai le chemin de la paix de Dieu, qui dépasse tous les sens.

Je demandai alors d'une voix chevrotante :

— Où le trouverai-je ?

Je parlais d'Aimeric. Le père abbé le comprit bien. Il hésita un instant à répondre – peut-être reprenait-il des forces – et me montra la montagne, derrière moi :

— Il vit en ermite dans le Somail, dans un lieu désert

qu'on appelle le saut du Vézole. C'est un torrent qui chute dans la vallée en faisant un saut extraordinaire. Un endroit magnifique mais invivable, marécageux, et totalement isolé. De toute façon personne ne se hasarderait à aller le voir.

— Et pourquoi donc ?

— Parce que votre donzel a très mauvaise réputation dans le pays. D'ailleurs personne ne vous avouera qu'il le connaît, encore moins où il se trouve...

— Et pourquoi donc ?

— Vous le verrez par vous-même.

Il ricana :

— Je vous laisse la surprise.

— Et pourquoi êtes-vous si pressé que j'aille troubler sa solitude ?

— Je vous l'ai dit : parce que sa solitude trouble votre cœur. Or nous voulons vous rendre la tête froide pour faire face aux événements qui se préparent. Sachez ma fille que votre père le preux comte Raimon, et moi-même, nous attendons beaucoup de vous pour défendre l'Église de Rome. Votre place auprès de Trencavel vous désigne. Vous serez Judith qui coupa la tête d'Holopherne, l'orgueilleux conquérant. Ensuite il nous sera facile d'agir.

Il fit une pause, soudain las, et reprit :

— Il est pressant de vous armer non pas des éperons, de l'épée et de la lance des chevaliers, mais des éperons des Écritures saintes, de l'épée de la Foi et de la lance des sacrements qui font notre Église vivante.

— Et que faites-vous d'Aimeric ?

— Vous serez veuve d'Aimeric, tout comme Judith était veuve. Nous n'avons que faire des ermites, qui ne servent à rien ni à personne.

— Vous préféreriez le voir en chevalier ?

— Oui, en chevalier de notre Église. Obéissant, pauvre et chaste.

— Vous parlez d'un moine !

L'abbé ouvrit ses mains pour me signifier que je venais de dire une évidence. Il me sourit.

Je me levai et pris congé. L'abbé se redressa pour me prendre les mains comme je le saluai d'une révérence. Il me bénit en attirant sur moi la grâce divine. Il me répéta :

— Méditez cette nuit ceci : vous êtes appelée à défendre notre sainte mère l'Église romaine contre les menées troubles et malfaisantes de votre époux le vicomte. Voyez tout le service que vous pouvez nous rendre pour l'amour du Christ, de votre père et de moi-même.

Je m'en retournai dans le quartier des Ostes, précédée d'un moine qui m'ouvrait l'obscurité avec une torche. Une lampe brûlait dans l'entrée de mon logis, et d'autres lumignons apparaissaient encore à la lucarne qui ajourait la chambre de mes donzelles. Je renvoyai le moine et marchai vers le jardin enclos derrière de hautes claies. Des ruisselets chantonnaient en traversant les plants anguleux et bordés de branchettes.

Les fleurs embaumaient l'air rafraîchi d'une délicieuse odeur virginale. Levant les yeux je contemplai le ciel blanchi d'étoiles, y cherchant un signe. Des gerbes d'étincelles filantes le traversaient soudain. Ogive me disait qu'il s'agissait d'âmes errantes, condamnées à courir jusqu'à ce que Dieu les prenne en pitié. Je n'en croyais rien. Et je ne voulais pas voir non plus dans ces jeux de la nature, comme certains, un avertissement solennel de Dieu.

Je ne pouvais toutefois me délivrer des paroles de l'abbé, pleines d'espérance et lourdes de menace. Mon chemin restait impalpable. Je quittai le jardin, guidée par la pâleur du sentier entre les plates-bandes sombres, troublée par les hululements nostalgiques des oiseaux de nuit.

Je me sentais lasse, moulue, ébranlée. Je craignais ma prochaine nuit de solitude.

XXIV

Nous partîmes vers la Salvetat tôt le matin avec ma mesnie, le prieur de l'abbaye sur une mule noire amblante et l'escorte inopportune des frères Roquefort. Le ciel était beau derrière la masse sombre de la montagne ; il était lumineux, d'un bleu verrier presque blanc, et décoré de chevelures d'ange que le peigne du vent retroussait en boucles légères.

À la chaleur moite du fond de la vallée qui restait de la veille succéda la fraîcheur suave de la montagne.

Un vent doux nous attendait sur le plateau. Ma jument se trompa sur une talonnade involontaire et partit au trot, la queue fouaillante, heureuse de mordre à pleine bouche la brise parfumée de la sapinière. Ma suite suivit et les chevaux s'échauffant, c'est au galop que nous passâmes sous la croix de bois géante qui marquait l'entrée de la sauveté.

Bientôt apparut le bourg, érigé comme une forteresse. J'arrêtai ma troupe pour admirer ce piton bleuté cuirassé d'ardoise, saillant de la forêt comme la proue d'une nef guerrière se débattant dans la tempête. Le chemin devant nous descendait dans le lit large de la rivière d'Agout qui faisait du piton une presqu'île. Je fis passer devant ma jument au pied sûr. Elle serpenta entre les rochers et les trous d'eau avec précaution, mais plus loin refusa de passer le gué grossièrement aménagé qui permettait de franchir sans trop de risques le courant encore fort. Je laissai la place à des chevaux plus téméraires ou plus respectueux des ordres, puis lançai ma Nine qui se jeta d'un coup dans l'eau pour rejoindre au trot ses compagnons, sous les rires des chevaliers et les encouragements de mes compagnes. Nous étions au pied de la muraille, à la porte de la sauveté.

Des manants habillés de neuf et mal armés nous attendaient devant les vantaux grands ouverts. Le prieur nous guida d'une traite le long de la rue montante jusqu'au planel du château. La bâtisse semblait ruinée. Le prieur me fit observer que les travaux n'avaient pas repris depuis l'expédition punitive de Roger, et sans s'attarder davantage devant ces mauvais souvenirs qui rendaient disert et hilare Bernat de Roquefort, il me conduisit un peu plus haut devant l'église Saint-Étienne, où la population s'était rassemblée.

Hommes et femmes me saluèrent respectueusement, l'échine courbe. J'avais remarqué en montant que certaines maisons avaient fait modestement fenêtre, exposant sur les rebords quelques tissus colorés et décorant la façade de branchages et de brassées de fleurs.

J'entrai avec ma suite dans l'église trapue, massive et sombre comme une caverne. Éclairée de quelques cierges et de lampes fumeuses, elle sentait l'étable. Le prieur m'avait avertie que le saint lieu servait aussi de marché par mauvais temps. Une bonne épaisseur de paille propre et odorante couvrait le sol, étouffant les pas, pour préserver les paroissiens de l'humidité et lutter contre le froid. Un chemin cependant avait été ouvert pour mener à l'autel, découvrant les galets de rivière qui appareillaient le sol. Pour ma venue on avait répandu partout des jonchées fleuries qui sous nos pas exhalaient une odeur suave de prairie en fête.

Le peuple entra derrière nous. Une action de grâces fut dite dans le brouhaha, suivie de quelques lectures saintes et de la récitation des Heures du jour. J'étais sous le regard inquisiteur de la population et, pour la première fois, je me demandai ce qu'on pensait de moi. Et d'abord que savait-on de moi ?

Le prieur prit la parole pour expliquer à l'assistance, serrée debout, se dandinant et bruissant d'une rumeur impatiente, que les travaux du château allaient reprendre sous l'autorité du seigneur abbé, et que les fortifications seraient également achevées pour une meilleure protection de tous. L'annonce n'eut pas l'effet escompté, mais figea l'assemblée dans un silence de plomb.

Le curé, qui connaissait bien ses ouailles, précisa alors d'une voix aussi rocailleuse que le sol de son église qu'aucune redevance particulière ne serait réclamée, mais qu'au contraire les chantiers allaient donner du travail et distribuer des soldes pendant plus d'une année. Le prieur confirma les dires du curé. Ces paroles firent l'effet d'un air chaud passant sur un champ de neige : la foule se réchauffa et fit monter vers nous une rumeur frémillante et joyeuse.

Je ne souhaitais pas m'attarder. Un repas léger nous fut servi chez le curé, dans son logis voisin de l'église. C'était une maison petite et noire couverte d'ardoise, lézardée de part en part. On s'attendait à chaque instant à la prendre sur la tête. Je demandai au prieur à qui revenait la dîme de la Salvetat. Il me répondit en faisant des moulinets avec ses mains que c'était très compliqué. J'en conclus que l'abbaye ne laissait pas grand-chose à ces pauvres gens.

J'avais hâte de redescendre. À la pensée que j'allais revoir Aimeric mes jambes tremblaient, mes mains se nouaient, et j'avais une furieuse envie de sauter sur ma jument et de m'enfuir vers le saut du Vézole. Encore fallait-il que je trouve ce maudit lieu. Je demandai au prieur s'il connaissait le saut du Vézole. Il me répondit qu'un guide était prévu, qui m'y mènerait au retour.

Ainsi le père abbé avait déjà tout manigancé ! L'idée d'être ainsi manipulée, et de vivre ma rencontre avec Aimeric sous le regard des autres, dans un but étranger à mon cœur, me déplut. Je décidai de fausser compagnie à tout le monde. Le sentiment d'être de nouveau sur le pas d'une fugue me fit du bien.

Mais la population me surveillait comme un reliquaire, m'étouffant sous les effusions et les marques d'affection. Je ne quittai la Salvetat que dans l'après-midi, après avoir subi les salutations maladroites et touchantes des notables de la sauveté, et avoir recueilli les doléances acerbes de la population, venues à mes oreilles sans avoir l'air de m'être destinées. Je comptais bien les rapporter au père abbé dès mon retour.

Le guide qui devait m'accompagner jusqu'au saut du Vézole était un bûcheron assez jeune, natif d'un hameau de cette contrée, et qui connaissait le Somail comme le fond de son bonnet de laine. Quand nous fûmes sur le plateau, dans la forêt, il me montra un chemin rouge sortant de la hêtraie, qui serpentait et se perdait sous les bruyères mauves. J'ordonnai à mon escorte de redescendre avec le prieur. Les frères Roquefort se rebiffèrent : le vicomte leur avait donné la consigne de ne pas me quitter (pour rapporter tous mes faits et gestes). Je m'approchai d'eux avec mon plus beau sourire. Prenant le prieur à témoin j'invitai tous les chevaliers à descendre au quartier des Ostes, et d'y boire à mes frais tout leur saoul en m'attendant. « Pressez-vous, je ne serai pas longue ! » ajoutai-je en guise d'encouragement.

Les chevaliers poussèrent des cris de joie et se débandèrent. Les frères Roquefort, comprenant qu'ils seraient seuls à me suivre pendant que leurs compagnons ripailleraient, se firent une douce violence et m'abandonnèrent, soucieux de ne pas faillir à la solidarité guerrière.

Je gardai ma mesnie et nous suivîmes le guide. Sortis de la forêt nous avions devant nous une lande qui s'étendait à perte de vue, recouvrant comme un tapis de couleur les doux épaulements du relief, façonnant des cuvettes humides et tourbeuses où les chevaux refusaient d'entrer. Nous fîmes des tours et des détours dans un désert de bruyère et de mousse, marchant sur un sol si fragile qu'il tremblait sous nos pas.

De temps en temps un lambeau de hêtraie nous fermait l'horizon. Nous restions quelques instants sous ces ombrages pour calmer les chevaux. C'est sous l'un de ces boqueteaux à l'abri du soleil que le guide me dit :

— Domna, après la butte, là-bas, le chemin descend jusqu'au saut du Vézole.

J'annonçai à tout le monde, la voix criarde et tremblante d'émotion :

— Je continue seule avec le guide. Attendez-moi ici quoi qu'il arrive. Personne ne me suit, personne ne vient me chercher ! Compris ?

Tout le monde acquiesça avec bienveillance, comme on répond à une malade. Leur ton faussement naturel m'irrita. Je m'en voulais de les écarter ainsi de mon cœur, mais j'étais comme folle. Je poussai ma jument et comme elle refusait de quitter ses compagnons je la cinglai durement. Elle bondit en avant et avança d'un bon pas, les oreilles couchées, m'observant craintivement dans son dos en tournant la tête d'un côté et de l'autre. Je me haïssais de cette rudesse envers ma brave Nine, mais j'étais dans un tel état de fébrilité !

Je passai la butte à la suite de l'homme. Plus loin une autre butte nous bouchait l'horizon. On avança encore. Bientôt apparut un scintillement au loin. L'homme me dit que le ruisseau du Vézole était barré par des rochers qui avaient formé un petit lac. Le saut était juste après. Je me sentis capable d'achever seule le chemin qui restait à parcourir. Je descendis de ma jument et, remettant les rênes à mon guide, je lui dis de retourner et de m'attendre avec les autres. Il s'en revint et je l'entendis pester contre ma Nine qui le bousculait, pressée de retrouver les autres chevaux.

Je continuai à pied, silencieusement. Je portais des bottes de cuir souple, une tunique à la jupe ample et une cape d'été retenue par une tresse de soie sur l'épaule. J'avais un grand voile de lin sur la tête, sous un cercle doré, qui devait en principe protéger du soleil ma peau trop claire. Je tenais le voile devant mes yeux, regrettant de ne pas avoir emprunté aux frères convers un de ces grands chapeaux de paille qu'ils portent aux moissons. Je gardai à l'autre main la trique pour éloigner les serpents. À mesure que j'approchais, marchant silencieusement dans la terre douce où affleuraient des rochers bleus et verts, je m'imprégnais de l'extrême beauté du lieu.

Il n'y avait plus d'arbres, sinon quelques bouleaux rabougris abrités derrière des rochers. Jusqu'à l'horizon s'étendait la lande rose et mauve. Très loin sur d'autres versants des grandes taches grisâtres gardaient encore le souvenir de feux courants dans les brandes, allumés par les bergers. Mais aucun ne s'approchait du saut du Vézole. Plus près de moi, et jusqu'aux abords du scintillement, des champs de genêts et d'ajoncs en fête formaient de grandes taches jaunes sur un fond vert. L'or des genêts se mariait merveilleusement au rose des bruyères.

J'avais devant les yeux une magnifique diaprure du Créateur, ravivée par le chaud soleil de l'été commençant. Quand le petit lac fut proche, assez pour que cesse le clignotement capricieux de son reflet, je crus entendre une bribe de musique. Je m'arrêtai en nage, attendis. Une autre bribe vint jusqu'à mon oreille, apportée par la brise, et puis une autre.

Je repris ma marche d'un pas rapide, heureuse, troublée. Il était là, mon doux amant. J'eus envie de courir, mais je me retins car j'avais dans l'idée de l'observer d'abord sans qu'il se doute de ma présence. Je voulais le surprendre tel qu'en lui-même, dans sa vraie nature, et j'en étais d'avance bouleversée.

La musique devint plus claire. Elle paraissait néanmoins lointaine. J'arrivai enfin au bord du lac. Sa surface moirée retenait les couleurs du ciel, mais l'eau froide les fonçait dans un beau bleu ardoise, sombre et profond. Des rochers verts de serpentine, ronds et lisses comme des croupes de jument, peuplaient le lac en troupeau, émergeant çà et là dans l'entour de leur reflet sombre.

La vie éclatait partout dans un parfum de miel qui venait des genêts. De grandes gentianes à la corolle vive mouchetaient de papillons bleus les abords du chemin, et l'éclat des iris jaunes, autour du lac, faisait croire à des gouttes d'or semées par le vent.

J'arrivai devant un empilement de rochers gris-vert, usés comme de vieilles carcasses ; l'eau s'écoulait en lissant des déversoirs luisants sous la lame. Le torrent rejaillissait plus bas dans des bassins qui se déversaient à leur tour, dans un brouillard scintillant coloré d'arcs-en-ciel. C'est de là-bas, mêlée au bruit fort des cascades, que provenait la musique à laquelle s'ajoutaient d'étranges plaintes.

Je descendis de rocher en rocher. Le torrent sautillait avec moi, jusqu'à une large échancrure gardée par deux piles de rochers qui dessinaient une porte gigantesque où il échappait à ma vue. Après la porte était le grand saut dans la vallée.

Sur le côté une vaste terrasse rocheuse formait un théâtre naturel que le soleil illuminait en faisant scintiller des milliers de cristaux. Je le vis alors, le joueur de vièle.

Il était appuyé au rocher dans l'ombre, tenant une grande vièle à l'épaule et jouant en balançant son corps comme si la musique sortait de sa bouche. Ce n'est qu'ensuite que j'aperçus à quel public il adressait sa musique. Éparpillés autour de lui sur les rochers, certains couchés, d'autres assis sur leur derrière, mêlant leur robe grise et fauve aux teintes échiquetées de la pierre, une compagnie de loups l'écoutaient, leurs oreilles velues largement ouvertes vers l'instrument, lançant de temps en temps, sans ordre, les yeux mi-clos, un long gémissement vers le ciel.

C'était donc ça, le sens des paroles mystérieuses du père abbé. Aimeric était devenu meneur de loups. Mais chez Aimeric cette terrible vocation, qui faisait des meneurs de loups des êtres maudits et honnis par la société des hommes, ne m'effrayait pas du tout. Je connaissais suffisamment le cœur d'Aimeric pour savoir qu'il n'en tirait aucun mal, aucune diablerie, aucun tort pour quiconque. Il était simplement l'ami des loups. Jusqu'à preuve du contraire je ne pouvais penser que l'incroyable spectacle qui s'offrait sous mes yeux pouvait avoir son origine dans la magie ou la sorcellerie malfaisante.

Cela dit, pour autant, je ne me risquai pas à avancer. J'hésitai à me faire voir et pensai même revenir au bord du lac. C'était trop tard. Un loup m'avait repérée en plein chœur et, tournant la tête vers moi, avait interrompu son déchant. Les autres l'imitèrent, et aussi Aimeric qui voulait savoir ce que les loups avaient vu.

Il m'aperçut, ou du moins une stature féminine élancée se découpant sur le ciel, car nous étions encore trop loin l'un de l'autre pour qu'il distingue mon visage. Il se leva lentement sans cesser de jouer, les loups après lui. Il escalada les rochers en jouant de la vièle sur son ventre, s'assurant que personne ne le dépassait. Je vis peu à peu se dessiner son visage, ravivant mon souvenir qui par un curieux effet de l'amour avait effacé tout détail de l'homme auquel je pensais le plus.

Oui, c'était bien lui qui montait de rocher en rocher à grands pas décidés.

Il se tourna vers les loups et lança un ordre bref. Les bêtes se débandèrent sur les versants de la gorge et disparurent dans les brandes derrière un grand mâle, se retournant de temps en temps pour jeter sur nous un regard curieux.

Aimeric était devant moi. Son visage duveteux avait vieilli. De nouveaux sillons modelaient son front et une barbe en friche avait envahi ses joues et son menton. Il avait le regard las, que contredisait puissamment la lueur jaune d'or couvant derrière l'émeraude de ses yeux.

Je pensai avec amusement que ses yeux avaient la couleur des rochers de la lande, mais avec plus d'éclat, surtout dans le soleil qui avait brûlé son visage et l'avait couvert de taches de son.

Sa cicatrice argentée était là qui rappelait son sort d'ange banni. Il arrêtait sur le front, par un ruban fané, ses cheveux blondis au soleil, et les renvoyait flotter librement dans son dos où la brise les roulait sur sa tunique. Ses vêtements étaient élimés, déchirés. Sous sa tunique courte, fendue jusqu'à la taille, il ne portait pas de chausses et allait les jambes nues dans des bottes trouées.

Il s'arrêta à quelques pas de moi et attendit sans un mot, les sourcils levés. Je le sentais retenu, presque méfiant ; je pensai qu'il s'était ensauvagé, qu'il était devenu loup. Je me vis comme une étrangère venue troubler son petit monde de bruyères éclatantes et d'amitiés lupines, ou quelque conversation divine. Il sortit le premier de son expectative silencieuse :

— C'est toi ? dit-il simplement.

Je souris. Mon sourire fit fleurir le sien et en un instant je vis s'épanouir mon Aimeric, provocateur et pudique. Ses lèvres brûlées par le soleil s'écaillèrent en se retroussant, mais je ne voyais que le reflet joyeux de sa pupille, et je me jetai contre lui. Il laissa tomber son instrument qui résonna sur le rocher et me serra très fort dans ses bras. Il n'avait rien perdu de sa force.

Son corps était moite et sentait les parfums de la lande. Je blottis mon nez contre son cou luisant et serrai sa taille, avec le désir d'entrer dans son corps. Il exhala un soupir et sa bouche embrassa mes cheveux. Sa chaleur vaporeuse me traversa comme un philtre, débridant mes diables. À la façon dont je m'offrais Aimeric le comprit et me prit le bras pour gagner du temps.

Peut-être n'avait-il plus envie de moi, à moins qu'il n'ait plus d'amour pour moi, et qu'il m'ait remplacée dans son cœur par un être moins pesant ? Me revinrent les paroles du père abbé. Je m'exclamai, montrant le désert coloré qui nous environnait :

— Que cherches-tu ici ?

Il me répondit d'une voix un peu lasse, comme on récite :

— La docte ignorance qu'enseignent les arbres et les rochers.

— Vierge souveraine ! Et pour trouver quoi ?

— La paix de Dieu.

— Et l'as-tu trouvée ?

— Pas pour l'instant.

— Et... tu penses la chercher longtemps ?

Aimeric sourit, de ce sourire moqueur, insolent, qui pouvait agacer :

— Les ermites y consacrent leur vie entière.

— Jésus-Marie !

Je n'osais lui demander s'il comptait passer sa vie au saut du Vézole. Nous étions revenus au bord du lac. Une chaleur de feu nous tombait sur la tête. Aimeric était en nage, comme moi. Je lui pris la main :

— Aimeric, baignons-nous dans ce lac. Que nos corps se rafraîchissent, et si tu le veux bien qu'ils se retrouvent.

Je lui fis un sourire illuminé. Il acquiesça d'un murmure étouffé et je fus nue devant lui en un instant, offerte dans ma seule robe de chair. Je sentis son regard me brûler la peau plus que le soleil quand j'entrai dans l'eau froide ; ses yeux suivirent le trait de soie qui cernait mes cuisses rondes à la surface, et la résille lumineuse que le miroitement balançait et entrecroisait sur mes hanches, en ravivant la lueur blonde de mon ventre.

J'étais blanche sous la lumière crue comme une pâte de froment mise au four ; Aimeric qui s'était lentement défait de ses penailles m'apparut basané comme le pain en sortant.

Je vins contre lui et frottai mon corps plein et tendre contre son corps dur et sec. L'eau froide me fouettait le sang de ses sagettes aiguisées et érigeait mes rondeurs et mes mamelons mieux que le vent du désir ; je sentis tout mon corps se dilater, s'épanouir dans une radieuse parade. Quand Aimeric me saisit aux épaules en me murmurant, ravi et heureux : « Tu es folle ! » je lâchai mes diables.

Je pris deux poignées d'eau que je lançai en l'air au-dessus de sa tête. Il fut un instant environné de petits soleils. Je me jetai à son cou et lui mordis la bouche. Nos ventres et nos cuisses s'opposèrent sous l'eau comme des lutteurs voulant garder la place. Me suspendant par les coudes à sa nuque j'ouvris mes jambes et le ceinturai. Il se fondit dans mon ventre et me porta ainsi longtemps dans l'eau noire, ma tête tournée vers le ciel incandescent, m'arrachant à chaque pas un gémissement. Mon cœur qui tonnait dans mes tempes pulsait avec le soleil.

Aimeric m'échoua sur la courbe lisse d'un rocher à moitié émergé, me renversa et me couvrit entièrement de son grand corps sans me quitter des yeux. Nos chevelures se mêlèrent dans l'eau comme les algues lisses de la mer. Il me rafraîchit le visage et je rafraîchis le sien avant de l'aspirer dans un vertige sans fin, criant son nom et lui le mien. Nous roulâmes dans l'eau et je ris de la joie d'être toujours aimée.

Sur la berge je m'étendis, la tête sur sa poitrine, les cuisses offertes à la brise venue du couchant, attentive à ses doigts de fée qui couraient sur mes jambes comme si des filets de sable frais tombaient de ses mains. Aimeric suivait du bout des doigts le dessin compliqué de mes épaules et l'entour de mes seins.

Il se mit à parler d'un coup. Il me raconta qu'il avait quitté Béziers dès qu'il avait laissé sa place, et qu'il était revenu à Saissac. Il y avait pleuré la mort de Guilhem et s'était astreint en pénitence à une semaine de jeûne strict. Je ne lui demandai pas pourquoi il s'était puni. À mon sens il n'était coupable de rien. Il ajouta :

— Mais Bertran ne savait trop quelle serait la réaction de Trencavel. Il m'a conseillé de prendre le large et de me faire oublier pendant quelque temps dans un endroit isolé. Un de ses écuyers connaissait cette lande où nous sommes. Il m'a décrit le lac, les gorges, les cascades. Je m'y suis vu tout de suite et le lendemain j'étais parti.

Des têtes velues aux oreilles dressées apparurent toutes ensemble au-dessus des genêts et des bruyères, tremblotantes dans les vapeurs de la lande surchauffée. Je les montrai du doigt à Aimeric. Je vis son visage s'éclairer d'une joie d'enfant. J'en étais jalouse. Comme le grand mâle était le plus proche je le désignai :

— C'est étrange, dis-je, celui-là me fait penser à un loup qui me suivait dans la forêt de la Loubatière. Il a comme lui une raie noire entre les yeux, qui va du front jusqu'à son nez.

Aimeric rit de l'évidence :

— C'est le même. Quand j'ai traversé le massif de la Loubatière pour me rendre ici, ils m'ont suivi.

Le regard d'Aimeric les couva un moment de sa tendresse, et puis revint se poser sur moi. Il me fixa comme si j'étais, moi, une bête curieuse. Il me demanda abruptement :

— Pourquoi m'aimes-tu ?

— Pourquoi, pourquoi ? Parce que !

— Parce que... quoi ?

Je lui récitai, sur un ton exaspéré :

— L'amour se suffit à lui-même. Il est à lui-même son mérite et sa récompense. L'amour ne cherche pas en dehors de soi sa raison d'être ni son fruit : le fruit de l'amour, c'est l'exercice de l'amour.

Aimeric rit à petites gorgées :

— Bernard de Clairvaux, le Sermon sur le Cantique des Cantiques... C'est très joli, mais tu n'as pas répondu à ma question : pourquoi MOI ?

— Je t'aime et te le montre dans le but d'être aimée.

Il prit un air de juge inquisiteur découvrant la vérité :

— Au fond, moi ou un autre, c'est du pareil au même, non ? L'important, pour toi, c'est d'aimer un homme !

Une irrépressible envie de le battre me saisit. Je me retournai vers lui et je le giflai, puis le bourrai de coups de poing et, me relevant, de coups de pied. Je criai comme une gargouille :

— Monstre ! Je te maudis ! Je te honnis ! Je te conchie ! Lèche-cul du diable ! Corrompu d'hérésie ! Puissent tes loups te dévorer et t'effacer de la surface de la terre !

J'étais suffocante, enragée, échevelée, tout à coup animée du désir de lui faire payer mes peurs, mes peines, mes douleurs. Et je cognai à m'en faire mal.

Aimeric riait à gorge déployée, se protégeant tant bien que mal de mes coups, tentant de m'attraper un pied pour me faire tomber. Il y parvint et m'immobilisa sous lui dans l'herbe humide. Je vis son visage se fendre d'un grand sourire lupin, et donnant un petit coup de menton :

— J'y pense ! Moi aussi je t'aime !

Je refusai de l'entendre :

— Tu ne le dis jamais ! Tu ne le penses pas !

Il prit un air de hibou dérangé pour me montrer qu'il était sérieux :

— Mais je n'ai pas le droit de le dire.

— Et pourquoi cela ?

— Parce que je sais que tu es appelée à un grand destin. Je n'ai pas le droit de te détourner de ta destinée. T'aimer et te retenir, c'est comme si j'arrêtais tes jours...

Il rêva au-dessus de la lande :

— Et nous nous perdons tous les deux en nous opposant à la volonté de Dieu.

J'articulai furieusement en secouant la tête :

— Et c'est pourquoi tu viens te cacher ici, dans ce trou à bêtes sauvages, pour laisser à Dieu le champ libre, pour lui permettre de faire de moi sa créature docile ? Et de me sacrifier aux ambitions mauvaises de mon père et de mon mari ?

Aimeric haussa les épaules :

— Je ne sais pas.

Je le pris par les oreilles et hurlai :

— Je t'arracherai à Dieu !

Il sourit et secoua la tête avec indulgence pour que Dieu ne prenne pas mes caprices pour des blasphèmes.

Il tendit la main et entreprit de démêler tendrement mes cheveux mouillés, puis il me prit la bouche et aspira mes dernières forces. Je me laissai aller et fermai les yeux, m'offrant à la fraîcheur de l'herbe et du sol humide, à la chaleur fiévreuse de ses lèvres et de son corps. Je n'avais plus envie de me battre.

Mon compagnon se souleva et s'en fut raviver mon corps douloureux de mille bouches. Je me redressai à mon tour, me heurtai à son arc bandé et y déposai des baisers. Aimeric me repoussa, me contempla éperdu. Il se coula sur moi comme un félin et me tira bientôt des piaulements étranges que je ne pus faire cesser. J'étais au bout de mes forces, de ma joie et de ma jouissance désespérée.

Quand le soleil fut bas sur l'horizon et déjà rougeoyant, mettant le feu à la lande et au miroir du lac, je pensai à mes compagnes qui m'attendaient patiemment sous un bouquet de hêtres. Je devais rentrer avant la nuit sous peine de traverser le Somail dans l'obscurité et de nous perdre tous. Je serrai la main d'Aimeric qui m'aidait à me rhabiller. J'étais défaite, moulue, heureuse et éperdue. J'étais désespérée. La gorge serrée, nous marchâmes enlacés jusqu'à la première butte. En passant au milieu des loups Aimeric me les présenta. Il me montra le grand mâle :

— Lui c'est le chef. Je l'appelle Wolf.

— Tu ne t'es pas fatigué...

J'essayai de rire, en vain.

— C'est à lui que je donne les ordres, et tout le monde suit. À côté de lui se tient sa femelle. Je l'appelle Blanca, car elle a un pelage tirant sur le blanc, davantage en hiver. Celui qui se roule sur le dos et courait tout à l'heure après un papillon c'est Ruf, parce qu'il a beaucoup de roux dans sa fourrure. C'est le pitre de la bande, le jouglar. C'est un louvard de l'année dernière. Il ne pense qu'à s'amuser et ne prend rien au sérieux. Tu le vois se rouler ? Il n'arrête pas de faire le fou et de s'amocher. Sa fourrure ne vaudrait pas une maille.

— Peut-être est-il simplement dévoré par les puces, ou les tiques, ou je ne sais quels insectes de loup qui leur sucent le sang ? Tu n'as jamais regardé dans sa fourrure ? Moi je veux bien l'épouiller, si tu me le tiens. J'aime ça, enlever les petites bêtes qui s'enkystent, et crever les boutons...

Aimeric rit avec indulgence :

— Ma douce, je n'ai jamais posé ma main sur leur fourrure ! Ce ne sont pas des petits chiens. Ils restent toujours à plus d'un pas. S'ils m'obéissent, c'est librement. Ce sont des amis, non pas des serviteurs.

Il sembla rêver puis ajouta :

— J'ai rêvé plusieurs fois qu'ils me sauvaient la vie. J'étais attaqué par des soldadiers...

Nous étions arrivés à la première butte. Je voyais au loin le dernier bouquet de hêtres où j'avais demandé à mon guide de retourner. Une véritable nausée me surprit en parlant, et me fit chevroter. J'étais paniquée. Nous étions au moment le plus crucial, celui que je redoutais entre tous. Je tentai de lutter, d'être forte pour mériter mon chevalier qui lui avait su affronter la solitude et combien d'épreuves. Mais je résistai peu de temps, le menton tendu, effarée, redoutant le débordement des pleurs que je sentais venir. Il allait me submerger, torrentiel, et tout emporter.

J'éclatai en sanglots dans le soleil couchant qui cuivrait la poitrine d'Aimeric, le nez dans son cou. Je l'avais saisi à la taille pour ne pas être balayée par l'irrésistible bourrasque, pour ne pas me laisser choir dans la bruyère comme une morte.

Quand sa poitrine hoqueta par à-coups et se durcit je levai les yeux : les siens étaient luisants de larmes. Le sang me tomba du cœur de la peine et de la joie qu'il me faisait, de pleurer ainsi et de souffrir avec moi de ma future absence ; avec des paroles d'amour gémissantes et inaudibles je montai mes lèvres jusqu'à sa joue et nous restâmes là, face contre face, noyés dans nos regards lavés à l'eau pure de nos cœurs.

Combien de temps nous sommes-nous tenus appuyés l'un aux épaules de l'autre, ventre contre ventre, cuisses contre cuisses, la poitrine étouffée d'amour, attentifs aux grincements de nos souffles, aux promesses avortées dans nos gorges, aux paroles inaudibles de nos voix méconnaissables ?

La nuit tombait quand je m'en allai d'un coup dans un grand ahan de femme en gésine. Je marchai sans me retourner dans le sentier de sable rouge, bosselé de rochers tapis dans le demi-jour, poussant à grands mouvements de bras mon corps trop lourd vers mes compagnes, vers le revers du monde, déjà rêvant de le fuir à nouveau et d'abdiquer toute vie de cour.

Arrivée à la butte je me retournai. Un point comme un i ponctuait la hauteur qui ouvrait sur la lande du lac. Je lui criai à m'en déchirer la gorge, frappant du pied : « Je veux être Blanca la louve ! », et je redescendis en sanglotant comme une enfant, courant vers la hêtraie de mes compagnes soupirantes et muettes.

Le retour vers l'abbaye se fit dans une consternation de soir de défaite. Le guide insista à mi-voix pour nous mener à travers le Somail, sous la clarté des étoiles, au moins jusqu'au bord du plateau, quand le chemin devenu rocailleux descend vers l'abbaye en serpentant à travers la châtaigneraie.

Sans forces, je m'en remis totalement à ma vieille Nine qui me portait dans l'obscurité avec des précautions de jeune prêtre portant le Corps Précieux, l'encolure relevée pour contenir mon affalement sur son garrot.

Mes amis parlaient doucement comme on veille autour du lit d'une malade, s'emparant du moindre sujet avec l'espoir de me faire quitter mon état de prostration.

Je me sentis vieille tout d'un coup. Je m'entendis murmurer : « J'ai cent ans ! » Je pensais que ma vie était finie. J'allais me retirer du monde.

Je ne savais pas qu'elle commençait, et que ce que j'avais vécu n'était rien à côté de ce que j'allais connaître.

J'étais si jeune. Que sait-on de la vie à dix-huit ans ?

PETIT GLOSSAIRE

Adouber : l'adoubement est une cérémonie initiatique et religieuse pendant laquelle on arme un nouveau chevalier en lui remettant ses armes et son armure.

Albergue : obligation pour le vassal, en contrepartie de l'attribution d'un fief, de recevoir son seigneur et ses hommes un certain nombre de jours par an. L'albergue peut être une charge très lourde.

Amble : allure du cheval plus ou moins rapide dans laquelle l'antérieur et le postérieur du même côté se lèvent et se posent ensemble, évitant les secousses. Cette allure latérale, qui peut être naturelle mais est plus souvent apprise, était très prisée au Moyen Âge par les femmes qui montaient, au moins en public, sur des selles ressemblant à des bâts, les deux jambes du même côté, les pieds serrés sur une planchette. Les hommes appréciaient les chevaux ambleurs pour de longs trajets.

Badaïre : badaud, qui baye aux corneilles.

Banneret : les chevaliers qui possédaient des fiefs importants devaient emmener à la guerre une dizaine ou plus de leurs vassaux, qu'ils réunissaient et commandaient sous une bannière à leurs armes. On les appelait les chevaliers bannerets. Les chevaliers sans grands moyens, de loin les plus nombreux, n'avaient droit qu'à un modeste pennon triangulaire sur leur lance.

Barri : faubourg, quartier au-delà du barri, justement, c'est-à-dire au-delà des remparts.

Besant : monnaie byzantine d'or ou d'argent. Le besant figurait souvent sur les armoiries des chevaliers qui s'étaient rendus en Terre sainte.

Blanc-manger : mets ou accompagnement très courant pendant tout le Moyen âge. Sa recette était très variable et consistait en un mélange de viandes à chair blanche hachée avec d'autres ingrédients blancs également : riz, amandes frites, graisse, lait, gingembre, etc. Le goût était plutôt doux et sucré. Il pouvait sans viande accompagner les chapons et d'autres viandes blanches.

Blanchet : désigné par de nombreuses expressions, dont le « petit-drap », le blanchet était un linge intime, une sorte de caleçon pour les hommes. Quand les chausses étaient attachées à la ceinture des braies, elles venaient par-dessus le blanchet.

Bliaud : le bliaud représente jusqu'à la fin du XIIe siècle la tunique du dessus pour les hommes et les femmes. Le bliaud se caractérise par un corsage assez étroit et une jupe ample plus ou moins longue. Le bliaud est plutôt court (au genou) pour les hommes, plutôt long (aux chevilles) pour les femmes.

Bordeau : bordel.

Bordier : la borde est la ferme, le domaine agricole plutôt tourné vers l'élevage. Le bordier est le fermier.

Bourras : toile grossière de chanvre.

Braies : sorte de pantalon court (en principe au genou) hérité des Gaulois et porté par les hommes sous la tunique. Les braies sont retenues par une ceinture, le braiel, auquel viennent se rattacher aussi les chausses qui remontent sous les braies. Les nobles portent les braies plus collantes et plus seyantes que les travailleurs.

Broigne : cuirasse de cuir renforcée d'anneaux, de rivets et de pièces de métal.

Cabané : renversé (catalan).

Calade : technique de pavement qui consiste à disposer des galets de rivière sur champ. Selon les besoins les galets sont choisis gros (pour les charrettes) ou menus, très petits même et colorés pour les espaces piétonniers.

Camail : partie de la cotte de mailles qui couvre la tête ou s'accroche au casque. Le camail protège les joues, le cou et les épaules.

Camérier : moine qui dans les monastères importants distribue les vêtements et la literie. Il reçoit aussi les dons et à ce titre gère souvent les comptes.

Cantiller : récitation des textes sacrés (surtout les psaumes) en les « mélodisant » sur une note ou quelques notes avec beaucoup d'inflexions.

Carnelage : sorte de dîme sur les animaux nés au pâturage pendant l'estive, ou sur le croît du troupeau dans l'année.

Carreau : coussin carré qui servait souvent à s'asseoir ou s'agenouiller sur le sol.

Cellérier : moine responsable du cellier et des repas, et souvent de toute la gestion du monastère.

Cendal : tissu de soie léger, utilisé surtout pour les doublures, les coussins.

Cens : redevance fixe et perpétuelle en nature ou en argent pour la terre donnée en tenure par un seigneur. C'est le cas pour les habitants des mas et des bordes.

Cers : vent du nord dans les pays d'Aude.

Cervelière : calotte de fer protégeant le crâne et la nuque. On peut la conserver sous le capuchon de mailles.

Chapel : d'abord simple ruban qui ceint la tête au XIIe siècle. Brodé, fleuri, rehaussé d'or et d'argent, coloré, sa matière et sa décoration sont très variées. Le mot a aussi le sens de chapeau : chapel de fer, chapel de fautre (feutre).

Chartier : armoire, coffre ou recueil de toutes les chartes et autres actes juridiques concernant une communauté (couvent ou paroisse) ou une seigneurie.

Chausses : bas de laine ou de lin prenant le pied ou non, parfois semellé, qui gainait la jambe des hommes comme des femmes. Les hommes les attachaient à la ceinture des braies par des cordons, les femmes les retenaient par des jarretières. On les laissait souvent retomber sur les chevilles pour travailler ou à cause de la chaleur. La qualité du tissu déterminait la façon de les porter : les nobles, les bourgeois portaient des chausses colorées et collantes, qui mettaient en valeur la jambe.

Conduit : sauf-conduit accordé d'abord aux voyageurs de marque, puis aux marchands moyennant une taxe. Le conduit garantit la sécurité du voyageur, éventuellement par une escorte.

Conroi : groupe de chevaliers réunis sous la même bannière. Plusieurs conrois forment une bataille, plusieurs batailles une armée.

Consolament : la religion cathare ne connaissait qu'un sacrement : le consolament. Il consistait dans l'imposition des mains par un Parfait sur la tête du croyant pour réaliser l'union mystique de l'âme et de l'Esprit saint qui avait seul pouvoir à l'heure de la mort de ramener au Ciel l'âme qui en était tombée. Sans le consolament le croyant cathare ne pouvait être sauvé. Comme le consolament impliquait le renoncement au monde terrestre, et donc imposait une vie ascétique jusqu'à la fin de ses jours, la plupart des gens ne le demandaient que sur leur lit de mort.

Convers : moines illettrés qui ne reçoivent pas les ordres cléricaux et accomplissent les tâches matérielles.

Cotte : tunique qui peu à peu remplace le bliaud en s'allongeant. La cotte colle au torse et s'évase à partir des hanches. Elle est très longue chez les femmes.

La cotte de mailles a la forme d'une cotte, en mailles de fer entrelacées. Elle peut être complète, allant de la tête jusqu'aux pieds et au bout des doigts.

La cotte d'armes est un vêtement armorié en tissu qui se porte sur la cotte de mailles pour se faire reconnaître et, en pays chaud, éviter l'échauffement du fer au soleil.

Coursière : chemin de ronde en haut des murailles.

Culvert : terme péjoratif pour rustre, bouseux (Chanson de la croisade albigeoise).

Déduit : détente, loisir, distraction.

Domna : contraction du latin *domina*, qui signifie maîtresse, patronne. Le terme est en pays de langue d'oc l'équivalent de « dame » en pays de langue d'oïl. Une autre contraction réduit le terme à Na (Na Louba, Na Lombarda) ou N' (N'Azalaïs) et s'applique surtout à des femmes ayant une position dominante ou une célébrité particulière.

Domnejar : faire la cour, servir une dame.

Donzel : jeune homme de noble famille qui n'est pas encore chevalier ni marié. La donzelle est la jeune fille noble qui n'est pas encore mariée.

Écolâtre : maître de l'enseignement dans une école monastique ou épiscopale.

Enfélonné : très en colère.

Enfeu : grande niche à fond plat creusée dans le mur d'une église pour abriter un tombeau.

Escoussières : dans les villes fortifiées, espace laissé libre au pied des remparts, à l'intérieur de la ville, pour permettre aux défenseurs de se déplacer rapidement d'un point à un autre des murailles.

Espie : espion.

Estage : les châteaux qui n'étaient pas habités en permanence, ou dont le seigneur s'absentait, étaient défendus par des chevaliers de service qui devaient une garde pendant une certaine durée chaque année (souvent trois ou quatre mois). Le temps de service est l'estage.

Estortoire : solide bâton poli et peint que tient devant lui le cavalier pour écarter les ronces et les branches à la chasse.

Fauchart : inspiré de la faux agricole le fauchart est une sorte de faux emmanchée droite en prolongement du manche.

Fillettes : prostituées. « Aller chez les fillettes » veut dire : aller au bordeau (bordel).

Flageol : ou flageolet, sorte de flûte droite à trois trous (parfois plus). Se joue d'une seule main.

Flassèle : couverture assez grossière.

Follieux, euse : fou, folle.

Forestage : séjour des enfants de vassaux qui viennent recevoir une éducation au château de leur suzerain. En contrepartie ils sont à son service.

Foudre : dans une cave, grande cuve de bois cylindrique.

Fourrier : domestique chargé de transporter tous les objets nécessaires à la vie quotidienne d'une cour dans ses déplacements, et d'apprêter châteaux et logements.

Gambison, gamboison : vêtement rembourré que l'on enfile sous la cotte de mailles pour éviter d'être blessé par les mailles ou meurtri par les coups.

Garniements : habits, vêtements.

Gorgeret : pièce de maille, ou de plate de fer qui protège la gorge.

Guimpe : linge porté par les femmes mariées et veuves. Il couvre la tête et le cou, et tombe sur la poitrine.

Haubergeon : court haubert qui ne protège que le haut du corps.

Haubert : tunique ou cotte de mailles, le plus souvent avec capuchon.

Heaume : d'abord casque conique avec un large nasal jusqu'au XIIe siècle, le heaume deviendra au siècle suivant cylindrique et totalement fermé.

Honneur : dignité morale mais aussi droit de commandement sur tout le territoire de sa seigneurie. Le mot désigne au Moyen Âge le fief, la seigneurie, le château, tout ce qui représente la dignité seigneuriale.

Hoqueton, auqueton : toile de coton qui donna son nom à une sorte de gambison rembourré d'ouate de coton, porté sous la cotte de mailles ou la cuirasse.

Hospitalier : membre de l'ordre des hospitaliers de Saint-Jean-de-Jérusalem, né avec la fondation d'un hôpital à Jérusalem au XIe siècle pour soigner les pèlerins. L'ordre recevra des donations considérables et se répandra dans toute l'Europe.

Housseaux, heuses : bottes montant haut sur la cuisse.

Jouglar : musicien-chanteur dont le métier est de distraire. Il récite, joue et interprète le répertoire des troubadours. Il est aussi bateleur et fait des tours.

Joy (le) : mot-clé du lyrisme des troubadours, le joy (joi) représente un état d'allégresse, d'emportement poétique, d'exaltation ou de félicité amoureuse absolue.

Lauzengier : ce mot très employé dans les chansons de troubadours désigne les courtisans soucieux de plaire à leur seigneur ou dame en les louangeant. Comme ce jeu va de pair avec la critique des rivaux, il a fini par signifier exclusivement : médisant, jaloux.

Lieue : variable selon les régions, elle est de l'ordre de 4 kilomètres.

Litière : sorte de voiture sans roues, portée par deux chevaux sur des brancards, placés l'un devant et l'autre derrière. La litière est beaucoup plus confortable que le char à roues.

Longière : tissu qui double la nappe de table du côté des convives, et sert à s'essuyer les doigts. Les longières peuvent être changées à chaque service.

Marc : mesure de poids des métaux précieux qui équivaut à environ 250 grammes. Le nombre de pièces tirées d'un marc d'argent donnait la valeur de la monnaie.

Mat : tué, mort.

Mainadier : la mainada est le troupeau, mais aussi la troupe, la compagnie, et la famille nombreuse. Le mainadier est le conducteur de troupeau, et le chef de famille.

Ménine : grand-mère, vieille femme.

Merlon : en haut des murailles, partie pleine du crénelage, la partie évidée étant le créneau.

Mesnie, maisnie : la famille et tous les familiers. Peut englober les domestiques et tous ceux qui vivent dans l'oustal.

Miral, mirail : hauteur qui donne un beau point de vue d'où l'on peut « mirer » le paysage et voir arriver l'ennemi.

Moulon : quartier, pâté de maisons.

Muison : la muison d'un drap représente ses caractéristiques (longueur, largeur, nombre de fils de chaîne, type d'armure). La muison était strictement réglementée pour chaque appellation. Aussi appelait-on « draps de muison » les draps commercialisés et garantis par ces règlements, par rapport à ceux confectionnés à la maison pour un usage domestique.

Navré : blessé.

Nacaires : originaires d'Orient, les nacaires sont deux timbales de cuivre sur lesquelles on a tendu une peau. Elles sont portées à la ceinture et frappées de baguettes courtes.

Office, officier : l'office était une charge publique et l'officier le tenant de l'office. Il était rémunéré diversement, par l'attribution des revenus d'un bien ou d'un droit (terres en fief, péages), par des dons ou directement par le maître qu'il représentait. Les officiers royaux étaient souvent rémunérés sur des revenus ecclésiastiques.

Ost : service militaire, armée.

Oule : marmite pansue en céramique grise.

Oustal : l'oustal est la maison, dans les sens d'habitation mais aussi de maisonnée, comprenant la famille, la mesnie, et tout le lignage. C'est le clan.

Palefroi : beau cheval qui n'est pas dressé pour la guerre. Sert le plus souvent pour se promener et parader.

Parage, paratge : lignée noble. Représente la parité entre les familles de haute extraction. Ainsi les pairs de France. Chez les troubadours représente la parité entre les amants.

Péon : piéton. Soldat qui n'a pas de cheval.

Plan, planel, plô : place, esplanade.

Précenteur : ou préchantre, c'est le maître de chœur responsable de tout le déroulement de la liturgie. Il enseigne le chant aux enfants de l'école monastique ou épiscopale, et gère les livres, en particulier les missels et autres livres liturgiques.

Prieur : moine principal en dessous de l'abbé. C'est aussi le chef d'un prieuré, succursale de l'abbaye mère.

Rhabilleuse : rebouteuse.

Rebec : instrument à cordes frottées, comme la vièle. Mais à la différence de la vièle le rebec est creusé d'une seule pièce dans un morceau de bois. Porte une à quatre cordes et sert surtout à danser en plein air.

Riou, rieu : ruisseau.

Rote : sorte de psaltérion double qui se joue à deux mains sur les deux faces.

Routier : soldat mercenaire au chômage qui se regroupe avec d'autres pour former une route, une bande armée qui va écumer une région sans trop de risques, en attendant une nouvelle embauche. Les routiers furent nombreux dans le Toulousain pendant tout le Moyen Âge.

Sacristain : gardien de l'église, il veille sur ses trésors et entretient la propreté des lieux. Il veille également à l'entretien de tous les objets nécessaires à la célébration du culte : aubes, chapes, calices, etc. Il sonne les cloches et ce faisant donne l'heure.

Sauveté, salvetat : village ecclésial créé de toutes pièces dans le Sud-Ouest au XIe siècle (un siècle et demi avant les bastides) par des abbayes et des seigneurs ecclésiastiques. L'Église assurant la protection de ces nouveaux villages, ils étaient « saufs » de toute intervention laïque et de toute prédation, en principe.

Septentrion : rappelle les 7 étoiles qui composent la constellation de la Petite Ourse, contenant l'étoile Polaire. Le septentrion indique la direction du nord.

Sodomite : homosexuel masculin, par référence à Sodome et Gomorrhe, villes bibliques détruites par Dieu parce que l'homosexualité masculine y était largement répandue.

Soldadier : dans le Midi guerrier mercenaire qui touche une solde, un salaire.

Touaille : serviette, pièce d'étoffe pour se laver et s'essuyer.

Touret : coiffure féminine. D'abord bande de toile placée en couronne sur le voile, le touret deviendra une coiffe ronde agrémentée de festons et retenue sous le menton.

Tranchoir : épaisse tranche de pain gris qui servait d'assiette. Chacun y disposait sa part de viande et autres aliments solides qu'il avait tirés d'un plat. Le tranchoir ne se mangeait pas.

Trébuchet : machine de siège composée d'une verge et d'un contrepoids qui actionnent une sorte de fronde lançant des boulets de pierre.

Treslies : dans les mailles treslies du haubert chaque anneau (fermé par une soudure) est passé dans trois autres, ce qui donne davantage d'épaisseur, de solidité et rend difficile le démaillage.

Trottier : trottaïre en langue d'oc, c'est un piéton légèrement armé qui accompagne les cavaliers pour les assister et protéger les chevaux.

Troubadour : « trouveur », celui qui a le talent de « trouver » (trobar) les beaux vers qui émeuvent, les mots qui font mouche et les belles phrases bien frappées. Le troubadour est d'abord un auteur, parfois un compositeur de mélodies (mais la musique reste très secondaire) et pas forcément l'interprète de ses chansons. Si le troubadour est une femme on dit « troubairitz ».

Vair : fourrure changeante d'un écureuil de Sibérie, le petit-gris, dont le dos est gris et le ventre blanc, bordé de noir. La pelisse faite avec le dos uniquement donne le petit-gris, et avec le ventre le vair. L'alternance des dos et des ventres, très prisée, donne le menu-vair.

Vièle : nom générique donné au Moyen Âge à tous les instruments à cordes frottées. La vièle à archet était plus spécifiquement construite par l'assemblage d'éléments et un manche rapporté. Elle possédait trois à cinq cordes. Cet instrument était très populaire et très répandu car servant à danser comme à chanter grâce à ses possibilités mélodiques.

QUELQUES REPÈRES HISTORIQUES

Après la première croisade en Palestine (1096), dont une armée fut menée par le comte de Toulouse Raimon de Saint-Gilles, le Midi connut un essor magnifique dans tous les domaines. Cet essor excita l'appétit des puissants et entretint pendant tout le XIIe siècle une guerre endémique, appelée « la grande guerre méridionale ».

Trois princes se disputaient l'hégémonie sur le Midi.

Le roi d'Angleterre Henri Plantagenêt, d'origine française, duc d'Aquitaine par sa femme Aliénor, tente à plusieurs reprises d'occuper le Toulousain, sous le prétexte que sa femme y avait des droits (elle était l'arrière-petite-fille du comte Guilhem). Son fils Richard Cœur de Lion s'empare brutalement de Cahors et du Quercy.

Les comtes de Barcelone, devenus rois d'Aragon par le mariage de Raimond Bérenger avec la fille du roi d'Aragon Pétronille, ont toujours disputé la terre provençale aux comtes de Toulouse, chacun ayant épousé en 1112 une fille du comte de Provence. Un premier règlement du conflit s'établit en 1125 qui partage la Provence en deux : le comte-roi a le comté de Provence, c'est-à-dire la basse Provence de la Durance à la mer, tandis que le comte de Toulouse conserve le marquisat de Provence, au nord de la Durance. Ce partage, jamais totalement accepté, alimente des conflits continuels pendant tout le XIIe siècle, et occupe une grande partie des forces toulousaines.

Le roi d'Aragon possédait également la vicomté de Millau et le comté du Gévaudan. Le premier comte-roi, Alfonse (un des personnages du roman) passe plus de temps chez nous, au nord des Pyrénées, qu'en Espagne. Parlant couramment la langue d'oc, troubadour reconnu, il a peut-être rêvé d'un État à cheval sur les Pyrénées.

Enfin, les comtes de Toulouse, avec une principauté bicéphale (pays toulousain à l'ouest et marquisat de Provence à l'est) ont beaucoup de mal à défendre et à consolider leurs possessions. D'autant que les territoires qui séparent les deux parties de la principauté toulousaine sont sous l'autorité de vicomtes qui refusent, pour la plupart, la suzeraineté de Toulouse.

Le plus important de ces vicomtes, par l'immensité de son État autant que par sa situation stratégique, est le vicomte d'Albi, Carcassonne et Béziers. Simples viguiers du comte de Toulouse dans la vallée du Tarn à l'origine, les vicomtes de l'Albigeois connaissent une ascension importante par d'habiles mariages et, deux siècles plus tard, se sentent assez fort pour se soustraire à l'autorité de Toulouse. Surnommés Trencavel (« Tranche-bien » en langue d'oc), devenus vicomtes d'Albi, Carcassonne et Béziers, ils vivent dans la hantise d'être cernés par les possessions du comte de Toulouse. C'est pourquoi, contre le comte de Toulouse, ils passent des alliances définitives avec les comtes de Barcelone devenus rois d'Aragon, ainsi qu'avec le comte de Montpellier et les vicomtes de Nîmes, Agde, Narbonne.

Ils n'hésitent pas non plus à affronter directement leur suzerain. En 1143, le comte de Toulouse Anfos

(Alphonse-Jourdain) est capturé par Roger Ier Trencavel. En 1153, c'est le nouveau comte de Toulouse, Raimon V, qui fait prisonnier Raimon Trencavel, le père de Roger II, après qu'il eut fait hommage au roi d'Aragon. Le même Raimon V suscite à Béziers l'assassinat de Raimon Trencavel en 1167.

Se rendant compte de l'impossibilité d'imposer la paix par la force des armes, Raimon V propose au jeune Roger Trencavel, qui vient de perdre son père dans le complot de Béziers, sa fille Azalaïs, à peine nubile (Adélaïde est son nom latinisé puis francisé). Roger accepte, sans pour autant renier ses alliances. Raimon V propose alors de marier son fils (le futur comte Raimon VI) à une sœur de Roger Trencavel.

Ces deux mariages n'apportant pas les résultats escomptés et Roger persistant dans son alliance avec les ennemis du comte de Toulouse, celui-ci utilise une autre arme : la dénonciation de la déviation hérétique.

En effet, une nouvelle doctrine religieuse se répand dans le Midi, assez développée dans un périmètre Albi-Toulouse-Foix-Béziers pour mettre en place à la fin du XIIe siècle une nouvelle Église, l'Église cathare. Cette hérésie qui se veut chrétienne considère que tout ce qui a une origine terrestre est mauvais, et qu'il faut donc s'en détacher le plus tôt possible. L'Église catholique romaine, puissance temporelle autant que spirituelle, comprend le danger de laisser se développer une hérésie qui sape la légitimité de son clergé, et la présente comme l'œuvre de Satan.

Raimon V exploite cette situation en écrivant au chapitre général de Cîteaux (proche du pape) pour l'alerter du fléau hérétique qui s'étend dans les terres albigeoises. Il obtient l'excommunication de Trencavel l'année suivante, après la visite du légat du pape.

Trencavel se venge en rendant hommage au roi d'Aragon avec la mise à disposition de tous ses biens. Ce dernier les lui rend en fief en 1179. En réponse, le comte de Toulouse participe militairement à une nouvelle inquisition du pape en 1181 dans les domaines de Trencavel, qui s'achève en juillet 1181 par le siège de Lavaur, ville sainte de l'hérésie cathare.

Trencavel poursuit l'escalade en adoptant un fils du roi d'Aragon en 1185.

La même année, le comte de Toulouse assiège Carcassonne. Le conflit ne s'apaisera qu'après 1191, quelque temps avant la mort du comte (1194).

Le roi de France intervient assez peu dans cette compétition. Toutefois, il ne refuse pas son aide au comte de Toulouse quand il est menacé. Ainsi, en 1159, Louis VII vient délivrer Toulouse du siège anglais, et en 1188, Philippe Auguste intervient dans le Berry et le Bourbonnais pour ralentir l'attaque de Richard Cœur de Lion sur le Quercy.

L'influence d'Azalaïs est difficile à saisir dans ces conflits. Nommée par les troubadours « la comtesse de Burlats », cette titulature insolite (le château de Burlats appartenait aux Trencavel) semble indiquer qu'elle y vécut longtemps après son mariage. Peut-être en exil.

Elle est aussi connue par quelques chansons de troubadours catalans, en particulier Guilhem de Berguedan qui fait allusion à une relation amoureuse entre elle et le roi d'Aragon. Le roi n'y est pas présenté sous son meilleur jour, puisqu'il s'est vengé d'Azalaïs en lui retenant son douaire et ses biens (certainement donnés lors de l'hommage de 1179). On ignore le motif de cette punition, mais la réflexion du troubadour suggère une querelle amoureuse.

Un autre indice de la mésentente du couple Azalaïs-Roger Trencavel, qui mit longtemps à se rapprocher, est la naissance d'un enfant au bout de quinze ans de mariage, venue tardive pour l'époque.

Cet enfant, Raimon-Roger, est l'objet de luttes entre sa mère Azalaïs et son tuteur Bertran de Saissac, hérétique notoire, qui l'élève dans la foi cathare. Pour éviter l'influence de sa mère, il empêche Azalaïs de voir son fils jusqu'à sa majorité.

L'hérésie cathare étant tolérée sinon soutenue par la noblesse du Midi, le pape Innocent III finit par obtenir l'accord du roi de France pour une croisade contre les « albigeois », après le meurtre de son légat Pierre de Castelnau.

Le comte de Toulouse Raimon VI, frère d'Azalaïs et donc oncle de Raimon-Roger, fait semblant de s'associer à la croisade descendue de la vallée du Rhône pendant l'été 1209. Son neveu Raimon-Roger, refusant tout faux-fuyant, est le seul grand seigneur qui ose s'opposer aux grands barons du Nord. Il n'a que 24 ans.

Il met ses villes de Béziers et de Carcassonne en défense, mais elles ne tiennent que quelques jours. Après le massacre de la population de Béziers, il se rend pour sauver celle de Carcassonne. Par sa tolérance aux idées nouvelles, son esprit de résistance et son sacrifice, il reste le héros « sans peur et sans reproche » de la croisade contre les albigeois.

Ses parents n'ont pas connu les événements dramatiques de 1209. Roger Trencavel était déjà mort, assez jeune, en 1194. Azalaïs disparut en 1200. Tous deux reposent dans l'abbaye de Cassan, au nord de Béziers. Cet ancien prieuré richement doté par les Trencavel est devenu nécropole familiale.

Mais Raimon VI, frère aîné d'Azalaïs, vit encore longtemps et réussit à conserver son comté de Toulouse jusqu'à sa mort en 1222. Il n'a pas droit à une sépulture chrétienne : par ce refus obstiné, l'Église romaine a gardé le dernier mot.

Achevé d'imprimer sur les presses de

BUSSIÈRE

GROUPE CPI

à Saint-Amand-Montrond (Cher)
en octobre 2007

POCKET - 12, avenue d'Italie - 75627 Paris Cedex 13

— N° d'imp. : 71559. —
Dépôt légal : janvier 2005.
Suite du premier tirage : octobre 2007.

Imprimé en France